캐나다는 과연 살기 좋은 나라인가?

지옥 같은 천국

A Hellish Paradise

캐나다는 과연 살기 좋은 나라인가?

지옥 같은 천국

발행일   2015년 4월 15일

지은이   이 병 규
펴낸이   손 형 국
펴낸곳   (주)북랩
편집인   선일영   편집   이소현, 이탄석, 김아름
디자인   이현수, 윤미리내   제작   박기성, 황동현, 구성우
마케팅   김회란, 박진관, 이희정
출판등록   2004. 12. 1(제2012-000051호)
주소   서울시 금천구 가산디지털 1로 168, 우림라이온스밸리 B동 B113, 114호
홈페이지   www.book.co.kr
전화번호   (02)2026-5777   팩스   (02)2026-5747

ISBN   979-11-5585-569-0 03810(종이책)   979-11-5585-570-6 05810(전자책)

이 도서의 국립중앙도서관 출판예정도서목록(CIP)은 서지정보유통지원시스템 홈페이지(http://seoji.nl.go.kr)와
국가자료공동목록시스템(http://www.nl.go.kr/kolisnet)에서 이용하실 수 있습니다.
(CIP제어번호 : CIP2015010897)

지옥 같은 천국

이병규 지음

A Hellish Paradise

캐나다는 과연 살기 좋은 나라인가?

북랩 book Lab

머리말
Preface

　나는 기복이 많은 파란만장한 인생을 살아왔다. 온갖 산전수전(山戰水戰)도 다 겪었다. 산전수전이라 함은 글자 그대로 산에서도 싸우고 물에서도 싸웠다는 뜻으로, 세상살이를 하면서 많은 어려움을 겪었음을 비유하는 말이다. 영어로는 'fighting all sorts of hardships' 또는 'tasting the bitters and sweets of life'라고 표현한다.

　인생살이는 순탄치 않다. 한 세상을 사노라면 뜻하지 않은 고난이나 재앙을 만나, 갖가지 시련을 겪어가며 살아야 할 때가 많다. 종류나 정도의 차이는 있으나 사람은 누구나 한 번쯤은 예기치 않은 어려움을 겪는다. 그 중에서도 유별나게 혹독하고 쓰디쓴 인생을 살아온 사람들은 자신이 파란곡절(波瀾曲折)이 가장 많은 인생을 살아왔다며, 그 이야기를 책으로 쓰면 몇 십 권은 될 것이라며 눈물까지 글썽인다. 나도 그 중의 한 사람이다. 한 편의 드라마와도 같은 내 인생 이야기를 다 하자면 몇 날 몇 밤이 걸리고, 책으로 쓰자면 수 삼권은 족히 될 것이다. 그러나 나는 본시 얘기 주변머리도 없고 필력(筆力)이 둔한 데다 한국을 떠난 지 삼십 개 성상(星霜)이 다 되다 보니, 한글 표현력까지 거의 다 잃어버려 내가 이 책을 쓰려고 결심했을 때는, 내가 살아온 이야기들을 과연 제대로 글로 옮길 수 있을지 많이 망설였다. 그러나 나는 내가 체험한 쓰라린 시련과 그러한 시련을 어떻게 극복하며 살아왔는 지를 있는 그대로 엮어갈 수만 있다면, 그것으로 충분할 것 같아 이 책을 쓰게 되었다.

이 책은 해외에 나와 고생해가며 돈을 많이 벌어 부자가 되었다는 진부한 성공담도 아니고, 현지 주류사회에 파고들어 눈부신 활약으로 찬란한 명성을 얻었다는 이야기도 아니다. 고희(古稀)가 된 한 사람이 수많은 고난과 역경에 부딪힐 때마다 이에 조금도 굴하지 않고 불사조(不死鳥)처럼 꿋꿋하게 살아온 이야기가 이 책의 전부다. 이 책은 무슨 거창한 자서전도 아니다. 나는 자선전이나 회고록을 쓸 만한 위인이 아니다. 이 책은 다른 사람들이 흔히 해보지 못한 독특한 경험을 해가며 살아온 한 남자의 순수한 인생 수기일 뿐이다.

이 책은,
제1부 : 불사조(不死鳥)
제2부 : 캐나다는 과연 살기 좋은 나라인가?
로 구성되어 있다.

제1부(불사조)에서는 내가 어릴 적부터 지금까지 살아온 모든 이야기가 생생히 기록되어 있다. 한 시골 농촌에서 태어나 그 안에서 즐겁게 뛰놀았던 어린시절, 6·25전쟁 때 세 번이나 목숨을 잃을 뻔했던 아슬아슬한 순간들, 젊었을 적의 애절한 사랑과 비극적 종말, 검은 아프리카 대륙에서의 모험과 재기(再起), 꿈에 젖어 부풀었던 해외에서의 대학생활, 캐나다에 와 겪은 고난과

역경, 투쟁과 생존, 슬픔과 불행, 그리고 그 모든 어려움 속에서 절망하지 않고 꿋꿋이 살아온 삶의 이야기들이 제1부를 구성하고 있다.

주지하는 바와 같이 캐나다는 이 지구상에서 가장 살기 좋은 나라의 하나로 널리 알려져 있으며, 그 때문에 캐나다는 세계 여러 나라 사람들이 살고 싶어 하는, 최대의 선망(先望)의 대상이 되고 있다. 그러면 캐나다는 과연 소문난 대로 살기 좋은 나라인가? 이 물음에 대한 답변을 제시한 부분이 바로 제2부이다. 나는 이 글을 읽는 사람들이 캐나다에 관해 좀더 자세히 이해 하도록 캐나다의 역사, 정치, 경제 및 사회의 단편적 소개와 함께 현재 캐나다가 안고 있는 여러 가지 문제점도 함께 수록해 놓았다.

이 책은 내 생애의 기록이다. 비록 졸필(拙筆)이지만, 나는 이 글을 통해 고희(古稀)가 된 한 남자가 고난과 역경에 처할 때마다 그것을 어떻게 극복하며 살아왔는지를 내 후손은 물론 나와 비슷한 처지에 놓여 있는 다른 모든 사람들에게 보여주어, 조금이나마 그들에게 새로운 삶의 용기와 희망을 불어 넣어주고 싶다. 끝으로 이 책에는 이 세상에 이미 없거나 현존하는 많은 인물들이 등장하는데, 그들에 대한 존칭이나 호칭을 모두 생략하였음도 미리 밝혀둔다.

캐나다 밴쿠버에서

이 병 규

C·O·N·T·E·N·T·S

제1부
불사조
不 死 鳥

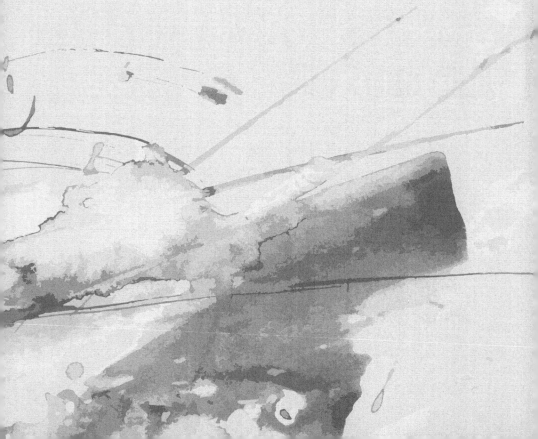

1. 우리 집 가문(家門) 및 내 유년(幼年) 시절

나는 1941 신사년辛巳年에 경기도 용인군과 화성군 경계에 있는 한 조그만 시골농촌에서 태어났다. 나는 본관本貫이 한산韓山으로, 내 시조始祖는 고려 숙종肅宗때 호족豪族으로서 권지호장직權知戶長職에 오른 이윤경李允卿 어른이 며, 중시조中始祖는 목은牧隱 이색李穡 아버지인 이곡李穀이다. 이곡은 이제현李 齊賢의 문인으로 당대의 대문장大文章이었으며, 우탁 이동易東, 포은 정몽주鄭夢 周와 더불어 경학經學의 대가大家였고, 고려 충숙왕 7년에 문과文科에도 급제 하여 벼슬이 도첨의 찬성사都僉議 贊成事에 이르렀다. 이곡의 아들 목은牧隱 색 穡은 고려 충숙왕 때 성리학性理學의 대가였으며, 춘추관사春秋館事와 우문관 부제사友文館 夫諸事의 벼슬을 지내셨고, 1362년 홍건적紅巾賊의 난에 공민왕恭 愍王을 호종하여 공을 세워 한산부원군韓山府院君에 봉封해졌으므로 후손들이 본관本貫을 한산韓山으로 하였고, 나는 목은牧隱 이색李穡 선생님의 바로 20대 손孫이다.

한국 역사에 나오다시피 고려 말기에 삼은이 있었는데, 이는 목은牧隱), 포 은圃隱, 야은冶隱이란 아호를 가진 세 선비를 두고 하는 말이다. 목은은 이색 李穡이요, 포은은 정몽주鄭夢周 요, 야은은 길재吉再이다. 이 세 선비는 다같이 고려왕조가 망할 무렵의 충신들로서 서로 약속이나 한 듯이 숨을 은隱자를 달아 아호를 지었으며 또한 다같이 당대의 석학碩學이요, 뛰어난 시조 작가인 데다가 그 시조마저 비슷한 데가 많았기 때문에, 후대 사람들이 이 세 분을 삼은이라 불렀던 것이다. 여기에 삼은三隱이 지은 시조를 소개해 보겠다.

백설이 잦아진 골에 구름이 머흐레라
반가운 매화는 어느 곳에 피었난고
석양에 홀로 서 있어 갈 곳 몰라하노라

이것은 목은 이색의 노래이디. 목은 선생은 먹구름처럼 험상궂게 되어가는 풍운 속에서 정처없이 헤맸다. 정몽주가 이성계의 혁명군에게 맞아 죽은 뒤 정몽주 패당으로 몰려 다시금 금천여흥 등지에서 귀양살이를 하던 중 이런 시조가 나왔는데, 이 시조를 통하여 목은이 얼마나 고려조의 패망을 애절하게 여겼는가를 짐작할 수 있다.

오백년 도읍지를 필마로 돌아드니
산천은 의구하되 인걸은 간 데 없네
어즈버 태평년월이 꿈이런가 하노라

이것은 야은 길재의 노래다. 그는 고려조가 망하자 한촌寒村에 들어가 숨어 살다가 오랜만에 옛 서울 송도에 들렀더니 너무나 쓸쓸했다. 그래서 이런 시조를 읊었던 것이다.

이 몸이 죽고죽어 일백 번 고쳐죽어
백골이 진토 되어 넋이라도 있고 없고
임 향한 일편단심이야 가실 줄이 있으랴

이 시는 포은 정몽주의 시조이다. 충신은 두 임금을 섬기지 않는다는 선비의 지조가 결국 이런 시조를 짓게 했던 것이다. 그 후 이조 세조 때 단종의 복위를 꾀하다가 처형 당한 사육신死六臣 중의 한 분이신 이개李塏 선생과 중종과 광해군 때 대사헌, 형조판서, 이조판서, 우찬성의 벼슬을 지내셨고 당대의 대문장가로 이름을 떨쳤던 이산해李山海 조상님, 1417년 풍해도와 충청도의 도관찰사를 역임한 후 문성유후門城留後에 이어 중추원사中樞院使를 지내신 이종선李種善 조상님, 1385년 문과에 급제 성균직학을 거쳐 조선개국 후 1418

년 충청도 관찰사가 되고 이듬해 한성부윤을 지냈으며 1425년 진위사陳慰使
로 명나라에 다녀온 뒤 이조와 병조의 판서, 대사헌 등을 거쳐 우찬성에 이
어 좌찬성에 오르신 이맹균 조상님, 이조 중종과 선조 때 학자, 기인奇人으로
저 유명한 토정비결土亭祕訣를 지으신 이지함李之菡 선생님, 그리고 일제 때 독
립운동가, 민권운동가, 열렬한 애국자에 사회사업가였던 월남月南 이상재李商在
선생님이 모두 나의 조상이다.

두 살 때 부모를 여의고 친척집에 의탁해 사시며 마을 서당에서 한문을 배
우신 나의 아버지는 한여름 농사일을 다 끝내고 깊은 겨울이 되면 사랑방에
앉아 늘 책을 읽으셨다. 아버지는 술에 거나하게 취하거나 정월 초하룻날과
팔월 추석 때 친척들이 함께 모여 제사를 지낼 때, 그 외 조상들의 제삿날이
되면, 한산 이씨 선조들에 대한 자랑으로 늘 꽃을 피우셨다. 한산 이씨 조상
들은 무슨무슨 벼슬을 지내셨고, 조선시대에는 한산 이씨 문중門中에서 상신
上臣 4명, 대제학大提學 2명, 청백리淸白吏 5명, 공신功臣 12명과 문과급제자 195명
이 배출되었다며, 우리도 열심히 공부해 이름난 한산 이씨의 가문을 대대로
빛내야 한다고 훈계하시곤 했다.

내가 태어난 시골 마을은 경관이 아름답고 평화로웠으며 사람들의 인심이
매우 따뜻하고 정다웠다. 동네 앞에는 푸른 수목으로 우거진 높은 산이, 그
밑으로는 수정처럼 맑은 물이 사시사철 끊이지 않고 흐르는 큰 내가 있었고,
그 아름다운 물줄기를 중심으로 검게 기름진 평야가 끝없이 펼쳐져 있었다.
뒷동산 꼭대기에는 낮에는 붉은 태양이, 밤이면 반짝이는 별들과 둥근 달
이 늘 걸려 있었다. 나는 이 아름다운 시골에서 낮이면 동네 친구들과 냇가
로 가 물고기를 잡거나 들새를 쫓아다니며 뛰어 놀았고, 밤이면 풀숲에서 찌
릭찌릭 울어대는 풀벌레 소리를 들어가며, 반짝이는 은하수에서 길게 떨어지
는 별똥별의 신비를 바라보다가 곤한 잠에 빠지곤 했다. 마을 끝에는 남북으
로 길게 뻗어 있는 신작로가 있었는데, 어쩌다 자동차가 이 신작로를 지나가

면 차 뒤에서 일어나는 뽀얀 먼지를 뒤집어쓰며 차 꽁무니를 쫓아 달리기도 했고, 십 리 밖 높은 고개 위에 걸려 있는 조그만 기차가 지나가며 남긴 검은 연기를 바라볼 때는 미지의 세계에 대한 알 수 없는 그리움과 동경으로 가슴이 설레기도 했다.

우리마을은 일년 사계절의 변화가 뚜렷하고, 계절이 바뀔 때마다 자연이 가져다 주는 가지각색의 풍요로운 혜택과 아름다운 전래지풍傳來之風으로 가득 넘쳤다. 일년 절기가 시작되는 정월이 되면 떠꺼머리 총각들과 개구쟁이 초동들은 새 바지저고리를 입고 조상에게 제사 지낸 후 동네어른들께 세배하러 다니고, 제기 차고 윷놀이를 하고 연날리기를 했다. 또한 여자들은 예쁜 색동저고리에 분홍치마 입고 널뛰기를 하였으며 어른들은 농자천하지대본야農者天下之大本也라고 쓴 농기農旗를 어깨에 메고 북, 징, 장구, 꽹과리, 피리로 농악을 울리며 온 마을을 돌았다. 밤이면 논밭두렁에 쥐불 놓고, 정월 보름이면 뒷동산에 올라 둥근 달을 바라보며 밤 깊도록 횃불놀이를 했다. 어머니는 산나물, 무나물, 고구마 순 나물에 오곡밥을 지으시고, 아버지는 어머니가 해주신 좁쌀 밥과 작은 돌을 울 뒤에 있는 밤나무와 대추나무 그리고 앞마당에 있는 살구나무 가지 사이에 끼워 놓으셨다. 그러면 참새와 까치들이 날아와 나뭇가지 틈에 끼어 있는 좁쌀 밥을 맛있게 쪼아 먹었다. 어머니는 보름날 밤에는 새 옷을 입으시고 장간 높은 독에 정안수 떠놓고 식구들의 건강과 집안의 무사와 풍년도래를 비셨다. 그리고는 식구 수에 맞추어 하얀 솜으로 가늘고 긴 심지를 꼬아 참기름을 담은 얇은 접시에 가지런히 올려 놓고 불을 붙인 다음, 우물 안 돌 위에 올려놓으셨다. 그러면 아버지 불로 시작해 식구 중 맨 막내 순으로 배열된 기름 먹은 솜 심지가 밝은 광채를 띠며 천천히 타들어갔다. 이 심지 중 어느 것이 타다가 도중에서 꺼지면 어머니는 근심을 하며, 타다 꺼진 심지에 해당하는 식구에게 일년 내내 각별히 주의를 기울이셨다.

정월 초하루부터 보름까지 가지가지 이채를 띤 풍속잔치가 끝나면, 마을 사람들은 밤이면 사랑방에 모여 앉아 새끼를 꼬고, 낮이면 보리밭에 인분거름을 주며 서서히 일년 농사를 시작했다. 땅속의 개구리가 입을 떼는 이월은 아직도 한기가 있으나 얼음이 녹기 시작하고, 이따금씩 남쪽에서 훈훈한 바람이 불어와 사람을 노곤하게 했다. 시냇가 버들가지에도 물이 오르고, 강남으로 돌아갔던 제비가 하나 둘씩 날아와 집 주위를 맴돌며 이른 봄소식을 전해주었다. 눈부신 햇볕에 아지랑이가 아른아른 피어오르는 들에서는 동네 처녀들이 논두렁 밭두렁에서 달래, 냉이, 꽃다지, 씀바귀를 캐고, 마을 아낙들은 새로 물이 오르기 시작하는 솔잎을 따다 송편을 빚어 철 지난 액막이 나이 떡을 해먹었다.

정이월이 다 가고 온갖 만물이 소생하는 삼월이 되면, 보슬보슬 봄비가 내려 얼어붙었던 대지를 녹이고, 먼 남쪽에서 제비들이 떼지어 날아와 처마 밑에 집을 지었으며, 들판 높은 공중에서는 노고지리(종달새)가 즐겁게 우짖었다. 뿌연 안개에 가려진 먼 산기슭에서는 철쭉꽃, 진달래꽃이 붉게 피기 시작했으며, 뒷동산 밑 동네 어구에는 노란 개나리꽃이 줄줄이 피어 있었다. 마을사람들은 한식 날 조상의 묘에 성묘를 한 다음, 얼었다 녹아 흘러내린 논두렁을 가래로 튼튼하게 흙을 쌓아 논물을 가두어 놓기도 하고, 겨우내 앞마당에 쌓아놓은 소두엄을 지게에 담아 논에 나르기도 했다. 마을 밖에 있는 조그만 초등학교 운동장에서는 여학생들이 줄넘기를 하며, "정이월 다 가고 삼월이라네. 강남 갔던 제비는 다시 돌아오고." "삼천리 강산에 새 봄이 왔구나. 농부는 밭을 갈고 씨를 뿌린다"라고 노래 부르며 삼월의 봄을 찬양했다.

사월이면 우리 농촌 마을은 한결 더 바쁘고 대자연은 더욱 힘차게 생동했다. 농부들은 산에 가 낫으로 떡갈잎을 베어 물 논에 쌓았다가 이를 부패시켜 밑 거름으로 사용하였으며 동네 아낙네들은 명주를 짓기 위해 뽕을 따

누에를 기르고, 아이들은 뽕나무밭으로 다니며 붉게 익은 오디를 따 먹었다. 양지바른 산머리에 돋아나는 칡 뿌리도 캐먹고, 잔대를 캐 껍질을 벗겨 날로 먹기도 하고, 새로 돋아 나온 찔레도 꺾어 먹었다. 산골짝에서 졸졸 흐르는 샘물로 가 가재굴을 찾아 살이 통통 찐 가재를 잡기도 했다. 산에는 진달래꽃, 철쭉꽃, 찔레꽃이 만발하고 꾀꼬리와 솔새들이 높은 참나무 가지 위에 부지런히 둥지를 지었다. 사월초파일初八日에는 하얀 무명 저고리를 차려 입은 동네 아낙네들이 공양미를 머리에 이고 이십 여리나 떨어진 용두사龍頭寺로 가 부처님께 시주하고 불공을 드렸다. 우리 어머니도 매년 사월 팔일이 되면 절에 가 불공을 드리셨으며, 절 뒷산에 올라가 도라지나물, 고사리, 취나물, 제비나물 등을 한아름 꺾어 머리에 이고 오셨다.

오월은 여름 절기가 시작되는 달이며 보리 수확을 하는 계절이기도 했다. 마을 사람들은 밭에서 보리를 베어 마당에 널어놓고 도리깨로 두들겨 보릿대에서 보리를 분리시켰다. 오월 오일 단오 날에는 물만두 빚어먹고, 동네 아낙네들은 맑은 냇가에 모여 앉아 흰 가슴을 드러내고 청포로 머리를 감았으며, 처녀들은 뒷산 밤나무 가지에 매어놓은 그네를 뛰었고, 남자들은 동네 넓은 마당에 펴놓은 멍석 위에서 힘 자랑 씨름을 했다. 동네 어귀에 늘어선 아카시아 나무에는 꽃이 만발 하게 피어 달콤하고 은은한 꽃 향기가 온 동네에 퍼져 집안까지 스며들었다. 보슬비 내리는 밤이면 물 논에서 개구리가 개골개골 구성지게 울며 제 짝을 찾았다. 오월은 낮은 길고 밤은 점점 짧아져, 온몸이 꾀 나른한 달이기도 했다.

유월이 되면 날씨는 더워지고 산천초목이 짙은 녹색으로 변하며 매미, 쓰르라미, 유치가 불협화음으로 시끄럽게 울어댔다. 농부들은 논에 모를 심고 콩밭에 돋아난 잡초를 뽑고 김을 맸다. 어린아이들은 잔등이에 땀띠가 돋고, 밤새 모기에 물린 자리를 오이 꼭지로 비벼 대었다. 나도 이 맘때면 땀띠가 오돌도돌 돋아 진물이 날 때까지 북북 긁어대곤 했다. 밭에는 수박, 참외가 익어가고, 해가 중천에 떠 한참 더울 때는 동네 친구들과 개울로 달려가 참외를 물에 던지며 헤엄도 치고 물싸움을 벌였다. 냇가 버드나무 풀섶 속에 숨어 있는 붕어와 메기를 손으로 더듬어 잡기도 하고, 얕은 물에 떠 다니는 피라미를 잡아 배를 따 개울가 돌 위에 얹어 말린 다음 붉은 고추장에 찍어 먹기도 했다. 내 이웃집 동무 필호가 개울로 미역 감으러 갈 때마다 고추장을 퍼들고 왔다. 시원한 나무그늘 밑에서는 동네 청년들이 물고기국을 끓여 흥겨운 천엽 놀이를 했다. 막걸리 술도 마시고 징과 꽹과리를 두들겨가며 신명 나게 여름 한 날 잔치를 벌였다. 유월 어느 날, 나는 친구들과 조그만 고기잡이 망을 들고 냇가로 물고기를 잡으러 갔다. 망에 물고기가 잘 안 잡혀 나는 조그만 손으로 버드나무 너겁을 더듬어가며 물고기를 잡으려는데, 무언가 커다란 것이 내 두 손 사이로 천천히 미끄러져 빠져나가고 있었다. 나는 커다란 물고기다 싶어 두 손을 더욱 꼭 죄어 보았지만, 내 조그만 손으로는 어림도 없었다. 그 순간 내 옆에 서 있던 필호가,

"병규야, 뱀이다. 뱀. 저 봐. 뱀에 물려. 빨리 도망가!"

하고 소리를 쳤다. 나는 공포에 몸이 얼어붙어 꼼짝 못 한 채 커다란 뱀이 내 손안에서 빠져나가 버드나무 숲으로 서서히 기어가는 것을 물끄러미 바라볼 뿐이었다. 나는 너무나 놀라고 온몸에 힘이 빠져 발도 떼어놓을 수가 없었으며 주먹만 한 땀방울만 온몸에서 줄줄 흘러내리고 있었다. 필호는 나를 끌어다 모래 위에 눕혀 놓은 다음 집으로 달려가 내 어머니를 데리고 왔다. 어머니 잔등에 업혀 집으로 돌아온 나는 식은땀을 흘리고 깜짝깜짝 놀라가며 며칠을 잃고 누웠다. 아버지가 지어다 주신 한약을 먹고 가까스로 낫긴 했지만, 밤에 잠을 자다 놀라는 증세는 쉽게 낫지를 않았다. 이때 내 나이 여섯 살이었고, 뱀에 혼쭐이 난 이후로 나는 물가에서 물고기 잡는 놀이를 다시는 하지 않았다.

신록이 우거진 유월이 가면, 무덥고 지루한 장마철인 칠월이 왔다. 넓은 들

에는 뜨거운 열파熱波 아지랑이기 파도처럼 구불구불 피어오르고, 남쪽 황새모롱이산 틈으로 소낙비 삼형제가 몰려왔다. 삼복더위가 기승을 부리는 한낮에는 숨이 턱턱 막혔다. 앞마당 나무 밑에 매어놓은 소는 눈을 감고 반추를 되풀이하며 더위를 식히고, 처마 밑 그늘에 누워 있는 견공犬公은 혀를 길게 내밀고 가쁜 숨을 몰아쉬었다. 견공은 더위에 지쳐서인지 지나가는 낯선 행인을 보아도 짓지를 않았다. 칠월 초 이렛날은 칠석七夕날로 동쪽의 견우와 서쪽의 직녀가 은하수 오작교烏鵲橋에서 만나는 날이었다. 칠석날 밤에는 온 식구가 바깥마당에 펴놓은 멍석에 앉아 삶은 옥수수, 찐 감자, 수박, 참외를 먹으며 높은 하늘에서 반짝이는 은하수 별을 바라보았다.

"저 봐라. 별들이 깜빡이고 있지? 견우직녀가 만나 눈물을 흘리고 있는 거란다. 견우직녀가 만날 때는 지상의 까치, 까마귀들이 모두 하늘로 올라가 은하수에 그들이 만날 다리를 놓아준단다."

하고 어머니는 별을 보며 칠석날에 얽힌 전설 이야기를 해주셨다. 은하수에서는 이따금씩 밝은 별똥별이 긴 포물선을 그리며 마을 뒷동산 너머로 떨어졌다. 어머니는,

"별똥이 떨어진 곳에는 커다란 금 덩어리가 묻혀 있단다. 그리고 저기 저 별은 북두칠성으로 사람이 밤에 길을 잃으면 길을 찾아주는 별이란다."

하고 별과 달과 대자연에 얽힌 신비로운 이야기를 들려주셨다. 나는 어머니의 이야기가 너무나 신비로워, 식구들이 잠자리로 돌아간 후에도 홀로 앉아 먼 하늘에서 깜빡이는 무수한 별들을 바라보며 끝없는 공상의 세계로 빠져들어갔다.

별똥이 떨어진 자리에 금 덩어리가 묻혀 있다는 어머니의 말을 들은 다음 날 아침 나는 일찍 일어나 하늘에서 떨어진 별똥을 찾아 나섰다. 아침의 찬 이슬을 맞아가며 동산 뒤 가시덤불을 헤치고 별똥을 찾아보았지만, 별똥은 보이지 않고 검은 흙을 뚫고 나온 청버섯, 응달버섯, 갓버섯, 송이버섯만 보일

뿐이었다. 나는 흙에서 방금 돋아난 버섯을 따 칡넝쿨에 꿰어가지고 집으로 돌아와 어머니께 물었다.

"어머니, 어제 밤에 떨어진 별똥은 보이지 않고 이 버섯만 보여요."

"별똥은 버섯이 나는 데에는 떨어지지 않는다. 무지개가 솟아나는 곳에만 떨어지는 거란다."

하고 어머니는 더욱 신비스럽게 말씀을 하셨다.

어머니는 신비에 싸인 많은 전설 이야기를 가지고 계셨다. 내가 다섯 살 때 아버지가 아파, 어머니는 한 늙은 여자 무당을 불러 아버지 병을 낫게 하기 위해 굿을 한 적이 있었다. 징을 치고 춤을 추며 주문을 다 끝낸 할머니 무당은 날이 시퍼런 칼을 마당에 내던진 후, 어머니에게 떡을 한 시루 하여 깊은 자시子時에 먼 재 너머 고개 서낭당에 가 산신령께 드리라고 했다. 춥고 깜깜한 깊은 밤중에 어머니는 새 옷을 입으신 다음 무거운 떡시루를 머리에 이고 대문을 나섰다. 나는 자다가 벌떡 일어나 솜옷과 털벙거지를 쓰고 어머니를 따라 나섰다. 어머니가 산중에서 늑대나 호랑이를 만나면 어쩌나 겁이 나서였다. 어머니는 나더러 들어가 자라고 말씀하셨지만, 나는 어머니를 혼자 가게 하고 싶지 않아 어머니 뒤를 계속 쫄랑쫄랑 따라갔다. 캄캄한 밤이라 숲속의 좁은 길을 찾아가기란 여간 힘든 게 아니었다. 내 작은 몸에서는 연신 땀이 흘렀다. 이윽고 높은 고갯마루에 있는 서낭당에 도착하신 어머니는 떡이 담긴 시루를 큰 고목나무 밑 돌 제단에 올려놓은 다음, 두 손을 모아 산신령께 절한 후 아버지 병환을 낫게 해주시고 집안의 우환을 거두어 달라고 기도를 하셨다. 깊은 산골짜기 밑에서는 부엉이가 음산하게 울고, 여우가 우는 소리도 간간이 들렸다. 산신령께 떡을 드리고 기도를 끝낸 후 집에 돌아올 때는 어머니가 나를 등에 업고 오셨다. 어머니는,

"애야, 네가 어미를 따라와 크게 마음을 놓았다."

라고 기쁜 듯이 말씀하셨다.

"어머니가 호랑이에게 물려가면 어찌나 하고 근심했어요."
하고 내가 말했더니 어머니는,

"산신령께 빌러 가면 호랑이에게 물려가지 않도록 신령님이 보호해 주신다."
하시며 산신령에 대한 전설을 꺼내기 시작하셨다. 나는 어머니의 전설 이야기를 반쯤 듣다가 포근한 어머니의 잔등에서 깊이 잠이 들었다. 그리고는 닭장 횃대에서 수탉이 새벽을 알리는 고성을 터뜨릴 때가 되어서야 잠에서 깼다. 어머니는 식구들에게, 심지어 마을 이웃사람들에게도 내가 추운 한밤중에 어머니를 따라나선 기특함을 자랑하셨으며, 후일 어머니가 임종하실 때도 내 손목을 꼭 잡고 어머니의 임종을 지켜보는 사람들에게 이때의 이야기를 들려주셨다. 어머니는 돌아가실 때 무척 고통스러워하셨다. 그때 나는 숨을 거두시는 어머니를 소생시키려고 칼로 손가락을 베어斷指 어머니의 입에 피를 넣어 드렸으나 어머니는 끝내 눈을 감으셨다.

뜨거운 칠월이 되면 마을사람들은 단체 품앗이로 농부가를 부르며 논을 매고 피도 뽑고 밭을 매었다.

"얼럴러 상사디야 어여류 상사디야
한일자로 늘어서서 입구자로 심어갈제
이 내 말을 들어보소 어에이에 에헤루 상사디야"

한낮에는 농부들이 들에서 부르는 이 농부가가 힘차고 흥겹게 들리지만, 해질 무렵에 들리는 이 노래는 어딘가 구성지고 허무하고 처량하게 느껴졌다.
마을사람들이 풍년 수확을 하려고 더위에 땀 흘리며 일을 할 때 동네 개구쟁이들은 들로 뛰어다니며 들새들이 나무숲에 낳은 조그만 알을 훔치기도 하고, 산에 가 산딸기를 따먹기도 했다. 산딸기 중 가장 맛있는 딸기는 주먹만 한 멍석 딸기로 황새모롱이 산 뒤에 가장 많았다. 황새모롱이산 밑 깊은 물에는 메기, 붕어, 쏘가리, 자가사리, 중터지, 뱀장어, 구구락지, 모래무지, 피라미, 불거지 같은 물고기가 많이 서식하고 뱀도 많으며, 겨울에는 청둥오리, 기러기, 황새들이 떼를 지어 먼 북쪽에서 날아와 황새모롱이 갈대숲에서 물고기를 잡아먹으며 겨울을 난 후 다시 북쪽으로 돌아갔다. 이 근처에는 만가대라고 하는 나무와 숲이 우거진 야산이 있었다. 이곳에는 공동묘지도 있고 밤에는 여우와 늑대가 자주 나타나 대낮에도 사람이 잘 다니지 않는 무서운 곳이었다. 만가대 앞에는 천가대가 있는데, 이곳에 황씨네가 외따로 살고 있었다. 내가 살던 집에서 멀리 떨어져 있는 데다 집도 잘 보이지 않아, 겨울에 굴뚝에서 하얀 연기가 나와야 거기에 집이 있었구나 하는 느낌을 주는, 아주 외롭고 구석진 곳이었다. 황씨네 식구들은 모두 천형天刑병인 문둥병에 걸려 있어 마을에서 멀리 떨어진 곳에서 외로이 살고 있었다. 그런데 천형병이 덮친 음울한 집안과는 달리, 그 집 밖은 온갖 아름다운 꽃이 늘 만발하게 피어 있고 여름이면 맛있는 여러 가지 과일이 나무에 주렁주렁 달려 있었다. 봄과 여름이면 모란꽃, 복사꽃, 장미꽃, 개나리꽃, 찔레꽃, 사발꽃, 복숭아꽃, 보리수꽃이 집 전체를 에워싸고 있었으며 집 뒤에는 앵두, 복숭아, 배, 자두, 살구, 보리수가 가지에 주렁주렁 달려 있었다. 황씨네 앞밭에는 검은 골이 진 커다란 수박과 노랗고 푸르스름한 개골참외, 감참외, 먹사과참외도 밭이랑에 즐비하게 놓여 있었다. 어떤 사람들은 하늘이 이들을 불쌍히 여겨 아름다운 꽃과 맛있는 과일을 선물로 주었다고 했고, 또 어떤 사람들은 문둥병 환자는 어린애 넓적다리를 먹어야 병이 낫는데, 그 집 주위의 아름다운 꽃과 과일은 아이들을 유혹하려고 일부러 심어 놓은 것이라고도 했다. 그러면서 황씨네가 사는 근처 공동묘지에 죽은 어린아이 시체를 묻으면 번번이 없어진다고 말하는 사람들도 있었다. 황씨네 집 산 아래에는 산딸기, 멍석딸기도 많이 열렸지만, 나는 그 집 식구들이 문둥병에 걸려 있다는 말을 들은 후부터는 그 근처에 접근하지 않았다.

내가 사는 마을에는 아름다운 전설이 많이 있는가 하면 무서운 전설도 있었다. 우리마을 앞에는 큰 개울이 흐르고, 그 개울 뒤에는 나무가 무성하게 우거진 매미산이라는 높은 산이 있었다. 그 산 중턱에는 옛날에 용이 하늘로 올라갔다는 용천골이 있고, 그 용천골 옆에는 호랑이가 입을 딱 벌리고 있는 듯한 큰 바위굴이 있는데, 이 바위굴에는 하얀 소복을 입은 백 년 묵은 여우가 살고 있다고 전해 내려왔다. 이른 아침 논에 물꼬를 보러 갔다가 하얀 늙은 여우가 지팡이를 짚고 이 굴로 들어가는 것을 보았다는 사람도 있고, 깜깜한 밤에 개울까지 내려와 무언가를 집어들고 굴속으로 사라지는, 꼬리가 아홉 개나 달린 여우를 보았다는 사람도 있었다. 추운 겨울에 이 여우가 동네까지 내려와 울고 지나가면 갓난 어린애가 죽고 동네에 재앙이 생긴다고도 했다. 나는 어릴 때 이 여우 이야기를 들을 때마다 등골이 오싹해져, 대낮에도 그 여우가 내 뒤를 따라오는 것 같아 흘금흘금 뒤를 돌아보며 집으로 뛰어오곤 했다.

나는 아름답고 무서운 전설과 어머니의 신비스런 이야기를 들어가며 어린 시절을 보냈다. 나는 그런 이야기를 들을 때마다 무한한 신비의 세계로 빠져들어가 하늘로 높이 날아가는 꿈도 꾸고, 알 수 없는 무서운 괴물이 나를 쫓아다니는 무서운 꿈에 시달리다가 소스라쳐 잠을 깨기도 했다. 칠월은 전설에 찬 달이기도 했지만 내 생일이 들어 있는 달이기도 했다. 생일날이면 어머니는 붉게 익은 수수를 꺾어 수수 팥떡도 해주시고 하얀 쌀밥에 미역국도 끓여주셨다. 어머니의 사랑으로 내 생명이 창조된 이 칠월, 이 달이 내게는 가장 뜻 깊고 위대한 달이기도 했다.

팔월은 황금처럼 누렇게 익은 논벼, 들에서 떼지어 날아다니는 메뚜기 떼, 묵직하게 고개 숙인 검은 수수, 통통하게 여문 콩, 땅 위로 솟은 붉은 고구마와 땅콩, 아람 불은 밤송이, 도토리, 붉게 익은 대추와 감 등 백곡 과일이 여무는 달이며, 여름내 피땀 흘려 지은 농사를 거두어들이는 수확의 계절이기도 했다. 아침이면 찬이슬이 내리고 선선한 바람이 불기 시작했다. 아버지는 추석 때 송편 만들어 제사에 쓰려고 따로 심으셨던 이른 벼를 베어 그네로 훑어 내리고, 어머니는 밭에 나가 수수이삭을 꺾으셨다. 누나들은 어머니가 꺾어놓은 수수를 머리에 이어 나르고, 이른 아침부터 저녁 늦게까지 온 식구가 들에 나가 가을걷이를 했다.

추석날 아침에는 어머니가 밤새 빚은 송편과 햇과일을 젯상 위에 차려놓고 온 친척이 모여 조상에게 감사하는 제사를 지냈다. 아버지가 집안의 종손이라 우리 집에서 맨 먼저 제사를 지낸 다음 경례 누나네, 가마골 아저씨, 지곡리 아저씨 댁을 차례차례 돌며 제사를 지내고, 조상의 묘에 성묘하는 것을 마지막으로 집안의 추석 행사가 모두 끝났다. 조상의 묘에 성묘를 할 때쯤이면 해가 서산으로 뉘엿뉘엿 지기 시작했고, 엷은 땅거미가 산골짝으로 서서히 퍼져갔다. 지곡리는 사방이 산으로 둘러싸인 산골동네로, 이곳에 사는 아저씨는 농사를 많이 짓고 밤나무가 우거진 큰 산도 갖고 계셨다. 내 육촌 형은 서울에서 고등학교를 다녔는데, 지곡리 앞산 높은 언덕에 다다르면 멀리 북쪽에 보이는 뿌연 운무에 싸인 높은 산을 손가락으로 가리키며,

"병규야, 저 먼 데 보이는 높은 산이 바로 서울에 있는 북악산이다. 남산은 북악산보다 낮아 잘 보이지 않는구나."

하고 설명해주었다. 말로만 듣던 서울, 거기에 있는 산이라도 먼 데서 바라보니 나는 까닭 없이 가슴이 두근거리고, 언제나 서울에 가보나 하는 생각으로 가슴이 초조하기까지 했다. 지곡리 아저씨 댁에서 제사를 지내고 나올 때는 아주머니가 밤을 자루에 가득 담아 내게 주셨으며, 아버지는 이 집 저 집에서 권하는 술에 거나하게 취해 흥겹게 노래도 부르시고, 또다시 집안 조상들 자랑을 시작하셨다.

"이놈아, 목은 선생님이 바로 우리 조상이시고 우리 집안은 음애공陰崖公 자손이야. 음애공 어른은 자헌대부資憲大夫, 의정부 우찬성右贊成, 좌찬성左贊成,

판의금부사判義禁府事와 그외 여러가지 높은 벼슬을 지내셨어. 네 할아버지도 나라에서 높은 벼슬을 지내셨으니, 너도 조상을 잘 모시고 조상처럼 훌륭한 사람이 되어 우리 가문을 잘 이어가야 한다."

추석날 밤의 달은 유난히 크고 둥글고 밝았다. 달이 하도 밝아 달 속의 흰 부분과 토끼가 절구질하며 떡을 하는 검은 모습이 아주 선명했다. 추석날 밤에는 동네아이들이 수수잎으로 긴 꼬리를 만들어 멍석 뒤에 달아매고 거북이 놀이를 했다. 그들은 무거운 멍석을 뒤집어쓰고 송편과 과일을 얻으러 이 집 저 집으로 돌아다녔으며, 동네 처녀들은 긴 댕기 치마저고리에 손에 손을 잡고 둥근 원을 그려가며 노래에 맞추어 강강술래 춤을 추었다. 청년들은 동네 한복판에서 한 차례 농악을 울린 후 그들이 꾸민 연극을 했다. 연극은 머리에 흰 수건을 질끈 동여맨 바보 차림의 청년이 징을 한 번 크게 두드린 후 풍월조의 인사말로 시작되었다.

"할아버지, 할머니, 아저씨, 아주머니, 그리고 우리 아버지, 어머니, 조상님 모두 귀체후일양만강 하오십니까? 오늘은 우리 동네에서 이름이 난 뺑둥엄마를 모셔볼까 합니다."

그러면 사람들은 좋아라고 박수를 치며 다음 막간을 기다렸다. 연극은 밤 깊도록 계속되나, 이를 끝까지 보는 사람들은 몇 명 되지 않았다.

추석을 기념하는 갖가지 행사가 끝난 후 팔월 그믐날이 되면 산신령에게 제사를 지냈다. 우리마을에서 한참 떨어진 동쪽에는 큰 산이 있고, 그 산 중턱에는 매년 가을 산신령에게 제사를 지내는 동굴 같은 움막이 있었다. 돌과 나무로 지은 움막 안에는 커다란 돌 제단이 놓여 있었으며, 팔월 그믐이면 마을사람들은 소와 돼지를 잡고 가지가지 음식을 마련해 산신령이 사는 동굴로 나른 다음 모두 모여 제사를 지냈다. 이렇게 산신령을 받들지 않으면 신령이 진노해 마을에 흉년과 재앙을 내리며, 제사를 잘 지내면 마을에 풍년을 가져오고 마을사람들을 평안하게 지켜주신다는 것이다. 팔월 그믐이 되어 중추절 둥근 달이 한 맺힌 며느리의 실눈 모습처럼 가늘어질 때는, 쓸쓸한 바람이 불어오며 뜰앞 돌담 밑에서 귀뚜라미가 처량하게 울기 시작했다. 대자연의 전령들이 하늘에서 땅에서 만추晚秋로 들어가고 있음을 인간세상에 알려주고 있었다.

구월이 되어 가을이 막바지에 접어들면 마을사람들은 온갖 가을걷이로 매우 분주했다. 들에서 벼와 콩을 쇠길마로 실어다 앞마당에 쌓았다가 좋은 날을 골라 벼타작, 콩타작을 했다. 타작을 모두 끝내면 새 볏짚으로 이엉을 엮어 여름내 내린 비로 썩은 이엉을 지붕에서 걷어낸 다음 새 이엉으로 지붕을 덮었다. 콩걷이, 팥걷이, 들깨걷이, 수수걷이가 끝난 들판에는 콩잎과 들깻잎 태우는 연기가 뽀얗게 피어오르며, 이들 잎새 타는 구수한 냄새가 온 대지를 가득 채웠다. 들에는 예쁜 코스모스와 들국화가 청초하게 피어 길 잃은 나그네 벌들을 반겨주었다. 산에는 밤나무, 참나무, 오리나무, 단풍나무, 상수리나무, 갈참나무, 사시나무, 버드나무, 떡갈나무들이 붉게 단풍이 들고, 어쩌다 쓸쓸한 가을비가 내리면 나뭇잎이 우수수 땅으로 떨어졌으며, 비온 뒤 스산한 바람이 불면 줄기만 남은 갈대들이 사각사각 소리를 냈다. 이삼월에 왔던 제비가 하나 둘 강남으로 돌아가고 난 다음에는 기러기가 가즈런히 열을 지어 북쪽에서 날아왔다. 그리고 아침이면 하얀 서리가 지붕에 내리고, 뒷동산 소나무 사이로 솟아오르는 태양도 풀이 죽어 엷은 홍조紅潮를 띠고 있었다. 어머니는 손(날수를 따라 여기저기로 다니며 사람을 방해하는 귀신)이 없는 길일吉日을 골라 가을 고사떡을 한 시루 하여 장독대, 마루, 대문에 놓고 절한 다음 온 동네에 돌리셨다. 다른 사람들도 고사떡을 해 집집마다 돌렸다.

만추가 지나면 초겨울이 시작되는 10월이 성큼 다가왔다. 앙상한 나뭇가지에는 마른 잎이 을씨년스럽게 매달려 있고, 까치들이 대추나무에 앉아 말라 붙은 대추를 쪼아먹었다. 또한 참새들이 떼를 지어 짚가리에 앉아 벼 이삭을 골라 먹었다. 한낮이 되어 뒷동산 밤나무 숲에서 수꿩이 울면 높은 산마루 꼭대기에서는 검은 매가 두 눈을 부릅뜨고 하늘을 빙빙 돌며 토끼와 꿩을 찾았고, 북쪽에서는 청둥오리들이 떼지어 황새모롱이 넓은 냇가로 날아들기 시작했다. 아침 냇가에는 살얼음이 얼고 살찐 새우, 붕어, 미꾸라지들이 냇가에 낀 이끼 너겁 속으로 모여들었다. 10월 말이 되면 동네 아낙네들은 삼삼오오 짝을 지어 통통하게 살이 찐 배추와 무우를 뽑아 겨우내 먹을 김장을 담갔다.

한 해의 마지막 둘째 달인 십일월이 되면 남자들은 지게 지고 산으로 가 땔나무와 낙엽을 긁어오고, 여자들은 집안에서 무명을 짰다. 어머니는 솜틀집에 가 하얀 목화를 솜으로 틀어 물레로 실을 잣고 베틀에 앉아 명주와 무명을 짜셨다. 식구가 많아 옷을 많이 지어야 했기 때문에 어머니의 무명 짜기는 십이월까지도 계속되었다. 어느 해에는 어머니가 겨우내 짠 무명과 명주를 몽땅 도둑맞은 적이 있었다. 무명과 명주를 도둑맞던 날 밤, 때마침 동네 야경을 하던 야경꾼들이 북을 치며,

"도둑이오, 도둑, 모두 나오시오!"

하고 소리쳐 동네사람들이 몽둥이와 낫을 들고 뛰어나왔다. 집 앞에 쌓아 놓은 볏짚가리와 들과 뒷동산을 샅샅이 뒤졌으나 도둑은 보이지 않았다. 무명을 도둑맞은 후부터 어머니는 겨우내 짠 무명과 명주를 건넌방에 넣어놓고 밤이면 이 방에서 주무셨다. 십일월 하순 동지冬至 날이면 어머니는 쌀과 수수로 샐새미를 빚어 팥죽을 쑤셨다. 식구들은 어머니가 만드신 단팥죽을 두 그릇, 세 그릇씩 먹었다. 어머니가 동짓날 지으시는 팥죽은 꿀통의 꿀보다 몇 갑절이나 더 맛이 있었다.

일년사시가 총총 걸음으로 지나가고 어느덧 한 해의 끝인 십이월이 되면, 태양은 먼 지평선에 잠시 멈추었다가 이내 서산으로 자취를 감추고, 북쪽에서 세찬 눈보라가 불어닥치며 냇가와 물논에 얼음이 꽁꽁 얼었다. 동네아이

들은 수정처럼 맑은 얼음판 위에서 썰매 타고 팽이치기를 하고 연을 날렸으며, 밤이면 지붕 밑 굴속에서 잠자는 참새를 잡아 화로에 구워 먹고, 낮에는 들새와 메추라기를 잡으러 눈 덮인 들판을 헤매기도 했다. 매서운 북풍이 뒤울타리와 나무를 흔들며 방까지 스며들어오면, 식구들은 따뜻한 화롯가에 모여앉아 감자, 고구마, 밤을 구워 먹었다. 바람이 어찌나 사나운지 밤에 야경꾼들이 치는 딱딱이 소리가 바람에 끊겨져 들리다 말다 할 때도 있었다. 지붕 밑 처마에는 맑고 굵은 고드름이 매달려 있고, 아침에 세수를 하고 들어오면 방 쇠고리에 손이 달라붙어 떨어지지를 않았다. 아버지 는 밤이면 따뜻한 사랑방에 앉아 책을 읽으셨으며, 마을사람들은 아버지의 책 읽는 소리를 들으러 우리 집 사랑방으로 모여들었다. 아버지는 장날만 되면 장으로 가 여러 권의 책을 사다가 마을사람들에게 큰 소리로 읽어주셨다. 책 대목에 슬픈 이야기가 나오면 여자들은 앞치마로 눈에서 눈물을 꼭꼭 짜내고, 재미난 이야기가 나오면 박장대소를 했고, 나쁜 짓을 하는 악인의 얘기가 나오면 남자들은,

"저런 몹쓸 것들이 있나."

하고 분노했다. 아버지가 가지고 계신 책 중에는 『춘향전 』, 『심청전』, 『임꺽정전』, 『홍길동전』, 『임경업전』, 『사씨남정기』, 『콩쥐팥쥐』, 『삼국지』, 『수호전』, 『열하일기』, 『목민심서』, 『홍루몽』과 같은 옛날 소설책들이 많이 있었다. 아버지가 동네사람들을 모아놓고 밤 깊도록 책을 읽으시면, 어머니는 밤참으로 메밀묵을 무치거나 국수를 끓여 사람들에게 대접을 하셨다.

십이월 중순이 되면 어머니는 무명과 명주를 끊어 물감을 들여 새해 정월 초하룻날 식구들이 입을 옷을 만들며 설날 준비를 하셨다. 섣달 그믐께가 되면 수수를 빻아 엿과 조청을 만들고, 쌀로 술도 담그고 콩으로 두부도 만들며, 흰떡을 빚을 쌀도 미리 씻어놓으셨으며 정월 초하루 전날에는 쌀부꾸미,

수수부꾸미, 감주, 나식, 수정과, 선지를 만들고 큰 솥뚜껑을 뒤집어 부침개를 부치셨다. 아버지는 장에 가 제상에 놓을 과일과 소고기, 그리고 식구들이 신을 고무신을 사오셨다. 아버지는 어머니가 쪄놓은 쌀을 지게에 지고 윗동네로 가 나무로 만든 넓은 떡판 위에 올려놓은 다음 떡메로 쳐 흰 떡가래를 만들어 오셨으며, 어머니는 긴 떡가래를 잘라 장독대, 마루 위, 큰 뒤주, 곡식 광과 대문에 올려놓고 절을 한 다음, 이를 잘게 썰어 떡국 끓일 준비를 하셨다.

섣달 그믐날 저녁에는 식구들이 모여 앉아 제사에 쓸 밤을 까고, 아버지는 먹을 갈아 붓으로 지방紙榜을 쓰셨다. 새해맞이 준비가 모두 끝나면 나는 어머니가 지어주신 새 바지저고리, 양말, 대님, 아버지가 사오신 새 고무신을 머리맡에 가지런히 놓고 잠자리에 들었다. 이렇게 하여 십이월 그믐을 끝으로 변화무쌍했던 일년 사계가 칠흑같이 어두운 밤 속으로 고요히 사라져 갔다. 그러나 이 일년사계는 다음해에도 그 다음해에도 끊임없이 반복될 것이며, 이 마을에 대대로 전해 내려오는 수많은 전설과 아름다운 풍속, 따뜻한 인심, 그리고 마을사람들의 온갖 기쁨과 슬픔과 애처로움 과 즐거움이 연중 절기 변화와 함께 끊임없이 되풀이될 것이다. 태양과 달과 별이 떴다가 이지러지면 다시 떠오르고 그 외의 모든 우주 만물이 윤회輪廻를 하듯, 대자연의 일부분인 인간 생애도 끊임없이 윤회를 한다. 생로병사生老病死를 되풀이하며 태어났다가 죽고 죽었다가는 다시 태어난다. 이것이 인간의 윤회이며, 인간은 거듭되는 자연의 윤회를 육안으로 보지만, 인간 자신이 영겁회귀永劫回歸를 하는 것은 보지도 못하고 깨닫지도 못한다.

그러나 애석하게도 내가 태어나 자란 이 아름다운 고향은 한낱 전설의 고향이 되어 더 이상 존재하지 않는다. 신시대 물결과 함께 낯선 문물이 젖어들면서, 이 마을을 수놓았던 아름다운 풍속과 전설이 하나 둘씩 사라져가다가, 내가 열여덟 살이 되던 해에 물을 가두는 큰 저수지가 되어 깊은 물속으로 수몰되었기 때문이다. 하지만 내가 태어나 자란 아름답고 평화스런 마을과 즐겁고 행복했던 내 어릴 적 시절은 수많은 영겁이 지난 지금에도 내 가슴속에 고스란히 남아 있다.

2. 배움의 시작과 6·25 전쟁

나는 여섯 살 때 옛날 진사進士 자제였던 한문선생이 가르치는 마을서당에서 천자문千字文을 배웠으며, 일곱 살 때는 『동몽선습童蒙先習』을 떼었다. 여름에 궁둥이가 나오는 바지를 입고 서당 바깥 마루 위에서 책을 읽을 때는 짓궂은 마을사람들이 내 궁둥이를 찰싹 때리고 지나가곤 했다. 서당에서 글 공부가 끝나면 나는 이웃집 필호와 함께 들로 다니며 들새 알을 줍거나 물고기를 잡으며 즐겁게 보냈다. 내가 일곱 살이 되었을 때 멀리 사는 필호 고모가 내 누나 또래와 내 또래가 된 두 딸을 데리고 필호네 집에 왔다. 필호는 고모부가 죽어 살기가 어려워 고모가 딸들을 데리고 왔으며, 자기 고모는 저 멀리 안성 근처 도촌에서 산다고 했다. 필호 고모의 큰딸 이름은 모니이고, 내 또래가 되는 딸은 모선으로 성은 박씨였다. 모니는 키가 컸으며 길게 딴 머리에 하얀 댕기를 매고 있었고, 모선이는 단발머리에 흰 저고리와 까만 치마 차림으로 얼굴이 갸름하고 매우 예뻤다. 나는 얼굴이 예쁜 여자 친척을 가지고 있는 필호가 부러웠다. 우리 집에도 가끔 손님이 오지만 예쁜 여자아이를 데리고 오는 친척은 없었다. 우리 집에 오는 손님들이나 친척들은 더운 여름에도 흰 두루마기를 입고 까만 갓을 쓰고 오는 남자 어른들뿐이었으며, 가끔 여자 손님들도 오지만 그들은 모두 나이 많은 할머니나 중년 아주머니들이었다. 남자 손님들은 우리 집 사랑방에서 대개 삼사일 묵다 가는데, 그들은 한결같이 선대조 자랑과 족보 이야기를 하고, 누구의 묘가 허물어져 이를 봉분封墳하거나 이장移葬해야 된다며 아버지에게 돈을 달래 가지고 가는 것이 전부였다.

필호 고모가 두 딸을 데리고 필호네로 오는 때는 따뜻한 오월로, 농촌에서 가난한 사람들이 먹을것이 떨어지는 춘궁기春窮期에 해당되는 달이었다. 필호 할머니는 매년 이때가 되면 바깥 마당에 멍석을 깔아놓고 누에가 지은 고치에서 명주를 짤 가는 실을 뽑으셨다. 고치에서 실을 다 빼면 붉은 번데기가 뜨거운 물 위에 둥둥 뜨는데, 이 번데기 맛은 들에서 주워다 삶은 들새 알보다 훨씬 고소하고 맛있었다. 필호와 나는 필호 할머니 옆에 쪼그리고 앉아 큰 냄비 속 물 위에 번데기가 둥둥 뜨면, 물에 손을 넣어 번데기를 건져 서로 나누어 먹었다. 어느 날 나는 옆에 서 있던 모선이에게 뜨거운 물에서 번데기 한 개를 건져 주었더니, 모선이는 수줍어하며 내가 주는 번데기를 받아 맛있게 먹었다. 모선이는 처음에는 낯설어 눈치만 보다가, 차츰 날이 지나면서 필호와 나와 함께 번데기도 함께 건져먹고 재미있게 놀기 시작했다. 모선이는 나보다 한 살 위였고 키도 나보다 큰 데다 어딘가 성숙한 데가 있었다. 나는 서당에서 공부가 끝나면 책을 마루에 던진 후 필호네 마당으로 달려가 필호와 모선이와 함께 번데기도 주워먹고 들로 산으로 냇가로 다니며 즐겁게 뛰어 놀았다.

어느 날 우리 셋은 시원한 미루나무 그늘 아래서 소꿉놀이를 했다. 나는 아버지, 모선이는 어머니, 필호는 우리 둘이 낳은 어린애 역할을 했다. 모선이는 모래로 밥을 짓고 풀을 뜯어다 반찬을 만들어 넓적한 돌 위에 상을 차렸다. 모선이가 지은 모래 밥을 먹은 다음에는 모선이와 함께 나란히 잠자는 시늉도 하고, 모선이가 병이 나서 아프다고 하면 머리와 배를 만져 주기도 했다. 나는 밖에 나가 나무도 해오고, 들딸기를 따다가 모선이 입에 넣어 주거나, 풀과 패랭이꽃을 따 둥근 똬리를 엮어 모선이 머리에 씌워 주기도 했다. 나는 서당에 가면 모선이와 재미나게 놀 생각에 가득 차 공부도 대강대강 했다. 어느 날은 숙제를 해가지 않아 글방 선생님께 회초리로 종아리를 맞기도 했다.

그런데 하루는 갑자기 모선이가 보이지 않았다. 필호에게 물으니 오늘 아침 고모가 모니와 모선이를 데리고 도촌으로 돌아갔다고 말을 했다. 나는 중요한 무엇을 잃은 것처럼 마음이 서운하고 외로웠다. 집으로 돌아와 책을 읽고 붓글씨를 써보았지만 모선이가 눈앞에 어른거려 잘되지 않았다. 그 후 나는 몇 년간 모선이를 보지 못하였으며 초등학교, 중학교에 들어가면서 모선이와 즐겁게 놀던 어린 시절도 기억 속에서 차츰 사라져갔다.

마을 서당에서 기초 한문 공부를 마친 후 나는 여덟 살 때 초등학교에 들어갔다. 이때가 1948년이었다. 말이 학교지, 학교 교사校舍가 없는 학교였다. 마을에서 십리 떨어진 곳에 교실 세 개짜리의 조그만 학교가 있었지만, 거기에서는 4학년에서 6학년 학생들이 공부를 했고, 1, 2학년과 3학년 학생들은 곡식을 저장하는 남의 집 창고나 큰 사랑방에서 책상도 없이 바닥에 엎드려 공부를 했다. 그것도 한 곳에서 줄곧 공부를 한 게 아니라 마을에서 한참 떨어진 보뚤동네 부자인 김씨네 사랑방에서 석 달을 공부하다가 큰 개울 건너 쑥골동네 마을 공회당 안에 있는 창고로 옮겨, 거기서 겨우 1학년을 마쳤다. 내가 들어간 1학년에는 남녀 학생 모두 합해 서른 명 정도가 있었고, 내 또래 나이에 학교에 들어간 학생들은 여섯 명에 불과했다. 나머지 학생들은 키가 장대만 한 총각, 처녀로 나이가 열일곱, 열여덟이나 되었다. 이들은 한창 농번기農繁期 때는 학교에 나오지 않았으며, 어느 여학생은 학교를 다니다가 시집을 가기도 했다. 내가 2학년이 되었을 때는 학생수가 이십 명 가량으로 줄어들었다. 우리를 가르친 선생님은 김학섭 선생님으로 혼자 이 교실 저 교실을 옮겨 다니며 가르쳤다. 그 때문에 선생이 교실에 들어오지 않는 시간에는 학생들이 자습을 하다가 집으로 돌아가기가 일쑤였다. 김학섭 선생님은 손수건을 꺼내 코를 자주 푸셨고, 숙제를 안 해가거나 결석을 하면 긴 자로 손바닥을 탁탁 때리기도 하고 교실 마당을 뛰게 하는 벌을 주셨다. 2학년 반 학생들은 여름방학이 끝나면서 내가 사는 마을의 황수네 집 큰 사랑방으로 다시 옮겨, 3학년이 되어 6·25 전쟁이 일어난 때까지 거기서 공부를 했다.

　나는 나보다 열한 살 위인 큰형이 있었는데, 이 형은 내가 초등학교 1학년에 들어갔을 때 국방경비대에 들어가 군인이 되어, 강원도 삼팔선 근처에 있는 한 군부대에서 사무병으로 근무했다. 형은 일본정치 때 소학교를 나온 후 우리마을에서 멀리 떨어진 동네의 한 한문 선생으로부터 『소학』, 『대학』, 『논어』, 『맹자』까지 배워 한학에 통달하고 붓글씨도 잘 썼다. 또한 동네에 야학夜學을 열어 글을 모르는 젊은 사람들과 어른들에게 한글과 한문을 가르쳤다. 어느 날 형은 아버지, 어머니에게,

　"저 어디 좀 다녀오겠습니다."

하고 나가더니 부모 모르게 군에 입대를 했다. 형이 집을 떠나던 날 어머니는 삶은 계란과 인절미를 형에게 싸주며 눈물을 흘리셨으며 아버지는 장롱 설합에서 돈을 꺼내 형에게 노자 돈을 해주셨다. 집 대문을 나서며 형은 나를 번쩍 안더니,

　"너 내 대신 아버지, 어머니에게 잘해드려야 한다."

라는 말을 남기고 마을 어구로 총총히 사라졌다. 형이 집을 떠난 지 달포가 넘도록 소식이 없자 아버지, 어머니는 몹시 걱정을 하셨고, 나도 형이 무척 보고 싶었다. 그러던 어느 날, 뒤란에 있는 밤나무 가지에서 아침에 까치가 짖더니 한낮쯤 되어 일년에 한두 번 밖에 오지 않던 우체부가,

　"아드님 편지를 가지고 왔습니다."

하고는 대문 안 절구 위에 편지를 놓고 가버렸다. 어머니는 맨발로 뛰어나가 형이 보낸 편지를 아버지에게 갖다 드렸고, 아버지는 온 식구들이 듣도록 큰소리로 형이 쓴 편지를 읽어 주셨다. 형은 강원도 치악산에 있는 한 군부대에 배치돼 몸성히 근무 잘하고 있으며 부모님을 잘 모시지 못한 불효자식을 용서해 달라고 했고, 나와 누나들에게 부모님께 잘하라는 말로 편지를 끝맺었다. 어머니는 형의 편지를 들고 뒤란 장독대로 가 어머니가 신주神主처럼 모

시는 높은 장독에 놓여 있는 하얀 사발에 깨끗한 물을 가득 채운 후, 두 손 모아 장독에 절을 하며 형의 안전무사를 기원했다.

우리 집 뒤란에는 커다란 밤나무와 배나무 한 그루가 있었으며, 그 밑에 설치되어 있는 짚으로 엮어 만든 터주와 장독간은 어머니만의 신성한 제단이었다. 깨끗하고 넓적넓적한 검은 돌 위에는 크고 작은 장독들이 가지런히 줄지어 있고, 이 중 가장 큰 장독 위에는 정화수가 가득 찬 하얀 사발이 사시사철 놓여 있었다. 식구 중 누가 아프거나 집안에 우환이 생기거나, 길사吉事가 있거나 아버지가 장에 가시거나, 내가 중학교, 고등학교, 대학교 시험을 칠 때에도 어머니는 식구들이 모두 잠든 새벽에 장독간으로 나가 맑은 정화수 떠놓고 손을 비비며 절하고 기도하셨다. 첫 아들을 군에 보낸 어머니는 하루도 빼놓지 않고 형의 안전무사를 위해 기도를 하셨으며 식구들과 집안을 위한 어머니의 정성기도는 어머니가 돌아가실 때까지 단 한번도 멈추질 않았다(나는 이 때의 깊은 감명感銘으로 후일 '어머니의 기도'라는 제목으로 글을 써 『여원』 월간지에 발표하였으며, 내 글이 가작佳作에 당선됨과 아울러 한국문학인협회 회원이 되었다).

여기에 우리 집에 군에 간 형으로부터 반가운 소식을 전해준 까치에 대해 조금만 더 언급하기로 하겠다. 나라마다 그 나라를 상징하는 새, 즉 국조國鳥가 있다. 캐나다의 국조는 아비과의 바닷새인 룬(Loon: 아비阿比)이며, 미국의 국조는 흰머리독수리이고, 영국의 나라 새는 울새이다. 또한 꿩은 일본을 상징하는 새이고, 우리나라의 나라 새는 까치이다. 까치는 한국의 국조일 뿐만 아니라 한산 이씨와도 인연이 깊은 한산 이씨 가문조家門鳥다. 옛날에 한 시골에 사는 한산 이씨 선비가 서울로 과거를 보러 가다가 첩첩산중에서 길을 잃고 헤매고 있을 때 까치가 나타나 이 선비에게 길을 안내해 주었다는 전설이 있다. 이때부터 한산 이씨는 까치를 반가움을 가져다 주는 길조吉鳥로 숭상崇尙해 왔다는 것이다.

한국에서 까치는 사람들에게 기쁜 소식을 전해주는 새로서뿐만 아니라 남에게 진 은혜를 갚는 고마운 새로도 널리 알려져 있다. 옛날에 한 젊은 선비가 나무가 우거진 강원도 치악산 산길을 걷고 있을 때 높은 나무 위에서 까치 한 마리가 다 죽어가는 소리로 애절하게 울고 있었다. 이 선비가 까치가 울고 있는 나무 위를 쳐다보았더니 까치 한 마리가 커다란 구렁이에 칭칭 감겨 신음하고 있었다. 그때 젊은이는 등에 메고 있던 활을 벗어 구렁이에게 활을 쏘아 까치를 살려주었고, 구렁이는 땅에 떨어져 괴로운 듯 꿈틀거렸다. 까치를 살려준 젊은 선비가 날이 저물어 한 주막에 들어가 곤히 자는데 무언가가 자기 몸을 옥죄고 있어 눈을 떠 보았더니 낮에 자기 화살에 맞아 땅에 떨어진 구렁이가 자기 몸을 칭칭 감고 붉은 혀를 널름거리며 죽이려 하고 있었다. 젊은 선비가 구렁이에게 목숨을 살려달라고 애원하자 구렁이는,

"나는 오늘 낮에 용이 되어 하늘에 올라가기로 돼 있었어. 그런데 네가 내 몸에 활을 쏘아 상처가 나 나는 용이 되지 못했거든. 네가 만일 저 높은 산 위에 있는 외로운 절에 걸려 있는 종을 세 번만 울려주면 나는 네 목숨을 살려줄 수 있지만, 그렇게 하지 못하면 나는 너를 죽일 수밖에 없어."

하며 선비의 몸을 더욱 옥죄었다. 선비가 구렁이의 세찬 옥죔에 거의 숨이 넘어갈 무렵, 어디선가 종소리가 은은히 들려왔으며, 선비의 온몸을 감고 있던 구렁이는 그 종소리를 듣자 선비의 몸에서 벗어나 방문 밖으로 스르르 기어나가 버렸다. 깊은 밤중에 울려오는 종소리에 구렁이로부터 죽음을 면한 선비는 이튿날 아침 일찍 일어나 지난밤 종소리가 울려왔던 곳으로 가보았다. 거기에는 텅 빈 절간이 하나 있었으며, 절 앞 기둥에는 녹슨 종이 걸려 있고, 종 위에는 한 마리의 까치가 머리가 부서진 채 죽어 있었다. 선비가 죽은 까치를 자세히 살펴보았더니, 그 까치는 그가 어제 구렁이로부터 목숨을 구해준 바로 그 까치였다. 이 까치는 자기의 목숨을 살려준 선비의 목숨을 스스로 목숨을 끊어 살려준 것이었다. 자기 목숨을 구해준 은인의 생명을 자

신의 생명을 내던져가며 구해준 아름다운 까치에 관한 전설은 중국 고사古事에도 나온다.

이와 같이 동양에서는 까치가 보은조報恩鳥 또는 사람들에게 반가운 소식이나 좋은 일을 가져다주는 길조 또는 익조益鳥로 널리 알려져 있으나, 북미주에서는 까치를 집에 들어와 보석을 훔쳐가는 흉조凶鳥로 취급한다. 이 때문인지 북미주에는 까치도 많지 않고, 깊은 산중山中에서 살며 인가 근처에는 잘 내려오지 않는다. 집 근처에서 사람들과 친근하게 사는 한국의 까치와는 너무나 대조적이다. 어머니는 까치를 몹시 사랑하셨다. 아침에는 가끔 울 뒤에 까치 먹이를 뿌려주셨고, 집 뒤 미루나무나 밤나무에 까치가 날아와 짖어대면 어머니는 늘 반가운 소식을 기다리셨다. 어머니가 까치를 끔찍이 사랑해서인지, 우리 집 뒤 커다란 미루나무 꼭대기에는 까치집이 세 개나 있었으며 매년 봄이면 까치들이 거기로 날아와 알을 낳고 여러 마리의 새끼를 번식시켰다.

1950년에 나는 초등학교 3학년이 되었다. 그런데 그 무렵부터 38선에서는 북한 공산군들과 한국 국군들이 자주 전투를 한다는 소문이 들렸다. 그 해 오월에는 형이 어디로 훈련을 가다가 잠시 외출해 집에 들렀다. 형은 총을 메고 철모를 쓰고 허리에는 탄띠와 가죽 줄이 달린 단도를 차고 있었다. 형은 어깨에 메고온 배낭에서 아버지에게 피지 않고 모아두었던 담배를 꺼내드렸다. 총과 실탄으로 완전 무장을 한 형은 매우 용감하고 늠름해 보였으며 동네 사람들은 군인 아들을 둔 아버지, 어머니를 몹시 부러워했다. 이웃집 필호도 군인 형을 둔 나를 매우 부러워했다. 형이 형에게 한문을 가르치셨던 한문 선생님을 찾아가 큰절을 하자, 선생님은 형의 어깨를 두드리며 매우 장하다고 칭찬해주셨다. 어머니는 부적附籍을 꼭꼭 접어 형의 옷 속에 넣어주셨으며, 형이 부대로 돌아가기 위해 동네 어구를 떠날 때는 마을사람들이 나와 손을 흔들어 배웅을 해주었다. 어떤 동네 아주머니는 계란을 삶아 형의 주머니에 넣어주기도 했다.

유월이 되었다. 그 해 유월은 유난히 더웠고 비가 많이 왔다. 때는 논에 모심는 철이었으며 비가 많이 와 동네사람들은 짚으로 엮어 만든 도롱이를 쓰고 논에 모를 심었다. 그런데 밤이면 먼 데서 우르릉 우르릉 하는 소리가 간간이 들렸다. 천둥소리 같았지만, 벼락이 없는 걸로 보아 천둥은 아니었다. 마을사람들은 어디서 들었는지,

"난리가 났대요. 난리가. 38선에서 난리가 났대요."

하고 수군거리며 불안해 했다. 날이 갈수록 우르릉거리는 천둥소리는 더욱 크게 들렸고, 아버지, 어머니는 형이 걱정되어 무슨 소식을 들으러 마을 서당 생님에게로 갔다. 그러자 선생님은 신문 한 장을 보여주며 38선에서 전쟁이나 남쪽 군대와 북쪽 군대들이 싸우고 있다고 말씀해주셨다. 근심스런 표정으로 집에 돌아오신 어머니는 장독대로 가 기도를 하셨고, 아버지는 마루 끝에 앉아 연신 담배만 피우셨다. 그리고 희뿌연 신작로에는 사람들이 손수레와 소가 끄는 마차에 어린아이들과 짐을 싣고 남으로 내려가고 있었다.

하루는 우리 친척 뻘 되는 면사무소 직원이 집에 와 북한군이 서울에까지와 있으며 그들은 공무원, 군인, 경찰 가족들을 제일 먼저 잡아간다며 아버지에게 피난을 가라고 권고했다. 하루는 아버지가 동네사람들과 함께 논에 모를 심고 있는데, 갑자기 비행기 두 대가 나타나 논 주위를 한 바퀴 빙 돌더니, 땅에 곤두박힐 듯 낮게 떠 내려오며 논에다 대고 기총소사를 가했다. 이때 나는 못자리에서 모춤을 날라 논에 던지고 있었고, 어머니는 점심밥 광주리를 이고 와 논두렁에 앉아 밥과 국을 떠놓고 있었다. 비행기가 어디로 날아갔나 했더니 또다시 금세 돌아와 먼저보다 더 낮게 떠 모 심는 사람들을 향해 기관총을 쏘아댔다. 총알이 떨어진 자리에서는 논 흙물이 사방 팔방으로 튀었다. 비행기가 어찌나 낮게 떠 날아가는지, 비행기 몸통에 그려져 있는 붉은 별 표시와 비행기 조종사가 입고 있는 누런 군복, 그리고 그의 목둘레

에서 펄럭이는 푸른색 수건과 그가 잡은 조종간까지 아주 선명히 보였다. 아버지는 모를 심던 사람들을 데리고 급히 나무 밑으로 피하였으며, 어머니는 밥 광주리를 논두렁에 놔둔 채 내 손목을 잡고 모판까지 달려가 도롱이를 쓰고 납작 엎드렸다. 비행기가 이내 다시 나타났으나 사람이 없어서인지 총을 쏘지 않고 그대로 북쪽으로 날아가버렸다. 이때가 논에 모를 심던 마을사람들은 물론 아버지, 어머니, 그리고 내가 6·25 전쟁으로 목숨을 잃을 뻔했던 최초의 아슬아슬한 순간이었다.

북한 비행기가 논에서 모 심는 마을사람들을 향해 기총 소사를 가 했던 이튿날에는 푸른 떡갈잎으로 몸을 위장한 국군들이 긴 대열을 이루어 큰 개울 둑을 따라 남쪽으로 이동하고 있었다. 어떤 때는 낙오된 국군들이 총을 거꾸로 메고 삼삼오오 짝을 지어 논두렁 길을 힘없이 걸어가기도 했다. 어느 날 나는 피난민들이 남쪽으로 가는 광경을 보러 신작로에 갔다가, 동네 처녀들이 피난민들에게 팥떡을 파는 것을 보고는, 집으로 와 어머니에게 팥떡과 김밥을 만들어 달라고 하여 큰누나와 함께 피난민들이 지나가는 길가에 앉아 팔기도 했다. 찌는 듯한 더위로 풀과 갈잎이 축 늘어진 칠월 초 어느 날, 남루한 군복을 입은 국군 넷이 총을 메고 우리 집에 와 사흘이나 굶었다며 어머니에게 밥을 달라고 했다. 이들은 남으로 후퇴하는 군대 대열을 쫓아가지 못하고 뒤에 처진 낙오병落伍兵들이었다. 공산군들이 벌써 오산, 평택에까지 와 있다는데 이들 국군들은 공산군의 뒤에서 남쪽으로 가고 있으니, 그들의 처지가 얼마나 위태로웠겠는가? 어머니는 쌀과 보리를 섞어 밥을 하여 커다란 그릇에 담아 아욱국과 상추쌈, 고추장으로 그들에게 밥상을 차려주며,

"내 아들도 국군인데 이 난리통에 무사할지."

하고 말을 맺지 못하고 앞치마로 눈물을 닦으셨다. 그러자,

"염려 마세요. 어머님 아들은 무사할 겁니다."

하고 한 군인이 어머니를 자기 어머니처럼 불러가며 위로해주었다. 밥을 다

먹고 난 국군늘은 아버지에게 히루 저녁 재워달라며, 이튿날 아침 일찍 떠나겠다고 말을 했다. 아버지는 그들에게 사랑방을 내주고 사랑방 문과 대문을 일찍 걸어 잠근 다음, 밤에는 집안에 불을 켜지 못하게 했다. 이튿날 아침 어머니는 일찍 일어나 밥도 한 솥 하고 계란을 여러 개 삶아 군인들에게 아침상을 차려주신 다음 밥에 소금을 조금 넣어 주먹만 한 밥을 여러 개 만들어 삶은 계란과 함께 보따리에 싸주셨다. 아버지는 아버지와 형이 입던 옷을 그들에게 내주시며, 그 옷을 입고 남쪽으로 내려가는 피난민 대열에 끼어가라고 일러주셨다. 군인들이 그들이 입고 있던 군복을 벗어 아버지에게 맡긴 다음 대문을 나서자, 아버지는 살구나무에서 노랗게 익은 살구를 따 자루에 가득 담아 그들에게 주셨다. 그들은 아버지, 어머니에게 고맙다고 인사를 한 다음 좁은 콩밭 고랑을 지나 신작로 쪽으로 급히 걸어갔다. 군인들이 떠난 다음 어머니는 장독대로 가 천지신명天地神明께 어머니 아들 같은 젊은 군인들이 무사하도록 기도를 하셨다. 이때부터 큰 장독 위에는 정화수 사발이 한 개 더 놓였다.

군인들이 떠나고 난 뒤 얼마 후, 우리 집에서 이십 리 떨어진 오산 쪽에서 두 대의 커다란 미군 비행기가 연신 폭격을 하며 무서운 굉음을 일으켰으며 미군 비행기가 낮게 떠 지상에 폭격을 가할 때마다, 무엇이 폭발하는 거대한 작렬음과 함께 뭉게구름 같은 검은 연기가 공중으로 크게 굽이쳐 올라갔다. 후에 안 일이지만, 오산 기차역에는 커다란 미군 탄약고가 있었으며, 미군들은 북한 공산군들이 그들의 탄약을 사용치 못하게 하기 위해 비행기를 동원하여 폭파시켰다는 것이다. 오산은 미군이 남하하는 북한 공산군들과 최초로 싸움을 벌인 전쟁터이기도 했다.

칠월 삼일은 우리 집 중조할아버지 제삿날이었다. 밤이 되어 부엌에서 어머니가 제삿밥을 짓고 있을 때 느닷없이 날카로운 비행기 소리가 나더니, 쾅하는 폭발음과 함께 번개 같은 불빛이 번쩍하다가 사라졌다. 쾅 소리와 함께 집이 다 흔들리고, 방에 켜있던 등잔불도 꺼져 버렸다. 이 무서운 굉음을 낸 비행기가 미군 비행기인지 북한 비행기인지는 알 수 없지만, 한밤중 우리 집 부엌에서 새어나오는 불빛을 보고 폭탄을 투하한 것은 분명했다. 어머니는 서둘러 아궁이의 불을 끄고, 아버지는 재빨리 두툼한 멍석으로 부엌문을 가리셨다. 그리고는 가까스로 대강 제사상을 차려 어두운 데서 증조할아버지 제사를 지냈다.

이튿날 아침, 이웃집 필호 아버지는 아버지를 찾아와 간밤에 폭탄이 자기 참외밭에 떨어져 파편조각이 앞마당까지 날아왔다며, 가장자리가 뾰족뾰족하게 날이 선 쇠 파편 조각을 아버지에게 보여주었다. 아버지도 그날 우리 집 앞 밭에서 필호 아버지가 보여준 것과 같은 파편 조각들을 주워가지고 오셨다. 필호네 참외 밭은 우리 집에서 약 200미터 떨어진 곳에 있었다. 그곳에 가보니 밭 가운데에 커다란 구덩이가 움푹 파이고, 쇠로 된 파편 조각들이 여기저기 널려 있었으며, 근처 참외 넝쿨도 모두 타 죽어 있었다. 마을사람들은 아침에 일을 나가다가 필호네 밭에 폭탄 떨어진 자리를 신기한 듯 구경하기도 했다.

아버지는 조상을 끔찍이 모셨다. 조상을 잘 모시지 않으면 만사가 형통亨通하지 않는다며, 비가 오나 눈이 오나, 추우나 더우나 조상이 돌아가신 날만 되면 한번도 거르지 않고 꼬박꼬박 정성껏 제사를 지내셨다. 제사는 한밤중 자시子時에 지내는데, 곤한 잠에 떨어진 나를 아버지가 깨우실 때면 나는 몹시 짜증을 부렸다.

"이놈아, 조상을 잘 모셔야 해. 조상을 잘 모시지 않으면 집안이 잘 안 되는 거야."

하고 꾸지람을 하셨다. 아버지는 이튿날 저녁 밥상 앞에서 그분의 끔찍한 조상모시기 때문에 온 식구가 더없이 위태로웠음에도,

"조상이 우리 식구를 죽지 않게 도우셨다. 모두 조상님께 감사하거라."

하고 훈계를 하셨나. 이때의 중조할아버지 제삿날이 한국전쟁 중 우리 가족이 모두 목숨을 잃을 뻔했던 두 번째 위기였다.

나는 전쟁이 난 후 며칠 동안 학교에 가지 않았다. 하루는 이웃 동네에 사는 한 반 학생들이 나를 찾아와 학교에 가자고 했다. 내가 그들을 따라 동네 사랑방 교실에 갔더니, 교실 방문과 벽에는 이승만 대통령이 북한 괴뢰군의 총끝에 꽂힌 대검에 찔려 피 흘리며 죽는 모습의 그림들이 여기저기에 붙어 있었고, "위대한 김일성 만세. 남반부 해방 만세" 라고 쓴 구호 벽보도 어지럽게 붙어 있었다. 교실에 들어서니 모서리가 삐죽삐죽 나온 누런 둥근 모자에 누런색 인민복을 입은 남자와 여자가 앞에 서 있었고, 그들 뒤로는 긴 총 두 자루가 벽에 세워져 있었다. 교실에 모인 학생들은 겨우 열 명 정도밖에 되지 않았으며 그들은 모두 입을 꾹 다물고 겁먹은 듯 조용히 앉아 있었다. 그때 남자 군인이 먼저 입을 열었다.

"학생동무들 잘 왔소. 나와 이 여성동무는 내무서에서 왔고, 오늘은 위대하신 김일성 장군님의 만세를 먼저 부른 후 위대하신 장군님의 노래를 가르치겠소. 저기 저 그림을 보기요. 남반부 악질 반동분자 이승만은 우리 인민해방군의 손에 죽었고, 위대하신 김일성 장군님이 남반부를 해방하셨으니 곧 통일이 될 거요. 이제 남반부 인민들도 북조선 인민들처럼 잘살게 되었소."

남자 군인의 연설이 끝나자 옆에 서 있던 여자 군인은,

"학생동무들, 모두 일어서서 박수를 치시오."

하더니 힘껏 손뼉을 치기 시작했다. 그리고 나 그들은 목이 터져라 '김일성 만세'를 부른 다음, 여자는 교실 구석에 있는 풍금을 치고, 남자는 여자의 풍금소리에 맞춰 김일성 노래를 부르기 시작했다. "장백산 줄기줄기 피 어린 자욱, 압록강 굽이굽이 피 어린 자욱"으로 시작되는 김일성 노래는 듣기만 해도 무섭고 소름이 끼쳤다. 나는 딴 학생들과 함께 입만 몇 번 놀리다가 학교가

끝나자마자 도망치듯 집으로 돌아왔다. 마을 벽에는 학교 방문과 벽에 붙은 것과 똑같은 그림들과 구호가 너덕너덕 붙어 있었으며, 길가에는 김일성을 찬양하고 이승만 대통령을 욕하는 전단들이 어지럽게 나뒹굴고 있었다. 그 다음부터 나는 두 번 다시 학교에 가지 않았다.

신작로는 남쪽으로 피난 가는 사람들로 여전히 가득 찼으며, 쿵쿵거리는 대포소리가 더욱 요란하게 사방에서 들려왔다. 사람들은 어디서 들었는지,

"미군들이 들어왔대요. 그런데 북쪽 놈들한테 지고 있대요."

하고 소리 죽여가며 수군거렸다. 팔월이 되면서 미국 비행기가 편대를 이루어 마을 상공을 지나 북쪽으로 빈번히 날아갔다. 한번은 우리마을 뒤편에 있는 높은 산에도 폭격을 했다. 미군 비행기에 겁이 난 북한군들은 낮에는 마을 뒷동산 밤나무 밑에 탱크와 대포와 차량을 숨겨 놓고 있다가 어두운 밤이 되면 남으로 이동했다. 우리마을 뒤 밤나무 산은 북한군들의 주간晝間 은거지로 이용되고 있었다. 날이 가면서 들려오는 소식들은 매우 불길한 것들이었다. 북한군이 파죽지세破竹之勢로 남진을 해 대구까지 내려가, 낙동강을 사이에 두고 미군과 국군과 북한군이 치열한 전투를 벌이고 있으며, 이승만 대통령은 일본으로 피신까지 했다는 것이다.

하루는 총을 멘 북한 내무서원들이 집으로 와 아버지에게 저녁에 쌀 한 말을 가지고 마을 공회당에서 열리는 인민회의에 참석하라고 했다. 집에 쌀은 넉넉지 않았지만, 아버지는 저녁에 쌀을 가지고 마을 공회당에서 열리는 회의에 참석했다가 새벽녘이 되어서야 집으로 돌아오셨다. 그 후 며칠이 안 되어 내무서원들이 집에 와 또다시 쌀을 내놓으라고 요구했다. 아버지가 작년에 흉년이 들어 쌀이 없다고 사정하자, 내무서원들은 곡식광으로 들어가 곡식을 넣는 크고 작은 항아리들을 열어보고 두들기며 쌀을 찾아내려고 했다. 하지만 광에는 콩과 수수쌀, 보리쌀, 좁쌀이 조금 남아 있을 뿐이었다. 그들은 광에서 나와 나뭇가리도 헤쳐보고, 뒤란을 돌며 쇠꼬챙이로 땅속을

쿡쿡 찔러보기도 했다. 그 중 한 내무서원이,

"대체 동무들은 무얼 먹고 사는 거요?"

하고 물었다. 그러자 어머니는 재빨리 부엌 안으로 들어가 밀기울에 쑥을 넣어 만든 개떡 몇 조각을 가지고 나와,

"이 개떡이 우리 식구의 양식인데, 이것도 하루에 한 끼밖에 못 먹습니다."

하고 대답했다. 내무서원들은 개떡을 흘끗 보다가 외양간에 누워 있는 소를 보자 쌀 대신 소를 내놓으라고 했다.

"저 소는 안 됩니다. 소가 없으면 농사도 못 짓고 우리 식구가 모두 굶어 죽습니다."

하고 어머니가 사정을 하자 내무서원은 어머니를 떠밀며,

"여성동무, 저 소는 인민의 재산이오. 그러니 저 소를 인민에게 나누어 주어야 하오."

하고 퉁명스럽게 말하고는 외양간으로 가 소를 끌고 나오려고 했다. 이때 소가 자리에서 벌떡 일어나더니 두 눈을 부릅뜨고 그를 끌어내려는 내무서원을 뿔로 받으려고 고개를 홰홰 돌렸다. 어머니는 땅에 앉아 내무서원의 두 다리를 부여잡고 울며 사정을 했다.

"저 소를 가져가려거든 차라리 나를 잡아가세요. 저 소만은 안 됩니다."

내무서원은 어머니를 발길로 밀어 제친 후 아버지를 향해,

"이번에는 그냥 갈 테니, 사흘 안으로 쌀 두 말을 가지고 내무서로 오시오."

하고 명령한 다음 집을 나갔다. 어머니는 그제서야 안도의 숨을 쉬시고는, 소의 코와 입을 앞치마로 닦아주고 머리를 쓰다듬어주셨다.

우리 집은 부자가 아니었다. 얼마 되지 않는 논과 밭에 곡식을 심어 일곱 식구가 먹고 살아야 하고, 해마다 농기구도 새로 사야 하며, 소가 늙어 일을 못 하면 젊은 소로 개비改備해야 되기 때문에, 일년 농사를 지으면 식구들이 먹고 살기에도 빠듯했다. 어머니는 무척 알뜰하셨고, 아버지도 꼭 써야 할

때 외에는 돈을 쓰지 않으셨다. 이런 판에 흉년이라도 닥치게 되면 생활이 곤궁해 하루 두 끼밖에 먹지 못하는 때가 많았다. 아버지가 내무서원에게 말한 대로 바로 작년에 흉년이 들어 우리도 먹을 양식이 넉넉지 못했기 때문에, 가을 추수를 할 때까지는 식구들이 모두 허리띠를 바짝 졸라 매지 않으면 안 되었다. 쌀은 어머니가 조상 제사 때 제삿밥 지으려고 좁쌀 독 뒤 작은 항아리에 감추어 둔 것이 전부였다. 당장 먹을 양식은 부족했지만, 먹을 것이 없어 이 집 저 집으로 곡식을 꾸러 다니는 가난한 사람들보다는 그래도 우리 집 형편은 꽤나 나은 편이었다.

북한 내무서원들은 마을에 와 곡물만 수탈收奪해간 게 아니라, 마을사람들을 밤낮으로 잔악하게 괴롭히고 들볶았다. 밤이면 마을사람들을 호출해 삽과 괭이로 마을 뒷산 기슭에 꾸불꾸불한 긴 방공호를 파도록 했으며, 뻔질나게 회의를 소집해 김일성 사상과 공산주의를 강습하고 선전했다. 그들의 호출에 응하지 않거나 회의에 나오지 않는 사람들은 사람들 앞에 끌어다 사정없이 때리고 구둣발로 가슴과 다리를 마구 걷어찼다. 마을사람 하나가 몸이 아파 야간회의에 나가지 못하자, 이튿날 내무서원들은 그 사람을 마을 공회당 앞에 끌어다 앉혀놓고 반동분자라고 소리 지르며, 총 개머리판으로 그의 온몸을 사정없이 구타했다. 그러자 그의 부인이 쫓아와 그들의 구타를 만류하려 하자, 내무서원들은 부인의 저고리를 찢어놓고 그 부인의 맨 가슴을 구둣발로 무자비하게 걷어찼다. 그 후 며칠이 못 가 내무서원들에게 구타당한 이 사람은 세상을 떴고, 그의 부인도 병으로 시름시름 앓다가 끝내 죽고 말았다.

곡물수탈과 주민 강제노역, 폭력, 구타에 이어 이제는 사람들을 반동분자로 몰아 강제로 끌고 가기 시작했다. 내가 다니던 초등학교 교장이 북한 내무서원에게 끌려갔다는 소문이 돌았고, 이웃마을 박모씨는 아들이 경찰이었다는 이유로 끌려간 다음 영영 돌아오지 않았다는 것이다. 이 소문을 들은 아버지, 어머니는 몹시 불안해하며 걱정을 하셨다. 아들을 군에 보낸 군인 가족이기 때문이었다. 어머니는 아버지에게 지곡리 아저씨 댁으로 피신하라고 했지만, 아버지는 식구가 위험하다며 피신하지 않으셨다. 아니나 다를까. 이렇게 아버지, 어머니가 근심걱정을 하고 있을 때인 어느 날 밤 북한 내무서원들이 대문을 두드리며,

"이동무 잠깐 나오시오. 조사할 게 있소."

하고 아버지를 불렀다. 아버지, 어머니는 공포로 얼굴이 사색이 되어 몸을 부들부들 떨었다.

"동무, 얼른 나오지 않고 무얼 하는 거요?"

내무서원은 목소리를 높여 아버지에게 얼른 나오라고 독촉했다. 아버지가 옷을 주섬주섬 입고 밖으로 나가자 험상궂게 생긴 한 내무서원이 아버지 가슴에 총부리를 대며,

"동무, 아들 동무가 군인 갔디요? 동무와 동무 아들은 공화국의 반동이야."

하며 아버지를 끌고 밖으로 나갔다. 어머니가 맨발로 달려나가 내무서원 옷에 매달리며,

"나리, 제발 이 양반 목숨만은 살려주세요. 우리 아들은 죽었는지 살았는지 소식도 없습니다. 제발 이 양반 목숨을 살려주세요."

하고 울며 애걸했지만 내무서원은 어머니를 우악스럽게 떼밀어낸 후 아버지를 끌고 어두운 집 뒤로 사라졌다. 어머니는 즉시 뒤란 장독대로 가 울면서 기도를 하셨고, 식구들은 아버지에 대한 걱정과 불안으로 잠을 못 자고 밤을 꼬박 새웠다.

아버지가 내무서원에게 끌려간 지 사흘째 되던 밤이었다. 새벽이 다 돼가는 한밤중에 내무서원들이 대문을 쾅쾅 걷어차며,

"동무, 문 열어 문!"

하고 대문 밖에서 다급히 소리를 질렀다. 어머니는 내무서원들이 아버지를 데리고 온 게 아닌가 하고 반가움에 앞마당을 뛰어나가 대문을 여니, 다섯

명이나 되는 내무서원들이 총을 들고 대문 앞에 줄을 서 있었으며, 그 중 하나가 어머니 가슴에 총부리를 겨누며 소리를 질렀다.

"남편 동무 어디 있어? 동무 놈이 도망쳤단 말이야. 당장 동무 간나 새끼를 찾아내지 않으면 여성 동무도 무사하지 못해!"

하고 협박하며 어머니 가슴을 총끝으로 쿡쿡 찔렀다. 내무서원들은 구둣발로 방안에 들어와 장롱과 벽장 문을 열어 물건을 내던지며 샅샅이 수색했다. 심지어 마루밑까지 기어들어가 아버지를 찾아내려 했다. 그러나 아무리 헤매도 아버지를 찾지 못하자 내무서원들은,

"여성동무, 아바이 동무가 들어오는 대로 즉시 신고하기요. 그렇지 않으면 동무 식구들이 모두 무사하지 못해."

하고 어머니 가슴을 총부리로 찌르며 또다시 협박을 한 후 대문을 나섰다. 내무서원으로부터 아버지가 도망쳤다는 말을 들은 어머니 는 한결 마음을 놓으시는 것 같았다.

날이 갈수록 내무서원들은 더욱 자주 마을에 나타나 마을사람 들에게 난폭하게 굴었다. 그들은 무엇에 쫓기듯 불안해 보였으며, 무언가 최후의 발악을 하는 것 같기도 했다. 마을사람들은 대낮에도 대문 빗장을 단단히 걸어 잠그고 밖으로 나오지 않았다. 동네 개들조차 낯선 사람을 보면 슬금슬금 피하기만 하고, 입을 다문 채 짖지를 않았다. 동네사람들은 어쩌다 서로 마주쳐도 외면하고 아는 체를 하지 않았다. 밤이면 풀숲의 베짱이도 울지를 않았으며, 주검 같은 고요한 정적만이 온 마을을 무겁게 뒤덮고 있을 뿐이었다.

팔월이 지나 구월이 다가오면서 미군과 국군이 낙동강을 건너 북진을 하고 있다는 소식이 간간이 들려 왔고 이때부터 북한 내무서원들의 모습도 잘 보이지 않았다. 그러나 아버지는 아직도 집에 돌아오시지 않았다. 식구들은 아버지에 대한 걱정으로 밤이면 잠도 제대로 자지 못했고, 먹을 양식이 없어 끼니를 거르는 날이 점점 늘어갔다. 어머니는 낮이면 들로 나가 채 여물지 않

은 풋수수를 잘라다 절구에 빠 수수쌀을 만든 다음, 보리쌀과 섞어 밥을 지으셨다. 어머니는 들에서 수수를 꺾으실 때는,

"새야, 새야 파랑새야, 녹두밭에 앉지 마라. 녹두꽃이 떨어지면 청포장수 울고 간다. 새야, 새야 참새야, 수수밭에 앉지 마라. 수수알을 따먹으면 우리 식구 배 곯는다."

하고 슬픈 노래를 부르셨다.

구월 중순이 지난 어느 날 밤이었다. 북한군이 두어 달 전에 탱크와 트럭을 몰고 마을 밖 신작로를 따라 남하하며 내던 굉음이 또 다시 들려왔다. 나는 북한군이 마을을 쳐들어오는 것 같아 몹시 겁이 났다. 그러나 겁은 났지만 호기심에 이끌려 이튿날 아침 나는 이웃집 동무 필호를 불러 마을을 지나 신작로로 달려갔다. 신작로에는 육중한 탱크와 커다란 트럭, 조그만 지프차들이 긴 열을 지어 뽀얀 먼지를 일으키며 북쪽으로 올라가고 있었다. 트럭에는 흰 먼지에 덮인 군복과 철모를 쓴 국군과 미군이 총을 앞에 잡고 트럭 양쪽 긴 의자에 앉아 있었다. 필호와 나는 그들에게 손을 흔들며 만세를 불렀다. 마을사람들도 하나 둘씩 모여가며 손을 흔들었고, 어떤 사람들은 태극기를 가지고 나와 차량 행렬을 향해,

"국군 만세, 미군 만세, 대한민국 만세!"

하고 소리 높이 만세를 불러가며 그들을 열렬히 환영했다. 길가에서 두 손을 흔들며 덩실덩실 춤을 추는 사람들도 있었다. 두 달 이상 동안이나 북한 내무서원들의 압제와 폭압 밑에서 공포와 절망으로 숨소리마저 크게 내지 못했던 마을사람들은 이제는 해방이 되어 미칠 듯한 기쁨으로 마음껏 웃고 떠들어가며 다시 찾은 자유를 만끽하고 있었다. 필호와 나는 한나절이 훨씬 지나서야 집으로 돌아왔다. 어찌나 목이 터져라 만세를 불렀는지 목구멍이 다 아프고 간질간질했다. 필호와 헤어져 집 대문을 들어서니 집안이 떠들썩하고 아버지 목소리도 들렸다. 어머니가 나를 보시더니,

"아버지가 오셨다, 아버지가 오셨어. 이 철부지야, 어딜 갔다 이제 오느냐?"
하시며 아버지가 집으로 돌아오시는 것을 마중 못 한 나를 꾸중하셨다. 나
는 눈물을 흘리며 아버지에게 달려가 품에 매달렸다. 아버지는 수척하셨지
만 다행히 다친 데는 없었다. 아버지는 북한 내무서원에게 잡혀간 이튿날, 그
들의 감시가 소홀한 틈을 타 산으로 도망하여, 이 산 저 산으로 이동하며 만
이사 절까지 가 거기에서 숨어 있다가, 국군이 왔다는 소식을 듣고 돌아오
신 것이다. 아버지의 무사귀환으로 우리 집은 전처럼 화기和氣를 되찾았다. 그
러나 어머니는 형에 대한 걱정으로 잠시도 마음 편할 날이 없었다. 어머니는
아버지의 생명을 지켜주신 부처님께 형의 생환生還을 염원하는 불공을 드리
기 위해 먹지 않고 소중하게 아껴둔 쌀 반 말을 가지고 절에 가시기도 했고,
이름난 점쟁이를 찾아가 형의 소식을 알아보기도 했다.

마을 밖 신작로에는 한국군과 미군을 태운 큰 트럭과 지프차가 날마다 북
쪽으로 올라가고 있었고, 어떤 때는 총과 수류탄과 이상한 무기를 짊어진 군
인들이 신작로를 따라 행진하기도 했다. 공중에는 전투기들이 편대를 이루
어 날카로운 소리를 내며 북쪽으로 날아갔으며, 그 뒤를 이어 프로펠러가 네
개나 달린 커다란 폭격기들이 떼를 지어 날아갔다. 하루는 식구들이 마루에
앉아 점심을 먹고 있는데, 밖에서 차 소리와 빵빵 하는 경적소리가 나더니,
한국 군인 셋이 대문 안으로 들어왔다.

"아버님, 어머님, 그동안 무고하셨습니까? 저희들 몰라보시겠 습니까? 지난
칠월 저희들이 남쪽으로 쫓길 때, 맛있는 밥도 해주시고 하룻밤 재워주셨던
바로 그 군인들입니다."
하고 그 중 한 군인이 아버지, 어머니에게 거수경례를 하며 우렁차게 말했다.
아버지, 어머니는 점심을 드시다 말고 맨발로 뜰로 내려가 그들의 손을 잡으
셨다. 어머니는 너무나 반가워 눈물까지 흘리셨다. 그들은 모두 철모를 쓰
고 어깨에 하얀 빛으로 번쩍이는 장교 계급장을 달고 있었으며, 넓적한 허리

띠에는 권총을 차고 있었나. 그들은 아버지가 제공한 사복을 입고 피난민 대열에 끼어 무사히 살아남았다며, 아버지에게 허리 굽혀 또다시 절을 했다. 아버지가 그들이 우리 집에 묵어 갔을 때는 넷이었는데, 한 명은 어디에 있느냐고 물었다. 그러자 그 군인은 북한군과 싸우다가 전사했다고 말을 했다. 아버지, 어머니는 숙연해하시며,

"거 정말 안 되었군, 한창 젊은 나이에."

하고 혀를 끌끌 차셨다. 한 군인이 경상도 사투리로 아버지에게 아드님에게는 소식이 있느냐고 물었다. 어머니가 아버지 대신 한숨을 지으며 전쟁 후로 아무 소식이 없다고 하자,

"너무 걱정 마이소. 아드님은 꼭 돌아올 겁니다."

하고 어머니 손을 꼭 잡으며 위로해주었다. 그 군인들은 아버지에게는 군인들이 피우는 '화랑담배'를, 어머니에게는 군인들이 간식으로 먹는 건빵 한 상자를 건네 준 다음, 바삐 가야 한다며 대문을 나섰다. 우리 식구들은 모두 밖으로 나와 그들이 탄 지프차가 동네 모퉁이를 돌아 보이지 않을 때까지 손을 흔들어 배웅해주었다. 그 후 그들은 이따금씩 아버지, 어머니에게 편지를 보냈으며, 그 중 한 군인이 중공군과 싸우다 전사했다는 슬픈 소식도 전해주었다. 우리 집안 식구가 되다시피 한 나머지 두 군인은 후일 그들이 결혼할 때 아버지, 어머니를 그들의 결혼식에까지 초청을 했다. 그리고 아버지, 어머니가 병환으로 돌아가실 때는 우리 집에 와서 부모님의 임종을 슬퍼하기도 했다. 그 해 겨울이 되어서야 형으로부터 편지가 왔으며, 대구 육군병원에서 무사히 치료를 받고 있다는 짧은 내용이었다. 형이 살아 있다는 소식을 들은 아버지, 어머니는 어두운 그늘이 얼굴에서 사라지며 기뻐 어쩔 줄 몰라 하셨다.

3. 중공군의 한국전쟁 개입과 1·4 후퇴

낙동강 전투에서 북한군을 무찌르고 1950년 9월 15일 인천상륙 작전을 감행한 미군과 한국군들은 북한군이 남한을 쳐들어올 때보다 더욱 빠른 속도로 북으로 진격해 들어갔다. 북한 공산군이 전쟁을 일으킨 지 꼭 석 달 만에 국군들은 남한의 수도인 서울을 탈환하였고, 10월 하순에는 평양 점령을 거쳐 압록강까지 진격하였으며, 10월 29일 남한의 이승만 대통령은 평양으로 가 평양 시청앞 광장에서 수만 명의 평양 시민이 개최한 '평양 탈환' 환영대회에 참석했다. 그리고 11월 22일에는 함흥과 원산을 방문했다. 북한의 김일성은 8.15 해방 기념행사를 남한의 부산에서 하겠다고 장담했지만, 낙동강 전선에서 북한군들의 막대한 전사자만 남겨놓고 국군과 유엔군에 패퇴하여 한만韓滿 국경의 신의주로 피신했다. 그와 반대로 남한 대통령 이승만은 평양까지 가 김일성의 학정虐政에 시달리던 북한 주민들에게 자유를 안겨주었고 남북통일의 꿈을 심어주었다. 사람들은 남북한 통일의 꿈에 부풀어 흥분하며 기뻐했다. 그러나 남북한 국민들의 통일에 대한 꿈과 기대는 중공군의 한국전 불시不時 개입으로 순식간에 무너져버렸다. 수십만에 이르는 중공군은 1950년 11월 인해전술人海戰術로 국군과 미군에게 막대한 타격을 입히며 진격해 들어왔다. 이듬해 1월4일에는 한국정부가 서울에서 철수하였으며, 그 철수한 날짜가 1월4일이었기 때문에 이를 1.4후퇴라고 부르게 되었다.

그 해 겨울은 유난히 눈이 많이 오고 날씨가 혹독히 추웠다. 지난해 유월 북한군이 남침했을 때는 유례없이 비가 많이 오고 날씨가 무더웠는데, 중공군이 남한을 쳐들어온 그 해 겨울은 유난히도 춥고 눈이 많이 왔다. 북한군은 남침 때 더위와 많은 비를 몰고 왔지만, 북한군을 돕는 중공군은 매서운 추위와 세찬 눈보라를 몰고 왔다. 북한군과 중공군은 인재지변人災之變뿐만 아니라 천재지변天災地變까지 몰고 다니는 악惡의 무리들 같았다. 이렇게 혹독한 추위 속에 눈보라를 맞아가며 전쟁을 피해 남으로 내려가는 피난민들이 또다시 신작로를 가득 메우기 시작했다. 하얀 눈을 뒤집어쓴 피난민들은 손수레와 소와 말이 끄는 마차에 보따리를 잔뜩 싣고 그 위에 어린애들을 태워, 앞에서 끌고 뒤에서 밀며 눈과 얼음으로 덮인 신작로를 따라 남으로 남으로 내려갔다. 피난민 대열에는 북한 피난민까지 가세해 지난 여름보다 그 숫자가 몇 배 더 많았다. 지난여름 북한 내무서원들에게 폭압暴壓을 겪은 우리 동네사람들도 하나 둘씩 마을을 떠나 남으로 내려가는 피난민 대열에 합류했다. 내무 서원들의 위협과 공포에 짓눌려 살던 무서운 경험을 또다시 하고 싶지 않아서였다. 아버지도 피난을 가기로 결심하셨으며, 이웃집 필호네와 종수네도 피난을 나섰다. 피난 목적지는 필호네 친척이 사는 경기도 안성으로, 그 집에 가 이들 세 가족이 모두 함께 살 참이었다. 어머니는 몇 날 밤을 새워가며 어머니가 겨우내 짠 무명에 까만 물을 들여 말린 다음, 그 안에 솜을 두둑이 넣어 식구 수대로 벙거지를 만들고, 바지저고리 안에 솜을 더 넣어 추위를 막도록 하셨다.

우리가 피난길에 오르던 날은 하늘에서 눈이 펑펑 쏟아져 앞도 잘 안 보였다. 피난이 무엇인지 아무것도 모르는 나와 필호는 공연히 신이 나 눈을 뭉쳐 눈싸움을 하며 즐거워했다. 나는 지난여름 피난 가는 어른들을 따라 쫓아가는 내 또래 아이들을 부러워한 적도 있었다. 이제 나도 그들처럼 피난을 간다고 생각하니 즐겁고 신이 났다. 아버지는 농사 지을 때 사용하는 큰 손수레에 짐을 잔뜩 싣고 끌고 가셨으며, 어머니와 두 누나들도 큰 보따리를 각기 머리에 이고 집을 나섰다. 나도 어머니가 주는 조그만 짐을 들고 식구들을 따라갔으며, 짐을 들지 않은 식구는 내 밑의 어린 두 동생들뿐이었다. 막내동생은 조금 걷다가 가지를 못해 아버지가 끄시는 손수레 위에 앉아 피난을 갔다. 이제 집에 남아 있는 것은 커다란 암소 한 마리뿐이었다. 어머니가 아버지에게 소도 끌고 가자고 하셨으나, 길에 나서면 소가 거치적거리고 먹을 것이 없어 굶어 죽을지 모르기 때문에 소는 집에 그대로 놔두기로 했다. 우리 식구가 피난을 떠나던 날 아침 어머니는 여물에 콩까지 넣어 소 먹이를 맛있게 하여 큰 구유와 여물통에 잔뜩 담아놓고, 소의 머리와 코를 어머니의 앞치마로 쓰다듬고 닦아주며 눈물을 흘리셨다. 소는 우리 식구가 집을 떠나 혼자 남게 되는지도 모른 채 큰 눈을 껌벅이며 식구들이 대문을 나서는 모습을 물끄러미 바라보기만 했다.

동네 어구를 지나 신작로에 들어서니 길을 가득 메운 피난민의 행렬로 발 디딜 틈이 없었다. 필호네가 맨 앞에, 그 다음 종수네, 그리고 우리 식구가 그 뒤를 따라갔다. 이들 세 가족은 서로 떨어지지 않으려고 이름을 불러가며 걸어갔다. 아침에 퍼붓던 눈은 영천골에 다다르자 서서히 멈추었다. 그러나 눈 대신 매서운 바람이 불며 날씨가 갑자기 추워지기 시작했다. 사람들은 가던 길을 멈추고 지고 가던 짐을 땅에 내려놓고 찬바람을 가렸다. 어떤 사람들은 산에 가 나무를 주워다 모닥불을 피워놓고 손을 녹이며 밥을 짓기도 했다. 길옆 큰 소나무 밑에는 죽은 소 한 마리가 벌렁 자빠져 있었고, 이따금씩 미군 비행기가 날카로운 소리를 내며 피난민 행렬 위를 낮게 떠 날아가기도 했다. 오산 방면에서는 총소리와 대포소리가 들려왔으며, 영천골을 지나 거의 오산에 다다랐을 때는 갑자기 미군 비행기가 쏜살같이 나타나더니, 오산 국도를 지나가던 검은 탱크를 향해 급강하를 하며 기관총을 쏘며 폭탄을 떨어뜨렸다. 그 순간 고막이 찢어질 듯한 무서운 폭발음과 함께 탱크에서 화염에 싸인 검은 연기가 하늘로 솟구쳤다. 피난민들은 가던 길을 멈추고 길가에 엎드리기도 하고 길옆 도랑에 몸을 웅크려 숨기도 했다. 미군 비행기가 사라진 후 오산 국도와 신작로가 만나는 곳에 다다르니, 붉은 별 마크를 한 탱크 한 대가 대파된 채 포신을 땅에 처박고 길가에 비스듬히 쓰러져 있었다. 길옆에는 사람들의 시체가 나뒹굴고 있었으며, 피난민 보따리와 조그만 손수레가 길가의 도랑에 처박혀 있었다.

오후가 되어 필호네, 종수네, 우리 세 가족은 안성으로 들어가는 길로 접어들었다. 여기서부터 피난민 행렬은 다소 줄어들었다. 대부분의 피난민들은 국도를 따라 더 먼 남쪽으로 내려가기 때문이었다. 도촌마을에 도착했을 때는 날이 어둡고 춥고 다리가 아파 더 이상 앞으로 나아갈 수가 없었다. 도촌은 안성과 오산 중간쯤에 있었다. 평소 같으면 우리 동네에서 안성까지 걸어 하루면 도착했으나, 북적이는 피난민 행렬로 지체된 데다, 날씨가 춥고 어두워 부득이 도촌에서 쉬어가지 않으면 안 되었다. 필호 아버지는 도촌에 있는 그의 여동생 집에서 하루 저녁 자고 이튿날 안성으로 가자고 했으며 피로에 지친 다른 가족들도 필호 아버지의 제의에 모두 찬성을 했다. 필호 아버지의 친 여동생은 바로 모선이 엄마이다. 내가 어릴 때 필호와 함께 소꿉장난을 하며 즐겁게 뛰놀던 모선이 사는 데가 바로 여기였다. 소꿉동무 모선이를 다시 만날 기쁨에 나는 까닭 없이 가슴이 뛰었고, 모선이와 부부놀이를 하며 그녀가 해준 모래밥과 필호 할머니가 명주실을 뽑으며 나누어주는 번데기를 함께 나누어 먹던 지난날의 추억이 갑자기 눈앞에 떠올랐다.

　모선이네 집에 도착했을 때는 사방이 어둡고 날씨도 더 추워졌다. 모선네 집은 방 두 개와 조그만 헛간 하나가 붙어 있는 초가집이었으며, 우리 일행이 도착했을 때는 집에 아무도 없었다. 바람에 방문만 열렸다 닫혔다 하며 을씨년스러운 소리를 냈다. 나는 모선이가 없어 서운했고 실망스러웠다. 필호 아버지는,

　"동생이 식구들을 데리고 딴 데로 피난을 떠난 게로군."
하고 대수롭지 않게 말한 다음 각 가족들에게 방을 배정해주었다. 우리 일행은 밖에 짐을 풀고 각자가 준비해온 음식으로 끼니를 때운 다음, 필호네와 종수네는 안방에서, 우리 식구는 건넌방에서 하루 저녁을 묵었다. 이튿날 세 일행은 안성으로 들어가는 높은 산 고개를 굽이굽이 돌아 넘어, 점심때가 훨씬 지나 우리의 목적지인 필호네 친척집에 도착했다. 집은 대궐처럼 컸으며, 필호

네 친척들은 우리 모두를 반갑게 맞아주었다. 필호네 친척 아저씨는 이 고을의 부호로서 안성군 일대에서 이름 난 지방 유지有志였다. 우리 세 일행은 각자 방을 배정 받은 후 저녁을 한데 모여 해먹었다. 따뜻한 밥과 국으로 배를 채운 우리는 깊은 안도의 숨을 쉬어가며 춥고 지루한 피난살이 준비를 시작했다.

이튿날 늦은 아침을 먹고 동네로 갔더니, 동네 입구 큰길에 미군들이 큰 트럭과 탱크를 세워놓고 총을 어깨에 멘 채 담배를 피우거나 껌을 씹으며 왔다 갔다 하고 있는 모습이 눈에 띄었다. 어떤 미군들은 넷으로 짝을 지어 무언가 커다란 기계(무전기)를 등에 메고, 그 커다란 기계(무전기)에 달려 있는 전화기에 대고 말을 하며 높고 가파른 마을 뒷산으로 올라갔다가 해가 지면 산 아래로 내려왔다. 미군들은 매일 아침 여러 대의 탱크와 큰 대포를 단 육중한 트럭을 마을 입구에 세워놓고, 동네 앞 논두렁 밭두렁에 볏짚을 깔고 앉아 있거나 거닐다가, 저녁 때가 되면 어디론가 돌아가곤 했다. 나는 며칠이 지나 이 마을 남쪽 냇가 벌판에 큰 미군부대와 다른 나라에서 온 군부대가 주둔해 있으며, 낮이면 중공군과의 전투에 대비해 이 마을 산밑에서 경계를 하고 있다는 것을 알게 되었다. 서울을 중공군에 내주고 남쪽으로 후퇴한 미군들은 중공군을 더 이상 남쪽으로 내려오지 못하게 하기 위해 오산, 평택, 안성 일대를 최후 방어선으로 정하고, 이 일대에서 중공군과 전투를 벌이고 있다는 것도 알게 되었다. 미군들은 이들 지역을 중심으로 동서를 길게 연결해, 남한 전체를 철통같이 방어하고 있었으며 이 근처 모든 마을들도 그들의 엄격한 통제를 받고 있었다. 그러니까 이 일대는 미군과 중공군이 하시라도 전투에 돌입할 수 있는 최전방 지대나 마찬가지였다. 필호네, 종수네, 우리 일행은 전쟁을 피해 피난을 온 게 아니라, 미군과 중공군이 접전하는 전투지역 안으로 스스로 뛰어든 것이나 다름없었다. 그러나 이 마을사람들은 미군이 그들을 가까이에서 지켜주어 마음을 놓았음인지 불안해 하는 기색이 전혀 보이지 않았다.

나는 매일 마을로 내려가 키가 크고 코 큰 미군들을 보는 것이 재미있었다. 그들의 살결은 한국사람과 달리 아주 희었으며, 살결이 검은 병사와 한국 군인 비슷한 군인들도 종종 눈에 띄었다. 마을사람들은 저 군인들은 미국에서 왔고, 이쪽에 있는 병사들은 영국과 캐나다 사람들이라고 구별을 잘했다. 하지만 나는 그들의 생김새가 모두 비슷비슷하여 누가 어느 나라 군인인지 전혀 분간할 수가 없었다. 나는 한참이 지나서야 그들의 군모와 옷차림을 보고 그들이 어느 나라 군인인지 겨우 알아낼 수가 있었다. 그들은 내게 껌과 사탕을 던져주기도 했고, 어떤 때는 차에서 빵과 잼과 작은 봉지에 든 씁쓸한 커피, 그리고 소고기와 국수가 든 깡통을 꺼내주기도 했다. 나는 자랑스러운 듯 껌과 사탕을 얻어다 누나와 필호에게 나누어 주었다. 어머니는 내가 미군들로부터 얻어온 깡통에 든 고기를 시래기에 넣어 맛있는 국을 끓이기도 했다.

매일은 아니지만 우리 식구는 피난민치고는 너무나 맛있는 음식을 즐겼다. 어머니는 낮에는 주인집 식구 옷을 빨아주고 바느질도 해주었으며, 아버지는 동네를 찾아 다니며 가사일을 도운 후 쌀과 먹을 양식을 얻어 오셨다. 피난 올 때 식량을 넉넉히 가져온 데다, 아버지가 가외로 양식을 얻어와 우리 식구는 아무 부족함이 없는 피난생활을 영위하고 있었다. 나는 아침 숟가락을 놓자마자 따뜻한 물에 얼굴을 깨끗이 씻은 후 바지저고리를 단정히 입고 동네 밖으로 나가, 미군들과 그들이 세워놓은 커다란 탱크와 트럭과 대포와 기관총을 구경했다. 보면 볼수록 신기하고 호기심에 차 하루 종일 서서 보아도 싫증이 나지 않았다. 나는 얼른 커 탱크를 몰고 대포를 쏘아보고 싶은 생각으로 가슴이 두근거리기까지 했다.

날이 갈수록 나는 마을에 오는 외국 군인들과 친숙해졌다. 어떤 군인은 내게 먹을 것을 주며, 이것은 비스킷이고 이것은 브레드이며, 또 이것은 캔디라고 가르쳐주었다. 그리고 자기가 어깨에 멘 총을 '라이플'이라고 이름을 가르쳐주었다. 내가 발음을 잘못 하면 몇 번씩 되풀이해 올바른 발음을 하도록 친절히 가르쳐주기도 했다. 날마다 나는 새로운 단어를 익혔다. '파더'는 아버지, '머더'는 어머니, '브라더'는 형, '시스터'는 누나, 친구는 '프렌드', '엉클'은 아저씨라는 것을 알게 되었고, 미군들로부터 배운 단어를 잊지 않기 위해 나는 이 단어들을 중얼거리며 외우고 다녔다. 나는 영어를 어떻게 쓰는지는 몰랐지만, 하루하루 입으로 새로운 단어를 익히는 게 재미가 났다. 미군들은 내가 그들로부터 배운 단어를 잊지 않고 되풀이하는 게 재미나서였는지, 하루는 영어 철자를 쓴 종이를 들고 와 내게 '에이비씨' 하고 가르쳐주고는, 연필까지 주며 집에 가서 써보라고 했다. 물론 이 모든 말을 하나하나 자세히 알지는 못했지만, 그들의 동작으로 무슨 말을 하려는지 대강 짐작이 갔다. 나는 그들을 보면 '브라더' 또는 '엉클'이라고 불렀으며, 소나무가 우거진 마을 뒤 높은 산에 올라갈 때면 그들은 나를 데리고 가기도 했다. 산꼭대기에 다다르면 그들은 몸을 납작 엎드린 후 쌍안경으로 먼 곳을 이리저리 살피며 어깨에 메고 온 무전기에 달린 전화기를 꺼내 어디론가 무전을 보냈다. 날이 흐리고 눈이 올 때는 먼 전방을 잘 볼 수가 없었다. 목초로 뒤덮인 산 저쪽 구릉지에서 산발적으로 총소리가 나면 미군들은 어디론가 급히 무전을 했으며, 무전을 하고 나면 잠깐 새에 마을 어구에서 대기하고 있던 미군들이 조그만 박격포를 가지고 떼를 지어 산꼭대기로 올라와 엎드려 총 쏘는 자세를 취했다. 그러면 나를 산꼭대기로 데려왔던 군인들은,

"고우 홈."

하고 나를 산 아래로 급히 내려보냈다.

미군들은 항상 무거운 철모를 쓰고 다니는데, 하루는 철모가 아닌 납작한 모자를 비딱하게 쓴 군인들이 마을에 왔다. 마을사람들은 비딱한 모자를 쓴 군인들은 영국군이거나 캐나다 군인이라며, 무슨 이유에서인지 이들은 미군보다 마음이 훨씬 더 좋다고 했다. 그들은 미군들과 임무 교대라도 했는지 미군들은 어쩌다 한 번씩 마을에 나타났으며 그들 대신 영국과 캐나다

군인들이 더욱 자주 마을에 와 비상대기를 했다. 나는 그들을 보면 '캐나다 엉클'이라고 불렀다. 미군들로부터 익힌 몇 마디 영어단어 덕분에 나는 그들과도 금세 친해졌다. 나는 그 중에서도 에드먼드라고 하는 몸이 통통한 캐나다 군인과 가장 친했다. 그는 내게 매우 친절했고, 나를 볼 때마다 큰 손으로 악수를 하며 주머니에서 드롭스를 꺼내 내게 주었다. 어느 날은 나를 그의 지프차에 태우고 마을 주변을 돌기도 했고, 그의 부대로 데리고 가 부대 구경을 시켜주며, 그들이 먹는 빵과 깡통 음식을 듬뿍 안겨주기도 했다. 그를 만나러 마을로 내려갔다가 어쩌다 그가 보이지 않으면 마음이 몹시 서운했다. 그가 한동안 보이지 않다가 마을에 온 것은 하늘에서 굵은 눈이 펑펑 쏟아지는 어둡고 음산한 날이었다. 내가 그를 보고 달려가자 그는 나를 기다렸다는 듯 군복 주머니에서 드롭스와 다른 먹을 것을 한 주먹 꺼내 내 조끼 주머니에 넣어준 다음, 그가 끼고 있던 털 달린 가죽장갑을 벗어 내 조그만 손에 끼워주고 나 내 손을 굳게 잡고 악수를 했다. 그리고는

"아이 고우. 바이바이."

하고 지프차에 올라타더니 펑펑 쏟아져 내리는 눈 속으로 사라졌다. 나는 캐나다 군인이 탄 지프차가 눈 속에 묻혀 보이지 않을 때까지 한참 동안 서 있다가 허전한 마음으로 집으로 돌아왔다. 한국전쟁 중 내가 어릴 때 만났던 이 캐나다 군인의 친절한 이미지는 내가 장성한 후에도 기억 속에 생생하게 남아 있었으며 내가 후일 캐나다에 오게 된 것도 이때의 추억과 밀접한 연관이 있었다.

우리 식구가 안성으로 피난을 온 지도 어느덧 두 달이 다 되어가고 있었다. 미군들은 더 이상 마을에 오지 않았으며 이와 함께 전세가 호전되어 가고 있다는 말이 들렸다. 그러자 아버지, 어머니는 필호네 친척에게 더 이상 신세 지기가 민망스럽다며 집으로 돌아가기로 결정을 하셨다. 그런 다음 2월 말 어느 날 우리 식구는 짐을 챙겨 각자 나누어 지고 필호네 친척집을 떠났다. 그

러나 필호네와 종수네는 집으로 돌아가는 것이 아직 위험할 거라며 더 머물러 있겠다고 했다. 필호네 친척들은 안성 밖은 아직도 위험하므로 떠났다가 집으로 돌아갈 수 없을 때는 다시 돌아오라며 우리 식구들을 친절하게 배웅해주었다.

우리 식구가 안성을 떠날 때는 집에서 피난길에 오를 때처럼 눈이 많이 쏟아졌다. 온 천지가 눈으로 가득 차 앞이 보이지 않을 만큼 어두컴컴했다. 우리가 안성 마을을 지나 산길 고개로 막 접어드는 순간 난데없는 총소리가 나더니, 붉은 빛을 띤 조그만 총탄이 우리 식구 옆을 쌕쌕거리며 지나갔다. 그 순간 우리 가족들은 재빨리 나무 뒤로 몸을 숨겨 눈 위에 엎드렸다. 그러나 따다닥 하는 총소리와 함께 뻘겋게 불이 붙은 총알은 우리를 향해 연방 날아왔다. 총소리가 잠시 멈추자 먼 데서 한 한국 남자가,

"여기는 위험 지역이요, 길을 잘못 들었소. 딴 데로 돌아가시오."

하고 소리를 질렀다. 컴컴한 눈보라에 가려 우리 식구는 길을 잘못 들었던 것이다. 총소리가 멎은 틈을 타 우리는 몸을 엎드려 아버지를 따라 딴 데로 돌아가는 길을 겨우 찾아내 가까스로 위험을 모면했다. 이때가 한국전쟁 중 우리 식구가 죽음을 당할 뻔한 세 번째 위기였다.

우리가 안성으로 피난 올 때 넘었던 높은 산 고개를 지나 한참 만에 큰길에 접어드니, 길옆에는 미군 탱크와 트럭과 기관총을 단 지프차들이 길게 늘어서 있었으며 그 앞에서는 총을 멘 미군들이 쌍안경으로 나무가 우거진 맞은편 산을 여기저기 살피고 있었다. 그들 옆에는 두터운 누비 군복을 입은 중공군들이 포로로 잡혀 눈 위에 일렬로 앉아 무언가를 먹고 있었다. 이때 미군 한 명이 우리 식구를 막으며 무어라고 말을 하였으나 알아들을 수가 없었다. 그는 어디로 가더니 한국말을 하는 한국군 장교 한 명을 데리고 왔다. 이 장교는,

"오늘 아침 이 일대에서 중공군과 전투가 있었습니다. 중공군은 물러갔지

민 언제 또 그들이 올지 모릅니다. 여기는 전투지역이니 오던 길로 다시 돌아가는 게 좋습니다. 앞으로 더 나아가면 위험합니다."

하고 설명하며 우리 식구들을 되돌려 보내려고 했다.

"우리 집은 얼마 남지 않았습니다. 돌아가도 있을 데도 없고…"

하고 아버지가 국군장교에게 돌아가기 곤란하다는 듯 설명하는 사이, 또 다른 피난민들이 산길을 내려와 이 지역을 통과하고 있었다. 국군장교는 우리 길을 막았던 미군에게 무어라고 말을 한 후, 우리 식구와 다른 피난민들에게 조심해서 가라고 말을 하고는 그가 있던 곳으로 돌아갔다.

4. 안전귀가(安全歸家) 및 학교 개교(開校)

드디어 우리 가족들은 두 달간의 피난생활을 모두 끝내고 위험한 고비를 몇 차례 넘긴 다음 정든 집에 무사히 도착했다. 우리가 집에 도착한 것은 깜깜한 밤중이었다. 집에 돌아오니 대문 문짝은 모두 없어지고, 소 외양간에도 텅 빈 구유와 여물통만 덩그러니 남아 있을 뿐 소는 보이지 않았다. 누군가가 끌어다 잡아 먹은 모양이었다. 어머니는 소 구유를 만지며 눈물을 흘리셨다. 장독대에 가득 담겨 있던 간장, 된장, 고추장도 모두 없어지고, 곡식을 담아놓는 광의 독들도 텅텅 빈 채 깨진 독 뚜껑들만 여기저기 흩어져 있었다. 흙과 먼지가 가득 쌓여 있는 마루를 지나 방으로 들어서니 고약한 냄새가 코를 찔렀다. 이불도, 옷을 넣어 두었던 장롱도 보이지 않았다. 어머니는 더러운 마루 위에 짐을 내려놓자마자 비와 걸레를 찾아다 마루와 방을 청소했다. 이때 사랑방에서 어떤 남자가 눈을 비비며 문을 열고 나와,

"댁들은 뉘시오. 보아하니 피난민 같은데, 거 잠 좀 자게 조용히 하쇼"

하고는 문을 탕 닫고 방으로 들어갔다. 이튿날 우리가 이 집 주인임을 알아차

린 그 남자는 짐을 주섬주섬 챙겨 바깥 사랑문을 통해 슬그머니 사라졌다.

날씨는 여전히 춥고 눈이 많이 내렸다. 국군과 유엔군이 서서히 북진하면서 피난 갔던 마을사람들이 하나 둘씩 돌아오자 예전처럼 마을에 활기가 돌기 시작했다. 한동안 얼굴을 보지 못했던 마을사람들은 서로 손을 잡고 반가워하며 난리통에 죽지 않고 살아 있는 것을 기뻐했다. 필호네도 종수네도 집으로 돌아왔고, 폭풍우가 지나간 뒤의 고요한 바다처럼 동네 전체가 차츰 평온을 되찾고 있었다.

그러나 전쟁은 여전했다. 먼 데서는 아직도 포성이 들려왔으며, 마을 밖 신작로에는 미군 탱크와 대포차와 군인을 가득 태운 군용 트럭이 꼬리를 물고 북으로 북으로 올라갔다. 하루는 내가 사오륙 학년 학생들이 다니는 신축 학교에 갔더니, 학교 운동장에는 한 미군 부대가 주둔해 있었고, 교실과 교무실도 미군들이 다 쓰고 있었다. 나는 안성에 있을 때 미군들과 친숙하게 지냈었기 때문에 그들 대하기가 낯설지 않았으며 아침만 되면 학교 미군 부대로 가 안성에서 미군들에게 배웠던 영어 단어를 사용해가며 그들과도 금세 친해졌다.

어느 날 아버지는 탑안골에 사는 내 또래의 아이들 둘이 포탄을 가지고 놀다 포탄이 터져 죽었다며, 함부로 산에 올라가지 말라고 주의를 주셨다. 군인들이 쓰다 남은 포탄이나 실탄은 산에뿐만 아니라 냇가 자갈 위, 논, 밭, 들에는 물론 길가에도 즐비하게 널려 있었다. 필호와 내가 땔나무를 베러 산으로 갈 때는 프로펠러가 달린 박격포탄, 겉이 네모지게 금 가거나 쇠 방망이처럼 생긴 수류탄, 그 외 사용하지 않은 누런 기관총탄들이 긴 쇠고리에 달린 채 여기저기 마구 뒹굴고 있는 것이 눈에 띄었다. 뿐만 아니라 마을 앞 늪지에는 새우젓 독만큼 큰 불발 폭탄이 반은 땅속에 박힌 채 비스듬히 자빠져 있었다. 우리마을에는 경례 누나네를 비롯해 여섯 채의 가옥들이 포탄을 맞고 불에 타 전소되었다. 마을 주변 산과 냇가와 들판에 널려 있는 포탄,

수류탄, 박격포탄과 기관총탄, 그리고 일곱 채나 되는 집들이 타 없어진 것을 보면, 우리마을 일대에서 미군과 중공군이 치열한 격전을 벌인 것이 분명했다. 그래서인지 학교 뒤 낮은 산밑에는 이 일대에서 싸우다 전사한 병사들을 파묻은 임시 무덤이 여러 개 있었고, 무덤 앞에는 전사자의 이름과 그들 나라의 국기가 그려져 있는 나무 팻말이 나란히 세워져 있었다. 우리는 다행히 피난을 갔었기 때문에 이 마을 일대에서 벌어진 무서운 전투장면을 목격치 못했을 뿐이었다. 마을에서 피난을 가지 않은 사람들은 마을 앞 냇가를 따라 공세리, 능안, 지곡리에 이르는 산 골짜기에서 미군과 중공군이 이틀간이나 치열한 전투를 벌여 양쪽 군인들이 많이 다치고 죽었다고 말을 했다.

그런데 이즈음 미군이 주둔해 있는 학교 주변의 우리마을과 이웃마을에서는 이상한 소문이 떠돌고 있었다. 미군들이 가정을 돌아다니며 처녀들을 데려다 능욕을 하고 공산주의자들로 보이는 사람들을 총으로 마구 쏴 죽인다는 것이다. 내가 안성에 피난해 있을 때는 미군이 매일 마을에 와 살다시피 해도 한번도 들어보지 못한 소리였는데, 왜 여기서는 미군을 나쁘게 말하는 그런 소문이 떠돌고 있는지 이상하기도 하고 기분이 몹시 언짢기도 했다. 나는 손위로 누나 둘이 있었으며, 열일곱 살 난 큰누나는 성숙한 처녀로 얼굴도 매우 예뻤다. 미군이 처녀들을 데려다 능욕한다는 소문이 나돌고부터 큰누나는 좀처럼 밖에 나가지 않았으며, 집 밖으로 나갈 일이 있을 때는 남자옷에 두툼한 털 모자를 깊이 눌러쓰고 나를 데리고 나갔다. 동네 다른 처녀들도 낮에는 누나처럼 남자로 변장을 하고 다녔고, 어떤 처녀는 긴 담뱃대를 손에 들고 남자처럼 휘적휘적 걷기도 했다. 마을 근처 학교에 미군부대가 주둔한 후부터 우리마을은 갑자기 젊은 청년만 있는 동네가 되어버렸다. 또 어떤 미군은 너무나 배가 고파 이웃마을 민가로 밥을 훔쳐 먹으러 갔다가 부뚜막 위에 놓여 있는 고추장을 쨈으로 알고 마구 퍼먹은 후 한 달간이나 재채기를 하다 죽었다는 해괴망측한 소문도 들렸다. 또한 우리마을 아래의 영

천골 동네에서는 새로 결혼한 신랑이 신부 집에 재행再行을 했다가 공산주의
자로 오인 받아 미군에게 총살 당했다는 미덥지 않은 소문도 퍼져 있었다.

어느 날 밤 미군들이 이 마을을 지나가고 있을 때 어떤 집에서 갑자기 비
명소리가 들려 그 집에 가보았더니, 술에 취한 청년들이 그들 또래의 젊은 남
자를 방 천장에 가로놓여 있는 큰 나무 대들보에 오랏줄로 두 발을 묶어 거
꾸로 매달아 놓고 큰 나무 방망이로 그 젊은 사람의 발바닥을 마구 때리고
있었다는 것이다. 밖에서 들린 비명은 예쁜 한복 차림의 신부가 자기 신랑이
동네청년들에게 발바닥을 맞을 때 신음하는 것을 보고 지른 것이었다. 청년
들은 미군들을 보자 막걸리 술을 권하며 신랑의 발바닥을 나무 방망이로 더
욱 세게 계속 때렸다. 이때 한 미군이 신랑을 때리던 청년의 손을 붙잡고,

"이 사람을 왜 때리십니까?"

하고 묻자 이 청년은,

"오케이."

하고 영어로 대답했다. 또 다른 미군이,

"이 사람 공산주의자입니까?"

하고 물었더니 그 청년은,

"오케이, 오케이."

하고 두 번씩이나 오케이를 연발했다.

"그래서 당신들은 이 공산주의자를 죽이려고 하는 겁니까?"

한 미군이 이렇게 묻자,

"오케이."

하고 다른 청년이 대답했다. 이때 권총을 옆에 찬 한 미군이 다른 미군에게
무어라고 말을 한 후 앞으로 나와 청년들을 둘러보며 물었다.

"이 공산주의자, 우리들이 죽일까요?"

"오케이, 오케이."

하고 청년들이 합창하듯 말했다. 그 순간 권총을 차고 있던 미군이 허리에서 권총을 꺼내 신부 집에 재행 온 신랑을 향해 발사하여 그 자리에서 즉사시켰다는 것이다. 후일 알아본 결과, 이 이야기는 사실이 아니었으며, 6·25때 북한 내무서에 자주 드나 들던 어떤 사람이 지어내 퍼뜨린 헛소문임이 밝혀졌다. 이것 외에도 미군을 중상하는 근거 없는 유언비어들이 사람들 입에 많이 오르내렸다. 미군들은 고기를 많이 먹어 몸에서 노린내가 난다느니, 그들은 겁이 많아 공산군들과 싸우기를 꺼린다느니, 가슴에 털이 많아 원숭이를 닮았다느니 등등 헤아릴 수 없이 많았다. 북한 공산주의자들로부터 우리나라를 지켜주기 위해 죽음을 무릅쓰고 용감하게 싸우는 미군들에 대해 근거 없는 말을 지어 퍼뜨리는 사람들이 나는 몹시 미웠고, 미군을 나쁘게 말하는 사람들은 북한 편을 드는 공산주의자들일 것이라는 생각도 들었다. 미군들은 낮에 가끔씩 우리동네에 왔지만 동네사람들에게 아무런 해코지도 하지 않았다. 마을사람들을 만나면 '헬로우' 하고 친절하게 대했으며, 긴 담뱃대를 빨고 있는 노인들을 만나면 주머니에서 담배를 꺼내주고, 그들을 따라다니는 어린아이들에게는 껌과 사탕을 나누어 주기도 했다. 이토록 친절하고 도리를 잘 지키는 그들이 한국사람들에게 해 끼치는 행위를 했다는 것은 상상조차 할 수 없는 일이었다.

어느 날 이웃집 필호가 나를 찾아와 미군부대에 가면 먹을 것을 많이 준다며 함께 가자고 했다. 그 즈음 나는 아버지와 함께 산에 가 밤나무 가지를 잘라다 울타리를 새로 만들고 있었기 때문에 한동안 미군부대근처에 갈 새가 없었다. 이튿날 아침 나는 필호와 함께 학교 미군부대로 갔다. 거기에는 벌써 많은 아이들이 모여 미군들에게 손을 내밀며,

"기브미 챱챱, 기브미 챱챱."

하고 먹을 것을 달라고 있었다. 큰 자루를 어깨에 메고 있는 낯선 아이들도 여러 명 있었고, 나이가 위인 키 큰 아이들은 맨 앞에 서서 미군들이 나누어 주는 빵

과 깡통 음식을 모조리 독차지하고 있었다. 운 좋게 내 차례가 되어 몇 개의 비스킷이라도 돌아오면, 그들은 나에게 돌아오는 몫을 잽싸게 가로채 갔다. 어떤 미군은 이들에게 화를 내며 영어와 한국말로 소리를 질러 쫓아 버렸다.

"유 껏 댐. 가라가라."

필호와 나는 매일 미군부대에 갔지만 늘 빈손으로 돌아왔다. 하루는 필호와 내가 미군들이 버린 쓰레기를 뒤지고 있는데, 마침 근처에 있던 한 미군 병사가 우리에게 다가와 껌과 사탕을 주고 난 다음, 타다 남은 장작개비를 가리키며 나무를 가져오면 음식을 주겠다고 말했다. 나는 안성으로 피난 가 그곳에 주둔해 있던 미군들로부터 푸드(food)나 우드(wood) 같은 영어 단어를 배웠었기 때문에, 이 미군 병사가 무슨 말을 하는지 금세 알아차릴 수 있었다. 나는 집에 돌아와 필호와 함께 지게와 도끼를 가지고 산으로 가 나무를 베어다 아버지에게 보기 좋게 쪼개 달라고 한 다음, 이튿날 아침 일찍 필호를 불러 아버지가 가지런히 묶어놓은 무거운 장작다발을 어깨에 메고 미군부대로 갔다. 해가 뜨기 전인 동네마을은 고요에 잠겨 있었고, 어디선가 늙은 수탉 한 마리가 홰를 치며 쉰 목소리로 목청을 길게 빼 힘겹게 울고 있었다. 무거운 장작 꾸러미를 등에 지고 학교 미군부대에 도착하자 미군들이 쳐놓았던 텐트 막사는 온데간데없이 사라지고, 텅 빈 학교 운동장 군데군데에 쌓여 있는 쓰레기 더미에서는 가는 불길과 함께 검은 연기만 모락모락 하늘로 올라가고 있었다. 그 순간 나는 온몸에 힘이 빠지며 다리가 후들후들 떨려 더 이상 서 있을 수가 없어 어깨에 장작을 멘 채 땅 바닥에 털썩 주저앉고 말았다. 나는 넋을 잃고 불타는 쓰레기 더미에서 하늘로 올라가는 뿌연 연기만 멍하니 바라보고 있었다. 실망과 좌절로 가슴이 공허해지며 현기증까지 일어났다. 옆에 있던 필호는 두 무릎에 얼굴을 깊이 파묻은 채 우는 듯이 보였다. 이윽고 동쪽에서 해가 떠오르며 마을 어린 아이들이 하나 둘 모여 왔다가, 미군들이 사라진 것을 보고는 풀이 죽어 집으로 돌아갔고, 어떤 아이들은 미군들이 쳐놓았던 막사 자리에 돌을 던지며 욕을 하기도 했다. 이때 내 옆에 웅크리고 앉아 있던 필호가 벌떡 일어나 코를 풀더니,

"병규야, 우리도 가자."

하고 나를 잡아 일으키려 했다. 나는,

"가고 싶으면 먼저 가. 나는 더 앉았다 갈 거야."

하고 필호에게 힘 없이 말한 다음, 나무를 가져오면 먹을 것을 주겠다고 했던 젊은 미군 병사의 모습을 떠올리며 연기에 덮인 쓰레기 위에 내가 가지고 온 장작개비를 하나씩 하나씩 얹어놓기 시작했다. 나는,

"먹을 것은 필요 없어. 추운 너를 따뜻하게 해주면 돼."

하고 말하고 싶은 기분이었다.

아버지가 정성껏 쪼개준 장작개비를 하나 둘 씩 쓰레기 위에 얹어 태우고 있는 동안, 어느새 날이 저물어 검은 땅거미가 학교 마당을 뒤덮고 있었고, 바람이 불며 날씨도 추워지기 시작했다. 나는 하루 종일 굶어 배가 고프고 무척 피로했다. 나는 마지막 남은 장작개비를 모닥불 위에 얹어놓은 다음 천천히 일어나 집으로 향했다. 내가 막 학교 앞 신작로를 건너고 있을 때, 앞 양쪽에 환하게 불을 켠 미군 지프차 한 대가 쏜살같이 지나가며 그 안에 타고 있던 한 병사가 내 앞으로 깡통 한 개를 던져주었다. 나는 기쁨에 차 땅으로 굴러가는 깡통을 쫓아가 주웠다. 그러나 그것은 속에 아무것도 들어 있지 않은 빈 깡통일 뿐이었다. 나는 실망과 분노로 발로 빈 깡통을 힘껏 차버린 다음 급히 집으로 발길을 옮겼다. 나는 아침 일찍 무거운 장작 다발을 메고 거지처럼 음식을 얻으러 갔던 자신이 밉고 부끄러웠으며 까닭 없이 슬픈 생각이 들며 나도 모르게 두 눈에서 굵은 눈물이 주르르 흘러내렸다. 내가 흘러내리는 눈물을 옷 소매로 북북 닦으며 어두운 내를 건너고 있을 때, 먼 데서 어머니가 나를 부르는 소리가 추운 바람결을 타고 정답게 들려왔다."

"병규야, 병규야, 어디 있느냐?"

5. 학교로 돌아감

　1951년 봄, 미군부대가 학교를 떠난 후 전쟁이 난 지 거의 일 년 만에 내가 다니던 초등학교가 드디어 문을 열었다. 문은 열었으나 학생들이 공부할 교실이 없어, 육학년 학생들에게는 졸업장을 미리 주어 조기 졸업을 시켰다. 그리고 전쟁으로 학교에 가지 못했던 삼사오학년 학생들은 한 학년씩 뛰어 올라 사오륙학년생이 되었으며, 전쟁이 날 때 삼학년이었던 우리 반 학생들은 삼학년 공부도 못 하고 사학년이 되었다. 우리 반 학생들은 교과서가 없어 사학년 학생들이 준 책으로 공부를 하였으며 책상, 걸상이 없어 찬 마룻바닥에 책을 펴놓고 엎드려 공부를 했다. 마룻바닥에 엎드려 공부를 하기는 다른 반 학생들도 마찬가지였다. 삼학년 때 함께 공부했던 학생들이 거의 다 돌아왔으나, 어떤 학생들은 먹지를 못해 몹시 야위어 있었다. 전쟁으로 먹을 양식이 없어 많은 사람들이 미국과 그 외 여러 나라에서 대주는 원조품으로 어렵게 살았다. 우리 학교에서는 미국에서 보내주는 우유가루와 밀가루로 빵을 만들어 점심 때마다 집이 가난한 학생들에게 급식을 했다. 그러나 나와 몇몇 학생들은 우유, 빵 급식 대상에서 제외되었다. 우유가루, 밀가루 같은 먹을 양식 외에도 미국에서는 옷과 학용품, 심지어 어린이 장난감까지 한국으로 보내주었다. 그러나 그런 물건이 우리 학교에 배당될 때는 모두 가난한 학생들에게 돌아갔다. 그들은 미국에서 보내주는 질긴 청바지를 입고, 품질이 좋은 학용품들을 미국이 보내주는 가방에 넣어 가지고 다니며 공부를 했다. 그러나 이런 물품을 타지 못하는 학생들은 국산 연필이나 크레용을 썼으며 이들을 쓸 때마다 뚝뚝 부러져 공책에 필기를 제대로 할 수가 없고 도화지에 그림도 그릴 수가 없었다. 부러진 연필을 깎아 연필심에 침을 묻혀 쓸 때마다 나는 부러지지 않는 좋은 연필과 학용품을 쓰는 다른 학생들이 부럽기도 했다.

아침에 공부가 시작되면 우리 담임선생님은 우리나라를 침략해 전쟁을 일으켜 많은 국민을 죽인 북한 공산주의자들과 그들을 도와주는 중국과 소련을 비난한 후, 북한 침략자들로부터 우리나라의 자유와 평화를 수호하기 위해 그들과 싸우는 미군과 유엔군들을 칭찬했다. 그런 다음, 목숨을 잃고 부상을 당해가며 일선에서 공산군들과 싸우는 용감한 군인 아저씨들에게 후방에 있는 우리 학생들이 위문편지를 보내야 된다며, 학생들에게 각자 위문편지를 쓰라고 했다. 학생들은 월요일부터 토요일까지 매일 한 차례씩 위문편지를 썼으며, 학교에서는 이 편지를 모두 거두어 일선에 있는 각 군부대로 보냈다. 나는 군에 가 있는 형에게 자주 편지를 써보낸 적이 있었기 때문에 다른 군인 아저씨들에게 편지 쓰는 것이 그리 어렵지 않았다. 우리반 담임선생님은 어떤 때는 내가 쓴 편지를 무슨 모범 답안지라도 되는 양 큰소리로 딴 학생들에게 읽어주기도 했다.

어느 날 육학년 담임선생님이 교실을 따로따로 분리시켰던 칸막이를 치운 후 전교 학생들을 한 교실에 모아놓고 교실 창문을 검은 천으로 어둡게 가린 다음, 검은 흑판에 움직이는 사진을 비추어 주었다(선생들은 움직이는 이 사진을 활동사진이라고 불렀다). 우렁찬 애국가에 맞추어 힘차게 펄럭이는 태극기 사진이 지나간 다음에는 '자유뉴스'라는 자막이 나오고, 그 뒤를 이어 흰 두루마기를 입은 이승만 대통령이 중앙청 앞 단상에 서서,

"우리 모두 단결해야 합네다. 뭉치면 살고 헤어지면 죽습네다."

라는 말로 연설하는 사진이 나왔다. 그리고 국군과 유엔군들이 탱크와 비행기를 앞세워 북으로 진격하며 공산군들과 용감히 싸우는 모습이 그 뒤를 따랐다. 활동사진을 처음 보는 학생들은 미군이 공산군들에게 대포를 쏘고 전투기들이 낮게 떠 지상을 폭격하는 사진을 볼 때는 숨을 죽이고 미동微動도 하지 않고 있다가, 국군들이 북한 공산군들을 무찌르는 광경을 볼 때는 힘껏 박수를 쳤다. 이와 반대로 공산군들이 총 끝에 달린 뾰족한 긴 대검으로

남한 국민들을 찔러 죽이는 사진을 볼 때는 모두 눈을 가리고 분노를 했다. 활동사진은 돌아가는 도중 중간중간이 끊어지기도 했으나, 학생들은 긴장과 흥미에 차 검은 흑판에 나타났다가 사라지는 모든 장면들을 하나도 놓치고 싶지 않은 듯 눈 하나 깜빡이지 않고 온 정신을 돌아가는 활동사진에만 집중시켰다. 이후 학교에서는 이러한 활동사진들을 서너 차례 더 보여주었다.

전쟁은 계속되었다. 학교 앞 신작로에는 한국군과 미군을 태운 트럭들이 수시로 북으로 올라가고 있었고, 어떤 때는 부서진 전투기 잔해를 실은 커다란 군용 트럭이 남쪽으로 내려갔다. 바로 이 무렵 북쪽에서 낮게 떠 남쪽으로 날아가던 미군 전투기 한 대가 갑자기 불에 싸인 검은 연기를 내뿜으며 만가대 산 너머 큰 내에 쿵 소리를 내며 곤두박질쳤다. 전투기는 땅에 떨어지며 폭파돼 비행기 잔해들이 사방팔방으로 흩어졌고, 비행기에 탔던 조종사의 시체도 모두 불에 타 보이지가 않았다. 전투기 추락 현장에 급히 출동한 미군들은 폭파된 전투기 잔해를 모두 끌어갔다. 이웃집 필호와 함께 미군 비행기가 떨어졌던 내로 달려가보니 조그만 물고기들이 떼로 몰려와 물 속에 가라앉은 하얀 물체를 서로 뜯어먹고 있었다. 냇가 근처에는 어떻게 알았는지 엿장수들이 나타나 땅속에 박혀 있는 쇠붙이와 구리로 된 물체들을 삽과 호미로 열심히 파내고 있었다.

우리마을 앞 큰 냇가에는 모래와 자갈이 많았으며, 미군들은 매일 커다란 트럭을 몰고 와 냇가에 널린 모래와 자갈을 파 트럭에 가득 싣고 남쪽으로 갔다. 마을사람들은 미군들이 오산과 평택에 큰 비행장을 짓기 위해 모래와 자갈을 퍼간다고 말했다. 미군들은 전쟁이 계속됨에 따라 후방 군사시설을 더욱 튼튼히 하였으며, 남한 요소요소에 커다란 비행장과 같은 군사기지를 설치해가며 적의 침략 공세로부터 남한을 굳게 지키려고 부단히 노력했다. 이런 가운데 삼팔선을 중심으로 전쟁이 교착 상태에 빠져들어 삼 년 이상을 끌어가며 수많은 사상자를 낸 이 참혹한 전쟁은 어느 쪽에도 승리가 없이 1953년 7

월 27일 휴전이라는 이름 아래 허무하게 끝이 났다. 비로소 피로 물들었던 삼천리 강산에 총성이 멎으며 평화가 찾아왔다. 그러나 일시적 전쟁중단으로 찾아온 이 평화는 항구적인 평화가 아니라 언제 또 다시 깨질지 모르는 불안한 평화였기 때문에, 사람들은 이러한 불안한 평화를 그다지 반기는 것 같지 않았다.

6. 중학교 입학

휴전으로 전쟁이 멈춘 1953년에 나는 초등학교 육학년이 되어, 중학교에 갈 때가 가까이 다가왔다. 내가 초등학교를 다닐 때에는 중학교에 가려면 시험을 쳐 합격해야 중학교에 입학할 수가 있었다. 농촌에서 초등학교를 나온 학생들은 도시에 있는 중학교에 들어가기가 그리 쉽지가 않았다. 학교에서 집에 돌아가면 부모를 도와 농사일을 해야 하고, 중학교 입시 준비를 위한 책도 사볼 수가 없는 데다, 더구나 나와 우리 반 학생들은 전쟁으로 정상적인 공부를 하지 못해 도시에 있는 중학교에 가기가 한결 더 어려웠다. 초등학교 육학년이 되던 10월 어느 날, 우리 담임 선생님은 중학교에 가고자 하는 몇몇 학생들을 데리고 학교에서 삼십 리나 떨어져 있는 수원水原 시로 중학 입시 준비에 필요한 책을 사러 갔다. 물론 나도 중학교에 가기 위해 선생님을 따라 수원에 갔으나, 나와 함께 갔던 학생들은 돈이 없어 겨우 책 한 권씩 사들고 점심도 먹지 못한 채 집으로 돌아왔다. 우리 반에는 남녀 학생 모두 합해 사십 명 정도가 있었으나, 중학교에 가려는 학생들은 남학생 몇 명뿐이었고, 여학생들은 단 한 명도 중학교 지망생이 없었다.

우리 담임선생님은 중학교에 가려는 학생들에게 별도로 입시 공부도 가르쳐주고 숙제를 많이 내주어가며 열심히 시험준비를 시켰다. 그러나 나는 다른 학생들처럼 농사철인 여름에는 학교에서 돌아오는 대로 들로, 산으로 가

소에게 먹일 꼴을 베어와야 하고 가을에는 가을걷이를 하시는 부모님을 도 와드려야 했기 때문에 공부할 시간이 거의 없었다. 나는 중학교 입학시험이 얼마 남지 않은 겨울이 되어서야 수원에 가서 사온 책과 선생님이 가르쳐주 신 과외 필기물을 가지고 수험공부에 집중할 수 있었다. 그리고 이듬해 이월 에 수원에 있는 북중北中학교에 가 시험을 쳐 합격해 대망大望의 중학교 입학 을 하게 되었다. 당시 수원시에는 북중학교와 수원중학교 둘이 있었으며, 북 중학교가 역사도 깊고 좋은 학교로 이름이 나 나는 이 학교에 지망했다. 그 리고 우리 학교에서는 나를 포함해 일곱 명이 중학교에 지망했으나, 그 중 중 학에 들어간 학생은 겨우 세 명밖에 안 되었다. 동네 이웃사람들은 모두 내 중학교 입학을 열렬히 축하해주었으며, 어머니는 기쁨에 차 열네 살이나 된 나를 등에 업고 덩실덩실 춤을 추셨다. 어머니의 깊은 사랑과 크나큰 기쁨, 이 값진 보물이 중학교 입학으로 내가 어머니로부터 받은 인생 최대의 선물 이었다.

내가 중학교 입학으로 마음이 들떠 있던 삼월에는 초등학교 졸업식이 있 었다. 졸업식 날은 아직 날씨가 쌀쌀하고 철 지난 눈발이 희끗희끗 날리는데 도 군수와 장학사, 면장과 우체국장 같은 지방유지와 외빈들이 많이 참석했 다. 초등학교 교장선생님과 다른 모든 선생님을 비롯해 인근의 동네 구장들 과 학부형들이 흰 두루마기를 입고 와 졸업식장을 가득 메웠다. 졸업을 하 는 육학년 여학생들은 흰 저고리에 검은 치마를, 남학생들은 모두 새 바지저 고리에 검은 고무신을 신고 나왔다. 볏짚으로 삼은 짚신을 신은 학생도 간혹 눈에 띄었다. 졸업식에는 오학년 학생과 육학년 학생들만 참석하였으며, 이들 은 서로 얼굴을 마주보고 서 있었다. 졸업식 식순에 따라 벽에 걸린 태극기 에 먼저 경례를 하고 애국가를 봉창奉唱한 다음, 학교 교장선생님의 졸업축하 연사에 이어, 군수와 장학사와 면장이 차례로 연단에 올라와 축하연설을 했 다. 그리고 졸업생들에 대한 졸업장과 상장 수여가 있은 다음 마지막으로 오학년 학생 대표와 육학년 졸업생 대표가 차례로 송사送辭와 답사答辭를 읽었으며, 오학년 학생들에게 전하는 답사는 내가 읽었다. 나는 일년 전 학교 졸업식 때 오학년 대표로 졸업하는 육학년 학생들에게 송사를 읽은 적이 있었으며, 우리 육학년 담임선생님은 졸업생을 대표하여 나더러 또 다시 답사를 읽으라고 하셨다.

어머니는 졸업식 날 아침, 내가 집에서 나올 때 새로 산 중학교 교복을 입고 가라고 하셨지만, 나는 일부러 어머니가 지난 겨울에 지어주신 한복 바지저고리와 양쪽에 주머니가 둘이 달린 까만색 조끼를 입고 졸업식에 참석하였다. 초등학교 입학 때부터 육학년까지 입고 다녔던 한복 바지저고리를 초등학교 졸업식 때까지, 끝까지 입고 싶어서였다. 오학년 학생의 송사가 끝나고 내 차례가 되자, 나는 조끼 주머니에 미리 넣어두었던 답사를 꺼내 차근차근히 읽어갔다. 선생님들과 외부에서 온 귀빈들에 대한 인사말이 있을 때는 그분들 앞으로 가 인사 대목을 읽었고, 오학년 후배 학생들에게 전하는 말은 그들 앞에 서서 읽어 내려갔다. 답사는 정든 학교와 선생님과 이별을 아쉬워하는 내용으로 가득 찼으며, 슬픈 대목에서 감정을 깃들여 읽을 때에는 오육학년 학생들이 슬픔으로 소리 내어 울었다. 심지어 뒤에 서 있는 학부형들도 두루마기 옷고름으로 눈물을 닦았다. 이런 때는 나도 눈물이 앞을 가려 제대로 답사를 읽을 수가 없었다. 송사, 답사가 끝난 다음 오학년 학생들은 삼학년의 박한모 여자 담임선생님이 치는 풍금에 맞추어 육학년 졸업생들에게 보내는 졸업축가卒業祝歌를 불렀다.

"빛나는 졸업장을 타신 언니께
꽃다발을 한-아름 선사합니다.
물려받은 책으로 공부를 하며
우리는 언니 뒤를 따르렵니다."

오학년 학생들의 엄숙한 졸업축가를 이어받아 육학년 학생들이,

"잘 있거라 아우들아 정든 교실아,
선-생님 저희들은 물러갑니다."

여기까지 노래를 불렀을 때에는 북받치는 슬픔에 목이 메어 다음 구절(부지런히 더 배우고 얼른 자라서, 새 나라의 새 일꾼이 되겠습니다)을 채 부르지 못했다. 오학년, 육학년 학생들이 다 함께 가까스로 슬픔을 억누르며,

"앞에서 끌어주고 뒤에서 밀며
우리나라 짊어지고 나갈 우리들
냇-물이 바다에서 서로 만나듯
우리들도 이 다음에 다시 만나세."

하고 합창을 끝냈을 때는 졸업식장이 온통 울음바다가 되었다. 군수도 장학사도 면장도, 우체국장도 교장선생님도 학부형들도 손수건으로 연신 눈물을 닦았고, 우리 육학년 김기백 담임선생님은 어깨를 들먹이며 흑흑 느껴 우셨다.

졸업식이 끝난 후에도 우리 육학년 학생들은 학교 밖으로 나가지 않고 온갖 슬픔과 고난과 기쁨과 괴로움을 함께 나누던 정든 교실로 다시 들어가, 정 많고 인자하신 담임선생님을 에워싸고 울고 또 울었다. 그들은 영원히 헤어지지 않으려는 듯 서로 붙잡고 오랫동안 학교를 떠나지 않았다. 교실도 없이 이 집 저 집으로 옮겨 다니며 바닥에 엎드려 공부하던 불쌍한 학우學友들, 육이오 전쟁으로 온갖 고통을 만나 먹을 것이 없어 배를 굶주렸던 가난한 학우들, 비가 오나 눈이 오나, 추우나 더우나 바람이 부나, 꼬박 육년간을 자고 새면 한 식구처럼 만나 함께 웃고 울었던 정든 학우들이 이제는 서로 헤

어져 다시는 함께 만날 수가 없다고 생각하니 슬픔에 찬 뜨거운 눈물이 나도 모르게 양 볼로 주르르 흘러내렸다.

초등학교 졸업을 마친 후 나는 곧바로 중학교에 입학을 하였으며, 입학 후 몇 달간은 수원에 있는 친척집에서 하숙을 했다. 집에서 학교까지는 삼십 리가 넘는 먼 길이라 걸어 다닐 수가 없어 수원에서 임시로 하숙을 하게 된 것이다. 나는 한 달에 두 번씩 토요일마다 집에 가 하루 저녁을 자고, 일요일 오전에 들과 산으로 가 소꼴을 한 짐 베어다 놓은 다음, 무거운 쌀을 등에 지고 먼 길을 걸어 수원 친척집으로 돌아오곤 했다. 우리 집에서 수원까지 가는 길에는 차가 다니지 않았다. 농촌에서 사용하는 소 마차만 가끔씩 왔다 갔다 할 뿐이었다. 십리가 넘는 신갈까지 걸어가 조그만 기차를 타고 수원으로 갈 수도 있었으나, 기차는 아침 저녁으로 하루 두 번밖에 다니지 않았고, 기차를 타고 수원 화성역에 도착하여 하숙집까지 가려면 또 다시 한 시간 가량을 걸어야 했다. 그래서 한 달에 두 번씩 토요일마다 집에 오고 갈 때는 삼십 리 길을 꼬박 걸어 다녔다. 수원에서 집으로 올 때는 내가 다니던 초등학교 앞을 지나 긴 동네마을을 거쳐 집에 도착했다. 토요일 오후의 학교 교정은 쓸쓸하고 고요했으며, 까만 중학교 모자에 까만 교복을 입고 책가방을 들고 동네를 지나가다가 마을사람들에게 인사를 하면, 그들은 내 등을 두드리며 칭찬을 해주었고, 내 또래 친구들도 내 이름을 부르며 달려와 반가워했다. 나는 마음이 정답고 따뜻한 사람들이 모여 사는 이 동네를 한없이 사랑했다. 이런 고향 마을이 그립기 때문에 중학교에 가고 난 후에도 토요일 오전 공부를 마치면 집에 돌아와 동네친구들과 어울려 놀기도 하고, 구수한 흙 냄새를 마음껏 맡아가며 아름다운 자연과 함께 시간을 보내다가 학교로 돌아가곤 했다.

오월 어느 토요일, 나는 수원에서 집으로 걸어오는 대신 하루에 두 번씩 수원과 여주를 운행하는 조그만 기차를 타고 신갈에서 내려 십리 길을 걸어 집으로 왔다. 신갈에서 집으로 오는 도중에는 산 중턱을 깎아 만든 신작로에 만두고개와 청두고개라는 두 고개가 있었으며, 청두고개는 한 쪽에는 숲과 가시덤불이 우거져 있고, 그 반대쪽에는 깎아지른 듯한 높은 암벽이 있으며, 그 암벽 밑에는 깊고 커다란 물 웅덩이가 있었다. 청두고개 숲에서는 밤이면 늑대가 나온다는 말도 있고, 바위 낭떠러지 밑에 있는 웅덩이에는 여름이면 커다란 뱀과 개구리가 죽어 둥둥 떠 있으며, 옛날에는 사람이 이 웅덩이에서 빠져 죽었다는 소문도 있었다. 그래서인지 밝은 대낮에도 사람들은 이 후미진 고갯길을 잘 다니지 않았다. 내가 숲이 우거진 고개를 다 올라와 이마에 땀을 닦고 있을 때였다. 우리 동네 끝에 사는 문식이가 갑자기 숲에서 나와 길을 가로질러 바위 낭떠러지 쪽으로 무어라고 중얼거리며 천천히 걸어가고 있었다. 나는 문식이를 보고 너무나 놀라 기절할 뻔했다. 문식이는 나보다 한 살 위로 정신이 실성失性하여 어떤 때는 발가벗고 동네를 뛰어 다니는 불쌍한 아이였다. 그런데 이 날은 옷은 입었지만 신을 신지 않았고 발등과 다리 정강이에서는 붉은 피가 흐르고 있었다. 나는 나무가 우거진 숲에서 나와 길을 가로질러 바위 낭떠러지 쪽으로 걸어가는 문식이를 소리쳐 불렀다.

"문식아, 거기 가면 안 돼. 위험해. 나와 함께 집에 가자. 문식아!"

그러나 문식이는 아무 대답도 않고 히죽히죽 웃어가며 계속 걸어갔다. 나는 무슨 도깨비를 본 것이 아닌가 하고 눈을 끔뻑끔뻑 해보기도 했다. 나는 마음이 섬쩍지근하기도 하고 또 문식이 어머니에게 가 문식이가 있는 곳을 알려주기 위해 달음질하다시피 하여 집으로 돌아왔다.

어머니는 언제나처럼 이 주일에 한 번씩 집에 오는 나를 몹시 반기시며, 내가 없는 동안 동네에서 일어난 여러 가지 일들은 모두 얘기해주셨다. 그러면 나도 학교 공부와 큰 도시에서 보고 들은 것들을 어머니에게 하나도 빠짐없이 들려드렸다. 어머니는 누구네 할머니가 위중하시고, 누구네 딸이 서울로 시집을 갔으며, 이웃집 종수네에서는 소가 암소 새끼를 낳았다는 등 이야기가 끝이 없었다.

"그런데 얘야, 너 문식이 알지?"

하고 어머니는 갑자기 문식이 이야기를 꺼내셨다. 어머니는 혀를 끌끌 차고 나서,

"불쌍도 하지. 실성했던 문식이가 열흘 전에 물에 빠져 죽었단다."

하고 문식이가 가여운 듯 말씀을 하셨다. 문식이가 죽었다는 어머니의 말에 나는 소스라치게 놀라며,

"어머니, 문식이가 죽다니요. 내가 바로 조금 전 청두고개를 넘어오다 문식이를 보았는데요."

하고 두 눈을 둥그렇게 뜨자 어머니는 흠칫 놀라 일어나시며,

"아이고 얘야, 그 청두고개는 무서운 곳이다. 네가 거기서 열흘 전에 죽은 문식이를 보다니. 너 귀신한테 씌웠구나. 얼른 나가 옷을 벗고 바깥 마당 두엄터 옆에 서 있거라."

하고 나를 밖으로 떠밀었다. 조금 전 내 두 눈으로 똑똑히 본 문식이가 열흘 전에 죽다니, 나는 도저히 믿을 수가 없었고, 정신마저 얼떨떨해 뭐가 뭔지 도저히 알 수가 없었다. 나는 어머니가 시키는 대로 거름을 재어놓는 두엄터 옆에 가서 있었다. 그러자 어머니는 몽당비와 소금이 들어 있는 바가지를 들고 와 내 옷을 모두 벗기고 난 다음, 알몸에 굵은 소금을 끼얹고 몽당비로 쓸어가며 주문을 외우셨다.

"아이고 신령님, 신령님의 아들에 귀신이 붙었습니다. 신령님, 천지 신령님. 아들에 붙어 있는 못된 귀신을 당장 거두어 가소서."

어머니는 연거푸 똑같은 주문을 외우며 내 머리와 발끝을 소금이 묻은 몽당비로 싹싹 쓸어 내리셨다.

어머니는 민속신앙인 천지신령天地神靈을 믿으셨으며, 내 몸에 붙어 있는 귀신을 쫓아 달라고 천지신령께 비는 어머니의 주문呪文이 나는 듣기가 좋았

다. 어머니는 집안에 무슨 일이 있을 때마다 신령님께 기도를 하셨다. 가을 벼타작을 마친 후 새 짚이 나오면 어머니는 좋은 짚을 골라 가지런히 묶어 터주를 만들어, 장독대 뒤 배나무 밑에 있는 네모진 돌 위에 지난 일년간 놓여 있던 묵은 터주는 치우고 새 짚으로 만든 터주를 세워놓은 다음 기도를 하셨다. 터주를 만들어 그 안에 신령님을 모셔놓고 절하며 드리는 어머니의 기도가 이 세상에서 가장 정성스럽고 거룩하다고 나는 늘 믿었다.

어머니가 터주를 향해 절하고 기도하는 것을 미신이니 우상숭배니 하며 업신여길지 모르지만, 어머니가 숭배하는 천지신령은 모든 우주만물과 인간 세계를 지배하는 거룩한 신이기 때문에 사람들이 흔히 말하는 우상偶像이 아니었다. 우상이 되려면 일정한 형체形體가 있어야 하는데, 어머니가 숭배하시는 천지신령은 형체가 없기 때문에 우상이 아니었다. 인간으로부터 숭배 받는 신이 되려면, 첫째는 형체가 없어야 하고, 둘째는 경외敬畏스러워야 하며, 셋째는 초자연超自然적이어야 한다. 이 세 가지 조건을 갖추지 않은 현존하는 인간이나 죽은 사람은 신이 될 수 없으며, 이들을 신으로 받들어 그들의 형체를 벽이나 제단에 세워놓고 숭배하는 것이 바로 우상숭배인 것이다. 초자연 신인 천지신령은 우주만물과 인간을 창조하여 이들을 다스릴 수 있지만, 인간은 신을 창조하거나 그를 다스리지 못한다. 인간이 본래부터의 신을 부정하고 죽은 인간을 신으로 받들어 신을 모독冒瀆하고 그에 도전했기 때문에, 신이 지배했던 자연의 질서가 깨져 무서운 자연재해가 끊임없이 일어나고 온갖 질병과 고통으로 인간이 죽어가고 있는 것이다. 신을 부정하여 인위적人爲的인 신을 창조한 오만한 인간들에 대한 천지신령의 잔인한 응징이다.

인간은 우주만물 중 가장 나약한 존재다. 그렇기 때문에 그들은 삶을 두려워하고 죽음을 무서워하며 죽은 후의 내세來世를 불안해 한다. 인간은 혼자 살기가 두려워 사회라는 공동체共同體를 만들었고, 죽음에 대한 공포를 없애기 위해 종교를 만들었으며, 내세에 대한 불안을 덜기 위해 천당과 지옥을 만들었다. 그들은 종교를 만들어 신을 창조해낸 다음, 그들이 만든 신에게 그들의 영혼을 지배하도록 맡겼으며, 죽은 후에 천당에 보내달라고 돈을 주며 간원懇願을 했다. 천당을 만들어놓은 것은 죽은 후 그들이 만든 종교를 믿는 사람들만이 함께 모여 살기 위해서였고, 그들의 종교를 믿지 않는 사람을 천당에 오지 못하도록 하기 위해 지옥이라는 것을 만들었다. 그리고 사람들은 그들이 만들어놓은 종교와 신과 지옥에 대한 공포에 스스로 빠져, 죽은 후 지옥에 보내지 말아달라고, 그들이 만들어놓은 신에게 매달리고 있는 것이다.

옛부터 한국 민족들은 인위적 신이 아닌 초자연신인 천지신령을 믿어왔다. 그들이 천지신령을 숭배하고 있을 때는 나라가 평안하고 인심이 따뜻했으며, 집안이 화목하고 이웃간에 우애가 가득했다. 그러나 이방인들이 만든 낯선 종교가 들어온 후부터는 사람들이 이기적이고 서로가 불신하고 싸움과 반목질시反目嫉視를 했다. 근세에 이방인들이 새로운 종교를 가지고 들어왔을 때는 이들과의 종교싸움으로 나라와 사회가 극도로 어지러웠고, 이러한 종교전쟁은 마침내 지구 전역으로 번져 온 인류의 파멸을 가져오려 하고 있다. 사람들은 그들이 만든 종교를 지키기 위해 종교전쟁을 일으키고, 그들이 믿는 종교를 믿지 않는 사람들을 처참히 살육해왔다. 올바른 종교는 인간의 목숨을 앗아가지 않으며, 또한 상대방의 종교를 파괴하려 하지 않는다. 결국 종교전쟁은 인간이 잘못 만들어 놓은 종교와 신 때문에 일어나는 것이다. 나는 개인에게는 정의와 자신감과 용기와 소원성취를, 가정에는 사랑과 화목을, 이웃에게는 우애와 온정을, 나라에는 평화와 안정을 가져다 주는 신이 가장 위대한 신이라고 믿는다. 그리고 이러한 모든 것은 우리민족 고유의 신인 전지전능全知全能한 천지신령만이 가져다 줄 수 있다고 굳게 믿어왔다. 나는 어머니가 믿으셨던 친지신령을 깊이 믿으며 내 몸에서 문식이 귀신이 떨어져 나간 것도 어머니의 천지신령에 대한 기도 덕분으로 생각했다. 그렇더라도 죽은 지 열흘이나 지난 뒤에 발과 다리에 피를 흘리며 멀건 대낮에 어두운 숲 속에서 내 앞에 나타났다가 높은 바위 낭떠러지 밑 깊은 연못을 향해 홀연히 사라진 문식이의 환영幻影은 영원한 수수께끼로 지금도 내 뇌리에 생생히 남아 있다.

나는 중학교 공부가 재미있었다. 과목이 바뀔 때마다 다른 선생이 교실에 들어와 공부를 가르치는 것도 재미있었고, 이곳 저곳에서 모여든 학생들과 함께 공부하며 노는 것도 재미있었다. 그러나 초등학교 친구들과는 달리 쉽게 정이 가지 않았으며, 서로 이기적인 데가 많은 것 같았다. 나는 키가 작아 맨 앞 네 번째 줄에 앉았고, 키가 큰 학생들은 맨 뒤에 앉았다. 공부 과목 중 나는 영어와 수학과 역사가 가장 재미있었으며, 미술과 음악이 가장 재미가 없었다. 나는 예능 방면에는 재능이 없는 것 같았다. 역사를 가르치는 선생님은 키가 크고 점잖았으며 가끔 한복차림에 회색 두루마기를 입고 학교에 오셨으며, 내가 이학년 때는 우리 반의 담임선생님이 되셨다. 이와 반면 영어 선생님은 키가 작고 호리호리하고 매우 무서웠다. 영어 선생님은 늘 숙제를 많이 내 주었으며, 숙제를 해오지 않은 학생들에게는 눈물이 나오도록 엄한 벌을 주었다. 매주 월요일에는 학생들을 하나하나 불러 지난 일주일간 배운 모든 문장과 단어를 큰소리로 암송暗誦하도록 했다. 나는 영어과목을 좋아한 데다 선생님이 무서워 해오라는 숙제는 한번도 거르지 않고 열심히 해 갔다. 그러나 중학교 때 내가 아무리 영어를 좋아했다 해도 선생님이 무섭지 않았으면 그토록 열심히 공부하지 않았을지도 모른다. 나는 지금도 영어책을 읽거나 영어로 문장을 짓거나 통역, 번역을 할 때는, 중학교 때 무서웠던 그 영어 선생님을 늘 떠올린다.

중학교 일학년 여름방학을 끝낸 후 나는 집에서 삼십 리 길을 걸어 학교에 다니지 않으면 안 되었다. 부모님이 하숙비 대기가 어려워서였다. 새벽 네 시에 일어나 밥을 먹고 학교에 도착하면 여덟 시가 넘었고, 오후 다섯 시에 공부를 끝내고 집에 돌아오면 밤 여덟 시가 지나 아홉 시가 다 되어갔다. 하루 평균 여섯 시간 이상을 걷는 셈이었다. 처음 며칠간은 다리도 아프고 피로했으나 날마다 걸으니 힘도 생기가 피로도 덜했다. 학교가 끝나면 다른 몇몇 학생들과 함께 어울려 오지만, 그들이 도중에서 하나 둘 자기 집으로 들어가 버리면, 남은 십 리 길은 나 혼자 걸어와야 했다. 그러나 나머지 길은 큰길이 아닌 마차가 간신히 다니는 좁은 농로農路였다. 이 농로를 지나 논둑, 밭둑 길을 조금 걸으면 나무와 숲이 우거진 높은 산고개가 나오고, 이 고개를 넘으면 다시 좁은 논둑, 밭둑 길이 나온다. 그리고 구불구불한 이 길을 따라 얼마쯤 내려가면 커다란 내가 닥쳤다. 내에는 길고 굵은 외나무다리 한 개가 늘 놓여 있었으며 이 다리를 건너 좁은 논길, 밭 길을 또다시 한참 걸어야 마침내 집에 도착했다.

내가 학교에 다니는 길은 여름에 농사짓는 농군들, 이따금 수원시로 장보러 가는 사람들, 그리고 겨울에 땔나무를 하러 산에 가는 사람들이 주로 이용하였으며, 평소에는 인적이 드물어 매우 한적했다. 이따금 사람을 만나면 그들은 입을 꾹 다물고 서둘러 길을 걸어갔다. 어린 나이에 이러한 길을 하루에 여섯 시간 이상을 걸어 학교와 집으로 왔다 갔다 하는 것은 여간 힘든 일이 아니었다. 그러나 정작 힘든 것은 먼 길을 걸어 다니는 육체적 어려움이 아니라 극심한 정신적 고통이었다. 여름에 비가 와 내에 물이 불어나면 옷을 벗고 내를 건너 비를 흠뻑 맞아가며 학교에 갔으며, 해가 짧은 추운 겨울이면 캄캄한 밤에 나무 숲이 우거진 산 고개를 나 혼자 넘어 다녔다. 내가 넘어 다녔던 산꼭대기에는 커다란 소나무, 참나무, 오리나무, 아카시아 나무들이 빼곡히 서 있고 그 밑에는 돌로 쌓아놓은 서낭단이 있었으며, 겨울 밤에 이 서낭단 앞을 지나가기가 가장 무섭고 싫었다. 어떤 때는 사람들이 시루떡을 해가지고 와 흰 헝겊을 나무에 매달아놓고 서낭단에서 고사를 지낸 후, 떡을 그대로 놔두고 갔다. 그러면 다람쥐, 산쥐, 고슴도치, 너구리 같은 작은 동물들이 이 시루떡을 먹으려고 끼어들었다가 내 기척에 놀라 찍찍거리며 후다닥 도망을 가면, 나도 덩달아 놀라 가슴이 철렁거렸다. 바람이 불어 나뭇가지에 매달린 흰 헝겊이 펄럭펄럭 소리를 내며 세차게 나부끼고, 어쩌다 서낭단 밑에 있는 돌이 데굴데굴 굴러 내 앞에 떨어지기라도 하면, 나는 등골이 오싹하며 그 자리에 얼어붙어 발을 떼어놓을 수조차 없었다.

비수匕首처럼 차가운 초승달이 산꼭대기에 비스듬히 걸려 있는 싸늘한 밤에 먼 데서 부엉이 울음소리가 음산하게 들려오고 가까운 산골짜기에서 여우가 캥캥 짖으면, 겁이 더럭 나 나는 나뭇가지를 꺾어 쥐고 비명에 찬 소리를 내질렀고, 내가 낸 비명소리는 주검처럼 고요한 산골짜기를 타고 메아리쳐서 이리저리 퍼져갔다. 거뭇거뭇한 나무들이 삐죽삐죽 서 있는 공포의 고개를 넘어 뛰다시피 하여 얼음 덮인 내를 건너 집에 이르는 밭길에 다다를 때쯤이면, 마침내 집에서 새어 나오는 불빛이 가물가물 보이고 어머니가 먼 데서 나를 부르는 소리가 바람을 타고 들려왔다.

"병규야, 병규야, 어디쯤 오느냐?"

이때 비로소 마음이 놓여 집에 도착하면 나는 온몸이 진땀에 젖은 채 맥이 빠져 힘없이 주저앉고 만다. 나는 중학교에 들어가 2년 동안 이렇게 고생하며 학교에 다녔다. 춥고 바람불고 눈이 많이 오는 날이나 여름에 장마가 져 내를 건널 수 없을 때는 학교를 빠지고 싶었다. 그러나 나는 이를 악물고 용기를 내어 내게 닥치는 모든 어려움을 극복하고 참아가며 꾸준히 학교에 다녔다. 중학교 삼 년간 학교에 가지 못했던 날은 겨우 이틀밖에 안되었으며 이때는 내가 몸이 몹시 아파 부득이 결석을 하지 않으면 안되었던 때였다. 내가 먼 길을 걸어 중학교에 다니는 동안 고통과 어려움을 겪은 것은 나뿐만이 아니었다. 어두운 새벽에 일어나 한결같이 내게 밥을 지어주시고 겨울 밤이면 집에서 멀리까지 나와 나를 부르며 애타게 기다리셨던 어머니와 쌀과 계란을 짚에 가지런히 묶어 지고 장에 가 팔아 내 학비를 대주시던 아버지가 가장 많은 고생을 하셨다. 지금도 이때의 어머니, 아버지를 생각하면 가슴이 찡하고 눈물이 앞을 가린다. 그러나 내가 중학교에 다니며 경험했던 고생과 어려움은 결코 헛된 것이 아니었다. 내가 후일 장성해가며 고난과 역경이 닥칠 때마다 나는 중학교 때 체득體得한 용기와 담력과 강인한 인내심, 그리고 불굴의 투지를 아낌없이 발휘해 이를 극복했다. 이때 얻은 쓰디쓴 체험體驗은 훗날 고난苦難과 풍진風塵에 싸인 험난한 세상을 살아가는 데 앞을 밝혀주는 밝은 등불이 되었으며, 인생의 실패로 절망과 좌절에 허덕이는 내게 힘과 용기를 불어넣어주는 커다란 원동력原動力이 되었다. 이는 또한 빈손뿐인 내게는 가장 큰 정신적 자산資産인 동시에 가장 고귀한 인생의 보배이기도 했다.

7. 소꿉동무와의 반가운 재회(再會)

중학교 삼학년 봄방학이 끝나고 나는 또다시 수원에 있는 친척집에서 하숙을 했다. 고등학교 입학 준비를 하기 위해서였으나, 그보다는 아버지, 어머니가 내가 먼 길을 걸어 학교 다니는 것이 너무나 딱해 하숙을 시키신 것이다. 그러나 나는 나대로 힘들게 농사를 지어 하숙집에서 내가 먹을 쌀과 학비를 대주시는 부모님께 몹시 미안했다. 중학교 삼학년이 되자 나는 키도 꽤 자라고, 다부지고, 얼굴에 여드름이 나기 시작했다. 나는 학비를 절약키 위해 아침 일찍 일어나 가정에 신문도 배달하고, 밤이면 근처에서 하숙하는 학생들과 함께 찹쌀떡과 메밀묵을 앞에 안고 다니며 팔았다. 여름방학과 겨울방학에는 시골로 다니며 연필과 공책을 팔아 내가 보고 싶은 책과 학용품을 마련했고, 돈이 남으면 어머니에게 드리고 동생들에게 사탕도 사다 주었다. 나는 내 스스로 돈을 벌어 학비에 보태고 나머지 돈을 어머니에게 갖다 드리는 것이 무척 기뻤다. 나는 중학교를 졸업하고 좋은 고등학교에 가고 싶었으나 집안 형편이 넉넉지 못해 갈 수가 없었다. 아버지는 농업 고등학교를 나와 농사나 지으라며 나를 농업학교에 보내시려고 했다. 큰형은 군대에서 제대한 후 공무원이 되어 아버지의 농사일을 도와주지 못했기 때문에 아버지는 나를 농사꾼으로 만들어 아버지의 농사일을 이어가도록 할 작정이셨다. 나는 전에 친척 집에서 하숙할 때처럼 한 달에 두세 번씩 집에 왔다. 어머니는 토요일이 되어 내가 집에 오면 전처럼 내가 집에 없을 동안 동네에서 일어난 여러 가지 일들을 하나하나 말씀해주셨다. 어머니는 늘 말씀을 재미나게 하셨다.

"안산 아주머니네 암탉이 병아리를 열 마리 깠고, 호수 할아버지네 돼지가 새끼를 열두 마리나 낳았단다."

하고 평범한 말씀을 하셔도 어머니의 말 표현에는 늘 독특한 재미가 가득 들어 있었다.

오월 어느 토요일이었다. 내가 집에 갔더니 뒤껼에서 감자밭을 매시던 어머니가 호미를 땅에 꽂아놓고 언제나처럼 이 얘기 저 얘기를 해주신 다음,

"얘야, 이웃집 필호네 모선이와 모선이 엄마가 다니러 왔단다. 그런데 모선이 언니 모니는 벌써 시집을 갔다고 하더라. 모선이도 벌써 숙성한 처녀가 다 되었고…. "

하고 모선이 소식을 전해주셨다. 나는 어머니로부터 모선이 얘기를 들은 순간 까닭 없이 얼굴이 달아오르고 가슴이 두근거렸다. 전에 느껴보지 않은 이상한 느낌이었다. 어머니는 내 얼굴을 보시더니,

"너 얼굴이 빨개졌구나. 열이 있는 게로구나."

하시며 어머니의 커다란 손을 내 이마에 대보셨다. 그때 필호가 달려왔다.

"나 너 오는 거 봤어. 반갑다, 병규야. 모선이가 왔어. 모선이가 너 학교에 잘 다니느냐고 묻더라. 우리 마당에 가자. 할머니가 번데기를 만드셔."

하고 말한 다음 필호는 내 손을 끌고 그의 마당으로 데리고 갔다. 필호는 내가 초등학교를 졸업한 다음해에 졸업을 하였으며, 졸업을 하자마자 아버지와

함께 논으로 밭으로 다니며 농사일을 하고 있었다. 필호는 내가 어쩌다 집에 오면 내 중학교 모자를 써보기도 하며 중학에 다니는 나를 몹시 부러워했다. 필호와 나는 가끔씩 만나도 어릴 때처럼 늘 다정했다. 그런데 나는 중학교 학생이 되어 번데기를 먹으러 가기가 쑥스러웠고, 모선이가 있는 데 가는 것이 더욱 부끄러웠다. 필호에게 끌려 그의 마당으로 가니 필호 할머니는 옛날처럼 명석 위에 구부리고 앉아 물에 젖은 누에고치에서 가는 명주실을 뽑아내고 있었다. 그리고 연분홍색 치마저고리를 입은 모선이가 필호 할머니 옆에 앉아 무어라고 얘기를 주고받으며 물 위에 뜬 번데기를 하나 둘씩 건져 먹고 있었다. 모선이는 옛날 그녀 언니처럼 머리를 땋아 저고리 밑에까지 길게 늘어뜨리고 있었다. 필호 할머니는 얼굴에 주름이 많이 생겼고 홀쭉해졌으며, 옛날보다 많이 늙어 보였다. 나는 필호 할머니 앞으로 다가가 모자를 벗고 인사를 했다.

"할머니 안녕하셨어요? 토요일이라 집에 다니러 왔습니다."

필호 할머니는 나를 보시자,

"네가 중학에 가더니 인사도 잘하고, 키도 제법 컸구나."

하고 나를 반갑게 맞이 해주셨다. 그때 모선이가 나를 흘끗 보고 일어서서 내게 무슨 말을 하려다 말고 필호네 대문 안으로 도망치듯 뛰어 들어갔다. 나보다 한 살 위인 모선이는 나보다 키가 컸고, 어릴 때보다 이마가 훤하고 더욱 예뻤으며 어머니 말대로 숙성한 처녀가 다 되어 있었다. 필호가 뛰어 들어가는 모선이를 향해,

"모선아, 어디 가? 함께 번데기 먹지 않고. 네가 보고 싶어 했던 병규도 왔잖아."

하고 웃어가며 놀리듯 말했다. 나는 모선이가 나를 보고 싶어 했다는 필호의 말에 까닭 없이 또다시 가슴이 두근거렸다. 이때 필호 할머니가 명주실을 뽑던 손을 멈추고 굵은 번데기를 건져 내 손에 담아주시며,

"우리 필호는 중학에 간 너를 늘 부러워한단다. 필호도 중학에 가야 하는데, 필호 애비가 일만 시키지 뭐냐."

하며 필호를 중학에 보내지 않은 필호 아버지를 원망하듯 말씀하셨다. 나는 번데기를 입에 넣으며,

"할머니가 만들어주시는 번데기는 언제 먹어도 맛있어요."

하고 말을 했다. 그러자 필호 할머니는,

"명주실 내는 것은 올해가 마지막이다. 내가 늙고 기운이 없어 내년부터는 더 이상 못 할 것 같다. 그러니 병규야, 번데기 많이 먹거라."

필호 할머니는 이렇게 말씀하시고는 식은 물에서 번데기를 한 움큼 건져 내 손에 얹어주셨다. 나는 모선이 몫을 다 빼앗아 먹는 것 같아 모선이에게 미안한 생각이 들었다. 나는 번데기를 천천히 입으로 가져가며 옛날 어릴 때 모선이와 필호와 나란히 웅크리고 앉아 뜨거운 물 위에 둥둥 뜨는 번데기를 건져먹고, 모선이가 해주는 모래 밥과 풀 나물을 먹으며 부부 소꿉놀이를 하던 때를 떠올렸다. 그 순간 나는 옛날 어릴 때의 착각에 빠져 "모선아!" 하고 소리쳐 부르고 싶은 충동이 불현듯 솟아났다. 하지만 조금 전에 나를 피해 집안으로 뛰어 들어간 모선이를 생각하니 용기가 나지 않았다. 그러나 모선이를 부르고 싶은 내 마음을 어떻게 알았는지 필호가 내 대신 모선이를 불렀다.

"모선아, 나와. 번데기 먹어. 네가 나오지 않으면 나와 병규가 다 먹을 거야."

그러나 모선이는 끝내 집 밖으로 나오지 않았다.

나는 모선이를 만나지 못하는 것이 몹시 아쉬웠다. 그날 밤 나는 모선이와 필호와 어릴 때 들로, 냇가로 뛰어다니며 소꿉장난하던 추억에 사로잡혔다가 잠이 들었다. 잠 속에서 나는 어릴 때 모선이가 나와 필호에게 모래로 밥을 해주고 풀잎을 뜯어 반찬을 해주던 큰 미루나무 밑으로 갔다. 필호는 거기에 없었고, 키 큰 모선이와 중학교 교복을 입고 책가방을 든 내가 옛날

소꿉놀이를 하던 나무 밑에서 단둘이 만나고 있었다. 내가 나무로 다가가자 모선이가 나무 밑에 혼자 앉아 있다가 나를 보고는 내게로 다가와 나를 기다렸다는 듯이 내 손을 꼭 잡고 반가워했다. 모선이 머리 위에는 내가 어릴 때 풀잎새와 패랭이꽃을 꺾어 만들어주었던 둥근 꽃파리가 얹혀 있었다. 내가 모선이에게 무슨 말을 해야 할지 몰라 머뭇머뭇하고 있을 때, 모선이가 먼저 말을 걸었다.

"병규야, 오랜만이다. 너 벌써 중학교에 가고 멋있어졌다."

나는 그제야 입을 떼었다.

"너도 잘 있었어? 너는 전보다 더 예뻐지고 나보다 키도 크고 꼭 어른 같애."

모선이는 얼굴을 붉히며 말을 이었다.

"중학교 공부 재미있어?"

"그래, 아주 재미있어. 나는 지금 삼학년이고 내년에 졸업 맡으면 또 고등학교 갈 거야."

하고 나는 모선이에게 자랑스럽게 말했다. 그러자 모선이는,

"너는 좋겠다. 중학교 졸업하면 또 다시 고등학교에 가고."

하고 부러운 듯 말했다.

"너는 중학교에 안 갔니?"

내가 모선이에게 이렇게 묻자 모선이는,

"나는 아버지가 없어 중학교에 못 갔어. 초등학교를 졸업하고 읍내로 다니며 내 또래 아이들과 함께 모여 젊은 선생으로부터 공부를 배우는데 재미가 없어."

하고 쓸쓸히 대답했다. 나는,

"걱정하지 마. 어디에서든 공부만 잘하면 돼."

하고 집이 가난해 중학에 가지 못한 모선이를 위로했다. 나는 모선이에게 이같이 어른스런 말을 술술 해대는 자신이 놀랍기도 했다. 나는 화제를 바꾸었다.

"그런데 모선아. 너 오늘 낮에 나를 보더니 왜 도망 갔어?"

하고 모선이에게 질문을 했다. 그러자 모선이는 대답 대신 나를 바라보며 내 손목만 꼭 잡았다. 모선이와 내가 서로 얼굴을 붉히며 더욱 가까워지려는 순간, 어머니가 나를 부르는 소리가 들렸다.

"병규야. 어디 있느냐? 어서 점심 먹고 학교로 돌아가야지."

어머니가 나를 부르는 소리에 소스라쳐 깼더니 모선이는 온데간데 없이 사라지고 어머니만 옆에 서 계셨다.

"너 꿈을 꾼 것 같다. 필호와 모선이를 부르며 잠꼬대도 하더라."

나는 어머니의 이 말에 까닭없이 부끄러워지며 나도 모르게 얼굴이 붉어져 이불을 끌어다 얼굴을 푹 덮어 가렸다. 꿈에서 깨어나자 나는 무언가 허무감이 들었고, 모선이를 보고 싶은 생각이 더욱 간절했다. 성숙하고 아리따운 모선이를 생각하자 나는 무언가 딱히 표현할 수 없고 억제할 수 없는 이상야릇한 감정이 가슴속에서 마구 솟구쳤다. 어릴 때의 소꿉동무로서가 아닌, 다 큰 모선이를 생각하는 자신에 대해 움찔 놀라고 겁이 나, 나는 점심을 먹자마자 수원 하숙집으로 곧장 달려왔다. 학교에 돌아온 후에도 모선이가 문득문득 보고 싶었지만, 고등학교 입시 공부에 묻혀 나는 또다시 모선이를 잊어가기 시작했다.

중학교를 마치고 나는 아버지의 뜻대로 농사를 짓기 위해 수원 농업고등학교에 입학을 했다. 그 학교에는 농업과, 임업과, 축산과 등 세 개의 농업전문 학과가 있었으며, 나는 임학과를 선택했다. 나는 나무를 사랑하고 나무 기르기를 좋아했기 때문에 임업과를 선택하였지만 그보다는 딴 꿍꿍이 속셈이 있어 일부러 임학과를 택했다. 다른 학과는 실습이 많아 교실에서 공부하는 시간이 적었지만, 임학과는 실습도 적고 교실에서 공부하는 시간이 많기 때문이었다. 나는 고등학교를 졸업하고 젊은 나이에 농촌에 틀어박혀 농사를 짓는 것은 인생의 낭비라고 생각했으며 더욱 공부를 하여 새로운 지식을 쌓은 다음 넓은 세상에 나아가 많은 색다른 경험을 하고 싶은 욕망으로 가득 차, 어떠한 일이 있더라도 대학에는 꼭 가야겠다고 마음 먹었다. 나를 농사꾼으로 만들려는 아버지의 뜻에 거역해 죄를 짓는 것 같았으나, 내 인생의 앞날을 위해서는 어쩔 수가 없었다. 이것은 일종의 자기혁명과도 같은 것이었다. 내가 만일 아버지에게 대학에 가고 싶다고 하면 아버지는,

"고등학교 학비 대기도 어려운데, 땅 팔아 소 팔아 대학에 갈 돈 대줄 수 없다."

하며 일언지하—言之下에 거절하실 것이 분명했다. 나는 대학에 가면 돈이 없어 어떻게 공부를 하나 걱정이 되었지만, 대학에 들어갔다가 공부를 못 하는 한이 있어도 대학 입학만은 꼭 해야 되겠다고 결심했다. 그러나 공부할 시간이 충분치 않았다. 실습이 많은 다른 농업과나 축산과보다 한 시간이라도 공부를 더 하기 위해 임업과를 택했지만, 역시 실습을 위주로 하는 학교였기 때문에 다른 인문 고등학교보다 공부시간도 적을 뿐만 아니라 학교에서는 대학 입시에 필요한 공부도 가르쳐 주지 않았다. 그래서 나는 나 스스로 책을 사서 별도로 공부하지 않으면 안 되었다.

나는 대학 입시공부를 하기 위해 고등학교 삼학년 여름방학 때는 집에도 가지 않고 수원 하숙집에 남아 열심히 공부할 작정을 했다. 그런데 내가 여름방학을 며칠 앞두고 방학 동안에 낼 하숙비를 가지러 집에 갔더니, 아버지는 우리가 사는 동네가 큰 저수지가 되어 곧 수몰水沒될 것이라며, 방학 때 집에 와 이삿짐을 날라야 한다고 말씀하셨다. 그 바람에 나는 아버지께 하숙비를 달라고 할 수가 없었다. 앞서도 언급했거니와 우리동네는 내가 고등학교 삼학년 때 큰 저수지가 되어 물속에 잠겨버렸다. 우리동네 앞에는 사시사철 수량水量이 풍부한 큰 내가 있었으며 그 내를 중심으로, 조그만 저수지만큼 큰 황새모롱이를 빼고는 높은 산과 크고 작은 언덕에 둘러싸인 넓은 분지盆地가 자연적으로 형성되어 큰물을 가두는 저수지로는 안성맞춤이었다. 여름에 비가 많이 내려 장마가 져 물이 많이 불어날 때는 황새모롱이를 미처 빠져나가지 못한

검붉은 흙물이 논과 밭에까지 범람하여 큰 물바다를 이루었다.

　우리동네 남쪽 끝에 있는 황새모롱이를 지나면 영천골을 지나 평택에 이르기까지 농지가 끝없이 펼쳐져 있었다. 우리동네에 형성되는 저수지는 농사철에 날이 가물어 농작물을 재배할 수 없을 때 이 넓은 농지에 물을 대주기 위한 관개용灌漑用 농업용수로 쓰일 것이었다. 이런 목적을 위해 수리조합水利組合에서는 우리가 사는 지역을 선정하여 삼 년 전부터 저수지 축조 공사를 해왔으며, 공사가 이제 다 끝나 물을 가두어놓을 때가 된 것이다. 내가 방학이 되어 집에 왔을 때는 저수지에 가두어놓은 물이 늘어나 들판의 논과 밭이 벌써 물속에 잠기기 시작했고, 저지대에 사는 마을사람들은 가재 도구를 챙겨 그들이 살아온 정든 집을 버리고 하나 둘씩 마을을 떠나고 있었다. 아버지는 농지 손실 보상금으로 받으신 돈으로 우리 집에서 십 리 떨어진 신갈 근처에 집과 산과 농토를 사놓으셨다. 우리는 짐 마차를 얻어 아버지가 사놓으신 집으로 가재도구를 나르기 시작했다. 이웃집 필호네는 우리마을에서 한참 떨어진 서그네에 큰 집과 많은 농토를 사 벌써부터 이사를 시작하여 이사를 거의 끝내고 있었다. 종수네는 멀리 가지 않고 만가대 근처에 새 집을 지어 식구들이 모두 이사를 하였으며, 그들이 살던 집만 휑뎅그렁히 남아 있을 뿐이었다.

　대부분의 마을사람들은 늘어가는 저수지 물이 찰랑거리며 집 앞에 올라올 때까지 떠나지 않았으며 물이 불어 그들이 살던 정든 집과 마을을 떠날 때는 이별의 슬픔으로 이웃끼리 서로 손을 꼭 잡고 헤어질 줄을 몰랐다. 우리와 필호네가 맨 마지막으로 마을을 떠났으며, 어머니는 집을 떠날 때 뒤를 자꾸 돌아보며 앞치마로 줄곧 눈물을 닦으셨다. 우리가 살던 집은 아버지가 젊었을 때 손수 지으신 집이었다. 아버지는 이 집에서 어머니를 처음 만나 결혼하여 자식들을 여덟이나 낳고, 얼마 되지 않는 농토를 경작하여 대 식구를 먹여 살리느라 많은 고생을 하셨다. 비가 많이 와 홍수가 지거나 비가 내리지

잃아 날이 기물어 농사가 잘 안 되어 먹을 양식이 부족해 식구들이 굶다시 피할 때는 밤새도록 잠을 못 주무시고 괴로워하셨다. 아버지는 이 집에 사는 동안 기뻐할 때보다는 슬퍼하실 때가 더 많았고, 편안할 때보다는 걱정하실 때가 더 많았다. 아버지의 온갖 애환과 슬픈 인생살이의 역사와 추억이 짙게 배어 있는 이 집을 아버지는 쉽게 떠나지 못하셨다. 아버지는 자신의 손때가 구석구석 배어 있는 집안 이곳저곳을 손으로 어루만지며 굵은 눈물을 떨어뜨리셨다. 내가 아버지가 슬퍼하시는 모습을 본 것은 이때가 처음이었다.

나는 밤나무가 우거진 뒷동산으로 올라가 물속에 잠겨가는 정든 집과 정든 마을을 슬픈 눈으로 내려다보았다. 내 눈에 물체는 잘 보이지 않고, 내가 이 마을에서 태어나 즐겁게 뛰어놀며 보고 들은 신비에 싸인 전설傳說과 아름다운 마을 풍속風俗, 그리고 가슴을 에는 듯한 애환哀歡만이 주마등走馬燈처럼 하나하나 눈앞을 스쳐갔다. 이러한 전설과 풍속과 애환들이 내가 살아온 집과 마을과 함께 깊은 물속에 묻혀, 이제는 이 마을이 아득한 꿈속의 고향이 되겠구나 생각하니 나는 북받쳐오르는 슬픔으로 가슴이 메어졌다. 나는 연기가 나지 않는 지붕 뒤 굴뚝과 집 뒤 밤나무와 앞마당의 푸른 살구나무가 물속으로 가물가물 사라져가는 광경을 하나하나 바라보고 난 후 물속에 잠긴 먼 들판으로 눈을 돌렸다. 거기에는 반쯤 물에 잠긴 커다란 미루나무 하나가 서 있는 것이 보였으며, 바로 그 나무 그늘 밑에서 나는 필호와 모선이와 함께 어릴 때 즐거운 소꿉놀이를 했던 것이다. 물에 잠긴 어릴 적 소꿉놀이터를 멍하니 바라고 있는 동안 어릴 때 모선이와 부부놀이를 하며 뛰놀던 추억이 물밀듯 밀려오며 갑자기 모선이 생각이 났다. 나는 삼 년 전 나를 보자마자 필호네 대문 안으로 뛰어들어가던 모선이의 뒷모습을 생각했다. 그날 저녁 꿈결에서 그녀를 본 이래 한번도 모선이를 만나지 못했고 소식도 듣지 못했다. 모선이와 재미있게 놀던 아름다운 순간들이 이제 물속에 영원히 잠겨버리고, 이곳을 떠나면 다시는 모선이를 만날 수 없다고 생각하니 나는 슬픔이 밀려와 마구 몸부림치고 싶은 심정을 억제할 수 없었다. 순간 나는 물속에 잠긴 미루나무를 향해 허공에 대고,

"모선아, 모선아. 나는 너를 영원히 잊지 않을 거야. 너도 나를 잊지 말고 우리 이 다음에 꼭 만나자."

하고 모선이를 소리 높이 부른 다음 산 아래로 막 내려가려는데 산 아래에서 필호가 나를 부르는 소리가 들렸다.

"병규야, 어디 있니? 내가 너한테 가고 있어. 기다려."

잠시 후 필호는 숨을 헐떡거리며 내가 서 있는 산꼭대기로 올라왔다. 그리고는 호주머니에서 무슨 편지를 급히 꺼내 내게 주었다.

"너를 찾았어. 여기서 만나다니 다행이다. 이 편지 모선이가 네게 주는 거야. 모선이는 우리가 이사를 시작하기 전 잠시 왔다가 바로 돌아갔어."

필호로부터 모선이 편지를 받아쥔 나는 손이 떨리고 가슴이 마구 두근거렸다.

"병규야, 나 가야 돼. 아버지가 밑에서 기다리고 계셔. 우리 자주 만나자."

필호는 이 말을 남기고 산 아래로 급히 뛰어 내려갔다.

"필호야, 고맙다. 다음에 모선이 만나면 모선이에게 내 안부 꼭 전해 줘."

나는 산 아래로 뛰어 내려가는 필호에게 이렇게 소리친 다음 두근거리는 가슴을 가까스로 가라앉힌 후 모선이의 편지를 재빨리 읽어 내려갔다.

병규 씨,

어릴 때 병규야, 병규야 하고 부르던 소리가 이제는 잘 나오지 않네요. 나이가 들었기 때문인 것 같습니다. 어릴 때 병규 씨와 내가 뛰어놀던 아름다운 꽃동네가 물에 잠기다니, 마음이 몹시 서운합니다. 외할머니가 만들어주시는 번데기를 병규 씨와 함께 맛있게 나누어 먹고 들로 산으로 뛰어다니며 놀던 때가 새삼 그립습니다. 여름에 시원한 나무 그늘 밑에서 병규 씨에게 모

래밥과 풀을 뜯어 나물을 해주어가며 부부 소꿉놀이를 했던 생각을 하면 지금도 웃음이 절로 나옵니다. 병규 씨도 어릴 때 나와 함께 뛰놀던 때를 생각하시나요?

나는 집에서 머리 위에 똬리를 얹어 물동이를 일 때마다, 병규 씨가 어릴 때 푸른 풀잎과 패랭이꽃을 꺾어다 예쁜 꽃똬리를 만들어 내 머리에 얹어주던 때를 생각합니다. 필호한테 들었는데, 병규 씨 네는 신갈이라는 데로 이사를 한다면서요? 외할머니 댁이 이사하는 서그네와 신갈이라는 데는 얼마나 떨어져 있나요? 병규 씨는 이제 고등학교 삼학년이고, 졸업을 하면 또 대학에 가겠군요. 대학에 가서 공부를 마치면 예쁜 여자와 장가도 들 테고…. 나는 어머니가 매일 시집 가라고 조르는 바람에 속이 상해 죽겠습니다. 나는 언니처럼 일찍 시집가고 싶지 않다고 말하면, 처녀는 나이 스물이 되기 전에 시집가 아이를 낳아야 된다며 더욱 야단을 하십니다. 나는 어머니로부터 시집가라는 독촉을 받을 때마다 아무것도 모르고 병규 씨와 뛰어놀던 어릴 때가 더욱 생각납니다. 옛날로 다시 돌아갈 수 있다면 얼마나 좋을까요? 생판 모르는 남자에게 시집가기도 두렵고 마음이 내키지 않아 나는 지금 어머니 몰래 방직 공장에 취직하려고 여기저기 알아보고 있습니다.

병규 씨, 삼 년 전에 병규 씨를 모처럼 만났을 때 병규 씨를 피해 미안합니다. 병규 씨를 만나기가 싫어 일부러 피한 게 아니라, 병규 씨를 보기가 몹시 부끄러웠습니다. 나는 그 이튿날 병규 씨와 내가 소꿉 놀이를 했던 나무 밑에 가 보았으며, 병규 씨가 책가방을 들고 동네 산밑 길을 급히 걸어가는 것도 보았습니다. 병규 씨, 공부 열심히 하여 훌륭한 사람이 되기를 바랍니다. 병규 씨의 어릴 적 소꿉동무가 하고 싶은 말은 이것밖에 없습니다. 병규 씨와 다시 만날 기약은 없지만, 병규 씨를 다시 만날 날을 기다려보려 합니다.

1960년 4월 5일
박모선

모선이의 편지는 참으로 진솔眞率했다. 나는 그녀의 글솜씨에 더욱 감탄을 했다. 고등학교에 다니는 나라도 이 같은 감동 깊은 편지를 쓸 수 없을 것 같았다. 무엇보다도 모선이가 나와 함께 재미나게 놀던 어린 시절을 잊지 않고 나처럼 가슴에 고이 간직하고 있으며, 내 장래에 대한 따뜻한 격려와 함께 막연하나마 나와의 재회까지 기다리겠다니, 나는 뛸 듯이 기뻤다. 나는 모선이의 편지를 읽고 또 읽었다. 하도 여러 번 반복해 읽어 편지를 보지 않고도 줄줄 외울 수 있을 것 같았다. 나는 모선이의 격려에 더욱더 대학에 가고 싶은 생각이 간절해졌으며, 네모진 사각모에 까만 대학생 교복을 입고 모선이를 만날 생각에 나는 벌써부터 가슴이 부풀었다. 하지만 나보다 한 살 위인 열아홉 살 먹은 모선이가 방직공장에 취직이 되지 않아 시집을 가면 어쩌나 하는 불안감은 쉽게 떨쳐버릴 수가 없었다.

8. 대학교 입학

앞서도 말했듯이 내가 다니는 고등학교는 대학에 가려는 학생들을 가르치는 학교가 아니라 고등학교를 마치고 농사 지으려는 학생들을 지도하는 실습학교였기 때문에, 이 학교를 나와 대학에 진학하려는 학생들은 그리 많지가 않았다. 그마저도 농업 방면의 대학에 가려고 농업고등학교를 선택한 것이며, 나처럼 인문계 대학에 가려는 학생들은 몇 안 되었다. 나는 인문계 대학에 가려고 결정은 했지만, 농업학교에서 배우는 공부 과정을 가지고는 서울에 있는 대학에 들어가기가 어려울 것 같아 고등학교 삼학년 여름 방학이 끝난 후 서울로 올라가 종로 2가에 있는 이엠아이(EMI: English and Mathematics Institute)라는 대학입시 준비학원에 가 공부를 했다. 그 당시 이엠아이 학원은 서울에서 가장 유명한 대학입시 준비학원의 하나로, 많은 학생과 재수생들이 대학에 가기 위해 이 학원에서 공부를 했다. 이 학원에서는 영어와 수학을 전문으로 가르쳤으나 국어, 역사, 사회, 물리, 화학 같은 과목도 입시 과목에 포함시켜 가르쳤다. 나는 다른 모든 과목을 수강할 만한 돈이 없었기 때문에 영어와 수학 두 과목만 수강을 했다. 학원 선생들은 대학입시 준비 전문강사들로 내 고등학교 선생들과는 학생들을 가르치는 방법이 사뭇 달랐다. 나는 지방 실습 고등학교에서 대충대충 공부를 했기 때문에 처음 한 달 동안은 선생들이 가르치는 내용을 파악하기가 어려워 그분들의 진도進度를 따라가기가 힘들었다. 나는 서울에 가 마포에 사는 먼 친척집에서 머물렀으나, 집에서 학원까지 걸어가는 시간이 너무 많이 걸리고 낯선 친척집에 머물러 있기가 어려워 학원 원장님의 허락을 받아 학원 내로 거처를 옮겨, 밤에는 학원 교실 구석에서 잠을 자가며 공부를 했고, 낮에는 학원에서 무료로 문지기(기도) 노릇을 하며 그 대가로 영어와 수학 과목을 수강했다. 아침에는 학원 광고 전단을 옆에 잔뜩 끼고 각 학교를 다니며 등교하는 학생들에게 배포하였으며, 여기서 들어오는 얼마 안 되는 푼돈으로 빵과 우유를 사끼니를 해결했다. 이렇게 먹고 잠자는 것은 어느 정도 해결되었으나, 낮에는 학원 정문에서 기도를 보고 아침에는 학원 전단을 뿌리느라 시간이 많이 허비되어 공부할 시간이 충분치 못해 내심 걱정이 되었다.

내가 공부했던 이엠아이 학원의 원장님은 안현필安賢弼 선생님으로 일본의 한 대학에서 영문학을 전공한 후 한국으로 돌아와 학교에서 영어를 가르쳤으며, 『오력일체五力一體 』 등 좋은 영어 교재를 많이 지으신 영문학의 대가大家였다. 안현필 원장님은 일본에서 공부할 때 고생을 많이 하셨기 때문에, 돈이 없어 공부를 못 하는 학생들에게 용기도 많이 불어넣어주시고 학원에서 그분이 지으신 영어교재로 공부하는 학생들에게 한 달에 한 번씩 시험칠 기회를 주어, 만점을 받는 학생들에게는 학원비 일체를 면제해주는 장학제도를 운영하기도 하셨다. 학원비가 없어 영어, 수학 외에 다른 과목을 수강할 수 없었던 나는 대학 입시에 필요한 전 과목을 무료로 수강하기 위해 안 원장님이 실시하는 시험에 응시키로 작정하고 밤늦게까지 열심히 공부를 했다. 안현필 선생님은 영어는 무조건 외워야 한다고, 학생들을 가르치는 교단에서나 그분이 지으신 책 속에서 늘 강조하셨기 때문에, 나는 그분이 쓰신 두꺼운 『오력일체』 영어교재를 깡그리 암기한 다음 시험에 응시했다. 우리나라 말은 타고 날 때부터 자연히 익혀지지만, 낯선 외국어를 배우려면 안현필 선생님 말씀대로 딴 이론이 필요 없이 문장 전체를 그대로 암기하는 수밖에 없었다. 시험을 본 지 며칠이 지난 후 나와 함께 한 교실에서 공부하는 한 학생이 내게 뛰어와,

"병규야, 너 일등 했어. 복도 벽에 시험 친 학생 명단이 붙었는데, 네 이름이 제일 먼저야. 너 백 점 받았어. 빨리 가봐."

하고 흥분을 하며 말을 했다. 내가 이층 교실에서 뛰어내려와 복도에 가보니 영어시험을 친 학생들이 모여 서서 벽에 붙은 수험자 명단을 바라보고 있었다. 명단 왼쪽 맨 첫머리에는 '이병규-100'이라고 쓴 글자가 선명히 적혀 있었다. 나는 뛸 듯이 기뻤다. 시골에서 올라온 가난한 한 무명 학생이 서울에서 좋은 학교에 다니는 학생들을 제치고 수위首位를 차지한 것이 무엇보다도 기쁘고 자랑스러웠으며 더 이상 학원 정문에서 문지기 노릇을 하지 않고 내가 원하는 과목을 모두 수강해가며 공부에만 전념하게 된 것이 나는 다른 무엇보다도 가장 기뻤다. 안현필 원장님은 내게 상장까지 주시며 공부 잘하라고 격려해주셨으며, 대전에서 올라와 나와 한 교실에서 공부하는 한 부유한 학생은 내게 하숙비를 대주겠다며 그가 하숙하는 집에 가 함께 공부를 하자고 제의를 했다. 잠자리가 불편하고 먹을 것이 부실했던 나는 그 학생이 하숙하는 집으로 옮겨가 그에게 공부를 가르쳐주며 함께 공부하다가 겨울이 되어 집으로 돌아왔다.

학원에서 공부하는 기간은 짧았지만 나는 대학입시에 필요한 과목을 골고

루 공부하였으며, 문과文科 대학에 가 영어 또는 정치나 역사를 공부하기로 마음먹고 있었기 때문에 문과 대학 입학에 필요한 학과에 집중했다. 나는 외우는 데는 특별히 자신이 있었으며, 수학도 문제가 잘 풀리지 않을 때는 먼저 외운 다음 문제를 풀어갔다. 영어에는 왕도王道가 없으니 문장을 보면 무조건 외우라고 한 중학교 때 영어 선생님과 안현필 선생님의 가르침에 따라 그분이 지으신 책을 무조건 외어 시험에 만점을 받은 후부터 나는 모든 과목을 암기 위주로 공부를 했다. 국어책도 외우고, 역사책도 줄줄이 외웠다. 이러한 습관이 붙어 나이가 든 지금도 영어책을 보다가 낯선 문장이 나오면 나는 무조건 외우고 만다.

내가 학원에서 집으로 돌아온 이유는, 겨울은 농사철이 아니어 공부에 지장이 없다고 생각했기 때문이었다. 그래도 나는 낮에는 산으로 가 땔나무를 한 짐 해다 놓고 공부를 하지 않으면 안 되었다. 아버지, 어머니는 내가 대학 입시에 합격하면 비싼 대학 입학금을 마련해야 하시기 때문에 당연히 걱정을 하셨을 텐데, 내가 대학입시 공부에 열중하는 것을 보고도 아무 말씀을 안 하셨다. 시험을 보더라도 합격치 못할 거라는 생각으로 안심하고 계신 것 같기도 했다. 대학에 가 공부를 하건 못 하건, 그건 차후 문제였다. 나는 어떻게 하든 대학 입학시험에 응시해 합격만은 꼭 하고 싶었다. 내가 서울의 학원에서 공부할 때 일류대학에 지원하라고 조언해주신 강사님들도 있었다. 그러나 나는 일류대학에 지원했다가 떨어지면 다른 학생들처럼 재수할 수가 없어 대학에 갈 기회가 영영 돌아오지 않을 것이므로 안전하게 합격할 수 있는 대학에 가야겠다고 마음을 먹고 서울에 있는 중앙대학교 영어영문학과에 입학원서를 제출했다. 더구나 나는 고등학교 초기부터 체계적으로 대학입시 준비를 한 것도 아니고, 대학입시 준비학원에 가 불과 몇 개월 동안 벼락 공부를 한 게 전부인데, 기초가 풍부치 못한 이러한 실력을 가지고 일류대학에 가려는 것은 무리無理라고 스스로 판단했다. 어느 대학에 가더라도 열심히 공부하여

자기가 마음먹은 목표를 달성하면 될 게 아니냐고도 나는 생각했다.

입학시험 날짜는 1961년 2월로 정해졌다. 어머니는 내가 중학교, 고등학교 입학시험을 칠 때처럼 장독대에 맑은 정화수井華水를 떠놓고 신령님께 내 시험합격을 비셨다. 어머니가 나를 위해 신령님께 기도하실 때면 나는 언제나 새로운 용기와 자신이 생겼으며 그리고 더욱 열심히 공부했다. 나는 내 시험합격을 위해 아침마다 기도해주시는 어머니가 한없이 고마웠다.

대학 입학시험을 치는 날, 나는 새벽에 일어나 어머니가 큰 솥에 데워주신 따뜻한 물로 목욕을 하고 새 옷으로 갈아입은 다음, 어머니가 해주신 찹쌀떡을 먹었다. 어머니는 어릴 때 내가 『동몽선습童蒙先習』을 떼고 한문시험을 칠 때도, 중학교, 고등학교 시험을 칠 때도 줄곧 찹쌀떡을 해주셨다. 어머니는 내가 대학교 입학시험을 칠 때도 찹쌀떡처럼 시험에 합격하라고 아무 고물도 묻히지 않은 하얀 찹쌀떡을 내 입에 넣어주셨다. 고물이 묻지 않은 떡이라 맛이 없고 씁쓰레했으나 어머니가 주시는 찹쌀떡을 나는 모두 씹어 먹었다. 대학 입학금은 어찌됐건 시험에는 꼭 붙어야 한다고 어머니는 생각하시는 듯했다. 내가 책과 필기도구를 끼고 나서자 아버지는 큰기침을 하시며 별도로 노잣돈을 주셨으며 어머니는 서늘한 광독에 숨겨두셨던 엿조각까지 꺼내와 내 입에 넣어주셨다. 내가 입시공부를 하는 동안 내내 정성껏 기도를 해주시고 시험에 합격하라고 찹쌀떡에 엿까지 입에 넣어주신 어머니가 무한히 고마웠다. 나는 문을 나서며,

"아버지, 어머니, 고맙습니다. 시험 잘 치고 돌아오겠습니다."

하고 인사를 한 다음 서울로 가는 버스 정류장으로 바삐 향했다.

버스 안에는 그들이 지망한 대학으로 시험을 치러 가는 내 또래 학생들이 초조한 모습으로 창 밖을 내다보며 앉아 있었으며, 입을 놀려가며 열심히 필기공책을 외우는 학생들도 눈에 띄었다. 서울 한강변에 있는 중앙대학교에 도착하니 벌써 많은 학생들이 넓은 학교 운동장에 운집雲集해 있었으며, 이

대학 삼사학년 학생들이 수험생들의 수험번호를 일일이 확인해가며 그들이 시험을 칠 교실로 안내를 하고 있었다. 시험은 아침 아홉 시에 시작되었으며, 시험은 오후 늦게까지 계속되었다. 한 과목 한 과목 시험이 끝날 때마다 학생들은 그들이 시험친 결과에 만족하기도 하고 낙담하기도 했다. 나는 처음부터 끝까지 침착한 태도로 시험을 쳤다. 필기시험이 모두 끝나자 오전에 시험안내를 맡았던 대학교 학생들이 교실로 들어와 이차 면접시험 날짜를 알려주며, 면접시험은 이 학교의 임영신任永信 총장님이 직접 실시할 것이라고 설명을 했다.

필기시험이 끝난 며칠 후, 면접 시험날짜가 되어 학교에 가니 학교 직원처럼 보이는 신사복 차림의 남자들이 수험번호 순서대로 수험생들을 하나씩 하나씩 학교 총장실 안으로 들여보냈다. 나는 한참을 기다린 후 내 차례가 되어 총장실 안으로 들어갔다. 나는 총장님께 허리 굽혀 인사를 한 다음 이름과 수험번호와 출신 고등학교를 차근차근히 말씀드렸다. 임영신 총장님은 붉은 혈색을 띤 보름달처럼 둥근 얼굴에 풍채風采가 좋으신 분이었다. 총장님은 옆에 서 있던 한 남자로부터 건네받은 서류를 훑어보고 나 미소 띤 얼굴로 나를 바라보며 질문을 시작하셨다.

"학생은 농업 고등학교를 졸업했는데 농사를 짓지 않고 어떻게 대학을 지망하게 되었는가?"

"저는 일찍부터 젊음을 흙에 묻고 싶지 않았으며, 대학에 가 더 공부를 하고 싶어 대학을 지망했습니다."

내 대답을 다 듣고 난 총장님은 앞에 있는 서류를 다시 한번 보고 난 후,

"학생은 특별히 영어를 배운 적이 있나요?"

하고 재차 질문을 했다.

"학교와 학원에서 영어를 배웠을 뿐 달리 영어를 배운 적은 없습니다."

총장님의 질문에 내가 이렇게 대답하자 총장님은 영어를 배우고 나면 무

엇을 할 것이냐고 또다시 물으셨다. 나는 영어를 배우고 난 후의 목표를 미처 생각해보지 않았기 때문에 영어 선생이 되고 싶다고 엉겁결에 대답하며 얼굴을 붉혔다. 임영신 총장님은 고개를 끄덕이며 공부 열심히 하라고 말씀하신 후 나에 대한 면접을 간단히 끝냈다.

면접이 끝난 며칠 뒤, 나는 학교로부터 합격 통지서를 받았으며 합격 통지 안에는 언제까지 대학 입학금을 내라는 고지서도 함께 들어 있었다. 내 합격 통지서와 입학금 납입 고지서를 보신 아버지는,

"네가 대학에 합격해 반갑기는 하다만, 이 많은 돈을 어떻게 마련해야 할지 걱정이다."

하고 깊은 숨을 내쉬셨다. 나의 대학 합격 소식을 전해들은 사람들은 나를 보면 등을 쳐주며 축하를 해주었으며, 어떤 사람들은 집에까지 와 아버지, 어머니에게 아들이 대학에 가게 되어 얼마나 기쁘냐며 찬사를 보냈다. 그러면 아버지는,

"마음이야 좋긴 하지만, 대학에 가서 공부하자면 얼마나 돈이 많이 들겠소?"

하고 돈 걱정부터 하셨다.

학교에 입학금 낼 날짜가 하루하루 다가오면서 나는 마음이 초조하고 걱정이 되어 견딜 수가 없었다. 집안 형편이 뻔하기 때문에 아버지께 입학금을 해달라고 떼를 쓸 수도 없었다. 나는 생각다 못해 어느 날 저녁 아버지 앞에 무릎을 꿇고,

"아버지, 이번 한 번만 입학금을 대 주세요. 그 다음부터는 제가 돈을 벌어 학자금을 마련할 테니까요."

하고 사정했다. 그러나 아버지는 아무 말씀도 안 하시고 담배만 뻑뻑 피우셨다. 나는 마음이 초조했으나, 아버지께 돈을 해달라고 독촉하지는 않았다. 나는 밥도 먹히지 않았다. 고민과 초조에 싸여 말도 안 하고 방에 처박혀 있던 어느 날, 어머니가 문을 열고 들어오시더니,

"너무 걱정 마라. 아버지가 소를 팔아 네 대학 갈 돈을 해주기로 하셨다"
하고 알려주시며 얼른 나와 밥을 먹으라고 하셨다. 어머니로부터 이 말을 들은 나는 뛸 듯이 기쁘면서도 아버지께 송구스러웠다. 소를 팔면 아버지가 어떻게 농사를 지으시나 걱정도 되었다.

"어머니, 고맙습니다. 이번 한 번만 학교에 돈을 대주시면 제가 돈을 벌어학교에 다닐 거예요. 저는 중학교, 고등학교 때도 찹쌀떡, 메밀묵, 연필, 공책을 팔아 조금씩 돈을 벌어 학비에 보탠 적이 있잖아요?"
하고 어머니에게 다음 학자금은 걱정 말라는 듯이 자신만만하게 말을 했다.
아버지는 소를 판 다음 나에게 학교에 같이 가자고 하셨다. 돈이 많아 위험하다며 아버지가 직접 학교에 가 입학금을 내실 참이셨다. 아버지와 함께 학교에 가던 날 아침, 소가 없는 텅 빈 외양간을 보자 나는 아버지에 대한 깊은 죄책감으로 가슴이 뭉클하며 다리에 힘이 빠졌다. 농사철이면 소에 의지하여 농사를 지으시던 아버지에게 소가 없으니, 아버지는 이제부터 돈을 주고 남의 소를 빌려 일 년 농사를 짓지 않으면 안 되었다. 아울러 나로 인해우리 집에서 가장 값비싼 살아 있는 동산動産이 없어져 재산상에도 큰 손실을 가져왔다.

9. 뜻밖의 구원자(救援者)

입학금을 낸 후 삼월 초에 대학에 입학하여 나는 곧바로 공부를 시작했다. 내가 대학에 입학했던 삼월의 봄은 그 어느 때보다 만휘군상萬彙群像이 훨씬 아름답고 힘찬 생동감에 넘치며 그윽한 향기로 가득했다. 넓은 학교 교정校定은 꿈과 희망과 낭만에 넘쳤고, 이러한 교정으로 들어서는 학생들의 발걸음은 그 어느 때보다 더욱 힘차고 경쾌스러웠다. 그들 틈에 끼어 함께 걷는 내 걸음도 활기에 찼고, 드넓은 미래를 향해 피어오르는 웅대雄大한 꿈으로 가슴이 부풀어 인생 전체가 완전히 달라진 느낌이었다. 나는 대학 모표帽標가 부착된 까만 사각모에 교복을 단정히 차려 입고 매일 학교에 등교했다. 중학교, 고등학교 때도 나는 늘 단정한 교복 차림으로 학교에 다녔었다. 나는 신갈에서 조그만 기차를 타고 수원역에서 내린 다음, 수원에서 노량진 역까지 또다시 기차를 타고 갔다. 대학 수업은 중학교, 고등학교 공부와는 달리 시간 여유가 많아, 먼 데서 학교 다니기가 꽤 편리했다. 그러나 넓은 교정을 들어서며 부풀음에 싸였던 순간들은 그리 오래가지 못했다. 날이 감에 따라 학교를 향하는 내 발걸음은 무거워지기 시작했고, 입학 초기에 가졌던 꿈과 설렘과 포부도 차츰 오그라들어갔다. 과중한 학비 때문이었다. 책값, 기차 통학비, 특별활동비 등, 학비 외에 쏠쏠하게 들어가는 돈이 만만치 않았다. 나는 돈이 없어 학교 동료들과도 잘 어울리지 못했고, 늘 외톨이가 되어 한강교를 건너 서울 시내 중심가에도 가보지를 못했다. 내가 유일하게 가는 곳은 학교 앞을 흐르는 한강 백사장이나 교내 도서관과 본교 건물 앞에 있는 조그만 연못 주변이 전부였다. 연못에는 가지를 길게 늘어뜨린 수양버들이 서 있고 연못 한가운데는 예쁜 연꽃이 다소곳이 피어 있어, 나는 이 연꽃을 바라보며 잠시 무거운 번민煩悶을 씻어내곤 했다. 나는 필요할 때마다 아버지에게 일일이 돈을 달랠 수도 없었다. 어쩌다 돈이 필요하다고 하면 아버지는 역정을 내시며,

"또 돈이냐?"

하고 농사일에 쓰려고 아껴두었던 돈을 장롱 설합에서 꺼내주셨다. 설상가상雪上加霜으로 2학기 등록금을 낼 시기마저 다가와 내 걱정과 고민은 이만저만이 아니었다.

학비와 2 학기 등록금 문제로 내가 이토록 고민하고 있던 어느 날, 안양에 사는 큰누나가 자기 집에 와 중학교에 다니는 누나 아들에게 공부를 가르쳐

주며 학교에 다니면 어떻겠냐고 물었다. 누나는 학교 등록금은 내줄 수가 없지만, 숙식과 학비만 보태주겠다며 잘 생각해보라고 했다. 누나 남편은 방직공장 기술자로 많지 않은 월급을 받아 살아가고 있었기 때문에 내게 비싼 등록금을 대줄 수 있는 형편이 못 되었다. 이렇게 넉넉지 못한 처지에 내게 숙식 제공을 하고 학비를 보태주겠다는 것만으로도 나는 여간 고맙지가 않았다.

누나가 집에 다녀간 며칠 후 나는 책과 짐을 싸들고 곧바로 안양 누나네로 갔다. 누나 집에는 방이 여러 개 있었으며, 누나는 가외로 돈을 벌기 위해 방직공장에 다니는 여자들에게 방을 세놓기도 하고 하숙을 치기도 했다. 누나는 집 한 구석에 있는 작은 방 하나를 내게 내주며, 거기서 공부를 하고 누나 아들에게 공부를 가르치도록 했다. 방은 작았지만 조용하고 아담했다. 나는 짐을 풀고 책을 정리한 다음 방에서 책을 읽었다. 저녁 때가 되자 누나 집에서 하숙을 하고 셋방을 사는 여자들이 공장에서 퇴근해 와자지껄 떠들며 대문을 들어오는 소리가 들렸다. 그 중 한 여자가,

"모선아, 우리 저녁 빨리 먹고 극장구경 가자. 아주 재미있는 영화가 들어왔대."

하고 말했다. 모선이라는 소리에 나는 귀가 번쩍했다. 모선이가 안양까지 와, 그것도 다른 사람 아닌 누나와 함께 살고 있다니, 도저히 믿을 수 없는 일이었다. 나는 내 귀를 의심했고, 아마도 모선이라는 이름을 가진 여자가 또 있겠지 하고 간단히 넘겨 버리려 했다. 그런데 그 순간 내가 살던 동네가 저수지에 잠겨 마지막으로 마을을 떠나던 날, 필호가 내게 준 모선이의 편지가 번개처럼 떠올랐다. 그 편지에는 모선이가 방직공장에 취직하려고 알아보고 있다고 쓰여 있지 않았던가? 나는 책갈피 속에 깊이 간직해두었던 모선이의 편지를 꺼내 다시 읽었다.

"…생판 모르는 남자에게 시집가기도 두렵고 마음이 내키지 않아 나는 지

금 어머니 몰래 방직공장에 취직하려고 여기저기 알아보고 있습니다…"

나는 모선이 편지에 있는 이 대목을 읽고 또 읽고는, 지금 여기에 살고 있는 모선이가 이 편지를 내게 준 바로 그 모선이일 것이라고 확고히 단정했다. 이렇게 앞뒤를 꿰어 맞추어 내 나름대로 단정을 하자, 나는 갑자기 가슴이 두근거리며 당황스러워지기 시작했다. 바로 이때 누나가 나를 불렀다.

"병규야, 저녁 먹자. 안방으로 와."

나는 망설였다. 너무나 상상 밖의 일이라 모선이를 보면 어떻게 해야 할지 좋은 생각이 떠오르지 않았다. 누나가 나를 두 번째 부르는 소리를 듣고 나서야 나는 내 방을 나와 천천히 안방으로 들어섰다. 넓은 안방 한가운데는 커다란 둥근 밥상이 놓여 있었고, 편리한 복장 차림의 젊은 여자들이 밥상 주위에 둘러앉아 서로 대화를 주고받으며 밥을 먹고 있었다. 그들은 나를 보자 옷깃을 여미며 식사를 멈추었으며 모선이는 나를 본 순간 눈을 둥그렇게 떴다가 고개를 숙였다. 내가 모선이에게 무언가 말하려 했으나 입이 떼어지지 않았다. 밥상 분위기가 어색해지자 누나가 내 소개를 했다.

"내 동생이에요. 대학에 다니는데 오늘부터 우리 집에서 다니기로 했어요. 어색해하지 말고 모두들 부드럽게 대해요."

누나의 소개에 이어 내가 수줍어하며 그들에게 인사를 했다.

"이병규라고 합니다. 잘 부탁드립니다."

이때 모선이 옆에 앉아 있던 뚱뚱한 여자가,

"삼촌, 수줍어 말고 어서 앉으이소. 꽃밭에 앉아 밥 먹으면 한결 맛있을 낍니다."

하고 모선이의 옆자리를 내주며 경상도 사투리로 농담을 했다. 그러자 모두 큰 소리로 웃어가며 다시 밥을 먹기 시작했다.

"어서 먼저 드세요. 나는 천천히 먹어도 됩니다."

하고 머뭇거리자 모선이가 밥 먹던 수저를 상 위에 올려놓고 자리에서 일어섰다.

"모선아, 더 먹어. 왜 벌써 일어나니? 삼촌은 네 동생 같은데 부끄러워할 것 없어."

하고 한 여자가 말했으나 모선이는 방문을 열고 조용히 나가버렸다. 방문 밖으로 나가는 모선이의 뒷모습을 보자 나는 가슴이 마구 뛰었다. 가슴 뛰는 소리가 어찌나 컸던지 방안에 있는 사람들이 들을까봐 겁이 나 나는 손을 가슴에 대고 지그시 힘주어 꾹 눌렀다.

얄궂은 운명의 만남이란 바로 지금의 모선이와 나를 두고 한 말 같았다. 어릴 때 소꿉동무들이 나이가 든 지금 또다시 만나, 이제는 한 지붕 밑에서 함께 앉아 밥을 먹고 같은 공기를 마시며 매일매일 얼굴을 마주하게 되었으니, 이게 바로 운명의 만남이 아니고 무엇이란 말인가? 그런 데다가 우리 둘은 어릴 때부터 잊지 않고 남몰래 가슴을 태워가며 서로 보고 싶어 했고, 그리워했고, 서로가 보이지 않는 곳에서 이심전심以心傳心으로 정情을 나누어가며 기약期約 없는 만날 날을 애타게 기다려왔다. 그러다가 마침내 낯선 이곳에서 얼굴을 마주 대하게 된 것이다. 모선이와 나 사이의 묘한 인연은 태어날 때부터 이미 정해진 운명 같았고, 생각하면 생각할수록 신비스러울 뿐이었다. 다행히도 누나는 모선이가 누구인지 전혀 모르고 있었으며, 모선이와 내가 어릴 때부터 다정한 소꿉동무였다는 사실은 더더욱 모르고 있었다. 모선이와 내가 소꿉놀이를 할 때 누나는 나이 든 처녀였기 때문에, 이따금 필호네 잠시 왔다 가는 모선이를 알 리가 없었다. 언젠가는 누나에게 어릴 적부터의 나와 모선과의 깊은 관계를 얘기할 것이지만, 아직은 그런 말을 할 때가 아닌 것 같아 나는 잠자코 있었다.

누나네 온 지 처음 며칠간은 누나네서 하숙하는 여자들과 서먹서먹했으나, 날이 지남에 따라 차츰차츰 친숙해져갔다. 대부분 나보다 나이가 위인 그들은 식사 때가 되면,

"병규 학생, 저녁 먹어요."

하고 스스럼 없이 대해주어 나도 마음이 편했다. 그러나 모선이와는 아직도 어색했고, 서로 마주치면 계면쩍어했다. 그러던 어느 날, 저녁을 먹으러 안방에 갔더니 다른 여자들은 저녁상 둘레에 모두 모여 앉아 있었으나 모선이만 보이지 않았다. 서로 말은 하지 않았지만 자고 새면 얼굴을 마주 대하던 모선이가 갑자기 보이지 않아 나는 공연히 마음이 불안했다. 내가 밥을 뜨다 말고 아무 스스럼 없이 태연한 말투로,

"오늘은 모선 씨가 안 보이네요? 아직 퇴근 안 했나요?"

하고 주위를 둘러보며 넌지시 묻자 모선이와 한 방을 쓰는 미옥이라는 여자가 누나를 향해 대답을 했다.

"모선이가 아주머니 댁에서 나가겠다며 방을 찾으러 다니고 있어요."

내가 깜짝 놀라, "왜요?" 하고 막 물으려는데 누나가 나보다 더욱 놀라며,

"모선이가 나간다고? 우리 집에 온 지도 얼마 안 되는데 왜 갑자기 나가려 하지?"

하고 의아스러운 듯 미옥에게 물었다. 그러자 미옥은,

"모르겠어요. 왜 나가려고 하는지. 요즈음은 나하고 말도 잘 안 하고…"

하고 별로 관심 없이 대답을 했다.

미옥으로부터 모선이가 누나 집에서 나가려 한다는 말을 듣는 순간 나는 가슴이 철렁 내려앉으며 밥도 먹히지 않았다. 먹는둥 마는둥 저녁을 대충 끝낸 후 내 방으로 돌아와 모선이가 나가려는 이유를 곰곰이 생각해보았다. 그러나 그 이유를 전혀 알 수가 없었다. 내가 모선에게 무엇을 잘못했는지 생각도 해보았지만, 무슨 잘못을 했는지 그것도 생각나지 않았다. 어릴 때부터 지금까지 오래고 오랜 동안을 일편단심一片丹心 한 마음으로 서로가 만날 날만을 애타게 기다려오다가, 그 만남이 겨우 실현되자마자 마음속에 깊이 품어온 정담情談 한 마디 나누어보지 못하고 이대로 헤어진다는 것은 상상조차 할 수 없는 일이었다.

"더 이상 모선이와 떨어질 수는 없어. 모선이를 내 옆에 꼭 붙들어 놔야지."

나는 이렇게 결심을 하고 모선이와 이야기를 나눌 기회를 찾았다. 하지만 좀처럼 모선이와 단 둘이 있을 기회가 찾아오지 않았다. 그러던 어느 날 오후 나는 학교에서 돌아오다가 말쑥하게 옷을 차려입고 누나네 집 대문을 막 나서려는 모선이와 마주쳤다. 모선이는 흠칫 놀라 나를 바라보다가 그대로 지나치려 했다. 나는 모선이 앞으로 다가서며 먼저 말을 걸었다.

"모선 씨, 나하고 얘기 좀 해요. 모선 씨, 내게 섭섭한 거라도 있나요? 말도 안 하고."

이 말에 모선이는 정색을 하며,

"얘기를 안 한 건 병규 씨에요. 나는 병규 씨가 대학생이 되어 거만해졌구나 하는 생각도 했어요."

모선이는 내가 입은 교복과 교모를 바라보며 섭섭한 듯 말했다. 나는 그제야 모선이가 왜 나를 피하려 했는지 조금쯤 알 수 있을 것 같았다.

"모선 씨, 우리 여기서 얘기하지 말고 딴 데로 잠깐 가요."

하고 내가 앞장서서 모선에게 나를 따라오라는 시늉을 했다. 모선이는 잠시 망설이다가 저만치 떨어져 천천히 내 뒤를 따라오기 시작했다.

나는 모선이를 데리고 키가 작은 미루나무들이 듬성듬성 서 있는 개울가 잔디밭으로 가 이야기를 시작했다. 내 옆에 다소곳이 앉아 있는 모선이는 나이 먹은 모선이가 아닌, 어릴 때 소꿉장난하며 놀던 옛날의 모선이 그대로였다. 수줍어하는 것을 빼놓고는 여전히 귀엽고, 예쁘고, 순진하고, 얼굴 한 구석의 장난기 티도 그대로 남아 있었다. 모선이의 그런 모습을 보자 나는 마음이 놓이며, 모선이에 대해 품었던 계면쩍고 쑥스러운 생각이 온데간데없이 사라졌다. 어릴 때처럼 또 다시 소꿉장난을 하고 싶은 충동감마저 되살아났다. 나는 마음을 가다듬고 모선이에게 진지하게 말을 하기 시작했다.

"모선 씨, 나는 비록 대학생이 되었지만, 필호와 모선 씨와 함께 소꿉놀이를 하며 뛰놀던 어린 때를 잠시도 잊은 적이 없고, 그 때의 모선 씨 모습과 아름다웠던 추억을 지금도 가슴 깊이 소중히 간직하고 있습니다. 나는 모선 씨만을 줄곧 생각해왔으며, 내가 대학생이 되었건, 또 앞으로 그 무엇이 되건, 모선 씨를 생각하는 내 마음에는 조금도 변함이 없을 것입니다. 내가 모선 씨에게 먼저 말을 걸지 않은 것은 내가 대학생이 되어 거만해서가 아니라, 모선 씨가 곤란해할 것 같아 일부러 말을 하지 않은 것입니다. 또한 예기치 않은 곳에서 너무나 뜻밖에 모선 씨를 만나니 적절히 하고 싶은 말도 미처 생각지 못했구요. 모선 씨가 이 때문에 마음이 상했다면 이제 마음을 푸시기 바랍니다."

내가 용서를 구하듯 말을 끝내자 파란 잔디 사이에 돋아 있는 이름 모를 조그만 꽃을 하나 둘 꺾고 있던 모선이는 손을 멈추고 나를 바라보았다. 나를 바라보는 모선이의 눈길은 그윽했고, 잔잔한 물기를 머금고 있었다.

"병규 씨, 미안합니다. 내가 괜한 오해를 했군요. 병규 씨가 어릴 때의 소꿉동무를 이토록 변함없이 생각해주시다니 무어라고 말을 해야 좋을지 모르겠어요. 나도 병규 씨를 잊지 않고 늘 생각해왔지만, 내 마음을 병규 씨에게 전달할 방법이 없었습니다."

모선이의 말은 부드럽고 차분했으며 은은한 애정이 담겨 있었다.

"나는 모선 씨가 내게 준 편지를 통해서 모선 씨의 마음을 이미 알고 있었습니다. 그리고 언제건 모선 씨를 꼭 만나리라는 희망과 기대를 단 한 순간도 버린 적이 없습니다."

나는 조그만 꽃을 쥐고 있는 모선이의 손을 꼭 잡으며 속삭이듯 말했다. 모선이의 손은 어릴 때처럼 조그맣고 부드러웠고, 땀이 나서인지 촉촉이 젖어 있었다. 잠시 침묵이 흘렀다. 잠시 후 석양에 반짝이며 흐르는 냇물을 바라보며 모선이가 입을 열었다.

"병규 씨, 참 이상하죠? 어려서 놀던 때는 조금만 나이가 먹으면 금세 잊어버리고 만다는데, 나는 그렇지가 않았어요. 나이를 먹을수록 필호와 병규 씨와 외할머니가 만들어주시는 번데기를 주워 먹고 들로 산으로 뛰어놀던 때가 더욱 생생히 떠올랐어요. 그 중에서도 특히 잊을 수가 없었던 놀이는 병규 씨와의 부부 소꿉놀이였어요. 지금도 그때 생각을 하면 웃음이 절로 나오지요."

모선이는 재미있다는 듯 두 손으로 얼굴을 가리고 쿡쿡거리며 웃었다. 나이 먹은 지금도 어릴 때 놀던 생각을 하고 즐겁게 웃고 재미있어 하는 모선이를 보니, 나는 모선이가 그 어느 때보다도 더 없이 순진하고 한없이 사랑스러워 보였다.

"모선 씨."

이번에는 내가 입을 열었다.

"모선 씨와 나는 이 세상에 나오기 전부터 맺어진 숙명적인 사이 같아요. 그러기에 이 세상에 태어나 어릴 때부터 만나 전생前生에서 맺어진 인연을 지금까지도 계속 간직하고 있는 것이지요. 숙명宿命은 날 때부터 타고난 운명運命으로 신神이 정해주며 피할 수 없는 인연이지요. 신이 정해주는 운명을 저버리면 불행해지고 신으로부터 노여움을 사 벌도 받습니다."

내 말 한 마디 한 마디를 흥미 있게 다 듣고 난 모선이는,

"병규 씨와 나는 정말 신이 맺어주었을까요?"

하고 눈을 깜박이며 물었다.

"그렇습니다. 모선 씨, 그렇기 때문에 모선 씨와 나는 아주 어릴 때부터 만났고, 지금도 이렇게 만나고 있으며, 그리고 이제부터는 따로 떨어져 있지 말고 함께 있어야 모선 씨와 내가 어릴 때 재미나게 놀던 부부 소꿉놀이도 다시 할 수가 있습니다."

모선이는 내 설명이 끝나기가 무섭게 놀랍고 신기하다는 듯이 나를 올려다보며,

"병규 씨, 그게 정말이에요? 정말 그렇게 될까요?"

하고 다짐하듯 물었다.

"그렇고 말고요. 그렇게 하라고 모선 씨와 나를 짝지어준 신이 우리를 다시 만나게 해준 것입니다."

이렇게 말을 끝낸 나는 모선이의 어깨를 부드럽게 당기며 하얀 잔 솜털이 곱게 돋아나 있는 모선이의 둥근 이마에 키스를 한 다음 그녀의 입술에 지그시 입을 갖다댔다. 모선이의 입술은 촉촉이 젖어 있었고 잘 익은 살구처럼 감미로웠다. 내 품에 들어와 있는 모선의 가슴은 양털처럼 포근하고 보드러웠으며, 무엇에 놀란 새 가슴처럼 팔딱팔딱 뛰고 있었다. 난생 처음으로 여자를 안아보는 내 가슴은 놀란 참새 가슴보다 더욱 세차게 고동치고 있었으며 이루 표현할 수 없는 엑스터시(ecstasy) 속으로 깊이 깊이 빠져 들어가고 있었다. 잠시 후 모선이가 고개를 들고 애정에 찬 눈으로 나를 바라보며,

"병규 씨, 이제부터 저는 병규 씨와 다시는 떨어지지 않고 병규 씨 곁에서 옛날 어릴 때처럼 또다시 재미난 소꿉놀이 동무가 되어드리겠어요. 아주 영원히, 영원히요."

모선이는 이렇게 말을 하고 난 후 내 가슴에 머리를 살포시 기대며 내 두 손을 꼭 쥐었다. 나는 "모선 씨, 사랑합니다." 하고 말을 하려다가, 모선이와 나 사이를 흐르고 있는 이 깊고 애틋한 애정을 사랑이라는 단 두 글자로 표현하기에는 너무나 턱없이 부족해 아무 말도 하지 않고 모선이의 두 어깨만을 꼬옥 안아주었다.

서로간의 오해로 빚어졌던 서먹서먹한 관계도 해소되었을 뿐만 아니라 마음속 깊이 쌓이고 쌓였던 애정을 나누며 어릴 때처럼 또다시 부부 소꿉놀이를 하기로 굳게 언약言約까지 한 모선이와 나는 누나네 집 식구들 앞에서도 아무 스스럼 없이 평범하고 자연스럽게 지내기 시작했다. 그리고 내 마음과 사랑을 모선에게 전달하고 난 후부터 내 눈앞에는 꿈과 환상에 가득 찬 새로운 인생의 지평地平이 멀리 아른아른 펼쳐지고 있었다.

나는 언제나처럼 학교에 갔다 오면 누나 아들에게 공부를 지도하였으며,

누나는 내게 말한 대로 기차 통학비와 책값 등 학비를 원조해주었다. 숙식을 제공하고 때가 되면 꼬박꼬박 가외로 학비를 주는 누나가 여간 고맙지 않았다. 그러나 누나가 주는 얼마 안 되는 돈을 가지고는 필요한 학비를 모두 충당할 수가 없었다. 학비와 등록금을 벌기 위해 여기저기 시간제 일자리를 알아보았지만 쉽게 찾을 수가 없었다. 가정에서 공부를 가르치는 가정교사 자리는 대부분 고학년 학생들에게 돌아갈 뿐, 나 같은 대학 신입생들에게는 돌아오지 않았다. 그렇다고 중학교, 고등학교 때처럼 거리로 다니며 찹쌀떡, 메밀묵을 팔아 학비를 벌 수도 없었다. 설상가상雪上加霜으로 2학기 등록금을 낼 시기마저 다가오고 있어 나는 또다시 고민이 되고 걱정이 쌓이기 시작했다. 이러던 어느 날, 학교에 갔다 와 문을 여니 문 앞에 하얀 봉투 한 개가 놓여 있는 것이 눈에 들어왔다. 호기심에 급히 봉투를 뜯어 열어보니 그 안에는 새 지폐와 "병규 씨, 학비에 보태 쓰세요."라고 적힌 조그만 종이쪽지 한 개가 들어 있었다. 모선이가 방에 넣어준 것이었다. 모선이는 내가 누나 아들에게 공부를 가르쳐주며 누나로부터 학비 원조를 받고 있음을 눈치챈 것 같았다. 나는 모선이의 친절에 고맙기도 하고 미안하기도 하고 또 부끄럽기도 했다. 또한 아무리 어렵더라도 모선이로부터 금전적인 원조를 받는다는 것은 떳떳지 못하다는 생각이 들었다. 공장에서 힘들게 일해 벌어다 준 소중한 돈을 마음 편히 쓸 수가 없어 나는 그 돈을 책상서랍 속 깊이 보관해두었다.

이즈음 집안에서는 이상한 말이 돌고 있었다. 모선이와 내가 밖에서 몰래 만나는 것을 누가 보았으며 장차 결혼할 사이라는 소문까지 떠돌고 있었다. 나는 집안에 퍼져 있는 이 이상한 소문을 무시하려 했지만, 마음 약한 모선이가 이런 말을 들으면 어떻게 생각할지 몰라 마음에 걸렸다. 하루는 누나가 나를 조용히 불러,

"집안에는 너와 모선이에 대한 이상한 소문이 떠돌고 있는데, 그 소문이 정말이냐?"

하고 단도직입單刀直入적으로 물었다. 나는 적절한 때 누나에게 모선과의 사이를 이야기하려 했었다. 그런데 집안에 떠도는 이상한 소문을 듣고 누나가 내게 먼저 말을 꺼내, 이 기회에 누나에게 모든 것을 솔직히 털어놓는 게 좋을 것 같아 지금까지의 관계를 모두 설명했다. 그런 후,

"모선이와 나는 젊은 사람들이 흔히 하는 연애나 사랑을 하는 게 아니며, 그러기에 우리 둘은 서로 사랑한다는 말조차 나눈 적이 없습니다. 모선이와 나는 어릴 때 놀았던 것과 같은 부부 소꿉놀이를 앞으로도 계속하기로 굳게 언약했을 뿐입니다. 모선과 나는 결혼 같은 거 생각지도 않고, 또 결혼할 나이도 아니며, 또한 결혼을 하게 되면 옛날의 재미났던 부부 소꿉놀이가 깨어질 것 같아 남들이 하는 흔한 결혼은 영영 하지 않을 것입니다. 모선 이가 딴 데로 이사하려 한다는 말을 듣고 밖에서 만난 건 사실이지만, 결혼 약속은 한 적이 없어요. 그 소문은 진실이 아니며 누나도 오해 말아주세요."
하고 누나에게 모선과의 관계를 숨김없이 죄다 말했다. 내 이야기를 하나하나 다 듣고 난 누나는,

"너희들 둘은 무슨 동화 속에 나오는 어린애들 같구나. 네 이야기를 다는 이해할 수 없지만 내가 다 감동스럽다. 네가 말도 잘하고, 대학에 가더니 많이 달라진 것 같다. 나는 너를 보면 꾸지람을 하려고 했는데, 이제는 아무 할 말이 없다. 그런데 지금 우리 집에 사는 모선이가 옛날 이따금씩 이웃집 필호네 오곤 했던 바로 그 어린 여자애였단 말이지? 나는 그애 이름을 알 듯 모를 듯 했었는데, 그때의 어린 모선이가 나이 먹은 처녀가 되어 내 집까지 와서 사는 것이 이상스럽고, 어릴 때 소꿉동무였던 너와 모선이가 딴 데서도 아닌 내 집에서 이렇게 또다시 만나게 되다니, 더욱 놀랍고 신기하기만 하다. 네 말마따나 너와 모선이는 이 세상에 나와 우연히 만난 사이가 아니라, 이 세상에 태어나기 전부터 맺어진 천생인연天生因緣인 것 같구나."

누나는 하던 말을 잠시 멈추고 나,

"모선이는 얼굴도 예쁘지만 얌전하고 마음씨도 곱고 매우 착하더라. 모선이와 네가 만난 것도 필연적인 인연이니, 이제부터 모선이를 한 식구처럼 대해주고 하숙비도 내지 말라고 해야 되겠구나."

하며 누나는 모선이에 대한 감정을 꾸밈없이 이야기했다. 나는 모선에게 베푸는 누나의 친절에,

"누나, 고마워요. 모선이를 그토록 생각해주시다니…"

하고 정중하게 말했다. 누나는 잠시 무슨 생각을 하다가,

"오늘 저녁 때 식구들이 모이면 너와 모선이 사이를 모두 이야기해야겠구나. 그래야 집안에 쓸데없는 소문도 더 이상 떠돌지 않고…. 그게 좋지 않겠니?"

하고 누나가 내 의견을 물었다. 그러나 나는 마음이 약한 모선이가 어떻게 생각할지 모르니 더 두고보자며, 모선과 나 사이를 공개하겠다는 누나의 제의를 뒤로 미루도록 했다. 내가 막 자리에서 일어나려는데 누나가 주의를 주었다.

"그러나 너는 공부하는 학생이다. 아버지가 소까지 팔아 네 학자금을 마련해주셨어. 한눈팔지 말고 공부 열심히 해야 된다."

"누나, 걱정 마세요. 학생으로서 해야 할 것과 하지 말아야 할 것을 잘 알고 있습니다. 모선이도 내 공부에 절대로 지장을 주지 않을 겁니다."

하고 나는 모선이 때문에 공부를 게을리할까봐 우려하는 누나를 안심시켰다. 누나에게 모선과의 관계를 모두 털어놓고 나니 나는 마음이 홀가분했다. 특히나 구식풍을 고집하는 누나가 우리 둘 사이를 이해해주어 더욱 고마웠다. 앞서도 말했지만 나는 손위로 누나가 둘이 있는데, 지금 나를 도와주고 있는 누나는 큰누나이다. 이 누나와 나는 어릴 때부터 몹시 각별한 사이였다. 6·25전쟁 때 나를 데리고 길거리에 앉아 피난민들에게 수수팥떡과 김밥을 판 것도 큰누나이고, 내가 추운 겨울에 먼 중학교에 다닐 때 굵은 털실로 따뜻한 목도리와 털모자와 장갑과 양말을 떠준 것도 바로 큰누나였다. 큰누나는 나를 어릴 때부터 몹시 아껴주었고, 나도 나보다 일곱 살 위

인 이 누나를 늘 좋아했다.

시간은 빨리도 지나갔다. 대학입학 시의 들뜬 기분이 아직도 가시지 않고 꿈과 낭만에 젖어 학교 교정을 들락거린 날이 얼마 되지도 않았는데, 벌써 2학기 등록금을 낼 때가 가까이 다가오고 있었다. 등록금을 마련할 길이 없는 나는 마음이 초조하고 걱정이 되어, 공부를 하려고 책을 펴놓고 있어도 정신이 집중되지 않아 공부를 할 수가 없었다. 아무리 궁리해보아도 등록금 마련을 위해 의지할 데라고는 아버지밖에 없었다. 그러나 아버지가 소를 팔아 입학금을 장만해주시며 앞으로는 더 이상 학자금을 마련해줄 수 없다고 말씀하셨던 생각이 나 아버지에게 또다시 사정해볼 용기가 좀처럼 나지 않았다. 그러나 등록금을 내야 할 마감일이 바로 눈앞에 닥치자 나는 결국 부모님께 또다시 사정해보는 수밖에 없었다.

어느 일요일, 나는 마음을 단단히 먹고 부모님을 뵈러 갔다. 때마침 어머니는 뙤약볕 속에서 호미로 김을 매고 있었고, 아버지는 그 옆에서 땀을 뻘뻘 흘리며 쟁기로 밭을 갈고 계셨다. 어머니는 나를 보자,

"아이고, 너 왔구나. 마침 점심 때로구나. 어서 집으로 들어가 점심 먹자."

하고 반가워하시며 호미를 밭고랑에 꽂아놓고 집으로 향하셨다. 나는 아버지께 인사를 한 다음, 아버지와 함께 어머니를 따라 점심을 먹으러 집으로 들어갔다. 어머니가 점심상을 차려왔으나 밥이 잘 먹히지 않았다. 조금 전 아버지, 어머니가 뜨거운 불볕더위 밑에서 땀 흘리며 힘들여 일하시던 모습을 떠올리니 마음이 몹시 아팠고, 더구나 어머니가,

"아직도 소를 장만하지 못했단다. 논밭 갈 때마다 남의 집 소를 빌려 쓰자니 여간 어렵지 않구나."

하고 말씀하실 때는 밥이 목구멍에 걸려 넘어가지 않았다. 이게 모두 대학에 간 나 때문이라고 생각하니 가슴이 메어질 것 같은 괴로움과 죄스러움으로 아버지, 어머니를 똑바로 쳐다볼 수조차 없었다. 그래도 나는 용기를 내어 아

버지께 등록금 얘기를 꺼내보려 했지만, 입안에서 뱅뱅 돌기만 할 뿐 입이 굳게 닫혀 말이 나오지 않았다. 이럴 때 등록금 얘기를 꺼낸다는 것은 얼마나 소갈머리 없는 철부지 짓인가 하고 생각하니, 부모님께 등록금 사정을 하러 온 나 자신이 오히려 후회스럽고 책망스러웠다.

점심을 마치자 아버지는 곧바로 밭으로 나가셨고, 어머니는 마루 끝에 잠시 앉아 옛날 내가 중학교 다니며 하숙할 때 한 달에 한두 번씩 집에 오면, 동네에서 일어난 여러 가지 사건들을 이야기해주셨을 때처럼, 내가 외지에 나가 학교에 다니는 동안 집안에서, 동네에서 생긴 일들을 하나하나 말씀해주셨다. 그러나 나는 무엇엔가 가슴이 짓눌려 무겁고 답답하여 어머니 이야기를 듣는 둥 마는 둥 하고는 서둘러 자리를 일어나려는데, 갑자기 정신이 어찔했다. 이런 나를 보자 어머니는 놀라시며,

"얘야, 너 어디 아프냐? 갑자기 얼굴색이 안 좋아 보이는구나. 전처럼 밥도 잘 안 먹고 …. 무슨 근심거리라도 있느냐?"

하고 걱정을 하셨다. 나는 어지러움기를 억지로 참아가며,

"어머니, 아무 걱정 마세요. 피곤해서 그런가 봐요. 이제 가봐야겠어요. 안녕히 계세요, 어머니."

하고 어머니에게 인사를 하고는 대문을 나섰다. 어머니는 대문을 나서는 나를 따라 나오시며 내 주머니에 꼬깃꼬깃 싼 조그만 종이 뭉치 하나를 넣어주셨다.

"이거 너를 주려고 틈틈이 계란 팔아 모은 돈이다. 필요할 때 쓰거라."

그 순간 나는 가슴이 뭉클하며 눈물이 핑 돌았다. 자나깨나 오로지 자식만을 생각하고 염려해주시는 이런 어머니께 등록금 얘기를 꺼내 걱정을 끼쳐드리지 않은 것이 얼마나 잘한 짓인지 내가 나 스스로를 칭찬하고 싶었다. 내가 만일 아버지, 어머니께 학교 등록금을 해달라고 말을 했다면 아버지는 논밭전지를 팔 수밖에 없다고 하셨을 테고, 나 한 사람의 학자금을 마련키 위해 부모님과 다른 모든 식구들이 의지해 살아오는 땅을 판다면 우리 가족

들은 생계에 큰 타격을 받고 말 것이다.

"나 혼자만의 학업을 위해 아버지, 어머니하고 다른 모든 식구들을 희생시킬 수는 없지."

이렇게 생각을 하니 나는 오히려 마음이 편했다. 그러나 생각은 그렇게 했지만 등록금을 못 내 이제는 대학공부를 중단하지 않으면 안 될 것이라고 생각하니 나는 마음이 괴롭고 가슴이 답답하여 견딜 수가 없었다.

누나네 돌아온 나는 내 방에 틀어박혀 밖에도 나오지 않았다. 기가 꺾여 풀 죽은 모습을 다른 사람들, 특히 모선이에게 보이고 싶지 않아서였다. 이때 누나가 방문을 열고,

"등록금은 마련되었니?"

하고 물었다. 나는 고개를 푹 숙인 채 말없이 앉아 있다가 힘없이 대답했다.

"대학을 중단해야 될 것 같아요. 아버지께 등록금을 해달라고 말조차 해보지 못했어요. 더위에 땀 흘리며 농사일을 하시는 아버지, 어머니께 차마 그런 말이 나오지 않았어요."

하고 나는 책상에 얼굴을 묻은 채 어깨를 들먹였다.

"나라도 돈이 있어야 대줄 텐데. 어떻게 하면 좋으냐? 그러나 너무 상심 마라. 하늘이 무너져도 솟아날 구멍은 있는 법이란다."

누나는 내 등을 두드리며 위로해주고는 방문을 닫았다. 지금의 내 처지로 보아 하늘이 무너져도 솟아날 구멍은 아무 데도 없었다. 사방이 어둠에 가득 찬 절망뿐이었다. 고민에 고민을 거듭하며 등록금을 마련할 수 있는 방법을 이리저리 생각해보았지만, 해결의 실마리는 어디에도 보이지 않았다. 저녁 때가 되자 누나가 안방에서 나를 불렀다.

"얘야, 저녁 먹자. 혼자 앉아 걱정만 하지 말고 어서 와."

안방에서는 공장에서 일을 하고 돌아온 여자들이 저녁을 먹으며 즐겁게 웃고 떠드는 소리가 들렸지만 나는 저녁을 먹고 싶은 생각이 하나도 없었다.

나는 책 한 권을 옆에 끼고 조용히 집을 나와, 얼마 전에 모선이와 만났던 냇가 둑 잔디밭으로 갔다. 맞은편 둑 위 작은 미루나무 밑에는 두 젊은 남녀가 나란히 앉아 내게까지 들릴 만큼 깔깔대고 이야기를 주고받으며, 이따금씩 풀을 뜯어 흐르는 냇가로 던지고 있었다. 나는 책을 펴 읽어보려 했으나 눈에 글씨는 들어오지 않고, 등록금을 못 내 대학을 중단했을 때의 초라한 몰골만 눈앞에 어른거렸다. 무엇보다 모선이를 더 볼 면목도 없고 그녀와 헤어져야 될지도 모른다고 생각하니 가슴이 찢어질 듯 아파 마구 소리치며 울고 싶어 견딜 수가 없었다. 어렵게 어렵게 대학에 들어가 마음에 품었던 웅지雄志 한 번 펴보지 못하고, 공중을 한참 날다 날개가 잘려 땅에 추락한 기러기처럼 불쌍하게 되었구나 생각하니 나 자신이 더욱 처절悽絶하게 느껴질 뿐이었다. 나는 등록금 하나 마련치 못하는 자신의 무기력에 온몸에 힘이 빠지며 난생 처음으로 가난을 한탄했고, 또 그 가난을 마음껏 저주했다. 나는 내 주위에 있는 잔디를 뿌리째 북북 뜯어 내던지기도 하고, 머리를 감싸고 오열하고 신음하며 절규했다.

"나는 더 이상 희망이 없다. 내 인생은 이것으로 끝장이고 모선이도 더 이상 볼 수 없고 …"

그 순간 누군가가 머리를 쥐어뜯던 내 손을 부드럽게 잡으며 낮은 소리로 말했다.

"모선이 여기 있어요. 병규 씨, 너무 괴로워하지 마세요. 나는 병규 씨가 어떻게 되더라도 병규 씨 곁을 떠나지 않을 테니까요."

나는 흠칫 놀라 고개를 들어 모선이를 바라보았다. 나는 너무나 부끄럽고 당혹스러워 무슨 말을 해야 좋을지 얼른 생각이 나지 않았다. 모선이는 헝클어진 내 머리를 부드럽게 쓰다듬어 가지런히 해주며 차분하게 말을 하기 시작했다.

"병규 씨 사정 다 알고 있어요. 그렇게 괴로워하지 말고 이제부터 내가 하는 얘기를 잘 들어주세요."

모선이는 무언가를 잠시 생각하다가 차분히, 그리고 단도직입적 으로 말을 했다.

"병규 씨, 병규 씨 학자금 내가 내드리겠어요."

나는 깜짝 놀라 뒤로 물러나 모선이를 똑바로 쳐다보며,

"모선 씨, 모선 씨가 내 학자금을 대주다니, 그게 무슨 말입니까? 모선 씨가 왜 내게 그 많은 학자금을 대주려 합니까? 나는 대학 에서 공부를 못 하면 못 했지, 모선 씨가 벌어 대주는 돈으로 공부하고 싶지는 않습니다."

하고 단호히 말했다.

"병규 씨, 병규 씨는 이 세상에서 내게 가장 소중한 사람이에요. 내 소중한 사람이 어려운 일을 당해 괴로워하는 것을 그냥 보고만 있을 수는 없어요. 더구나 병규 씨는 우리가 전생前生에서부터 숙명적으로 만난 사이라고 말했어요. 숙명적인 사이라면 우리 둘에게 닥치는 그 모든 운명을 함께 나누어야 되는 것 아니겠어요? 병규 씨는 내가 만일 어려움에 닥치면 보기만 하고 있을 건가요? 병규 씨, 나는 병규 씨가 어려울 때나 즐거울 때나 병규 씨에게 꼭 필요하고 소용이 되는 여자가 되고 싶어요."

이렇게 말을 끝낸 모선이는 그녀의 말을 받아들이라고 애원하듯 내 얼굴을 지그시 바라보았다. 모선이가 그녀에게 내가 아주 소중한 사람이라고 말했을 때, 나는 까닭 없이 눈시울이 뜨거워지며 머리가 절로 숙여졌다. 나는 모선이를 사랑하고는 있었지만 소중한 사람으로 생각한 적이 한 번도 없었기 때문 이었다. 그렇기 때문에 내 등록금을 내주겠다는 모선이의 호의를 더더욱 받아들일 수가 없었다. 나는 모선이에게 정색을 하고 말했다.

"모선 씨, 모선 씨와 나와는 아무리 숙명적인 사이라 하더라도 공부를 못 하면 못 했지, 모선 씨가 힘들여 일해 번 돈으로 내주는 등록금만큼은 받아들일 수가 없습니다. 모선 씨의 성의를 물리쳐서 미안합니다."

"병규 씨는 이럴 때는 꼭 남 같아요."

모선이는 이렇게 나무라듯 말을 하고 나더니,

"나는 힘들여 번 돈 소중하게 쓰고 싶어요. 병규 씨가 아니더라도 누군가가 돈이 없어 공부를 못 하면 그 사람이 누구건 그를 도와주고 싶어요. 더구나 우리 둘은 어릴 때처럼 또다시 부부 소꿉놀이를 하기로 굳게 언약까지 한 사이로, 이제는 남남간이 아니잖아요?"

하고 내 손을 꼭 잡으며 말했다. 나는 모선이의 말에 깊이 감동하였으며, 그녀가 이렇게까지 자비와 인정이 넘치는 여자인 줄 미처 알지 못했던 나 자신이 부끄럽기도 했다. 모선이는 계속 말을 이었다.

"나는 병규 씨와 내게 주어진 운명에 순종하고 싶어요. 하늘이 맺어준 운명을 거역하면 불행해진다고 얼마 전에 병규 씨가 바로 이 자리에서 말을 했었죠. 나는 우리들에게 주어진 운명을 거스르고 싶지 않아 병규 씨의 말을 듣고 딴 곳으로 이사하지 않았고, 또 영원히, 영원히 병규 씨와 함께 있겠다고 맹세까지 한 것입니다. 그러니 병규 씨, 이제는 병규 씨가 나와 병규 씨에게 주어진 운명에 따라야 할 때입니다."

모선이의 말은 논리가 정연했고 상대방을 꼼짝 못 하게 하는 힘이 넘쳤다.

"모선 씨."

하고 내가 무슨 말을 하려 하자 모선이는 내 말을 가로막으며,

"그런 데다가 나는 병규 씨에게 커다란 사랑의 빚까지 졌어요. 평생 갚아도 갚지 못할 이 큰 사랑의 빚, 지금부터 조금씩 조금씩 갚도록 해주세요."

하고 힘주어 말했다. 나는 모선이가 힘들여 벌어다 주는 돈을 가지고 떳떳치 못한 마음으로 공부하는 것보다, 차라리 모선이와 일찍 결혼해 행복하게 살고 싶은 생각도 들었다.

"모선 씨, 모선 씨에게 사랑의 빚을 진 건 바로 납니다. 나는 이 기회에 대학 그만두고 취직하여 돈을 벌어, 모선 씨와 결혼해 행복하게 사는 게 훨씬

나을 것 같습니다."

모선이는 이 말을 듣고 펄쩍 뛰었다.

"안 될 말이에요. 무슨 일이 있어도 병규 씨는 공부를 계속해야 합니다. 나는 대학에 다니며 공부하는 병규 씨를 보고 싶지, 결혼을 해 한 여자의 남편이 되어 애기 아버지가 된 병규 씨는 생각하고 싶지 않아요. 내가 결혼할 생각을 했다면 옛날에 어머니가 시집가라고 독촉했을 때 벌써 갔을 것입니다. 나는 결혼이란 인생의 무덤이라고 생각하며, 그런 답답한 무덤 속에서 살고 싶지 않아 결혼하지 않았던 것입니다. 병규 씨와 내 앞에는 결혼보다 더 소중한 부부 소꿉놀이가 있고, 그 놀이는 병규 씨가 대학을 나온 후에 해도 늦지 않습니다. 병규 씨, 병규 씨는 나를 사랑한다고 했죠. 병규 씨가 나를 사랑하면 사랑을 받는 사람의 말도 들어주세요. 그리고 병규 씨가 어려울 때 내가 주는 도움은 모선이의 도움이라고 생각지 말고, 하늘의 도움이라고 생각해주세요."

이렇게 말하는 모선이는 이 세상 사람이 아닌 마치 하늘이 내려 보낸 아리따운 천사 같기만 했다. 그 목소리도 천사의 목소리처럼 은은했으며, 그 은은한 목소리 속에는 상대방을 제압하는 놀라운 힘까지 은근히 내포되어 있었다. 불가해한 모선이의 힘과 깊은 애정에 압도된 나는 더 이상 할 말이 없었다. 그러나 나는 옛날에 봄이 되면 먹을 것이 없어 모선이와 모선 언니를 데리고 필호네 집에 와 묵어가곤 했던 모선이 어머니와 언니가 걱정이 되어,

"그런데 모선 씨. 모선 씨는 돈을 벌어 혼자 사시는 어머니께도 드려야 하고 모선 씨도 돈 쓸 데가 많잖아요?"

하고 물었다. 그 순간 모선이의 얼굴이 갑자기 침울해지더니 크고 둥근 그녀의 두 눈에 눈물이 고이기 시작했다. 모선이는 눈에 고인 눈물을 손수건으로 닦으며,

"어머니는 삼 년 전에 돌아가셨고, 언니도 일본으로 건너갔어요. 이제는 나

혼자뿐이에요."

하고 낮은 소리로 말하더니 두 손으로 얼굴을 가리고 조용히 흐느꼈다. 나는 공연히 모선네 집안 얘기를 꺼냈구나 하고 은근히 후회를 했다. 어릴 때 아버지를 잃고 모선이가 의지해오던 어머니마저 이 세상에 안 계시며 그녀의 유일한 혈육血肉인 언니 역시 딴 나라로 갔으니, 모선이가 얼마나 외롭겠는가? 나는 조금 전 모순이가 왜 나를 그녀에게 이 세상에서 가장 소중한 사람이라고 말했는지 이제야 알 것 같았다. 혼자뿐인 모선이는 외로웠고, 그래서 그녀의 어릴 때 소꿉동무인 나만을 사랑하며 그녀의 인생 전체를 내게 맡기고 있는 것이다. 나는 미약한 나만을 의지하는 모선이가 불쌍하고 가여워, 두 손에 얼굴을 파묻고 슬퍼하고 있는 그녀를 내 가슴 안으로 끌어들여 그녀의 등과 어깨를 꼭 안아주었다. 그리고 나 모선이의 귀밑머리를 쓸어올리며 그녀의 귀에 대고 속삭였다.

"모선 씨, 외로워하고 슬퍼하지 말아요. 모선 씨가 외롭지 않도록, 슬퍼하지 않도록 내가 지켜줄 테니까요."

이런 일이 있은 지 삼일 후, 모선이는 월급을 타 쓰지 않고 꼬박꼬박 은행에 저축해놓았던 돈을 찾아 내 손에 쥐어주었다. 모선이가 준 돈을 받아쥔 내 손은 가늘게 떨렸고, 가슴마저 찡했다. 나는 모선에게,

"모선 씨, 고마워요. 그런데 모선 씨와 함께 이 돈 학교에 내고 싶습니다. 모선 씨, 나와 함께 학교에 가요."

하고 말했다. 모선이는 잠시 망설이다가 나와 같이 학교에 가겠다고 머리를 끄덕였다. 모선이에게 편리한 날을 골라 나는 모선이를 데리고 학교에 가 일학년 2학기 등록금을 냈다. 그 날은 마침 나도 수업이 많지 않은 날이라 모선이와 나는 모처럼만에 밖에 나와 둘만의 시간을 마음껏 즐길 수 있었다. 나는 모선이에게 교내 이곳저곳을 구경시켜주며 좁은 산책로를 함께 거닐기도 하고, 학교 본관 아래에 있는 작은 연못가의 가지가 늘어진 수양버들 밑

에서 내가 입고 있던 교복과 교모를 모선에게 입혀주고 사진도 찍으며 즐거운 시간을 보냈다. 때마침 연못에는 하얀 연꽃이 아름답게 피어 있어, 이를 배경으로 사진을 찍으려는 여학생과 남학생들이 연신 몰려들고 있었다. 모선이는 옆에 책을 끼고 웃고 재잘거리며 교정을 들어오고 나가는 활발한 모습의 여학생들과 씩씩하게 걷는 남학생들을 부러운 듯 바라보기도 하고, 내가 공부하는 건물 교실을 둘러보며 신기해 하기도 했다. 두어 시간에 걸쳐 학교 구경을 모두 끝낸 후 다른 학생들에 섞여 넓은 교정을 나서며 모선이는,

"병규 씨, 학교 전체가 마치 살아 숨쉬는 것 같아요. 모든 것이 생동감에 넘쳐 있고, 나도 이 학교 학생인 것처럼 신이 나고 가슴이 부풀어 올라요. 이런 대학에서 공부하는 병규 씨가 한없이 자랑스럽고, 또 나도 행복해요."

하고 즐겁게 말하며 내 팔에 그녀의 팔을 넣어 꼭 팔짱을 꼈다.

나는 모선이의 헌신적인 도움으로 돈 걱정 없이 학교에 다녔으며, 또한 모선이의 도움에 보답하기 위해 열심히 공부를 했다. 열심히 공부하는 것 외에는 모선이의 고마움에 달리 보답할 길이 없었다. 모선이는 내 공부에 지장을 주지 않으려고 열심히 노력했다. 모선이는 내 공부방에는 들어오지도 않았으며, 내가 밖에서 잠시 만나자고 해도 들어주지 않았다. 모선이는 자신에게도 엄격했고, 내게도 엄격했다. 옛날 조선후기 때 박문수朴文秀라는 사람이 있었는데, 그는 부인에게 회초리로 종아리를 맞아가며 공부를 열심히 했다. 박문수는 그의 부인의 모진 매와 가혹하리만큼의 엄격함 덕분에 마침내 과거科擧에 급제하여, 부정한 관리를 적발해 임금에게 직소直訴를 하는 암행어사暗行御史가 되었다는 이야기가 있다. 모선이는 어사 박문수 부인처럼 공부 열심히 하라고 내 종아리를 때리지는 않았지만, 모선이가 내게 엄격하게 대할 때마다 나는 박문수 어사 부인을 떠올렸다. 누나는 이런 모선이를 좋아했다. 누나는 내가 모선과 나와의 특별한 관계를 말한 후부터 모선이를 한 식구처럼 친절하게 대했다. 장을 보러 가거나 누나가 다니는 절에 불공을 드리러 갈 때

는 모선이를 항상 데리고 다녔고, 누나는 내게 말한 대로 모선이로부터 더 이상 하숙비도 받지 않았다.

10. 불길(不吉)한 전조(前兆)

한 해가 꿈결같이 흘러갔다. 꿈과 희망에 부풀어 대학교정에 처음 발을 들여놓은 때가 바로 엊그제 같은데, 어느새 대학 2학년에 진학하게 되었다. 2학년에 올라오자 학교생활도 더욱 재미있어지고 전문학과에 대한 공부에 집중이 되면서 대학을 졸업하면 무엇을 할 것인가에 대한 미래의 계획이 세워지기 시작했다. 나는 학교를 나와 영어선생이 될 결심을 하고 열심히 공부했다. 학교에 갔다 오면, 누나 아들과 그가 데리고 오는 같은 반 학생들에게 영어를 가르쳐주며 영어 교육에 필요한 실제 경험을 미리 조금씩 조금씩 쌓아갔다. 날이 가면서 모선이와의 관계도 더욱 더 깊어갔다. 나에 대한 엄격함으로 단 둘이 있을 기회는 별로 없었지만, 모선이에 대한 내 사랑은 깊은 가을에 벼가 익어가듯 점점 무르익어갔다. 날이 갈수록 모선이는 점점 예뻐지고, 세련되고, 또 의젓해져갔다. 또한 마음이 착하고 매사에 솔선적이며 인정이 많아 집안 모든 사람들로부터 늘 따뜻한 호감을 받았다. 나는 누나네 집에서 하숙하는 여자들과도 가끔씩 농담을 주고받을 정도로 친숙해져 스스럼 없는 사이가 되었다. 그들은 어떤 때는 재미있는 영화가 들어왔다며 극장표를 가지고 와 내 팔을 끌고 함께 극장을 가자고 했고, 내가 다니는 대학을 구경시켜 달라기도 했다. 나는 그들과 함께 극장구경은 하지 않았지만, 기회가 있으면 대학 구경만큼은 꼭 시켜주고 싶었다. 나는 무슨 행사가 있으면 그러한 행사를 핑계로 그들을 데리고 가고 싶었다. 그러나 학교에는 딱딱한 학술적인 행사 외에 재미난 행사가 별로 없어, 좀처럼 기회를 찾을 수가 없었다. 그러나 마침내 2학년 1학기가 거의 다 끝날 무렵인 유월 어느 날 그러한 기회가 찾아왔다. 때마침 학교에서는 연극영화과 학생들이 '버스 정거장'이라는 타이틀로 교내 극장에서 연극을 하고 있었으며, 나는 전문 배우가 아닌 학생들이 직접 공연하는 연극이 더욱 재미있을 것 같아 학교를 구경하고 싶어 하는 여자들을 모두 데리고 학교로 갔다. 그들은 무슨 결혼잔치에라도 가듯 최신 유행 옷을 멋지게 차려입고, 굽 높은 구두를 신고, 얼굴에는 짙은 화장을 하고, 형형색색의 핸드백을 손에 들고 학생들이 연극을 하는 극장으로 우르르 몰려 들어갔다. 물론 모선이도 데리고 왔으나, 그녀는 수수한 옷차림에 화장도 하지 않고, 발에는 하얀 운동화를 신고 있었다. 내 학자금 대주느라고 옷도 제대로 사입지 못하는구나 생각하니 나는 모선이에게 몹시 미안했다.

내가 데리고 온 멋쟁이 여자들이 대학극장 문을 들어서자 문 앞에 서 있던 키 큰 한 학생이 그들을 향해 허리를 굽혀 인사를 했다.

"어서 오십시오. 그런데 어느 대학교에서 오셨습니까?"

이때 경상도에서 온 경림이라는 여자가,

"우리예? 안양 금성대학에서 왔심더."

하고 넉살 좋게 대답하고는 구두 소리를 요란스럽게 내며 재빨리 안으로 사라졌다. 이때 키 큰 학생 옆에 서 있던 다른 학생이 고개를 갸우뚱하며,

"야, 안양에 금성대학이 있니? 처음 들어보는 대학 이름인데, 너 그 대학 알아?"

하고 키 큰 학생에게 물었다. 나는 속으로 킥킥 웃어가며 그들의 대화를 뒤로 하고 '금성대학'에서 온 멋쟁이 여학생들과 나란히 앉아 연극을 관람했다. 그 여자들이 다니는 방직공장 이름이 금성 방직공장이었는데, 경림이는 공장이라는 말 대신 대학이라는 말을 얼른 갖다 붙여 금성대학이라고 재치 있게 둘러댔던 것이다. 무대 막이 오르고 울긋불긋한 괴상한 옷차림에 광대같이 분장한 남녀 학생들이 무대에 올라와 경쾌하게 춤을 추며 노래를 부르자, 안

양에서 올라온 금성대생들은 힘껏 박수를 치며 환호를 했다. 그들은 1, 2부로 나뉘어 공연된 그날의 연극을 모두 끝까지 지켜보며 좋아들 했다.

연극이 끝난 후 '금성대 여학생들'은 학교 밖 식당으로 나를 데리고 가 맛있는 음식을 시켜 먹어가며, 경림이가 극장에 들어갈 때 둘러댔던 너스레를 흉내내며 깔깔대고 웃었다. 이후 그들은 아침에 출근할 때는,

"금성대학 가자."

하고 큰 소리로 웃고 떠들며 대문을 나섰다. 식사가 끝날 무렵 주옥이라는 여자가 갑자기 모선에게 물었다.

"모선아, 우리가 학교에 들어설 때 너는 이 학교에 눈이 익은 것처럼 보였는데, 전에 와본 적 있니?"

갑작스런 주옥의 질문에 당황한 모선이가 나를 쳐다보며 망설이다가,

"응, 전에 한번 와봤어. 병규 씨하고."

하고 대답했다. 그러자 즐겁게 떠들던 여자들은,

"얌전한 강아지 부뚜막에 먼저 올라간다더니, 네가 바로 그 부뚜막 강아지였구나?"

하고 모선이를 놀려준 다음, 모선이와 나와 둘만 남겨놓고 하나 둘씩 자리를 떴다. 자신과 나에 대한 엄격한 관리로 한 집에 살아도 좀처럼 만나지 못하다가 모처럼 밖에서 모선이와 둘만 있게 되니 나는 여간 기쁘지 않았다. 집에서는 엄격했지만 사람 눈에 뜨이지 않는 멀찍한 곳에서 나와 단둘이 있게 되자 모선이도 얼굴에 웃음을 머금으며 몹시 기뻐했다. 우리 둘의 기쁨은 오랫동안 떨어져 있던 연인들이 모처럼 만나 서로 반가워하는 듯한 바로 그런 기쁨이었다. 나는 모선이의 두 손을 잡고,

"사랑하는 모선 씨, 오랜만에 만나니 반갑습니다. 오늘만큼은 집에서처럼 엄격해지지 마시고, 우리 모두에게 기쁨과 해방과 자유를 주십시오."

하고 농담을 했더니 모선이는 내 손을 꼬집으며 샐쭉히 눈을 흘겼다.

모선이와 나는 식당에서 나와 다정하게 손을 잡고 한강다리를 건너 따가운 햇볕을 듬뿍 쬐며 하얀 모래사장을 걸었다. 모래 위는 뜨거웠고 끝없이 펴져 있는 하얀 백사장 위로는 신기루蜃氣樓같은 열파 아지랑이가 너울거리고 있었으나 강가로부터 이따금씩 시원한 바람이 불어와 우리 둘의 가슴을 촉촉이 적셔주었다. 지독하게 더운 날이었지만 그보다 더욱 뜨거운 것은 모선과 내 가슴속에서 끓어오르는 사랑의 열기였다. 이렇게 열에 들떠 있는 넓은 백사장을 걷는 사람은 오직 나와 모선이 둘뿐이었다. 한참을 걷다가 모선과 나는 이마에 흐르는 땀을 식히기 위해 시원한 물가에 있는 조그만 수양버들 밑으로 가 축축한 모래 위에 털썩 주저앉았다. 그 순간 모선이가 가벼운 신음소리를 내며 내 팔을 잡았고, 나는 모선이의 어깨를 안으며 어디 아프냐고 모선이에게 물었다. 하지만 모선이는 손을 입에 대고 잔기침만 할 뿐 아무렇지 않다고 대답했다. 모선이는 몹시 피로해 보였다. 나는 모선이를 내 두 무릎 위에 편히 뉘인 후, 그녀의 이마에 송골송골 맺혀 있는 땀방울을 손으로 닦아주었다. 누워 있어서 그런지 모선이의 얼굴은 창백하고 핏기가 없어 보였고, 숨을 내쉴 때마다 볼록한 가슴이 잔물결처럼 위아래로 움직였다. 모선이는 잠시 눈을 감고 내 무릎에 누워 있다가,

　"병규 씨, 가슴이 답답해요. 내 가슴에 손 좀 넣어봐요."

　모선이는 이렇게 말하며 내 손을 끌어다 그녀의 가슴 속으로 지그시 넣어주었다. 크고 둥글게 솟아 있는 모선이의 가슴은 새털처럼 부드럽고 따뜻했으며 밭은 숨을 쉴 때마다 놀란 새가슴처럼 팔랑거려, 그 위에 놓여 있는 내 손도 잔물결처럼 위아래로 가볍게 흔들렸다. 두 눈을 감고 한동안 움직이지 않고 있던 모선이가 입을 열어 무언가를 말하려는 순간, 그녀의 얼굴 위로 또 한 차례 괴로움의 빛이 스쳐지나갔다. 나는 몸 어딘가가 예사롭지 않게 보이는 모선이가 걱정되어 집으로 돌아가자고 했다.

　"모선 씨, 이 더운 날 모선 씨가 너무 많이 걸은 것 같습니다. 더위를 먹은

것 같으니 얼른 집으로 돌아가요. 돌아갈 때는 내가 모선 씨를 업고 가겠습니다. 그리고 찬물을 떠다 모선 씨의 얼굴에 추겨줄 테니 잠시만 기다리세요.”

이렇게 말한 후 나는 책가방에서 물병을 꺼내 강가로 가 시원한 물을 떠다 모선이의 이마와 얼굴과 입술을 촉촉이 적셔주었다. 모선이는 내 두 손을 잡으며,

“병규 씨, 고마워요. 기분이 한결 나은 것 같아요.”

하고 말한 다음 또다시 나를 불러,

“병규 씨, 나는 요즈음 밤에 잘 때 땀이 많이 나고 이상한 꿈을 많이 꾸어요.”

하고 말을 했다. 나는 모선이가 꾸는 이상한 꿈이 무엇인지 걱정도 되고 불안하기도 하여 모선에게 꿈 얘기를 해보라고 다그치듯 물었다.

“꿈에서 본 무서운 것들을 다시 생각하려니 겁부터 나요.”

모선이는 이렇게 말한 후 잠시 멈추었다가 그녀가 꾼 꿈 이야기를 내게 천천히 들려주기 시작했다.

“밤에 잠잘 때마다 뿔이 아홉 개 달린 무서운 괴물이 나를 잡으러 쫓아다니고, 내가 그 무서운 괴물을 피해 도망하면 끝까지 나를 쫓아와 내 목을 죄는가 하면, 또 어떤 때는 내가 하얀 소복素服을 입고 하늘로 날아 올라가기도 해요. 그러면 그럴 때마다 병규 씨가 울며 나를 쫓아오곤 하는 꿈이었어요. 무섭고 이상한 그런 꿈을 꾸다가 소스라쳐 놀라 일어나면 온몸에서 땀이 흐르고 목이 심하게 말랐어요. 나는 다시 잠을 자려 해도 또 다시 그런 무서운 꿈을 꿀까봐 겁이 나 잠을 못 잘 때가 많았습니다.”

이렇게 무서운 꿈 이야기를 한 모선이는 꿈속에서 나타났던 그 괴물이 다시 쫓아오기라도 하듯 그녀의 두 손으로 내 가슴을 꼭 잡고 얼굴을 묻었다. 나는 모선이 머리를 부드럽게 쓰다듬어주며,

“모선 씨, 그까짓 꿈 무서워하지 마세요. 사람은 심신이 허약하거나 피로하면 누구나 모선 씨가 꾼 것과 같은 무서운 꿈을 꿉니다. 나도 종종 그런 꿈

을 꿉니다. 꿈은 어디까지나 꿈일 뿐 현실이 될 수 없습니다. 내가 어릴 때 무서운 꿈을 꾼 후 어머니에게 내가 꾸었던 꿈 이야기를 하면, 어머니는 그것은 개꿈이니 무서워 말라고 하셨습니다. 모선 씨가 꾸는 꿈이나 나나 다른 사람이 꾸는 꿈은 모두 개꿈이니, 조금도 무서워 마세요. 또한 무서운 꿈을 꾸었더라도 그 꿈 생각을 하지 말고 바로 잊도록 하세요."

하고 무서운 꿈에 불안해 하는 모선이를 안심시켜주려 했다. 그러나 사람들이 꾸는 꿈이 아무리 현실로 나타나지 않는 공허한 꿈이라도, 하얀 소복을 입고 하늘로 올라가는 모선이를 내가 울며 쫓아갔다는 그녀의 이상한 꿈은 내 마음을 몹시 심난하게 했다. 꿈에 흰 소복을 입고 있는 꿈을 꾸면 누군가가 상喪을 당하거나 슬픈 일이 생긴다는 말을 전에 들어본 적이 있기 때문이었다. 흉몽대길凶夢大吉, 즉 꿈은 사실과 반대로 나타나는 것이므로 흉한 꿈이 오히려 길할 징조라는 말이 있기도 하지만, 모선이가 꾼 괴이한 꿈은 흉몽대길이 아닌, 무언가 불길한 징조를 예고하는 흉몽 같아, 그 꿈을 해몽解蒙해 보려고 나는 이 생각 저 생각을 하고 있었다. 그때,

"병규 씨, 무슨 생각을 그토록 골똘히 하세요? 내 꿈 얘기 때문인가요? 내가 괜한 꿈 이야기를 해 병규 씨를 걱정시킨 것 같아요. 병규 씨도 조금 전 사람들이 꾸는 꿈은 모두 개꿈이라고 말해 놓고서…. 걱정 마세요. 병규 씨, 이제부터는 아무리 무서운 꿈을 꾸어도 무서워하지 않을 거예요. 병규 씨가 내 옆에 있잖아요?"

모선이는 이렇게 말하며 나를 꼭 껴안았다. 나는 모선이가 내게 들려준 무서운 꿈 이야기를 멀리 쫓아내기라도 하듯 머리를 세 차게 흔들며,

"모선 씨, 나는 모선 씨가 꾼 언짢은 꿈보다도 모선 씨 건강이 더 염려됩니다. 아무래도 모선 씨는 몸 어딘가가 안 좋아 보이는데, 어디가 안 좋은지 내게 말해보세요."

하고 말하자 모선이는 잠시 주저하다가,

"아까도 말했지만 요즈음 가끔 가슴이 답답하고 잔기침이 자주 나오며 밤에 잘 때 땀을 많이 흘려요. 물론 무서운 꿈도 많이 꾸고요."

모선이는 그녀의 가슴에 손을 올려놓으며 피곤한 듯한 목소리로 대답을 했다.

"모선 씨, 왜 진작 내게 말하지 않았습니까? 내일 당장 나하고 병원에 가요."

하고 나는 모선이를 다그치듯 말했다.

"병규 씨, 너무 걱정 마세요. 조금 불편한 걸 가지고 병규 씨 근심시키고 싶지 않았어요. 그리고 며칠 전에 이미 공장 안에 있는 의무실에 가 의사를 보았어요. 의사는 먼지를 많이 먹으면 가슴이 답답하고 기침이 날 때가 있다며 약을 지어주었어요. 지금 그 약을 먹고 있으니 곧 괜찮아질 거예요."

모선이는 이렇게 말하며 오히려 나를 안심시키려 했다.

나는 몸이 약한 모선이가 먼지가 많이 나는 공장에서 힘들게 일하도록 내버려둘 수 없었고, 그녀가 건강을 해쳐가며까지 벌어다 주는 돈으로 공부하고 싶은 생각은 더더욱 없었다. 나는 내 욕심만을 채우는 이기주의자가 되고 싶지 않았다. 나 스스로가 모선이를 위한 희생물은 되고 싶어도, 모선이가 나를 위해 희생하는 것은 조금도 보고 싶지 않았다. 나는 대학공부를 중단한 후 돈을 벌어 모선이를 부양扶養해가며 그녀의 건강을 돌봄으로서 2년간이나 힘들게 일해가며 내 학자금을 대준 모선이의 헌신에 이제는 내가 모선이를 위해 내 자신을 희생해야 할 때라고 생각했다.

나는 내 가슴에 기대 있던 모선이를 안아 일으키며,

"모선 씨, 힘든 공장일 그만두고 집에서 쉬세요. 나는 2년 동안이나 모선 씨에게 신세를 졌습니다. 내가 학교를 중퇴하고 돈을 벌어오겠습니다. 모선 씨의 건강을 희생시키며까지 공부하고 싶지는 않습니다."

하고 나는 결연히 말했다. 내 말을 듣자 모선이는 놀란 눈으로 나를 바라보며,

"병규 씨, 왜 갑자기 그런 생각을 했어요? 병규 씨가 대학을 그만두고 돈을 벌겠다니…. 그건 안 돼요. 나는 병규 씨가 대학을 마칠 때까지 공장일 그만

두지 않겠어요. 이제 2년만 더 공부하면 병규 씨 대학 졸업하지 않나요? 그때까지는 충분히 살아 있을 테니까 병규 씨, 아무 염려 말고 공부나 열심히 하세요."

하고 모선이는 조금도 굴하지 않고 내 제안을 일축했다.

"모선 씨, 내가 대학을 중단하면 영원히 그만두는 게 아니고 후일 다시 돌아가 얼마든지 공부할 수 있으니까, 나는 그렇게 하겠다는 것입니다."

"그래도 안 돼요. 무엇이든지 단숨에 끝내야지, 중간에서 그만두었다가 다시 시작하면 더욱 힘이 드는 법입니다."

모선이의 태도는 여전히 강경하고 단호했다. 나는 내심으로 모선이가 어려울 때 아무 때라도 학교를 그만둘 결심을 한 다음,

"일단은 모선 씨 의견에 따르도록 하겠습니다. 그러나 모선 씨, 앞으로는 모선 씨에게 일어나는 모든 것을 내게 알려주세요. 꼭 그렇게 해야 합니다. 모선 씨가 아프거나 어떤 어려움에 부딪쳤을 때 내가 도움이 될 수 없다면, 또 그런 아픔이나 어려움을 함께 나눌 수 없다면, 나는 모선 씨에게 아무 쓸모가 없습니다."

하고 나는 모선이에게 다짐을 두듯 말했다.

"앞으로는 꼭 그렇게 하겠습니다, 병규 씨."

모선이는 내 말에 고분고분히 대답을 한 후 조용히 나를 바라보았다. 나를 바라보는 모선이의 두 눈은 어딘가 애처로워 보였고, 홍조紅潮 띤 그녀의 얼굴은 그 어느 때보다 훨씬 더 예쁘고 아름다워 보여 하늘에서 갓 내려온 아리따운 천사를 연상시키기까지 했다. 나는 가냘픈 몸매의 모선이를 힘껏 포옹하며 그녀의 귀에 대고 속삭였다.

"모선 씨, 모선 씨는 하늘에서 내려온 아름다운 천사입니다."

모선이는 그녀의 모든 것을 내게 맡기며,

"병규 씨, 오늘 나는 너무 행복합니다. 너무나 행복하여, 행복한 이 순간이

금방 달아나지 않을까 두렵기도 합니다. 나는 병규 씨가 내게 주는 사랑과 행복 속에서 영원히 영원히 살고 싶어요. 꼭 그렇게 되겠죠? 병규 씨."

하고 모선이는 그녀의 행복한 미래를 나로부터 다짐받으려는 듯이 말을 했다. 나는 모선이의 물음에 대답 대신 그녀를 더욱 힘차게 안아주며 내 입술을 그녀의 입술에 꼭 갖다 댔다. 모선이처럼 나도 더 없는 행복감을 느꼈으나, 이 행복이 과연 오래갈까 하는 까닭 모를 의구심이 문뜩문뜩 가슴을 스쳐지나가며, 다가올 미래가 왠지 모르게 두렵고 섬뜩하기까지 했다. 나는 나만을 의지하며 나로부터 온갖 사랑과 행복을 갈구渴求하는 불쌍한 모선이를 더욱더 아껴주고 사랑해주어야겠다고 다시 한번 다짐하였으며, 죽음이 우리 둘을 갈라 놓을 때까지 내 모든 것을 희생하여 모선이만을 위해 살아가야겠다고 굳게 마음 먹었다.

시간은 총총걸음으로 지나갔다. 2학년 1학기가 순식간에 끝이 나고 2학기도 거의 다 끝나갈 무렵이었다. 지난 여름 모선이와 내가 뜨거운 한강 모래 위에 굳은 사랑을 새겨놓은 후 그동안 모선이는 아무 탈없이 공장에 잘 나갔으나, 이즈음 들어 안색이 좋지 않고 또 많이 야위어 있었다. 하루는 누나가 나를 보더니,

"모선이가 어디 아픈 것 같다. 밥도 잘 먹지 않고 많이 피곤해 하는 것 같더라."

하고 모선이 걱정을 했다. 누나로부터 모선이가 아픈 것 같다는 말을 들은 순간 나는 가슴이 철렁 내려앉으며 온몸의 힘이 모두 빠져나가고 있음을 느꼈다. 그날 저녁 나는 모선이를 만나 누나가 낮에 내게 했던 이야기를 하며 공장에 가지 말고 휴가라도 내라고 말했다. 그랬더니 모선이는 정색을 하며,

"나 아무렇지도 않아요. 요즈음 밥맛이 조금 없고 피곤할 뿐이에요."

하고 말했으나 모선이는 나를 걱정시키지 않으려고 애써 변명하고 있는 것같이만 여겨졌다.

"모선 씨, 그게 아닙니다. 모선 씨 얼굴색도 많이 안 좋아 보이고, 또 몹시

피곤한 것 같아요. 당장 내일부터라도 공장에 가지 마세요."

나는 모선이에게 사정하듯 말했으나 모선이는,

"네. 사정을 보아 그렇게 하겠습니다. 그러나 지금 당장은 괜찮으니 병규 씨, 너무 염려 마세요."

하고 말하고는 그녀의 방으로 들어갔다.

나는 모선이가 몹시 걱정이 되었다. 모선이 걱정 때문에 학교에 가도 공부가 잘되지 않았고, 집에 와서도 마찬가지였다. 모선이와 함께 있으며 몸 어딘가에 이상이 있는지 세밀히 살펴보고 또 위로도 해주고 싶었으나 그렇게 할 수도 없었다. 이렇게 걱정만 하고 있던 10월 말의 어느 날이었다. 내가 학교에서 돌아오자 모선이와 한 방을 쓰고 있던 미옥이가 나를 보더니 다급히 말했다.

"삼촌, 모선이가 갑자기 병원에 입원을 했어요. 모선이가 병원에 입원하면서 삼촌을 찾았지요."

나는 미옥이가 말을 끝내기가 무섭게 책가방을 방에 내던지고 모선이가 입원해 있는 병원으로 달려갔다. 환자 병실로 들어가니 모선이는 두 눈을 감은 채 작은 침대 위에 반듯이 누워 있었다. 왼쪽 팔에는 하얀 면 테이프에 감긴 긴 주사기가 깊숙이 꽂혀 있었으며 모선이가 누워 있는 침대 옆 쇠걸이에는 물 같은 맑은 액체가 담겨 있는 하얀 플라스틱 주머니가 걸려 있었다. 이 주머니에서 하얀 물방울이 투명한 가는 호스를 통해 똑똑 떨어져 모선이 팔에 꽂혀 있는 주사기로 흘러들어가고 있었다. 모선의 얼굴은 하얀 백짓장처럼 창백하고 깊이 잠들어 있는 것 같았다. 이때 누나가 모선이가 좋아하는 과일과 음료수를 사가지고 들어와 낮은 목소리로 말했다.

"모선이가 오늘 낮에 공장에서 일하다가 쓰러져 이 병원으로 실려왔다. 의사 선생님은 며칠만 치료받으면 괜찮을 거라고 하지만…. 제발 그래야 될 텐데, 모선이가 걱정이다."

누나와 나는 근심에 차 모선이가 누워 있는 침대 옆 의자에 앉아 모선이를 지켜보기도 하고, 투명한 호스에서 똑똑 떨어지는 액체방울을 바라보며 말 없이 한동안 앉아 있었다. 그때 젊은 여자 간호원이 병실 문을 열고 들어와 모선이 팔에 꽂혀 있는 주사기와 투명한 액체 주머니를 살피고 나더니,

"환자는 지금 잠들어 있습니다. 환자가 잠에서 깨지 않도록 해주세요."

하고 말한 후 병실 밖으로 나갔다. 잠시 후 누나도 의자에서 일어나 모선이의 잠든 모습을 근심스런 표정으로 바라보다가 집에 갔다 다시 오겠다며 병실을 나갔다. 잠이 든 모선이는 때로는 깊은 숨을 내쉬기도 하고, 때로는 무슨 물체를 쫓아내듯 팔을 저으며,

"나 안 갈래요. 안 갈래요. 나를 데려가지 마세요."

하고 무언가에 끌려가지 않으려는 듯 절규絶叫에 찬 잠꼬대를 하기도 했다. 나는 놀라 일어나 잠꼬대하는 모선이를 찬찬히 바라보았다. 모선이의 핏기 없는 얼굴, 하얀 이마, 야무지게 닫혀 있는 창백한 입술, 가냘픈 몸매, 조그만 발등을 하나하나 바라보는 순간 이루 말할 수 없는 슬픔과 눈물이 북받쳐 나는 잠자는 모선이의 가슴에 얼굴을 파묻고 어깨를 들먹이며 오열嗚咽을 토했다. 내 울음에 잠이 깬 모선이는 내 머리를 부드럽게 쓰다듬으며,

"병규 씨, 걱정을 끼쳐 미안해요. 곧 괜찮아질 테니 울지 말아요."

하고 어머니처럼 자애롭게 타일렀다. 나는 모선이의 가슴에 얼굴을 묻은 채,

"모선 씨, 아픈 것 나으면 더 이상 일하지 마세요. 내가 돈을 벌어올 테니 모선 씨는 집에서 쉬세요."

하고 간곡히 말했다.

"병규 씨, 또 그 소리예요? 병원에서 치료받으면 다시 건강해질 거예요. 건강해지면 병규 씨에게 덜 엄하고 병규 씨 학교에도, 우리의 사랑이 묻혀 있는 한강 모래밭에도 다시 갈 거예요."

모선이는 이렇게 속삭이며 내 머리를 그녀의 가슴 안으로 부드럽게 끌어들였다.

11. 청천벽력(靑天霹靂)

모선이는 일주일간 병원에서 치료받은 후 며칠간을 집에서 머문 뒤 또다시 공장으로 돌아갔다. 그러나 그것은 오래가지 못했다. 새해가 되면서 모선이의 건강은 더욱 악화되어갔다. 몸에서 열이 오르고 심하게 기침을 할 때는 목에서 붉은 피가 나오기도 했다. 키는 컸지만 본래 몸이 약한 데다, 먼지가 많이 나는 공장에서 몸을 아끼지 않고 일하다가 폐결핵에 걸리고 만 것이다. 결핵 치료를 받기 위해 2월 달에 모선이는 또다시 병원에 입원을 했다. 그러나 모선이의 상태는 전에 병원에서 치료받을 때보다 훨씬 위중(危重)하여 다시 회복할 가망이 거의 없어 보였다. 나는 마음이 불안하고 모선이가 걱정되어 그녀와 함께 병실에 있기 위해 학교에도 가지 않았다. 나는 모선이의 유일한 친척인 필호를 불러야겠다고 생각했다. 친척인 필호가 옆에 있으면 모선이에게 많은 위안이 될 것 같았기 때문이었다. 나는 모선이가 위독하다는 내용의 편지를 간단히 써 필호에게 지급으로 보냈다. 모선이는 어떤 때는 가슴을 붙잡고 심하게 고통스러워하다가, 또 어떤 때는 생기를 되찾아 즐겁게 이야기를 하기도 했다. 누나는 모선이가 좋아하고 먹고 싶어 하는 것을 사가지고 와 병원에서 살다시피 했고, 함께 하숙하는 동료들과 공장의 동료들이 수시로 모선이를 찾아와 용기를 주고 위로해주었다.

짧은 2월이 금세 지나가고 3월이 되었으나 꽃샘추위로 날씨는 아직도 쌀쌀하고 찬바람이 불었고, 이따금씩 어두운 하늘에서 을씨년스런 눈발이 흩날려 지나가는 행인들의 옷 속으로 파고들어갔다. 밖이 추워서인지 모선이가 입원해 있는 병원도 춥고 쓸쓸했다. 모선이는 매일 한 움큼씩 약을 먹고 뻔질 주사를 맞았다. 하지만 그녀의 병은 별 차도가 없었으며, 오히려 날이 갈수록 더욱 심해지고 있었다. 어느 날 모선이는 내 손을 잡으며,

"병규 씨, 갑자기 필호가 보고 싶어요. 가까운 친척이라곤 필호네밖에 없

는데 필호에게 연락 좀 해주시겠어요?"

하고 나식이 말했다.

"모선 씨, 내가 벌써 필호에게 편지를 보냈습니다. 내 편지를 받으면 곧 올라올 테니 아무 염려 마세요."

하고 필호를 보고 싶어 하는 모선이를 안심시켰다. 모선이는 고맙다고 말한 다음 한동안 눈을 감고 누워 있다가 나를 향해 입을 열었다.

"병규 씨, 어릴 때 병규 씨와 필호와 함께 번데기 먹으며 소꿉장난할 때가 그리워요. 그때로 다시 돌아가고 싶고, 우리 셋이 소꿉놀이를 하며 뛰놀던 데를 다시 한번 가보고 싶어요. 거기에 가보기 전에는 죽고 싶지 않아요."

모선이는 이렇게 말한 후 굵은 눈물을 주르르 흘리며 내 가슴에 머리를 묻었다. 나는 죽음을 예견하고 있는 듯한 모선이의 갑작스런 말에 깜짝 놀라 머리를 흔들며 모선이의 죽음을 부인하려고 했다.

"모선 씨, 모선 씨가 죽다니요. 모선 씨는 절대 죽지 않아요. 아픈 것도 곧 나을 겁니다. 모선 씨가 나으면 모선 씨 데리고 우리가 어릴 때 소꿉장난하며 뛰놀던 추억의 동네에 꼭 가볼 것이니, 죽는다는 소리 하지 말고 용기를 가지세요. 아무리 아프더라도 살겠다는 용기와 자신을 가지고 있으면 절대로 죽지 않습니다."

나는 모선이의 손과 어깨를 부드럽게 쥐어주며 그녀에게 삶에 대한 희망과 확신을 심어주려 했다.

"병규 씨."

모선이는 이렇게 나를 불러놓고 잠시 말을 않고 있다가, 다음 말을 또렷또렷이 이어갔다.

"병규 씨, 내 명命은 내가 알아요. 더 살고 싶지만 이제는 모든 것이 늦었습니다. 하지만 병규 씨, 병규 씨는 내가 죽더라도 공부를 계속해야 합니다. 병규 씨가 불편 없이 학교에 다니도록 학자금을 넉넉히 준비해놓았습니다. 그리고 학교를 졸업하면 좋은 여자와 결혼하여 행복하게 살아야 돼요."

모선이는 곧 닥쳐올 죽음에 이미 대비한 듯 이 모든 말들을 유언처럼 내게 차분히 들려주고 있었다. 사랑하는 모선이가 죽다니, 나는 슬픔에 가슴이 메어 벌써부터 눈앞이 캄캄했고, 깊디깊은 절망감과 가슴을 후벼내는 비통悲痛함으로 몸을 제대로 가눌 수조차 없었다.

"모선 씨, 모선 씨는 내 학비만을 대주기 위해 자신의 건강은 하나도 돌보지 않고 먼지 나는 공장에서 힘들게 일하다가 마침내는 몹쓸 병에까지 걸려, 이제는 그 병으로 죽음까지 맞이하려 하고 있습니다. 하나밖에 없는 목숨까지 내던져가며 나 하나만을 공부시키려는 모선 씨를 진작 말리지 못한 것이 통탄痛歎스럽고, 이제는 그런 내가 미워 견딜 수가 없습니다. 나는 모선 씨에게도 하나님에게도 용서 받을 수 없는 크나큰 죄를 졌습니다."

나는 몸이 떨리고 나 자신에 대한 분노로 목이 울컥거려 제대로 말도 나오지 않았다.

"병규 씨."

하고 모선이가 무슨 말을 하려 했으나 나는 그녀의 말을 가로막고 말을 계속했다.

"모선 씨, 몸이 아픈 모선 씨에게 이런 말을 해서 미안합니다. 모선 씨, 조금만 더 들어주세요. 모선 씨, 죽어야 할 사람은 모선 씨가 아닌 바로 납니다. 내가 모선 씨 대신 죽어 모선 씨를 죽지 않게 할 수 있다면, 나는 기꺼이 그 길을 택할 것입니다. 그리고 모선 씨, 나는 모선 씨가 어떻게 되더라도 모선 씨 당신과 영원히 함께 살아갈 겁니다. 모선 씨와 나는 이 세상에 태어나기 전부터 맺어진 짝이었고, 이 세상에 나와 서로 어릴 때부터 남편과 아내 사이가 되었잖아요? 그런데 내가 어떻게 모선 씨를 놔두고 딴 생각을 할 수 있겠습니까?"

나는 울부짖듯 여기까지 말을 하고 나 차분하게 마음을 가라앉힌 다음 계속 이야기를 이어갔다.

"그리고 모선 씨, 모선 씨는 아름다운 천사입니다. 천사는 영원히 죽지 않습니다. 모선 씨가 이 세상을 떠나는 것은 죽는 것이 아니라, 천사의 고향인 하늘 나라로 올라가는 것입니다. 그러나 모선 씨가 하늘로 올라가더라도 나는 늘 모선 씨를 생각하고, 나와 함께 있을 때처럼 변함없이 모선 씨만을 사랑할 것입니다. 또한 모선 씨가 외롭지 않도록 모선 씨 곁에서 모선 씨를 굳게 지켜줄 것입니다. 그렇게 함으로써 나는 모선 씨에게 진 큰 죄를 조금이라도 속죄贖罪하며 살아갈 것입니다."

모선이는 내가 하는 모든 이야기를 하나하나 조용히 듣고 나더니 눈물 어린 밝은 모습으로 나를 올려다보며,

"병규 씨, 나를 그토록 아껴주고 사랑해주시다니 고마워요. 이 세상 누구도 병규 씨처럼 나를 그토록 생각하고 사랑해준 사람은 아무도 없습니다. 나는 언제 죽어도 한이 없을 것입니다. 나는 병규 씨로부터 받은 따뜻한 사랑과 행복에 만족합니다. 그리고 이 세상에서 병규 씨로부터 받지 못한 사랑과 행복은 저 세상에서 받도록 하겠습니다."

모선이는 말하기가 힘이 드는 듯 깊은 숨을 내쉬고 나더니 계속해서 말을 했다.

"그러나 병규 씨, 내 죽음에 대해 조금도 자책自責하거나 괴로워하지 마세요. 내가 병규 씨 학비를 대준 건 나 스스로가 원해서 한 일이고, 또 내가 번 돈을 가지고 병규 씨가 대학에 다니며 공부하는 것을 보는 것이 내게는 가장 큰 기쁨이고 행복이었습니다. 전에도 말했지만, 나는 병규 씨에게 커다란 사랑의 빚을 졌습니다. 죽는 것은 아깝지 않지만, 병규 씨에게 진 사랑의 빚을 갚기도 전에 서둘러 떠나야 하는 내 마음, 한없이 슬프기만 합니다."

모선이는 힘겹게 이 모든 말을 마친 다음 그녀의 몸을 힘없이 내게 기대며 눈물을 주르르 흘렸다. 그리고 이 말이 모선이가 이 세상에서 내게 남긴 마지

막 말이었다. 나는 삶을 포기하고 모든 것을 운명에 맡긴 채 죽음을 향해 천천히 발걸음을 옮기는 모선이가 한없이 가여웠고 다시는 돌아올 수 없는 마지막 길을 홀로 걸어가는 모선이를 막지 못하는 나 자신의 무기력이 한탄스럽기만 했다. 인간의 삶을 단절시키는 죽음을 만들어 살아 숨쉬는 인간을 아무 때나 끌어다 처형하며, 특히 모선과 나와의 사랑과 행복을 시기하여 천사처럼 착한 모선이의 가는 목에 올가미를 씌워 그녀를 죽음의 계곡으로 끌어가려는 심술궂은 신이 더욱 증오스럽고 저주스러웠다.

　모선이의 병은 하루가 다르게 극도로 악화되어갔다. 그동안 조금씩 마시던 미음米飮도 더 이상 목 안으로 넘기지를 못했고, 의사가 주는 약도 삼키지를 못했으며, 삼켰더라도 곧 토해냈다. 의사는 모선이를 살려낼 방도가 더 이상 없는 듯, 괴로워하는 모선이를 침울한 표정으로 바라보고만 있을 뿐이었다. 나는 두 손으로 의사를 붙들고 모선이를 살려달라고 울며 애원하였지만 의사는 묵묵부답이었다. 모선이는 가슴을 붙잡고 끊임없이 기침을 하며 쌔근쌔근 숨을 몰아쉬고 있었다. 어떤 때는 주검과도 같은 깊은 수면에 빠져 있다가 소스라쳐 깨어나 무슨 말을 중얼거리다 침대 위에 털썩 눕기도 했다. 나는 뜻밖의 기적이 찾아와 병마에 시달리는 모선이를 소생시켜주기를 간절히 빌었고, 모선이와 나를 굳게 맺어준 운명의 여신女神에게 모선이를 데려가지 말아달라고 절규에 찬 애원을 했다. 그러나 내 간절한 애원과 절규에도 불구하고 모선이의 삶을 이어주는 생명줄은 시간이 갈수록 점점 가늘어져가더니, 마침내 최후의 임종의 순간이 눈앞에 다가왔다. 모선이의 맥을 짚어보던 의사도 고개를 저으며, 모선이를 바라보고 있던 누나와 모선이의 공장 동료들, 그리고 모선이와 함께 하숙하던 여자들과 나에게 모선이의 임종이 다 되었음을 알려주었다. 그리고는 나를 향해 환자인 모선이와 어떤 관계냐고 물었다. 의사의 질문에 나는,

　"모선이와 나는 어릴 때부터 부부로, 모선이는 내 아내이고 나는 모선이 남

편 되는 사람입니다."

하고 모선이가 들으라는 듯이 약간 큰 소리로 말을 했다. 모선이가 죽더라도 외롭지 않게, 그리고 나를 그녀의 남편으로 영원히 생각하도록 하기 위해서였다. 비록 임종 직전이긴 하지만 여러 사람들이 있는 앞에서 모선이와 내가 육체적, 정신적 부부임을 밝히고 나니 나는 모선이에게 조금 떳떳했고, 최후의 할 말을 했다는 생각에 마음이 한결 덜 무거웠다. 이때 갑자기 가쁜 숨을 몰아쉬던 모선이가 눈을 크게 뜨고 팔을 저으며 무언가를 말하려 했지만, 입만 오므렸다 폈다 할 뿐 소리를 내지 못했다. 조금 후 모선이는 큰 심호흡을 하고는 몸을 한번 뒤틀더니 갑자기 비명悲鳴을 질렀다.

"병규 씨, 병규 씨, 내게 가까이와 내 손을 잡아주세요. 무서운 괴물이 나를 끌고 가려고 해요. 무서워요, 병규 씨. 내 손을 놓지 마세요."

나는 모선이 두 손을 꽉 잡고 그녀를 안으려 했다. 그러나 그순간 갑자기 호흡이 멎으며 내 손 안에 들어 있던 그녀의 손이 힘 없이 미끄러져 내려가 그녀를 안을 수가 없었다. 드디어 모선이가, 사랑하는 모선이가 마지막 숨을 거둔 것이다. 절망에 찬 나는 모선이의 가냘픈 몸을 끌어안고 몸부림치며 통곡했다.

"모선 씨, 모선 씨, 이대로 가면 안 돼요. 모선 씨!"

곁에 있던 누나도, 모선이 동료들도 모두 모선이를 부르며 흐느껴 울었다. 모선이가 숨을 멈춘 지 두어 시간이 지나 필호가 간호원의 안내를 받으며 병실 안으로 뛰어들어오며 외쳤다.

"병규야, 필호다. 모선이는 어디 있니? 그런데 너 왜 이렇게 울어? 모선이는 어디 있어."

나는 필호의 두 손을 잡으며,

"필호야. 모선이가 조금 전에 눈을 감았어. 너를 무척 보고 싶어 했는데."

나는 목이 메어 더 이상 말을 잇지 못했다. 필호는 조용히 누워 있는 모선에게 다가가 모선이 손을 잡고,

"모선이 누나, 필호가 여기 왔어. 누나가 나도 안 보고 가다니."

하며 소리 내어 흐느껴 울기 시작했다. 어릴 때의 소꿉친구들이 모처럼 함께 자리했지만, 그때의 소꿉친구 하나가 벌써 이 세상을 떠나 이제 단 둘만 남았구나 생각하니 나는 더욱 슬픔이 북받쳤다. 모선이 앞에서 필호와 나는 흘러내리는 눈물을 연신 옷소매로 닦아가며 밤새도록 울고 또 울었다. 필호는 가까운 친척누나를 잃어 슬퍼했지만, 나는 목숨처럼 아끼고 사랑하던 모선과의 사별死別의 아픔으로 슬퍼했다. 내게 있어 이런 모선과의 사별은 단순한 슬픔이 아닌, 하늘과 땅이 꺼지는 청천벽력靑天霹靂, 바로 그것이었다.

모선이 장례는 3일장이었다. 그녀의 장례를 치르던 날은 구름 한 점 없는 맑은 날이었다. 이따금 이른 봄바람이 잔물결처럼 불어와 옷 속으로 스며들었지만 춥지는 않았다. 하늘도 모선이가 가는 길을 밝게 비추어주려는구나 생각하니 슬픔에 싸였던 마음이 조금쯤 가라앉는 것 같았다. 모선이가 죽은 지 3일째 되는 날, 필호와 나는 조그만 차 한 대를 빌려 모선이 시신屍身을 관에 넣어 화장장으로 운구한 다음, 모선이가 누나와 함께 불공佛供을 드리러 다녔던 절의 스님을 모셔다 모선이의 명복을 빌어 주도록 했으며 목탁 소리에 맞추어 스님이 읊는 애처로운 불경 소리는 모선이의 죽음을 더 한층 슬프게 했다. 그리고는 모선이의 시체를 화장하고 나 불에 타 남은 유골遺骨을 정성껏 모아 네모진 상자에 넣어 하얀 보자기에 싼 다음, 모선이 유골을 띄울 한강물로 갔다. 모선의 유골은 내가 가슴에 안고, 필호는 하얀 국화꽃 한 다발을 안고 내 뒤를 따라왔다. 나는 지난 여름 뜨거운 햇볕을 쬐어가며 모선이와 함께 애절한 사랑을 새겨놓았던 한강 모래밭 강가로 가 흘러가는 맑은 강물 위에 모선이의 유골을 띄워보내고 싶었다. 그러면 모선이도 좋아할 것 같았다.

쌀쌀하게 불어오는 강변바람을 안고 한참을 걸어 모선이와 함께 마지막 사랑을 불태웠던 모래밭에 다다르자 나는 갑자기 울음이 왈칵 쏟아졌다. 모선이와 내가 나란히 앉아 있었던 자리가 아직도 선명히 남아 있었고, 맨발이었던 우리들의 발자국도 그대로 남아 있는 것 같았다. 모선이는 병이 다 나으면 어릴 때 소꿉놀이하던 놀이터와 지난 여름 나와 함께 사랑을 나누던 이곳 한강 모래밭에 다시 가보고 싶다고 내게 말했었다. 그렇게 벼르던 모선이가 살아 이곳에 오지 못하고 한줌의 재가 되어 내 품에 안겨 오다니, 나는 모선이와 내가 함께 앉았던 자리에 모선이의 유골상자를 내려놓은 다음 거친 모래밭에 얼굴을 처박고 모선이를 불러가며 목 놓아 엉엉 울었다.

필호의 위로와 만류에 가까스로 정신을 가다듬은 나는 모선이의 유골을 띄워보낼 강물 쪽을 바라보았다. 거기에는 작년 여름 모선이와 둘이 있었을 때처럼 맑은 강물이 햇빛에 반짝이며 한강다리 쪽으로 유유히 흐르고 있었다. 나는 천천히 강가로 걸어가 모선이의 유골을 싼 흰 보자기를 푼 다음 상자 뚜껑을 열고 모선이가 마지막으로 남긴 하얀 유골가루를 조금씩 조금씩 강물에 던져 띄우기 시작했다. 모선의 유골가루는 반짝이는 물결과 함께 저만큼 떠내려가다가는 이내 물속으로 사라지곤 했다. 주어진 운명을 다 채우지도 못하고 한창 피어나는 꽃다운 나이에 서둘러 생生을 마감하고 외롭게 물결에 실려 떠내려가는 모선이를 보니 나는 가슴이 미어졌고, 홀로 떠나는 모선이에게 길동무가 되지 못하는 자신이 더욱 안타깝고 한탄스러웠다. 어릴 때 부모를 잃고 혼자 외롭게 살아오다 공장에 취직하여 힘들게 일하며 내 학비를 대주다가 못된 병마에 붙들려 헤어나지 못하고, 그로 인해 죽음까지 맞이한 모선이의 짧고 슬픈 생애를 생각하니, 모선이가 살아 있을 동안 그녀를 위해 좀더 최선을 다하지 못했던 나 자신이 더욱 저주스럽고 원망스러웠다. 나는 얼마 남지 않은 모선의 유골가루를 내 가슴에 꼭 댔다가 조금씩 조금씩 강물에 뿌렸다. 그리고는 마지막 남은 하얀 유골가루를 한 움큼 쥐고 강물에 띄울 때에는 고통에 몸부림치며 또다시 울부짖었다.

"모선 씨, 잘 가요. 그러나 내가 늘 모선 씨 옆에 있을 터이니 외로워하지 말고 슬퍼하지 말아요. 이 다음 나도 모선 씨가 간 이 길을 따라가 모선 씨를 만날 겁니다. 모선 씨, 그때까지 기다려요."

내가 모선이 유골가루를 강물에 뿌릴 때마다 내 옆에서 하얀 국화꽃잎을 하나 둘 따 띄우던 필호도 모선이를 불러가며 울음을 터뜨렸다. 나는 마지막으로 모선이의 유골 상자를 쌌던 하얀 보자기와 유골을 담았던 상자와 필호가 따 던지다 남은 하얀 국화 꽃송이들을 강물에 던져 띄웠다. 모선이의 유골을 담았던 상자는 강물에 떠내려가지 않으려는 듯, 빙빙 도는 물여울에 둥둥 떠 몇 바퀴 돌다가, 하얀 보자기와 국화 꽃송이들과 함께 천천히 떠내려갔다. 필호와 나는 모선이가 마지막 남긴 삶의 흔적이 먼 수평선 속으로 사라져 보이지 않을 때까지 꼼짝 않고 지켜보고 있었다.

모선이 형체가 눈에서 모두 떠나자 나는 허탈하고 공허하며 또 고독했다. 슬퍼도 눈물이 메말라 더 이상 나올 눈물도 없었다. 날씨가 쌀쌀해지고 태양이 서쪽으로 자취를 감출 때쯤이 되어서야 필호와 나는 무거운 발걸음을 천천히 옮겼다. 필호는 고개를 푹 숙이고 묵묵히 내 뒤를 따라왔다. 걸음을 옮길 때마다 내 눈앞에는 모선이와 함께 나누던 즐겁고 행복했던 순간순간들이 활동사진처럼 펼쳐졌다가는 주마등처럼 사라졌고, 사라졌다가는 또다시 내 눈앞에 나타나곤 했다. 이때 갑자기 뒤에서 모선이의 목소리가 들렸다.

"병규 씨, 가지 마세요. 나를 혼자 두고 가지 마세요, 병규 씨."

내가 가던 걸음을 멈추고 휙 뒤를 돌아보았으나 거기에는 아무것도 없었다. 나는 모선이가 다시 살아나 나를 따라올 것 같은 생각에 일부러 걸음을 천천히 걸었고, 가던 길을 멈추어가며 몇 번이나 뒤를 돌아보았지만 모선이의 모습은 영영 보이지 않았다.

모선이는 이제 더 이상 이 세상에 없었지만 나는 단 한순간도 모선이를 잊을 수가 없었다. 또한 단 하루도 괴롭지 않은 날이 없었다. 집에서도, 학교에서도, 길을 걸어도 모선이가 늘 눈 앞에 떠올라 학교에 가도 공부가 잘 안 되었으며 모선이가 없는 대학공부도 무의미했다. 나를 위해 모든 것을 희생하다가 병마에 걸려 쓰러진 모선이를 생각하면 더더욱 공부를 할 수가 없었다. 니는 실을 도려내고 뼈를 깎는 고행苦行을 하여 모선이에게 진 죄를 속죄贖罪하고 싶었고, 그래야만 이 다음 죽어 모선이를 만나더라도 떳떳할 것 같았다. 나는 스스로 고행을 하며 모선에게 참회할 수 있는 방법을 이것저것 생각해보았다. 하지만 당장 머리에 떠오르는 것이라곤 군입대 하나뿐이었다. 군에 입대하여 모든 육체적, 정신적 고통을 몸소 체험하는 것도 내가 할 수 있는 고행의 하나인 것처럼 생각되었다. 학교 공부는 형편만 되면 군에 갔다 와서도 얼마든지 할 수 있는 것이기 때문에 나는 학교에 휴학계를 제출하고 즉시 군에 입대를 했다. 이때가 1963년 4월이었다.

12. 군입대

끝없는 낭만과 찬란한 꿈으로 시작되었던 내 대학생활은 사랑과 고통, 고뇌와 절망, 슬픔과 비애로 짧게 끝이 났다. 학교를 떠난 나는 육군 논산 훈련소에 입대하여 6주간의 고된 훈련을 받았다. 정규적인 훈련 이외에 가외로 사역병이나 식사 당번병 같은 것을 차출할 때면 나는 언제나 솔선수범하여 삽이나 큰 밥통을 나르며 자진해서 힘든 일을 했다. 6주간의 전투 기본훈련을 마친 나는 대구에 있는 통신부대에 배속되어 소정의 통신교육을 받고 수원에 있는 예하중대에 또다시 배치되었다. 나는 임시로 중대장 당번병으로 근무를 하였으며, 근무가 너무나 편해 시간 가는 게 지루하고 따분했다. 통신중대에 배치된 지 두 달쯤 되었을 때, 하루는 몸집이 뚱뚱한 인사계장이 나를 불러 내 신상명세서를 보며,

"이 일병, 대학에서 영어를 공부했나?"

하고 물었다.

"네, 그러나 졸업은 못 했습니다."

하고 대답하자 인사계장은,

"내가 이 일병에게 대학졸업을 했느냐고 묻는 게 아냐. 영어를 배웠느냐고 묻고 있는 거야."

이렇게 말한 다음, 옆에 놓여 있던 영어책을 내 앞에 내놓으며 한국말로 해석을 해보라고 했다. 처음 몇 페이지를 해석하고 나자 인사계장은 영어회화도 할 줄 아느냐고 물었다. 유창하지는 않지만 조금은 한다고 대답했더니,

"알았어."

하고 짧게 말한 다음 어디론가 전화를 걸었다. 그리고 나를 면담한 이틀 후 인사계장은 나를 불러 오산에 있는 육군 범죄 수사대에 지원 파견한다며 차로 나를 오산에 데려다주었다. 차에서 내려 군대 배낭을 메고 인사계장을 따라 범죄 수사대에 도착한 나는 수사대 대장과 범죄 수사관에게 신고를 했다. 육군 상사인 범죄 수사관은 나를 면담한 후 내가 수행할 임무를 부여해주었다. 내가 부여받은 임무는 현지에서 체포한 군 범죄자를 서울 영등포에 있는 수사대 본부로 송치送致하는 것과 현지에 있는 미군 범죄 수사기관과 수사 공조共助를 할 때 통역하는 것 등이었다. 오산에 있는 육군 범죄 수사대(CID: Crimnal Investigation Department)는 영등포 육관구 사령부 제 15범죄 수사대에 소속되어 있는 수사대로, 한 명의 수사대장을 위시하여 두 명의 수사관과 한 명의 수사 보조원, 사무병, 그리고 두 명의 운전병이 있는 소규모 파견대였다. 그리고 이 파견대의 임무는 오산에 있는 미 공군 기지와 평택에 있는 미 육군 헬리콥터 부대 내에서 미군을 지원하는 한국군들이 일으키는 각종 군 범죄를 단속하고 수사하는 일이었다.

오산에 있는 K-55 미 공군기지는 일본 오키나와에 주둔해 있는 미 극동 공군기지와 필리핀 루존(Luzon) 섬의 수빅 만(Subic Bay)에 있는 클라크 공군기지에 이어 아시아에서는 세 번째로 큰 미 공군기지였다. 이 공군

기지 내에는 한국 공군의 삼팔 방공포 여단과 카투사(KATUSA: Korean Augmentation Troops to United States Army) 군인들이 미군을 지원하고 있었다. 이들 한국군 지원 부대 내에서는 미 공군기지로 쏟아져 들어오는 미 군수물자를 몰래 빼내 파는 각종 절도사건이 끊임없이 일어났고, 오산 근교 평택에 있는 미군 헬리콥터 부대 내에서도 한국 군인들이 관련돼 있는 범죄 사건이 늘 발생했다. 이뿐만 아니라 오산 미 공군기지 일대는 전국에서 많은 부랑아들이 끼어들어 범죄를 일으키는 범죄 다발 지역이자, 다른 지역에서 범죄를 저지른 범죄자들이 잠입해 들어와 숨는 범죄 도피처이기도 했다. 1963년 10월 자신의 소속부대 장교와 그 가족을 도끼로 살해한 후 도망한 고재봉 상병이 숨어 있던 곳도 바로 이곳이었다.

오산에는 내가 속해 있던 범죄 수사대뿐만 아니라 영등포 육관구 사령부 십일 헌병중대 소속의 헌병들과 육군 방첩부대 요원들까지 이곳에 파견되어, 이 일대에서 일어나는 각종 군 범죄사건과 다른 범죄사건들을 수사 검거하고 있었다. 나는 범죄 수사와 관련이 없는 타 부대에서 파견된 말단 지원병으로 한국군 부대에서 발생하는 범죄사건 수사에 관여할 수는 없었지만, 범죄자 검거를 위한 야간 잠복근무, 관내순찰, 범죄 피의자 호송 및 필요할 때 미군 범죄 수사관을 위해 통역하는 업무를 수행했다. 이러한 내 업무는 일선에서 고생하는 동료 병사들에 비하면 전혀 고생스럽지 않았다. 이렇게 편한데다 주말이면 물고기 잡기를 좋아하는 수사 파견대 대장과 함께 큰 저수지와 강으로 가 투망으로 메기, 붕어, 황어를 잡고, 식당에서 맛있는 음식을 매 끼마다 시켜 먹고, 통역 관계로 우연히 알게 된 미 공군기지 공군 장병 클럽 지배인과 함께 산으로 가 꿩 사냥을 하고, 토요일 밤이면 미 공군 장병 클럽에 초대를 받아 미 팔군 전속 공연단이 공연하는 호화로운 쇼를 관람하며 양주를 마시고…. 짧은 전투훈련과 특기교육을 받을 때를 빼고는 이게 내가 군대를 떠날 때까지 수행한 군대생활의 전부였다.

고생에 찬 날들은 지루하게 지나가지만, 고생 없이 편안히 지내는 한정된 시간은 빨리 지나가게 마련이다. 전투훈련 때 말고는 총 한번 쏘아본 일 없이 호강스럽게 지낸 군대생활이 순식간에 지나가고, 어느새 제대할 날짜가 다가왔다. 3년 전 군에 입대할 때는 나를 위해 죽어간 모선이에게 속죄하기 위해 일부러 고행을 하려고 군대를 선택했었는데, 고행은커녕 오히려 신선놀음만 하다가 군대를 떠나게 되어, 나는 이 다음 죽어서도 모선이를 똑바로 쳐다볼 면목이 없을 것 같았다. 내가 군대를 떠난 날짜는 1965년 11월 13일이었다. 나는 군대에서 2년 7개월 동안 근무했다. 내가 군 복무를 할 때가 군복무 기간이 가장 짧았던 때였으나, 이 짧았던 군 복무기간은 1968년 1월 21일, 김신조를 포함한 31명의 북한 무장공비들이 남한에 잠입해 청와대를 습격하려던 사건 직후 3년으로 다시 연장되었다.

나는 군대에서 제대하자마자 11월 달의 찬바람을 맞아가며 하얀 국화 꽃다발을 들고 모선이와 애틋한 사랑을 나누고 또 그녀와 마지막으로 작별했던 한강 모래밭으로 갔다. 그러나 모선이와 내가 나란히 앉아 사랑을 나누던 자리와 그녀의 하얀 유골가루를 뿌렸던 물가는 더 이상 남아 있지 않고, 그 대신 보기 흉하게 움푹움푹 패인 구덩이만 여기저기 널려 있었다. 그것은 사람들이 모래를 채취한 후 남겨놓은 모래 웅덩이였다. 모선과의 아름다운 사랑이 새겨져 있는 고운 모래밭이 이토록 흉측스럽게 변한 데에 깊이 실망하며, 나는 가슴에 안고 온 하얀 국화 꽃잎을 하나씩 하나씩 따 근처 강물 위에 던지기 시작했다. 강물도 전처럼 맑지 않고 혼탁했으며, 이따금씩 모래 먼지를 일으키는 강한 바람이 불어와 강변의 풍경을 더욱 을씨년스럽게 했다. 모선이가 나 없는 사이에 여기에 왔다가 나와 함께 있었던 자리가 어딘지 찾지 못하고 실망에 차 발길을 돌렸겠구나 생각하니 나는 마음이 아프고 울적했다. 모선이와 마지막으로 사랑을 나누었던 소중한 장소마저 더 이상 이 세상에 남아 있지 않아, 슬프고 허전한 생각만 가슴을 도려내고 있었다.

13. 자포자기(自暴自棄)

군대를 제대한 그 이듬해 나는 다시 학교로 돌아갔으나 오래 다니지는 못했다. 학교에 낼 등록금도 없었을 뿐만 아니라 편안히 앉아 공부할 처지도 아니었다. 또한 전처럼 공부도 잘되지 않아, 이 다음 모든 것이 안정되면 다시 학교로 돌아올 생각을 하고 학교를 떠났다. 그러나 막상 공부를 포기하고 나니 앞이 막연했다. 내게 남은 유일한 희망이었던 배움의 길마저 끊기고 나니, 나는 어디로 발길을 향해야 할지 갈피를 잡을 수가 없었다. 절망과 좌절에 싸인 나는 술을 마시기 시작했고, 술에 취한 다음에는 거리를 방황하며 큰 소리로 울부짖었다.

"나는 패배자야, 패배자. 인생 전부를 잃은 패배자란 말이다."

나는 술을 마셔가며 마음껏 인생을 한탄하고 조소하고 이 세상 모든 것을 잊어보려 하였으나, 술이 깨고 나면 더욱 마음이 괴롭고 공허하여 마음만 산란했다. 그러면서도 계속 술만 마셨다. 어머니는 매일 밤 술에 취해 돌아오는 나를 부축하며 걱정을 하셨다.

"네가 군대에 가 술만 배웠구나. 술만 마시지 말고 좋은 색시 얻어 얼른 장가나 들거라. 남자는 여자 얻어 가정을 가져야 마음을 잡는다."

어머니는 내가 여자가 없어 술만 마시고 괴로워하는 줄로 생각하고, 장가들어 가정을 가지면 술 마시지 않고 괴로워하지 않을 줄로 여기시는 것 같았다. 날이 갈수록 내 주량酒量은 점점 늘어갔다. 그리고 술에 녹초가 되면 아침에 일어나지를 못했다. 결혼하라는 어머니의 권유는 성화로 변했고, 아버지도 어머니의 성화에 합세하셨다.

"이놈아, 웬 술을 그렇게 마시느냐? 소음주활혈小飮酒活血이고 대음주손명大飮酒損命이야. 술은 조금 마시면 피를 활기 있게 해주지만, 많이 마시면 목숨을 잃는 게야. 술만 먹지 말고 네 어미 말대로 얼른 장가들어 가정을 갖거라. 그래야 돈도 벌고 정신을 차린다."

아버지의 꾸중을 듣고 난 후, 나는 술을 덜 마셔가며 내 앞날을 곰곰이 생각했다. 군대까지 제대를 했으니 이제는 무언가를 하지 않으면 안 되었다. 진작 이런 생각을 하지 못하고 무턱대고 술만 마신 자신이 바보스럽고 후회스러웠다. 집에서 아버지와 함께 농사를 지을 수도 있었으나 나는 아버지, 어머니처럼 평생 흙의 노예가 되고 싶지는 않았다.

내 앞날에 대해 이 궁리 저 궁리를 하고 있던 어느 날, 어머니가 좋은 색싯감 하나를 봐놓았다며 선을 보라고 하셨다. 그러나 나는 관심이 없었다. 어머니가 봐놓으신 색싯감이 누구인지 알고 싶지도 않았고 보고 싶지도 않았으며 사랑도 하지 않는 남녀끼리 만나 선을 보고, 선본 후 마음에 들지 않으면 또 다른 남자나 여자를 고르는 따위의 저속低俗한 암수 선택형 결혼은 하고 싶지 않아서였다. 암수 선택은 발정기發情期에 달한 포유동물들이 새끼를 낳기 위해 하는 본능적 행위이지, 사랑이라는 감정을 가지고 있는 인간들이 하는 이성적理性的 행위는 아니었다. 더구나 죽은 모선이에게 사랑을 모두 바친 나는 또 다른 여자에게 줄 만한 사랑의 여유가 더 이상 가슴에 남아 있지 않았다. 따라서 사랑으로 맺어지지 않는 결혼인 이상 나는 누구든 상관없었다. 아무나 만나 사회적 관습대로 결혼하여 애 낳고 기계적으로 살면 되는 것이다. 어머니는 속히 날짜를 정해 여자를 만나보라고 독촉을 하셨다.

"어머니, 어머니가 마음에 드시면 됐어요. 나는 이리저리 다니며 여자를 고르고 싶지 않으니 어머니가 알아서 하세요."

하고 자포자기하듯 어머니에게 말했다. 그리고 나 두 달 후인 1969년 4월에 마침내 결혼이라는 것을 하게 되었다. 나는 이렇게 일찍 결혼하는 자신이 우습고 실감도 나지 않았다. 밤이면 알지도 못하는 여자와 한 방을 쓴다는 게 쑥스럽고 이상하기만 하였으며, 말 없이 책을 보거나 우두커니 앉아 있다가 여자가 자라면 자고 옷을 벗으라면 옷을 벗은 다음 여자가 시키는 대로 했다. 나는 나한테 시집온 여자가 아내로 보이지 않았으며, 한낱 여자로밖에는 달리 생각할 수가 없었다. 어떤 때는 목석木石 같은 내게 시집온 여자가 불쌍도 했지만, 그것은 나라는 남자를 선택한 여자가 잘못한 거지 내 잘못은 아니라고 생각했다. 내게 시집올 때는 나로부터 듬뿍 사랑을 받아가며 자릿자릿한 행복에 묻혀 사는 꿈을 가지고 왔을 터이지만, 사랑이 메마른 무정無情한 남자를 만나 그 모든 꿈이 산산이 부서져 실망했을 상대를 생각하면 조금쯤 미안스럽기도 했다. 이럴 때면 나는 밖에 나가 술을 마시고 들어와 동물적 본능대로 여자를 난폭하게 끌어다 아무렇게나 욕구를 채우고 저만큼 밀어낸 후 등을 돌리고 잠을 잤다. 그것이 내가 결혼이라는 이름 아래 나와 한 방을 쓰는 여자에게 해줄 수 있는 전부였다. 결혼한 지 석 달이 지난 어느 날 저녁이었다. 여자가 내게 가까이 다가오며,

"저 이상해요. 애기를 가졌나 봐요."

하고 기쁜 듯이 말했다.

"뭐? 애기? 벌써? 결혼하면 애기부터 배려고 단단히 준비를 하고 왔군. 여자는 결혼하면 왜 애기를 배는지 몰라."

하고 핀잔하듯 퉁명스럽게 말하자 여자는 코를 훌쩍거리며 울었다. 나는 여자가 안 되어 무언가 그럴듯한 말을 해주고 싶었지만, 무슨 말을 해야 할지 생각이 나지 않았다.

"애를 뺐으면 나으면 되지, 울긴 왜 울어?"

내 입에서는 고작 이런 말밖에 나오지 않았다. 이 말을 듣자 여자는 봇물 터지듯 눈물을 흘려가며 엉엉 소리 내어 울기 시작했다.

나는 마음에 없는 여자와 사는 가정이 답답했고, 그 안에서 마지못해 기계적으로 사는 삶은 더욱 싫었다. 나는 여자에게 보다 잘해줘가며 가정에 충실해보려고도 하였으나, 마음속에서 우러나오지 않는 억지로의 노력만 가지고는 잘되지 않았다. 나는 가정이고 뭐고 어디론가 정처없이 떠나 새로운

인생의 변화를 찾고 싶었다. 그것이 가정에 얽매어 마지못해 살아가는 내게나, 남자로부터 사랑받지 못하고 살아가는 불행한 여자에게나 좋을 것 같았다. 이렇게 생각을 하고 있던 중 1974년 한국도로공사에 입사를 하면서 나는 드디어 가정의 굴레에서 해방되어 넓고 넓은 세상으로 뛰어들어 인생의 대전환大轉換을 맞이할 수 있는 획기적劃期的인 기회를 얻게 되었다.

14. 검은 대륙(大陸) 아프리카를 향하여

한국도로공사에 입사한 지 4년이 지난 1978년, 내가 모시고 있던 서울공대 토목공학과 출신의 도로관리소장이 서울에 있는 태화 종합건설회사에 발탁이 되어 가면서 나를 데리고 갔다. 내가 한국도로 관리소장을 따라 태화건설에 입사할 당시에는 한국의 대형 건설업체들이 중동지역을 위시하여 세계 각처로 진출하여 각종 건축공사를 수주해 막대한 외화를 벌어들이고 있을 때였다. 태화 건설회사는 1965년 한국 군인들이 월남전에 파병될 무렵 현대건설과 함께 월남에 진출했던 공영토건 회사의 후신後身으로, 1975년 월남의 전쟁 패망으로 중동지역과 아프리카, 필리핀, 말레이지아 등지에 진출하여 현지에서 토목공사와 각종 건축공사를 수행하고 있는 종합건설회사였다. 그리고 이 회사에서는 해외공사 수주受注가 늘면서 고급기술 인력이 필요하여 서울대에서 토목공학과를 전공한 한국도로관리소장을 전격적으로 발탁해간 것이다.

나는 이 회사에 입사하자마자 해외사업부 과장課長 직에 임명되어 동남 아프리카에 있는 조그만 나라, 말라위(Malawi) 공화국에서 시공하고 있는 신 공항건물 건축공사 현장에 급파되었다. 나는 반나절간의 철저한 반공교육과 여러 가지 까다로운 절차를 거친 후, 난생처음으로 여권을 발급받아 비행기를 타고 아프리카 말라위로 날아갔다. 서울에서 홍콩까지는 대한항공 여객기를 타고 갔으나, 홍콩에서 스리랑카의 수도 콜롬보를 경유하여 인도양 서부에 위치한 세이셸(Seychelles)섬 나라에서 일박을 하고, 이튿날 아침 케냐(Kenya)의 수도 나이로비로 갈 때는 영국항공(British Airways)으로 갔다. 그리고 나이로비에서 이틀 밤을 잔 다음 최종 목적지인 말라위로 갈 때는 에어말라위(Air Malawi) 항공기를 타고 날아갔다. 서울에서 말라위까지 가는 데는 야간 비행시간까지 합쳐 꼬박 사박오일이 걸렸다. 말라위 블랜타이어 국제공항에 도착했을 때는 점심시간이 다 되었으며, 현지 공사현장 본부의 상무商務한 분과 부장部長이 차를 가지고 나를 마중나와 점심을 사준 후, 블랜타이어에서 육로로 여섯 시간을 달려 릴롱웨(LiLongwe)라는 도시에 도착했다. 릴롱웨에 도착하자 현장본부 상무와 부장은 나를 데리고 곧바로 공사현장 직원들이 묵고 있는 숙소로 가 나를 소개시켜 주었고, 얼굴이 검게 그을은 그들은 박수를 쳐가며 나를 따뜻하게 맞아주었다.

수일간의 장거리 여행으로 몸이 지친 나는 일찍 잠자리에 들었다. 그리고 숙소에서 하루를 쉬고 난 후 곧바로 업무를 보기 시작했다. 내가 맡은 업무는 현지 자재 구입과 현지에서 입수할 수 없는 자재를 해외에서 구매하는 일이었다. 현지에서 구입이 어려운 자재는 주로 남아프리카 연방공화국(The Republic of South Africa)에서 구입하나, 릴롱웨 공항건축공사를 설계한 영국 건설회사의 시방서(示方書: Specifications)에 따라 구입하지 않으면 안 되었고, 때로는 남아 연방 공화국으로 직접 출장을 가 자재구입을 해야 할 때도 있었다. 나는 한국도로공사에서 근무할 때도 자재를 담당했었으며, 국제개발처(AID: Agency for Inter-national Development)에서 조달調達하는 해외 자재를 취급한 경험이 있었기 때문에, 처음이긴 하지만 해외공사현장에서 담당하고 있는 자재업무 수행에 별로 큰 어려움은 없었다.

말라위의 수도는 좁바였으나, 말라위 공화국의 종신 대통령인 카무즈 반다는 릴롱웨를 새 수도首都로 정하고, 신 국제공항 건축을 비롯하여 대대적인 신 수도건설 사업을 벌이고 있었다. 말라위 정부의 신 국제공항 건축공사에는 영국을 비롯해 미국, 일본, 한국 등 네 개 나라의 건설회사들이 참여하고 있었다. 영국의 건설회사는 설계와 감독을 맡고 있었고, 미국 건설회사는 공항 활주로와 기타 토목공사를 담당하고 있었다. 일본의 미쓰비시 (Mitsubishi) 건설회사는 공항건물 건축공사에 입찰하여 공사를 따낸 청부업체였으며, 한국의 태화건설은 미쓰비시 건설사가 수주한 공사를 하청下請받아 시공을 하는 하청업체였다. 공항건물 건축공사장에서 일을 하는 한국인 직원들과 기술자 및 근로자들은 150명이었고, 이들과 함께 일을 하는 현지인 노동자들은 400명이나 되었다.

　나는 아침이면 건축공사장에서 필요로 하는 자재를 시내에 나가 구입하거나 주문한 다음, 곧바로 공사현장으로 가 야외에 적재되어 있는 시멘트나 철근, 목재, 벽돌 같은 자재를 점검하고 창고에 쌓여 있는 다른 건축자재의 재고를 파악한 후, 현장 기술자들과 의논하여 공사에 필요한 자재가 떨어지지 않도록 했다. 공항건물 내부공사에 사용하는 주요자재 같은 것은 주재상무나 공사 시공 감독업체로부터 허락을 받은 후 별도로 주문했다. 건축자재를 파는 상인이나 업자들이 국내외에서 끊임없이 나를 찾아와 그들의 물건을 구입해 달라고 간청하였지만, 자재를 사용하는 현장 기술자들의 동의 없이 나는 임의대로 물건을 구입하지 않았다. 나는 몹시 바빴고 내가 하는 일에 신이 났다. 나는 새로운 일에 도전하면 언제나 신바람이 났고, 일이 잘되어 좋은 성과를 얻으면 가슴이 뿌듯했다. 나뿐만 아니라 공사현장 전체가 분주했다. 맡은 공사를 공기工期 내에 끝내려면 모두가 열심히 일하지 않으면 안 되었다. 부지런한 한국인 근로자들은 피부와 언어가 다른 현지인들을 데리고 때로는 야간에도 불을 환히 밝혀놓고 밤늦도록 악착스럽게 일을 했다. 그들의 이러한 돌격정신과 악바리 근성으로 그들은 공항 건축공사에 참여하고 있는 다른 외국인 업체직원들과 현지인들로부터 강인하고 두려움 모르는 민족으로 평판을 얻게 되었다.

　나는 열심히 일도 했지만 주말이나 공사현장 사정으로 일을 하지 않는 날은 현장 동료들과 함께 말라위에서 가볼 만한 곳을 열심히 찾아다니기도 하고 피부가 다른 현지인들의 생활풍습을 자세히 눈여겨보기도 했다. 나는 일생일대의 이 절호의 기회를 이용하여 아프리카 현지에 대해 되도록 많은 것을 눈에 담아두고 싶었으나, 말라위에 오자마자 너무나 바빠 내가 있는 말라위라는 나라가 어떤 나라인지조차 자세히 알아볼 기회가 없었다.

　말라위는 아프리카 대륙 남동부에 위치한 내륙국으로 면적은 118,484 ㎢이며 인구 1천만 명밖에 안 되는 작은 나라이다. 말라위 역사는 기원 8000년까지 거슬러올라가며, 18-19세기에는 서구인들의 노예무역 중심지이기도 했다. 흑인들을 세워놓고 노예로 매매 흥정을 했던 콘크리트 스탠드가 말라위 도심지 이곳저곳에 아직도 남아 있다. 말라위 흑인들은 조그맣고 양순하며 말을 잘 들어 서구인들이 가장 선호하는 노예 대상이었다고 한다. 말라위는 영국의 식민지였다가 1964년에 독립하였으며, 그 이듬해인 1965년에 한국과 외교관계를 수립했다. 그리고 1977년에는 양국이 의료협정을 맺었으며, 한국은 이 협정에 따라 한국 의사들을 말라위에 파견해왔다. 내가 말라위에 있던 1978년에는 세 명의 한국인 의사가 말라위 수도 릴롱웨에 있는 큰 종합병원에서 의술을 펴고 있었다. 말라위에는 한국처럼 사계절이 없고 우기(雨期: Rainy Season)와 건기(乾期: Dry Season) 두 계절만 있다. 우기 동안에는 줄곧 비만 퍼붓고, 건기에는 비 한 방울 없는 건조한 날씨만 계속되었다. 우기 동안에는 비가 많이 와 공항건물 건축공사 진척에도 큰 영향을 미쳤다. 기후는 연평균 섭씨 27도 내외로, 건기에는 조금 덥기는 하지만 사람들이 생활하기에 알맞으며, 각종 동, 식물이 서식하기에도 아주 적합한 기후였다. 이러한 자연조건 때문에 말라위에서는 땅콩, 옥수수, 차, 면화, 고무, 담배 등이 잘 재배되고 산림이 우거져 목재도 많이 난다. 그리고 관목과 목초로 뒤덮인 평원에는 사자, 코끼리, 표범, 하이에나, 영양, 기린, 라이노, 얼룩말, 원숭이, 거북이, 뱀, 큰 도마뱀 등이 살아가고 있다. 릴룽웨에서 서쪽으로 약 네 시간을 차로 가면 카숭구 국립공원이 나오는데, 아침이면 얼룩말, 코끼리, 영양, 원숭이들이 공원 주변에 있는 큰 연못가에 떼로 몰려와 물을 먹는 모습을 볼 수가 있다. 양쪽에 숲과 관목이 우거진 국도를 차로 달리면 거북이, 도마뱀, 몸집이 통통한 이상한 뱀, 때로는 하이에나 같은 큰 짐승이 차에 치어 죽어 있는 모습이 눈에 띄기도 했다.

말라위 경치 구경에서 빼놓을 수 없는 곳은 말라위 호수(Lake Malawi)이며 말라위 호수는 니아사호(Lake Nyasa)라고도 한다. 호수의 남북길이는 584km나 되고 최대 폭이 80km에 달하며 수심이 694m에 이르는 깊고 큰 호수였다. 니아사 호수는 말라위 국토의 4분의 1을 차지하고 있으며 이웃 나라인 탄자니아와 모잠비크와 수상경계를 이루고 있고 큰 여객선과 화물선이 이 호수를 운행하고 있다. 깊은 호수 밑에는 바다 돌고래처럼 생긴 커다란 수중 짐승이 살고 있으며, 물고기가 하도 많아 주말에 회사 동료들과 함께 이 호수가로 가 매운탕을 끓여 먹기 위해 물고기를 잡을 때는 그물이 필요 없이 호수 가장자리에서 물통으로 그냥 건져올리면 되었다. 바다처럼 넓은 호수 상공에는 사람이나 동물의 피를 빨아 먹어가며 수면병을 매개하는 체체(tsetse) 파리 떼들이 구름처럼 떼지어 날아다니고, 대낮에도 물가의 모기들이 사람 몸에 마구 달려들어 길고 뾰족한 침으로 사정없이 피를 빨아먹었다. 이들 흡혈 해충들은 아름다운 이 호수를 찾는 이방인들을 사정없이 마구 물어뜯어가며 달갑지 않게 환영했다. 호수 주변에는 이들 해충 외에도 이방인들의 주머니를 노리는 인간 거머리들이 기생하고 있었다. 호수 주변은 질척한 늪으로 둘러싸여 있고, 호수로 들어가고 나오는 길은 포장이 되지 않아 몹시 울퉁불퉁했으며, 어떤 곳은 길이 진흙에 싸여 차를 잘못 운전하면 깊이 빠져 헤어나오지 못했다.

어느 일요일, 나는 회사 동료들과 함께 이 호수로 가 시원한 나무 그늘 밑에서 호숫가에서 건져올린 물고기로 매운탕을 끓여 먹고, 호수를 구경한 후 차를 몰고 나오다가 차가 진흙탕 속에 빠져 고생한 적이 있었다. 사람들이 차에서 내려 차를 꺼내려 했지만, 차는 점점 진구렁 속으로 깊이 빠져들어 가기만 했다. 이때 호수를 찾는 사람들에게 돈이나 먹을 것을 구걸하고 바나나, 망고 같은 과일을 파는 남자애들이 진흙 속에 빠진 차 주변에 모여들어 고소하다는 듯이 하얀 이를 드러내고 히죽이 웃어가며 구경을 했다. 우리가 그들에게 뒤에서 차를 밀어달라고 하자 그들은 손바닥을 내밀며 돈부터 요구를 했다. 우리가 돈을 주었지만 돈이 적어 차를 꺼내줄 수 없다며 돈을 더 요구했고, 그들이 원하는 돈을 다 주고 난 후에야 그들은 뒤에서 차를 밀어주기 시작했다. 차가 한두 뼘 가량 앞으로 움직이자 그들은 뒤에서 차 밀기를 멈추고 손을 내밀며 또다시 돈을 요구했다. 그들에게 꾸중을 했지만 그들은 아랑곳하지 않고 돈만을 요구하여, 하는 수 없이 그들의 손바닥에 돈을 얹어주었더니 그제야 조금씩 조금씩 차를 밀기 시작했다. 그러나 그들의 짓궂은 돈 뜯기 행위는 이후로도 다섯 번이나 거듭되었으며, 차가 진흙탕 속을 벗어난 후에도 그들은 계속 돈을 요구했다. 가난한 나라에서 자라난 아이들의 서글픈 장면이 아닐 수 없었다. 이러한 그들의 돈 후리기 행위는 옛날 우리 한국인들의 순진무구純眞無垢했던 성품과는 너무나 대조적이었다. 미 국방부 전사戰史) 기록에는 우리 한국인들이 얼마나 순진무구한 민족인지를 묘사한 다음 이야기가 6·25 전쟁 기록과 함께 수록되어 있다.

1950년 6월 25일, 북한군이 남한을 침략한 직후 미국에서 한 여기자가 한국전쟁을 취재하러 한국에 왔다. 어느 캄캄한 밤 이 기자는 혼자 조그만 짚차를 몰고 내를 건너다가 물속에 빠져 나오지를 못했다. 사람들에게 도움을 청하려 했으나 깜깜한 밤중이라 주위에는 아무것도 보이지 않았다. 자기를 도와줄 사람들을 찾기 위해 어둠 속을 한참 동안이나 헤맨 끝에 거뭇거뭇한 한 조그만 시골 마을을 겨우 발견하고 마을사람들 에게 도움을 청하러 그리로 갔다. 마을 한복판에는 큰 마당이 있었고, 마당에 펴놓은 넓은 멍석 위에서는 마을사람들이 평화스럽게 곤한 잠을 자고 있었다. 미국 기자는 한참을 망설이다 잠자는 사람들을 조심스럽게 흔들어 깨웠다. 그리고는 손짓 발짓을 해가며 잠에서 놀라 깨어난 마을사람들에게 내에 빠진 차를 꺼내도록 도와달라고 사정을 했다. 아무 영문도 모르는 마을사람들은 저희들끼리 무어라고 얘기를 주고받다가 각자 집으로 들어가 호미, 낫, 삽, 괭이 심지어 소까지 끌고 나와 미국 여기자를 따라가 냇물에 빠진 그녀의 짚차를 꺼내주었다. 냇가 좁은 도로에 차를 댄 여기자는 그녀의 차를 냇물에서 꺼내준 마을사람들에게 돈을 주어 사례를 하려고 주위를 둘러보았으나 마을사람들은 한 명도 보이지를 않았다. 미국 여기자가 마을사람들이 꺼내준 짚차를 몰고 마을에 가보니 조금 전 자신을 도와주었던 마을사람들은 마을 한복판에 깔아놓은 멍석 위에서 아까처럼 또다시 곤한 잠에 빠져 있는 게 아닌가? 미국 여기자는 한밤중에 잠자다 일어나 남의 어려움을 도와주고 나서도 아무것도 달라지 않고 바라지도 않는 한국 시골 마을사람들의 순진무구함에 깊이 탄복하고, 어떠한 희생을 치르더라도 욕심 없고 심성이 착한 한국 국민들을 미국이 도와주어야 한다는 내용의 전문을 즉각 미 국방부에 타전했다. 한국인의 국민성을 일목요연하게 묘사한 이 기사 전문이 미 국방부 전사기록에 오늘까지도 고이 보존되어 있다.

　말라위 호수에 갔다가 진흙 속에 차가 빠져 몇 시간 동안 심한 곤욕을 치렀던 나와 회사 동료들은 현지 주재상무의 허락을 얻어 도로 포장재료를 큰 트럭에 싣고 호수로 가, 이 호수를 찾는 다른 사람들이 불편이 없도록 호수 입구의 진흙탕 길을 말끔하게 포장했다. 사람이 많이 몰려드는 관광지 같은 데서의 짓궂은 사내아이들을 빼고는, 대부분 말라위 국민들은 욕심 없고 순진하며 매우 낙천적이었다. 아무리 배가 고프고 가난해도 남의 것을 탐내지 않으며, 길을 가다가 배가 고프면 길옆 바나나 나무에 달린 바나나를 몇 개 따먹으면 그것이 전부였다. 그들은 대낮에도 시원한 나무그늘에 앉아 지푸크라고 하는 한국의 막걸리 비슷한 술을 마셔가며 노래를 부르고 궁둥이를 삐죽이 내밀어 흔들며 신나게 춤을 추었다. 낯선 이방인들이 그들이 추는 춤을 보고 서 있으면 그들은 술을 권하며 함께 춤추자고 소매를 잡아 끌기도 했다. 그들이 사는 집은 흙으로 둥글게 지었으며, 굵은 갈대로 엮은 지붕을 덮어 비가 새지 않도록 하여, 이 집안에서 예닐곱 명의 식구가 살아갔다. 집안에는 침대도 없이 대나무를 가늘게 쪼개 만든 돗자리를 펴놓고 그 위에서 잠을 잤다. 밤에 잠을 잘 때는 집안으로 들어오는 뱀에 물리지 않도록 하기 위해 이상한 향내가 나는 물 연고를 몸에 발랐다. 그들은 식사 때는 밀가루를 물에 넣어 끓여 반죽을 만들어 그것을 손으로 조금씩 떼어, 말린 조그만 물고기나 뜨거운 물에 익힌 들쥐 내장을 발라 함께 먹었으며, 어떤 때는 커사바나 바나나, 망고 또는 파파야 같은 과일로 식사를 때우기도 했다. 커사바는 일본말로 다비까라고 하는데, 한국의 고구마처럼 땅에서 캔다. 녹말이 풍부한 영양 덩어리 근경根莖)으로, 공항 건축공사장에서 일하는 현지인들은 아침이면 점심 때 먹을 길쭉한 커사바나 망고 또는 바나나를 들고 대부분 맨발로 먼 길을 걸어 출근을 했다. 그리고 차를 타고 마을을 지나다 보면 마을의 족장族長)이 마을사람들이 그에게 제기한 소송을 판결하기 위해 원고와 피고, 그리고 증인들을 긴 의자에 앉혀놓고 야외에서 재판하는 모습을 종종 볼 수가 있었다. 마을의 족장들은 그들이 관할하고 있는 부락에서 일어나는 간단한 민사 사건을 재판할 수 있는 권한을 가지고 있었다. 그러나 그들이 집행하는 재판은 관습법상의 사소한 민사 사건에만 국한되며, 그 외 커다란 민형사 사건은 모두 정부 사법부에서 처리했다. 말라위 국민들은 기독교와 이슬람교를 믿으며, 돈 꽤나 있는 대부분의 남자 이슬람 교도들은 부인을 여러 명 두고 있었고, 열둘이나 되는 많은 여자들을 데리고 사는 남자도 있었다.

바쁜 틈틈이 말라위 나라의 문물文物에 젖어 시간을 보내고 있는 동안, 내가 말라위에 온 지도 어느덧 일년 반이 다 되었다. 말라위 공항 건축공사는 한국인들의 뛰어난 기술과 억척심으로 예정대로 순조롭게 진행되어 공사가 끝날 날도 얼마 남지 않았다. 나는 자재구입 업무로 너무나 바빠 일년마다 가는 귀국 휴가도 가지 못했으며, 공사가 다 완료되어감에 따라 업무량이 줄어들어 뒤늦게 귀국휴가 신청을 냈다. 서울에 있는 본사에서는 귀국휴가 승인과 함께 나를 차장으로 승진시켜 필리핀의 수빅만 근처 싼타페에서 시행하는 도로공사 현장으로 또다시 해외 근무 발령을 냈다. 나는 귀국을 앞두고 우간다에 주재해 있는 미국 대사관으로 가 미국 비자를 발급 받았으며, 내친 김에 탄자니아와 우간다, 케냐 국경에 치우쳐 있는 아프리카 최대의 호수 빅토리아 호를 구경했다. 잠비아와 짐바브웨의 경계를 이루는 잠베지 강에 있는 빅토리아 폭포도 구경했다. 빅토리아 폭포는 폭과 길이가 캐나다 동부와 미국 사이에 있는 나이아가라 폭포보다 두 배 이상인 웅장한 폭포이다. 폭포 근처는 폭포에서 떨어지는 뿌연 물안개로 늘 싸여 있으며, 백리 밖에서도 폭포 소리가 천둥소리같이 크게 들렸다.

나는 남아프리카 공화국의 조하네스버그(Johannesburg)에서 공항 건축공사 자재를 대주고 있는 독일 계통의 한 자재 공급업자인 슈만 하인리히로부터 초청을 받고, 귀국길에 보츠와나를 거쳐 남아프리카 공화국도 둘러보았다. 1979년도에 내가 이 나라에 갔을 때는 흑인에 대한 백인들의 인종차별 정책(Apartheid)이 극에 달해 있을 때였다. 백인들의 흑인들에 대한 인종차별은 어디에나 산재散在해 있었으며, 심지어 공항 같은 데서도 흑인을 차별 격리했다. 남아프리카 공화국에서 가장 큰 도시의 하나인 죠하네스버그 국제공항에 도착하여, 여객기에서 내린 승객들이 두 줄로 줄을 지어 입국 심사대로 걸어가는 것을 보고 나도 그 중의 한 줄에 서서 걸어가고 있었는데, 이때까만 제복을 입은 한 백인 남자 직원이 내게 다가와 여권을 보여달라고 하더니 딴 줄로 가라고 했다. 백인 남자 직원이 시키는 대로 딴 줄로 가며 내가 서 있던 줄을 보니, 그 줄에는 흑인과 머리에 터번(Turban)을 쓴 얼굴색이 검은 인도 계통 사람들이 서 있었고, 내가 선 줄은 백인과 일본사람들로 보이는 아시아 계통 사람들이 서 있었다. 이 나라에서는 일본, 홍콩, 대만, 그리고 한국인들은 백인 대우를 해주었으며, 공항에 내리자마자 흑인과 백인이 서는 줄을 따로 구분해 흑인과 백인을 철저히 분리시켰다. 공항 밖 택시 타는 데에도 백인 흑인 줄이 따로 있었으며, 거리도 백인과 흑인 거리가 별도로 있고, 학교와 일반 주거지도 모두 흑백으로 구분되어 있었다.

나는 머리가 희끗희끗한 백인 운전기사가 운전하는 택시를 타고 죠하네스버그 시내 한 호텔로 가 나를 초청한 슈만을 만났다. 그는 젊은 여자친구까지 데리고 나와 내게 소개시켜주며 친절하게 나를 맞았다. 그리고는 호텔에서 점심을 먹은 다음 곧바로 나를 그의 차에 태워 시내구경을 시켜주었다. 시내 중심가에는 투명 유리로 지은 현대식 고층 건물들이 즐비하게 서 있었고, 거리는 물로 갓 씻어낸 듯 산뜻했으며, 날씨는 한국의 늦가을 같았다. 구름 한 점 없이 맑게 갠 높은 하늘은 청옥靑玉처럼 투명하고 아름다웠다. 시내 구경을 마치고 이른 저녁을 먹은 다음 슈만과 그의 여자친구는 한눈에 사방이 내려다보이는 높은 건물 꼭대기에 있는 한 호화 연회장으로 나를 데리고 가, 독일에서 온 남녀 혼성 악단의 연주에 맞추어 예쁜 무희들이 미끈한 다리를 번쩍번쩍 쳐들어가며 경쾌하게 추는 춤을 보여주었다. 죠하네스버그에서 이틀 동안 슈만의 극진한 대접을 받은 나는 비행기를 타고 날아가 남아프리카 공화국 최남단에 있는 아름다운 항구도시 케잎타운과 희망봉을 가보았다. 나는 큰 기대를 가지고 말로만 듣던 희망봉에 갔으나, 희망봉은 암석이 많은 곳에 불과한 데다 날씨가 험하고 파도가 심해 별로 볼 것이 없었다. 그러나 삼면이 바다로 둘러싸인 케잎타운은 매우 아름다운 항구도시로 후일 내가 가본 세계 3대 미항美港의 하나인 호주의 시드니 항구도시보다 더욱 아름다운 것 같았다.

이 나라에는 수도首都가 셋이 있다. 케잎타운은 입법立法 수도이며, 프리토리아는 행정行政 수도이고, 블룸폰테인은 사법司法 수도이다. 남아프리카 공화국은 자연이 아름답고 온난성 아열대기후로 사람들이 살기에 아주 적합할 뿐만 아니라 석탄, 금, 구리, 우라늄, 백금, 철광석, 다이아몬드, 천연가스 등의 천연 광물자원이 무진장히 묻혀 있는 나라다. 이렇게 무진장 묻혀 있는 천연자원을 발굴하기 위해 유럽의 백인들이 앞다투어 이 나라를 차지하였으며, 이 나라 주인인 흑인들에게 그들이 점유하고 있는 자원 보고를 넘겨주지 않기 위해 극단적인 흑인 배척 정책을 벌이고 있는 것이다. 1950년 6월 한국에서 전쟁이 났을 때 남아프리카 공화국은 군대를 파견하여 한국을 도와주었으나, 1970년대에 중동지역에서 일어난 건설 붐으로 한국 건설업체들이 이 지역에 진출하면서 한국정부는 극단적인 인종 차별정책으로 중동 국가들로부터 배척 받고 있는 남아프리카 공화국과 국교를 단절했다. 케잎타운에서 내가 만난 한 백인은 한국을 은혜를 모르는 배은망덕한 나라로 표현하기도 했다.

남아프리카 공화국을 둘러본 후 나는 죠하네스버그에서 비행기를 타고 케냐로 갔고, 케냐에서 이틀을 묵은 다음 케냐의 동쪽에 있는 섬 항구도시 몸바사를 거쳐 세이셸 섬에 도착해 그곳에서 또다시 이틀을 머물렀다. 앞에서도 언급했지만 세이셸은 인도양 서부에 있는 115개의 섬으로 이루어진 나라로 자연 경관이 빼어난 아름다운 나라다. 공항에서 내리면 깎아지른 듯한 바위 위에 아름다운 열대 수목들이 줄 지어 서 있고, 택시를 타고 시내로 들어가면 우거진 수림 사이에 드문드문 서 있는 고색창연古色蒼然한 유럽풍 건물들이 간간이 눈에 들어온다. 내가 묵은 호텔은 넓은 바다가 보이는 바닷가에 있었으며, 바다 위에는 유럽에서 온 부호 관광객들이 수상 비행기에 달려 있는 수상스키를 타고 바다 수면을 질주하고 있었다. 어떤 젊은이들은 쾌속정 뒤에 달린 긴 줄을 잡고 스키를 타며 물 위에서 가지가지 묘기를 연출했다. 가끔 영화에서나 볼 수 있는 환상적인 이국 정취가 섬 전체에서 물씬 풍겼다. 얕은 바닷물 밑에는 아름다운 빛깔의 열대어들이 떼지어 몰려 다니고, 바다 가장자리에 발을 들여놓으면 물고기 떼가 다리 정강이를 툭툭 치고 지나갔다. 바위에는 전복과 큰 바다 달팽이들이 달라붙어 있었으며, 이것들을 돌로 바위에서 떼어내 입으로 넣으니 그 고소하고 짭짤한 맛은 다른 어느 풍미風味에도 비유할 수가 없었다.

섬 전체에서 풍기는 아름다움에 매혹되어 매년 수많은 관광객들이 세계 각처, 특히 유럽 일대에서 몰려들며, 어떤 사람들은 관광 왔다가 자연의 마력에 이끌려 자살까지 하고, 때로는 염세관厭世觀에 젖어 있거나 사랑에 실패한 젊은 남녀들이 이 섬을 찾아와 목숨을 끊는다고 했다. 아름다움이 지나치면 섬뜩한 공포감을 느끼게 된다. 나는 죽음을 부르는 요염한 이 섬의 아름다움이 두렵기도 했고, 자칫 나도 이 아름다운 섬의 귀신이 되지 않을까 하는 이상한 생각에 머리가 쭈뼛해지기도 했다. 프랑스 보호령이었던 이 나라에는 프랑스 계통의 백인 미녀가 많았다. 그들과 섬 주민들은 아름다운 자연 속에서 살아서인지, 마음도 아름답고 상냥했고 낯선 이방인을 보아도 미소를 지으며 친절히 대해주었다.

이틀간의 체류를 마치고 내가 묵었던 호텔 종업원 아가씨들의 친절한 배웅을 받으며 아름다운 이 섬을 떠나던 날, 나를 태우고 공항으로 가던 택시 운전기사가 내게 한국인이냐고 물었다. 내가 그렇다고 대답하자 북한에서 왔느냐고 또 물었다. 내가 택시 운전사에게 북한 사람들이 이 섬에 오느냐고 묻자, 그는 북한 사람들이 이 섬에 상주하며 배에 물건도 싣고 오고 물고기도 잡아간다고 말했다. 나는 택시기사로부터 북한 사람들이 이 섬에 산다는 말을 듣자 머리가 쭈뼛했다. 내가 외국에 나가기 위해 여권을 발급받을 때인 1970년대에는 정부의 대공업무 부서요원들이 해외로 여행하는 모든 사람들에게 철저한 반공 교육을 시켰다. 외국에 나가면 북한 공작원들이 남한 사람들을 납치해가므로 각별히 주의해야 한다고 했기 때문에, 나는 이 섬에 북한 사람들이 있다는 말을 듣고 적잖이 놀랐다(한국의 유명한 영화배우인 최은희와 신상옥 감독이 홍콩에서 북한 요원에 의해 납치된 것도 1978년도였다). 이러한 아름다운 섬나라에 왜 한국인들은 없고, 하필이면 북한 사람들이 와서 머물게 되었을까 하는 의문이 들기도 했다.

나는 이 섬에 있을 동안 북한 사람들의 눈에 띄지 않은 게 여간 다행이 아니었다. 이 섬에 머무는 북한인들 중에는 한국인들을 납치해가는 대남 공작원들도 있을 테고, 그들이 나를 보았다면 혼자뿐인 나를 납치해 북으로 가는 배에 태워 강제로 끌고 갔을 것이 분명했다. 이런 생각을 하자 나는 지레 겁이 나 누가 나를 쫓아오지 않나 하고 택시 뒤를 흘끗 흘끗 처다보기도 했다. 후에 안 일이지만, 세이셜 공화국은 1976년 남, 북한과 동시에 외교관계를 수립했으나 이후 북한과 정치적, 군사적으로 유대가 긴밀해지면서 1980년 한국과는 국교를 단절했다. 나는 북한 같은 나라가 이렇게 먼 아름다운 섬나라와 어떻게 연관을 맺었는지, 북한인들이 여기에 어떻게 진출했는지 의아스러웠고, 한국인들이 이 아름다운 섬에 북한 사람들보다 먼저 발을 들여놓지 않은게 아쉽기도 했다.

일년 반을 아프리카에서 보낸 나는 한국에 돌아와 일주일간을 쉰 후, 또다시 필리핀으로 파견되어 거기에서 시행 중인 도로공사 현장에서 근무를 했다. 도로공사 현장은 거대한 미 해군기지가 있는 수빅 만에서 차로 한 시간 거리에 떨어져 있는 싼타페라고 하는 지역에 있었으며, 내가 맡은 일은 사무 행정과 현지 근로자들의 노무관리였다. 도로공사장에서 일하는 필리핀 현지인들은 말라위 공항 건축 공사장에서 일하는 말라위 인들보다 다루기가 어려웠다. 그들은 요구하는 게 많고 매우 반항적이었다. 나는 필리핀 보안대에서 중위로 근무했던 로페츠라는 젊은 사람을 내 비서로 특별 채용하여 그들을 관리하도록 하였다. 내가 있을 당시의 필리핀은 민다나오 섬에서 준동하는 공산 게릴라들과 민다나오를 필리핀 본토와 분리시키려는 분리주의자들의 테러 행위로 필리핀 전체가 몹시 불안한 때였다. 테러 분자들은 그들 지역에서 일하는 외국인 근로자나 관광객들을 납치해 몸값을 요구하기도 하고, 그들의 요구를 들어주지 않으면 죽이기도 했다. 필리핀 정부에서는 테러 분자들로부터 한국인 근로자들을 보호하기 위해 총과 수류탄으로 무장한 열 명의 보안요원들을 우리 회사가 시행하고 있는 도로공사 현장에 파견하여 상주시켰다. 이렇게 불안한 현지 분위기 때문에 나는 필리핀에 있을 동안 업무 목적 이외에는 밖으로 잘 나가지 않았으며, 나갈 일이 있으면 내 보디가드인 로페츠를 항상 데리고 다녔다. 로페츠는 나와 함께 밖에 나갈 때는 가슴속에 권총을 차고 나를 수행했다. 필리핀에서 일년간의 따분한 근무를 마친 나는 서울 본사로 돌아와 얼마 안 있다가 바로 사표를 냈으며, 이때가 1981년 여름이었다. 나는 갈피를 잡지 못하고 깊은 좌절에 싸여 방황하고 있을 때 새로운 길로 나를 이끌어준 전 한국도로공사 도로관리소장과 외국에 나가 여러 가지 경험과 견문을 넓히도록 기회를 준 태화건설 사장에게 깊은 감사를 드렸다.

3년여 간의 외국생활을 마치고 집에 돌아오니 집안이 많이 달라졌다. 아이들도 많이 자랐고, 내게 시집 와 냉대와 구박을 받던 아내는 내 월급을 찾아 꼬박꼬박 저축을 해놓고, 집 행랑채를 개조해 조그만 구멍가게를 차려 운영까지 하고 있었다. 가게는 크지 않았지만 꽤 잘되었다. 나는 처음에는 마음에 들지 않았던 아내가 한결 대견스러웠다. 나는 아내를 도와 가게를 보살피다가 1983년에 경기도 모 군청에서 시행하는 공무원 특채 시험에 응시, 합격해 근무하다가 1986년에 해직되었다. 해직 사유는 정권을 잡고 있는 모 정당의 그릇된 정책을 비판하고, 내가 사는 지역의 지역구 국회의원이 차기 선거에 재출마하기 위해 선거구 주민들에게 금품을 제공했을 때 이를 공공연히 비난하며 선거 때 그를 찍어주지 말라고 사람들에게 선전했기 때문이었다. 따라서 내가 공무원에서 해직된 것은 개인적으로 무슨 잘못을 저질러서

가 아니라, 정부와 집권당 후보를 비판한 정치적 괘씸죄에서 비롯된 것이었다. 내가 공무원에서 해직된 후 집권당의 지방당원들은 나를 반정부주의자로 낙인烙印을 찍어 괴롭혔고, 말단 당원인 동네 이장은 내 모든 행동과 발언을 지방 당 지부장에게 모조리 일러바쳤다. 나는 눈에 보이지 않는 감시와 정치적 탄압을 받고 있었다. 이러한 억압적인 환경 속에서는 더 이상 살고 싶지 않아 나는 또다시 해외로 나갈 궁리를 했다. 나는 한국 정치가들이 저지르는 부정행위와 한국사회에서 일어나는 여러 가지 부조리不條理에 혐오를 느끼고, 그러한 정치적 부정과 사회 부조리가 없는 나라에 가서 살고 싶었다. 이민을 갈까도 생각해보았지만, 한국을 영원히 떠나는 것은 어쩐지 마음에 내키지 않았다. 이것저것 궁리한 끝에 결국 해외로 나가 공부를 하기로 결정하고 곧바로 외국 유학 준비를 하기 시작했다. 나는 내가 다니던 대학으로 돌아가 공부를 할까도 생각해보았지만, 국내 대학은 더 이상 가고 싶지 않았다. 나는 대학에서 2년간 영어를 공부하고 3년간 해외생활을 하며 실생활에 필요한 영어 실력은 어느 정도 쌓아놓았기 때문에 해석 위주의 고루한 영어 공부는 더 이상 할 마음이 없었다. 나는 영어를 모국어(Native Language)로 말하는 나라의 대학에 가 영어를 전공하고 싶었다. 그리고 외국 대학에서 영어를 전공한 다음에는 다시 한국으로 돌아와 대학 강단에서 학생들에게 살아 숨쉬는 영어를 가르치고 싶었다.

15. 해외유학

외국에 나가 공부를 하기로 결심한 나는 내가 공부할 대학부터 선택하지 않으면 안 되었다. 나는 미국이나 호주에 있는 대학에 가기로 마음먹고, 서울에 있는 미국 대사관과 호주 대사관으로 가 그 나라의 대학 실태에 대한 정보를 입수하여 내게 적합한 대학을 고르기로 했다. 미국 대사관을 거쳐 호주 대사관에 가 그 나라의 학교 정보를 가지고 나오다가, 나는 우연히 책가방을 어깨에 메고 있는 삼십대 가량의 한 외국인을 만났다. 내가 그에게 말을 걸었더니 그는 영국식 영어를 구사하며 자신은 영국인으로 호주 시드니 대학에서 공부하고 있으며, 방학을 이용해 서울에서 열리는 아시아 경기 대회에 자원봉사를 하기 위해 서울에 왔다고 설명했다. 나는 호주에서 공부하는 학생을 때마침 잘 만났다고 생각하고 근처 찻집으로 그를 데리고 들어가, 내가 외국에 나가 공부를 하기 위해 대학을 고르고 있다고 말한 후 호주에 있는 대학과 입학절차, 등록금, 호주에서의 생활 등을 물어봤다. 그러자 그는 내 질문에 자세히 대답을 해주며 내게 적합하다고 생각되는 대학까지 추천해주었다. 그 영국 학생은 호주 북부 다윈(Darwin)에 좋은 대학이 있다며, 그 대학에 가 공부를 하는 게 좋겠다고 설명을 하고 난 후 내가 그 대학에 입학하도록 도와주겠다는 말까지 덧붙였다. 내가 시드니 대학에 가고 싶다고 했더니, 그는 시드니 대학은 등록금도 비싸고 생활비도 많이 든다며 생활비가 적게 드는 도시로 가 등록금이 저렴한 대학에서 공부하는 게 더 낫다고 보충설명을 했다. 나는 그의 조언에 따르기로 하고 호주 북부 다윈에 있는 북부 준주대학 (Northern Territory University)에 입학수속을 하기 시작했다.

나는 호주 대사관에서 얻어온 학교 소개자료로부터 내가 입학할 대학주소를 알아낸 다음, 그 학교로 편지를 보내 입학절차에 필요한 정보와 입학원서를 보내달라고 요청했다. 편지를 보낸 지 며칠이 안 되어 학교에서는 학교 안내서와 내가 원하는 서류 일체를 보내주었다. 나는 학교에서 요구하는 모든 필요한 서류를 제출한 다음 학교로부터 공식 입학 허가서를 받았고, 나는 이 입학 허가서를 가지고 호주 대사관으로 가 즉시 학생비자를 신청했다. 내 학생비자 신청서와 입학 허가서를 검토한 대사관 이민관은 내 주소와 가족관계, 학력과 직업을 묻고는 나이 들어 뒤늦게 공부하려는 이유를 물었다.

나는 외국 대학에 가 공부하는 것이 소원이었으나 그동안 기회가 없어 하지 못했다고 대답했다. 이민관은 나에게 호주에서 공부를 마치면 한국으로 돌아올 거냐고 또 질문했다. 나는 호주에서 공부를 다하면 한국으로 돌아와 학생들에게 영어를 가르칠 계획이라고 설명을 했더니, 그 이민관은 더 이상의 질문 없이 "굿 럭(Good Luck)" 하고는 즉석에서 내게 학생비자를 발급해주었다.

나는 일단 호주에 가 공부를 하면 내 자녀들도 모두 호주 학교에 넣어 공부를 시키고, 아내도 아이들과 함께 데려올 계획을 세웠다. 나는 외국에 나가 벌어놓은 돈도 있고 집과 땅이 있었기 때문에 식구들을 데리고 호주에 가 사는 데는 별 문제가 없었다. 나는 1986년 9월에 서울에서 열린 아시아 경기대회에 나를 호주대학에 추천해준 영국인과 함께 자원봉사자로 참여하여 봉사활동을 한 후, 1988년 2월에 호주로 갔다. 호주로 떠나기 전에 내 형제자매와 주위 사람들에게 내가 호주로 공부를 하러 간다고 했더니, 그들은 한국에서 편안하게 살지 뒤늦게 무슨 공부냐며 모두들 만류했다. 사실 나는 부자는 아니나 더 이상 일을 하지 않아도 충분히 먹고 살 수 있는 터전이 마련되어 있었다. 하지만 나는 아무것도 하지 않고 안이하게 살고 싶지 않았으며, 내가 뜻했던 목표를 꼭 달성시키고 싶었다.

내가 입학한 북부준주대학(NTU)은 호주 북부 준주의 수도이며, 아름다운 항구도시인 다윈에 있었다. 이 항만은 1839년에 영국의 한 측량사인 죤 스톡스가 발견하였으며, 그는 진화론進化論의 주창자인 영국의 박물학자 찰스 다윈의 이름을 따 이 항만을 다윈(Darwin)이라고 명명했다. 북부준주대학은 설립 역사는 길지 않지만 건물이 크고 학생수도 많았다. 호주 북부지역에 사는 사람들은 거의가 이 학교에서 공부를 하였으며 아시아와 가까운 지리적 조건으로 인해 특히 아시아 계통의 학생들이 많았다. 그들은 주로 말레이지아, 태국, 인도네시아, 인도, 중국, 대만, 브루나이, 피지 등지에서 온 사람들이었다. 나는 문화와 풍습과 피부가 다른 이들 학생들과 함께 어울려 공부하는 것이 무척 재미있었다. 학교에서는 처음에는 나를 중급영어 반에 넣어주었으나, 3개월이 지나 고급영어 반으로 옮겨주었고, 6개월 후에는 영문학과 본과 1학년에 편입시켜주었다. 나는 새로 시작하는 기분으로 열심히 공부를 했다. 특히 3년간에 걸쳐 해외에서 터득한 실용實用 영어가 학교 공부에 많은 도움이 되었다.

호주는 자연환경이 아름답고 농업과 산업이 발달해 부유하여 국민들에 대한 사회보장제도가 잘되어 있는 살기 좋은 나라이다. 특히 노후보장이 완벽한 복지국가로 이름나 있어 외국에서 이민 오는 사람들이 많았다. 정치, 경제, 사회 모든 면에서 안정되어, 이러한 안정과 복지 속에서 아무런 구애 없이 살아가는 호주 국민들은 매우 낙천적이고, 친절하며 상냥했다. 그러나 한 가지 유감스러운 것은 호주 사회 일각一角에 깊숙이 박혀 있는 인종차별이었다. 외국에서 살다 보면 그 나라 본토인들로부터 낯선 이방인으로 차별 받고 있음을 종종 의식하지만, 호주에서의 인종차별은 다른 나라에 비해 훨씬 진하고 노골적이었다. 대낮에 아시아 계통의 학생들이 길을 걷고 있으면, 차를 타고 지나가던 사람들, 특히 젊은이들이 그들에게 빈 깡통을 던지며 "고우 홈(Go home), 고우 홈"하고 소리를 질렀다. 거리뿐만 아니라 정부기관이나 공공단체 기관에 가도 눈에 보이지 않는 인종차별이 실재實在했다. 이 모두가 호주의 백호주의 정책(白濠主義 定策: The White Australia Policy) 낳은 전근대적인 유산물이었다. 호주는 1860년대 초기에 이민족異民族의 유입을 막기 위한 이민금지법을 통과시켰으며, 1901년에 탄생한 신생 오스트레일리아 연방정부는 아시아 인종에 대한 이민 금지정책을 철저히 실시했다. 이러한 백호주의 정책은 1950년까지 지속되어오다가, 1975년경부터 완전히 둔화되었다. 한국인들이 호주에 이민을 시작한 것은 1960년대에 월남에 가 근무했던 건축 근로자들이 1975년 월남의 패망으로 호주로 오면서부터였으며, 이와 함께 공산정권을 피해 보트를 타고 호주를 찾는 월남인들(Boat People)을 난민으로 받아주면서 아시아인들의 호주 이민이 본격화되었다. 그러나 아시아인들의 호주 이민절차는 내가 호주에 있을 때도 매우 까다로웠으며, 까다로운 이민절차 자체가 아시아인들에 대한 인종차별을 간접적으로 시사하는 것이나 다름없었다.

나는 당초 계획대로 나의 세 자녀를 호주 중학교와 고등학교에 모두 입학시켰다. 이곳 중고등학교 학생들은 아침 여덟 시 반부터 오후 세 시 반까지 일곱 시간 동안 학교에서 공부를 하고 토요일과 일요일은 학교에 가지 않았다. 학생들에게 지옥식 교육을 시키는 한국의 교육제도와는 너무나 대조적이었다. 내 딸들은 둘 다 수원에 있는 고등학교에 다니고 있었으며, 아침 네 시에 일어나 도시락 세 개를 싸가지고 학교에 가면, 밤 열두 시나 한 시가 되어 피로에 지쳐 집으로 돌아왔다. 딸뿐만 아니라 온 식구가 딸과 함께 심한 곤욕을 치러야 했다. 새벽에 일어나 아침을 해먹이고 도시락을 몇 개씩 싸주어야 하고, 밤에는 버스 정거장까지 가 학교에서 돌아오는 딸들을 마중하여, 딸들을 집에까지 안전히 데리고 와야 비로소 마음이 놓였다. 돈에 눈이 어두운 치한들이 학교에서 밤늦게 돌아오는 어린 여학생들을 유괴, 납치해 겁탈한 다음, 홍등가紅燈街나 외딴 섬에 팔아먹는 사건이 뻔질나게 발생했기 때문에, 딸이 집에 안전히 도착할 때까지는 잠시도 마음을 놓을 수가 없었다. 어디 이뿐인가? 딸들을 대학에 보내기 위해 밤늦게까지 별도의 과외공부를 시켜야 하고, 그러면서도 학교 성적이 뒤떨어지면 사정없이 꾸짖고 야단을 치고, 공부 못 해 대학에 못 가면 사회에서 도태淘汰될까봐 걱정이 되고, 이렇게 공부를 시켜 자녀를 일류대학에 보내지 못하고 삼류대학에 보내면, 그런 대학을 나와야 직장에서는 받아주지를 않고… 내가 보기에 한국의 교육제도는 세계에서 가장 낙후하고 전 근대적이며, 비현실적이고 모순이 많은 교육제도 같았다. 나는 내 자녀들을 틀에 박힌 한국교육과는 달리, 학생들에게 인본교육人本教育, 즉 인간의 가치와 개성을 존중하고 자유로운 규율 아래 개인의 독창성을 장려하는 교육과 실생활에 필요한 교육을 시키는 호주학교로 서둘러 입학시켰다.

나는 호주대학에서 1년 반 동안 공부한 다음 아내와 자녀를 데리러 한국으로 돌아갔다. 한국으로 갈 때는 캐나다를 경유하여 갔다. 캐나다에는 방문할 친구나 친척은 없었지만 편지로 사귄 한 캐나다인이 있었으며, 그의 방문요청을 받고 나는 호주에서 한국으로 돌아가는 길에 그에게 들르기로 했던 것이다. 호주로 공부하러 가기 전에 나는 우연히 한국전쟁에 참여했던 한 캐나다 퇴역 군인이 그와 함께 근무했던 한국 동료병사를 찾고 있는 신문 광고를 보았으며 나는 어릴 때 피난가 만났던 캐나다 군인을 생각하고, 옛 전우를 찾고 있는 그 캐나다인을 도와주고자 한 적이 있었다. 그의 이름은 제럴드 슈먼으로, 광고에서 그가 찾는 한국군 병사와 함께 강원도 근처 가평지역에서 중공군과 싸웠다고 간단히 소개한 후, 그가 찾는 한국군 병사를 아는 사람은 그에게 연락해 달라며 연락처까지 상세히 적어놓았다. 나는 제럴드 슈먼이 찾고 있는 한국군 병사를 찾아보기 위해 그가 신문에 낸 광고를 가지고 국방부와 육군본부로 가 그가 찾고 있는 한국군 병사에 대해 알아보았으나, 그러한 사람은 아무 데도 없었다. 한국말이 서툰 제럴드라는 사람이 그가 찾는 사람의 이름을 잘못 표기할 수도 있어, 그와 비슷한 이름을 샅샅이 찾아보았지만 그 역시 헛일이었다. 나는 한국전쟁 당시 어릴 때 피난가 에드먼드라는 캐나다 병사를 만났던 이야기와 함께 그를 생각하며, 제럴드가 찾고 있는 한국군 병사를 한국의 국방부와 육군 본부로 가 찾아보려고 노력했으나 그러한 이름이 없다는 내용의 편지를 써 제럴드 슈먼에게 보냈다. 이후 몇 번의 편지를 주고받으며 서로 친숙해져, 그는 나를 그의 집으로 초청까지 하게 된 것이다.

그의 집은 캐나다 밴쿠버 북쪽의 한 작은 읍에 있었다. 나는 밴쿠버 공항에 도착하여 시내로 들어가 호텔에서 하룻밤을 묵은 후, 이튿날 아침 일찍 그레이 하운드 장거리 버스를 타고 일곱 시간 만에 제럴드가 살고 있는 클리어 워터(Clear Water)라는 마을에 도착했다. 버스에서 내리자 제럴드와 그의 부인은 나를 반갑게 맞이하며 그들의 집으로 데리고 갔다. 그들은 나와 함께 식사하려고 기다렸다며, 맥주와 함께 맛있는 음식을 차려 가지고 와 식탁에 둘러앉아 즐겁게 점심을 먹었다. 제럴드는 몸이 건장하고 인상이 좋았으나, 그의 부인 죠앤은 목소리가 크고 다소 거칠게 보였다. 나는 호주에서 올 때 사가지고 온 선물을 그들에게 건네며 초청해주어 고맙다고 인사를 했다. 점심을 먹고 난 후 제럴드 내외는 나를 그들의 차에 태워 읍내를 구경시켜주었다. 읍내에는 은행, 학교, 교회, 조그만 병원, 커다란 식료품가게, 옷가게, 식당, 주유소, 경찰서, 정부기관, 지역사회 센터 등이 있었고, 공동주택과 개인집들이 숲 사이에 아담하게 서 있었다. 클리어 워터는 조그만 읍내인데도 사람들이 분주히 왔다 갔다 하고 있었다. 제럴드와 죠앤은 그들이 아는 사람을 만날 때마다 나를 그들에게 소개했다. 그들은 크고 두터운 손으로 내 손을 꽉 잡고 악수를 하며 친절하게 대해주었다. 시골에 살아서인지 사람들은 소박하고 친절했으며 다정했다. 나는 제럴드 집에서 사흘을 머물렀다. 나는 하룻밤만 묵고 떠나려 했으나, 목재 벌목회사에서 십장으로 일을 하는 제럴드는 일부러 휴가까지 내어 더 놀다 가라며 나를 붙잡았다. 제럴드 집에는 그와 그의 부인 둘만 살고 있었으며, 넓은 마당에는 커다란 마구간도 있었다. 마구간 안에는 커다란 말 두 마리가 있었으며, 제럴드는 하나는 그의 말이고, 다른 하나는 그의 부인 죠앤의 말이라고 자랑을 하며, 각자 말을 끌고 나와 나와 함께 사진을 찍었다. 내가 그들 집을 떠나던 날, 제럴드 부인 죠앤은 가족을 데리고 호주로 갈 때 캐나다에 들려 구경하고 가라며, 자기들이 좋은 곳을 안내해주겠다고 했다. 그리고는 필요하다면 초청장도 보내주겠다고 덧붙였다. 나는 집에 가 가족들과 의논하여 결정한 다음 연락하겠다는 말을 남기고 캐나다를 떠나 한국으로 돌아왔다. 이때가 1989년 5월이었다.

집에 돌아오니 아내는 내가 없는 동안 마을 이장과 반장이 그녀에게 가한 정신적, 육체적 고통을 털어놓으며 얼른 이 마을을 떠나자고 했다. 아내는 마을 남자들이 공동으로 하는 힘든 육체적 노동에 불려나가 강제로 일을 했으며, 아내가 일이 힘들어 나가지 않을 때는 동네 이장과 반장이 찾아와 아내 대신 사람을 사서 일을 시켰다며 돈을 내라고 강요했다는 것이다. 집권당의 말단 당원인 동네 이장과 반장은 내가 그들이 속한 당을 비판하고 그 지역에서 국회의원에 출마하는 집권당 후보가 금품으로 선거인들을 매수하여 그에게 투표하지 말라고 했던 발언에 대한 보복을 내가 호주에 가 있는 동안 내 아내에게까지 가하며 정신적 육체적으로 그녀를 탄압하고 박해했던 것이다. 나는 그들의 악랄한 횡포橫暴에 분노가 치밀었지만, 정부 정책에 반대의사를 표명한 이유로 말단 지방당원까지 나서 정치적 탄압을 하는 한국을 속히 떠나는 게 상책이라 생각하고 재산을 팔아 호주로 떠날 준비를 서두르기 시작했다. 내 재산은 큰 옛날 한옥과 넓은 집터, 그리고 얼마간의 논과 밭 등으로, 이 모든 재산이 팔린 것은 1989년 6월이었다.

덩치가 큰 가대家垈와 논밭 전지를 팔고 나니 공연히 마음이 불안하고 허전했다. 내가 태어나 자란 나라를 떠나려는 결심이 과연 옳은 것이었나 하고 새삼스럽게 곰곰이 자문도 해보았다. 아내 역시 눈물을 흘리며 정든 가대家垈와 땅을 생판 모르는 남에게 쥐어준 것을 몹시 아쉬워했다. 내가 판 땅에는 부모님이 평생 땀 흘려 가꾸며 아껴온 옥답전지沃畓田地도 들어 있었다. 이를 잘 간수看守하지 못하고 생면부지의 낯선 사람에게 넘겨준 불효막심不孝莫甚에 나는 더욱 가슴이 아팠다. 재산을 모두 판 후 식구들과 함께 호주로 떠나기 전, 나는 그들을 모아놓고 캐나다에 있는 죠앤이 내게 한 말을 전해주며, 호주로 가는 길에 캐나다에 들러 간단히 구경하는 게 어떠냐고 물었다. 그러자 아이들은 모두 손뼉을 치며 좋아했다. 하지만 아내는 캐나다로 돌아가면 돈도 많이 들고 어쩐지 가고 싶지 않다며 캐나다 방문을 탐탁치 않게 여겼다. 나는 아내에게 호주에 한번 가면 캐나다에 오기가 그리 쉽지 않다고 설명한 후 만일 캐나다 입국 비자를 신청했다가 비자가 나오면 캐나다를 거쳐 호주로 가고, 그렇지 않으면 호주로 직접 가자고 아내에게 제안을 했다. 바로 이 무렵, 캐나다에 있는 죠앤으로부터 한 장의 초청장이 날아 왔으며 내용은 나와 우리 가족을 캐나다에 있는 자기 집에 정식으로 초청한다는 간단한 내용이었다. 나는 지난 5월 죠앤과 제럴드를 방문하고 한국으로 돌아온 후 그들과 연락을 하지 않았으며 나에게 초청장을 보내 달라는 말도 일체 하지 않았다. 나는 요청하지도 않은 초청장을 보낸 죠앤의 과잉 친절이 이상하기도 했지만 죠앤이 내가 캐나다 비자를 확실히 받도록 도움을 주기 위해 이러한 초청장을 보낸 것이 아닌가 생각되기도 했다. 나는 죠앤으로부터 초청장을 받은 다음 호주로 가는 길에 캐나다에 잠시 들르자고 아내를 설득한 후 서울에 있는 호주 대사관과 캐나다 대사관에 죠앤의 초청장을 첨부해 우리 가족들의 비자 신청을 했다.

그런데 뜻밖에도 호주 입국 비자와 캐나다 입국 비자가 수월하게 나왔다. 나는 이미 호주 학생비자가 있었고 아이들도 호주 학교에 이미 입학을 했기 때문에 학생 비자가 쉽게 나왔다. 하지만 호주 대사관 이민관은 아내에게 이 것저것 까다롭게 질문한 후 그녀에게 1년짜리 호주 방문비자를 내주었다. 내가 캐나다 대사관에 식구들의 방문 비자를 신청한 지 일주일 뒤 캐나다 대사관의 한 이민관은 내게 전화를 걸어 캐나다에 가려는 목적, 캐나다에 친척유무, 머물 기간, 있을 장소, 그리고 캐나다에서 언제 호주로 갈 계획이냐고 꼬치꼬치 물었으며 죠앤과는 어떠한 관계냐고 묻기만 했을 뿐 그녀의 초장장에 대해서는 일체 언급을 하지 않았다. 그리고 캐나다 대사관의 이민관이 내게 전화를 걸어 면담을 한 며칠 후, 대사관에 근무하는 한 여자 한국 직원이 전화로 캐나다 입국 비자를 찾아가라고 알려주었다. 내가 캐나다 입국 비자를 신청할 당시에는 캐나다 비자 얻기가 무척 어려웠으나, 캐나다 대사관에서는 우리가 무작정 캐나다에 가려는 게 아니라 나와 아이들이 호주로 공부하러 가는 길에 캐나다에 잠시 들르려 했기 때문에 전화로 간단히 면담한후 비자를 내준 것 같았다.

16. 캐나다 도착

1989년 8월 5일 나는 가족을 데리고 드디어 한국을 떠났다. 내 형제자매들과 친지들은 공항에까지 나와 우리를 배웅하며 영영 돌아오지 않을지도 모를 우리 식구 모두의 출발을 몹시 서운해했다. 그 중에서도 큰누나와 내 밑여동생들이 나와의 석별惜別을 가장 아쉬워했다. 특히 큰 누나는 한국전쟁때 어린 나와 함께 피난 가는 사람들에게 어머니가 해주신 수수팥떡을 팔았었으며, 대학시절 내가 모선이를 잃었을 때 슬픔과 외로움에 싸여 방황하던나를 가장 따뜻하게 위로해주었다. 그리고 그 후로도 내게 무슨 일이 있을때마다 발벗고 나서 나를 도와왔기 때문에 큰누나와 나 사이의 관계는 그누구보다도 각별했었다. 나는 이토록 나를 아껴주고 사랑했던 누나와 헤어지는 것이 매우 마음이 아팠다.

공항에서 형제자매 친지와 아쉬움에 싸인 석별의 정을 나눈 후 나와 가족은 곧바로 캐나다 행 항공기에 올랐다. 우리는 밤새도록 깜깜한 태평양 상공을 날아 한국에서 출발할 때와 같은 날 오후 한시에 캐나다 밴쿠버 공항에도착했다. 입국 수속을 마치고 공항 밖으로 나오니 화창한 북극 날씨의 눈부신 태양이 하얀 은빛가루를 거리에 쏟아붓고 있었고, 맑고 깨끗한 상큼한공기가 장거리 비행에 지친 우리들을 상쾌하게 해주었다. 먼 산꼭대기에는채 녹지 않은 하얀 눈이 햇빛에 반짝이고 있었으며, 산허리 둘레에는 검푸른 나무들이 빽빽이 들어차 보는 이의 눈을 더욱 시원하게 해주었다. 나와 가족은 택시를 타고 우리가 묵을 호텔을 찾아 밴쿠버 시내로 들어갔다. 거리에는 젊은 남녀들이 빨간 스포츠카를 타고 아름다운 금발머리를 바람에 흩날리며 질주했고, 거리 양편에는 물로 씻어낸 듯한 깨끗한 고층건물들이 즐비하게 늘어서 있었다. 아이들은 처음 대하는 눈부신 이국 풍경에 어리둥절하여 여기저기를 바라보느라 정신이 없었다.

밴쿠버 시내로 들어온 택시 운전기사는 이 호텔 저 호텔로 우리를 데리고 다녔지만 빈 방이 없었다. 미리 예약을 하지 않아 방 잡기가 어려운 데다, 우리가 밴쿠버에 도착한 무렵은 관광 시즌이 절정에 달해 아름다운 밴쿠버를 구경하러 온 많은 관광객들로 모든 호텔들이 초만원을 이루고 있었다. 인도 계통의 택시 운전기사는 밴쿠버는 여름과 가을에는 관광들이 많이 몰려와 미리 예약하지 않으면 방 잡기가 어렵다고 말을 했다. 우리는 밴쿠버 외곽 시에 있는 호텔까지 가 방을 찾아보았으나 거기에도 방은 없었다. 호텔을 찾아 길에서 보낸 시간은 무려 두 시간이나 되었다. 택시 운전사는 호텔에서 방 구하기가 불가능하다며, 그의 친척이 집에 방을 여러 개 가지고 있는데 거기로 가 묵으면 어떻겠느냐고 물었다. 방을 찾지 못해 당황했던 나는 그의 제의에 쾌히 응낙을 하였으며 저녁때가 다 되어 택시기사의 안내를 받으며 그의 친척집으로 갔다. 택시기사 친척 내외는 우리를 반갑게 맞이하며 그들 집 지하에 있는 큰 방으로 안내를 했다. 집 주인은 피지(Fiji) 사람으로 아침이면 빵과 우유, 과일 등 먹을 것까지 사다가 냉장고에 넣어주며 친절하게 대해주었다. 우리 식구들은 집 주인의 안내로 밴쿠버 인근 지역을 구경하며 그 집에서 3일을 머물렀다. 3일째 되던 날, 나는 클리어 워터에 있는 제럴드와 그의 부인에게 전화를 걸어 우리들의 밴쿠버 도착을 알리고는, 밴쿠버에서 조금 더 머물다가 직접 호주로 갈 것이라고 말했다. 제럴드 부인 죠앤은 우리가 캐나다에 오도록 초청장까지 보냈는데 그들을 만나지 않고 그대로 호주로 가면 매우 서운할 것이라며, 그들 집에 와 며칠을 묵어가라고 간청을 했다. 제럴드 부부는 그들이 보낸 초청장을 가지고 우리 가족이 캐나다에 온 줄로 착각하고 있었다. 그들은 차를 가지고 밴쿠버로 내려와 우리를 태워 가겠다고 제의했으나, 나는 버스로 갈 테니 오지 말라고 말하고는 전화를 끊었다.

나는 마음이 썩 내키지 않았지만 제럴드 부부의 간청에 못 이겨 가족을 데리고 그들을 방문하러 버스를 타고 클리어 워터로 갔다. 우리가 클리어 워터로 가던 날은 날씨가 구질구질하고 하루 종일 비가 내렸다. 고속도로 양 옆의 높은 산에는 쭉쭉 뻗은 아름드리 전나무들이 빼곡히 들어차 있었고, 나무가 우거진 깊은 산골짝에는 비로 인해 생긴 엷은 운무雲霧가 가득 펴져 있었다. 우리를 태운 버스가 클리어 워터에 이르는 도로에 접어들자, 도로 옆을 따라 흐르는 강에는 검은 빛을 띤 흙물이 우리를 태운 버스를 집어삼키려는 듯 거칠게 굽이쳐 흐르고 있었다. 내 옆에 앉아 사납게 흐르는 강물을 바라보던 아내가,

"밴쿠버에서 직접 호주로 갈 걸 그랬나 봐요. 저 물을 보니 어쩐지 무서운 생각이 들어요."
하고 불안한 듯이 말했다.

"이왕 온 거 하루 이틀만 묵다가 바로 갈 거니까 너무 염려 말아요."
하고 나는 아내의 불안을 덜어주려 했다.

우리가 클리어 워터에 도착했을 때는 이미 날이 어두웠고, 북쪽 지방이라 그런지 날씨도 쌀쌀했다. 버스에서 내려 제럴드 부부를 찾아보았으나 우리를 마중 나오기로 한 그들 부부는 보이지 않았으며 우리가 도착한 지 반 시간이 훨씬 지나고 나서야 그들은 큰 트럭을 가지고 우리를 데리러 왔다. 집에 도착하자마자 그들은 우리 가족을 깨끗이 치워놓은 방으로 안내하고는 따뜻한 저녁 음식까지 테이블 위에 그득히 차려놓고 우리에게 먹으라고 권했다. 아내는 호주에 가서 먹으려고 사온 구운 김을 내놓으며 죠앤과 제럴드에

게 맛을 보라고 했다. 그들은,

"굿, 굿. 베리 굿."

하며 큰 김 몇 장을 단숨에 먹어치웠다. 한국전쟁에 참전했던 제럴드는,

"한국에 있을 때 이런 김을 맛보았고, 그것이 먹고 싶어 나와 함께 근무했던 한국인 병사를 찾아 김을 보내 달래려고 했었는데, 너희들이 내가 좋아하는 김을 가지고 오다니 너무나 고맙구나."

하고 농담을 하며 맥주와 함께 구운 김을 찢어 연신 입에 넣었다.

17. 뜻하지 않은 사업시작 및 캐나다 이민신청

우리가 제럴드 부부의 집에 도착한 그 이튿날부터 제럴드와 죠앤은 클리어 워터 근처의 관광명소로 우리 식구들을 데리고 다니며 구경을 시켜주고 읍내 식당으로 가 맛있는 음식을 사주기도 했다. 말타기를 좋아하는 그들은 클리어 워터 읍내 근처 넓은 벌판에서 열리는 카우보이의 말타기 공개 경기대회인 로디오(Rodeo)에도 데리고 갔다. 또한 제럴드는 나와 가족을 숲속 큰 호숫가에 있는 캠핑장으로 데리고 가 물고기를 잡아 손수 요리도 해주었고, 심지어 사슴과 곰이 자주 나타나는 곳으로 데리고 가 이들 짐승들을 가까이에서 보도록 했다. 그 짐승들은 사람이나 차를 보아도 피하지를 않았다. 피하기는커녕 우리가 앉아 있는 차로 바짝 다가와 코로 냄새를 맡아가며 호기심에 찬 눈으로 우리를 바라보았다.

제럴드 부부에 이끌려 경이로운 구경에 빠지다 보니 호주로 갈 일정이 점점 지연되고 있었다. 어느 날 아내는 클리어 워터가 왠지 싫다며 얼른 호주로 가자고 독촉을 했다. 나도 제럴드 부부 집에서 신세만 질 수가 없어 가지고 온 짐을 챙겨 호주로 떠날 준비를 한 후, 이제는 호주로 가야겠다고 제

럴드와 죠앤에게 말했다. 제럴드와 죠앤은 호주로 떠나겠다는 내 말에 눈을 둥그렇게 뜨며, 그들과 함께 클리어 워터에서 사는 게 어떠냐고 물었다. 나는 호주에 가 계속 공부를 해야 하고, 아이들도 호주 학교에 이미 입학을 시켰기 때문에 호주로 가지 않으면 안 된다고 설명했다. 그러자 죠앤은 아이들과 나는 캐나다에서 공부를 해도 되는데 무엇 하러 호주까지 가느냐며, 우리의 호주 행을 적극 만류했다. 죠앤은 자신을 클리어 워터 지역의 영향력 있는 정치가라고 소개를 하며, 우리가 캐나다에 정착하도록 도와주겠다고 말을 했다. 그리고는 클리어 워터에는 구두가게가 없는데 구두가게를 열면 돈을 많이 벌 수 있고, 구두가게와 함께 옷가게를 하면 더욱 좋을 것이라며, 우리가 사업에 성공하도록 도와줄 테니 클리어 워터에서 사업을 해보라고 적극 유도를 했다. 아내는 우리가 사업을 하러 캐나다에 온 것도 아니고 현지실정도 전혀 모르는데 죠앤의 말만 믿고 사업을 하면 안 된다며 계속 호주 행을 고집했다. 아이들도 엄마 말에 찬성하며 호주로 가자고 독촉을 했다. 죠앤은 내가 여기서 사업을 했을 때와 호주로 가 아무것도 하지 않을 때의 상황을 비교해가며, 나와 우리 식구들이 캐나다에서 정착을 하도록 계속 설득을 했다.

"네가 호주에 가서 아무것도 안 하고 너와 아이들이 학교에만 다니면 돈만 들지만, 여기에서 사업을 하면 돈도 벌고 캐나다에 이민도 할 수 있어. 더구나 캐나다에 이민을 하면 너와 아이들이 학교에 돈도 내지 않고 공부를 할 수 있는데, 그래도 여기보다 호주로 가는 게 더 좋겠니?"

죠앤이 한 말은 일리가 있었고 또 좋은 생각인 것 같기도 했다. 내가 죠앤이 한 말을 궁금해 하는 아내에게 통역을 해주자,

"그래도 안 돼요. 죠앤이 어떤 여자인지 알지도 못하고, 또 사업을 차려 잘 되리라는 보장도 없잖아요?"

하며 아내는 죠앤의 제안을 끝까지 받아들이려고 하지 않았다. 나는 죠앤에

게 그렇게 돈벌이가 좋은 구두가게 사업을 왜 이곳 사람들은 하지 않느냐고 묻자, 죠앤은 이곳 사람들은 그런 사업에 투자할 돈이 없을 뿐만 아니라 대부분 목재 공장에서 버는 돈에만 만족해 하기 때문에, 새로운 사업을 하고 싶다는 생각을 하지 않는다고 대답했다. 나는 죠앤의 옆에 앉아 있는 제럴드에게 클리어 워터 인구는 얼마나 되며 죠앤의 구두가게 사업 아이디어를 어떻게 생각하느냐고 물었다. 죠앤과 내 대화만을 무표정하게 듣고 있던 그는 클리어 워터 읍내 인구는 약 3천 명밖에 안 되지만, 인근 시골지역 주민을 합치면 약 5천 명이 되며, 자신은 산에서 나무를 베는 벌목회사의 십장으로 평생을 일해왔기 때문에 사업에 대해서는 아무것도 모른다고 말했다. 내가 죠앤에게 구두가게를 차리면 돈은 얼마나 들겠느냐고 묻자, 죠앤은 10만 불에서 20십만 불이면 충분하다고 한 후, 마침 그녀 옆에 앉아 있던 내 큰딸애 어깨를 갑자기 껴안으며,

"미스터 리, 미쎄스 리, 네 큰딸은 내가 양녀로 삼아 대학까지 보내줄 테니, 이 애는 걱정 안 해도 된다."

하고 불쑥 말을 했다. 내 큰딸을 양녀로 삼겠다는 죠앤의 갑작스런 발표에 나와 아내는 할 말을 잊고 눈이 둥그레진 채 죠앤과 제럴드를 번갈아 쳐다보기만 했다. 우리가 그들 집에 머무는 동안 죠앤은 내 큰딸에게 그녀와 제럴드가 기르는 말에 먹이를 주게 하고 빨래와 청소 등 집안일을 시켜오다가, 내 딸이 마음에 들었음인지 느닷없이 내 큰딸을 양녀로 삼아 대학까지 보내주겠다고 제안한 것 같았다. 아내는 나와 결혼하여 처음 낳아 귀엽게 기른 자식을 알지도 못하는 외국 여자에게 맡길 수 없고, 사업 이야기를 하다가 왜 느닷없이 그녀의 딸을 양녀로 삼겠다고 불쑥 말을 꺼냈는지 몹시 의심스럽다며, 이런 여자의 말을 함부로 믿어서는 안 된다고 고집스럽게 버텼다. 나는 아내의 말을 무시하고 죠앤의 제의에 따르기로 최종적으로 결정한 다음, 죠앤을 탐탁치 않게 여기는 아내를 우격다짐으로 몰아붙여 내 결정에 따르도

록 했다. 현명한 아내의 말을 무시하고 듣지 않은 이때의 고집과 경솔한 행위로 나는 내 인생에서 가장 혹독한 시련과 고난을 겪었으며, 우리 가족 모두에게도 평생 지워지지 않는 쓰디쓴 고통을 안겨주었다.

내가 죠앤에게 그녀의 말대로 여기에서 사업을 차려 캐나다에 이민까지 하기로 결정했다고 하자, 죠앤은 기뻐하며 모든 일을 일사천리로 진행시켜 나갔다. 가게 자리를 물색해 임대계약을 맺고, 은행에 가 사업 전용 공동예금계좌(Joint Account)를 개설하여 나와 그녀를 연서인(連署人: Co-Signer)으로 설정했다. 그리고는 구두가게 상호를 '넘버원 신발가게(No.1 Footwear)'로 지어 사업자 등록증을 내고 가게에서의 자신의 지위를 총 지배인(General Manager)으로 스스로 정했다. 또한 가게에서 일할 종업원들도 모두 선정했다. 내가 죠앤에게 사업에 관한 일은 나와 상의한 후 결정해야 된다고 말하자, 죠앤은 나는 아무것도 모르니 자기에게 모든 것을 맡기라고 하고 난 다음 지방신문에 신발가게 개업광고를 대대적으로 냈다. 신문에서는 나를 돈 많은 사업 투자가로 소개를 하며, 내 신발가게 사업이 클리어 워터 경제발전에 커다란 기여를 할 것이라는 기사를 대서특필하여 나와 내 가족사진과 함께 신문 일면에 연일 게재했다.

제럴드와 죠앤은 읍내에 무슨 행사나 모임이 있을 때마다 나와 아내를 데리고 다니며 소개를 했다. 심지어 그들을 초청한 결혼식장에까지 우리 가족들을 데리고 가 결혼 축하객들과 함께 어울리도록 했다. 캐나다에서 행하는 신랑신부의 결혼식은 한국에서 하는 젊은 남녀의 결혼식과 매우 달랐다. 캐나다에는 한국처럼 화려한 결혼 예식장이 없으며, 결혼식은 교회나 마을회관 같은 데서 주례를 초청하여 검소하게 올린다. 신랑신부의 결혼 준비도 매우 간단했다. 여자는 한국의 신부처럼 비싼 혼수품婚需品을 장만하지 않고, 남자 역시 한국의 신랑처럼 여자에게 고급 패물을 사주거나 둘이 살 집을 장만하지도 않았다. 그들은 결혼기념으로 조촐하게 반지교환을 하는 게 전부이며, 결혼식에 초청받은 결혼 축하객들도 돈봉투를 내놓지 않았다. 그들은 돈 대신 새로 살림을 차리는 신혼부부가 신혼 살림에 필요로 하는 부엌용 앞치마, 탁상용 포크나 숟가락, 목욕할 때 쓰는 타월과 비누 같은 가정용품을 결혼 선물로 사준다. 또 무엇을 사야 할지 모르는 사람들은 신랑신부에게 무엇이 필요하냐고 물은 다음 그들이 원하는 물품을 사주었다. 신랑신부의 결혼식이 끝나면 곧바로 결혼 피로연석으로 옮겨 술과 음식을 먹으며 즐기기 시작했다. 밴드 악사들이 연주하는 경쾌한 음악에 맞추어 신나게 춤을 추며, 때로는 신부가 춤 상대를 골라 춤을 추기도 했다. 우리 식구들은 춤을 추지 못하는데도 그들과 다르게 생긴 우리가 흥미가 있어 보이는지, 많은 사람들이 나와 아내, 심지어 열다섯 살밖에 안 된 막내아들까지 연회석 한복판으로 끌고 가 이리저리 빙빙 돌려가며 춤을 추었다. 그 연회석에서 가장 인기가 있었던 것은 내 큰딸애였다. 성격이 활달하고 부끄러움을 모르는 내 큰딸은 중학교 3학년과 고등학교 때 학교 응원단 단장(Cheerleader)을 했었기 때문에 춤을 잘 추었다. 내 딸이 몸을 흔들며 기묘한 춤을 출 때마다 사람들은 박수를 쳐가며 그애에게 달려 나와 함께 춤을 추었다. 또 어떤 때는 장대만 한 젊은 여자들이 키 작은 막내아들을 옆에 끼고 이리저리 끌고 다니며 춤을 추었다. 그러면 사람들은 박수를 치며 폭소를 했다. 결혼식 피로연은 밤새도록 계속되었다. 그날의 결혼식 연회장에서 인기를 독차지했던 딸과 아들 덕분에 우리 가족은 읍내에서 순식간에 주목을 받는 새 정착자(New Settler)로 각광을 받게 되었다.

18. 캐나다 이민신청

죠앤은 내 사업 추진뿐만 아니라 우리 가족의 이민도 급속도로 진행시켜

나갔다. 죠앤은 클리어 워터에서 차로 두 시간 거리에 떨어져 있는 캠룹스라는 도시에서 일주일에 한 번씩 클리어 워터로 출장근무를 하러 오는 짐 파울러(Jim Fowler)라는 변호사로부터 밴쿠버에 있는 한 이민 고문인을 소개받아, 나를 그에게 데리고 가 이민 신청을 하게 했다. 이름이 시드니 스파고(Sydney Spargo)인 캐나다인 이민 고문은 홍콩으로부터 많은 사람들을 캐나다로 이민을 시켜주고 있다고 자랑을 하며, 클리어 워터 같은 소도시에서 사업에 투자해 이민을 신청하면 쉽게 영주권이 나올 것이라고 장담을 했다. 죠앤은 스파고 이민 고문에게 자신은 신민주당(New Democratic Party) 당원이고, 정치가이자 지역 유지이며, 클리어 워터 지역 개선 여부회장(Vice-Chairwoman of Clearwater District Improvement)에 클리워 워터 오락위원회 회장(President of Clearwater Recreation)일 뿐만 아니라, 라프트강 말기수 모임의 부총재(Vice-President of Raft River Riders)에다 클리어 워터 가정 전람회 지배인(Manager of Clearwater Home Show)임은 물론, 넘버원 신발가게 총 지배인이라고 장황하게 소개를 했다. 그런 다음 그녀의 각종 직함이 좁쌀만 하게 촘촘히 박혀 있는 명함을 스파고 이민 고문에게 주었다. 죠앤으로부터 클리어 워터 지역에서 그녀가 지니고 있는 여러 가지 화려한 지위를 다 소개받은 스파고는 감탄한 듯 죠앤을 우러러보며, 내가 이렇게 명성이 높은 지역 인사를 만나 그녀로부터 사업과 이민에 도움을 받는다는 것은 여간 큰 행운이 아니라고 추켜세웠다. 그리고는 내 이민 수속 절차에 대해 설명하기 시작했다.

스파고는 클리어 워터 지역에서 사업을 차려 이민을 하려면 최소한 30만 불 이상을 투자해야 하며, 종업원도 둘 이상을 고용해야 한다고 말을 했다. 그리고는 그가 내 이민 수속을 하는 데 일금 17,000불이 들며 정부에 내는 돈을 합치면 22,000을 내야 한다고 말을 했다. 나는 죠앤을 따로 불러 17,000불은 너무 비싸니, 이왕 밴쿠버에 온 김에 다른 이민 전문 변호사를 만나 내 이민을 맡기고 싶다고 말을 했다. 그러자 죠앤은 짐 파울러 변호사가 스파고는 홍콩에 지사까지 차려 많은 아시아인들을 캐나다로 이민시켜주는 유명한 이민 고문이라고 소개했는데, 딴 데 가보아야 스파고 같은 사람을 찾기가 힘들 거라며, 스파고에게 이민을 맡기라고 했다. 캐나다 이민 실정에 대해 아무것도 모르는 나는 죠앤의 말에 따라 스파고가 달라는 대로 돈을 지불하고 내 가족 모두의 캐나다 이민수속을 그에게 맡겼다. 나로부터 이민에 필요한 모든 서류를 건네받은 스파고 이민 고문은 1989년 11월에 미국 시애틀에 있는 캐나다 영사관으로 내 이민을 신청했다.

죠앤은 스파고 이민 고문을 만났을 때 내 큰딸애를 칭찬하며 그녀의 집에서 일하고 있다고 설명한 후, 내 큰딸이 캐나다인 가정에서 일을 하면 우리 이민에 도움이 되느냐고 물었다. 스파고 이민 고문은 죠앤의 말에 정색을 하며, 캐나다 영주권이나 이민국에서 내주는 노동허가(Work Permit) 없이 일을 하면 캐나다 이민법을 어기는 행위로, 불법으로 일을 하다 들키면 이민도 할 수 없고 한국으로 추방된다고 설명했다. 그리고는 이민국으로부터 노동허가를 받아 내 큰딸에게 일을 시켜야 한다고 조언해주었다.

스파고를 만나고 난 며칠 후, 죠앤은 내 큰딸애에게 노동허가를 받아주기 위해 나를 데리고 캠룹스(Kamloops)에 있는 이민국 사무실로 갔다. 죠앤은 내 큰딸을 양녀로 삼아 대학에까지 보내주겠다고 장담을 해놓고는, 이제는 노동허가를 얻어 내 딸애를 그녀의 집에서 하인처럼 일을 시키려는 것이다. 나는 내심으로 죠앤이 괘씸했지만, 좀더 두고보기로 하고 죠앤을 따라 이민국 사무실로 들어갔다. 죠앤과 내가 이민국 사무실에 발을 들여놓자 험상궂은 인상에 배가 뚱뚱하게 튀어나온 한 남자 이민관이 접수 창구로 나오더니, 죠앤에게 무슨 일로 왔느냐고 거칠은 말투로 물었다. 죠앤은 그 이민관에게 밴쿠버에 내려가 스파고 이민 고문을 만났을 때 소개했던 그녀의 직함과 직위를 또다시 장황하게 늘어놓은 다음, 내가 클리어 워터에서 구두가게를 차러 이민을 신청했으며, 자신은 내 구두가게 총 지배인이라고 덧붙였다. 그리고 나 내 큰딸을 자기 집에 고용하려 한다며, 노동허가를 달라고 요청했다. 죠앤의 말을 다 듣고 난 이민관은 죠앤에게 눈을 부릅뜨며,

"나는 당신이 누구건, 당신의 직위가 무엇이건 관심이 없어. 그런데 미스터 리 딸을 당신 가정에 무어로 쓰겠다는 거야?"

하고 죠앤에게 퉁명스럽게 물었다. 죠앤은 자신의 높은 사회적 지위를 알아주지 않는 이민관이 못마땅한 듯, 볼멘소리로 내 큰딸을 그녀와 그녀의 남편이 기르는 말에게 먹이를 주고 집안 청소와 빨래를 시키는 내니(Nanny: 하녀)로 쓰겠다고 대답했다. 그러자 이민관은 죠앤에게 언성을 높이며 마구 힐난했다.

"그런 일을 시키려면 내국인을 써. 내국인이 충분히 할 수 있는 일을 왜 외국인에게 시키려는 거야? 그리고 외국인 노동허가는 이런 식으로 아무렇게나 달라는 게 아냐. 노동허가를 어떻게 받는지 이민 변호사에게 가서 물어봐."

이민관은 죠앤 옆에 있던 내가 다 무안할 정도로 죠앤의 노동허가 요구를 묵살한 다음 나를 뚫어지게 쳐다보며,

"당신은 어디에서 왔어? 캐나다 영주권은 신청했어?"

하고 퉁명스럽게 물었다. 나는 한국에서 가족과 함께 왔으며, 얼마 전에 밴쿠버에 있는 한 이민 고문에게 내 이민 신청을 맡겼다고 대답을 했다. 그러자 이민관은,

"당신이 클리어 워터에서 차린 신발가게가 아무리 당신 꺼라도 당신이나 당신 가족이 거기에 나가 일하면 안 돼. 영주권이나 노동허가 없이 일을 하면 불법이고, 불법으로 일하다가 들키면 영주권 신청도 취소되고 단박에 추방당해."

하고 사뭇 협박조로 말을 했다. 이민관으로부터 면박만 당한 죠앤은 더 이상 아무 말도 못 하고 머쓱한 표정으로 이민국 사무실을 나왔다. 그리고는 그 이민관이 자기를 몰라본다며,

"나쁜 자식."

하고 냅다 욕을 퍼부었다. 죠앤과 내가 만난 이민관의 이름은 패디 해링튼 (Paddy Harrington)으로, 이후 나와 내 가족은 이 이민관으로부터 필설筆舌로 다 표현할 수 없는 모진 설움과 협박과 고통을 수없이 받았다. 지금도 그를 생각하면 치가 떨리고 사지가 부들부들 떨린다.

구두가게를 열기 위해 나는 최초에 10만 불을 투자했으며, 11월에 추가로 5만 불을 더 투자했다. 그리고 죠앤과 나는 밴쿠버로 다니며 남자와 여자, 학생과 어린이용 구두와 운동화, 그리고 노동자들이 신는 작업화 등을 구입하여 가게에 진열해가며 개업준비를 했다. 사람들이 내 가게로 와 언제 문을 여느냐고 묻기도 하고, 이제는 먼 데로 신을 사러 가지 않아 편리하게 되었다며, 클리어 워터에 신발가게가 생긴 것을 좋아했다. 죠앤은 11월 21일에 가게 문을 연 다음 11월 25일에 대개업(Grand Opening)을 하여, 구두가게 개업 기념으로 사람들에게 대 할인 가격으로 전 품목을 세일했다. 많은 사람들이 가게로 몰려와 하루 종일 북적거렸고, 클리어 워터 지역의 신문사 기자들까지 커다란 카메라를 어깨에 메고 와, 구두가게 개점 장면과 가게 안에 가득히 진열되어 있는 각종 신발과 구두를 사진기에 담아가며 취재를 했다. 그리고 가게에서 물건을 사가지고 나오는 손님들과 인터뷰를 하기도 했다. 죠앤은 득의양양한 표정으로 카운터에서 손님을 맞이하고 있던 나와 내 아내에게 다가와,

"미스터 리, 미쎄스 리, 이만하면 대 성공이지 않니?"

하며 어깨를 으쓱거렸다.

구두가게를 개업한 지 3일 후 죠앤은 아침에 가게에 출근한 나와 내 아내에게 영주권이나 노동허가가 없이 일을 하는 것은 불법이고, 불법으로 일을 하면 캐나다에서 추방된다고 캠룹스 이민국의 이민관이 내게 경고한 말을 상기시키며, 가게에 나와서는 안 된다고 주의를 주었다. 죠앤은 가게를 찾아오

는 손님들은 물론 심지어 거리를 지나가다 만나는 사람들에게도 나와 내 가족이 가게에 나와 일을 할 수 없다는 말을 퍼뜨렸다. 그러자 가게에서 일하다 이민국에 적발되면 우리 가족이 모두 캐나다에서 즉각 추방될 것이라는 소문이 전 읍내에 순식간에 퍼져 나가 나와 아내는 더 이상 구두가게에 나갈 수가 없었다. 그로부터 나와 아내는 할 일 없이 따분하게 집에 머물러 있어야 했으며, 그나마 다행인 것은 둘째 딸과 막내아들이 제럴드와 죠앤으로부터 후견인 임무(Guardianship) 확인서를 받아 학교에 제출하여 임시로 학교에 들어가 영어를 배우게 된 것이었다. 한편 죠앤은 노동허가 없이 내 큰딸에게 일을 시켜서는 안 된다고 이민관으로부터 주의를 받았음에도, 계속해서 내 큰딸을 그녀의 가정에 붙잡아 놓고 혹사시켰다. 내가 죠앤에게 내 큰딸도 학교에 넣어야겠다고 하자, 죠앤은 내 딸이 그녀를 도와주지 않으면 가게에 나와 일을 할 수 없다며, 마음대로 하라고 퉁명스럽게 말했다. 나는 죠앤의 뻔뻔스런 태도에 비위가 상했지만, 영주권이 나올 때까지 꾹 참기로 하고 더 이상 말을 하지 않았다.

어느 날 죠앤은 집에 있는 나를 찾아와 자기가 운영을 잘해 가게는 잘되고 있으니 염려 말라고 말한 다음, 내 구두가게 옆에 있는 옷가게 주인이 가게를 팔려고 내놓았는데 구두가게와 옷가게를 함께 운영하면 사업이 더욱 잘될 거라며 옷가게를 사라고 했다. 나는 내가 직접 운영할 수 없는 사업에는 더 이상 투자하고 싶지 않으며, 영주권이 나와 일을 할 수 있을 때까지는 아무리 돈벌이가 좋은 가게라도 사지 않겠다고 죠앤에게 잘라 말했다. 죠앤은 내 이민신청을 담당한 밴쿠버 이민 고문이 클리어 워터에서 30만 불 이상을 투자해야 영주권이 나온다고 내게 했던 말을 상기시키며, 옷가게를 사지 않아 투자할 기회를 놓치면 영주권이 나오지 않을 것이라는 말을 남기고는 문을 탕 닫고 밖으로 나가버렸다. 나는 내 가게에도 나오지 못하게 하고 내 캐나다 영주권 취득도 제 손에 달려 있는 것처럼 건방지고 뻔뻔스럽게 행동하는 죠앤의 태도가 역겨웠으며 그녀의 말을 믿고 사업을 시작한 경솔함이 새삼 후회되기 시작했다. 캐나다 영주권이고 뭐고 모두 포기하고 가게를 팔아버린 다음, 아직 쓰지 않은 남은 돈을 가지고 호주로 갈 생각까지 하며 내 장래에 대해 고심하고 있을 무렵, 밴쿠버에 있는 스파고 이민 고문이 미국 씨애틀에 있는 캐나다 영사관으로부터 내 이민 신청서류를 잘 접수했으며, 머지않아 인터뷰가 있을 것이라는 편지를 받았다는 내용의 편지를 내게 보내왔다. 스파고는 그의 편지에서 이민 인터뷰 시 내가 클리어 워터에서 얼마를 투자했는지 보여줘야 하며, 그가 내게 말한 대로 클리어 워터 지역에서 30만 불을 투자하고 내 가게에서 캐나다인들이 일하고 있다는 증거를 보여주면 캐나다 영주권이 쉽게 나올 것이라고 덧붙였다.

나는 스파고의 장담에 어느 정도 용기가 되살아났으며 영주권이 나오면 가게를 판 후 딴 곳으로 이사할 생각을 하고 내 구두가게 옆에 있는 옷가게를 사기로 결심했다. 그 후 며칠이 지나 죠앤은 옷가게 주인을 내게 데리고 와 소개시켜주며, 그 가게를 사고 싶어 하는 사람들이 많으니 딴 사람이 사기 전에 얼른 사라고 독촉했다. 옷가게 주인인 캣디(Kathy)는 구두가게와 옷가게를 함께 운영하면 장사가 훨씬 더 잘될 것이라며, 다른 사람에게 파는 것보다 내게 팔고 싶다고 말을 했다. 내가 캣디에게 왜 가게를 팔려 하느냐고 묻자 건강이 좋지 않아 팔려고 내놓았다며, 내가 요구하지도 않은 판매 장부까지 보여주며 좋은 가격으로 넘겨줄 테니 사라고 권유했다. 고양이 눈처럼 노란 눈에 둥근 안경을 긴 캣디는 나이가 서른 정도밖에 안 되어 보이는데도 양 볼을 씰룩거리며 손가락을 떨었다. 내가 캣디에게 얼마에 가게를 내놓았느냐고 물었더니 10만 불에 팔려고 한다며, 내가 그녀의 가게를 사면 조금은 깎아줄 수 있다고 했다. 나는 먼저 가게를 본 다음 결정하겠다고 말하고 나, 이튿날 아내와 함께 구두가게 옆에 붙어 있는 캣디의 옷가게를 보러 갔다. 가게는 말쑥했고 옷도 꽤 많이 걸려 있었다. 옷의 종류, 숫자, 옷에 붙어 있는 가격표 등을 꼼꼼히 살펴본 아내는 5만 불 이상은 주지 말라며 흥정을 잘하라고 내게 충고를 했다. 내가 캣디에게 5만 불에 사겠다고 하자 캣디는 펄쩍 뛰며 내 가격제안을 딱 거절했다. 그리고 나 몇 번에 걸쳐 흥정이 오고 간 다음, 캣디로부터 가게를 인수하더라도 그녀를 옷가게에 계속 고용하는 조건으로 하여, 결국 일금 5만 불에 그녀의 가게를 사기로 합의를 보았다. 그런 다음 12월 10일 일주일에 한번씩 캠룹스 시에서 클리어 워터로 출장을 오는 짐 파울러 변호사 앞에서 가게 매각인인 캣디는 매수인인 내게 그녀의 옷가게를 판 후, 향후 5년간은 클리어 워터 지역에서 옷가게를 내지 않겠다는 단서가 붙은 가게 매매 계약서에 서명을 한 후 일금 3만 불 및 2만 불짜리 수표와 영수증을 교환한 다음, 가게 매매거래를 종결 지었다.

가게를 인수한 이튿날 아침, 아내와 함께 옷가게에 가 보니 캣디는 보이지 않고 죠앤이 옷가게 안에서 옷을 정리하고 있었다. 죠앤은 캣디가 아침에 가게에 나왔다가 몸이 아파 집으로 돌아가며 가게 열쇠를 자기에게 주었다고 설명했다. 가게 안은 썰렁해 보였다. 캣디의 옷가게를 처음 둘러보던 날 가게에 걸려 있는 옷들을 하나하나 세어보며 꼼꼼히 조사를 했던 아내는 눈을 휘둥그렇게 뜨며 옷이 많이 없어졌다고 말을 했다. 그 길로 나와 아내는 클리어 워터에서 조금 떨어져 있는 캣디 집으로 차를 몰고 가 가게 옷이 많이 없어졌다고 캣디에게 말했더니, 그녀는 눈을 껌벅거리고 볼을 씰룩대며 자기는 아무것도 모른다고 시치미를 뗐다. 캣디는 죠앤을 조심하라며 무슨 말을 더 하려다 중지한 다음, 몸이 아프다며 방으로 들어가버렸다. 죠앤이나 캣디 둘 중 누군가가 가게 옷을 치운 것이 분명했으나, 그들이 가게에서 옷을 치우는 것을 보지 못한 이상 나와 아내는 아무 말도 못 하고 분노로 속만 태우고 있을 뿐이었다. 나와 아내는 캣디를 데리고 밴쿠버로 내려가 여러 가지 옷을 구입하여 보기 좋게 진열한 다음, 캣디가 사용하던 상호인 '저스트 퍼유 부티크(Just for you Boutique)'를 그대로 사용해 12월 15일에 가게 문을 열었다.

현지 신문들은 내가 옷가게 문을 열자, '미스터 리, 또 다시 양장점에 투자하다'라는 제목의 특종기사를 써 나와 아내의 사진과 함께 신문 일면에 크게 실었다. 그러나 가게는 둘이나 되었지만 가게에 나가 일을 할 수가 없었기 때문에, 부득이 죠앤과 캣디에게 모든 가게 운영을 맡기지 않을 수 없었다. 나와 아내가 가게 운영을 살펴보러 어쩌다 가게에 들르면 죠앤은 캐나다에서 추방당하고 싶으냐며 가게 근처에 얼씬도 못 하게 했다. 나는 죠앤의 협박적인 태도가 심히 못마땅했지만, 영주권 나올 날만 손꼽아 기다리며 꾹꾹 참았다. 할 일이 없는 나와 아내는 차를 몰고 이곳저곳을 돌아다니며 시간을 보냈으며, 그렇지 않은 날은 온 종일 집에 틀어박혀 고민만 했다. 나와 아내가 침울에 싸여 집에 머물러 있던 어느 날 죠앤의 남편 제럴드는 나를 찾아와, 클리어 워터에서 차로 네 시간을 가면 쟈스퍼(Jasper)라는 국립공원이 있으며 거기에 가면 한국 사람들을 만날 수 있으니 한번 가보라고 말을 했다. 나는 한국을 떠난 이후로 한번도 한국 사람들을 만나지 못했기 때문에 제럴드로부터 쟈스퍼에 한국사람들이 살고 있다는 말을 듣고 아내를 데리고 그들을 만나보러 곧바로 쟈스퍼를 향해 차를 몰고 갔다. 쟈스퍼로 가는 길은 미국 동부에 있는 록키 산맥 줄기에서 뻗어나온 높은 산으로 둘러싸여 있었으며 주위에 제재소가 있는 조그만 동네만 드문드문 보일 뿐, 그 외 인적이라곤 거의 찾아볼 수가 없었다. 클리어 워터에서 두어 시간 가량 꾸불꾸불한 높은 산길을 달려 조그만 평야에 이르자 '허스키(Husky)'라고 간판을 붙인 커다란 주유소 한 개가 나왔다. 잠시 휴식을 취하러 주유소 안으로 들어가니 뜻밖에도 한국사람들이 나와 나와 아내를 반갑게 맞이해주었다. 몇 개월간을 집에서만 갇혀 살다시피 하다가 이런 외딴 곳에서 처음으로 한국사람들을 대하니 그 반가움이란 이루 말할 수가 없었다. 그들과 잠시 이야기를 마친 후 밖으로 나오자 그들은 음료수와 샌드위치를 손에 쥐어주며 밖에까지 나와 우리를 배웅해주었다.

나무가 우거진 산속 길을 한동안 더 달려 자스퍼에 도착하자 한국사람들이 운영하는 식당과 선물가게가 있었고, 겨울인데도 스키를 타러 온 관광객들이 꽤 많이 있었다. 나와 아내는 한국인이 운영하는 식당으로 가 늦은 점심을 시켜 먹으며 식당 주인을 불러 이야기를 나누었다. 점심 때가 훨씬 지나 손님이 뜸할 때라 내 나이쯤 되어 보이는 식당주인은 우리를 반갑게 대하며 격의 없는 말동무가 되어주었다. 식당 주인은 나더러 캐나다에 관광을 왔느냐고 물었다. 나는 호주로 가는 도중 캐나다에 잠시 들렀다가, 한 캐나다인의 권고로 클리어 워터라고 하는 한 작은 읍에서 사업을 차려 캐나다에 이민까지 신청했다고 했더니 식당 주인은 대뜸,

　"캐나다에 오지 마세요. 캐나다에 오면 고생합니다. 관광 왔다가 현지에서 영주권을 신청하면 영주권도 잘 안 나옵니다. 사정이야 어떤지 모르지만, 호주로 가는 게 좋을 것 같습니다."

하고 충고를 했다. 식당 주인은 물을 한 모금 마시고 난 후 그가 캐나다에 와 고생하며 살아온 이야기를 계속했다.

　"캐나다는 나라도 크고 아름답지만 살기 좋은 나라는 아닙니다. 이민자들이 돈을 많이 가지고 와도 별로 할 것도 없고 돈 벌기가 힘이 듭니다. 캐나다에는 아시아인들을 깔보는 백인들이 많고 마약과 범죄도 많은 데다, 아이들 교육시키기도 어렵지요. 나는 캐나다에 오자마자 캘거리에서 백인이 운영하는 조그만 호텔을 하나 샀다가 사기만 당하고 운영이 안 되어 고생을 많이 했습니다. 캐나다인들 중에는 아시아인들의 주머니를 노리는 질이 좋지 않은 사람들이 많이 있으니, 그들을 함부로 믿어서는 안 됩니다."

　식당 주인의 말을 다 듣고 난 나는 마음이 몹시 불안하고 뒤숭숭했다. 캐나다에 온 지 얼마 안 되는 나는 쟈스퍼 한국 식당 주인이 한 말들이 사실인지 아닌지 확실히 알 수는 없었지만, 마치 나를 두고 한 말 같아 차라리 듣지 않은 것만 못했다. 나는 돌아오는 차 안에서,

"쟈스퍼에 오지 말 걸 그랬어. 식당 주인의 말을 들으니 마음만 언짢아."
하고 아내에게 침울한 목소리로 말했다. 그때까지 아무 말 없이 앞만 뚫어지게 바라보던 아내는 내 말이 떨어지기가 무섭게,
"아니에요. 쟈스퍼에 오길 잘했어요. 쟈스퍼 식당 주인이 캐나다에 대해 말을 안 해주었더라면, 우리는 캐나다에 대해 아무것도 몰랐을 거예요. 그 사람이 그런 말을 할 때는 무슨 이유가 있었을 거예요. 이제부터라도 정신을 바짝 차려야 될 것 같아요."
하고 새로운 각오를 다짐하듯 옷깃을 여미며 말했다. 그리고 쟈스퍼에 다녀온 지 며칠이 안 되어 공교롭게도 나와 아내가 쟈스퍼 식당 주인으로부터 들은 이야기가 하나하나 현실로 나타나며 캐나다에서의 우리 가족의 시련이 본격적으로 시작되었다.

19. 드러나기 시작한 죠앤의 마각(馬脚)

나와 아내가 어느 날 읍내로 식료품을 사러 갔다가 구두가게에 들르니 죠앤은 사람을 둘이나 고용해 가게를 운영하고 있었다. 하나는 그녀의 친구이고, 또 하나는 그녀의 큰딸이었다. 그들은 나를 보자 인사도 하지 않고 시큰둥하게 대했다. 조그만 가게에 사람을 셋씩이나 고용해 그들에게 월급을 주고 가게 세를 지불하고, 기타 경비를 제하면 남는 것이 아무것도 없을 것 같았다. 나는 죠앤과 가게에서 일하는 사람들이 매달 월급으로 얼마를 가지고 가며 하루 매상은 얼마나 오르는지 등 가게 운영이 몹시 궁금하였으나, 죠앤의 협박으로 가게 출입이 철저히 금지되어 전혀 알 수가 없었다. 가게를 시작한 지 처음 얼마 동안 죠앤은 매일 내게 들러 일일 매상, 물건 주문 등 가게 운영 상태를 자세하게 말해주었었다. 그러나 최근에는 내 집에 얼씬도 하지

않았다. 어느 날 나는 읍내에 갔다가 우연히 죠앤과 마주쳤으나, 죠앤은 나를 보지도 않고 큰 카고 밴(Cargo Van)을 타고 휙 지나갔다. 죠앤은 웬일인지 나를 피하고 있는 것 같았고 태도도 전 같지가 않았다. 그날 저녁 집에서 양봉養蜂을 하는 이웃집 백인 할아버지가 꿀을 한 통 가지고 와 이 얘기 저 얘기를 하다가,

"너, 죠앤이 새로 차 산 것 아니? 사람들이 그러는데 죠앤은 네 가게에서 일을 시작한 이후로 돈을 물쓰듯 한다고 하더라. 가게는 주인이 직접 보살펴야 해. 그리고 죠앤은 그렇게 좋은 여자가 아니라는 걸 알아두어야 한다."

하고 충고를 해주었다. 나는 죠앤이 새 차를 사고 돈을 물쓰듯 한다는 이웃집 할아버지의 말에 정신이 번쩍 들었고, 클리어 워터 사람들은 나만 빼놓고 죠앤이 내 가게에서 무슨 짓을 하는지를 다 알고 있는 것같이 느껴졌다. 나는 이웃집 할아버지의 말을 들은 후 즉시 죠앤에게 달려가 그녀의 행위를 맹렬히 추궁하고 싶었으나 분노에 찬 마음을 가까스로 가라앉히며, 죠앤을 어떻게 처리할 것인가에 대한 대책부터 곰곰이 생각하기 시작했다. 당장이라도 죠앤을 내 가게에서 해고시키고 싶었지만, 가장 결정적인 순간에 끽 소리도 못 하도록 그녀를 가게에서 쫓아내기로 하고 죠앤을 조금 더 지켜보기로 했다.

나는 이튿날 저녁 아내와 함께 죠앤을 만나러 그녀의 집으로 갔다. 마침 텔레비전을 보고 있던 죠앤은 우리들의 갑작스런 출현에 당황하고 놀라며, 무슨 일로 왔느냐고 퉁명스럽게 물었다. 나는 끓어오르는 분노를 가까스로 가라앉힌 후 죠앤과 마주앉아 내가 가게 운영에 관해 알고 싶었던 것들을 하나하나 물었다. 그러자 죠앤은 대답 대신 그녀 옆에 놓여 있는 가게 열쇠 뭉치와 수표책을 갑자기 바닥에 내던지며 소리를 질렀다.

"너 나를 의심해? 내가 너 데려다 가게 차려주고 영주권 신청해주느라고 얼마나 고생을 했는데, 그것도 모르고 나를 의심하다니. 이제부터 나 가게

안 나가. 내일부터 네가 다해. 그리고 내 앞에서 당장 꺼져."

갑작스런 죠앤의 난폭한 태도에 당황한 나는 죠앤을 진정시키려고 노력했으나 죠앤은 내게 욕을 퍼부으며 고래고래 소리만 질렀다. 이때 제럴드가 맥주병을 들고 나타나 죠앤이 화가 나 그런다며, 내일이면 괜찮아질 테니 돌아가라고 내게 말했다. 이튿날 나와 아내가 가게에 가보았으나 가게 문은 굳게 잠겨 있었고, 가게 안에는 불이 켜 있지 않아 컴컴했다. 구두가게 옆에 있는 옷가게로 가 캣디에게 아침에 죠앤을 보았느냐고 물어보았으나 보지 못했다며, 죠앤에게 무슨 일이 있느냐고 오히려 내게 물었다. 내가 막 가게를 나오려는데 캣디가,

"미스터 리."

하고 부르며 무언가를 말하려다, 아무것도 아니라며 말끝을 흐렸다. 죠앤의 집으로 가 죠앤을 불러 보았지만, 죠앤은 집에도 없었다. 죠앤은 내게 화를 내고 욕을 퍼부은 후 이틀 동안 종적을 감추었다가 가게로 나왔다. 나는 죠앤에 대해 있는 대로 화가 났지만, 그녀의 비위를 건드리고 싶지 않아 하고 싶은 말을 꾹 참고 집으로 돌아왔다.

이런 일이 있은 며칠 후 크리스마스가 되었다. 죠앤은 가게 친구와 함께 미국 리노(Reno)에 휴가 갔다 오겠다며 가게 열쇠를 내게 맡겼다. 리노는 미국 네바다 주의 서부에 있는 도시로, 유명한 도박 도시인 라스베가스 다음으로 큰 도박 도시이자 이혼 도시로 이름난 곳이었다. 그러니까 죠앤은 내 가게에서 일하는 그녀의 친구 종업원과 함께 도박 도시인 리노로 가 도박을 하며 휴가를 즐기려는 것이었다. 내가 죠앤에게 리노에서 얼마 동안 있을 거냐고 물었더니 죠앤은 일주일간이라고 대답했다. 그리고 죠앤은 느닷없이,

"너 내가 어디로 휴가를 가건 신경 쓰지 말아주었으면 좋겠어. 가게 운영도 간섭 말고. 네가 영주권을 받으면 너 혼자 얼마든지 가게를 운영할 수 있고, 나는 네가 영주권 서류를 받을 때까지 네 가게에 나와 일할 수 없는 너

를 도와주려는 것 뿐인데 이런 나를 의심하다니, 나는 너에 대해 아주 기분이 안 좋아."

하고 엉뚱한 말을 한 다음 큰 카고 밴에 그녀의 친구를 태우고 유유히 사라졌다.

죠앤이 미국 리노로 여행을 떠난 이튿날, 나와 아내는 구두가게 문을 열고 몇 개월 만에 처음으로 가게 안을 둘러보았다. 가게 안은 엉망이었다. 구두 진열대에는 구두가 없어 거의 텅텅 비어 있었고, 바닥에는 빈 구두 상자만 여기저기 널려 있었다. 재고 창고로 들어가보니 거기도 물건이 별로 없었다. 가게는 문을 닫고 폐점하려는 모습 바로 그대로였다. 나는 기가 막혔다. 15만 불씩이나 투자해 가게를 시작한 지 불과 3개월도 안 되어 가게가 이 모양이 되다니, 나는 망연자실해 쓰러질 것만 같았다. 아내도 기가 차 의자에 앉아 울기만 했다. 은행에 가 통장의 돈을 체크해보니, 불과 돈 1000불밖에 남아 있지 않았다. 수표로 입금되었다가 바로 인출된 기록만 있을 뿐, 그 외 돈을 입금시킨 흔적은 거의 없었다. 나는 통장에서 돈을 모두 빼낸 다음 죠앤과 공동으로 개설했던 계좌를 즉석에서 폐쇄시켰다. 가게에 투자하고 남은 돈을 따로 계좌를 개설해 보관해두었기에 망정이지, 그렇게 안 하고 죠앤과의 공동계좌에 그 돈마저 모두 입금시켰더라면, 나와 내 가족은 틀림없이 오도가도 못 한 채 국제거지가 되고 말았을 것이다. 이런 생각을 하니 나는 등골이 오싹했다. 죠앤은 나나 가족이 가게에 나오면 이민국으로부터 추방당한다며 가게에 얼씬도 하지 못하게 협박한 다음, 내가 가게에 투자한 돈과 물건 판 돈을 모두 가지고 갔으며, 은행계좌에 남아 있던 돈 마저 모두 꺼내갔던 것이다. 뒤늦게나마 죠앤의 정체와 흉계凶計를 알아낸 나는 죠앤이 리노에서 돌아오는 대로 그녀를 추궁하고 해고시키리라고 굳게 마음을 먹었다.

나는 캣디와 구두가게 운영에 관해 의논을 했다. 캣디는 망설이다가, 죠앤은 전에도 그녀가 속한 단체에서 공금을 횡령했다가 말썽을 일으킨 적이 있었다며, 죠앤을 가게에서 내보낸 후 다른 사람을 쓰라고 조언해주었다. 아내는 코를 훌쩍거리며 영주권이고 뭐고 다 포기하고 한국으로 돌아가자고 말을 하고는 빈 구두 상자가 널려 있는 가게를 정리하려고 했다. 나는 아내에게,

"하나도 치우지 말고 그대로 놔둬. 죠앤에게 보여줘야 해. 그리고 이제는 영주권이 문제가 아냐. 외국인을 유인해 돈을 약탈하는 죠앤을 혼내줘야 돼. 그러기 전까지는 나는 이 클리어 워터에서 한 발자국도 움직이지 않을 거야. 당신도 이제부터 마음 단단히 먹어."

하고 아내가 굳은 마음을 먹도록 다짐을 시켰다. 내가 이렇게 죠앤과의 일전一戰을 각오하고 있을 무렵, 죠앤 집에서 힘든 일을 하며 먹고 자고 해오던 큰딸이 내게로 와 죠앤이 일을 너무 많이 시키고 멸시까지 하여 집으로 오고 싶다고 울며 말을 했다. 그러면서 죠앤의 집 창고에는 가게에서 갖다놓은 구두가 많은데 내가 이 구두를 죠앤에게 주었느냐고 물은 다음 죠앤은 사람들이 올 때마다 창고에서 구두를 꺼내 나누어준다고 덧붙였다. 나는 어이가 없었다. 가게 돈을 다 훔쳐가고, 그것도 부족해 가게에서 제멋대로 구두까지 꺼내다가 남에게 선심을 쓰다니, 나는 죠앤을 추호도 용서치 않겠다고 두 주먹을 불끈 쥐었다.

죠앤이 리노에 가 있는 동안 나는 아침마다 아내와 함께 가게에 나갔다가 저녁 때 돌아왔다. 이따금 사람들이 와 썰렁하게 빈 가게 안을 들여다보고는 가게를 하지 않을 거냐고 물었다. 그러면 나는 곧 물건을 주문해다 놓을 것이라고 간단히 대답한 다음, 며칠만 더 기다려 달라고 말을 했다. 나는 만일의 사태에 대비하기 위해 죠앤이 어질러놓은 가게 안과 텅 빈 구두 진열대 그리고 썰렁하게 비었 있는 재고 창고를 모조리 사진을 찍어두었으며 내 큰딸에게 카메라를 주어 죠앤의 창고에 있는 구두도 모두 사진을 찍게 했다. 그리고 죠앤이 쓰던 수표책은 물론 가게 카운터에 널려 있는 서류와 종이들을 하나도 빠짐없이 수거해 집에 가져다 보관했다. 죠앤을 꼼짝없이 옭아매

기 위해 내가 이렇게 철저히 준비하고 있을 때, 죠앤이 리노에 갔다가 일주일 민에 돌아와 그녀의 친구와 딸과 함께 가게에 출근을 했다. 죠앤은 나와 아내를 보자 가게에 있다가 이민관 눈에 띄면 추방당한다고 또다시 협박한 후 열쇠를 놓고 집으로 가라고 말을 했다. 나는 가게 열쇠를 손에 들고 죠앤을 노려보며,

"너 네 눈으로 가게 꼴이 어떤지 똑바로 보고 있겠지? 이건 내 가게야. 나는 이 꼴로 가게를 운영하는 네게 더 이상 내 가게를 맡길 수 없어. 물건도 없고 돈도 없는 가게에 나와 도대체 네가 무엇을 할 건데? 너 내가 왜 이런 말을 하는지 잘 알고 있겠지? 너 가게에서 가져간 돈과 네 집에 갖다놓은 구두 모두 가지고 와. 네가 나를 이민관에게 고자질하여 나를 추방시키려 한다면, 나는 이민관에게 네가 내 가게에서 한 행위를 다 말할 거야."

하고 죠앤에게 단호하게 말했다. 죠앤은 얼굴에 노기를 띠고,

"너 나를 해고시키지는 못해. 나는 이 가게의 경영인이고, 너는 나와 계약 까지 했어. 네가 만일 네 가게에서 나를 해고시키면 나는 너를 이 나라에서 살지 못하도록 끝까지 방해하고 말 거니까."

하고 내 얼굴에 주먹질을 하며 협박을 했다.

나는 가게에서 죠앤과 더 이상 다투고 싶지 않았다. 그러나 그녀에게 이렇게라도 퍼붓고 나니 어느 정도 가슴이 시원했다. 내가 죠앤의 협박에 조금도 수그러들지 않자 죠앤은 할 수 없다는 듯 그녀 친구 종업원과 딸을 데리고 문을 박차고 밖으로 나가버렸다. 하지만 죠앤은 내 면박과 힐난에 추호의 수치나 양심의 가책도 느끼지 않고 그 이튿날 아침 담배를 피우며 뻔뻔스럽게 또다시 가게에 나타나 계속해 나를 협박하며 괴롭혔다. 나는 이러한 죠앤을 다시는 가게에 나오지 못하게 하기 위해 1990년 1월 24일 아침, 죠앤과 그녀의 친구 종업원과 딸을 즉석에서 구두로 해고시킨 다음, 가게를 떠나라고 요구했다. 그랬더니 죠앤은 죽일 듯이 나를 쏘아보며,

"나는 너와 네 가족이 여기서 살지 못하도록 패디 해링튼 이민관을 시켜 너희들을 추방하게 하고, 씨애틀의 캐나다 영사관에도 너를 고발하여 네 영주권을 취소토록 할 테니 두고 보자. 그리고 너, 나와 내 친구와 내 딸을 사전예고 없이 해고시켰으니, 해고수당과 실업수당을 당장 내놔. 그렇지 않으면 너를 법원에 고소할 거야."

하고 계속 협박을 했다.

"나는 해고수당이 뭔지 실업수당이 뭔지 아무것도 모르고, 알아도 내 가게를 망쳐놓은 너희들에게 한 푼도 주지 않을 테니, 법원에 고소하든 말든 네 마음대로 해."

하고 나는 죠앤의 협박에 조금도 굴하지 않고 단호히 맞섰다.

내 가게에서 해고된 죠앤은 읍내로 다니며 나와 내 가족을 끊임없이 중상모략을 하였으며, 그녀가 우리를 이민국에 고발했으므로, 캐나다에서 곧 추방될 것이라고 악의에 찬 소문을 퍼뜨렸다. 그러나 죠앤이 퍼뜨린 소문은 거짓이 아니었다. 내 가게에서 해고된 1월 24일 바로 그날, 나에게 협박했던 대로 죠앤은 그녀의 남편인 제럴드와 함께 캠룹스 이민국의 패디 해링튼 이민관과 내 이민 고문인 스파고로부터 내 영주권 신청서를 접수하여 처리하고 있는 씨애틀의 캐나다 영사관에 나를 중상모략하는 편지를 각각 보냈음이 후일 모조리 드러났다. 이는 그녀가 내게 저지른 죄상罪狀이 탄로나기 전에 캐나다에서 나와 가족들을 서둘러 추방시키려 했던 것이었다. 이런 사실은 후일 죠앤에 대한 내 민사고소를 담당했던 변호사가 정보 및 사적 공개허가 규정(Access to Information and Privacy Act)에 의거하여, 이들 두 부서에 요청해 받은 죠앤의 편지에 의해 모두 밝혀졌다. 죠앤과 제럴드는 그들의 편지에서 나와 내 가족은 캐나다 사회에 매우 해악스런 존재이며, 공공장소에서 내가 죠앤과 다른 여자들에게 욕을 하며 난폭하게 굴 뿐만 아니라, 그녀에게 원한을 품고 복수를 하려는 위험한 인물로 나에 대해 늘 공포를 느낀다며, 나와 내 가족을 엄밀히 단속하라고 패디 해링튼 이민관에게 특별히 요청을 했다. 또한 편지 말미에는 그녀가 내 이민 고문인 스파고와 캠룹스 이민국의 패디 해링튼 이민관에게 즐비하게 늘어놓았던 온갖 감투가 모두 나열되어 있었다. 죠앤과 제럴드는 씨애틀의 캐나다 영사관으로 보낸 편지에서 그들이 나와 내 가족에게 해주었던 후원(Sponsor)도 취소한다고 덧붙였다. 캐나다 이민 규정에서 말하는 후원 또는 보증은 캐나다 시민권자나 영주권자가 해외에서 그들 가족이나 친지를 캐나다로 이민시키려 할 때, 그들에게 주거와 옷과 음식 등 그들이 캐나다에서 생활하는 데 필요한 일체의 것을 보증하겠다는 것을 뜻하는 것이다. 죠앤과 제럴드는 그들 가족이 아닌, 나와 내 가족을 보증을 서 캐나다로 이민시킬 수 있는 자격이 없을 뿐만 아니라, 우리 다섯 식구들이 캐나다에서 살아가는 데 필요한 것들을 대줄 형편이 되지 못함에도, 우리 가족에게 해주었던 그들의 후원을 취소한다고 주장했다. 더구나 내 나라에서 돈을 가지고 왔다가 그들의 꾐에 빠져 캐나다에서 사업을 차려 자립하려 했던 내게 언제, 그리고 무엇 때문에 우리에게 생계보증을 해주었다고 한 것인지, 그야말로 어불성설語不成說이 아닐 수 없었다.

죠앤과 제럴드의 악랄한 행위는 이뿐만이 아니었다. 그들은 내 이민수속을 맡고 있는 밴쿠버 이민 고문인 스파고에게도 중상모략에 찬 편지를 하여, 나와 내 가족의 캐나다 이민을 도와주지 말라고 요구했다. 죠앤과 제럴드의 태도로 보아 그들은 최단시일 내에 내가 가진 돈을 모두 빼앗은 다음 그들이 내게 저지른 죄과罪科가 탄로나 처벌받기 전에, 나와 내 가족을 캐나다에서 하루 속히 내쫓기위해 온갖 비겁한 행동을 총동원했음이 분명했다. 나는 어떤 일이 있어도 죠앤이 내 가게에서 훔쳐간 돈을 반드시 되찾아야 했고, 그녀가 내게 억울한 누명을 씌워 더럽혀놓은 명예도 꼭 회복해야 했다.

죠앤과 제럴드의 악랄한 행위는 끝없이 계속되었다. 그들은 내 큰딸을 양녀로 삼아 대학에 보내주겠다고 감언이설甘言利說로 꾀어 반년 이상 동안 노예처럼 부려먹은 후 돈 한 푼 주지 않고 그들 집에서 쫓아냈을 뿐만 아니라 내 둘째 딸과 막내아들이 클리어 워터에 있는 학교에 가 공부하도록 해주었던 후견인(Guardianship) 역할도 모두 취소했다.

내 큰딸은 아침 일찍 일어나 죠앤과 제럴드가 제각기 기르는 말 두 마리에게 먹이를 주고 아침 준비를 한 다음 낮이면 세탁과 청소를 하고, 마구간을 청소하고 말에게 점심 먹이를 준 후 저녁에는 죠앤과 제럴드에게 저녁 밥을 지어주고, 그런 다음 말에게 또다시 저녁 먹이를 주어야 하루 일과가 모두 끝이 났다. 죠앤의 말은 수시로 병이 났으며, 죠앤은 그녀의 말이 병이 날 때마다 내 큰딸에게 밤새도록 말을 지켜보고 있으라고 지시를 했다. 내가 큰딸이 걱정되어 낮에 가끔씩 죠앤 집에 가보면, 내 딸은 꾀죄죄한 옷을 입고 마구간에 들어가 큰 쇠스랑으로 더러운 말똥을 치우고 말에게 마초를 주며 땀을 뻘뻘 흘리고 있었다. 내가 마음이 아파 딸에게 가까이 가 위로라도 해주면 딸은 미소를 지으며,

"아빠 걱정 마세요. 죠앤이 내년 봄에 대학에 보내준다고 했어요."

하고 오히려 나를 위로해주려고 했다. 대학에 보내주겠다는 죠앤의 말만 믿고 온갖 힘든 일을 꾹꾹 참아가며 해오다가 갑자기 죠앤으로부터 쫓겨났으니, 내 딸은 죠앤에 대해 얼마나 실망하고 또 배신감을 느꼈겠는가? 죠앤은 그녀를 가게에서 해고시킨 내게 복수하기 위해 내 영주권 신청을 방해하고, 내 가족을 캐나다에서 추방시키기 위해 수단방법을 가리지 않고 온갖 비겁한 짓을 다하고 있었다. 그뿐만 아니라 그것도 부족해 내 자식들의 가슴에도 시퍼런 비수匕首를 사정없이 들이대고 있었다. 죠앤은 악마였다. 거미처럼 그물을 쳐놓고 남의 돈을 약탈한 후 그의 인생을 철저히 망쳐놓는 무서운 악마였다. 죠앤이 내 가게에서 해고당한 이튿날 누군가가 내 집 문을 난폭하게 두드려 문을 열어보니, 죠앤이 내게 무슨 청구서를 내밀며 그녀가 요구하는 돈을 당장 내놓으라고 큰소리를 쳤다. 청구 금액은 2만 불이었으며, 청구

사유는 (우리 가족의) 캐나다 입국 서비스 비용이라고 적혀 있었다. 죠앤은 이뿐만 아니라 내 둘째 딸과 막내아들에게 해준 후원인(Guradianship) 역할비로 1만 불을 별도로 내라고 요구했다. 나는 죠앤에게 나와 내 가족이 캐나다에 올 때 서울에 있는 캐나다 대사관에서 캐나다 방문 비자를 받았으며, 캐나다 비자 신청 시 수수료를 모두 지불했는데, 그녀가 무슨 자격으로 캐나다 입국 비용을 별도로 받느냐고 따졌다. 내 아이들에게 해준 후원인 역할비는 그녀가 이를 취소하는 편지를 학교로 보냈기 때문에 한 푼도 줄 수 없다고 버텼다. 돈 지불을 거절당한 죠앤은,

"너를 법원에 고소해 너희 가족의 캐나다 입국비와 네 아이들 후원인 비는 물론 가게 해고수당과 실업 수당도 모두 받아낼 테니 각오해라."

하고 협박을 한 다음 문을 탕 닫고 나가 버렸다. 이후 죠앤은 내 집 옆을 지나갈 때마다 자동차 경적을 요란하게 울리거나 큰 소리로 욕을 하기도 하고, 어떤 때는 집으로 돌멩이를 던지기도 했다. 또한 한밤중에 전화를 걸어, "유 고우 홈. 개새끼." 하고 욕을 퍼붓기도 하였으며 어떤 때는 낯선 사람들이 내 집 앞에 와 내 사진을 찍고 사라지기도 했다. 죠앤이 시킨 짓임에 두말한 나위가 없었다.

그로부터 며칠 후 죠앤은 내 집에 와 협박했던 대로 우리 가족의 캐나다 입국비, 내 아이들에게 해준 후원인 비, 가게 해고수당 및 실업 수당 등을 받아내기 위해 나를 캠룹스에 있는 소액환 청구 법원(Small Claims Court)에 고소를 했다. 죠앤뿐만 아니라 내 가게에서 해고당한 죠앤 친구와 그녀의 딸도 청구인(Claimant) 명단에 들어가 있었다. 소액환 청구이기 때문에 재판은 캠룹스에 있는 법원에서 열리지 않고, 클리어 워터에서 일주일에 한번씩 열리는 순회 재판소에서 열리기로 되어 있었다. 나는 캐나다 재판 절차를 하나도 몰랐지만 재판의 승패를 운에 맡기기로 하고, 변호사 없이 나 혼자 재판에 출두키로 결심했다. 그런 다음 판사로부터의 예상되는 질문과 답변을 작

성해 암기해가며 재판에 대비해 열심히 준비를 했다.

재판 날이 되어 재판정에 가보니 남자 순회판사가 재판 단상에 마련되어 있는 판사 석에 앉아 있었고, 그 앞줄에 여자 기록원(Court Reporter)이 자리를 잡고 있었으며, 나를 고소한 청구인 셋이 변호사처럼 보이는 한 남자와 방청석 맨 앞줄에 나란히 앉아 있었다. 재판정에는 나에 대한 소액환 청구 재판뿐만 아니라, 다른 사람들에 대한 재판도 있었다. 드디어 내 재판 차례가 되었다. 피고인인 나와 원고인을 대표하는 변호사가 판사 앞에 나가 인사한 다음 각자 소개를 했다. 그리고는 원고인 변호사가 먼저 모두冒頭 진술(Opening Statement)을 한 후, 내가 원고인들이 제기한 손해배상 청구에 반박하는 진술을 했다. 내 진술이 끝난 다음, 원고인 변호사가 일어나 내가 죠앤에게 캐나다 입국비 2만 불과 내 아이들 후견인 비 1만 불, 그리고 가게 해고수당과 실업보험 수당을 지불해야 하며, 내 가게에서 해고된 다른 두 원고인들에게도 해고수당과 실업보험 수당을 지불하고 그들이 청구한 금액에 이자도 가산해야 한다고 주장했다. 원고인의 주장을 다 듣고 난 판사는 원고인 변호사에게 몇 가지 질문을 한 후, 나더러 원고인들의 손해배상 청구에 동의하느냐고 물었다. 내가 동의하지 않는다고 대답하자, 왜 동의하지 않는지 그 이유를 설명하라고 말했다. 나는 내 가족과 함께 공부를 하러 호주로 가는 도중 캐나다에 잠시 들러 관광하기 위해 한국 서울에 있는 캐나다 대사관에 관광비자를 신청하여 비자를 받았으며, 관광비자 신청 시 이미 수수료를 냈기 때문에 별도로 캐나다 입국비라는 것을 낼 필요가 없다고 말했다. 더구나 죠앤과 그녀 남편 제럴드는 내가 요구하지도 않은 초청장을 내게 보내왔으나, 이 초청장 때문에 내가 캐나다 비자를 받은 것은 아니라고 생각하며 만일 캐나다 입국비가 있다면 캐나다 정부가 이를 받아야지 일개인이 캐나다 입국비를 내라고 하는 요구는 들어줄 수 없다고 잘라말했다. 그런 다음 죠앤과 제럴드가 내 아이들이 학교에서 공부하도록 해준 후견인도 학교에 편지를 보내 취소했기 때문에 그들이 요구하는 돈을 지불할 수 없다고 설명했다. 나는 계속해서 죠앤이 클리어 워터에서 구두가게를 차리면 많은 돈을 벌 수 있다는 그녀의 말을 듣고 상당한 액수의 돈을 투자했으나, 죠앤이 내 사업자금과 물건 판매 대금을 나 몰래 모두 가져가 가게가 문을 닫게 되었으며, 또한 죠앤은 내 허락도 없이 조그만 가게에 그녀의 친구와 딸을 마음대로 고용했고, 죠앤의 부정행위로 더 이상 가게를 운영할 수 없어 그들을 모두 해고시킨 것이며, 실업보험 수당은 그게 무엇인지 알지는 못하나 판사님이 원고인들에게 지불하라고 하면 지불하겠다고 한 후, 그 이외의 손해배상 청구는 받아들일 수 없다는 말로 끝을 맺었다.

내가 영어 발음이 틀리면 다시 반복하라고 말을 해가며 내 진술 하나하나를 주의 깊게 듣고 난 판사는 죠앤이 누구냐고 물은 후 자리에서 일어나라고 명령했다. 그리고 나 죠앤이 나를 알게 된 경위와 내 가게에서의 역할에 대해 물은 다음, 가게 종업원을 채용할 때 내 동의를 얻었느냐고도 물었다. 죠앤은 나를 알게 된 경위와 내 구두가게에서의 그녀의 역할을 짤막하게 댄 후, 자기는 총지배인이기 때문에 가게 종업원은 내 동의가 없이 그녀 마음대로 얼마든지 고용할 수 있다고 대답했다. 판사가 종업원을 둘씩이나 고용할 만큼 내 가게가 그렇게 바쁘냐고 물었더니 죠앤은 아무 말도 하지 못했다. 판사가 죠앤에게 내 주장대로 나도 모르게 가게에서 돈을 가져간 게 사실이냐고 다그치자, 죠앤은 우물쭈물하며 가게가 안 된 것은 그녀 탓이 아니라고 엉뚱한 대답을 했다. 판사는 언성을 높이며,

"내가 원고인에게 묻는 것은 가게가 잘되고 아니고가 아니라, 원고인이 가게에서 피고인 모르게 돈을 가져갔느냐고 묻는 거야. 내 질문에 예스 또는 노우라고 간단히 대답해."

하고 명령을 했다. 죠앤은 고개를 떨어뜨리고 아래만 내려다볼 뿐 아무 대답도 하지 못했다. 판사가 원고인들의 변호사에게 더 할 말이 있느냐고 묻자, 원

고인 변호사는 피고인은 원고인들을 사전예고 없이 그의 가게에서 부당하게 해고시켰다며, 원고인들에게 해고수당과 실업보험 수당을 지불해야 한다고 거듭 주장했다. 판사는 이어서 내게도 더 할 말이 있느냐고 물었다. 나는 죠앤이 나나 내 가족이 가게에 나오면 캐나다에서 추방된다고 협박을 해가며 가게에 못 나오게 한 다음 가게에서 돈을 훔쳐갔고, 내가 죠앤을 내 가게에서 해고한 직후 죠앤이 클리어 워터 사람들에게 나와 내 가족을 이민국에 고발하였으므로 곧 추방될 것이라는 악의 찬 소문을 퍼뜨렸다고 추가로 설명했다.

나는 다른 사람 아닌 캐나다 법원 판사에게 죠앤이 나와 내 가게에서 저지른 모든 부정행위를 하나하나 빠짐없이 직접 폭로하고 나니 가슴이 다 후련했다. 내가 판사에게 죠앤의 비겁한 행위를 하나하나 설명하고 있는 동안, 판사는 나와 죠앤을 번갈아 쳐다보며 고개를 좌우로 흔들기도 했다. 판사는 내게 죠앤이 내 가게에서 돈을 가져갔다는 증거가 있느냐고 물었다. 내가 "네, 있습니다." 하고 대답하자, 판사는 내게 죠앤을 캠룹스에 있는 고등법원에 고소할 수 있다고 조언해주었다. 판사는 죠앤을 매우 괘씸하게 본 것 같았고, 그래서 나더러 그녀를 고등법원에 고소하라고 힌트를 주는 것같이 생각되었다. 원고인 변호사와 나로부터 최후 진술을 다 듣고 난 판사는 원고인들이 피고인인 내게 청구한 손해배상의 부당성을 조목조목 지적한 후, 그들이 나를 상대로 제기한 손해배상 청구를 기각(Dismiss)한다고 선포하고는 그날의 순회 재판을 모두 끝냈다. 나는 판사에게 고맙다고 인사를 하고 재판정을 나왔다. 비록 소액환 청구 재판이기는 하나 외국에 나와 변호사 없이 단신으로 재판정에 나가 현지인 원고인들의 부당한 손해배상 청구를 보기 좋게 밟아 뭉갠 나는 스스로도 매우 자랑스러웠다. 그리고 앞으로 닥쳐올 그 어떤 난관도 능히 극복할 수 있을 것 같은 자신이 생겼다. 나로부터 또다시 돈을 빼앗기 위해 변호사까지 고용해 법원에 소송을 제기했던 죠앤 일당은 코가 납작해져, 재판정 뒷문으로 빠져나가 차를 타고 쏜살같이 사라졌다. 죠앤이 제기한 소액환 청구재판에서 승소한 직후인 2월 13일, 나는 죠앤을 사기(Fraud), 배임 및 횡령(Breach of Trust and Embezzlement), 무고(False Accu-sation), 공갈협박(Blackmail and Threat), 금품갈취(Extortion), 형사적 괴롭힘(Criminal harassment), 인종차별(Racism), 내 큰딸에 대한 비인도적 대우 및 야만 행위(Inhumane Treatment and Brutality) 등으로 경찰에 정식으로 고발하였으며, 죠앤과 제럴드를 민사법정에도 고소할 결심을 하고 그들을 상대로 고소할 준비작업에 곧 착수했다.

내가 이렇게 죠앤과 제럴드에 대한 대책에 고심을 하며 그들을 상대로 적절한 조치를 하나하나 취하고 있을 무렵, 집안에서 뜻밖에 사고가 발생했다. 1990년 2월 22일 아침이었다. 갑자기 내 둘째 딸이 비명을 질러 그애 방으로 달려가보니, 그애의 왼쪽 팔에서 붉은 피가 흐르고 있었고, 딸애는 피가 나는 팔을 붙들고 괴로움에 울부짖고 있었다. 딸 옆 침대에는 피 묻은 큰 부엌칼이 놓여 있었다. 딸애는 이 칼로 자기 팔에 자해自害를 한 것 같았다. 나는 재빨리 칼을 집어치운 후 딸애의 팔에서 피가 나지 않도록 두 손으로 꼭 쥐었고, 아내는 입고 있던 앞치마를 찢어 피나는 딸애 팔에 동여매주며,

"지은아, 이게 웬일이냐? 네가 미쳤구나. 네가 어떻게 이런 끔찍한 일을 저질렀단 말이냐?"

하고 울며 말했다. 나는 내 딸을 진정시킨 다음,

"지은아. 왜 이런 짓을 했니? 무슨 고민거리라도 있니? 네가 원하는 것이 있으면 내가 다 들어줄게. 어서 말해봐."

하고 딸의 등을 쓰다듬으며 부드럽게 말했다. 평소 말을 잘하지 않고 성격이 내성적인 딸은 한참 후 울음을 멈추더니, 그동안 억제되었던 감정을 천천히 열기 시작했다.

"아빠, 나 한국으로 돌아가고 싶어요. 나는 여기가 싫어요. 학교에 가면 아이들이 놀리고, 선생도 처음 같지가 않아요. 선생은 죠앤과 제럴드가 나에

대한 후견인 역할을 취소했다며, 딴 사람에게 다시 받아오라고 했어요. 저 학교에 가서 멸시받고 싶지 않아요. 아빠, 저 혼자라도 한국으로 돌아갈래요. 여기서 사느니 차라리 죽고 싶어요."

이렇게 말한 후 딸은 또다시 흐느껴 울기 시작했다.

내 딸은 외국인 국적을 가진 학생이 별로 없는 지방학교에서 그 모든 멸시, 모욕, 인종차별을 받아가며 공부를 해오다가, 죠앤과 제럴드의 후견인 취소로 선생으로부터 냉대까지 받자 스스로 자해를 하여 자살하려 했던 것이다. 나는 어른들의 다툼과는 아무런 상관이 없는 아이들이 학교에 가지 못하도록 방해하는 죠앤과 제럴드의 비열한 행위에 끓어오르는 분노로 몸이 부르르 떨렸다. 또한 그동안 복잡한 가게일로 가정에 무관심했던 나 자신에 대해서도 깊은 자책감自責感이 들었다. 나는 내 딸애의 학교 등교를 중지시키고, 다른 후견인을 찾을 때까지 집에서 안정을 되찾도록 했다. 후견인은 영어로 Guardian이라고 하며, 캐나다에서 초등학교, 중학교 그리고 고등학교에서 공부하는 외국 국적의 학생들은 그들을 보살펴줄 후견인을 선정하여 이를 학교에 제출해야 한다. 후견인은 캐나다 시민권자나 영주권자여야 하며, 학생들이 캐나다 국적을 취득했거나 영주권자이면 그들 부모가 바로 후견인이 되기 때문에 별도로 후견인을 선정할 필요가 없다. 하지만 나는 아직 캐나다 영주권자가 아니었기 때문에 아이들을 학교에 보내려면 후견인을 따로 선정하여 학교에 제출하지 않으면 안 되었다.

캐나다에 온 지도 어느덧 반년이 다 되었다. 날이 감에 따라 나와 가족이 한국 캐나다 대사관에서 받아온 6개월짜리 방문 비자도 그 유효 기간이 거의 만료되어가고 있었다. 1월 하순 나는 아내와 함께 캐나다 방문 비자를 연장하기 위해 식구들의 여권을 모두 지참하고 캠룹스에 있는 이민국으로 갔다. 나와 아내가 이민국 사무실 문을 열고 안으로 들어서자 저쪽 구석 책상에 앉아 있던 패디 해링튼 이민관이 오만상을 찌푸리고 접수대로 나오더니, 무엇 하러 왔느냐고 퉁명스럽게 물었다. 내가 가족들 여권을 내놓으며 비자 연장을 하러 왔다고 말하자, 그는 여권 안에 붙어 있는 비자를 하나하나 들여다보고 난 후, 클리어 워터에서 아직도 사업을 하고 있느냐며 한국에는 언제 돌아가느냐고 물었다. 그의 질문 투로 보아 그는 죠앤과 제럴드로부터 나와 우리 가족을 캐나다에서 추방시켜 달라는 편지를 받았음이 분명했다. 나는 클리어 워터에서 옷가게를 하나 더 사 구두가게와 함께 운영하고 있으며, 영주권이 나올 때까지는 한국으로 돌아가지 않을 것이라고 패디 해링튼 이민관에게 말했다. 패디는 내 말이 떨어지기가 무섭게 무슨 중대한 단서라도 잡으려는 듯, 내가 직접 가게를 운영하느냐고 유도 질문을 했다. 죠앤과 제럴드로부터 나에 관한 편지를 받은 바로 그 당사자 면전에서 그들에게 역공逆攻을 가할 절호의 찬스를 얻었구나라고 생각한 나는 패디 이민관에게 죠앤과 제럴드에 관해 이야기를 시작했다. 나는 내가 영주권을 받을 때까지는 가게에서 일을 할 수가 없어 죠앤이라는 여자를 내 구두가게에 매니저(Manager)로 채용해 그녀에게 가게 운영을 모두 맡겼었는데, 내가 가게에 나오면 캐나다에서 추방된다고 협박한 후 나와 내 가족을 가게에 나오지 못하게 금지시키고 내 가게 돈을 모두 훔쳐갔다고 말했다. 그리고 그녀의 죄과가 탄로나기 전에 나와 내 가족을 캐나다에서 추방시키기 위해 죠앤과 그녀의 남편 제럴드는 나와 내 가족을 근거없이 중상모략하는 편지를 이민국에게 보냈다고 패디 해링튼 이민관에게 설명했다. 커다란 눈을 부릅뜨고 내 이야기를 다 듣고 난 패디 해링튼은 죠앤이 아직도 내 가게에서 일을 하고 있느냐고 물었다. 나는 죠앤의 부정행위가 탄로난 즉시 그녀를 해고시킨 후, 다른 사람을 채용해 가게를 보도록 하고 있다고 말했다.

그러자 패디는 양장점도 내가 직접 운영하느냐고 잇달아 물었다. 나는 옷가게를 판 여자 주인이 보살피고 있다고 그의 질문에 대답했다. 나와 내 가족을 캐나다에서 추방시킬 구실을 찾지 못한 패디 해링튼은 나와 내 가족에게 6개월밖에 비자 연장을 해줄 수 없으니 비자가 끝나기 전에 캐나다를 떠나라고 윽박질렀다. 그런 다음 가게에서 일하면 즉석에서 추방시키겠다고 다시 한번 협박을 한 후, 6개월짜리 새 비자를 첨부한 여권을 내게 돌려주었다. 나는 죠앤과 제럴드로부터 나에 관한 편지를 받은 패디에게 내 딱한 사정을 설명하면 어느 정도 동정을 얻을 수 있으리라고 생각했으나, 그것은 가당치도 않은 나 혼자만의 상상에 불과했다. 철저한 인종차별주의자이자 냉혈한冷血漢인 패디 해링튼 이민관은 같은 민족인 죠앤과 제럴드의 고자질만 듣고, 나와 내 가족을 캐나다에서 추방시킬 최우선 대상으로 이미 점찍어 놓은 다음 우리 가족의 추방을 단행할 틈만 엿보고 있었다.

죠앤과 제럴드를 경찰에 고발한 지 3주 후인 3월 6일, 그들에 대한 내 고발장을 접수한 경찰이 나를 찾아와 죠앤을 불러 1차 조사를 벌였다고 말을 했다. 죠앤은 조사에서 자신은 가게 매니저로 가게에서 일을 할 수 없는 나를 대신해 가게를 운영했을 뿐만 아니라, 내가 가게 돈을 마음대로 쓰도록 은행계좌도 공동으로 개설해주었다고 진술했는데, 그게 사실이냐고 내게 물었다. 나는 죠앤이 내 가게 매니저였던 것은 사실이나, 가게 돈을 그녀 마음대로 쓰도록 한 적은 없으며, 가게 돈은 가게 운영을 하는 데만 쓰도록 하기 위해 가게 전용 계좌를 따로 개설하여 가게 매니저인 죠앤을 믿고 그녀를 공동연서인(Co-signer)으로 해준 것이지, 가게 돈을 개인적으로 마음대로 가져가도록 한 것은 아니었다고 설명했다. 그리고는 15만 불씩이나 투자한 가게가 불과 3개월도 안 되어 운영자금이 없어 문을 닫게 되었다고 추가로 설명했다. 경찰은 죠앤이 개인적으로 가게 돈을 사용한 증거나 그녀가 가게에서 사용했던 장부 같은 것이 있으면 모두 달라고 했다. 나는 죠앤이 미국 리노로 도박 여행을 하러 간 사이 가게에서 가져온 서류들과 그때 찍어 놓은 가게 내부사진을 모두 경찰에 넘겨주며,

"죠앤은 지난 크리스마스 때 그녀가 내 가게에 고용한 그녀 친구와 함께

미국 리노로 일주일 간 도박여행까지 갔는데, 그때 돈이 어디서 생겨 미국으로 원정도박을 하러 갔으며, 내 가게를 시작한 지 불과 한달 만에 큰 카고 밴(Cargo Van)을 무슨 돈으로 샀는지 철저히 조사해 달라."

고 요청을 했다. 내 설명을 다 듣고 난 경찰은 눈을 둥그렇게 뜨고 놀라며 물었다.

"그게 정말이냐?"

이후 죠앤과 그녀의 남편인 제럴드는 뻔질나게 경찰에 불려가 조사를 받았으며 그들뿐만 아니라 죠앤이 내 가게에 채용했던 그녀의 친구와 딸도 증인으로 경찰에 소환되어 조사를 받았다. 죠앤이 내 가게에서 저지른 부정사건으로 그녀와 그녀의 남편이 경찰에 가서 조사받고 있다는 소문이 좁은 클리어 워터 읍내에 삽시간에 널리 퍼졌으며 아직 검찰에 기소되지는 않았지만, 그들이 경찰에 수시로 불려가 조사를 받는 것만으로도 나는 마음이 한결 후련했다.

내가 이렇게 죠앤과 제럴드에 대항해 싸우고 있던 3월 12일, 미국 씨애틀에 있는 캐나다 영사관으로부터 한 장의 편지가 날아왔다. 혹시 영주권이 아닐까 하고 가슴을 설레며 편지를 뜯어 보았으나 내가 기대했던 영주권은 들어 있지 않고 나와 내 가족의 캐나다 영주권 신청을 거절한다는 내용의 간단한 편지만 들어 있었다. 영주권 거절 사유는 내 영주권 신청서가 캐나다 이민국이 정한 사업이민 조건을 충족시키지 못했고, 내가 클리어 워터에서 하고 있는 신발가게와 옷가게 사업으로는 캐나다 경제에 기여할 수 없을 뿐만 아니라, 내가 과거에 사업을 했던 경험도 없으며, 또한 나와 내 가족이 캐나다 사회에서 꼭 필요한 멤버(Integral member)가 될 수 없을 것 같기 때문이라고 되어 있었다. 내가 지난 9월 죠앤과 함께 밴쿠버로 내려가 그녀가 소개해주는 스파고 이민 고문을 만났을 때 그는 지방으로 가 사업을 하면 영주권이 쉽게 나온다고 내게 말했었다. 그러나 그의 말은 씨애틀의 캐나다 영사관 이민부서로부터의 편지에 의해 새빨간 거짓임이 드러났다. 나와 내 가족이 캐나다 사회에서 꼭 필요한 멤버가 될 수 없다는 암시는 죠앤이 영사관에 나와 내 가족을 중상모략하는 편지를 보고 말한 것임에 틀림없어 보였다.

영주권 거절 편지를 받고 절망과 좌절에 쌓인 나는 앞으로 무엇을 어떻게 해야 할지 앞이 막막했다. 나는 영사관에서 온 편지를 책상 서랍 속에 구겨 넣은 다음, 침통한 마음으로 클리어 워터의 공동묘지 언덕 밑을 흐르는 톰슨 강(Thomson River)가로 가 이른 봄볕에 반짝이며 흐르는 강물을 바라보며 앞으로의 대책을 곰곰이 생각해보았다. 그러나 아무런 좋은 생각이 떠오르지 않았다. 한국에 있는 집과 땅을 모두 팔고 왔기 때문에 한국으로는 돌아갈 수가 없고, 돌아갈 체면도 없을 뿐더러, 또한 호주로 가고 싶어도 두 가게에 투자하고 7개월 동안을 아무것도 하는 일 없이 돈만 써왔기 때문에, 얼마 남지 않은 돈을 가지고는 더 이상 호주로도 갈 수가 없었다. 사면초가四面楚歌에 놓여 더 이상 갈 곳도 없고 아무런 희망도, 의지할 데도 없는 나는 괴로워 견딜 수가 없었다. 차라리 죽어버리고 싶은 생각마저 문득문득 가슴을 스쳐갔다.

그러나 내가 죽어 없어지거나 캐나다에서 추방되면 가장 좋아할 사람은 죠앤과 제럴드일 것이라고 생각하니, 죽고 싶다는 따위의 감상적인 생각이 확 달아나고, 수단방법 가리지 않고 캐나다에 끝까지 남아 그들과 싸워 이겨야겠다는 비장한 각오가 새롭게 용솟음치기 시작했다. 내가 캐나다를 떠나면 그들과 더 이상 싸울 수도 없고, 그들이 나와 내 가족에게 덮어씌운 억울한 누명도 영원히 벗지 못할 것이다. 나는 어릴 때부터 강인한 투지와 인내와 담력과 불굴의 의지로 단련되어왔으며, 어떠한 고난에도 굴하지 않고 이겨내는 불사조不死鳥다운 굳센 정신으로 인생을 살아왔다. 나는 내게 축적된 이 모든 귀중한 정신적 무기를 총동원하여 죽기살기로 싸우기로 마음을 다졌다. 옛날 이순신李舜臣 장군이 왜군과의 명량해전에 임하여 각 전선의 장병들을 소집해놓고 훈시訓示했던 "필사즉생必死卽生, 필생즉사必生卽死", 즉 '죽고자 하면 오히려 살고 살고자 하면 도리어 죽는다'는 말씀을 떠올리며, 죽기 아니면 살기로 싸우다보면 용케 살아 남을 수도 있다고 생각하고 이를 악물었다.

씨애틀의 캐나다 영사관으로부터 영주권 거절 편지를 받고 난 며칠 후, 나는 클리어 워터 지역에서 발행되는 『노스 톰슨저널(North Thomson Journal)』이라는 신문을 우연히 보게 되었다. 그 신문에는 클리어 워터 지역에 새로 정착한 이민자들과 그 가족들을 호텔 식당에 초대하여 커다란 환영 연회를 베풀어줄 것이라는 기사가 크게 실려 있었다. 그러나 나와 내 가족은 초청자 명단에 들어 있지 않았다. 그 신문은 내가 클리어 워터에 처음 와 신발가게를 열 때는 나와 내 가족에 대한 환영찬사 기사를 뻔질나게 대대적으로 실어주더니, 죠앤이 내 가게에서 해고된 뒤로부터는 나와 내 가족과 내 가게에 대해서는 일체의 언급이 없었다. 나에 대한 기사는 고사하고, 죠앤이 내 가게에서 저지른 부정행위로 그녀와 제럴드가 경찰에 고발되어 조사받고 있다는 기사도 전혀 게재하지 않았다.

나는 죠앤과 그녀의 친구와 딸을 가게에서 해고한 후 수잔이라는 젊은 여자를 채용하여 가게 일을 시키고, 나와 아내도 매일 가게에 나가 가게를 보살폈다. 3월 30일이었다. 내가 아내와 함께 구두가게에 가 있는데, 한 중년 여자가 가게로 들어오며 죠앤을 찾았다. 내가 죠앤이라는 여자는 여기에서 더 이상 일을 하지 않는다고 말을 했더니 그 여자는 자신의 이름을 트루디(Trudy)라고 소개한 후, 밴쿠버에서 구두 도매업을 하는데 죠앤에게 구두를 외상으로 주었으나 구두 대금을 아직까지 받지 못했고, 실수로 구두를 싸게 팔아 많은 손해를 보아 구두 판 외상대금과 구두를 싸게 팔아 손해본 돈을 받으러 왔다고 말을 하며 나더러 이 가게 주인이냐고 물었다. 내가 그렇다고 대답하자 트루디라는 여자는 죠앤이 외상으로 가져간 구두값 1만 불과 구두를 싸게 팔아 손해본 1만 불을 합쳐 2만 불을 달라고 내게 요구했다. 나는 죠앤에게 1만 불어치나 되는 구두를 외상으로 주고 실수로 구두를 잘못 팔았다며 그 손해액을 달라는 트루디의 가당치 않은 요구에 너무나 기가 막혀 말도 제대로 나오지 않았다. 트루디는 무슨 장부를 내 앞에 내놓으며 돈을 달라고 또다시 독촉을 했다.

"트루디, 나는 죠앤이 당신 구두를 외상으로 샀는지도 모르고, 더구나 물건을 팔고 난 후 손해를 보았다며 돈을 달라는 사람을 보지 못했소. 죠앤은 이 가게에서 이미 해고되었고, 그녀가 내 가게에서 일하는 동안 다른 사람과 행한 거래는 하나도 모르니, 그 돈을 받으려거든 죠앤을 찾아가 요구하시오." 하고 나는 트루디에게 점잖게 충고를 했다. 트루디는 무슨 말을 하려다가 할 수 없다는 듯 뒤로 물러나며 죠앤이 살고 있는 곳을 물은 다음, 죠앤에게 요구해 돈을 받지 못하면 나를 법원에 고소해 받아내겠다고 협박하고 나 차를 타고 사라졌다.

나는 트루디라는 여자를 통해 죠앤이 구두를 외상으로 산 사실을 처음으로 알게 되었으며 외상으로 물건을 사는 방법으로 가게 돈을 챙겨간 죠앤의 사기행위에 어안이 벙벙할 뿐이었다. 나는 캐나다에 와 죠앤과 제럴드, 스파고와 트루디 같은 비열하고 부정직한 사람들만 만나는 게 이상하였으며, 백인들 만나기가 두렵기조차 했다. 그들은 겉으로만 피부가 흴 뿐 속은 까마귀보다 더 검은 민족으로 보였다. 뿐만 아니라 캐나다는 약탈자와 도둑놈만 사는 나라처럼 생각이 들기도 했다. 캐나다나 미국에 사는 대부분의 백인들은 17~18세기에 유럽에서 건너와 이 나라를 개척할 때, 이곳에 살던 원주민들을 무참히 죽여가며 그들의 땅을 강제로 빼앗아 정착했던 후예들이다. 그리고그들 역시 다른 민족의 재산을 약탈해 살던 그들의 조상과 똑같이 타민족의 피를 착취해가며 살아가는구나 하는 생각이 들어 등골이 오싹했다.

캐나다 영주권 신청이 거절된 나와 내 가족이 캐나다 이민국으로부터 추방되는 것은 이제 시간 문제일 뿐이며, 캐나다에 계속 남아 있으려면 비자가 만료되어 추방되기 전에 하루 속히 무슨 대책을 세우지 않으면 안 되었다. 나는 내 이민 고문인 스파고와 이런 문제를 의논하기 위해 아내를 데리고 4월 2일 밴쿠버로 내려가 그를 만났다. 나는 그에게 도시에서 멀리 떨어진 지방에 가서 사업을 하면 영주권이 틀림없이 나온다고 장담했는데, 왜 내 영주권 신청이 거절되었느냐고 물었다. 그러자 스파고는 대뜸 죠앤이 방해하여 거절되었다고 서슴없이 대답했다. 나는 스파고에게 영주권을 재 신청할 수 있느냐고 물었다. 그러자 그는 추가로 7500불을 더 주면 씨애틀에 있는 캐나다 영사관으로 내 영주권 신청서를 다시 작성하여 보내주겠다고 대답했다. 돈이 또 들었지만 현재로서는 별다른 방법이 없어 나는 구두가게와 옷가게에 투자한 자금 내역서, 두 가게에서 일하고 있는 종업원 수, 그리고 죠앤이 내 가게를 운영하며 저지른 부정행위 등을 상술한 편지를 첨부하여, 하루 속히 영주권 신청을 해달라고 스파고에게 말하고는 곧바로 클리어 워터로 돌아왔다.

그러나 씨애틀의 캐나다 영사관에서는 내 영주권 재 신청에 대해 이번에는 답변조차 하지 않았다. 스파고의 말만 믿고 그를 통해 영주권 재 신청을 한 나도 잘못이 많았다. 캐나다 이민부서는 영주권 신청이 거절된 사람들로부터 영주권 재 신청을 받아주지 않는다는 것과, 내 이민 수속을 대행했던 시드니 스파고는 전에 캠룹스 시청에서 근무했었으나 부정을 저질러 공직에서 파면된 사람이라는 것 등을 후일 만난 변호사를 통해 상세히 알게 되었다. 이런 스파고를 죠앤에게 소개해준 캠룹스 변호사 짐 파울라나 그를 내게 소개해준 죠앤이나, 외딴 지역에 가 사업을 하면 영주권이 꼭 나온다고 장담하며 나로부터 돈을 사취한 스파고 등은 모두가 이블 액시스(Evil Axis), 즉 사악한 무리들이었던 것이다. 죠앤은 사람들에게 내가 영주권 신청이 거절되어 곧 추방될 것이라는 악의에 찬 새로운 소문을 또다시 퍼뜨리기 시작했다. 그리고 내 가게에서 가져간 구두와 옷으로 한껏 사치를 부려가며, 나를 보면 가운데 손가락을 쭉 올려 침을 뱉어가며 욕을 했다. 나는 단 하루라도 클리어 워터에 있기가 싫었지만, 죠앤과 제럴드에 대한 형사고발 수사가 진행 중인 데다 또한 구두가게와 옷가게가 그대로 있어 딴 곳으로 쉽게 떠날 수가 없었다.

아내와 나는 건강마저 좋지 않았다. 클리어 워터에 와서 겪은 고난과 고통으로 아내와 나는 심신이 많이 약해져 있었다. 아내는 빈혈과 어지러움, 소화불량으로 고생을 하였으며, 나도 빈혈, 현기증, 두통, 불면증에 걸려 때로는 우울증 증세까지 나타나기 시작했다. 아내와 나는 자주 병원에 다니며 치료받고 약을 먹었으나 죠앤과 제럴드로 인해 발생한 정신적 상처는 쉽게 치료되지 않았다. 우리의 사정을 잘 아는 의사는 정신적인 쇼크 때문에 복합적으로 병이 났다며 안정을 취하라고 조언했다. 그러나 자고 나면 새로운 일이 계속 일어나 고통만 가중될 뿐 마음을 안정시킬 수가 없었다. 게다가 영주권이 없어 의료보험 혜택마저 받을 수가 없었기 때문에 아파도 병원에 자주 갈 수가 없었다. 나는 주위의 권고로 마음의 안정을 찾기 위해 일요일이면 아내와 함께 읍내 교회에 나가기도 했으나 마음이 괴롭고 불안하기는 마찬가지였다. 교회에 나가 얻는 마음의 위안은 지극히 일시적일 뿐, 교회 문을 나서 현실로 돌아오면 교회에서 얻은 마음의 안정은 온데간데없이 금세 사라지고 말았다. 아무리 노력해도 클리어 워터에 있는 동안은 조금도 마음이 안정될 것 같지 않아, 나는 하루 빨리 지옥 같은 이곳을 벗어나 그 모든 괴로움을 잊을 수 있는 새로운 길을 택하기로 결심을 하고, 구두방과 옷가게부터 처분하려고 서둘러 신문에 광고를 냈다.

내 옷가게에서 일하는 캣디가 내가 낸 가게 매각 광고를 보고는 왜 자기에게 의논도 하지 않고 가게를 파느냐고 불평했다. 나는 캣디에게 내가 내 가게를 파는데 왜 내가 종업원인 너와 의논을 해야 되느냐고 말한 다음, 속히 가게를 팔고 딴 곳으로 가려 한다고 설명했다. 그러자 캣디는 한국으로 돌아가기 위해 가게를 파느냐고 물었다. 나는 아니라고 대답한 후, 캣디에게 이 가게를 되사면 어떻겠느냐고 물었다. 캣디가 내게 얼마에 팔겠느냐고 물어 내가 이 가게를 살 때 그녀에게 준 것만큼만 주면 팔겠다고 했더니, 캣디는 코웃음을 쳐가며 1만 불이면 살 용의가 있다고 했다. 가게를 팔 때는 비싸게 팔아 폭리를 취하고, 다시 매입할 때는 헐값에 거저 가지려는 철면피한 캣디에게 나는 단호하게 한 마디 했다.

"이 가게를 살 때 내가 네게 준 것만큼 내게 주지 않으면 나는 이 가게 네게 절대 안 팔아. 가게가 팔리지 않으면 이 가게를 원하는 사람에게 거저 주거나 문을 닫을지언정, 1만 불에는 절대 안 팔 거야."

이런 일이 있은 후 캣디는 즉시 가게를 그만두었으며 내 가게를 떠나자마자 내가 그녀에게 가게 판매 대금을 지불치 않았다고 근거 없는 주장을 하며, 그 돈을 받기 위해 캠룹스에 있는 고등법원에 나를 고소했다. 이로써 나는 불과 석 달 사이에 두 번째로 고소를 당한 것이다. 죠앤과 캣디, 트루디와 스파고, 그리고 짐 파울러 같은 악덕 변호사(Shyster) 등은 나를 보자 무슨 황금 노다지나 만난 듯, 나로부터 돈을 약탈하고 갈취해가기에 눈알이 벌개져 있었다. 나는 캐나다에 오기 전에 백인들은 모두 교육수준도 높고 마음도 좋고 또 돈 많은 부자일 것이라는 선입관先入觀을 가지고 있었다. 그러나 캐나다에 와 막상 그들을 대하니 그들은 대부분 교육도 제대로 받지 못한 데다가 심보도 고약하고 돈 없는 가난뱅이들이 상상외로 많았으며 그들은 또한 모두 돈에 굶주린 치사하고 더러운 인간들이라는 것도 알게 되었다. 19세기 때 프랑스의 낭만주의 작가 빅토르 위고(Victor Hugo)는 인간을 거미, 개미, 꿀벌에 비유해 세 가지 유형으로 분류했다. 거미줄을 쳐놓고 남을 약탈해가며 살아가는 거미 같은 인간, 자기만을 위해 살아가는 개미 같은 이기적인 인간, 자기도 살고 남에게 베풀어가며 사는 꿀벌 같은 인간 등으로 구분해놓았다. 위에 열거한 다섯 사람들이 이들 세 가지 유형 중 어디에 속하는 인간들인지는 새삼 설명할 필요조차 없다.

치사하고 더러운 인간들은 이들뿐만이 아니었다. 4월 30일이었다. 내가 아내와 함께 가게를 보고 있는데, 수염을 더부룩하게 기른 키가 땅딸막한 한 남자가 그보다 키가 큰 여자를 데리고 와 옷과 구두를 천 불어치나 산 다음 수표로 물건 대금을 지불하고 가버렸다. 이튿날 그 남자가 준 수표를 은행에 가서 입금하려 하였으나, 수표가 부도수표(Dishonoured Check)라서 입금할 수가 없었다. 이 부도수표를 들고 곧바로 경찰서로 가 신고를 했지만, 5천 불 미만의 금융사기(Financial Fraud)는 수사를 하지 않는다며 내 신고를 받아주지 않았다. 하루는 내가 부도수표를 내고 내 가게 물건을 사간 남녀를 우연히 주유소에서 만나 물건대금을 달라고 했더니, 그들은 가운데 손가락을 위로 올렸다 내렸다 하며 욕만 하고는 차를 타고 사라졌다. 또 어떤 여자들은 구두가게에 들어와 쇼핑백 안에 구두를 넣어가지고 슬며시 나가려다 들키기도 했고, 옷가게에 걸려 있는 액세서리들을 핸드백에 넣어 가지고 나가는 여자들도 있었다. 가게에서 물건을 절도해가는 사건이 하도 많아 캐나다 경찰 내에는 들치기(Shop-lifting) 사건만 전문으로 다루는 부서가 따로 있을 정도였다. 앞서도 언급했지만 캐나다는 약탈자, 사기꾼, 도둑놈들만 사는 천국과도 같았다. 눈 감으면 코 베어 간다는 말은 다른 나라에서가 아닌 바로 이 나라에서 생긴 말 같았다.

20. 내 아이들 클리어 워터를 떠남

막상 클리어 워터를 떠나기로 결심은 했지만, 클리어 워터에서 가게를 정리하고 딴 곳으로 떠나려면 아무래도 시간이 걸릴 것 같았다. 그래서 나는 죠앤의 집에서 혹사만 당하다가 쫓겨난 큰딸과 죠앤과 제럴드의 방해로 학교를 중단한 둘째 딸, 그리고 막내아들을 캠룹스로 먼저 보내 그곳 학교에 모두 입학시켰다. 그애들을 외국에서 공부시키기 위해 한국을 떠났지만, 캐나다에 와 그들 부모가 불행을 당하게 되어 그들 역시 학교에도 못 가고 고난과 설움만 받았던 것이다. 캐나다 이민에 실패한 그들 부모에게 남은 마지막 희망은 그애들이 이곳에서 열심히 공부하여 남들처럼 활개 펴고 떳떳이 살아가도록 도와주는 것뿐이었다. 그것은 부모의 희망일 뿐만 아니라 의무이기도 했다. 큰딸과 둘째 딸은 캠룹스에 있는 캐리브 대학(Caribou College)에, 아들은 고등학교에 각각 입학을 시켰다. 클리어 워터 초등학교에서 공부를 가르치는 로라 피커링 여선생과 내 가게 장부계원으로 일하는 카렌 여사가 그애들을 씨애틀의 캐나다 영사관으로 데리고 가 학생비자를 받도록 도와주었다.

멕시코 태생의 로라 피커링 선생은 15년 전 미국 콜로라도 주에서 목축업을 하던 남편을 따라 두 아들과 친정 어머니를 데리고 캐나다로 이주한 후 클리어 워터에 정착했다. 그녀는 독실한 기독교 신자에 마음이 정직하고 친절하며 인정이 많은 여자였다. 피커링 선생과 그녀의 남편은 클리어 워터에 처음 와 사기를 당하고 재판까지 하느라 고생을 많이 했다며, 과거 그들과 비슷한 처지에 놓여 있는 나와 내 가족에게 많은 친절과 동정을 베풀어주었다. 피커링 선생은 학교에서 수업이 끝나면 수퍼스토어로 가 수시로 먹을 음식을 사다주었고, 그녀의 남편은 산에 가서 땔나무를 베어다 내가 사는 집 바깥마당에 쌓아놓고 가기도 했다. 피커링 선생은 캐나다가 미국보다 살기 좋은 곳으로 알고 왔는데, 나라는 크고 아름답기는 하지만 그 안에 사는 사람들은 아주 다르다고 말을 했다. 실제로 캐나다가 살기 좋은 나라로 알려진 이유는 광대한 땅과 아름다운 자연경치, 무진장한 지하자원, 그리고 천연적인 지리적 조건으로 인해 이 나라의 평화가 외부로부터 쉽게 위협받지 않기 때문이지, 그 안에 사는 국민 때문이 아니었다.

내 가게 장부계원(Book-keeper)인 카렌도 매우 훌륭한 여자였다. 말은 느렸지만 인정이 많고 온화하며 친절하고 성격이 곧은 여자였다. 카렌은 내가 죠앤을 경찰에 고발할 때 죠앤이 내 가게에서 저지른 부정사례들을 상세히 열거한 진술서를 써주기도 했고, 나와 함께 경찰서로 가 구두 진술을 해주기도 했다. 또한 캠룹스 이민국의 패디 해링튼 이민관에게 죠앤이 내 가게에서 일으킨 부정행위와 나와 내 가족에게 행한 비열한 행위들을 열거한 편지를 써보내기도 했다. 이뿐만 아니라 카렌은 내 아이들을 캠룹스로 데리고 가 방을 얻어주고, 그들을 학교에 입학시켜주었으며, 미국 씨애틀에 있는 캐나다 영사관으로 데리고 가 학생비자까지 받아준 고마운 여자였다.

로라 피커링 선생과 카렌 이외에도 여러 사람들이 불행에 빠진 나와 내 가족을 동정하며 친절히 도와주었다. 어떤 사람은 빵과 밀가루와 호박을 가져오기도 하고, 심지어 돈이 든 봉투를 주는 사람도 있었다. 내 바로 이웃에 사는 레이(Ray)라는 백인 할아버지는 미국 군인으로 2차대전에 참전했다가 부인을 잃고 클리어 워터에 와서 사는 사람인데, 그는 자기가 기르는 꿀벌통에서 꿀을 채취해 내게 가져오기도 했고, 자기 밭에서 농사 지은 토마토와 딸기를 따다 우리 집 문앞에 놓고 가기도 했다. 나는 레이 할아버지를 브라더 레이(레이형)라고 불렀고, 종종 저녁에 초대해 그로부터 흥미 있는 많은 이야기를 들었다. 레이 할아버지는 2차대전 시 노르망디 상륙작전에 참전해 독일 군인들과 싸운 전투 경험담에서부터 클리어 워터에서 일어나는 여러 가지 일들을 내게 상세히 전해주었다. 죠앤이 새 차를 샀다며 그녀를 조심하라고 내게 일러준 사람도 바로 레이 할아버지였다. 내가 다니는 교회의 로이드 스트리크랜드(Lloyd Strickland) 목사님도 수시로 먹을 음식을 갖다 주었으며, 교회 신도들이 나와 내 가족을 위해 특별히 돈을 거두었다며 이 돈을 내게 전달해주는 등, 나와 내 가족에게 많은 도움을 주었다. 낚시와 사냥을 좋아하는 같은 교회의 론 핸슨(Ron Hanson) 씨는 호수에서 민물 송어를 잡아와 우리 식구와 함께 매운탕을 끓여도 먹고, 눈 쌓인 산에 가 사냥한 뇌조(멧닭)와 꿩을 가져와 아내에게 요리하는 방법을 가르쳐주기도 했다. 또한 같은 교회 신도인 켄 퍼거슨(Ken Ferguson) 씨는 내 아이들이 학교에서 요청하는 후견인 서류도 자발적으로 해주었다. 이들 외에도 죠앤과 제럴드의 부정행위를 수사하고 있는 루터 순경과 메이 중사도 그들에 대한 수사진행을 수시로 알려주며 내게 친절히 대해주었다. 많지는 않지만 친절하고 고마운 이런 사람들 때문에 나는 죠앤과 제럴드와 그 외에 내게 해를 끼친 사람들로 인해 백인들에게 가졌던 극도의 적대감정이 다소 누그러지는 듯했다.

21. 패디 해링튼 이민관의 무자비한 횡포(橫暴) 및 연방정부 하원의원의 따뜻한 도움

캣디가 가게를 그만둔 후 나는 인건비를 절약키 위해 구두방과 옷가게 사이에 있는 칸막이를 뜯어내고, 구두방에서 일하는 수잔 혼자 두 가게를 보도록 했다. 칸막이 제거 작업으로 몸살이 난 나는 하루를 쉬고 이튿날 아침에 아내와 함께 가게로 갔다. 내가 가게 문을 열고 들어서자 수잔이,

"어제 캠룹스에서 패디 해링튼이라는 사람이 가게에 왔었어. 이거 그 사람이 네게 주라며 두고 간 거야."

하며 패디가 놓고 간 명함을 주었다. 명함 앞에는 패디 해링튼 이민 카운슬

러(Immigration Counsellor)라고 씌어 있었고, 명함 뒤에는 5월 6일 캠룹스 이민국 사무실로 출두하라는 내용이 적혀 있었다. 나는 지난 1월 그가 발급해준 6개월짜리 체류비자 만료일이 다가와 불원간 캠룹스 이민국으로 가 그를 만나려고 했었는데, 비자가 만료되기도 전에 왜 그가 일부러 클리어 워터에까지 와 나를 만나려 했는지 몹시 궁금하고 또 불안했다. 5월 6일 아침, 나는 일찍 일어나 아내와 함께 패디 해링튼 이민관을 만나러 캠룹스 이민국으로 갔다. 이민국 사무실로 들어서며 나와 아내가 그에게 인사를 했으나 그는 내 인사에 대꾸도 하지 않고 대뜸 큰 소리로,

"너 네 아내와 함께 가게에서 일했지? 너와 네 가족을 모두 추방시켜야겠어." 하고 눈을 부릅뜨며 협박했다. 나는 가게에서 일을 하지 않았다고 패디에게 말했으나, 그는 내 말은 듣지도 않고 여권을 내놓으라고 명령조로 말했다. 마침 나는 여권을 집에 두고 가지고 오지 않았기 때문에 여권을 가지고 오지 않았다고 했더니, 패디는 다음에 부르면 나와 내 가족의 여권을 모두 가지고 오라고 거칠게 명령하고는 안으로 사라졌다. 내가 가게에서 일을 했다고 패디에게 고자질을 한 사람은 다른 사람 아닌 죠앤이나 캣디 둘 중에 하나임은 두말할 필요조차 없었다.

나는 패디 해링튼이 언제 갑자기 나와 내 가족을 호출하여 추방시킬지 모르기 때문에 급히 무슨 대책을 세우지 않으면 안 되었다. 캐나다 이민관들은 막강한 재량권裁量權을 가지고 무소불위無所不爲의 권력을 휘두르기 때문에 그들이 마음만 먹으면 못 할 일이 없었다. 나는 고심에 고심을 거듭한 끝에 그 지역 출신의 연방정부 하원의원을 만나 호소해보는 것이 좋을 것 같아 그의 선거구 사무실 전화번호를 알아낸 다음 즉시 그에게 전화를 했다. 연방정부 하원의원의 이름은 넬슨 리스(Nelson A. Riis) 씨였고, 야당인 신민주당(New Democratic Party) 출신 의원으로서 그의 선거구 사무실은 캠룹스에 있었다. 내 전화를 받은 사무실 여직원은 내 이름과 주소, 전화번호 그리고 용건

을 물은 다음, 네게 다시 전화를 해주겠다며 전화를 끊었다. 그리고 이틀 후에 그 여직원은 내게 전화를 걸어 5월 13일 오후 1시까지 의원 사무실로 오라며 사무실 위치까지 자세히 가르쳐주었다.

캠룹스로 가 하원의원을 만나기 위해 서류 준비를 하고 있던 5월 10일 아침이었다. 아내가 어지럽고 몸이 아프다며 일어나지를 못하고 있었다. 내가 가게로 나가 문을 연 다음 아내를 병원에 데리고 가기 위해 급히 집으로 돌아와보니, 아내는 갑자기 토사곽란을 일으키며 괴로움에 몸을 뒤틀고 있었다. 아내를 차에 태워 급히 병원에 데리고 갔으나 의사는 아내에게 주사를 놓고 진통제를 주며, 아내가 종합검사를 받아보아야 하니 캠룹스에 있는 종합병원으로 빨리 가라고 말했다. 나는 그 길로 차로 두 시간을 달려 캠룹스 종합병원으로 가 아내를 응급실에 입원시켰다. 아내의 얼굴은 퉁퉁 부어올랐고, 먹은 것도 없는데 줄곧 구토를 일으켰다. 응급실에서 응급치료를 받은 후 아내는 스트레쳐에 실려 병원 입원실로 옮겨져 위 엑스레이에서부터 대소변, 피, 신장, 간, 심장, 심지어 뇌까지 철저히 검사를 받았다. 서너 시간에 걸쳐 검사가 모두 완료된 후, 담당 간호원은 하얀 액체로 된 영양제를 가지고 들어와 아내의 팔에 주사기를 꽂아 연결시킨 후 아내에게 진통제를 주었으며 진통제를 복용한 아내는 이내 잠이 들었다. 나는 잠들어 있는 아내를 한동안 지켜보다가 클리어 워터로 돌아와 캠룹스에서 학교 다니는 아이들에게 곧바로 전화를 걸어 병원으로 가 엄마를 보살피라고 했다. 아이들은 엄마가 병원에 입원해 있다는 말을 듣자 깜짝 놀라며 울음부터 터뜨렸다. 이튿날 아침 일찍 캠룹스 병원으로 가 아내를 보았더니, 아내는 아무것도 먹지 못하고 아직도 구토를 일으키며 어지러움 증세로 괴로워하고 있었다. 아내 옆에 놓여 있는 음식은 손도 대지 않은 채 그대로 있을 뿐, 아내는 전혀 먹지 못한 채 주사로 필요한 영양분을 섭취하고 있을 뿐이었다.

5월 13일 1시에 나는 가족들의 여권 및 면담에 필요한 서류들을 가지고 넬슨 리스 하원의원을 만나러 캠룹스에 있는 그의 선거구 사무실로 갔다. 나와 전화통화를 했던 사무실 여직원은 작은 접객 사무실 방으로 나를 안내를 하였으며 잠시후 넬슨 리스 하원의원이 내가 앉아 있는 방문을 열고 들어왔다. 나는 의자에서 일어나 그에게 공손히 인사를 한 다음 나를 소개했다. 하원의원은 내게 손을 내밀어 악수를 하고 나 그의 사진이 담겨 있는 명함을 내게 주며 의자에 앉으라고 권했다. 금테 안경을 끼고 있는 넬슨 의원은 인품이 의젓하고 호탕해 보였고, 전직 고등학교 선생이었던 그는 매우 예리銳利해 보이기도 했다. 넬슨 의원은 그의 사무실 여직원이 나와 처음 통화할 때 적어두었던 메모지를 보며 이민 문제로 왔느냐고 묻고는 내가 처한 사정을 예기해 보라고 말을 했다. 나는 가지고 온 여권과 서류들을 가방에서 꺼내놓으며 내가 죠앤이라는 여자와 그녀의 남편을 알게 된 경로, 나와 아이들이 호주로 공부를 하러 가다가 그들의 초청을 받고 잠시 클리어 워터에 들린 사이 죠앤의 권유로 사업을 하게 된 경위, 나와 내 가족이 가게에 나와 일을 하다 이민국에 적발되면 즉시 추방된다고 협박을 하며 가게에 나오지 못하게 한 다음 나 몰래 내 사업 자금을 착복한 행위, 죠앤과 제럴드가 나와 내 가족을 아무런 근거도 없이 중상모략하는 편지를 써 캠룹스 이민국의 패디 해링튼 이민관에게 보낸 사실, 그리고 내 영주권 신청을 처리하고 있던 씨애틀의 캐나다 영사관에까지 연락을 하여 나와 내 가족의 영주권 신청을 방해한 행위들을 하나 하나 모조리 설명을 했다. 또한 죠앤이 내 가게에서 저지른 부정사건으로 그녀와 그녀 남편인 제럴드가 현재 경찰조사를 받고 있으며, 바로 며칠 전 패디 해링튼 이민관이 나를 이민국으로 호출하여 캐나다에서 추방시키겠다고 한 말과 나와 내 가족의 캐나다 체류 비자가 만료되어 가고 있다는 설명으로 내 이야기를 모두 끝냈다.

종이 위에 메모를 해가며 내 이야기를 다 듣고 난 넬슨 의원은 굳은 표정을 지으며 클리어 워터 같은 좁은 지역에서 어떻게 이 같은 끔찍한 일이 일어날 수 있느냐고 말을 한 다음, 나와 내 가족이 처한 어려운 사정에 유감과 동정을 표시하고 난 후 내가 한국에 있을 때 했던 일과 활동에 대해 물었다. 나는 한국에서 대학공부를 중단하고 군에 가 복무를 마친 다음 한국도로공사에 입사해 근무하는 도중, 해외에서 건축공사를 하는 한 한국 건설업체에 발탁되어 아프리카 말라위와 필리핀 건축 공사장에 파견돼 3년간 근무했던 경력, 그리고 이 건설회사를 그만두고 공무원이 되었다가 한국 정부와 집권당 소속 국회의원의 부당한 행위를 비판한 이유로 공무원에서 해직되었던 사건, 공무원에서 해직된 후 호주 북부 다윈에 있는 대학에 들어가 공부했던 경험 등을 자세히 설명했다. 내 과거 경력을 하나하나 다 듣고 난 넬슨 리스 의원은 내 경력이 매우 흥미롭다며 한국에서 정치운동을 했었느냐고 물었다. 나는 특별한 정치운동은 하지는 않았지만, 1960년 4월 19일 한국의 부패 독재정권을 타도하기 위해 전국의 대학생들과 고등학교 학생들이 일으킨 4·19 데모에 참여했었고, 대학생 때도 교내에서 열리는 정치집회에 참여한 적이 있으며, 평소 부패하고 그릇된 한국 정치에 늘 비판적이었다고 설명했다. 넬슨 의원은 이어 내가 한국에서 집권 정부에 정치적인 반대를 하다가 감옥에 가거나 정치적 탄압을 받은 적이 있느냐고 또다시 물었다. 나는 공무원에서 해직된 후 집권당의 지방 당원들로부터 정신적 괴로움을 많이 받았으며, 내가 호주에 가 공부하는 동안 내 아내도 여자가 할 수 없는 힘든 노역에 강제 동원되어 육체적, 정신적 박해를 받았다고 대답했다. 넬슨 의원은 나에 대한 질문을 모두 끝낸 다음, 그 자신도 한국의 군사정부 통치에 문제가 많다는 것을 잘 알고 있다고 말했다. 그리고는 캠룹스 이민국의 매니저와 내 문제를 의논한 후 곧 연락을 주겠다며 집에 가 기다리라고 말을 했다. 넬슨 리스 의원과의 면담은 무려 세 시간이나 걸렸다. 나는 귀중한 시간을 내어 내 모든 이야기를 들어주어 고맙다고 인사한 후, 그의 사무실을 나와 아내가 입원해 있는 병원으로 향했다.

나는 다른 사람 아닌 이 나라의 일선 정치가에게 내가 처한 사정을 모두 털어놓고 나니 속히 시원했고, 무엇보다도 그 의원이 내게 깊은 관심을 가지고 호의적으로 대하여 준 게 가장 기뻤다. 잠시 후 병원에 도착해 아내가 입원해 있는 병실에 들어서니 아내는 창문 앞에 서서 물끄러미 창밖을 내다보고 있었다. 나는 아내 뒤로 가 아내의 어깨를 안아주었다. 그러나 아내는 뒤도 돌아보지 않고 차디찬 목석木石처럼 미동도 하지 않은 채 창밖만 계속 쳐다보고 있었다. 아내는 무척 야위고 뼈만 남아 앙상했다. 밑을 내려다보니 아내는 뒤꿈치가 뻥 뚫려 맨 살이 훤히 들여다보이는 다 해진 양말을 신고 있었다. 이런 아내를 본 순간 나는 나도 모르게 왈칵 울음이 솟구쳤다. 나는 흐느껴 울며 아내에게 고생시켜 미안하다고 말했다. 그러나 아내는 내 말에 아무 대꾸도 없이 계속 창밖만 응시하며 무겁게 입을 열었다.

"나는 죠앤이 당신에게 클리어 워터에서 사업을 하자고 했을 때 극구 반대를 해가며 호주로 가자고 했어요. 당신이 내 말을 듣고 호주로 갔으면 이런 불행은 겪지 않았을 거예요."

아내는 내 폐부를 찌르는 듯한 말을 한 마디 한 마디 다 하고 난 다음 내게 몸을 돌리며,

"이민국으로부터 추방되기 전에 여기서 하는 일 모두 포기하고 한국으로 돌아가요. 나는 캐나다가 지긋지긋해요. 나는 이런 곳에서 아프다가 죽고 싶지 않아요."

하고 애원조로 말하고 난 다음 내 품에 기대어 마구 흐느껴 울기 시작했다. 나는 아내의 등을 어루만지며,

"당신과 아이들을 이 낯선 나라에 끌고 와 내가 잘못하여 고생시키고 있는 것 나도 잘 알고 있어. 그래서 나도 당신과 아이들을 보면 가슴이 터지는 것처럼 아파. 그렇다고 지금 당장 한국으로 돌아갈 수도 없고, 또 막상 돌아가도 있을 데도 없어. 내가 당신 말을 안 들어 실수는 했지만, 나와 우리 식

구를 이처럼 불행에 빠뜨린 죠엔과 제럴드는 절대로. 용서치 않을 거야. 그들은 우리 식구에게 크나큰 죄를 졌어. 죄는 지은 데로 가는 거야. 두고 봐. 나는 그들이 우리에게 지은 죄를 내 손으로 직접 갚을 때까지 캐나다에서 한 발자국도 떼어놓을 수가 없어. 우리가 캐나다를 떠나면 가장 좋아할 것들은 죠엔과 제럴드야. 나는 그들이 바라는 대로 하고 싶지 않아. 그들에게 하고 싶은 것을 다한 다음에 한국으로 돌아가든가 할 테니, 괴롭더라도 그때까지만 참아줘."

하고 아내에게 사정하듯 말했다. 아내는 내 말을 듣고 어느 정도 마음이 누그러지기는 했으나 여전히 걱정을 하며, 지난번 패디 해링튼 이민관을 만났을 때 그는 우리 식구를 캐나다에서 추방시키겠다고 했는데, 캐나다에서 추방되기 전에 무슨 대책을 세워야 되지 않겠느냐고 내게 물었다.

"그렇지 않아도 내가 그것을 말하려던 참이었어. 내가 여기 오기 전에 한국으로 치면 국회의원에 해당되는 캐나다 정부의 하원의원을 만나 나와 식구들이 처한 사정 이야기를 모두 했더니, 그 의원은 내 사정 이야기를 매우 관심 있게 들어주었어. 그 의원이 캠룹스 이민국의 매니저와 내 문제를 의논한 후 내게 연락해 준다고 했으니, 조만간 그 의원으로부터 무슨 연락이 올 거야. 아무리 패디 해링튼이 이민관이라도 내가 캐나다에서 죄를 짓지 않은 이상 함부로 추방시키지는 못할 거야."

하고 나는 아내를 안심시켰다. 아내는 캠룹스 병원에서 10일간 치료를 받은 후 5월 19일에 퇴원했다. 퇴원을 하기 전에 내가 아내를 치료했던 담당의사에게 아내에게 일어난 병의 원인을 물으니, 아내가 심장과 위가 약하고 정신적으로도 불안해 잠을 잘 자지 못하고, 어지러움 증세가 일어나 구토를 일으킨 것 같다고 했다. 아내는 캐나다에 오기 전 건강하고 감기 한번 앓아본 일이 없었으며, 캐나다에 와 받은 정신적 고통으로 몸까지 허약해져, 툭하면 불면증과 구토와 설사와 심한 어지러움 증세를 일으켜 뻔질나게 병원에 드나

들며 많은 고생을 했다.

아내가 병원에서 퇴원하기 이틀 전인 5월 17일, 캠룹스에 있는 넬슨 리스 하원의원 선거구 사무실의 여직원으로부터 전화가 왔다. 그 여직원은 5월 20일 오후 두 시까지 우리 가족 여권을 모두 가지고 사무실로 오라고 내게 말하고는 전화를 끊었다. 아내가 병원에서 퇴원한 바로 이튿날, 즉 내가 넬슨 리스 의원을 만나기로 되어 있는 5월 20일, 나는 아침 일찍 일어나 차를 깨끗이 세척한 후 아침을 먹고 가족들 여권을 챙겨 캠룹스로 떠날 준비를 하고 있었다. 그때 옷을 새로 갈아입은 아내가 비척거리며 나를 따라 나와 자기도 하원의원을 만나보겠다며 차에 올라탔다. 나는 아내에게 나만 혼자 의원을 만나도 되니 집에서 쉬라고 했으나 아내는 막무가내였다. 지정된 시간에 하원의원 사무실에 도착하여 나는 의원에게 내 아내를 먼저 소개를 했다. 넬슨 리스 의원은 아내와 악수하며 그녀의 수척한 모습을 보고는 건강이 안 좋아 보인다고 걱정스러운 듯이 말을 했다. 나는 아내가 아파 10일간 병원에 입원해 치료를 받은 후 바로 어제 퇴원을 했으며, 의원님을 만나고 싶다고 하여 함께 왔다고 설명했다. 그러자 넬슨 리스 의원은 참으로 안 됐다며 유감을 표시한 후 지금은 괜찮으냐고 물었다. 내가 의원님이 당신의 건강을 염려해준다고 아내에게 통역을 하자 아내는 "땡큐." 하며 의원에게 머리 숙여 고맙다는 인사를 했다. 넬슨 리스 의원은 나와 아내에게 자리에 앉으라고 권하고나 그가 아는 클리어 워터 사람들에게 나와 우리 가족에 대해 알아보았더니, 그들 모두가 우리를 '나이스'하고 겸손하고 예의 바른(nice, modest and polite) 사람들이라고 칭찬했다고 말했다. 그리고는 죠앤과 그녀의 남편 제럴드가 나로부터 경찰에 고발되어 조사받고 있다는 것도 다 알고 있다고 말을 한 다음 경찰 수사는 시간이 걸릴 것 같다고 설명해주었다.

넬슨 리스 의원은 그가 아는 클리어 워터 사람들에게 우리에 대해 물어보았을 뿐만 아니라 죠앤과 제럴드를 수사하고 있는 담당 경찰에게도 그들의 수사 진행을 알아본 것 같았다. 나는 **나와** 내 가족에게 깊은 관심을 가지고 이토록 염려를 해 주시는 의원님에게 고맙다는 인사를 했다. 아내는 자기도 할 말이 있다며 의원님에게 하는 자기 말을 통역해 달라고 내게 요청했다. 아내는 죠앤이 우리가 호주로 가다가 밴쿠버에 잠깐 들른 사이 클리어 워터에 있는 그녀 집으로 우리를 초청하여, 클리어 워터에서 구두가게를 하면 큰 돈을 벌 수 있다고 꾀어 사업을 하도록 한 후 우리 가게에서 매니저로 일하며, 우리가 가게에 나와 일을 하면 캐나다에서 추방된다고 위협한 다음 우리를 가게에 나오지 못하도록 했다고 말을 했다. 그리고 우리가 가게에 없는 사이 죠앤은 가게 돈을 모두 가져갔으며, 그들의 죄가 드러나기 전에 우리를 캐나다에서 추방토록 하기 위해 캠룹스 이민국의 패디 해링튼 이민관에게 근거도 없이 우리를 나쁘게 말하는 편지를 보냈으며, 패디 이민관은 우리의 딱한 사정은 하나도 생각지 않고 죠앤과 제럴드 편만 들어 우리를 캐나다에서 추방시키려 한다고 덧붙였다. 그리고는 돈이 없어 오갈 데 없는 우리를 도와달라고 아내는 눈물을 흘리며 넬슨 의원에게 하소연을 했다. 아내의 말을 받아 내가 통역을 다하고 나자 넬슨 리스 의원은 아내를 위로해 주고는 그가 할 수 있는 한 우리를 최대한으로 도와주겠다고 말을 한 후 우리가 처한 사정을 캠룹스 이민국의 지배인과 이미 의논했다고 했다.

그는 우리가 캐나다에 남아 있으려면 두 가지 길이 있는데, 하나는 내가 한국에서 공무원으로 있을 때 정부와 국회의원에 대한 비판 발언으로 부당하게 해직된 것은 정치적 처벌을 받은 것이고, 나로 인해 아내까지 중노동에 동원된 것은 정치적 탄압이자 박해이며 집권 정부에 반대 자세를 취한 행위는 반체제에 속한다고 설명한 다음, 정부에 반대하는 사람들을 감옥에 보내거나 처벌하는 한국의 정치 현실에 비추어 나와 내 가족은 캐나다 정부가 정한 이민 및 난민보호 규정(immigration and Refugee Protection Act)에 따라 캐나다 정부에 난민신청을 할 수 있다고 했고. 그리고 나와 내 가족이 캐나다에 머물 수 있는 두 번째 방법은 우리가 캐나다에 와 겪은 불행과 고난을 인도주의 및 자비고려(Humanitarian and Compassionate Considerations) 규정에 의거하여 캐나다 연방정부에 호소(Appeal)할 수 있다고 설명해주었다. 하지만 두 가지 다 복잡하고 시간이 많이 걸린다며, 더욱 자세한 것은 이민국의 매니저를 만나 물어보라고 말을 했다.

나는 넬슨 리스 의원이 말해준 대로 난민신청이나 인도주의 및 자비고려 규정이 내게 가장 적합하다고 생각했으며 이 두 가지가 아무리 어렵고 복잡하고 시간이 많이 걸리더라도, 이 두 가지 중 하나를 선택하여 곧 추진해야겠다고 속으로 결심했다. 캐나다에 머물며 죠앤과 제럴드와 끝까지 싸울 수만 있다면, 이 두 가지 방법보다 훨씬 더 어렵고 시간이 많이 걸리는 것이라도 나는 단연코 이를 선택했을 것이다. 넬슨 리스 의원은 마지막으로 이민국 매니저에게 미리 전화를 해놓을 테니 내가 가지고 온 여권을 그에게 가지고 가 캐나다 체류 비자를 연장받으라고 말한 다음, 이민국 매니저 이름은 미스터 밥 제너루(Mr. Bob Genereu)로 온화하고 매우 사리(Reasonable)가 있는 사람이라고 덧붙였다. 나와 아내가 넬슨 리스 의원의 친절한 조언과 깊은 배려에 거듭거듭 고맙다고 인사를 하자 그는 나와 내 아내에게 모든 일이 잘되기를 바란다는 말과 함께, 필요하면 언제든지 전화하라고 한 후 그의 사무실로 들어갔다.

넬슨 리스 의원의 자상한 조언과 따뜻한 도움에 나와 아내는 새로운 용기가 생겼으며, 이민국의 밥 제너루 지배인을 만나러 가는 우리의 발걸음도 한결 가벼웠다. 잠시 후 나와 아내가 이민국에 도착해 문을 열고 들어가니, 호리호리한 몸에 마음이 좋아 보이는 사십대 초반의 남자 이민관이 나를 보고는 당신이 미스터 리냐고 물었다. 내가 그에게 인사를 하며 그렇다고 대답하자, 그는 나와 아내를 데리고 그의 사무실로 들어가 그의 명함을 내게 주며 이민국의 매니저라고 자신을 소개했다. 그리고는 나와 내 가족의 여권을 보여달라고 했다. 내가 가방에서 여권을 꺼내 그 앞에 내놓자, 그는 여권 안에 붙어 있는 비자 만료기간을 하나하나 확인한 후, 즉석에서 6개월짜리 새 비자를 발급하여 각 여권에 첨부시켜주었다. 그런 다음 내게 한국에서 했던 일들을 상세히 물은 후, 캐나다에 난민신청을 하라고 권유했다. 이민국 매니저는 난민신청은 매우 복잡하고 까다로워 나 혼자는 할 수 없으므로 난민신청 취급을 잘하는 이민 전문 변호사를 통해 해야 한다며, 더욱 자세한 것은 변호사를 만나 의논한 후 진행시키라고 조언해주었다.

　나와 아내가 이민국 매니저에게 고맙다고 인사를 하고 자리에서 일어나자, 그는 우리가 난민신청을 하면 자기에게 알려달라며 나와 아내에게 그의 사무실 문을 열어주었다. 이민국에서 나와 내가 아내에게 이왕 나온 김에 맛있는 음식을 사먹자며 아내를 식당으로 데리고 가려 하였으나 아내는 돈 없는데 무슨 외식이냐며 아침에 나올 때 싸가지고 나온 빵과 사과와 물을 차 의자에 펴놓고, 이것을 먹고 속히 클리어 워터로 돌아가자고 말을 했다. 한 푼이라도 절약하려는 아내의 알뜰한 마음씨에 감동되어 나는 아내가 가지고 온 빵과 사과도 제대로 입에 들어가지 않았다. 클리어 워터로 돌아와 누가 넬슨 리스 의원에게 나와 내 가족을 그렇게 좋게 말해주었는지 알아내려 했지만, 그들이 누구인지 도저히 찾을 수가 없었다. 죠앤과 제럴드와 캣디가 아무리 나와 내 가족을 나쁘게 험담하더라도, 보이지 않는 뒤에서 우리를 칭찬해주고 지지해주는 사람들이 있구나 생각하니 나는 더욱 큰 용기와 희망이 솟구쳤다.

22. 무위로 끝난 캣디의 민사 고소

캣디는 내가 그녀로부터 산 옷가게를 그녀에게 헐값으로 되팔지 않은 데 대한 불만을 품고, 내 가게를 그만둔 후 내가 그녀의 가게매매 대급을 주지 않았다고 주장하며 나를 캠룹스에 있는 고등법원에 고소했다. 캣디는 그녀의 소장訴狀에서 내가 그녀의 가게를 5만 불에 샀으나, 2만 불만 지불하고 3만 불은 아직도 지불치 않았으며, 내 가게에서 일을 하는 동안 월급도 받지 못했다며 손해배상을 청구했다. 캣디의 가게를 살 때 나는 2만 불짜리 수표와 3만 불짜리 수표를 각각 짐 파울러 변호사 앞에서 캣디에게 지불하고 그녀로부터 영수증까지 받았다. 그러나 캣디는 2만 불만 받고 3만 불은 받지 못했으며, 내가 2주일에 한 번씩 수표로 그녀에게 꼬박꼬박 급료를 지급했는데도 월급조차 받지를 못했다는 것이다. 캣디의 민사소송을 맡은 변호사는 내 변호사에게 재판에 가기 전에 원고인과 피고인을 한 자리에 앉혀놓고 사실 및 문서 발표를 위한 심문(Examination for Discovery)을 하자고 제의했다. 내 변호사는 그의 제의를 받아들여 이를 시행키로 했다. 사실 및 문서 발표를 위한 심문은 원고인과 피고인이 법원에 제출한 소송서류를 근거로 하여, 양 당사자들로부터 진실을 캐내기 위해 시행하는 민사소송 절차의 하나이다. 민사소송 당사자 변호사들은 재판에 가기 전에 반드시 이 절차를 이행해야 하며, 그들의 심문에서 나타난 원고인과 피고인의 진실성 여부에 따라 재판에 가기도 하고, 재판에 가지 않고 법정 밖에서 해결을 보기도 한다. 이러한 재판절차에 따라 6월 6일, 캠룹스에 있는 속기 및 레코딩 서비스 제공 사무실에서 캣디의 변호사와 내 변호사가 원고인인 캣디와 피고인인 나로부터 진실을 발견해내기 위해 사실 및 문서 발표를 위한 심문을 시행했다.

내 맞은편에는 캣디와 그녀의 변호사가 나란히 앉았고, 나와 내 변호사가 그들을 마주보고 나란히 자리를 잡았다. 우리가 앉은 책상 모서리에는 캣디와 내 구두 진술을 속기록에 담을 여자 법원 속기사(Court Reporter)가 타자기 같은 속기 기계를 앞에 놓고 앉아 있었다. 시간이 되자 사실 발견을 하자고 제의한 캣디 변호사가 먼저 나를 심문했다. 나이가 많아 보이는 캣디 변호사는 내 인적 사항을 간단히 물은 다음, 캣디의 옷가게 매입에 관해 본격적으로 질문하기 시작했다. 그는 원고인의 가게를 언제 얼마에 샀느냐고 묻고는, 원고인에게 가게 매입 대금을 다 지불했느냐고 물었다. 나는 작년 12월 10일 캣디에게 일금 5만 불을 주고 그녀의 옷가게를 샀으며, 가게 매입 대금도 그녀에게 일시불로 모두 지불했다고 대답했다. 캣디 변호사는 가게 매입 대금을 캣디에게 어떻게 지불했느냐고 물은 다음, 내가 캣디에게 돈을 줄 때 옆에 누가 있었느냐고 질문을 했다. 나는 캣디에게 3만 불짜리 수표 한 장과 2만 불짜리 수표를 캣디의 가게 매매계약서를 작성해준 짐 파울러라는 변호사가 보는 앞에서 지불했다고 설명했다. 그러자 왜 수표를 한 장으로 끊어주지 않고 두 장으로 주었느냐고 다시 물었다. 나는 한국에서는 가게나 집을 살 때 계약금을 먼저 준 다음 계약이 종료될 때 나머지 잔액을 지불한다고 설명한 후, 캐나다에서도 가게를 살 때 한국에서처럼 계약금을 먼저 지불하는 줄 알고 캣디에게 계약금으로 지불하기 위해 2만 불짜리 수표를 발행하였으며, 가게 매매계약 시에 캣디에게 계약금으로 주려고 했던 2만 불짜리 수표를 3만 불짜리 수표와 함께 그녀에게 지불했다고 말했다.

캣디 변호사는 캣디가 내게 가게를 판다고 했을 때 무슨 합의서 같은 것을 작성했느냐고 물었다. 그리고는 왜 그녀에게 계약금을 주지 않았느냐고 재차 질문을 했다. 나는 문서로 합의서 같은 것은 작성치 않았고, 내가 캣디의 가게를 인수하더라도 그녀를 옷가게 종업원으로 계속 고용하는 조건으로 구두로 합의했을 뿐이며, 내 구두가게에서 일을 하는 죠앤이라는 여자가 캣디에게 계약금을 별도로 주지 말고 최종 계약 시에 주라고 하여 주지 않았다고 진술했다. 그녀의 변호사가 꼬치꼬치 묻는 질문에 사실대로 막힘없이 대답하는 나를 눈을 끔쩍거리고 볼을 씰룩거리면서 지켜보던 캣디는 죠앤이 그녀에게 계약금을 주지 말라고 하여 지불치 않았다고 내가 대답할 때 두 눈을 치켜뜨고 앞 입술을 잘근잘근 깨물었다. 가게매매 계약금을 주지 말라고 했던 죠앤에 대한 분노인 것 같았다. 이어 캣디 변호사는 캣디에게 가게 대금을 지불한 증거가 있느냐고 내게 물었다. 나는 캣디에게 수표로 가게 매매 대금을 지불할 때 그 수표를 복사해놓았으며, 이때 캣디로부터 받은 영수증도 모두 가지고 있었으나 내 변호사에게 다 주어 지금은 내 수중에 없다고 대답했다. 캣디는 그녀의 변호사가 내게 묻는 모든 질문에 근거가 뚜렷한 답변으로 일일이 응수하자 풀이 죽은 듯했고, 캣디의 변호사도 김이 빠져 나에 대한 심문을 계속할 의사가 없는 듯이 보였다. 캣디 변호사는 나로부터 급료를 받지 못했다고 한 캣디의 주장에 대해서는 아예 질문조차 하지 않았다. 그 대신 캣디 변호사는 캣디의 소송과는 전혀 관련이 없는 질문으로 내 감정을 상하게 했다. 그는 팔짱을 끼고 의자 뒤에 천천히 몸을 기대며,

"당신은 영주권이 없지요? 캐나다에는 어떻게 머무르고 있는가요?"

하고 약 올리듯 질문을 했다. 이때 내 옆에 앉아 캣디 변호사의 질문과 내 답변을 지켜보고 있던 내 변호사가 캣디 변호사의 질문에 답변하려는 나를 저지하며,

"당신의 질문은 이 소송사건과는 아무 관련이 없소. 이 소송사건과 직접 관련이 없는 질문은 하지 말아주시오."

하고 캣디 변호사를 향해 충고를 했다. 내 변호사의 면박에 캣디 변호사는 어깨를 으쓱하며 머쓱해 하다가 또 다시 내 감정을 폭발시키는 질문을 했다.

"당신은 언제 캐나다를 떠납니까?"

이때도 내 변호사는 나더러 캣디 변호사 질문에 답변을 하지 말라고 했으나, 나는 내 변호사의 저지를 무시하고 캣디 변호사에게,

"나는 캣디를 재판에 끌고 가 승소하여 그녀를 혼내주기 전에는 캐나다를

안 떠납니다. 그리고 낭신은 내가 개니다에 어떻게 머무르고 있건, 내가 캐나다를 언제 떠나건 물을 자격이 없는 사람이니, 이제부터 그런 질문은 내게 하지 말아주시오."

하고 일침—針을 가했다. 내 변호사는 캣디 변호사에게 내게 더 할 질문이 있느냐고 묻고는, 질문이 없으면 오후에는 자기가 캣디를 심문하겠다고 말을 하고 나 나와 함께 근처 식당으로 점심을 먹으러 나갔다.

오후가 되어 내 변호사의 심문 차례가 되자, 그는 원고인인 캣디 앞에 내가 그에게 제공한 증거물을 하나하나 들이대며 그녀에게 날카로운 질문 공세를 펴기 시작했다. 내 변호사는 내가 캣디로부터 그녀의 옷가게를 살 때 짐 파울러 변호사가 작성하여 나와 캣디로부터 서명을 받아놓은 계약서, 내 수표 복사본, 캣디가 나로부터 돈을 받고 작성해준 영수증 원본, 내 가게 장부계원이 내가 캣디에게 급료를 지불할 때 그녀에게 발급해준 급료지급 명세서 부본 등을 내보이며 질문을 했다. 그러나 캣디는 눈만 끔쩍끔쩍하고 얼굴만 씰룩거릴 뿐 아무 대답도 하지 못했다. 증거가 뚜렷해 캣디가 답변할 수 없는 질문을 끝낸 내 변호사는 캣디에게,

"당신이 미스터 리 가게에서 미스터 리 몰래 옷을 가져갔나요?"

하고 단도직입적으로 물었다. 캣디는 내게 옷가게를 팔 때 물건 매매 목록표에 포함되어 있지 않은 옷을 가게에서 가져간 것이지, 훔쳐가지는 않았다고 변명했다. 내 변호사는 그러면 왜 미스터 리가 보는 앞에서 가져가지, 그가 없는 사이에 가져갔느냐고 캣디에게 또 다시 질문을 했다. 그러나 캣디는 변호사의 질문에 우물쭈물하기만 할 뿐 대답을 하지 못했다. 캣디에 대한 내 변호사의 심문은 불과 한 시간 만에 끝이 났다. 심문이 끝나자마자 캣디는 덫에 걸렸다 빠져나가는 살쾡이처럼 걸음아 날 살려라 하고 도망치듯 사라졌다. 그리고 변호사로부터 심문을 받은 지 6개월 후 그녀는 나를 상대로 제기했던 민사소송을 스스로 취하했다. 나는 캣디의 고소를 방어하느라 총 7

천 불이 들었고, 소송을 일으킨 캣디는 이보다 훨씬 더 많은 돈이 들었을 것이다. 캣디는 거짓말을 날조하여 나로부터 돈을 갈취하기 위해 소송을 일으켰다가 돈만 쓰고 망신만 당한 것이다.

이 일이 있은 후부터 클리어 워터에서 우연히 나와 마주치면 그녀는 고개를 돌리고 나를 피했다. 나는 캣디의 거짓에 찬 고소행위로 낭비한 법정비용을 청구할 수도 있었지만, 내 난민신청이 더욱 시급해 이를 포기했다. 죠앤의 소액환 청구소송과 캣디의 손해배상 청구소송에서 그들의 높은 코를 납작하게 만들어놓은 나는 득의만만得意滿滿했으며 죠앤과 제럴드를 상대로 하루속히 민사로 고소하여 그들을 내 앞에 무릎을 꿇게 하고 말겠다고 다시 한 번 다짐했다.

23. 난민신청 및 캐나다 정부와의 지루한 싸움

넬슨 리스 하원의원과 캠룹스 이민국의 밥 제너루 지배인으로부터 캐나다 정부에 난민신청을 하라고 권고 받은 나는 캣디가 제기한 소송사건을 끝내자마자 밴쿠버로 내려가 캐나다 이민과 난민신청을 전문으로 다루는 윌리암 매킨토쉬(William Macintosh)라는 이민 변호사를 만나 그를 통하여 캐나다 정부에 정식으로 난민신청을 하였으며, 이때가 1990년 8월 16일이었다. 그리고 그로부터 7년간에 걸친 캐나다 정부와의 길고 지루한 싸움이 시작되었다.

윌리암 이민 변호사는 내가 난민신청이 거절되면 항소(Appeal)를 할 수 있으며, 항소에서도 실패하면 내가 캐나다에 와 캐나다인들로부터 받은 고난과 금전적 손실을 근거로 인도 및 자비 배려규정(Humanitarian and Compassionate Considerations)에 의거하여 영주권을 신청할 수 있다며, 캐나다에서 살아남을 수 있는 여러 가지 가능성을 제시했다. 그리고 윌리암 변호사는 시드니 스파고 이빈 고문이 작성한 내 영주권 신청서를 보더니 아주 잘못되었다고 말하고는, 서류만 잘 꾸몄으면 나와 내 가족이 틀림없이 영주권을 받았을 것이라며 몹시 아쉬워했다. 윌리암 이민 변호사로부터 여러 가지 새로운 이민 정보를 입수한 나는 막연하나마 밝은 희망이 눈앞에 보이기 시작하며, 어둠에 싸였던 가슴이 조금씩 열리기 시작했다.

11월이 되어 나와 내 가족의 캐나다 체류비자가 또다시 만료되어가고 있었다. 6개월짜리 단기 비자라 그런지 비자 기간은 금방 끝이 났다. 비자 기간이 끝날 때마다 비자 연장을 받으러 캠룹스 이민국에 가는 일이 가장 싫었다. 포악하고 잔인한 패디 해링튼 이민관이 꼴 보기 싫어서였다. 캠룹스 이민국 매니저인 밥 제너루가 5월 20일에 나와 내 가족에게 연장해 준 비자는 6개월 비자로 그 유효기간은 11월 20일까지였다.

11월 10일, 나는 아내를 데리고 또 다시 비자를 연장 받으러 캠룹스 이민국으로 갔다. 육중한 감옥 문을 열 듯 이민국 문을 천천히 열고 무거운 발걸음으로 사무실 안에 들어서자, 패디 해링튼 이민관은 마치 나를 기다리고 있기라도 했듯이 접수대 앞으로 성큼성큼 걸어와 눈을 부릅뜨고 왜 왔느냐고 퉁명스럽게 물었다. 내가 가지고 온 여권을 가방에서 꺼내놓으며 비자를 연장 받으러 왔다고 조그만 목소리로 말하자, 패디 이민관은 여권 안에 들어 있는 비자를 하나하나 검토하더니 갑자기,

"너 난민신청 했지?"

하고 거칠게 물었다. 나는 그렇다고 대답한 후, 윌리암 매킨토쉬 변호사를 통해 밴쿠버에 있는 캐나다 이민국 본부 사무실에 제출한 난민신청서 사본을 그에게 보여 주며 내가 난민신청을 하면 밥 제너루 이민국 매니저에게 보고하기로 되어 있었다며, 내 난민신청서 사본을 그에게 갖다주면 고맙겠다고 말을 했다. 패디 해링튼은 수 페이지에 달하는 내 난민신청서 사본을 대강대강 훑어보고 난 후, 그것을 가지고 이민국 매니저 사무실로 들어갔다. 잠시

후 패디가 매니저 사무실에서 나와, 나와 아내에게 이민국 매니저 사무실에 들어가보라고 무뚝뚝하게 말을 했다.

내가 아내를 데리고 매니저 사무실로 들어서자 밤 제너루 매니저는 우리를 반갑게 대하며 의자에 앉으라고 권한 다음 내 난민신청에 대해 간단히 몇 가지 질문을 했다. 밥 제너루 매니저는 내가 난민신청을 한 것을 이미 알고 있었다며 누가 내 난민신청을 취급하느냐고 물은 후 언젠가는 나와 우리 가족의 여권을 캐나다 이민국에 제출해야 하며, 우리의 여권을 이민국에 제출할 때까지는 계속해서 비자를 갱신해야 된다고 설명했다. 밥 제너루 매니저는 그러나 비자는 캠룹스 이민국에서뿐만 아니라 밴쿠버 이민국 본부에서도 할 수 있다고 덧붙였다. 나와 아내는 밥 제너루 매니저에게 고맙다고 인사를 한 다음 그의 사무실을 나왔다. 패디 해링튼 이민관은 우리가 밖으로 나오자 나와 가족들 여권을 앞에 내놓으며,

"너희들이 아무리 난민신청을 했더라도 비자는 계속 연장해야 돼. 그리고 난민신청이 거절되면 너희들은 그 즉시 캐나다를 떠나야 되는 거야. 난민신청이 거절되었는데도 너희들이 캐나다를 떠나지 않으면, 너희들은 체포되어 추방당해. 알겠어?"

하고 위협조로 말하며 내게 여권을 돌려주었다. 나는 잘 알겠다고 패디에게 말한 후 도망치듯 밖으로 나와 여권을 펴보았다. 여권에는 6개월짜리 비자가 붙어 있었다.

이후 나는 6개월마다 캐나다 체류 비자를 연장 받아야 했다. 캠룹스 이민국으로 가 비자 연장을 받을 때마다 패디 해링튼으로부터 캐나다에서 나와 내 가족이 추방될 것이라는 협박을 귀가 따갑도록 들었다. 우리를 추방시키겠다고 협박한 사람은 패디 해링튼뿐만이 아니었다. 후일 밴쿠버로 내려와 이민국에 갈 때도 추방이라는 말을 수없이 들었다. 캐나다 이민국은 난민신청을 하는 사람들을 이렇게 업신여기며 비 인도적으로 대우했다. 이런 면

에서 볼 때 캐나다가 인도주의 국가라는 것은 완전히 겉치레에 불과하다고 느껴지기까지 했다. 외국인들에 대한 패디 이민관의 횡포와 만행은 내 가족에게뿐만이 아니었다. 내가 비자 만료 기간이 되어 비자를 갱신하러 캠룹스 이민국으로 갈때에는, 이민 일로 그를 만나러 오는 인도인이나 중국인, 필리핀 인들, 그리고 가끔 캠룹스에 있는 조그만 섬유공장에서 노동허가(Work Permit)를 받아 임시로 일하는 한국인들을 만났다. 패디는 이들에게도 비자를 연장해줄 때마다 큰소리를 치며 난폭하게 굴었다. 패디 해링튼은 극도의 외국인 혐오증(Xenophobia)에 걸려 있는 인종차별자일 뿐만 아니라, 오만하고 냉혹한 무뢰한이기도 했다. 패디는 캐나다 정부를 대표하여 캐나다로 들어오는 외국인들의 각종 이민 업무를 최일선에서 처리해주는 공무원인데, 그가 외국인들에게 이토록 잔학하고 난폭하고 불친절하게 굴면 캐나다 국가에 대해 좋은 인상을 가질 외국인들이 과연 어디 있겠는가? 나는 캐나다 정부가 어떻게 패디 해링튼과 같은 극단적 편파주의자를 외국인들을 대하는 이민관으로 뽑았는지 도저히 이해할 수가 없었다.

24. 죠앤과 제럴드에 대한 민사소송 제기

지난 2월 죠앤과 제럴드를 상대로 경찰에 제기한 형사고발은 몇 달이 지나도록 아무런 결과가 없었다. 내가 죠앤과 제럴드를 수사하고 있는 담당 경찰에게 전화를 걸어 그들에 대한 수사진행을 물으면, 수사가 계속 진행되고 있다며 기다리라고만 했다. 죠앤과 제럴드를 경찰에 고발한 것은 그들이 내 가게에서 저지른 부정행위에 대해 형사처벌을 받게 하려고 한 것이지, 나로부터 약탈해 간 돈을 받아내기 위한 것은 아니었다. 따라서 그들로부터 돈을 받아내려면 형사고발과는 별도로 그들을 상대로 민사 법정에 또다시 고소하지 않으면 안 되었다. 나는 캣디가 나를 상대로 민사소송을 일으켰을 때 고용했던 데이빗 맥두걸(David B. McDougall) 민사소송 변호사를 다시 고용해 죠앤과 제럴드를 민사법원에 고소토록 하였으며, 데이빗 변호사는 1990년 7월 20일 이들에 대한 손해배상 청구서(Statement of Claim)를 캠룹스에 있는 대법원(Supreme Court)에 제출했다. 나로부터 민사고소를 당한 죠앤과 제럴드도 변호사를 고용하여 내 민사고소에 방어하는 한편, 나에 대한 반대청구(Counter-Claim)를 법원에 제기했다. 나와 죠앤과 제럴드가 각기 제기한 민사소송은 장장 3년을 끌었고, 이 기간에 들어간 법정비용(Legal Fee)만도 수만 불이 넘었다. 죠앤이 나로부터 약탈해 간 돈을 찾고, 그녀와 그녀의 남편인 제럴드가 나와 내 가족을 캐나다에서 쫓아내기 위해 캐나다 이민국에까지 근거 없는 중상모략을 하여 우리 가족은 모두가 나쁜 사람 취급을 받아 이로 인해 나와 내 가족이 입은 불명예를 씻어내기 위해서는 돈이 얼마가 들더라도 이 길을 택하지 않으면 안 되었다.

25. 가게 매각 및 클리어 워터 떠남

죠앤은 나로부터 형사는 물론 민사로 피소되었음에도 나에 대한 치사하고 비열한 행위는 조금도 중단하지 않았다. 그녀는 내 집 옆을 지나갈 때마다 고래고래 소리 지르며 돌을 던지기도 하고, 한밤중에 딴 사람을 시켜 전화로 나를 괴롭히도록 했다. 그리고 어쩌다 길에서 우연히 만나면 가운데 손가락을 위로 쭉 올리며 "이 빌어먹을 자식아, 썩 꺼져(Damn you, Get the hell out of here)." 하고 욕을 했다. 나는 죠앤으로부터 모욕과 협박을 받을 때마다 그녀를 형사적 괴롭힘(Criminal Harassment)과 증오범죄(Hate Crime)로 경찰에 고발했으나, 경찰은 근거가 없다며 죠앤을 멀리하라고 충고만 했다.

나는 경찰의 충고대로 비열하고 추악하고 사악한 죠앤이 안 보이는 데로 얼른 이사를 하기로 하고, 구두가게와 옷가게를 팔고 하루 속히 클리어 워터를 떠나기 위해 신문에 가게 매각 광고를 냈다. 그러나 죠앤은 캣디와 결탁하여 내가 가게 파는 것까지 방해를 했다. 옷가게와 구두가게를 둘 다 팔려고 내놓은 지가 4개월이 되었는데도 사려는 사람이 아무도 없었으며 간혹 있더라도 그들은 내 가게를 터무니없는 가격으로 사려고 했고, 그 나마도 죠앤과 캣디의 방해로 가게매매 흥정이 번번이 결렬되었다.

가게가 팔리지 않아 고심에 싸여 있던 어느 날, 클리어 워터 지방신문사 (The Times) 옆에서 헬스클럽(Health Club)을 운영하는 조이스 린즈라는 몸매가 늘씬한 젊은 여자가 은밀히 나를 찾아와 내 가게를 사겠다고 제의했다. 내가 얼마에 사고 싶으냐고 조이스에게 물으니, 15000불이면 살 용의가 있다며 딴 사람에게 가게를 팔면 이만한 금액을 받지 못할 것이라며 자기에게 팔라고 했다. 나는 구두가게와 옷가게에 투자한 돈이 25만 불이 넘는다고 조이스에게 설명하자, 그녀는 내가 캣디와 죠앤에게 속아 투자한 돈은 다 받기 힘들다며, 구두가게는 1만 불에 내놓아도 사는 사람이 없을 것이라고 덧붙였다. 조이스의 말은 틀린 말이 아니었다. 그러나 아무리 내가 죠앤과 캣디에게 속았더라도, 25만 불이나 투자한 가게를 단돈 15000불에 팔 수는 없었다. 하지만 일금 15000불에 가게를 사겠다고 제안한 조이스에게 그 이상을 불러도 쉽게 들어줄 것 같지가 않아, 나는 그녀에게 2만 불을 주면 가게를 넘겨주겠다고 제의를 했다. 조이스는 처음에는 반대하다가, 잘 생각한 후 알려주겠다는 말을 남기고 돌아갔다.

나는 가게를 얼른 처분하고 클리어 워터를 하루 속히 떠나고 싶었다. 조이스가 처음 제안한 15000불을 고집한다면, 나는 그거라도 받고 그녀에게 가게를 넘겨줄 작정이었다. 죠앤에게 약탈당한 돈을 다른 사람으로부터 보상받을 수는 없었으며, 얼른 새 출발을 하여 달리 돈을 벌어 내가 캐나다에 와 잃은 돈을 벌충하는 게 훨씬 낫다고 생각했다. 내 가게를 사겠다고 제의한 지 3일 후, 조이스는 나를 찾아와 2만 불에서 1000불을 깎아달라며, 일금 19000불에 내 가게를 사겠다고 다시 제안했다. 나는 두말 않고 조이스의 제안을 쾌히 받아들인 후 즉석에서 내 변호사에게 통보하여 가게매매 계약서를 작성해 달라고 했다. 이튿날 조이스와 함께 캠룹스로 내려가 변호사 앞에서 조이스로부터 돈을 건네받은 다음, 나와 조이스가 변호사가 작성한 계약서에 서명함으로써 가게매매가 끝이 났다. 이날이 1990년 8월 29일이었으며, 1989년 11월 21일에 가게를 시작한 날로부터 만 9개월째 되는 날이었다.

가지가지 한恨이 서려 있는 가게를 처분하고 나니 나는 무거운 족쇄를 벗어버린 듯 마음이 가벼웠다. 이제 그 모든 것을 홀홀 털어버리고, 내 인생을 송두리째 파멸시킨 한 맺힌 클리어 워터를 떠난다고 생각하니, 나는 마치 오랫동안 갇혀 있던 어두운 감옥에서 출옥하는 죄수처럼 몸과 마음이 자유스러웠으며 압박과 설움에서 풀려나 해방된 민족처럼 느껴지기도 했다. 가게를 판 즉시 나는 클리어 워터를 떠나 아이들이 공부하고 있는 캠룹스로 이사할 준비를 했다. 아이들이 그곳에서 학교를 다니고 있을 뿐만 아니라 죠앤과 제럴드에 대한 민사소송이 진행되는 곳도 캠룹스였기 때문에, 다른 먼 데로는 갈 수가 없었다. 나와 아내는 캠룹스로 내려가 방도 얻고, 얼마 안 되는 가재도구도 미리 정리해가며, 평소 우리에게 친절을 베풀어준 사람들을 일일이 찾아다니며 인사를 했다. 그들은 클리어 워터에 와서 모든 것을 잃고 고통만 받다가 딴 곳으로 떠나는 나와 아내를 번갈아 껴안아가며 위로와 동정을 해주었다.

나는 클리어 워터 주민들에게 '클리어 워터여 안녕(Farewell to Clear Water).'이라는 제목의 고별사를 써 신문에 냈으며 신문에 난 내 고별사를 읽은 사람들은 내게 전화를 하거나 직접 집으로까지 찾아와 우리의 떠남을 아쉬워했다. 내가 클리어 워터를 떠나던 9월 30일에는 내가 다니던 교회 목사님 내외분과 피커링 선생 내외, 그리고 카렌을 위시하여 여러 사람들이 집으로 찾아와 나와 아내를 포옹하며 우리와의 이별을 애석해 했다. 그들은 클리어 워터를 떠나더라도 무슨 도움이 필요하면 언제라도 연락해 달라며 그들의 주소와 전화번호를 적어주었다. 이 좋은 사람들 틈에 돈에 눈이 어두운 죠앤과 제럴드 같은 추악한 인간들이 끼어 깨끗한 클리어 워터(Clear Water)를 더럽혀놓는구나 생각하니 그들이 불쌍하고 가련하게 느껴지기도 했다.

이사는 평소 나와 가장 절친했던 론(Ron)과 켄(Ken)이 도와주었다. 그들은 일부러 일도 가지 않고 그들의 차를 몰고 와 캠룹스까지 이삿짐을 실어다 주었다. 작년 이맘때 클리어 워터에 올 때는 식구들이 호주에 가서 입을 옷가지와 책만 든 짐이 전부였으나, 클리어 워터에 사는 지난 일년 동안 살림살이가 늘어나 차 두 대에 나누어 싣지 않으면 안 되었다. 캠룹스에 도착해 내가 얻은 아파트먼트 안에까지 이삿짐을 날라다 준 론과 켄에게 아내가 서둘러 저녁을 차리려 하자, 그들은 또 오겠다는 말을 남기고는 서둘러 클리어 워터로 돌아갔다. 우리가 캠룹스로 이사하자마자 그동안 따로 살던 아이들도 새로 얻은 아파트먼트로 모두 들어와, 모처럼만에 온 식구들이 한 데 모여 화기에 찬 단란한 가정을 이루게 되었다.

캠룹스는 인구 8만이 사는 꽤 큰 도시였다. 캠룹스 주변 산에는 옛날 화산이 폭발했을 때 솟아나온 용암 암석들이 그대로 남아 있었고, 나무나 식물이 살지 않는 반사막(Semi desert) 지대도 널리 분포되어 있었다. 산비탈에는 집들이 줄지어 들어차 있고, 산 밑으로는 내가 살던 클리어 워터에서 흘러 내려오는 톰슨 강이 서쪽으로 굽이굽이 흘러가고 있었다. 강 여울목에는 비버(Beaver: 해리海狸)들이 산에서 나무를 잘라다 지은 나무제방들이 군데군데 있었고, 여름이면 미국 애리조나 주에서 볼 수 있는 독사인 방울뱀(Rattle Snake)이 야산에 서식하기도 했다. 물과 육지에서 활동하는 비버는 유럽인들이 북 아메리카를 개척했던 18-19세기 때 그 모피로 한창 이름을 떨쳤던 쥐목에 속하는 동물이다. 몸길이 약 1.3m에 0.3m에 달하는 넓적하고 긴 꼬리를 가지고 있으며, 연못에서 이 꼬리로 물 표면을 타격할 때는 그 소리가 4km 밖까지 들린다고 한다. 유럽에서 북미로 건너온 백인들은 비버와 여우, 곰 같은 동물로부터 모피를 구하기 위해 산과 강을 따라 동부에서 서부로 진출하였으며, 그들의 비버 남획(濫獲)으로 한때는 이 동물이 거의 전멸 상태에까지 이르렀었다. 그러나 캐나다 정부의 야생동물 보호정책으로 이제 그 숫자가 차츰차츰 불어가고 있고, 캐나다는 비버를 나라를 상징하는 동물로까지 지정하여 보호하고 있다.

내가 캠룹스로 이사를 와보니 거기에는 우리 가족 외에도 여섯 가족의 한국인들이 살고 있었다. 캐나다 남자와 국제결혼을 하여 사는 한국인 여자와 그녀의 자녀들, 어린이 기저귀를 만들어 파는 조그만 섬유공장 주인 및 이 공장에서 일하는 기술자들과 그들의 가족, 그리고 캐나다에 사업이민을 하여 나무로 이쑤시개를 만들어 한국으로 수출하는 가족 등 여섯 가족이었다. 내가 한국을 떠나 캐나다에 와 한국 사람들을 대하게 된 것은 이번이 세 번째였다. 숫자는 얼마 안 되지만 집단을 이루어 사는 그들을 보니 몹시 반가웠으며, 그들 역시 자신들이 외롭게 사는 곳으로 새로 이사 온 우리 식구들을 매우 따뜻하게 대해주었다. 낮이면 할 일이 없는 나와 아내는 그들이 일하는 섬유공장과 이쑤시개 공장으로 가 그들을 도와주었으며, 영어를 모르는 그들이 병원이나 은행 또는 그 외 영어로 의사소통을 해야 할 장소에 가게 되면 나는 그들과 함께 가 통역을 해주었다. 섬유공장에서 일하는 한국 기술자들은 한국에 있는 캐나다 대사관에서 노동허가를 받아 이곳에 와임시로 일을 하고 있었고, 일년이면 유효기간이 끝나는 노동허가를 새로 갱신할 때는 섬유공장 사장과 함께 캠룹스 이민국으로 가 패디 해링튼 이민관으로부터 그들의 노동허가를 갱신 받아왔다. 패디 이민관은 그들을 볼 때마다 화를 내며 난폭하게 대한다며, 내가 패디를 싫어하는 것처럼 그들도 그를 몹시 미워하고 있었다. 나는 후일 섬유공장에서 일하는 기술자들과 그 가족들이 캐나다에 영주권을 신청할 때, 그들이 한국에서 발급받아 온 서류들을 영어로 번역하여 영주권 신청 서류를 작성해줘가며 그들의 캐나다 이민을 도와주었다. 그들은 내 소개로 린다 마크라는 여자 이민 변호사를 만나 영주권을 신청하였으나, 세 가족 중 두 가족은 캐나다 영주권을 취득했지만 나머지 한 가족은 영주권을 얻지 못해 한국으로 돌아갔다. 나는 이때부터 이민 업무에 관심을 가지고 캐나다로 이민하려는 한국 사람들을 도와주기 시작했다.

캠룹스로 이사한 후 나와 아내는 돈 월든(Rev. Don Waldon)이라는 목사님이 목회牧會를 하는 캐나다 연합교회(United Church of Canada)에 나가 교회에서 행하는 각종 봉사활동에 열심히 참여했다. 아내는 영어를 못 하는 외국인 신도들을 위해 마련한 교회 내 영어 학습반에 들어가 영어를 배우기도 했다. 나는 교회에 매일 나가 청소를 하였으며, 아내는 일요일 아침이면 일찍 교회에 나가 예배 후 교회 신도들이 나눌 커피와 다과를 준비했다. 교회 신도들은 교회에 나와 열심히 봉사하는 나와 아내를 좋아하였으며, 돈 월든 목사님도 영주권이 없어 일을 못 하는 내게 일주일에 한 번씩 그의 정원의 잔디를 깎게 한 다음 용돈을 주셨다. 일주일에 한 번씩 목사님 정원의 잔디를 깎고 아내가 집안 청소를 할 때마다 목사님은 우리에게 돈을 주셨지만, 나는 이 돈을 받아두었다가 일요일이면 교회 헌금으로 다시 내놓았다.

교회 목사님뿐만 아니라 교회 신도들도 물심양면으로 우리를 많이 도와주었다. 어떤 신도는 내 우편함에 돈이 든 봉투를 넣고 갔으며, 또 어떤 사람은 먹을 음식과 사과 상자를 아파트먼트 출입문 앞에 놓고 내 방 버저(Buzzer)를 누른 다음 사라지기도 했다. 먼 클리어 워터에서도 우리에 대한 온정의 손길이 끊이지를 않았다. 크리스마스 전인 12월 17일에는 클리어 워터 교회의 로이드(Lloyd) 목사님이 크리스마스카드와 커다란 칠면조, 그리고 교회 신도들이 우리 식구를 위해 거둔 돈이라며 일금 286불을 가지고 와 나와 아내에게 전달하고는 내 가족을 위해 특별한 기도를 해주시고 클리어 워터로 돌아갔다. 이 날은 날이 몹시 춥고 눈이 많이 와 앞이 잘 보이지 않는데도, 로이드 목사님은 이 같은 악천후惡天候를 무릅쓰고 일부러 우리를 위해 캠룹스까지 오신 것이다. 목사님의 이러한 따뜻한 온정과 깊은 사랑과 헌신에 나와 아내는 너무나 감격하여 고맙다는 말조차 제대로 하지를 못했다.

12월 22일에는 클리어 워터에 있는 론(Ron)이 크리스마스 잘 보내라며 냉동기에 얼려두었던 뇌조雷鳥와 사과 한 상자와 돈, 그리고 크리스마스카드를 가지고 나를 찾아왔다. 또한 12월 23일에는 캠룹스 교회 신도인 웬디와 조지 내외가 칠면조, 캔디, 토마토, 당근, 오렌지 등 푸짐한 음식들을 가지고 왔으며 연합교회의 돈 목사님과 몇몇 신도들도 집에까지 찾아와 크리스마스 케이크와 카드 및 선물을 나와 아내와 아이들에게 듬뿍 안겨주며 즐거운 크리스마스 보내라며 기도해주셨다. 내 인생을 깡그리 파멸시킨 죠앤 같은 여자는 지옥의 악마지만, 이러한 악마의 마수에 걸려 불행에 빠진 나와 내 가족을 도와주는 이들은 참된 지상의 구세주救世主들이었다.

크리스마스 날에는 캠룹스에 있는 한국사람들이 이쑤시개 공장을 하는 사장집에 모두 모여 칠면조 요리와 사과 파이를 먹고 술을 마셔가며 즐거운 하루를 보냈다. 그러나 나와 아내는 기분이 몹시 우울했다. 딸들과 또다시 헤어져야 했기 때문이었다. 지난 봄부터 캠룹스 컬리지에서 공부를 해온 큰딸과 작은딸은 학교에 등록금을 내지 못해 더 이상 그 대학에서 공부할 수가 없었다. 그래서 앨버타(Alberta) 주의 캘거리에 있는 성경학교(Bible College)에 입학하게 되어, 캠룹스에서 천리 이상 떨어진 캘거리로 곧 떠나지 않으면 안 되었다.

특히 큰딸은 학교에서 공부를 잘해 우수상을 받기도 했지만, 우리가 영주권이 없어 학교에서 학자금을 빌리지를 못해 사회 자선단체나 큰 교회 같은 데서 운영하는 *성성학교*로 가 무료로 공부할 수밖에 없었다. 그나마도 캠룹스 연합교회의 돈 목사님이 도와주지 않았다면, 그애들이 앨버타 주로 가서 공부하는 것은 전혀 불가능했을 것이다. 돈 목사님은 앨버타 주에 있는 연합교회에서 운영하는 앨버타 성경학교(Alberta Bible College)에서 내 딸들이 공부하도록 주선해주시고, 그애들이 기거할 장소까지 마련해주셨다. 그러나 학교에서 공부하는 것은 무료였지만, 그애들이 먹고 자고 하는 것은 내가 돕지 않으면 안 되었다. 내가 돈 걱정을 하자 성격이 활달하고 매사에 적극적인 큰딸은 캘거리에 가서 낮에는 공부하고 밤에는 돈을 벌어 방세도 내고 음식을 해결하겠다며, 돈 걱정을 하는 나와 아내를 안심시키려 했다.

내 딸들이 춥고 낯선 캘거리로 떠나던 날은 바람이 몹시 불고 눈보라가 사납게 몰아치는 12월 29일 밤이었다. 아이들을 야간 버스에 태워 캘거리로 보내기 위해 밖으로 나오니 매서운 북극 바람이 얼굴을 후려쳐 눈도 뜰 수 없고 숨도 쉴 수가 없었다. 눈이 많이 와 길이 얼어붙어 차를 운전할 수가 없어 나와 아내는 딸들과 함께 집에서 멀리 떨어져 있는 버스 정류장까지 걸어가지 않으면 안 되었다. 길에 나서자 살을 에는 듯한 사나운 추위가 뼛속 깊이까지 사정없이 파고 들었으며, 외투 모자에는 입에서 나온 김이 하얗게 얼어 큰 비늘처럼 여기저기 들러붙기 시작했다. 버스로 캘거리까지 가는 데는 열 시간이 걸렸으며, 야간에 버스를 타면 그 이튿날 아침에 캘거리에 도착했다. 춥고 칠흑같이 어두운 깜깜한 한밤중에 천리 밖 생소한 곳으로 세상물정 모르는 스무 살 나이의 어린 딸들을 떠나보내는 내 마음은 한없이 괴로웠고 부모가 받고 있는 시련과 고통을 함께 겪고 있는 그애들이 불쌍해 견딜 수가 없었다. 나는 딸들의 어깨에 두 손을 얹고 솟아오르는 슬픔을 억제하며 조용히 말했다.

"우리 조금만 참자. 반드시 좋은 날이 올 거다. 그리고 어디에 가든 어려움에 굴하지 말고 꿋꿋이 이겨내야 한다. 자신에게 닥치는 어려움을 극복하지 못하면 험난한 이 세상을 살아가기가 어렵다. 우리 모두 용기를 갖자. 그리고 다시 만나자."

나는 이렇게 강하게 살아가도록 두 딸에게 말한 후, 평소 쓰지 않고 아껴 두었던 돈을 그애들의 손에 꼭 쥐어주었다. 아내는 집에서 만들어온 김밥과 따뜻하게 끓여온 물이 담긴 물병을 딸들에게 건네주며,

"가다가 배고프면 나누어 먹거라. 그리고 캘거리는 여기보다 훨씬 더 춥다 던데, 감기에 걸리지 않도록 몸조심해야 한다. 어려운 일이 있을 때는 언제든 지 전화하고, 정히 견디지 못하면 바로 내려오거라."

하고 이른 다음, 장거리 버스에 외롭게 몸을 싣고 깜깜한 어둠 속으로 사라 져가는 두 딸을 눈물로 전송했다.

26. 해는 바뀌었지만

시간은 빨리도 지나갔다. 캐나다에 온 지가 벌써 2년이 지나고 어느새 1991년이 되었다. 새해에는 무슨 변화가 있겠지 하고 희망을 걸어보았지만 별 로 신통한 일은 일어나지 않고, 이제는 돈마저 떨어져 타고 다니던 차까지 팔아 밖에도 나갈 수가 없었다. 밖에 나갈 일이 있을 때는 버스를 타고 다녔 으며, 버스 요금을 절약키 위해 웬만한 거리는 걸어 다녔다. 차가 없어 일요 일 날 아침에 교회에 나가지 못할 때는 교회 신도들이 차를 가지고 와 나와 아내를 교회로 데리고 갔다. 낮에는 한국사람이 운영하는 섬유공장에 가 일 을 도와주며 점심을 얻어먹었고, 밤에는 나와 같은 교회에 다니는 병원 간호 사가 맡기는 어린애를 봐주며(Baby Sitting) 용돈을 벌어 썼다. 지난해 토사 곽란과 심한 어지러움으로 병원에 입원했던 아내는 이후로도 줄곧 같은 증 세를 일으켜 뻔질나게 병원에 가지 않으면 안 되었다. 아내뿐만 아니라 나도

빈혈과 현기증과 불면증으로 밤이면 잠을 못 자 무척 괴로웠다. 그러나 몸은 괴로웠지만 나는 일을 하고 싶었다. 교회에서 도와주는 음식과 얼마 되지 않는 돈을 가지고는 살기가 어려웠으며, 또한 언제까지나 교회의 도움에 의지해서는 안 되었다. 어느 날 나는 아내와 함께 이민국에 가 일할 수 있는 비자를 달라고 사정했다. 그러나 패디 해링턴 이민관은,

"난민신청 중인 네게 캐나다에서 일할 수 있는 비자를 내줄 수 없어. 네가 난민신청에서 실패하면 너와 네 식구들은 곧바로 추방될 거거든."

하고 비아냥거리기만 할 뿐이었다. 1월 초에는 죠앤의 부정사건을 수사하고 있는 오브라이언이라는 경찰 상사가 내게 전화를 하여 몇 가지 질문을 한 다음, 죠앤에 대한 수사 진행 상황을 간략히 설명해주었다. 처음에는 루터 경관이 죠앤 수사를 담당했다가 메이 중사에게 넘겨주었고, 이제는 오브라이언이라는 경찰 상사가 죠앤 사건을 맡아 수사하고 있었다. 계급이 높은 경찰 수사관에게 사건이 넘어간다는 것은 사건이 그만큼 중대하기 때문인 것으로 생각되었으며, 이 세 수사관들이 사건을 담당할 때마다 뻔질나게 불려다녔을 죠앤과 제럴드를 생각하니 내심 통쾌하기도 했다.

1월 3일 저녁에는 캘거리로 간 큰딸로부터 전화가 왔다. 딸은 어느 한국 여인 집에 거처를 정하였으며, 일을 하기 위해 한국사람들이 운영하는 가게로 다니며 일자리를 알아보았으나, 가게 주인들은 딸에게 영주권이 있나 없나 물어본 다음 영주권이 없는 사람에게 일을 시킬 수 없다며, 영주권 없이 일하다 이민국에 들키면 즉석에서 추방당할 뿐만 아니라, 영주권이 없는 사람을 고용한 고용주도 벌금을 물고 감옥에까지 간다며 일자리를 주지 않는다고 했다. 어떤 한국인은 영주권이 없는 자기를 노골적으로 멸시한다며 훌쩍훌쩍 울기도 했다. 나는 딸에게 하숙비를 대줄 테니 아무 걱정 말라며, 더 이상 일자리를 찾지 말라고 타일렀다. 캘거리는 여름에는 덥고 겨울에는 몹시 추운 지역으로 한국인들이 기후조건이 좋지 않은 그 먼 데까지 올라가 살기

를 꺼리기 때문에, 캘거리에서 가게를 하는 한국인들은 밴쿠버에서 발행하는 한국 신문에까지 구인 광고를 내어 그들 가게에서 일할 사람들을 구하고 있었다. 영주권이 없는 딸에게 일자리를 주지 않으려는 그들의 입장은 이해할 수 있으나, 영주권이 없다는 단 한 가지 이유만으로 딸을 멸시하고 차별한 그들의 옳지 못한 행위는 도저히 받아들일 수가 없었다. 지난 2년간 영주권이 없어 캐나다인들로부터 수없이 멸시를 받아 그들에게 적지 않은 분노를 느껴왔는데, 이제는 한국인들로부터까지 멸시를 받다니. 나는 영주권이 없는 우리를 멸시한 캐나다인들에게 가졌던 분노보다 영주권이 없는 딸을 멸시한 한국인들에게 훨씬 더 큰 분노를 느끼지 않을 수 없었다.

캘거리로 공부하러 간 내 큰딸이 그곳 한국인들로부터 멸시를 받아 나는 마음이 몹시 언짢았다. 이렇게 언짢은 기분을 가지고 한국인 섬유공장에 나가 일을 도와주고 있던 어느 날, 캐나다인 남자 하나가 섬유공장으로 들어와 이 물건 저 물건을 내보이며 물건을 사라고 권유했다. 그 남자 이름은 돈 디퍼로 암웨이(Amway)에서 생산하는 물건을 팔러 다니는 세일즈맨이었다. 그는 암웨이 물건을 잘 팔면 돈을 많이 벌 수 있다며 나더러 암웨이 마케팅 멤버로 가입하라고 권고했다. 나는 암웨이 멤버로 가입은 하지 않았지만, 돈 (Don)과는 급속도로 가까워졌다. 그는 마음이 넓고 호탕했으며 나와 아내를 음식점으로 데리고 가 음식을 사주는 등 우리를 매우 친절하게 대해주었다. 경찰에서 20년간 근무하다가 은퇴한 그는 착실한 기독교인이기도 했다. 그는 감리교회에 나가고 있었으며, 도움을 필요로 하는 사람들에게 많은 봉사를 하고 있었다. 어느 날 그는 그가 다니는 교회가 내부공사를 하고 있는데 함께 도와주면 어떻겠느냐고 했다. 나는 그의 제의를 쾌히 받아들인 후 그를 따라 그가 다니는 교회로 가 높은 천장에 사다리를 타고 올라가 페인트칠을 했다. 생전 처음 해보는 페인트칠은 여간 힘들지 않았다. 이틀 동안 꼬박 힘에 겨운 일을 하고 나니 밤이면 어깨, 팔, 허리가 욱신욱신 쑤시며 몹시 아팠다.

그 이튿날도 아픈 것을 참고 나는 돈과 함께 교회로 일을 하러 갔다. 높은 사다리에 올라가 페인트칠을 하려고 막 팔을 올리려하는 순간, 나는 나도 모르게 비명을 지르며 손에 쥐고 있던 페인트 브러쉬를 바닥에 떨어뜨렸다. 갑자기 어깨가 저리고 통증이 심해 팔을 움직일 수가 없었다. 나는 그 길로 집으로 돌아와 며칠간을 앓아 누웠다. 캠룹스 한국인들은 내가 오십견五+肩에 걸렸다며, 한번 오십견에 걸리면 잘 낫지 않는다고 했으나, 나는 추위에 어깨와 팔을 심하게 움직이며 힘든 일을 했기 때문에 일어난 병으로 생각하며 대수롭게 여기지 않았다. 그러나 날이 갈수록 어깨에 통증이 점점 심해지며 조금도 움직일 수가 없었다. 돈이 없어 물리치료를 받을 수 없는 나는 사람들이 하라는 대로, 뻣뻣하게 굳은 팔과 어깨를 열심히 움직여가며 나 혼자 집에서 치료를 했다. 돈 디퍼는 그가 다니는 교회에서 일하다가 부상을 당한 내게 미안해 하며, 물리치료 기구를 사가지고 와서 치료를 해보라고 권했다. 그러나 한 번 난 병은 쉽게 낫지를 않았다. 나는 이때 생긴 부상으로 지금도 왼쪽 팔과 어깨를 거의 쓰지 못하고 있다.

나는 어깨가 아프고 몸이 많이 괴로웠지만, 내 난민신청을 담당하고 있는 윌리엄 변호사를 만나러 먼 밴쿠버로 뻔질나게 여행하지 않으면 안 되었다. 그는 해오라는 서류도 많았고, 써오라는 진술서도 한두 가지가 아니었다. 어느 날 윌리엄 변호사는 내 난민신청에 도움이 될지도 모른다며 나와 내 가족을 후원하는 클리어 워터와 캠룹스 사람들로부터 나에 대한 추천서를 받아오라고 했다. 변호사의 말을 들은 즉시 나는 아내와 함께 클리어 워터로 올라가 내게 도움을 주었던 사람들을 일일이 찾아 다니며 추천서를 부탁했다. 그러자 그들은 모두 나와 내 가족을 극찬極讚하는 추천서를 쾌히 써주었다. 피커링 선생, 카렌, 론, 레이 할아버지, 켄은 물론 로이드 목사님도 세 페이지에 이르는 긴 추천서를 써주었으며, 캠룹스의 연합교회 돈 목사님과 그외

신도들도 조금도 주저하지 않고 나와 내 가족을 칭찬하는 추천서를 써주었다. 돈 윌든 목사님은 심지어 캐나다 전국 연합교회의 총회장을 지내고 토론토 신학대학의 총장(Chancellor)으로 봉직하고 계신 이모 한국인 박사님을 내게 소개시켜주었다. 이 박사님은 한국에 있을 때 반정부 활동 단체인 민주전선에서 활동하다가 한국 정부로부터 정치적 박해를 피해 캐나다에 온 분으로, 일제 때 만주에서도 항일투쟁을 했었다고 내게 설명해주었다.

2월 4일에는 내 난민신청을 담당하고 있는 윌리엄 변호사가 변호사비라며 일금 3000불을 달라고 요구했다. 내 난민서류는 내가 다 작성했고 변호사는 내가 작성한 서류를 검토한 후 내가 작성한 서류에 그의 소견서를 첨부하여 밴쿠버 이민국 난민위원회에 제출한 것뿐인데, 3000불씩이나 요구하다니. 나는 어이가 없었다. 그러나 그의 요구를 들어주지 않으면 내 난민신청 진행을 당장 중단하려 할 것 같아 나는 하는 수 없이 그의 요구에 응하지 않을 수 없었다. 나는 변호사에게 전화하여 2월 7일에 그와 만나기로 약속한 다음 그가 요구하는 돈과 그가 내게 가져오라고 한 추천서 등을 가지고 약속날짜에 그의 사무실로 갔다. 그러나 그는 자리에 없었다. 사무실 여직원에게 변호사가 언제 돌아오느냐고 물었더니 그는 그날은 돌아오지 않을 것이라며, 다시 약속한 후 그를 만나라고 했다. 나는 기분이 언짢아 가지고 갔던 돈과 추천서를 그대로 가지고 캠룹스로 돌아왔다. 나는 별로 한 일도 없이 돈만 요구하고 성의도 없을 뿐더러 약속마저 지키지 않는 변호사에게 중요한 추천서 같은 것을 주고 싶지 않았음은 물론 내 인생을 좌우하는 난민신청 진행도 그에게 더 이상 맡기고 싶지 않았다. 나는 내 난민신청을 성의를 가지고 진행시켜줄 능력 있고 경험 많은 다른 변호사를 다시 찾고 싶었다. 그러나 그러한 변호사를 어떻게 찾아야 할지 전혀 알 수가 없었다.

2월 8일에는 호주에서 학교 다닐 때 사귄 에리카(Erica)라는 할머니로부터 전화가 왔다. 나는 캠룹스로 이사한 후 호주가 너무 그리워 에리카 할머니에게 내 전화번호를 주며 통화한 일이 있었다. 에리카 할머니는 나를 잊지 않고 전화를 하여 호주에는 언제 오느냐고 물었다. 나는 에리카 할머니를 실망시키지 않기 위해 호주에 갈 수 없다는 말은 하지 않고, 캐나다에서 볼일이 끝나면 할머니를 만나러 갈 것이며, 내가 다니던 학교에도 내 뜻을 잘 전해 달라고 부탁을 했다. 에리카 할머니는 내가 캐나다에서 정착이 안 되었으면 자기가 호주에 와 정착하도록 도와줄 테니 즉시 호주로 오라고 독촉했다. 에리카 할머니는 내가 호주에 있을 때에도 똑같은 말을 하며 한국에 가 가족을 데리고 바로 호주로 오라고 말했던 분이다. 나는 슬픔으로 목이 메어 에리카 할머니와 더 이상 통화를 할 수가 없었으며 할머니에게 다음에 또 전화하겠다고 말을 한 다음 전화를 끊었다.

내가 내 난민신청을 담당할 다른 변호사를 찾고 있을 무렵인 2월 14일, 밴쿠버에 있는 윌리엄 변호사로부터 한 통의 편지가 날아왔다. 그는 편지에서 내가 낸 난민신청 사유를 가지고는 난민으로 판정받기가 불가능하며, 자기는 더 이상 내 난민신청 업무를 수행할 수 없으므로 딴 변호사를 찾아보라는 언급과 함께 그에게 진 변호사비 3000불을 보내라고 요구했다. 나는 일도 해보지 않고 불가능하다고 지레 짐작하고 단념하는 윌리엄 변호사의 소심하고 무책임한 자세가 마음에 들지 않았고, 아무것도 한 일 없이 3000불이나 되는 많은 돈을 요구하는 그가 괘씸하기도 했다. 캐나다에는 변호사는 칼 들지 않은 강도라는 말이 있다. 이 말은 아무것도 한 일 없이 고객에게 돈만 달라거나 바가지를 씌우는 악덕 변호사들을 두고 한 말인데, 윌리엄 변호사가 바로 이 부류에 속하는 것 같았다. 실제로 캐나다 변호사들은 자국민들에게보다 피부가 다른 유색有色 인종들에게 더 많은 돈을 요구했다.

2월 15일은 설날이었다. 2월 16일 토요일에는 캠룹스에 있는 한국사람들이 모두 한 자리에 모여 떡국을 먹으며 설을 쇠었다. 한국에서 온 친척들이 함께 모여 제사를 지내며 즐겁게 설을 쇠던 생각과 캘거리에서 외롭게 지내고 있는 두 딸은 떡국도 먹지 못할 거라고 생각하니 나는 목이 메어 떡국을 먹을 수가 없었다.

3월 1일에는 내 민사소송 변호사와 죠앤과 제럴드의 변호사가 나와 죠앤과 제럴드를 마주 앉혀놓고 캣디와 내게 했던 것과 같은 사실 발견을 위한 심문을 하려 했으나, 죠앤이 몸이 아프다는 핑계를 대가며 연기를 요구하는 바람에 죠앤과 제럴드에 대한 변호사 심문이 실행되지 못했다. 얼굴에 주름 투성이인 죠앤은 짙은 화장에 굽 높은 구두를 신고 있는 대로 멋을 부려가며 나타났고, 우중충한 작업복 차림의 제럴드는 겁먹은 표정으로 눈을 두리번거리며 죠앤 뒤를 따라 들어왔다. 나와 마주앉은 죠앤은 눈을 아래로 향한 채 나를 똑바로 쳐다보지 못했다. 죠앤의 요구대로 그날의 심문이 연기되자 죠앤과 제럴드는 무어라고 큰 소리로 다투며 심문실을 나가 따로따로 차를 타고 사라졌다. 그로부터 넉 달이 지난 7월 9일, 다음 심문은 1991년 8월 28일과 29일 양일간 속개續開될 것이라는 통고가 내 변호사로부터 전달되었다. 피고인 죠앤과 제럴드가 계속 심문 날짜를 늦추는 것 같았다.

3월 2일 돈 월든 목사님은 나를 데리고 작년에 내가 만났던 넬슨 리스 하원의원을 찾아가, 교회에서 나와 내 가족을 후원(Sponsor)하기로 결정했다며 협조를 당부했다. 나는 연방정부 하원의원까지 찾아가 우리를 도와주도록 당부하는 돈 월든 목사님의 깊은 사려와 따뜻한 온정이 무한히 고마웠다. 목사님과 함께 넬슨 리스 의원 사무실을 나오며 나는 내 난민신청을 취급하는 변호사 이야기를 한 다음, 내 난민신청 진행을 도와줄 다른 변호사를 찾고 있는데 어떤 변호사가 유능하고 좋은 변호사인지 알 수가 없으며, 또한 변호사비 없이 내 일을 맡아줄 변호사가 없는지 목사님께 문의했다. 목사님은 잠시 생각하더니 밴쿠버에 있는 그의 동료 목사에게 알아본 다음 연락해주겠다고 말한 후 교회로 돌아갔다.

어느새 봄이 되었다. 날씨는 따뜻하고 거리에는 하얗고 빨간 벚꽃이 만발

히게 피었으며 거우내 눈바람에 시달렸던 앙상한 나뭇가지에서도 파란 나무 잎새가 뾰족뾰족 돋아나고 있었다. 산밑 마른 풀섶 사이에 있는 개나리 나무도 노란 꽃으로 예쁘게 단장을 하고 있었고, 그 밖의 이름 모를 꽃들이 여기저기 아름답게 피어 봄바람에 하늘하늘 흔들리고 있었다. 이렇게 아름다운 봄의 정경情景을 보니 불현듯 내가 어릴 때 살았던 동네의 아름다운 봄이 생각나 견딜 수가 없었다. 봄이 되면 붉은 진달래와 노란 개나리꽃들이 동네 앞산에 만발하게 피고, 강남에서 돌아온 제비들은 진흙을 반죽하여 물어다 지붕처마 밑에 열심히 집을 지으며, 들에서는 종달새가, 산에서는 노란 깃털을 한 아름다운 꾀꼬리와 갖가지 예쁜 산새들이 울창한 나무 사이로 날아다니며 우짖곤 했다. 이러한 고향의 봄을 생각하니 갑자기 내가 살던 고향이 사무치게 그리워지며, 이 아름다운 고향을 버리고 낯선 이 먼 나라에 와 헤매고 있는 나 자신이 이상하게 느껴지고 죽었다 다시 태어난 사람같이 생각되기도 했다. 캐나다에 와 추잡한 인간들과 싸우느라 나는 자연의 아름다움을 바라볼 마음의 여유가 없었으며, 내가 살던 고향조차 그리워할 겨를이 없었다. 모처럼 아름다운 자연을 바라보며 깊은 감상感傷에 젖어 있다가 집에 돌아오니, 캘거리에서 돌아온 딸들이 밖으로 뛰어나오며 나를 둘러싸고 기뻐했다. 두 딸 모두 추위로 얼굴에 동상이 걸려 피부가 거뭇거뭇했고, 제대로 먹지를 못해 그런지 몹시 수척해 보였다. 딸들이 캘거리에 가서 많은 고생을 했구나 하고 생각하니 나는 가슴이 메어지는 듯 아팠다. 저녁을 먹을 때도 나는 딸들에 대한 걱정으로 밥이 잘 넘어가지 않았다. 아내도 나처럼 그애들이 걱정되는지 캘거리에서 정 고생이 심하면 집으로 내려오라고 말을 했다. 이때 아내의 말을 들으며 무언가 골똘히 생각하던 큰딸이 잠시 머뭇거리다가,

"아빠, 엄마. 저 좋은 남자 있으면 일찍 결혼하고 싶어요. 제가 시집가면 아빠, 엄마 고생도 덜 하시고, 결혼하여 영주권 얻으면 식구들 캐나다에 이민도 시킬 수 있고요."

하고 담담하게 말했다. 식구들 이민을 시켜주기 위해 결혼을 하고 싶다는 딸의 엉뚱한 말에 나는 펄쩍 뛰며,

"안 된다. 너는 결혼할 나이도 아니고, 이 다음 결혼할 나이가 되어 좋은 남자 만나 자연스럽게 결혼하는 건 좋지만, 식구들을 캐나다에 이민시켜줄 목적을 가지고 하려는 결혼은 절대로 찬성할 수가 없다. 식구들을 위해 마음에 없는 결혼을 하여 영주권을 얻은 네게 의지해 캐나다에서 살고 싶은 생각은 추호도 없다. 그러니 앞으로는 결혼하여 식구들을 캐나다에 이민시켜주려는 그런 엉뚱한 생각은 두 번 다시 말거라."

하고 단호하게 말했다. 딸들은 집에서 사흘을 머물다가 캘거리로 돌아갔다. 나는 차를 팔아 보관해두었던 돈과 아내가 밤에 잠도 못 자고 베이비시팅을 하여 번 돈을 딸들의 손에 쥐어주며,

"캘거리에서 정히 고생되면 언제건 돌아오거라."

하고 문을 나서는 딸들의 등을 두드려주었다.

6월 10일 오후 돈 목사님이 나에게 전화를 걸어 교회에 잠깐 나오라고 하여 그의 사무실에 갔더니 목사님은 토론토에서 이 박사님이 7월에 나를 만나기 위해 일부러 밴쿠버에 오시기로 했으며, 내 난민신청 진행을 담당할 변호사도 이미 알아 놓았음은 물론 이 박사님이 밴쿠버에 오면, 이 박사님과 함께 그 변호사를 만나기로 준비까지 해놓았다고 설명했다. 나는 돈 목사님의 헌신적인 노력과 따뜻한 보살핌에 감사를 한 후 한국사람들이 일하는 섬유공장으로 발길을 옮겼다.

27. 딸들의 학생비자 연장 취소 및
이 박사님과 새로운 이민 변호사와의 만남

캘거리 성경학교에서 공부하는 딸들의 학생비자가 만료되어 캠룹스로 내려와 우리 가족의 비자 관계를 취급하는 캠룹스 이민국으로 가 학생비자를 연장하려 하였으나 패디 해링튼 이민관은 그애들의 학생비자를 연장해주지 않았다. 이 날이 6월 19일이었다. 나는 딸들을 데리고 밴쿠버에 있는 미국 영사관으로 가 미국 입국 비자를 받아준 다음 미국 씨애틀에 있는 캐나다 영사관으로 가 그들의 학생비자를 연장토록 했으나, 여기서도 딸들의 학생비자를 연장해주지 않았다. 큰딸은 내게 전화를 걸어 비자연장이 거절되었다며 훌쩍훌쩍 울었다. 나는 내 딸들의 학생비자까지 연장을 해주지 않는 캐나다 이민국의 몰인정한 처사에 심히 분노스러웠다. 이러한 분노감으로 식사 때면 밥도 먹지 않았고, 밤이면 잠도 오지 않았다. 내가 이렇게 분노와 좌절에 싸여 있던 7월 11일 아침이었다. 돈 목사님은 차를 가지고 와 토론토에서 이 박사님이 밴쿠버에 오셨다며, 그분과 변호사를 만나러 밴쿠버로 내려가자고 했다. 나는 변호사에게 보여줄 난민신청서 사본과 설명자료, 그리고 아내가 만들어준 샌드위치와 물과 과일을 가방에 넣고 돈 목사님과 함께 밴쿠버로 향했다.

돈 목사님은 차를 운전하며 그가 자라올 때의 이야기에서부터 대학에 가 신학을 공부한 후 목사가 되기까지의 이야기를 재미나게 이야기해주셨다. 목사님은 여러 개의 성경구절을 인용하여 이를 알기 쉽게 설명도 해주셨으며, 인간이 받고 있는 고통에 관해서도 말씀을 해주셨다. 목사님은 사람은 누구나 원죄(原罪: Original sin)가 있기 때문에 이 세상에 태어날 때부터 고통을 받는다고 설명을 한 다음 내가 지금 받고 있는 고통도 원죄 때문이니, 너무 고통스러워 말라고 위로해주셨다. 나는 목사님이 나와 내 가족에게 베풀어

주시는 이 모든 고마운 은혜에 어떻게 보답해야 좋을지 모르겠다고 말했더니 목사님은 웃으시며,

"교회 목사는 하나님의 종이고, 하나님의 종인 나는 하나님의 뜻에 따라 해야 할 일을 하고 있을 뿐이야. 오늘 자네와 내가 밴쿠버로 가는 것도 하나님의 뜻이니 고마워하려거든 내게 하지 말고 하나님에게 고마워하면 돼."

하고는 나와 내 가족이 전에 세례洗禮 받은 적이 있느냐고 물었다. 나는 세례를 받지 않았다고 대답했더니 목사님은 세례를 받아야 참된 기독교인이 된다며 다음에 가족과 함께 세례를 받으라고 말을 했다. 세례는 입교入校, 즉 종교를 믿기 시작하려는 사람들에게 죄악을 씻는 표시로 행하는 의식으로, 나는 주말마다 교회에는 열심히 가지만 믿음이 약한 내가 과연 세례를 받을 자격이 있는지 망설이지 않을 수 없었다. 그러나 교회와 목사님으로부터 많은 신세를 지고 있는 나는 세례를 받으라는 목사님의 권고를 물리칠 수가 없어 세례를 받겠다고 대답하였으며 세례를 받고 나면 믿음이 강해지고, 종교를 부정하는 내 무신론적 자세에도 변화가 올지 모른다고 나는 생각했다.

점심 때가 되어 목사님에게 점심을 대접하고 싶다고 했더니 목사님은 조그만 가방에서 샌드위치를 꺼내놓으시며 같이 나누어 먹자며 내 점심대접을 제안을 사양하셨다. 나도 아침에 아내가 만들어준 샌드위치와 과일을 가방에서 꺼내 목사님에게 권했다. 목사님은 마음도 인자하고 헌신적이었지만 매우 검약하기도 했다. 후에 안 일이지만 목사님 월급은 겨우 2500불(한화 약 250만 원)밖에 안 되었다. 목사님은 이 적은 월급을 가지고 다섯 식구의 가족을 부양하고 있었다. 돈 월든 목사님뿐만 아니라 캐나다 교회의 목사들 수입은 매우 적었으며 대부분의 목사들은 목사로 받는 월급만으로는 살기가 어렵기 때문에, 별도로 직업을 얻어 부족한 수입을 보충했다. 교회 건물도 사치스럽고 으리으리한 한국 교회와는 달리 단순하고 소박했으며, 교회에서 걷히는 헌금은 모두 가난하고 불쌍한 사람들을 위해 쓰이거나 아프리카

의 가난한 나라들에 보내졌다. 교회 신도들로부터 막대한 돈을 거두어 부富를 축적하는 한국의 기업형 재벌교회와 수십만 불짜리 외제 고급 승용차를 타고 다니며 호화롭게 생활하는 한국교회 목사들과는 너무나 딴 판 이었다.

돈 목사님과 얘기를 나누며 밴쿠버에 도착한 것은 오후 한 시가 다 되어서였다. 목사님과 같이 그분이 알아놓은 이민 변호사 사무실에 들어서니, 토론토에서 오신 이 박사님이 미리 도착하여 돈 목사님과 나를 기다리고 계셨다. 하얀 수염을 길게 기른 이 박사님은 옛날 선비처럼 어질고 기품氣品이 있어 보였고, 일제 때 만주에서 일본군과 싸웠던 투사다운 데가 아직도 남아있는 듯했다. 돈 목사님은 이 박사님과 다정히 악수를 나눈 다음 나를 이 박사님에게 소개시켜주었으며 나는 나를 도와주러 먼 토론토에서 밴쿠버까지 오셔서 고맙다고 인사를 했다. 돈 목사님과 이 박사님이 잠시 환담을 나누고 있는 사이, 한 여자 변호사가 나와 자기 소개를 한 다음 우리 일행을 자기 사무실로 안내를 했다.

변호사는 삼십 대 중반쯤 되어 보이는 젊은 여자로 사무실에서 일하는 직원들이 너더댓 명쯤 되는 것으로 보아 변호사업이 꽤 잘되는 것처럼 보였다. 내가 자리에 앉자 변호사(성명 생략)는 내 인적사항과 가족관계, 캐나다 입국 날짜, 그리고 현재 하는 일 등을 묻고는 캐나다에 난민신청을 했느냐고 물었다. 나는 그렇다고 대답하며 이민국에 제출한 난민신청서 사본과 그 외 참고가 될 만한 서류들을 내놓았다. 변호사는 내가 내놓은 서류들을 대강 훑어보고 나더니 한국에서의 내 정치 관련 배경을 물었다. 내가 난민신청서에 기재했던 대로 대답을 하고 나자 변호사는 이 박사님에게 한국 정치 상황에 대한 견해를 물었다. 이 박사님은 긴 수염을 쓰다듬고 난 후 변호사에게 일본이 한국을 통치했을 때 만주에서 벌였던 항일 투쟁운동과 한국에서 군사정부에 대항했던 정치 활동, 그리고 현재의 한국정치 실정을 유창한 영어로 소상히 설명하셨다. 변호사는 돈 목사님에게도 나와의 관계에 대해 물었다. 목사님은 나와 내 가족이 많은 어려움에 처해 있어 교회에서 도움을 주고 있다고 말하며, 나와 내 가족이 캐나다에서 안전하게 살아갈 수 있도록 최선을 다해 달라고 변호사에게 요청했다. 이 박사님과 목사님에 대한 변호사의 질문이 모두 끝난 후, 나는 변호사비가 걱정되어 내 난민신청을 맡아주는 데 돈은 얼마나 받느냐고 변호사에게 물었다. 변호사는 자기는 법률봉사협회(Legal Services Society)에 소속되어 있는 법률 구조 변호사(Legal aid lawyer)로 캐나다에 도착해 난민신청을 하는 사람들에게는 돈을 받지 않고 무료로 대행해주는 대신 캐나다 정부로부터 돈을 받는다고 설명했다. 나는 내 난민신청 진행에 변호사비가 안 들어 퍽이나 안심이 되었다.

후에 나는 법률봉사협회에 소속되어 있는 법률 구조 변호사들은 그들의 전문분야에 따라 생활이 어려운 극빈자들, 형사 범죄로 재판을 받는 형사 피고인으로서 돈 없는 사람들, 캐나다에 들어와 난민신청을 하는 사람들, 변호사비를 낼 형편이 못 되는 이혼자들에 대해 무료로 법률 서비스를 제공해주고 있음을 알게 되었다. 그러나 형사범죄로 재판을 받는 형사 피고인들이나 가정문제로 법원에 가는 사람들은 국가가 정한 최소한의 수입 표준을 넘지 말아야 법률봉사협회로부터 혜택을 받을 수가 있었다. 국가로부터 돈을 받고 법률봉사협회의 혜택을 받을 수 있는 사람들에게 법률 서비스를 제공해주는 협회 소속 법률 구조 변호사들은 한국의 국선 변호사(일명 무료 변호사: Poverty lawyer)와 비슷하다. 이민 변호사는 내가 죠앤과 제럴드를 상대로 제기한 형사고발과 민사소송에 대해서도 질문을 한 다음, 내 난민신청에 참고가 될 것이라며 그 진행과 결과를 자기에게 알려 달라는 말을 끝으로 나와 이 박사님과 목사님에 대한 상담을 모두 마쳤다. 이 박사님과 목사님은 변호사에게 그들의 도움을 필요를 할 때는 언제든지 연락해 달라는 말을 남기고 변호사 사무실을 나섰다. 변호사 사무실을 나와 나는 이 박사님에게 고맙다고 인사를 하며 식사를 대접해 드리고 싶다고 하였으나 이 박사님은 바쁜 일이 있어 토론토로 돌아가야 한다며 사양하셨다. 이 박사님은 이후에도 변호사의 요청으로 세 번을 더 밴쿠버로 와 나와 변호사를 만나 내 난민 신청에 도움이 되는 많은 좋은 말씀과 조언을 해주셨다.

28. 두 딸의 성경학교 재입학

학생비자를 연장 받지 못해 캘거리 성경학교로 돌아가지 못한 내 두 딸은 집에서 머물며 따분하고 괴로운 나날을 보내고 있었다. 나는 그애들의 괴로워하는 모습이 너무나 딱해 몹시 안타까웠다. 나는 그애들이 공부건 무엇이건 간에 활동할 수 있는 계기를 만들어주지 않으면 안 되었다. 내 난민신청 결과가 언제 나올지 모르는데, 그때까지 그애들을 아무 하는 일 없이 집에만 있게 할 수는 없었다. 나는 그애들이 낯선 캘거리에 가 몇 개월 동안 부모와 떨어져 외롭게 생활했던 경험이 있어, 그애들을 또다시 딴 곳으로 보내 계속 공부를 시켜야겠다고 생각했다. 딸들이 처한 이러한 문제를 의논할 사람이라고는 역시 돈 목사님밖에 없었기 때문에 나는 두 딸을 데리고 목사님을 찾아갔다. 나는 목사님에게 딸들의 학생비자가 연장이 안 되어 캘거리 성경학교로 돌아갈 수가 없어 지금은 집에만 머물러 있다고 설명한 후, 그애들을 학교에 넣어 계속 공부시키고 싶다고 말을 했다. 목사님은 내 두 딸 중 특히 성격이 활달하고 붙임성이 많은 큰딸에게 평소 농담도 잘하시며 다정하게 대해주셨으며, 그애들이 학교에도 가지 못하고 집에 머물러 있다는 말을 들으시고는,

"거 참, 안 됐구나."

하고 유감의 말씀을 하셨다. 그리고는 캘거리 성경학교에서 성경공부 하기가 재미 있었느냐고 내 딸들에게 물었다. 그애들은 서슴없이 "네." 하고 대답하

고는 또 다시 성경학교로 가 계속 공부하고 싶다고 목사님에게 말했다. 목사님은 캠룹스에서 차로 세 시간 거리에 있는 켈로우나(Kelowna)라는 도시에 성경학교가 하나 있는데, 이 학교에 가 성경공부를 하는 게 어떠냐고 내 딸들에게 물으셨다. 내 딸들이 그러고 싶다고 대답하자 목사님은 그 학교에 알아본 후 연락을 해주겠다며 내 딸들의 등을 가볍게 두드려주셨다.

목사님 말씀대로 켈로우나는 내가 사는 캠룹스에서 차로 세 시간 거리에 있었다. 내 딸들이 거기에 가서 공부를 하게 되면 우선 거리가 가까워 여간 좋지가 않았다. 며칠 후 목사님은 내 딸들의 성경학교 입학이 잘될 것이라고 전화로 내게 알려주셨다. 내가 딸애들이 제발 켈로우나에 있는 성경학교로 가서 공부할 수 있었으면 하고 노심초사勞心焦思하고 있을 때인 7월 27일, 켈로우나에 있는 오캐나갠 성경학교(Okanagan Bible College)로부터 내 두 딸의 학교입학을 허락하는 입학 허가서와 함께 1991년 9월 29일까지 학교에 와 학교 입학등록을 하라는 내용의 편지가 날아왔다. 편지에는 학교에 내는 등록금과 기숙사비 내역도 설명되어 있었으며 무엇보다 얼마 되지 않는 기숙사비를 내고 학교에서 먹고 자가며 공부할 수 있어 여간 다행이 아니었다. 그러나 나는 딸들이 학생비자 없이 공부를 했다가 캐나다에서 추방되어서는 안 되었기 때문에, 그애들을 학교에 보내기 전에 우선 이민국으로부터 새로 학생비자를 얻어 주지 않으면 안 되었다. 하지만 이민국에 가 딸들의 학생비자를 신청해보았자 패디 해링튼 이민관으로부터 또다시 거절될 것이 뻔했기 때문에 나는 밥 제너루 이민국 매니저에게 딸들의 학생비자를 발급해 달라고 사정하는 편지를 써, 딸들이 오캐나갠 성경학교로부터 받은 입학 허가서와 함께 보냈다. 내 편지를 받은 밥 제너루 이민국 매니저는 이민 규정상 딸들이 학교에 가서 공부하는 허가는 발급해줄 수 없지만, 우리가 난민신청을 했기 때문에 캐나다에서 내 딸들이 학교에 다니는 것에는 반대하지 않겠다는 내용의 편지를 내게 보내주었다. 그의 편지는 정식 학생비자는 아니었지만 내 딸들이 학교에 가는 것을 반대하지 않겠다는 언급으로 보아, 이는 사실상의 공부 허가(Study Permit)나 다름이 없었으며, 이것으로 딸들의 학생비자 문제는 일단락되어 그 애들을 안심하고 켈로나에 있는 성경학교에 보낼 수 있었다.

29. 죠앤과 제럴드와 나에 대한 사실 발견을 위한 심문

1991년 8월 28일과 29일에는 예정대로 캠룹스에 있는 속기록 사무실에서 법원 속기사(Court Reporter)를 참석시킨 가운데 내 변호사와 죠앤과 제럴드의 변호사가 나와 죠앤과 제럴드를 마주 앉혀놓고 번갈아가며 사실 발견을 위한 심문을 벌였다. 내 민사소송 피고인인 죠앤과 제럴드의 여자 변호사가 나를 먼저 심문했으며, 나에 대한 그녀의 심문에 이어 내 변호사인 데이빗 맥두걸 씨가 죠앤과 제럴드를 차례차례 심문했다. 상대방 변호사의 심문에 앞서 법정 기록사는 내가 이 자리에서 제시하는 증거들이 진실이고, 완전한 진실이며, 오로지 진실뿐이라는 것을 성경에 손을 얹어 선서토록 했다 (Swearing that the evidence I shall give in this case shall be the truth, the whole truth, and nothing but the truth). 내 선서가 끝나자 죠앤과 제럴드의 변호사가 나에 대한 심문을 벌이기 시작했다. 변호사는 내 국적, 인적사항, 가족관계, 주소, 학력, 경력, 그리고 현재 내가 하고 있는 일을 물은 다음, 미리 준비해온 질문 노트를 하나하나 펼쳐가며 내게 심문을 했다. 다음은 피고인 변호사와 나 사이에 오고간 일문일답을 간추린 내용이다.

"Mr. Lee, 캐나다에는 언제 왔습니까?"

"1989년 8월에 왔습니다."

"캐나다에는 무슨 목적으로 왔습니까?"

"나는 호주로 가는 도중 가족과 함께 잠시 캐나다를 여행하기 위해 왔습니다."

"호주에는 무슨 목적으로 가려 했는지 말씀해 주세요."

"나는 호주의 한 대학에서 약 1년간 공부를 하여 왔으며 내 자녀들도 호주에서 공부하기로 되어 있어 호주로 가려 했던 것입니다."

"당신이 다녔던 대학교 이름은 무엇입니까?"

"내가 다녔던 대학교 이름은 Northern Territory University였습니다."

"당신이 호주에서 공부를 하였고 당신 자녀들도 호주에 가 공부하기로 되어 있었다는 증거를 보여주시겠어요?"

"여기에 내가 Northern Territory University에서 공부를 한 증거와 내 자녀들이 호주에 있는 학교에 입학한 증거가 있습니다."

나는 변호사에게 대학 학생증과 내 자녀들이 호주 학교로부터 받은 입학허가서를 보여주며 그녀의 질문에 대답을 했다. 내가 제시한 서류들을 보고 난 변호사는 내 학생비자에 관해 질문을 했다.

"당신은 호주 정부 당국이 당신과 당신 자녀들에게 발급해준 학생비자를 갖고 있습니까?"

"나와 내 자녀들은 한국 서울에 있는 호주대사관에서 학생비자를 받았으나 지금은 가지고 있지 않습니다."

"그러면 당신과 당신 자녀들의 학생비자는 어디에 있습니까?"

"우리들의 학생비자는 여권 안에 있으며 우리 가족들의 여권을 캐나다 이민국에 제출했기 때문에 지금은 학생비자를 가지고 있지 않습니다."

"당신은 무슨 이유로 당신 가족들의 여권을 이민국에 제출했습니까?"

"이민국에서 우리 가족들의 여권을 제출하라고 요구했기 때문에 제출했습니다."

나는 캐나다 이민국에 난민 신청을 한 후 이민국의 요구로 나와 내 가족들의 여권을 모두 제출하였기 때문에 나와 내 가족은 여권을 가지고 있지 않았다. 그러나 나는 변호사에게 이런 구체적인 설명은 하지 않았다. 변호사는 내가 왜 캐나다 이민국에 여권을 제출했는지에 대해서는 더 이상 묻지 않고 다음 질문으로 넘어갔다.

"다음 질문은 Mr. and Mrs. Schurman과 당신과의 관계에 관한 질문입니다. 당신은 그들과 어떻게 알게 되었는지 우선 말씀해 주세요."

나는 변호사에게 내가 어릴 때 일어난 한국 전쟁으로 피난 가 만났던 한 친절한 캐나다 병사 이야기에서부터, Mr. Gerald Schurman이 그의 옛 한국 전우를 찾기 위해 한국 신문에 낸 광고와 그의 광고에 대한 내 답변을 시작으로 Mr. Schurman과 그의 부인 Mrs. Joanne Schurman과의 편지 교환을 통해 그들을 알게 된 경위를 자세히 설명했다. 내 이야기를 흥미 있게 듣고 난 변호사는,

"당신은 언제 Mr. Schurman의 광고를 보았습니까?" 하고 물었다.

"그 광고를 언제 보았는지는 자세히 기억할 수 없으나 1987년경에 그 광고를 보았던 것으로 생각하고 있습니다."

"Mr. Schurman의 광고를 본 후 당신을 무엇을 했습니까?"

"당신도 잘 알다시피 남한이 북한 공산주의자들의 침략을 받았을 때 캐나다는 한국을 도와준 나라들 중 하나이며 한국 국민들은 그들이 북한 공산주의자들로부터 압제를 받고 있을 때 그들을 도와준 나라들에 대해 늘 감사히 여기고 있습니다.

한국 전쟁 때 한국을 도와준 캐나다와 다른 나라들에 늘 고마움을 느끼고 있는 한국 국민의 한 사람으로 나는 Mr. Schurman이 한국 전쟁에 참여해 함께 싸웠던 그의 옛 한국 전우를 찾는 데 도와주어야겠다고 생각을 했습니다."

"당신은 그들을 찾았습니까?"

"찾지를 못했습니다. 나는 Mr. Schurman이 찾고 있는 사람들을 찾기 위해

한국 국방부와 육군본부에까지 찾아가 그들을 찾아보았지만 Mr. Schurman
이 찾고 있는 군인들은 아무도 없었습니다."

"그런 다음 당신은 무엇을 했습니까?"

"나는 Mr. Schurman이 찾으려고 하는 사람들에 관해 알려주기 위해 그에
게 편지를 썼습니다."

"당신은 셔먼 씨의 주소를 어떻게 알았습니까?"

"그가 낸 광고 밑에 그의 주소가 있었습니다."

"셔먼 씨는 당신의 편지에 답장을 했습니까?"

"셔먼 씨 대신 그의 부인인 죠앤이 내 편지에 답장을 했습니다."

"그들에게 당신의 첫 번째 편지를 보낸 후 당신은 그들에게 계속해서 편지
를 보냈습니까?"

"나는 그들에게 계속 편지를 보내지는 않았으며 어쩌다 한 번씩 편지를 보
냈을 뿐입니다."

"당신은 그들에게 얼마나 많은 편지를 보냈는지 상기할 수 있습니까?"

"나는 그들에게 네다섯 통 정도의 편지를 보낸 것으로 알고 있습니다."

"당신은 그들에게 편지를 쓸 때 무슨 언어를 사용했습니까?"

"나는 그들에게 영어로 편지를 썼습니다."

"당신은 영어를 어디에서 배웠습니까?"

"대학교 때와 주한미군들과 함께 근무를 하며 영어를 익혔습니다."

"1989년 8월에 캐나다에 오기 전 당신은 캐나다에 온 적이 있습니까?"

"네, 있습니다."

"그때가 언제입니까?"

"1989년 5월이었습니다."

"1989년 캐나다에 왔을 때 당신은 죠앤과 제럴드를 만났습니까?"

"네, 만났습니다. 그들은 내가 한국에 있는 내 가족을 호주로 데리러 갈 때

그들을 방문해달라고 나를 초청했습니다. 이때 나는 호주 대학에서 공부를 하고 있을 때였습니다."

"그들을 어디에서 만났습니까?"

"그들이 사는 Clearwater로 가 그들을 직접 만났습니다."

"Clearwater에 있을 때 당신은 어디에서 머물렀습니까?"

"죠앤과 제럴드의 집에 머물렀었습니다."

"그들과 얼마나 머물렀습니까?"

"3일간 머물렀습니다."

"그들과 함께 머무는 동안 당신은 그들에게 당신과 당신 가족이 캐나다에 올 수 있도록 당신에게 캐나다 초청장을 보내달라고 했지요?"

"안 했습니다. 나는 그들에게 초청장을 보내달라고 결코 요청하지 않았습니다. 내가 그들에게 한국에 있는 가족을 호주로 데려가기 위해 한국에 간다고 말하자 죠앤은 내가 필요하다면 캐나다에 오도록 초청장을 보내주겠다고 제의를 하며 호주로 가는 도중 그들을 방문해 달라고 말을 하였습니다. 그리고 내가 한국으로 돌아가 가족들과 함께 호주로 갈 준비를 하고 있는 동안 죠앤은 내가 요청하지도 않은 초청장을 보내 주었습니다."

"당신은 언제 죠앤으로부터 초청장을 받았습니까?"

"1989년 6월경에 받았습니다."

"당신은 언제 캐나다 비자를 신청했습니까?"

"1989년 7월에 신청을 했습니다."

"당신이 캐나다 비자를 신청했을 때 당신은 죠앤이 당신에게 보낸 초청장도 제출했습니까?"

"네, 했습니다. 나는 한국 서울에 있는 캐나다 대사관에 비자를 신청할 때 나와 내 가족의 여권, 나와 우리 가족이 호주 대사관으로부터 받은 호주 비자, 내 학생비자와 내 자녀들의 학생비자 및 캐나다 여행 일정을 모두 제출했습니다."

"당신이 캐나다 비자를 신청할 때의 타이밍으로 보아 당신은 죠앤으로부터 초청장을 기다리고 있었던 것처럼 보입니다. 당신은 죠앤으로부터 초청장을 기다리고 있었다는 것에 동의를 하십니까?"

"나는 동의할 수가 없습니다. 내가 죠앤으로부터 초청장을 받은 시기와 내가 캐나다 대사관에 비자를 신청한 시기는 우연의 일치에 불과할 뿐입니다."

"당신은 죠앤을 방문하고 한국으로 돌아간 후 죠앤이나 그녀의 남편에게 전화를 했거나 편지를 보낸 적이 있습니까?"

"없습니다."

"당신과 당신 가족이 캐나다 비자를 받은 것은 죠앤의 초청장 덕분이며 당신과 당신 가족이 캐나다에 온 것은 죠앤의 도움 때문이었습니다. 당신은 이 점을 인정하십니까?"

"인정 못합니다. 나는 죠앤이 내게 초청장을 보내리라고는 전혀 기대하지 않았으며 죠앤의 초청장이 결정적인 역할을 했다고도 보지 않습니다. 왜냐하면 우리들은 캐나다에 꼭 올 필요도 없었으며 우리들의 최종 목적지는 호주였기 때문에 한국에 있는 캐나다 대사관에서는 우리 가족에게 아무 이의 없이 캐나다 비자를 발급해 주었다고 생각합니다. 더구나 내가 캐나다 대사관에 비자를 신청한 후 캐나다 대사관 직원은 내게 간단히 전화로 인터뷰를 하였으며 그가 나를 인터뷰 할 때 캐나다에 가려는 목적과 캐나다에 머물 기간 그리고 호주로 돌아갈 일정만 물었을 뿐 죠앤이 내게 보낸 초청장에 대해서는 일체 언급이 없었습니다."

피고인의 변호사는 내가 죠앤에게 초청장을 보내달라고 요청을 했는지 알아내기 위해 내게 끈질기게 질문을 하였으며 내가 죠앤의 도움으로 캐나다에 왔다는 것을 시인받기 위해 총력을 기울였다. 피고인 변호사는 나로부터 그녀가 원했던 만족한 답변을 얻어내지 못하자 내게 다른 질문을 퍼붓기 시작했다.

"당신은 캐나다에 도착한 후 캐나다에서 살고 싶다는 생각을 한 적이 없습니까?"

"나는 캐나다에서 살고 싶다는 생각을 한 적이 없습니다. 내가 만일 캐나다에서 살기를 원했다면 나는 캐나다에 이민을 하였거나 호주로 가기 전에 캐나다에서 공부를 하였을 것입니다."

"당신은 캐나다에 오자마자 사업을 시작했지요. 그렇지요?"

"네, 했습니다."

"무슨 사업을 시작했습니까?"

"구두 판매와 옷 판매 사업을 시작했습니다."

"어디에서 그 사업을 시작했습니까?"

"Clearwater에서입니다."

"당신이 캐나다에서 살 의향이 없었다면 왜 호주로 가지 않고 캐나다에서 사업을 차렸습니까?"

"좋은 질문을 해주어 감사합니다."

나는 이런 질문을 한 변호사에게 고맙다고 말을 한 후 그녀의 질문에 하나하나 답변을 하기 시작했다.

"나는 밴쿠버(Vancouver)에 도착한 후 일주일간 관광을 하고나 호주로 돌아가려고 하였으며 나와 내 가족이 밴쿠버에 머무는 동안 죠앤은 나와 내 가족을 그녀의 집에 초청을 했습니다. 나는 죠앤에게 밴쿠버에 2~3일만 머문 후 직접 호주로 갈 예정이라고 말을 하자 죠앤은 우리가 밴쿠버까지 왔다가 자신과 그녀의 남편을 만나지 않고 호주로 가면 매우 유감스러울 것이라고 말을 하는 바람에 나는 내 가족과 함께 그들을 방문하기 위해 Clearwater에 있는 그들의 집으로 갔습니다. 나와 내 가족이 그들의 집에 머무는 동안 죠앤은 내가 만일 클리어워터에서 구두가게를 열면 많은 돈을 벌 것이라며 그녀도 내 사업을 도와 돈을 많이 벌게 해주겠다고 제의까지 했습니다. 죠앤은 또한 클리어워터 지역에서 많은 중요한 직책을 맡고 있는 정치가라고 자신을 소개하며 나와 내 가족이 캐나다에 이민을 하도록 도와주겠다고도 말을 했습니다. 죠앤은 내가 만일 캐나다에서 사업을 하면 돈도 벌고 캐나다에 이민도 할 수 있으며 나와 내 가족이 영주권을 얻으면 나와 내 자녀들이 학교에 돈도 내지 않고 공부할 수 있다고 덧붙였습니다. 내 아내는 죠앤의 제안에 극구 반대를 하였으나 그녀의 제안이 그럴듯하고 실행 가능하여 나는 죠앤을 믿고 구두판매 사업을 시작했습니다.

그러나 일단 사업을 시작하자 죠앤은 나나 내 가족이 가게에 나와 일을 하는 것이 이민관의 눈에 띄면 캐나다에서 즉각 추방될 것이라고 협박을 하며 나와 내 가족이 가게에 나오지 못하도록 철저히 금지를 시켰습니다, 그런 다음 내 사업자금과 구두판매 대금을 은행과 가게에서 모두 가지고 갔습니다. 죠앤은 내 가게에서 근무를 시작한 후 물 쓰듯 돈을 썼습니다. 그녀는 차도 샀고 미국의 리노(Reno)로 도박 여행도 갔으며 구두를 판매한 돈으로 심지어 그녀와 그녀의 남편 말과 개와 고양이에게 줄 먹이도 샀습니다.

나는 죠앤의 비리행위가 드러나자마자 그녀를 내 가게에서 즉각 해고시켰으며 죠앤은 내 가게에서 해고되자마자 캠룹스(Kamloops) 이민국에 나를 중상모략 하는 편지를 보냈으며 내 영주권 신청을 접수하여 처리하고 있는 미국 시애틀의 캐나다 영사관에도 내 이민을 방해하는 편지를 보냈음은 물로 내 이민 신청을 해준 내 이민 고문에게도 나를 도와주지 말라고 전화를 하였습니다. 영주권도 없고 노동허가도 없는 나나 내 가족이 가게에 나와 일을 하다가 이민관에게 적발되면 즉각 추방된다고 협박을 해놓고 영주권도 없고 노동허가도 없는 내 큰딸은 아침 일찍부터 밤늦게까지 노예처럼 부려 먹은 것입니다. 죠앤은 내 큰딸을 그녀의 하녀로 쓰기 위해 캠룹스 이민관에게 내 딸의 노동허가를 신청했다가 거절만 당했으며 영주권도 없고 노동허가도 없는 내 딸에게 일을 시키면 안 된다고 경고를 받았음에도 죠앤은 캠룹스 이민관의 경고를 무시하고 계속하여 내 딸을 그녀 가정의 하녀로 혹사를 시켰습니다. 이뿐만 아니라 죠앤은 내 구두가게에서 구두를 훔쳐다가 그녀의 친구들과 다른 사람에게도 아낌없이 나누어주었습니다."

내가 이렇게 긴 진술을 하고 있는 동안 죠앤은 고개를 푹 숙이고 앉아 있었고 제럴드는 팔짱을 끼고 무표정하게 창밖만 내다보고 있었다. 나는 피고인인 죠앤과 제럴드가 보는 앞에서 그동안 가슴에 쌓이고 쌓였던 이야기를 그들의 변호사 앞에서 모두 하고 나니 가슴이 다 후련해지는 것 같았다. 상대방 변호사가 나를 심문하는 데 무려 네 시간이 걸렸으며 점심 후에도 나에 대한 그녀의 심문은 계속 되었다. 내 변호사와 함께 점심을 먹는 동안 그는 내가 아주 잘했다고 칭찬을 해주었다.

점심 후 상대방 변호사는 자리에 앉자마자 내가 오전에 한 진술에 대한 증거가 있느냐는 질문으로 나에 대한 심문을 시작했다. 내가 변호사의 질문에 대답하기 전 내 변호사는 그가 상대방 변호사에게 제공한 서류와 증거물을 보여주며 그녀에게 모든 증거물을 제공하였음을 상기시켜주었다. 내 변호사가 제공한 서류와 각종 증거물을 검토한 상대방 변호사는 나에게 가게에 관련된 질문을 하기 시작했다.

"당신은 오전에 클리어워터에서 구두와 옷 판매 사업을 시작했다고 진술을 하였습니다. 당신은 이 두 가게에 얼마를 투자하였습니까?"

"나는 구두가게에 $150,000 그리고 옷가게에는 $100,000을 투자했습니다."

"당신은 그 돈을 이 두 사업에 투자한 증거를 가지고 있습니까?"

"네, 가지고 있습니다."

"그 증거를 나에게 보여주세요."

"나는 가게에 관련된 모든 서류와 증거들을 내 변호사에게 주었기 때문에 지금은 내가 가지고 있지 않습니다."

"당신은 그 두 사업을 지금도 운영하고 있습니까?"

"더 이상 운영 안 합니다."

"당신이 사업을 운영할 때 죠앤이 당신 가게에서 일을 했습니까?"

"나는 내 가게를 운영하지 않았으며 죠앤이 전적으로 운영을 하였습니다."

"당신 가게에서 죠앤의 직책은 무엇이었습니까?"

"죠앤은 내 구두가게의 매니저(Manager)였습니다."

"죠앤은 당신 가게의 매니저였을 뿐만 아니라 당신 사업 계좌의 공동 서명인이기도 했지요. 그렇지요?"

"맞습니다."

"당신은 또한 죠앤이 당신 가게 운영에 관련하여 당신의 모든 자금을 집행하도록 허락하는 위임장(Power of Attorney)도 해주었지요? 당신은 그것을 인정하십니까?"

"인정합니다. 그러나 그녀에게 해준 위임장에서 나는 그녀에게 가게 운영 목적만을 위해 돈을 거래하도록 허락하였으며 그녀의 사적인 목적을 위해 거래하도록 허락하지는 않았습니다."

내가 죠앤을 내 사업 은행계좌의 연서인으로 지명하고 위임장에서 내 돈을 사업 운영 목적에만 쓰라고 명시하지 않은 것이 나의 가장 큰 실수였으며 내 변호사와 죠앤과 제럴드를 수사하고 있는 담당 수사관도 내 허가나 사인 없이 돈을 마음대로 인출하게 하고 아무 제한 없이 내 계좌에 마음대로 접근을 허락하도록 하는 위임장을 죠앤에게 해준 게 치명적인 내 실수였다고 누누이 지적을 했다. 내가 그들로부터 죠앤과 함께 공동 통장을 개설하고 죠앤에게 위임장을 해주게 된 질문을 받을 때에는 나는 그들에게 나는 죠앤을 신뢰하였으며 캐나다 실정을 아무 것도 몰랐다고 대답을 하면 그들은 내가 잘 알지도 못하는 여자를 믿은 것은 매우 나이브(naive)한 행위였으며 캐나다 실정을 몰라 내가 실수한 행위에 동정은 가지만 법으로는 구제 받기가 힘들다고 말을 했다.

피고인 변호사는 나에 대한 심문에서 만족할 만한 결과를 얻어내지 못하자 나의 법적 진행과는 아무 관련이 없는 엉뚱한 질문을 하기 시작했다.

"내 이전 질문에서 당신은 클리어워터에서 더 이상 사업을 하지 않는다고 하였는데 그렇다면 당신은 어떻게 당신 가족을 부양하고 있습니까?"

"우리는 지금 교회의 도움으로 살아가고 있습니다."

"당신은 캐나다 영주권 취득에 실패를 하였지요. 그렇지요?"

상대방 변호사는 내게 빈정대는 투로 질문을 하였으며 내 옆에 앉아 있던 내 변호사는 "Mr. Lee, 그런 질문에 답변하지 마시오." 하고 충고를 했다. 나는 나를 우롱하는 질문을 하는 상대방 변호사의 질문에 통렬하게 반박하고 싶었으나 내 변호사의 충고 때문에 그녀로부터 받은 심한 굴욕을 참지 않으면 안 되었다.

"Mr. Lee, 당신은 언제 한국으로 돌아갈 것인가요?"

피고인 변호사는 교활한 미소를 지으며 나를 극도로 경멸하고 기분을 상하게 하는 질문을 반복을 했다. 내 변호사는 법률사건과 직접 관련이 없는 질문을 삼가라고 상대방 변호사에게 요구한 후 내게 그 질문에 대답하지 말라고 또 다시 충고를 했다. 나는 계속적인 변호사의 빈정거리는 질문에 더 이상 참을 수가 없었으며 내게 아무리 불리한 결과가 돌아오더라도 무례하고 버릇없는 변호사에게 이판사판으로 일침을 가해야겠다고 굳게 마음을 먹었다.

"변호사님, 내 말 잘 들으세요. 나는 피고인인 죠앤과 제럴드로부터 내 돈을 모두 찾고 그들이 나와 내 가족을 근거 없이 중상모략 하는 편지를 이민국에 보내 더럽힌 명예를 완전히 회복할 때까지는 이 나라를 절대 안 떠납니다. 두고 보세요. 꼭 그렇게 되고 말 테니까요."

내가 아무 거리낌 없는 태도로 당당히 말을 하자 상대방 변호사는 머쓱해하며 더 이상 절문 거리가 없는 듯 그녀의 시계를 흘끗 본 후 나에 대한 그녀의 심문이 모두 끝났다고 선언을 하였다. 나에 대한 변호사의 심문은 하루 종일 걸렸으며 다음 날은 죠앤과 제럴드가 내 변호사로부터 심문을 받을 차례였다. 나에 대한 심문을 끝낸 피고인 변호사는 울적한 모습으로 심문실을 떠났으며 그 뒤를 따라가는 죠앤과 제럴드의 발걸음도 몹시 무거워 보였다. 내 변호사는 심문실을 나오며 나에게 아주 잘했다고 거듭 칭찬을 했다.

다음날 아침 죠앤과 제럴드는 도살장으로 끌려 들어오는 황소처럼 무거운 걸음걸이로 심문실을 들어왔다. 죠앤은 피곤하고 전날보다 더 늙어 보였고 자리에 앉자마자 입을 딱 벌리고 하품을 하였으며 내 변호사는 제럴드에게 그를 부를 때까지 밖에 나가 있으라고 말을 했다.

죠앤은 내 변호사로부터 심문을 받기 전에 오로지 진실만을 말하겠다고 성경책에 손을 얹고 서약을 하였으며 죠앤의 서약이 끝나자 내 변호사는 곧바로 전날 죠앤의 변호사가 내게 했던 것처럼 죠앤의 인적사항에 관한 질문으로 그녀에 대한 심문을 시작했다. 죠앤이 내 변호사로부터 그녀의 교육 배경에 관한 질문을 받았을 때 죠앤은 노바스코시아(Nova Scotia)에서 중학교에 다니다가 중퇴를 하였으며 그녀는 학교에 다닐 때 톰보이(tomboy, 말괄량이)였다고 미소를 머금으며 덧붙였다. 죠앤은 학교 다닐 때 말괄량이였던 것을 매우 자랑스럽게 여기는 것 같았다.

다음으로 내 변호사는 죠앤이 클리어워터 지역에서 가지고 있는 직위와 직책을 모두 소개하라고 요구하였으며 죠앤은 시드니 스파고 이민 고문과 캠룹스 이민 참사관인 패디 해링튼 앞에서 했던 것과 똑같이 손가락을 꼽아가며 그녀가 클리어워터 지역 사회에서 가지고 있는 직위를 자랑스럽게 하나하나 대기 시작했다.

"나는 클리어워터 지역 개발부의 관재인이자 부회장이고, 클리어워터 오락위원회 회장이며 라프트 강 말타기 경기대회 부회장임은 물론 클리어워터 가정전람회(Home Show) 지배인이고 넘버원 구두가게 총지배인에다가 비상근 동물병원 조수이며 승마훈련사이기도 합니다."

"미쎄스 셔먼, 당신은 아직도 미스터 리의 넘버원 구두가게 총지배인입니까?"

"지금은 아니지만 과거에는 그의 구두가게 총지배인이었습니다."

"미쎄스 셔먼, 당신은 미스터 리에게 당신은 캐나다 정치인이라고 말한 적이 있습니까?"

"네, 있습니다."

"당신은 브리티쉬 콜롬비아 주 입법위원회 의원이거나 캐나다 의회의 의원입니까?"

"나는 브리티쉬 콜롬비아 주 입법위원회 의원이거나 캐나다 의회 의원은 아니지만 신민당(New Democratic Party) 당원이기 때문에 나는 정치가입니다."

"어떤 정당에 가입한 당원들은 모두 정치가들입니까?"

"나는 그렇게 생각합니다."

"당신은 정치가로서 무슨 역할을 하고 있습니까?"

"나는 클리어워터의 지역 정치가로서 많은 중요한 역할을 하고 있습니다."

"당신이 앞서 말한 모든 직책이 정치가들이 하는 일입니까?"

"그렇습니다."

"미스터 리의 구두가게 총지배인이나 비상근 동물병원 조수나 승마훈련사 노릇을 하는 것이 모두 정치가들이 하는 일입니까?"

"그렇습니다."

내 변호사는 어이없다는 듯 한동안 죠앤을 멀거니 바라보기만 했다.

"당신은 미스터 리를 어떻게 알게 되었습니까?"

"나는 편지를 통해서 그를 알게 되었습니다."

"누가 먼저 편지를 보냈습니까?"

"미스터 리입니다."

"미스터 리와 그의 가족이 캐나다에 올 때 당신은 그들에게 초청장을 보냈습니까?"

"네, 보냈습니다."

"당신은 언제 미스터 리에게 초청장을 보냈습니까?"

"1989년에 보냈습니다."

"1989년 몇 월입니까?"

"기억이 나지 않습니다."

"미스터 리가 당신에게 초청장을 보내달라고 요청했습니까?"

"네, 그가 내게 초청장을 보내달라고 요청을 했습니다."

"언제 그가 당신에게 초청장을 보내달라고 요청을 했습니까?"

"미스터 리가 나와 내 남편을 방문했을 때였습니다."

"미스터 리는 언제 당신들을 방문했습니까?"

"1989년 5월경입니다."

"미스터 리가 1989년 5월에 당신을 방문할 때에도 그는 당신에게 초청장을 보내달라고 했습니까?"

"안 했습니다."

"미스터 리가 호주에서 공부하고 있는 동안 당신은 그를 초청했지요?"

"네, 했습니다."

"당신은 그를 어떻게 초청했습니까?"

"나는 미스터 리에게 전화를 걸어 그를 초청했습니다."

"미스터 리가 1989년 5월에 당신을 방문하기 위해 캐나다에 왔을 때 그는 당신에게 그를 초청해달라고 요청하지 않았으나 당신은 솔선하여 그에게 전화를 걸어 당신을 방문하도록 제안을 했지요. 내 말 맞아요?"

"네, 맞습니다."

"당신은 미스터 리가 당신의 초청장 없이 캐나다에 올 수 있었다는 것을 인정합니까? 1989년 8월에 미스터 리와 그의 가족이 캐나다에 왔을 때에도 그들은 당신의 초청장 없이 올 수가 있었습니다. 당신은 이 점에 동의하십니까?"

"나는 모르겠습니다."

"미스터 리나 그의 가족이 밴쿠버에 도착했을 때 당신은 그들을 당신의 집에 초청했습니까?"

"네, 나는 그들을 클리어워터로 초청했습니다."

"그들이 당신을 방문하는 동안 당신은 미스터 리에게 클리어워터에서 구두 판매 사업을 하면 돈도 많이 벌고 캐나다에 이민도 할 수 있다고 했지요?"

"네, 그랬습니다."

"당신은 이때 미스터 리와 그의 가족이 호주로 간다는 것을 알고 있었지요?"

"네, 알고 있었습니다."

"그런데 왜 미스터 리에게 클리어워터에서 사업을 하라고 갑자기 제안했습니까?"

"나는 미스터 리와 그의 가족을 캐나다에서 살게 하고 싶었습니다. 그러나 나는 그때 그런 말을 한 것을 많이 후회하여 왔습니다."

"미스터 리가 클리어워터에서 사업을 하면 돈을 많이 벌 수 있다는 것을 당신은 어떻게 알았습니까?"

"그때 클리어워터에는 구두가게가 없었으니까요."

"당신이 구두가게가 돈을 많이 벌 수 있는 좋은 사업체라는 것을 알았다면, 당신은 왜 구두판매 사업을 하지 않았습니까?"

"나는 그런 가게를 열 만한 돈이 없었기 때문이었습니다."

"클리어워터에 구두가게가 없다는 그 자체는 그 사업이 돈을 벌 수 있는 좋은 사업체가 아니기 때문이지요. 그렇지 않아요?"

"구두가게를 열기 전까지는 구두가게 사업이 좋은지 나쁜지 아무도 모릅니다."

"당신은 클리어워터에 구두가게를 열기 전에는 돈을 많이 벌 수 있는지 없는지를 알지 못했지요?"

"네, 그렇습니다."

"클리어워터에 구두가게를 차리면 돈을 벌 수 있는지 없는지 정확히 알지도 못하고 왜 미스터 리에게는 클리어워터에서 구두가게를 열면 돈을 많이 벌 수 있다고 했습니까?"

"클리어워터에는 구두가게가 없었으므로 미스터 리가 그 사업을 하면 돈을 벌 수 있다고 생각을 했습니다."

"당신은 클리어워터에서 얼마 동안 살았습니까?"

"31년간 살았습니다."

"당신이 클리어워터에서 31년간 사는 동안 구두가게를 본 적이 있습니까?"

"보지 못했습니다."

"당신은 전에 사업을 운영해본 적이 있습니까?"

"나는 사업을 운영한 경험이 전혀 없습니다."

"당신 남편은 사업을 운영한 경험이 있습니까?"

"내 남편도 사업을 한 경험이 없습니다."

"당신은 미스터 리에게 클리어워터에서 구두가게를 차리라고 제안했을 때 얼마나 돈이 드는지 그에게 말을 했습니까?"

"내가 그에게 사업자금에 관해 말을 하기 전에 클리어워터에서 구두가게를 차리면 돈이 얼마나 드느냐고 그가 나에게 먼저 물었으며 나는 그에게 10만 불에서 20만 불이 필요할 것이라고 말을 했습니다."

"미스터 리는 그 많은 돈을 구두가게에 투자하겠다고 당신에게 말을 했습니까?"

"미스터 리는 망설이는 것처럼 보였습니다."

"미스터 리와 그의 가족은 당신 가정에 얼마나 오랫동안 머물렀습니까?"

"일주일가량 됩니다."

"그들이 일주일간 당신 가정에 머문 후 호주로 가려 했을 때 당신과 당신 남편은 그들이 호주로 떠나는 것을 만류했지요. 내 말에 동의합니까?"

"기억이 안 납니다."

"미스터 리가 클리어워터에서 구두가게를 열면 돈을 많이 벌 수 있다고 한 당신의 제안을 참작해 보면 당신은 미스터 리에게 클리어워터에서 사업을 하도록 꾀인 것 같은데 이 점에 대해 설명해 보세요."

"나는 미스터 리를 꾀인 것이 아니라 사업을 하라고 추천만 했을 뿐입니다."

"당신은 미스터 리와 그의 가족을 클리어워터에 붙잡아 두기 위해 당신을 정치가로 소개를 하고 미스터 리와 그의 가족을 후원(sponsor)해주겠다고 제의하며, 캐나다에 영주권을 신청하라고 꾀었지요? 내 질문에 예스 또는 노우 하고만 간단히 대답하세요."

그 순간 죠앤의 옆에 앉아 있던 그녀의 변호사는 내 변호사가 유도심문 (leading question)을 하고 있다고 주장을 하며 죠앤에게 내 변호사의 질문에 대답하지 말라고 주의를 주었다. 그러나 내 변호사는 그의 질문은 유도심문이 아닌, 사실 발견을 위한 단순한 질문이라고 반박을 하며 죠앤에게 그의 질문에 답하라고 독촉을 했다. 죠앤의 변호사가 내 변호사의 설명에 더 이상 이의를 제기하지 않자 죠앤은 머뭇머뭇거리며 꺼져가는 가는 목소리로 내 변호사의 질문에 "예스"라고 대답을 했다. 죠앤의 대답과 함께 양측 변호사는 10분간의 휴식을 취한 다음 내 변호사는 죠앤에게 계속하여 신랄한 질문 공세를 폈다.

"미스터 리는 언제 사업을 시작했습니까?"

"1989년 9월에 했습니다."

"미스터 리는 1989년 9월에 구두가게를 열었습니까?"

"아닙니다. 그의 구두가게는 1989년 11월에 열었습니다."

"미스터 리는 얼마의 돈을 그의 가게에 투자했습니까?"

"그는 최초에 10만 불을, 후에 5만 불을 더 투자했습니다."

"미스터 리의 사업자금을 취급한 사람은 누구였습니까?"

"내가 미스터 리의 사업자금을 관리하였으며 미스터 리는 나에게 그의 사업자금 취급을 허락하는 위임장을 내게 주어 내가 한 것입니다."

"미스터 리 가게에서 당신이 맡은 직책은 무엇이었습니까?"

"나는 그의 가게의 총지배인이었습니다."

"당신 이외에 미스터 리 가게에서 일을 한 고용인은 얼마나 됩니까?"

"둘입니다."

"누가 그들을 고용했습니까?"

"내가 그들을 미스터 리 가게에 고용했습니다."

"그 두 고용인 중 하나는 당신 친구이고 다른 하나는 당신 딸이었지요? 그렇지요?"

"네, 맞습니다."

"미스터 리 가게는 크지 않습니다. 그럼에도 이 작은 가게에 종업원이 왜 둘씩이나 필요했습니까?"

"첫째, 구두가게가 꽤 분주했으며 더구나…."

"더구나 무엇입니까?"

"내 친구와 딸은 실직자였습니다."

"미스터 리는 실직자 둘을 도와주려고 사업을 했습니까?"

"모르겠습니다."

"당신이 그들을 미스터 리 가게에 고용하기 전에 당신은 그들의 고용에 관해 미스터 리와 의논을 했거나 그의 허락을 받기라도 했습니까?"

"안 했습니다."

"왜 안 했습니까?"

"나는 미스터 리 가게의 총지배인이었으며 내가 지배인으로서 하는 일을 그에게 일일이 의논하거나 허락을 받을 필요가 없었습니다."

죠앤은 뻔뻔스럽고 오만한 태도로 내 변호사의 질문에 대답을 했다.

"미스터 리 가게 지배인으로 당신이 한 일은 무엇이었습니까?"

"나는 미스터 리의 사업을 관리하였고 그의 가게에서 일하는 종업원들을 감독하였으며 미스터 리 가게에 물품들을 주문했습니다."

"당신은 매달 얼마의 임금을 받았습니까?"

"5천 불씩 받았습니다."

"미스터 리가 그 돈을 당신에게 매달 지불했습니까?"

"아닙니다. 내가 스스로 가져갔습니다."

"그러면 당신은 미스터 리의 승인도 없이 매달 5천 불씩 임금으로 가져갔습니까?"

"나는 지배인이었기 때문에 그리고 그가 내가 그의 돈을 마음대로 쓸 수 있도록 그의 계좌의 연서인으로 해주고 그의 사업자금을 관리하도록 위임장도 해주었기 때문에 그의 승인을 받을 필요가 없었습니다."

"미스터 리가 사업을 시작할 때 당신의 임금을 정했습니까?"

"내 임금을 정한 사람은 미스터 리가 아니라 나였습니다."

"당신은 당신의 임금을 월 5천 불로 정한 다음 당신이 정한 임금을 미스터 리에게 알려주었습니까?"

"안 했습니다."

"당신은 5천 불의 임금 외에 매달 보너스로 3천 불씩 가져갔지요, 그렇지요?"

"나는 미스터 리 가게에서 열심히 일을 했기 때문에 그만큼의 보너스를 가

겨갈 자격이 있었습니다."

"당신은 가게에서 보너스를 가져갈 때 미스터 리로부터 허락을 얻었습니까?"

"나는 미스터 리 가게의 지배인이었고 그의 돈을 내 마음대로 쓰도록 허락을 받았기 때문에 그의 허가를 받지 않았습니다."

죠앤은 궁지에 몰릴 때마다 내 가게에서의 지배인 직책과 내 계좌의 연서인임을 최대한 활용하였으며 그녀의 부정행위와 나 모르게 그리고 나 허락 없이 내 돈을 사용한 것을 정당화시키기에 여념이 없었다.

"미쎄스 셔먼. 당신은 미스터 리가 구두가게를 시작한 직후 미스터 리와 그의 가족을 그의 가게에 나오지 못하도록 철저히 금지시켰지요. 당신은 왜 그들을 그의 가게에 나오지 못하도록 금지시켰습니까?"

"그들을 가게에 나오지 못하게 한 것은 내가 아니라 캠룹스 이민국의 이민관이었습니다. 캠룹스 이민국 이민관은 나와 미스터 리에게 미스터 리나 그의 가족이 영주권이나 노동 허가 없이 그의 가게에서 일하는 것이 발견되면 그들은 즉시 캐나다에서 추방된다고 말을 하였으며 나는 다만 그들이 이 나라에서 추방되지 않도록 하기 위해 그들이 가게에 나오지 못하게 했을 뿐입니다."

"당신과 미스터 리에게 그러한 경고를 한 이민관은 누구였습니까?"

"패디 해링튼 씨였으며 그는 캠룹스 이민센터의 카운슬러였습니다."

"미스터 리와 그의 가족들은 어느 때라도 그의 가게에 출입할 수 있는 권리와 자유가 있습니다. 그들이 가게에 잠시 나오는 것이 반드시 일을 한다는 뜻은 아니며, 그들이 그들의 가게에 나와 일을 하는지 안 하는지는 전적으로 이민관들의 판단에 달려 있습니다. 그런데도 당신은 이민관처럼 행동을 하며 그들이 가게에 오면 즉시 추방된다고 협박을 해가며 그들이 그들의 가게에 나오지 못하도록 철저히 금지를 시켰습니다. 당신은 내 말에 더 할 말이 있습니까?"

"내가 그들을 가게에 나오지 못하도록 한 것은 순전히 그들의 안전을 위해서였습니다."

"당신이 그들이 가게에 나타나지 말도록 금지시킨 것은 그들의 안전을 위해서가 아니라 당신이 은행과 미스터 리 가게에서 마음대로 돈을 가져가기 위한 당신 자신의 안전을 위해서였습니다. 내 말에 동의하십니까?"

죠앤은 그녀의 의중에 정곡을 찌르는 듯한 내 변호사의 질문에 아무 대답도 못하고 그녀의 머리를 좌우로 흔들기만 했다. 그것은 마치 죠앤이 그렇게 해서는 안 되었었다고 참회하는 듯이 보였다. 점심 후에도 죠앤은 내 변호사로부터 날카로운 질문 세례를 계속 받아내야 했다.

"미쎄스 셔면, 당신은 미스터 리의 허락 없이 높은 임금과 고액의 보너스를 당신 마음대로 가져갔을 뿐만 아니라 당신이 기르는 동물들에게 먹이를 사는 데도 미스터 리의 사업자금을 썼습니다. 미스터 리의 사업자금을 당신이 기르는 동물들에게 먹이를 산 행위는 분명 잘못 된 것이지요?"

"네, 제 잘못을 인정합니다."

죠앤은 내 변호사의 질문에 아무 망설임 없이 뻔뻔스러운 태도로 대답을 했다.

"당신은 얼마나 많은 동물을 가지고 있습니까?"

"나는 두 마리의 말과, 두 마리의 개와 고양이를 가지고 있습니다."

"당신은 그 많은 동물들의 먹이를 미스터 리의 돈으로 샀습니까?"

"나는 그들의 동물들의 먹이를 가끔씩 샀을 뿐입니다."

"물론 미스터 리의 돈으로, 그렇지요?"

"그렇다고 말해두겠습니다."

"당신은 또한 미스터 리의 돈으로 차도 샀습니까?"

"내가 산 차는 중고 카고 밴(cargo van)으로 밴쿠버에서 미스터 리 가게에 물건을 실어 나르기 위해 샀던 것입니다."

"당신이 밴쿠버에서 구두를 주문하면 그들이 물건을 보내줄 텐데 당신이 별도로 실어 나를 물품이 구두 이외에 무엇이 또 있습니까?"

"그래도 나는 가끔 밴쿠버에 가야 했습니다."

"카고 밴은 얼마를 주고 샀습니까?"

"8천 불을 주고 샀습니다."

"8천 불은 전액 미스터 리 돈이었지요?"

"아닙니다. 반은 내 돈이고 반은 Mr. Lee 가게 구두판매 대금이었습니다."

"당신은 당신의 친구들에게 구두도 나누어주었지요?"

"네, 맞습니다."

"그 구두를 어디에서 가져왔습니까?"

"미스터 리 가게에는 유행이 지났거나 잘 팔리지 않는 구두들이 있었으며 나는 이들 구두를 미스터 리 가게에서 가져다가 내 친구들에게 나누어주었습니다."

"당신이 미스터 리 가게로부터 구두를 치웠을 때 미스터 리로부터 허락을 받았습니까?"

"나는 미스터 리 구두가게 지배인이었으며 내가 그 가게를 전부 관리하였기 때문에 가게에서 일어나는 모든 것을 미스터 리에게 일일이 말할 필요는 없었습니다."

"당신은 또한 미국의 리노(Reno)로 도박 여행도 갔었지요. 그렇지요?"

"네, 리노에 갔었습니다."

"당신 혼자 갔었습니까?"

"아닙니다. 내 친구와 함께 갔습니다."

"당신과 함께 리노에 갔던 당신의 친구는 미스터 리 가게의 종업원이었지요?"

"네."

"당신은 전에 리노에 간 적이 있습니까?"

"없습니다."

"당신은 리노에 도박을 하러 갔었다고 진술을 했습니다. 당신은 그 도박 자금을 어디에서 마련하였습니까?"

"나는 내가 모은 월급으로 리노로 도박을 하러 갔습니다."

"미스터 리 돈은 쓰지 않았습니까?"

"전혀 안 쓴 건 아니지만 많이 쓰지는 않았습니다."

"미스터 리 돈은 얼마나 썼습니까?"

"자세히 기억이 안 납니다."

"리노에는 얼마나 오랫동안 머물렀습니까?"

"일주일간 머물렀습니다."

"당신이 일주일간 리노에 가 있는 동안 누가 미스터 리 구두가게를 운영했습니까?"

"나는 리노에 가기 전날 미스터 리에게 그의 가게 열쇠를 맡겼으며, 내가 없는 동안 누가 미스터 리의 가게를 운영했는지는 나도 모릅니다."

"당신이 리노에 갔을 때에는 미스터 리 가게에 물건이 없었지요?"

내 변호사는 죠앤이 리노로 가던 날 내가 찍은 가게 내부 사진을 보여주며 물었다.

"그때는 크리스마스 때였고 손님이 많지를 않아 리노에 갔다 오면 물건을 주문해 오려고 했었습니다."

"당신은 매니저 역할 중의 하나는 미스터 리 가게에 구두를 주문하는 것이라고 했습니다. 당신 그렇게 말한 기억이 나지요?"

"네, 기억납니다."

"당신은 어디에서 구두를 주문했습니까?"

"밴쿠버에서 했습니다."

"당신이 밴쿠버에 구두를 주문할 때 어떻게 했습니까? 전화로 했습니까? 아니면 밴쿠버로 직접 내려가 주문을 했습니까?"

"때로는 전화로도 하고 어떤 때는 밴쿠버로 직접 내려가 주문을 했습니다."

"당신이 구두 주문을 하러 밴쿠버에 갈 때 당신은 여행 경비로 얼마를 썼습니까? 다시 말해 당신의 여행 경비 말입니다."

"기억이 나지 않습니다."

"당신은 밴쿠버에 여행할 때마다 여행 경비로 6천 불에서 8천 불을 썼지요. 인정을 하십니까?"

내 변호사는 내 장부계원이 그에게 제공한 경리장부를 죠앤에게 보여주며 질문을 했다.

"나는 밴쿠버에 갈 때 최소한 이 정도의 돈을 써야 합니다. 가스(gas)도 넣고 음식도 사먹고 호텔에서 머물려면 이 돈을 가지고도 넉넉지를 않습니다."

"당신은 미스터 리 구두가게에 구두를 공급한 공급업자 명단을 내게 줄 수 있습니까?"

"이제는 기억이 안 납니다."

"당신은 구두 공급업자 중 혹시 트루디(Trudy)라는 여자를 기억하십니까?"

"트루디요? 아, 네. 기억합니다."

"트루디는 미스터 리 구두가게에 구두를 공급했던 공급업자 중 한 사람이었지요?"

"네, 그렇습니다."

"당신은 트루디에게 구두를 주문할 때 그녀에게 구두 대금을 지불했습니까?"

"네, 했습니다."

"당신은 트루디에게 외상으로 구두를 주문한 적이 있나요?"

"있습니다."

"외상대금은 얼마였습니까?"

"만 불로 기억하고 있습니다."

"트루디에게 구두를 외상으로 산 이유가 무엇입니까?"

"미스터 리의 은행계좌에 돈이 없어서였습니다."

"당신은 미스터 리에게 구두를 주문할 돈이 미스터 리 은행계좌에 없다고 그에게 보고를 했습니까?"

"안 했습니다."

"구두를 주문할 돈이 없으면 당신은 미스터 리에게 이를 알려주어야 했으며 또한 돈이 없으면 당신은 구두를 주문할 필요가 없었습니다. 그런데도 트루디에게 외상으로 구두를 주문한 이유가 무엇입니까?"

"가게에는 팔 물건이 없으면 사람들이 오지를 않습니다."

"당신은 트루디로부터 구두를 외상으로 산 후 미스터 리에게 구두를 외상으로 주문했다고 알려주었습니까?"

"나는 미스터 리 가게 관리에 모든 책임을 지고 있습니다. 이런 내가 미스터 리에게 왜 모든 것을 세세히 보고를 해야 합니까?"

죠앤의 태도는 매우 건방지고 불손하였으며 내 변호사의 질문에 파렴치하고 도전적인 태도로 답변을 했다. 내 변호사는 노골적으로 불쾌한 표정을 지으며 죠앤에게 경고를 했다.

"이것은 당신의 무분별한 태도에 대한 내 공식적인 경고입니다. 당신이 만일 뻔뻔스럽고 도전적인 태도로 내 질문에 답변을 하면 나는 당신에 대한 심문을 즉각 중단하고 더 이상의 심문 없이 재판에 갈 것입니다."

죠앤의 변호사도 죠앤의 태도에 대한 내 변호사의 경고 발언을 듣자 죠앤의 귀에 대고 죠앤에게 주의를 주었다.

"당신이 미스터 리 대신 그의 사업을 운영했을 때 적자였습니까? 또는 혹자였습니까?"

"나는 미스터 리의 사업이 적자였는지 혹자였는지 평가할 줄 몰랐습니다.

또 관심도 없었구요."

"한 사업의 지배인으로서 당신은 당신이 운영하는 사업이 손해를 보는지 이익이 남는지 전혀 계산을 해보지 않았단 말입니까?"

"그것은 지배인인 내가 할 일이 아닙니다. 그것은 회계사가 할 일입니다."

"당신이 미스터 리 가게에서 일하는 동안 미스터 리가 그의 가게에서 돈을 가져간 적이 있습니까?"

"없습니다. 왜냐하면 그의 구두가게는 사업이 잘 안 되었기 때문에 그가 가게에서 돈을 가져갈 수가 없었습니다."

"가게가 잘 안 되었다면 당신은 어떻게 그 높은 임금과 고액의 보너스를 매달 가지고 갔으며, 당신은 어떻게 당신이 기르는 동물들에게까지 그들의 먹이를 살 수가 있었습니까?"

"비록 늦기는 했지만 나는 내 이기적이고 분별없는 행동에 대해 후회를 하고 있습니다."

죠앤은 고개를 들지 못하고 솔직히 대답했다.

점심이 끝난 후 내 변호사는 죠앤과 제럴드에 대한 심문을 당일로 끝내기 위해 그의 심문 진행을 좀 더 서둘렀다.

"당신은 미스터 리와 그의 부인에게 그들의 딸을 양녀로 삼아 대학에 보내주겠다고 말한 적이 있습니까?"

"네, 있습니다."

"미스터 리와 그의 부인에게 말했던 것처럼, 당신은 그들의 딸을 양녀로 삼아 대학에 보내주었습니까?"

"안 했습니다."

"왜 안 했습니까?"

"미스터 리가 나를 배신했기 때문이었습니다."

"당신은 미스터 리의 딸을 양녀로 삼아 대학에 보내주는 대신 그녀를 당신 가정에 데려다 일만 시켰지요. 내 말에 동의하십니까?"

"네, 동의합니다."

"당신이 미스터 리의 딸을 당신 집에서 일을 시켰을 때 미스터 리의 딸은 캐나다에서 일을 할 수 있는 노동허가가 있었습니까?"

"없었습니다."

"당신은 캠룹스 이민국 카운슬러에게 미스터 리 딸의 노동허가를 신청했었지요?"

"네, 했었습니다."

"당신은 이민 카운슬러로부터 노동허가를 받았습니까?"

"받지 못했습니다."

"그러니까 미스터 리 딸에 대한 당신의 노동허가 신청은 거절을 당했군요."

"그렇습니다."

"미스터 리 딸의 노동허가 신청이 왜 거절되었는지 말해 보세요."

"그 이민 카운슬러는 외국인을 쓰지 말고 내국인을 쓰라고 내게 충고를 했습니다."

"또한 그 이민 카운슬러는 노동허가가 없는 미스터 리 딸을 당신 가정에 고용하지 말라고 경고도 했지요. 이를 인정하십니까?"

"네, 인정합니다."

"미스터 리 딸을 당신 가정에 고용하지 말라는 이민 카운슬러의 경고에도 불구하고 당신은 그의 딸을 당신 가정에 고용했지요. 그렇지요?"

"그건 고용이 아니라, 미스터 리 딸이 나를 도와주었던 것입니다."

"나는 당신의 그 같은 변명은 받아들이지 않겠습니다. 당신은 왜 내국인을 쓰지 않았습니까?"

"만일 내국인을 쓰면 그에게 급료를 지불하지 않으면 안 되었기 때문에 나는 내국인을 쓰지 않았습니다."

"내국인에게 급료를 지불하지 않기 위해 당신은 미스터 리 딸을 당신 가정에 고용한 것이지요?"

"나는 미스터 리 딸을 고용한 게 아니라 그녀를 내 집에 두었던 것입니다."

"미스터 리 딸은 당신 가정에서 무슨 일을 했습니까?"

"그녀는 내 말과 내 남편 말에게 먹이를 주고 마구간을 청소하고, 옷을 세탁하고 집을 청소하고 내 정원의 잔디를 깎는 일을 했습니다."

"당신은 미스터 리 딸에게 그처럼 중노동을 시키고 급료는 지불했습니까?"

"급료는 지불하지 않았습니다. 그 대신 나는 그녀에게 음식과 잠자리를 제공하였으며 나는 그것으로 충분하다고 생각합니다."

"미쎄스 셔먼, 당신은 미스터 리와 그의 가족은 그들의 가게에 나오지 못하도록 철저히 금지시켜놓고 그들의 딸은 캐나다에서 일을 할 수 있는 허가가 없음에도 그녀에게 힘든 일을 시켰습니다. 당신의 행위는 캐나다 이민법에 어긋나며 캠룹스 이민 카운슬러도 노동허가가 없는 미스터 리 딸을 당신 가정에 고용하지 말라고 경고했음에도 당신은 이 모든 것을 어겨가며 미스터 리 딸을 혹사시켰습니다. 당신은 캐나다 이민법을 위반해 이 나라에서 일할 수 있는 노동허가가 없는 미스터 리 딸에게 일을 시킨 것이 불법 행위임을 인정하시겠습니까?"

"나는 내 잘못을 인정하며 또한 깊이 뉘우치고 있습니다."

죠앤은 손수건으로 눈물을 꼭꼭 짜내며 그녀의 그릇된 행위를 진심으로 뉘우치고 있었다.

죠앤으로부터 그녀의 불법행위에 대한 자백을 직접 받아낸 내 변호사는 매우 만족스러운 듯이 보였으나 죠앤에 대한 그의 날카로운 심문에는 조금도 느슨한 기색이 보이지 않았다.

"미쎄스 셔먼, 당신은 미스터 리 구두가게에서 얼마동안 일을 했습니까?"

"그의 가게에서 5개월간 일을 했습니다. 나는 미스터 리 가게에서 더욱 오랫동안 일을 하고 싶었으나 미스터 리가 나를 부당하게 해고시켜 더 이상 일을 하지 못했습니다."

"미스터 리가 왜 당신을 그의 가게에서 해고시켰습니까?"

"미스터 리가 왜 나를 해고시켰는지 나보다 그가 더 잘 알고 있을 것입니다."

"나는 미스터 리에게 질문을 하는 것이 아니라 당신이 왜 그로부터 해고를 당했는지 당신에게 묻고 있는 것입니다. 당신이 왜 해고되었는지 설명하세요."

"내가 그의 가게를 잘못 관리하여 그가 나를 그의 가게에서 해고시킨 것 같습니다."

"당신이 미스터 리 가게를 잘못 운영하여 해고가 되었다면 그것은 부당한 해고가 아니라 정당한 해고가 아닙니까? 그렇잖아요?"

"변호사님, 나는 그 점에 대해서 잘 알 수가 없습니다."

"당신은 언제 미스터 리 가게에서 해고되었습니까?"

"1990년에 해고되었습니다."

"1990년 몇 월 며칠에 해고되었는지 말씀하세요."

"내가 미스터 리로부터 해고된 달은 1990년 1월이며 날짜는 24일이었습니다."

"당신은 1990년 1월 24일에 해고가 되었군요. 맞습니까?"

"네, 맞습니다."

"당신은 그날 미스터 리로부터 해고되자마자 캠룹스 이민국의 패리 해링튼 이민 카운슬러에게 이 편지를 황급히 보냈지요? 이를 인정하십니까?"

내 변호사는 죠앤이 1990년 1월 24일 패리 해링튼에게 보낸 편지 사본을 그녀에게 보여주며 질문을 했다.

"네, 인정합니다."

"이 편지는 당신이 직접 손으로 쓴 편지이며 편지 밑에 있는 서명도 당신의 서명이 맞지요?"

"네, 맞습니다."

"이 편지를 캠룹스 이민센터에 보낸 이유가 뭡니까?"

"미스터 리가 나를 부당하게 해고시켰기 때문이었습니다."

"당신은 노동부나 근로표준사무실(Labor Standard Office)을 알고 있겠지요?"

"네, 알고 있습니다."

"노동부나 근로표준사무실에서는 무슨 일을 하는지도 알지요?"

"네, 압니다."

"그들 부서에서 하는 일을 설명해 보세요."

"이 두 정부부서에서는 노동조건과 고용주와 고용인과의 관계를 취급하고 있습니다."

"그들 부서는 또한 근로자의 권익을 보호해줄 뿐만 아니라 고용주로부터 부당하게 해고된 근로자도 보호해주지요?"

"네."

"이민국이나 이민센터에서는 무슨 일을 하는지 말해 보세요."

"이들 부서에서는 외국인을 캐나다로 이민도 시켜주고 국내에 있는 이민자들의 문제도 취급을 합니다."

"이제 당신은 캐나다 이민국에서는 노동부가 하는 일을 취급하지 않음을 분명히 알지요, 그렇지요?"

"네, 잘 알고 있습니다."

"그런데 당신은 이민국이 근로관계 업무를 취급하지 않는다는 것을 잘 알면서 캠룹스 이민센터에 미스터 리에 관한 편지를 보낸 이유가 뭡니까?"

죠앤은 내 변호사의 이 물음에는 대답을 하지 않았다. 죠앤은 절망에 차보였으며 그녀의 얼굴을 가련하리만치 잔뜩 일그러져 있었다.

"미쎄스 셔먼, 당신은 이민국으로 보낸 편지에서 당신이 미스터 리로부터 부당하게 해고되었다는 내용은 하나도 언급하지 않고 미스터 리와 그의 가족이 캐나다 사회에서 살면 안 된다는 말과 근거 없이 미스터 리를 중상모략하는 글만 썼습니다. 내게 솔직히 말하세요. 당신은 미스터 리와 그의 가족을 캐나다에서 쫓아내려는 속셈으로 이 같은 악질적인 편지를 캠룹스 이민센터에 보낸 것이지요?"

죠앤은 이 질문에도 대답하지 않았으며 죠앤은 마치 묵비권을 행사하려는 것처럼 보이기도 했다.

시간은 벌써 오후 5시가 넘었으며 내 변호사는 오늘 못다 한 죠앤과 제럴드에 대한 심문을 다음날 계속할 것이라고 선언을 한 다음 죠앤에 대한 그의 심문을 다음날로 연기했다.

다음날 아침에는 비가 많이 내렸다. 죠앤과 제럴드는 굳은 표정으로 심문실로 들어왔으며 그들은 또한 몹시 피곤해 보이기도 했다. 내 변호사는 어제처럼 제럴드를 또 다시 밖으로 내보냈으며 죠앤이 자리에 앉자마자 이 심문은 어제 심문의 연속이라고 말을 한 후 죠앤에 대한 심문을 시작했다.

"미쎄스 셔먼, 당신은 어제 미스터 리가 당신을 부당하게 해고시켰기 때문에 이민국에 편지를 보냈다고 주장하였으나 당신의 편지에는 미스터 리가 당신을 부당하게 해고시켰다는 말은 하나도 하지 않았습니다. 그 대신 당신의 편지는 미스터 리에 대한 거짓 비난과 그의 명예를 훼손시키는 비방만 잔뜩 들어 있습니다. 당신은 왜 이 같은 편지를 이민센터에 보냈습니까?"

"변호사님은 어제도 이런 질문을 하였고, 오늘도 똑같은 질문을 하고 있습니다."

"나는 당신을 심문하기에 앞서 이 심문은 당신에 대한 어제 심문의 연속이라고 분명히 선언하였으며 당신이 어제의 내 질문에 답변을 하지 않았기 때문에 재차 질문을 하는 것입니다."

"나는 비록 미스터 리가 나를 그의 가게에서 부당하게 해고시킨 것을 이 편지에는 쓰지 않았지만 내 편지 안에 있는 그 외 내용은 모두 진실입니다."

"당신은 당신의 편지에서 미스터 리는 캐나다 사회에서 무익한 존재이며 공공장소에서 당신에게 학대와 욕을 하였다고 진술하였습니다. 어떤 근거에서 미스터 리가 캐나다 사회에서 무익한 사람인지 말해보세요."

"나는 모든 면에서 미스터 리가 캐나다 사회에서 이익이 되지 않음을 깨달았습니다."

"모든 면에서라는 말은 무슨 뜻입니까? 모든 면에서라는 당신의 표현은 너무나 광범위하고 애매모호합니다. 미스터 리가 왜 캐나다 사회에 이득이 되지 않는 사람인지 몇 가지만 예를 들어주세요."

"모르겠습니다. 나의 그런 표현은 틀릴 수도 있습니다."

"당신은 미스터 리가 왜 캐나다 사회에 이득이 안 되는지 알지도 못하면서 캠룹스 이민센터로 보낸 편지에서는 미스터 리가 캐나다 사회에 이익이 되지 않는 사람이라고 말을 했습니다. 이제 당신은 미스터 리에 대한 당신의 비난이 거짓이고 근거가 없음을 인정하시겠습니까?"

"네, 인정하겠습니다."

"당신은 또한 미스터 리가 공공장소에서 당신에게 욕을 했다고 편지에 썼는데 미스터 리가 언제, 어디에서, 어떻게, 왜 당신에게 욕을 했는지 설명하세요."

"나는 미스터 리가 언제, 어디에서, 어떻게, 무엇 때문에 내게 욕을 했는지 기억이 잘 나지 않습니다."

"미쎄스 셔먼, 당신은 내 질문에 진실로 그리고 성의를 가지고 답변해야 합니다. 당신은 심문에 앞서 오로지 진실만을 답변하겠다고 성경 위에 즉 하느님 앞에서 맹세를 하였습니다. 당신이 진실한 태도로 답변하지 않으면 당신은 심각한 결과를 맞을 것입니다. 그리고 당신과 나는 말장난을 하는 것도 아님을 알아야 합니다."

"명심하겠습니다."

"결국 미스터 리가 공공장소에서 당신에게 욕을 했다는 것도 진실이 아니지요? 당신은 내 말에 동의합니까?"

"네, 동의합니다."

"더욱이 당신은 패리 해링튼 이민국 카운슬러에게 보낸 편지에서 미스터 리는 매우 욕을 잘 하고 복수에 불타는 사람이라며 대중에게, 특히 여성들에게 주의를 주라고 패리 해링튼 이민 카운슬러에게 강력히 촉구를 하였습니다. 미스터 리가 어떤 면에서 욕정이 사납고 누구에게 복수심을 가지고 있는지 설명을 하고 미스터 리가 욕정이 사납고 복수심에 불타는 사람임을 증명하는 증거를 내게 제시해주세요."

"나는 내가 미스터 리에게 많은 잘못을 했기 때문에 그가 나에게 복수할지 모른다고 늘 그를 두려워했습니다."

"당신은 미스터 리에게 어떤 잘못을 했습니까?"

"내가 그에게 저지른 가장 큰 잘못은 그의 사업을 잘못 운영하고 잘못 관리한 것입니다."

"당신은 당신 스스로가 당신이 캠룹스 이민센터에 보낸 편지가 모두 거짓이고 근거가 없음을 분명히 밝혔으므로 당신은 캠룹스 이민센터로부터 허위에 찬 당신의 편지를 철회해야 합니다. 당신은 그럴 용의가 있습니까?"

"나는 패리 해링튼 씨에게 경솔하고 분별없이 보낸 편지에 대해 깊이 뉘우치고 있으며 곧 그에게 나의 잘못에 대해 사과하려고 하고 있습니다."

"당신은 또한 미스터 리의 영주권 신청서를 처리하고 있는 미국 시애틀의 캐나다 영사관에도 편지를 보냈지요?"

"나는 편지는 보내지 않고 영사관 사무실에 전화만 했습니다."

"왜 영사관 사무실에 전화를 하였습니까?"

"미스터 리가 캐나다 영주권을 신청할 때 그에게 제공해준 스폰서십(sponsorship)을 취소하기 위해 전화를 했습니다."

"그 외에 또 무슨 말을 했습니까?"

"아무 말도 안 했습니다."

"당신이 캠룹스 이민국 센터에 보낸 편지 내용과 미스터 리와 그의 가족의 영주권 신청서를 접수하여 처리하고 있는 시애틀의 캐나다 영사관에 전화를 한 점으로 보아 당신은 미스터 리와 그의 가족을 캐나다에서 추방시키고 그들의 영주권 신청을 방해하려는 의도로 이런 짓을 했다고 밖에는 보이지 않습니다. 이 점에 대해 당신의 솔직한 심경을 밝혀주세요."

"이 순간 나는 내가 한 모든 행위에 대해 후회만 하고 있을 뿐입니다."

내 변호사는 죠앤이 그녀가 한 행위에 대해 회개하고 있음에도 그녀에 대한 심문의 고삐를 조금도 늦추지 않았다.

"미쎄스 셔먼, 당신은 이 청구서를 알고 있습니까?"

내 변호사는 죠앤에게 그녀의 청구서를 보여주며 질문을 했다.

"네, 알고 있습니다."

"이 청구서에 관해 설명해 보세요."

"이것은 미스터 리에게 돈 지불을 요청하는 청구서였습니다."

"이 지불 청구서는 당신이 직접 작성을 했습니까?"

"그렇습니다."

"청구서 위에 있는 서명도 당신 서명이 맞아요?"

"네, 맞습니다."

"당신은 이 지불 청구서를 언제 작성했습니까?"

"1990년 1월 23일에 작성했습니다."

"당신이 미스터 리 가게에서 해고되기 하루 전이군요."

"맞습니다."

"당신은 청구서에서 미스터 리의 캐나다 입국 서비스 요금이라며 그에게 2만 불을 당신에게 지불하라고 요구했는데 캐나다 입국 서비스 요금이 무엇인지 말해 보세요."

"미스터 리와 그 가족은 나의 도움으로 캐나다에 왔으며 2만 불은 내 초청으로 그와 그 가족이 캐나다에 입국했기 때문에 미스터 리가 나에게 지불하여야 할 수수료입니다."

"미스터 리가 캐나다에 오기 전에 당신은 당신의 초청으로 미스터 리와 그의 가족이 캐나다에 입국하면 그에게 2만 불을 청구하겠다고 말을 했습니까?"

"안 했습니다."

"왜 안 했습니까?"

"나는 미스터 리와 그의 가족이 내 초청으로 캐나다에 올지 불확실하였으며 미스터 리와 그의 가족이 캐나다에 입국한 후 받으려고 말을 안 했습니다."

"당신은 1989년 5월에 호주에 있는 미스터 리를 초청했을 때에도 돈을 요구했습니까?"

"그때는 안 했습니다."

"왜 안 했습니까?"

"미스터 리가 단신으로 왔고 전화로 간단히 초청을 했기 때문에 하지 않았습니다. 그러나 이번에는 정식 초청장으로 미스터 리와 그의 가족을 캐나다에 오도록 했기 때문에 그들로부터 캐나다 입국비를 받으려는 것입니다."

"미스터 리와 그의 가족은 언제 캐나다에 입국을 했습니까?"

"1989년 8월에 캐나다에 입국을 했습니다."

"미스터 리와 그의 가족이 캐나다에 도착하였을 때 당신은 미스터 리에게 그들의 캐나다 입국비를 달라고 요구했습니까?"

"안 했습니다."

"미쎄스 셔먼, 당신은 당신이 미스터 리로부터 해고되기 하루 전인 1990년

1월 23일에 그에게 캐나다 입국 서비스 요금을 지불하라는 이 청구서를 발급했습니다. 미스터 리와 그의 가족이 캐나다에 입국한지 6개월이나 지난 후에 그들에게 캐나다 입국 서비스 비를 달라고 한 이유가 무엇입니까?"

"1990년 1월 23일 나와 미스터 리는 가게 운영 문제로 심하게 다투었습니다. 미스터 리는 나에게 내일부터 가게에 출근하지 말라고 통고를 하였으며 나는 그의 해고 통고에 화가 나 그에게 캐나다 입국 서비스 비를 내라고 요구를 하였습니다."

"당신이 미스터 리로부터 해고 통지를 받지 않았다면 당신은 그에게 캐나다 입국 서비스 비를 내라고 요구하지 않았겠지요?"

"아마 그랬을 것입니다."

죠앤은 1990년 1월 23일 나에게 난폭하게 군 행위에 대해 변호사에게 솔직히 답변을 했다.

"당신은 또한 미스터 리 자녀들이 학교에 가 공부를 하도록 후견인 확인서를 해주고 그 후견인 확인서 비용도 미스터 리에게 요구했지요?"

"안 했습니다."

죠앤은 내 자녀들에게 후견인 확인서를 해주고 그 대가로 일금 만 불을 내라고 나에게 협박성 요구를 하였음에도 요구한 적이 없다고 변호사에게 딱 잡아뗐었다.

"당신은 미스터 리 가게에서 해고당한 후 미스터 리에게 4천 불의 초과시간 근무수당을 내라고도 요구했지요? 당신이 미스터 리 구두가게에서 정상 근무시간을 초과해 일을 했다는 증거를 내게 내놓으세요."

"나는 지금 그러한 증거를 가지고 있지 않습니다. 그러나 미스터 리 가게에서 나와 함께 일했던 내 친구와 내 딸이 재판에서 내가 초과근무를 하였다고 증언을 해줄 것입니다."

"미스터 리에게 부당하게 돈을 요구한 당신의 행동으로 보아 당신은 미스터 리의 돈을 갈취하고 착취하려고 시도한 것 같은데, 당신은 미스터 리에게 부당하게 돈을 갈취하려 했음을 인정하시겠습니까?"

"인정할 수가 없습니다. 나는 미스터 리의 돈을 갈취할 의도는 전혀 없었으며 나는 단순히 내가 미스터 리를 위해 해준 데 대한 서비스 비를 달라고 했을 뿐입니다. 그게 전부입니다."

"미쎄스 셔먼, 이것은 내 마지막 질문입니다. 당신은 미스터 리와 그의 가족이 캐나다에 오자마자 미스터 리에게 캐나다에서 사업을 하고 캐나다에 영주권을 신청하라고 유혹을 하였고 미스터 리가 당신을 신뢰하고 사업을 시작하자 당신은 미스터 리나 그의 가족이 가게에 나타나면 캐나다에서 즉각 추방될 것이라고 협박을 하며 그들이 그들 가게에 오지 못하도록 철저히 금지를 시켰습니다. 당신은 미스터 리와 그의 가족을 가게에 나오지 못하게 한 후 미스터 리 구두가게 판매대금과 은행에서 그의 사업자금을 모두 착복하였으며 당신이 미스터 리 가게에서 저지른 모든 부정행위가 탄로 나 미스터 리 가게에서 해고되자 미스터 리와 그의 가족을 캐나다에서 쫓아내기 위해 허위에 가득 찬 편지를 캠룹스 이민 카운슬러인 패디 해링튼에게 허겁지겁 보냈고 미스터 리와 그의 가족의 영주권을 처리하고 있는 시애틀의 캐나다 영사관에도 전화를 하여 그들의 영주권 신청도 훼방을 하였습니다. 당신은 미스터 리에게 많은 잘못을 범하였고 미스터 리에 대한 당신의 행위가 부당했다고 솔직히 인정을 하였습니다.

당신은 또한 당신이 미스터 리에게 범한 가장 큰 잘못은 그의 사업을 잘못 운영하고 잘못 관리한 것이었다고 진술하였는데 이 외에 당신이 미스터 리에게 저지른 잘못 중에는 지금까지 내가 지적한 모든 사항이 포함되어 있겠지요? 당신의 양심에 호소하여 솔직히 말씀해주세요."

"나는 미스터 리와 그의 가족에게 내가 한 모든 행위에 대해 솔직히 인정을 하고 또한 깊이 뉘우치고 있습니다."

이렇게 모든 잘못을 시인한 죠앤은 굵은 눈물을 흘리고 있었으며 그녀의 태도로 보아 죠앤은 그녀가 내게 저지른 사악한 행위를 모두 진심으로 뉘우치고 있는 것처럼 보였다.

죠앤에 대한 심문은 거의 이틀이 걸렸으며 죠앤의 심문을 모두 마친 내 변호사는 심문실 밖에서 이틀간이나 대기하고 있던 제럴드를 불러 심문을 하였으나 그에 대한 심문은 그다지 오래 걸리지를 않았다. 엄중한 심문과 가혹한 질문으로 죠앤을 참패시킨 내 변호사는 그가 죠앤에게 행한 심문 결과에 매우 만족하는 듯이 보였으며 그는 두터운 서류가방을 들고 여유 있는 걸음걸이로 어두워져 가는 심문실을 천천히 빠져나갔다.

30. 딸들의 성경학교 입학 및 밴쿠버 이사

따뜻한 봄과 더운 여름이 순식간에 지나가고 어느새 선선한 가을이 다가왔다. 캐나다는 북극에 가까워서인지 봄과 여름이 짧고, 가을이 되면 이내 추운 겨울로 접어들었다. 높고 푸른 하늘은 청옥靑玉같이 맑은 한국의 가을을 연상시켰으며, 낮에는 따끈따끈한 햇살이 내리쬐지만 아침 저녁으로는 벌써 꽤나 선선했다. 9, 10, 11월에는 비가 오지 않는 건조하고 온난한 날씨가 계속되는데, 미국의 중부와 동부, 그리고 캐나다에서는 이 계절을 인디언 여름(Indian Summer)이라고 부른다. 이 용어는 미국 동북부의 뉴 잉글랜드(New England) 지역에서 생겨났으며, 이 시기에 추수하고 사냥을 하며 겨우살이 준비를 하는 인디언의 풍습에서 유래된 것이라고 한다.

가을과 함께 딸들의 성경학교 개학일도 바짝 다가왔다. 여름내 아무것도 하는 일 없이 집에만 틀어박혀 따분한 시간을 보내던 딸들은 개학일이 다가오자 조롱鳥籠 속에 갇혀 있다가 날아가는 새처럼 즐거워했다. 개학일은 9월

9일이었다. 나는 그 안에 딸들을 학교로 데려다주어야 했다. 9월 8일은 마침 일요일로 나는 딸들을 학교에 데려다주기 위해 아침 일찍 일어나 자동차 대여 센터에 가 차를 빌려 교회로 가 목사님에게 인사한 후 아내와 함께 두 딸을 데리고 아이들의 학교가 있는 켈로우나로 갔다.

캠룹스에서 켈로우나까지는 세 시간이 걸렸다. 학교에 도착하니 일요일인데도 학교 직원들이 모두 나와 다음 날의 개학준비를 위해 바삐 움직이고 있었다. 딸들의 입학 등록을 하기 위해 학교 사무실에 들어갔더니, 학교 학장이 우리를 반갑게 맞이하며 딸들의 학교 등록을 도와주었다. 그애들의 등록이 다 끝나자 학장은 나와 아내와 딸들에게 학교건물 내부 이곳저곳을 안내해가며 설명해주었고 딸들이 기숙할 기숙사도 보여주었다. 학교는 크지 않았지만 매우 아담하고 신학교답게 거룩하고 고결해 보였다. 나는 이렇게 좋은 학교에서 딸들이 공부를 하게 되어 매우 기뻤으며, 딸들도 앨버타 주 캘거리에 있는 성경학교에서 공부할 때처럼 고생도 하지 않고 부모와 멀리 떨어져 있지 않은 곳에서 공부를 하게 돼 여간 좋아하지 않았다. 더구나 켈로우나는 캘거리처럼 삭막하지 않고, 그들을 깔볼 한국사람들이 없는 게 여간 다행이 아니었다.

켈로우나는 캠룹스만큼 큰 지방도시로 도시 주위의 환경도 매우 아름다웠다. 켈로우나 시 중심가에는 크고 아름다운 호수가 있고, 켈로우나 시를 둘러싸고 있는 넓고 나지막한 산기슭에는 사과, 포도, 체리, 딸기, 복숭아, 자두를 생산하는 과수원이 끝없이 이어져 있었으며, 겨울에는 눈이 많이 와 멀리 외국에서 스키 관광을 즐기러 오는 사람들이 많았다. 그러나 이렇게 아름다운 도시 학교에서 공부할 딸들을 남겨놓고 헤어질 때는 일말의 서운함을 감출 길이 없었다. 우리 가족은 캐나다에 온 이후로 너무나 많은 슬픔과 시련과 고난을 겪었기 때문에 다른 어느 가정보다도 사랑과 정이 깊고 서로 떨어지지 않으려는 마음이 강했다. 식구들이 잠시만 헤어져 있어도 허전하고 걱정이 되어 마음이 놓이질 않았다.

그런데 이상하게도 캠룹스와 켈로우나는 가까운 거리에 있었음에도 딸들과 헤어지는 그날의 감정은 추운 작년 겨울에 그애들을 천리 밖 먼 거리에 떨어져 있는 캘거리로 보낼 때보다도 더욱 먼 곳으로 보낸 기분이었다. 이것으로 부모와 영영 헤어지는 게 아닌가 하는 불길한 감정마저 언뜻언뜻 가슴을 스치고 지나갔다. 이때 내 운전석 옆에서 무언가를 골똘히 생각하고 있던 아내가 갑자기,

"이상하죠. 나는 그애들이 다시는 부모 품으로 돌아올 것 같지 않은 야릇한 생각이 들어요. 그애들을 공연히 그 학교에 보낸 것 같기도 하고."

하고 앞을 응시하며 말했다. 부부는 심심상인心心相印의 정이 있다고 했는데, 나뿐만 아니라 아내도 나와 비슷한 생각을 하고 있었다니, 나는 그저 놀랍고 신비스러운 생각만 들었다. 그러나 자기 자식들에게 부모들만이 느끼는 제6감第六感과도 같은 독특한 이 감정, 즉 도무지 알 수 없는 사물의 본질을 직감적으로 포착하는 이 불가사의不可思議는 딸들이 학교에 간 후 불과 몇 개월 만에 드디어 현실로 나타나고 말았다.

딸들을 학교에 데려다주고 난 일주일 후 나와 아내와 막내아들은 교회 목사님으로부터 물로 세례를 받았다. 나는 믿음은 깊지 않았지만, 기독교에 입교入敎하여 그동안 내가 지은 모든 잘못을 깨끗이 씻어내고 싶었다. 나는 어릴 때 동네 친구들과 함께 여름 한밤중에 발가벗고 남의 참외밭에 들어가 참외를 따먹었고, 폐병을 앓고 있는 관우 엄마가 정성껏 심어놓은 땅콩밭에 들어가 몰래 땅콩을 캐먹었으며, 들로 다니며 뱀과 개구리를 무참히 살상도 했고, 산과 들의 가시덤불 속에 산새와 들새들이 지어놓은 보금자리를 찾아 그 안에 들어 있는 조그만 알을 꺼내다 구워 먹기도 했다. 또 대학교 때 사랑하는 모선이를 죽게 한 용서받지 못할 죄와 젊었을 때 3악三惡, 즉 술, 도박, 방탕 중의 하나인 술에 빠져 타락했던 죄, 아이들을 따뜻한 사랑으로 키우

지 못한 잘못, 그리고 가족들을 캐나다에 데리고 와 불행에 빠뜨린 죄과罪過 등, 이 모든 잘못들을 깨끗이 씻어내기 위해 세례를 받았다. 그러나 나는 이 모든 죄를 씻어내는 세례를 받기는 했지만, 내 마음속 깊이 자리 잡고 있는 잊혀지지 않는 이 모든 잘못들이 불과 몇 방울의 물로 과연 깨끗이 정화淨化 될까 하는 의문은 여전히 남아 있었다.

내가 밴쿠버 이민국에 난민신청을 한 지도 어느덧 2년이 지났다. 이제야 내 난민신청이 본격적으로 진행되려는지, 밴쿠버에 있는 내 변호사는 10월10일에 내가 이민국 난민위원회(Refugee Board)에 출두해야 한다며, 나를 밴쿠버로 뻔질나게 불러내려 여러 가지 질문을 해가며 나의 출두에 대비한 서류를 작성했다. 밴쿠버로 내려갈 때마다 나는 버스를 이용해야 했고, 버스로 밴쿠버와 캠룹스를 왔다 갔다 하려면 시간과 경비가 너무 많이 들어 여간 불편하지가 않았다. 그런 데다가 두 딸마저 집에 없어 가정은 몹시 쓸쓸했으며, 이렇게 허전한 가정을 지켜가며 더 이상 캠룹스에서 살고 싶지 않아, 나와 아내는 내 난민신청이 진행되고 있는 밴쿠버에가 살기로 결정을 하고 밴쿠버 조이스(Joyce) 근처에 있는 한 가정집 지하에 방을 얻어 이사 준비를 시작했다. 다만 죠앤과 제럴드와의 민사재판과 그들에 대한 경찰 수사가 아직도 진행 중이었지만, 이러한 민, 형사 진행보다는 내 난민신청 진행이 훨씬 더 중요했기 때문에 밴쿠버로 이사하기로 한 것이다. 변호사는 내게 전화를 걸어 이민국 난민위원회에 출두하기 전에 밴쿠버로 내려와 그녀를 만나라고 하여, 나는 변호사의 조언대로 이민국에 가기 하루 전날 변호사를 만나러 그녀의 사무실로 갔다.

사무실 대기실에는 변호사를 만나러 온 외국인들로 가득 차 있었다. 그들은 모두 캐나다에 영주권을 신청하거나 난민을 신청하러 온 사람들이었다. 내가 캐나다 영주권 신청이 거절되어 난민신청을 할 때에는, 1989년 6월에 일어난 중국 민주화 운동인 천안문 사태 때 그에 가담했거나 이와 관련된 중국 학생들이 캐나다로 도주하여 캐나다에 난민신청을 하고 있었으며, 영국이 100년간이나 지배해오던 홍콩을 중국에 반환할 시기(1997년)가 가까워옴에 따라 공산주의 정책을 펴는 중국 정부의 지배를 받지 않으려고 홍콩을 떠나 캐나다로 오는 사람들이 많이 있었다. 그 외에도 많은 외국인들이 캐나다로 들어와 영주권과 난민 신청을 하고 있었기 때문에 캐나다 내의 모든 이민 변호사들이 대호황大好況을 누리고 있을 때였다. 그 때문에 이민을 전문으로 하는 내 변호사도 무척 바빴다. 그래서인지 사무실에 도착한 지 한 시간 반이 지나서야 변호사 비서는 나를 변호사 사무실로 데리고 들어갔다.

넓고 큰 변호사 사무실 책상 위에는 각종 서류 다발들이 가득 쌓여 있었다. 심지어 사무실 바닥에까지도 서류가 이리저리 널려 있었다. 변호사는 사무실 구석 바닥에 아무렇게나 팽개쳐두었던 내 서류철을 들고 와 그 안에 들어 있는 서류들을 대강대강 넘겨가며 내게 몇 가지 질문을 한 후 다음날 아침 이민국에서 열리는 심사는 첫번째 심리(First Hearing)라고 간단히 설명한 다음 심리에 필요한 몇 가지 주의를 주고는 나와의 면담을 모두 끝냈다. 이렇게 다음날 열릴 예비심리 준비를 간단히 끝낸 변호사는 요즈음 한국사람들이 캐나다로 많이 들어오고 있다고 설명한 후, 내가 밴쿠버로 이사를 오면 한국사람들을 상대로 하는 자기의 이민사업을 도와달라고 말을 했다. 변호사는 내 난민신청 업무보다는 한국사람들을 상대로 이민사업을 하여 돈을 벌 궁리에 더 신경을 쓰는 것 같았다.

다음날 아침 10시에 이민국에서 열린 예비심리에는 한 사람의 이민국 난민위원회 위원이 나와 나와 내 가족의 인적 사항과 내가 난민신청을 한 당사자인지를 확인한 다음 내 난민신청에 대한 개략적인 질문을 하고는, 다음의 난민심리는 10월 16일에 열릴 것이라고 내 변호사와 내게 알려준 후 그날의 예비심리를 모두 마쳤다.

이민 및 난민 위원회(Immigration and Refugee Board)는 캐나다에 난민

을 신청한 사람들에게 두 번에 걸쳐 난민심사(Refugee Hearing)를 실시하며, 난민 신청인이 난민으로 판정을 받으려면 이 두 가지 심리에 모두 합격하지 않으면 안 되었다. 첫 번째 심리는 난민 적격심사(Eligibility Hearing 또는 First Hearing)로 이 심사에서는 난민 신청인의 난민신청에 신빙성(Credibility)이나 또는 신뢰할 만한(Trustworthiness) 증거가 있는지를 심사한다. 난민신청에 그러한 신빙성이나 신뢰할 만한 증거가 뚜렷하면 난민 신청인은 일차적으로 성공하게 되며, 난민 신청인이 한 사람의 이민 재판관(Immigration Adjudicator)과 한 사람의 이민 및 난민 위원회(Immigration and Refugee Board) 위원이 실시하는 이 최초의 심사에 통과되면, 그 다음에는 두 사람의 난민국(Refugee Division) 심사 위원단(Panel Member) 앞에서 두 번째 심사를 받아야 한다. 이들 심사위원은 1949년 8월 12일 제네바 조약(Geneva Conventions)이 정한 난민 선정 기준에 따른 이민법(The Immigration Act)에 의거하여 난민 신청인이 국제협약이 정한 난민에 해당되는지 아닌지를 최종적으로 결정하게 되어 있다. 마지막 난민 판정 시 두 사람의 심사위원이 심사하도록 한 것은 한 사람의 심사위원이 일으킬지도 모르는 편견이나 실수 또는 오판을 예방하기 위해서였다. 그만큼 난민 신청인에 대한 난민심사는 엄정嚴正하고 신중했다. 난민 심사위원들이 심사 후 난민 판정을 내릴 때 두 심사위원 중 하나가 부정적인 판결을 내리고 다른 위원이 긍정적인 결정을 하면 그 심사는 긍정적인 판결로 끝나며, 한 사람의 위원으로부터 긍정적인 판결을 받은 난민 신청인은 그의 난민신청에 합격하여 곧바로 캐나다에 영주권을 신청할 수가 있다. 다시 말해, 두 난민 심사원이 각기 다른 판정을 내릴 때는 긍정肯定 쪽이 우선한다는 뜻이다.

10월 16일에 내가 받기로 되어 있는 심사는 1차 적격심사로 한 사람의 이민국 재판관과 한 사람의 이민 및 난민 위원회 위원이 나와, 내가 이민국에 제출한 난민신청서에 신빙성이나 신뢰할 만한 증거가 있는지 없는지를 심사할 것이다. 이 최초 적격심사에 합격하면, 그 다음에는 두 난민국 심사위원단 앞에서 두 번째 심사를 받게 될 것이다. 내가 첫 번째 만났던 윌리엄 매킨토시 이민 변호사는 남한에는 정치적 반대자들에 대한 박해와 고문과 투옥과 그들에 대한 인권 탄압이 공공연하게 자행되고 있다며, 유엔의 인권옹호협회와 국제사면위원회(Amnesty International)가 발간한 남한 정부의 정치적 반대자들에 대한 인권탄압 사례와 증거물들을 나에게 보여준 일이 있었다. 또한 윌리엄 변호사는 1990년 최초 9개월 동안 세 사람의 한국인들이 캐나다에 와 정치적 난민을 신청했으며 이 중 두 사람은 난민으로 인정을 받았지만 다른 한 사람은 실패했다며, 캐나다에서의 한국인들의 난민신청 사례가 점점 늘어가고 있다고 언급한 후 나는 최초 난민 적격심사에는 무난히 통과될 것 같으나 두 번째 심사에는 합격하기 쉽지 않을 것이라고 말한적이 있었다.

이민국이 정해준 날짜인 10월 16일 나는 최초 난민 심사를 받으러 이민국 법정으로 갔다. 변호사는 한 한국인 여자 통역사를 데리고 나와 나를 한국인 통역사에게 소개시켜주며, 난민 심사 진행에는 여러 가지 생소한 용어가 많이 나오는데, 이들 용어에 익숙한 경험 있는 통역사에게 통역을 맡기는 게 좋을 것 같아 통역사를 데리고 나왔다고 말을 했다. 여자 통역사는 이름이 렌지(Lengy)이며 이민국에 정식으로 등록된 통역사라고 자기 소개를 했다. 내 난민 심사는 오후 1시에 열렸다. 이민 및 난민 위원회 위원을 대동하고 법정실에 들어온 이민 재판관의 내 인적사항 확인질문에 이어, 변호사의 모두진술冒頭陳述로 그날의 심리가 시작되었다. 변호사는 내 학력과 경력, 한국 집권당에 대한 정치적 비판으로 받은 불이익, 내 아내에 대한 지방당원들의 횡포 및 강제노역 동원, 한국 정부의 정치적 반대자들에 대한 탄압과 박해 및 이들에 대한 인권 유린, 나와 내 가족이 호주로 가는 도중 캐나다에 들렀다가 겪은 고난과 불행 등을 낱낱이 설명한 뒤, 나와 내 가족에게 난민 지위를 주어야 한다는 주장으로 그녀의 진술을 모두 마쳤다. 변호사의 모두진술에 이어, 몸집이 뚱뚱하고 미련해 보이는, 나이가 젊은 이민 및 난민 위원회 위원이 자리에서 일어나 내 난민신청에 대한 그의 견해를 피력했다. 그런 다음 그는 내 난민신청에는 신빙성과 신뢰성이 없으므로 내 난민신청을 기각시켜야 한다고 주장했다. 이때부터 내 변호사와 난민 위원 간에 심한 설전이 오가기 시작했으며 변호사와 난민위원회 위원 간의 팽팽한 주장을 묵묵히 메모해가며 듣고 있던 이민 재판관은 그의 결정을 보류한 채 그날의 내 난민 심사를 중단한다고 선언한 후 다른 날로 심사일자를 정하라고 난민 위원에게 말한 다음 자리를 떴다.

난민위원회 위원과 한바탕 싸움을 벌인 변호사는 법정실을 나오며 그 위원을 바보 얼간이(Fool and Jerk)라고 불러가며 그에 대한 불만을 노골적으로 드러냈다. 그가 바보 얼간이건 아니건 간에 내 난민신청에 부정적인 견해를 보여가며 이를 기각시켜야 한다고 주장한 난민 위원의 태도로 보아, 나와 내 가족이 난민 심사에 합격하려면 이민국의 난민위원회 위원들은 물론 이민국 재판관들과도 수없이 많은 치열한 싸움을 줄곧 벌여야 할 것 같았다. 뿐만 아니라 내 난민 판정 심사에도 그만큼 많은 어려움이 있을 것으로 예상을 하니, 나는 내 난민신청 진행이 몹시 걱정되고 불안했다. 윌리엄 이민 변호사의 말대로 나는 최초의 난민 적격심사는 별 어려움 없이 통과될 줄 알았으나 이 첫 번째 심사에서마저도 합격을 못 했는데, 두 번째 시행되는 최종 심사는 얼마나 더 통과하기 어렵겠는가 생각하니 현기증이 나고 눈앞이 다 캄캄했다.

난민 심사 법정 출두를 마치고 어두운 마음을 안고 집으로 돌아오니 내 민사소송 변호사로부터 한 통의 편지가 와 있었다. 내 민사소송 피고인인 죠앤과 제럴드가 재판을 연기해 10월 말에 열리기로 했던 재판이 또다시 연기되었으며, 그들의 변호사가 내 민사소송을 법정 밖에서 해결(Settlement out of Court)해보자고 제안을 했다는 내용이었다. 편지를 읽자마자 나는 변호사에게 전화를 걸어 피고인들이 일부러 재판을 회피하고 있는 게 아니냐며, 즉시 재판 날짜를 잡아 재판을 하자고 촉구했다. 그러나 변호사는 죠앤과 제럴드의 재산 상태를 조사해본 결과 헌 집 한 채에 땅도 그들 땅이 아님이 밝혀졌다고 설명한 다음, 재판을 하는 건 문제가 아니지만 재판 후의 결과도 생각해봐야 된다며, 내가 아무리 승소를 하더라도 피고인들이 돈이 없어 판사가 주라는 돈을 주지 못하면 재판하느라고 돈만 낭비하므로, 그들이 어떤 조건으로 법정 밖 해결을 하려는지 지켜본 다음 재판에 가는 게 어떻겠냐고 내 의견을 물었다.

나는 변호사에게 3일간 재판을 하는 데 비용이 얼마나 드느냐고 물었더니 변호사는 최소한 15000불이 든다고 대답을 했다. 나는 수중에 그만한 돈이 없었다. 이제까지 변호사에게 추가로 갖다준 돈만도 2만 불이 넘는데, 또 다시 15000불이나 들여 재판을 열어 승소한다 하더라도, 죠앤과 제럴드로부터 돈을 받아내지 못한다면 그러한 재판은 할 필요가 없다고 생각되었다. 그러나 그들로부터 돈은 받지 못하더라도 그들의 무고행위로 인해 실추된 나와 내 가족의 명예는 반드시 회복하지 않으면 안 되었다. 죠앤과 제럴드의 악질적인 행위로 나와 내 가족이 잃은 명예를 그들 스스로 회복시켜주지 않는다면, 나는 무슨 수를 써서라도 재판에 가 승소하여 내 명예 회복에 필요한 판결을 얻어내지 않으면 안 되었다. 승소 자체도 내 가족의 명예를 회복하는 데 도움이 되겠으나, 그것만 가지고는 어림도 없었다. 나는 이러한 내 취지를 변호사에게 전달한 다음, 피고인 변호사가 제안하는 법정 밖 해결 조건에 쉽게 양보하지 말라고 말한 후 전화를 끊었다.

1991년 10월은 너무나 분주한 한 달이었다. 밴쿠버 이민국에 두 번씩이나 출두를 하고, 밴쿠버로 이사할 준비와 그동안 신세진 사람들을 찾아다니며 작별 인사를 하느라 눈코 뜰 새가 없었다. 나는 막내아들을 같은 교회에 다니는 신도 집에 맡긴 후 나와 아내만 밴쿠버로 내려가기로 했다. 물론 그애를 밴쿠버로 데리고 가고 싶었지만, 현지인 가정에서 생활하며 그들의 풍습과 삶의 방식을 직접 체험하고 익히도록 하기 위해 캠룹스에 그대로 남아 있도록 했다. 또한 부모와 떨어져 혼자 살아가며 어려운 일에 부딪힐 때 혼자 해결할 수 있는 능력과 용기와 자신을 길러주기 위해서이기도 했다.

내 아들은 심성心性은 착했으나 겁이 많고 소심하고 용기가 없어 나는 그애가 이 거친 세상을 살아가는 데 강하게 무장하도록 단련시키고 싶었다. 내가 어릴 때 전쟁을 겪고 산짐승이 나오는 깜깜한 밤에 숲이 우거진 산등성이를 넘어 학교에 다니며 길렀던 용기와 담력膽力을 내 아들도 갖게 하고 싶었다. 내가 만일 내 앞에 닥친 고난을 이겨내는 용기와 담기膽氣를 어릴 때부터 쌓아두지 않았다면, 나는 지금 같은 호된 시련試鍊을 헤쳐나갈 엄두를 못 냈을지도 모른다. 내 아들은 내가 바랐던 대로 용기와 담력을 기르지는 못했지만, 후일 그의 큰누나가 사는 켈로우나(Kelowna)의 고등학교에 들어가 우수한 공부 태도와 적극적인 노력으로 학교로부터 모범상과 노력상을 받기도 했다.

1991년 10월 31일, 드디어 나와 아내는 정든 캠룹스를 떠나 밴쿠버로 이사를 했다. 지옥 같았던 클리어 워터를 떠나 캠룹스로 내려온 지 꼭 13개월 만에 또다시 이사를 한 것이다. 밴쿠버로 이사하는 날 아침, 나는 아내와 함께 돈 목사님에게 작별 인사를 하러 교회로 갔다. 목사님은 우리를 반갑게 맞이해주시며 나와 가족에게 하나님의 가호를 비는 문구 'May Heaven Protect you and your family!'가 적힌 성경책 한 권을 주셨다. 그리고는 나와 아내의 손을 꼭 잡고 기도를 해주신 다음 아쉬운 작별을 했다. 캠룹스를 떠나 딸과 아들과 멀어질수록 그애들만 남겨놓고 떠나는 내 마음은 몹시도 무거웠다. 밴쿠버에 가는 대로 얼른 자리를 잡아 그애들을 데려다 함께 살아야 하는데, 그게 언제가 될지 기약할 수가 없었다. 특히 딸들은 아무리 성경학교의 보살핌을 받아가며 공부를 하더라도 아직 세상물정 모르는 순진한 애들이었기 때문에, 내가 데리고 있다가 좋은 사람과 짝을 지어 내보내고 싶었다.

이 생각 저 생각에 묻혀 있는 동안 나와 아내를 태운 이삿짐 차가 밴쿠버에 도착한 것은 거의 저녁 때가 다 되어서였다. 밴쿠버에 도착하자 날씨는 추웠고 비까지 내려 여간 쓸쓸하지가 않았다. 내가 세들어 살 방의 집주인은 중국계 월남인으로 비를 맞으며 도착하는 나와 아내를 친절히 맞아주며 차에서 이삿짐을 내려 방으로 날라다 주었다. 내가 이사한 그 이튿날도 비가 왔으며, 이러한 비는 겨울 내내 그칠 줄 모르고 내려 내 마음을 몹시 우울하게 했다. 비가 오지 않는 날은 시커먼 구름이 하늘을 뒤덮어 햇빛이 나는 날은 거의 찾아볼 수가 없었다. 이렇게 많이 오는 비가 눈이 되어 내린다면, 사람들은 겨울 내내 밖에 나가지도 못하고 집에만 머물러 있지 않으면 안 될 것 같았다. 그러나 다행히도 겨우내 눈은 두세 차례밖에 내리지 않았으며 그마저도 날씨가 따뜻해 쌓일 새 없이 곧 녹아버렸다.

서부 태평양상의 온난 고기압溫暖高氣壓 권에 놓인 밴쿠버는 겨울에도 온도가 영하로 떨어지는 때가 매우 드물다. 여름에는 건조하고 비가 오지 않아 하얗게 말라붙었던 잔디가 겨울이면 파랗게 되살아나고, 산에는 나무들이 여름이나 다름없이 여전히 푸르렀다. 밴쿠버는 겨울에 비는 많이 오지만 날씨가 따뜻하고 도시도 깨끗하며 자연 경관이 아름다워 살기 좋은 도시로 이름나 세계 각처에서 많은 사람들이 이곳으로 모여들었다. 내가 밴쿠버로 이사를 올 때는 밴쿠버와 그 인근 도시에 한국사람들이 꽤 많이 살고 있었다. 그들은 주로 추운 동부로 가지 않고 따뜻한 서부 도시에서 정착을 했다. 밴쿠버는 캐나다 서부 끝에 있는 브리티시 콜롬비아(British Columbia) 주의 가장 큰 도시로서 1792년에 북서 태평양 연안 지역을 거쳐 캐나다의 브리티시 콜롬비아, 밴쿠버, 미국의 알래스카, 워싱턴, 오레곤, 하와이 섬을 항해 탐험한 조지 밴쿠버(George Vancouver) 영국 해군 함장을 기념하기 위해 이

도시를 밴쿠버로 명명했으며, 지금도 영국적 분위기가 흠씬 배어 있다.

밴쿠버로 이사한 후 나와 아내는 이리저리 일거리를 찾아다녔다. 나는 한 한국 식당의 내부 공사장에 임시로 일자리를 구했고, 아내도 한 한국인 부부가 운영하는 일식 식당에 취직을 했다. 나와 아내가 밴쿠버로 이사한 지 얼마 안 되어 켈로우나 성경학교에서 공부를 하는 딸들과 캠룹스에서 학교 다니는 아들이 집에 와 모처럼 온 가족이 모두 모여 즐거운 한때를 보냈다. 부모와 함께 이틀을 묵고 딸들이 켈로우나 학교로 돌아간 뒤 12월 어느 토요일 내 큰 딸이 집으로 돌아와 저녁을 먹고 난 후 내 앞에 무릎을 꿇고 망설여 가며 학교에서 남자 친구(boy friend)를 사귀었는데 내 딸에게 결혼 신청을 했다며 그 남자와의 결혼을 허락해 달라고 간청을 했다. 그 순간 나는 가슴이 떨리고 기가 막혀 눈만 멀뚱히 뜨고 있을 뿐이었다.

"아버지, 어머니 당돌하게 이런 말씀 드리는 저를 용서해 주세요. 저는 더 이상 부모님께 무거운 부담을 드리고 싶지 않으며 하루속히 독립을 하여 아버지, 어머니를 편히 살도록 해드리고 싶어요."

내 딸은 눈물을 흘리며 진지하게 말을 했다. 나는 딸애가 제 자신을 위해서가 아니라 부모를 위하여 결혼하려 한다고 생각하니 더욱 가슴이 미어졌다.

"전에도 너는 결혼을 하여 네 부모를 도와 드리고 싶다고 말한 적이 있었다. 그 때 나는 결혼은 네 자신을 위해 해야지 다른 사람을 도와줄 목적을 가지고 해서는 안 된다고 단호히 말했었다. 나는 네 자신을 위한 결혼이 아닌 결혼은 허락할 수 없으며 내 문제는 내가 처리할 테니 아무 걱정 말기 바란다." 하고 나는 딸의 결혼에 대한 내 의사를 분명히 밝혔다.

"아버지, 제 결혼이 누구를 위한 결혼이어야 하는지 잘 알고 있으며 그 남자와 결혼을 결심하기 전에 저도 많은 생각을 했어요."

실제로 내 큰 딸은 영리하기도 했지만 매사에 매우 주의가 깊은 아이이기도 했다. 그러나 나는 그 무엇보다도 딸이 결혼하여 더 이상 공부를 하지 못

할 것 같아 그것이 가장 걱정이 되었다.

"네가 결혼하면 더 이상 공부를 할 수 없을 것 같아 나는 그게 가장 걱정스럽구나."

"그 점은 걱정 마세요, 아버지. 우리는 결혼을 하더라도 그 성경 학교에서 계속 공부를 할 거예요."

"우리라니, 네가 결혼하려는 남자도 그 성경 학교에서 공부를 하는 학생이란 말이냐?"

하고 나는 딸에게 물었다.

"네, 그 남자도 나와 함께 공부를 하고 있으며 아주 좋은 사람이에요."

내 딸과 함께 성경 학교에서 공부를 하고 그 남자가 좋은 사람이라는 딸의 말에 다소 안심이 되었지만 그 남자가 누구인지를 보기 전에는 함부로 딸의 결혼을 허락하고 싶지 않았다.

"네 결혼을 허락하기 전에 나는 그 남자가 어떤 남자인지를 내 눈으로 꼭 보고 싶다. 나는 한국 사위를 보기를 원했는데 네가 마음에 들어 하는 결혼이니 이젠 어쩔 수 없구나."

내가 딸이 결혼하려는 남자가 한국 남자가 아님을 유감스럽게 여기자 딸은

"아버지, 죄송합니다. 그러나 그 남자는 한국 남자 못지않게 아버지, 어머니께 잘 해드릴 테니 너무 상심하지 마세요."

하며 내 서운해 하는 마음을 덜어주려 했다.

31. 큰딸의 결혼

딸이 학교로 돌아간 지 며칠이 안 되어 딸은 그애가 사귀는 남자를 데리고 와 나와 아내에게 인사를 시켰다. 그의 이름은 마크(Mark)이고 성은 로빈

슨(Robinson)으로 마음씨도 좋아 보이고 성실하게 생겨 어느 정도 마음이 놓이긴 했다. 그러나 캐나다에 와 백인들로부터 당한 뼈저린 고통이 아직도 가슴속 깊이 남아 있어, 내 딸을 데려다 살 그가 어떤 사람인지 확실히 알기 전까지는 쉽게 안심할 수가 없었다. "자라 보고 놀란 가슴 소댕 보고 놀란다"는 말과 같이, 나는 얼굴이 흰 백인만 보면 피해의식이 앞서 그들 대하기가 여간 조심스럽지가 않았다. 나는 마크의 사람 됨됨이를 알아보기 위해 구두시험을 치듯 그에게 꼼꼼히 질문을 했다. 그는 내 질문에 하나하나 꾸밈없이 솔직히 대답을 했다. 내가 그가 하는 일을 물었더니 자기는 비행 청소년을 선도하고 있고, 집과 건물을 짓는 건축 업자이며, 술과 담배를 할 줄 모른다고 설명을 했다. 내가 마약을 해본 경험이 있느냐고 묻자, 마크는 딱 한번 해보았지만 자기에게는 맞지도 않고 위험하여 더 이상 하지 않는다고 솔직히 대답했다. 내가 왜 캐나다 여자와 결혼하지 않고 문화와 풍습이 다른 동양 여자와 결혼하기로 했느냐고 묻자, 내 딸은 성격이 활달하며 붙임성이 많고 부지런하며 캐나다 여자들이 가지고 있지 않은 좋은 점을 많이 가지고 있어, 거기에 반해 결혼을 신청했다고 웃으며 말했다. 내가 내 딸하고 살다가 성격이나 풍습이 달라 싸울 수도 있는데 그때는 어떻게 하겠느냐고 묻자, 자기는 제 부인에게 무조건 져줄 것이며, 여자와 싸우고 싶은 마음은 조금도 없다고 대답했다. 언제 결혼할 예정이냐고 마지막으로 물었더니 내년 2월쯤 할 예정이라고 답변을 한 후,

"Father and mother, 우리의 결혼을 허락해 주셔서 감사합니다. 우리 결혼식에 꼭 오세요. 고맙습니다."

하고 서투른 한국말로 말을 하며 두 손을 바닥에 대고 나와 아내에게 넙죽 엎드려 절을 했다.

딸은 여기 오기 전 마크에게 한국말과 웃어른에게 어떻게 인사하는지를 미리 철저히 교육시킨 모양이었다. 아내는 붙임성 있는 마크가 마음에 들었는

지 내 귀에 대고,

"저만하면 괜찮지 않아요?"

하고 나로부터 찬성을 이끌어내려는 듯이 속삭였다. 딸과 마크를 떠나보내
고 난 내 마음은 가을비에 떨어져내리는 나뭇잎새를 보듯 쓸쓸하고 허전했
다. 스물두 해 동안 애지중지愛之重之하며 길러놓은 딸이 어느새 짝을 만나
마침내 부모 곁을 떠나는구나 생각하니 가슴을 비우듯 하는 썰렁함이 물밀
듯 밀려왔다.

큰딸의 결혼식은 이듬해, 즉 1992년 2월 14일에 그애가 다니는 성경학교에
서 성대盛大히 거행되었다. 캐나다에 친척이나 친지라고는 아무도 없는 나는
아내와 내가 다니는 한 한국교회 목사님, 그리고 그 교회 장로님 한 분과 함
께 딸의 결혼식이 열리는 학교로 갔다. 딸의 결혼 준비는 신랑 부모와 학교
가 도맡아 해주었다. 성경학교 교장 선생님이 손수 주례를 서주셨으며, 학교
선생들과 학생들이 학교 캠퍼스에서 탄생하는 새 커플의 결혼을 축하해주기
위해 넓은 학교 강당을 가득 메우고 있었다. 나는 아내와 딸과 함께 결혼식
장 밖에 마련해놓은 신부 대기실에서 신부입장 차례를 기다리고 있었다. 새
하얀 웨딩드레스에 예쁜 꽃다발을 들고 있는 딸은 그날따라 더욱 예뻐 보
였다. 이토록 예쁜 딸과 마지막 이별의 순간을 기다리고 있는 내 마음은 한
없이 서글프고 착잡하기만 했다. 이때 나와 아내 옆에 서 있던 딸애가 나와
아내에게 안기며,

"엄마 아빠, 저 이만큼 길러주셔서 고맙습니다. 시집을 가도 저는 언제나
엄마 아빠 딸이에요. 그동안 못 해 드린 것, 잘해 드릴게요."

하고 눈물을 흘리며 말했다. 아내는 하얀 장갑을 끼고 있는 딸의 두 손을 꼭
잡으며,

"나는 어릴 때의 네 모습만 어른거리고, 네가 어느새 이만큼 커 시집 간다
는 게 믿어지지를 않는구나. 부모 밑에서 고생만 하다가 너를 보내니 마음만

아프고 슬프고…"

하고는 말끝을 채 맺지 못한 채 울음을 터뜨렸다.

나는 걸핏하면 딸에게 야단만 치며 잘해주지 못했던 순간 순간들이 새삼스럽게 후회스러웠다. 이곳에 와 고생만 하다가 부모의 짐을 덜어주기 위해 서둘러 부모 곁을 떠나는 딸애가 더욱 가엾고 불쌍해 견딜 수가 없었다. 그런 데다가 딸에게 아무것도 해주지 못하고 빈손으로 보내니 더더욱 가슴이 쪼개지듯 아팠다. 딸과의 이별의 슬픔으로 나와 아내가 오열嗚咽하고 있을 때, 갑자기 둘째 딸이 우리가 있는 문을 열고,

"언니, 신부 입장이야. 빨리 나와."

하고 신부입장 차례가 되었음을 알려주었다. 나와 아내와 딸은 슬픔에 쌓여 신부입장을 알리는 소리도 알아듣지 못했다. 둘째 딸이 달려와 이를 알려주지 않았다면 우리 세 식구는 그 자리에서 마냥 눈물을 흘리며 슬퍼했을 것이다.

딸의 들러리는 둘째 딸과 큰딸의 학교친구가 서 주었다. 이들을 따라 나와 큰딸은 팔짱을 끼고 결혼 행진곡 피아노 반주에 맞추어 천천히 결혼 주례석을 향하여 걸어갔다. 이때 미리 나와 주례석 앞에 서 있던 신랑이 나와 딸이 그 앞으로 다가가자, 성큼성큼 계단을 내려와 내 겨드랑이에 끼어 있던 딸의 팔을 공손히 받쳐들고 주례석 앞으로 올라갔다. 이어 진행된 결혼식 순서는 한국에서 행하는 결혼식 순서와 크게 다르지 않았다. 신랑 신부가 주례사 앞에 서자 주례사는 신랑 신부를 마주 세워 인사를 시켰으며, 다음으로 이들 둘로부터 혼인 서약을 받고 나 결혼 예물을 교환하도록 한 다음 신랑 신부의 결혼을 축하하는 축복기도를 했다. 뒤이어 주례사는 결혼 축사를 전달한 후 신랑 신부의 결혼 성립을 선언했다. 주례사의 결혼 선언에 이에 두 여학생이 단상에 올라와 듀엣(Duet)으로 피아노 반주에 맞추어 장엄莊嚴한 결혼축가를 불렀다. 마지막으로 신랑 신부가 그들의 결혼을 축하하러 온 축하

객들에게 고마움의 인사를 함으로써 그날의 결혼식은 모두 끝이 났다.

결혼식이 끝나자 결혼식장을 가득 메운 축하객들은 우뢰 같은 박수로 신랑 신부의 결혼을 축하해주었으며, 학교 학생들은 미리 준비한 형형색색의 색종이 가루를 신랑 신부에게 흠뻑 뿌려가며 그들의 결혼을 한껏 축하해주었다. 뒤이어 결혼식에 참석했던 사람들은 학교에서 베푼 결혼 피로연장으로 가 푸짐한 음식을 즐겼다. 성경학교 측의 따뜻한 배려와 모든 선생과 학생들, 그리고 많은 축하객들의 열렬한 성원과 축하 속에 딸의 결혼식은 성대하게 끝이 났다. 나는 딸의 주례를 맡아주신 성경학교 교장 선생님과 그애의 결혼 준비를 해주신 모든 선생님, 그리고 신랑 부모에게도 고맙다고 인사를 한 후, 딸과 헤어져 밴쿠버로 돌아왔다. 돌아오는 차 속에서 나와 함께 딸의 결혼식에 참석했던 목사님은,

"따님 결혼식은 정말 성대했어요. 따님은 꼭 하나님의 은총과 축복을 받을 겁니다."

하고 딸의 결혼식이 성대한 결혼식이었다고 찬사를 해주셨다.

딸은 결혼 후에도 성경학교에서 계속 공부를 하다가 남편이 건축 사업을 하는 그의 고향으로 가 새 가정을 꾸렸다. 결혼한 지 한 달 후, 딸과 사위는 나와 아내를 방문해 우리 식구를 후원(Sponsor)하여 캐나다에 영주권을 신청하겠다며, 이민 문제로 고생하지 말라고 말을 했다. 나는 딸과 사위의 염려와 성의는 고마웠지만, 결혼한 지 얼마 되지 않은 그들에게 무거운 부담을 주고 싶지 않아 내 영주권 문제는 나 혼자 해결하겠다며 그들의 후원 제의를 거절했다. 큰딸이 결혼한 지 두 달도 안 되어 작은딸도 캐나다 남자를 만나 결혼하여 부모 곁을 떠났다. 작년 9월에 그애들을 성경학교에 입학시키고 난 후 캠룹스로 돌아오는 길에 나와 아내가 차 안에서 느꼈던 이상야릇한 짐작이 맞아떨어진 것은 결코 우연이 아닌 것 같았다. 그때 나와 아내는 두 딸을 성경학교에 남겨놓고 돌아오며, 그애들이 영원히 부모 곁을 떠나 다시는 부모

품에 돌아오지 않을 것 같다는 말을 주고받았었다.

32. 죠앤과 제럴드에 대한 민사소송 종결

죠앤과 제럴드의 변호사는 내 민사소송 재판을 연기하며, 재판에 가지 않고 내가 그들을 상대로 제기한 민사소송을 법정 밖에서 해결해보자고 내 변호사에게 제안하였으며, 그런 제안을 한 변호사는 이번에는 법정 밖 해결조건으로 내가 피고인 죠앤과 제럴드로부터 요구하는 것이 무엇인지 알고 싶다고 내 변호사에게 문의를 했다. 내 변호사는 재판에 가지 않고 법정 밖에서 해결을 하려면 법정 밖 해결을 제안한 피고인 측에 소송을 제기한 원고인이 먼저 법정 밖 해결조건을 제시해야 한다고 설명한 후, 그 조건이 무엇인지 자기에게 가르쳐 달라는 편지를 내게 보내왔다. 나는 피고인들을 법정에 끌고 가 재판을 하면 또다시 많은 돈이 들 뿐만 아니라, 내가 재판에 승소하더라도 그들이 돈이 없으면 돈을 찾을 수가 없다는 변호사의 조언을 상기해가며 죠앤과 제럴드로부터 받아내야 할 중요한 것들이 무엇인지 곰곰이 생각하기 시작했다.

내가 죠앤과 제럴드로부터 받아내야 할 것들은 첫째, 내가 캐나다 이민국에 제출한 난민신청에 도움이 되는 것이어야 하고, 둘째, 그들이 나와 내 가족에게 근거 없는 누명陋名을 씌워 캠룹스 이민국에 제출한 편지를 그들 스스로 철회토록 하여 이민국으로부터 실추失墜된 나와 내 가족의 명예를 회복할 수 있는 것이어야 했다. 비록 나는 그들에게 돈은 빼앗겼지만 소중한 명예까지 잃고 싶지는 않았다. 지금의 나로서는 몇 푼의 돈보다 그들의 비열한 행위로 손상된 명예를 회복하는 것이 급선무인 것 같았다. 그렇게 하려면 죠앤과 제럴드가 그들이 캠룹스 이민국에 나와 내 가족에 관해 써보낸 편지를 철회

한 후, 그들의 편지를 접수한 패디 해링튼 이민관과 밥 제너루 이민국 매니저에게 사과를 해야 함은 물론, 나와 내 가족에게도 정중히 사과하는 것 등이었다.

문제는 내 민사소송에 대한 법정 밖 해결조건으로 내가 원하는 사과를 피고인들이 거절할 때 이를 어떻게 받아내느냐 하는 것이었다. 언젠가 내 변호사는 민사소송에서는 금전배상 판결뿐만 아니라 원고인의 요구에 따라 사과요구 판결도 받아낼 수 있는데, 법원은 이 두 가지를 동시에 선고하지 않는다며, 내 재판에서 판사가 피고인들에게 원고인에게 금전을 배상하라고 판결을 내리면, 피고인들이 내게 돈을 주지 않더라도 또다시 법원에 가 돈을 주지 않는 피고인들에게 사과하게 해달라고 요구할 수가 없다고 말한 적이 있었다. 이는 일사부재리(一事不再理: Prohibition Against Double Jeopardy 또는 the Principle of not Reopening a Settled Case)의 원칙으로, 이미 내려진 확정 판결에 대해서는 이중으로 판결을 내리지 않는다는 것이다. 나는 죠앤과 제럴드로부터 돈도 받지 못하는 승소 판결을 받는 것보다, 비싼 돈 들여 재판에 가지 않고 내가 요구하는 사과장을 그들로부터 받을 수 있다면 이보다 더 좋을 게 없다고 생각하고, 변호사에게 전화를 걸어 내가 결정한 법정 밖 해결 요구조건을 하나하나 설명했다. 그리고 죠앤과 제럴드가 나와 이민국의 패디 해링튼과 밥 제너루 이민국 매니저에게 내야 할 사과문도 내가 직접 기안하겠다고 말했다. 변호사는 피고인들이 사과하지 않는다면 어떻게 할 거냐고 물었다. 그때는 그들을 재판에 끌고 가 판사로부터 금전배상 판결이 아닌, 원고인에게 사과하라는 판결을 받겠다고 단호하게 말했다.

나는 죠앤과 제럴드가 많은 돈을 들여 재판에까지는 가지 않을 것이며, 그럴 만한 돈이 없기 때문에 법정 밖 해결을 먼저 제안해 온 것이라고 단정을 내렸다. 이렇게 단정을 내린 나는 되든 안 되든 내가 받아내고 싶은 것을 최대한으로 요구하기로 하고, 변호사에게 피고인들이 내가 바라는 사과를 하지 않으면 재판에 가겠다는 내 결심을 상대방 변호사에게 꼭 전달하라고 엄포를 놓아가며 말을 했다. 변호사는 그렇게 하겠다고 대답한 후, 피고인들이 작성하는 사과문에 대해서는 그들이 어떤 내용으로 작성하는지 본 다음, 내마음에 들지 않으면 수정해도 된다며 그들의 사과문 초안을 기다려보자고했다. 나는 변호사와 이야기하고 있는 동안 욕심이 더 생겼다. 나는 변호사에게 죠앤과 제럴드로부터 사과장뿐만 아니라 얼마라도 좋으니 돈도 받아내도록 노력해 달라고 추가로 말한 후 전화를 끊었다.

그리고 난 며칠 후, 내가 죠앤과 제럴드가 나와 내 가족, 그리고 이민국의패디 해링튼 이민관과 밥 제너루 매니저에게 보내기를 원하는 사과문을 작성하고 있는데, 변호사가 내게 전화를 걸어왔다. 변호사는 피고인들이 내가요구하는 대로 이민국과 나와 내 가족에게 사과하고, 내가 그들에게 준 물건들도 모두 돌려줄 것이며, 금전 배상금 명목으로 일금 3천 불을 주겠다고 제안했는데 이를 받아들이겠느냐고 물었다. 내가 변호사의 질문에 대답하기전에 반대로 피고인들이 내놓은 제안을 어떻게 생각하느냐고 그에게 물었더니, 변호사는 내가 그들에게 내놓은 제안들을 아무 이의 없이 받아들인 것에 놀랐다며, 죠앤과 제럴드가 나와 내 가족은 물론 이민국에까지 사과를하고 상징적이긴 하지만 금전보상까지 해주겠다고 했으니, 이것은 그들이 내게 완전히 항복(Surrender)하는 것이나 다름없다고 설명을 했다. 피고인들이내가 그들에게 내놓은 조건을 아무런 이의 없이 모두 받아들여 나는 마음이자못 흡족했으나, 나와 이민국에 보내는 그들의 사과문 내용을 보기 전까지는 확실한 대답을 보류해야겠다고 생각했다. 그래서 원칙적으로는 피고인들의 제안에 동의는 하지만, 그들의 사과문을 먼저 봐야겠다고 변호사에게 말한 후 전화를 끊었다. 그리고 나 한달 동안 아무 소식이 없다가, 죠앤이 캠룹스 이민국의 패디 해링튼 이민관과 밥 제너루 매니저에게 사과문을 보냈으며, 그 사과문 사본을 여기에 동봉하니 참조하라는 내용의 간단한 편지가 내 변호사로부터 등기 급송으로 내게 전달되었다. 나는 단숨에 죠앤이 캠룹스 이민국으로 보낸 편지를 펴보았으며, 그 내용은 다음과 같았다.

1992년 4월 30일
캐나다 이민국 센터
방 번호 130
서부 빅토리아 가 63번지
캠룹스 브리티시 콜럼비아
우편번호 V2C 6L3
수신: 패디 해링튼 씨
참조: 밥 제너루 매니저 님

친애하는 선생님:
전에 비씨주 클리어 워터에 있었던 이병규와 그의 가족에 관해;
1990년 1월 24일 저는 미스터 리와 그의 가족에 관하여 귀하의 사무실로 황급히 편지 한 장을 보냈습니다. 저는 이 편지에 미스터 리에 대해 제 사적인 감정들을 넣지 말았어야 했으며, 귀하에게 그런 편지를 보낸 것을 저는 진정으로 뉘우치고 있습니다. 그 편지를 쓸 당시에 저는 커다란 감정적 압박을 받고 있었으며, 이러한 편지가 미스터 리와 그의 가족에게 끼칠 중대성들을 전혀 판단하지 못했습니다. 저는 이러한 편지를 쓴 것을 뉘우치며, 그렇게 한 행위에 대해 미스터 리에게 사과를 했습니다. 부디 이 편지를 제가 귀하의 사무실에 끼쳤을지도 모를 불편에 대한 저의 진심 어린 사과로 받아주시기 바랍니다.

여불비례餘不備禮

죠앤의 서명
죠앤 슈먼
사서함 356
클리어 워터, 브리티시 콜럼비아
우편번호 VOE 1NO

　나는 죠앤이 캠룹스 이민국으로 보낸 사과 편지를 읽고 또 읽었다. 그녀의 사과 편지는 내용은 간결했으나 자신의 잘못을 솔직히 인정하고 뉘우치는 사과로 일관되어 있었다. 죠앤은 그녀의 사과 편지에서 감정에 북받쳐 분별없이 나와 내 가족에 관해 급히 편지를 써 이민국으로 보낸 자신의 경솔함을 깊이 뉘우치고 있음은 물론, 나와 내 가족에게 저지른 행위에 대해서도 내게 사과를 했다고 밝힘으로써 그녀가 1990년 1월 24일에 이민국으로 보낸 무분별한 편지로 캠룹스 이민관들이 나와 내 가족에 대해 품고 있었을지도 모를 오해를 불식佛式하도록 간접적으로 암시하고 있었다. 1990년 1월 24일은 내가 죠앤을 클리어 워터 구두가게에서 해고시킨 날이며, 그녀는 나로부터 해고된 바로 그날, 서둘러 편지를 써 캠룹스 이민국의 패디 해링튼 이민관에게 보냈음이 이 사과 편지를 통해 마침내 분명히 드러나게 되었다. 죠앤의 사과 편지에서 한 가지 분명치 않은 것은 그녀가 나와 내 가족에게 사과를 했다고 한 대목이었다. 죠앤은 나와 내 가족에게 저지른 행위에 대해 이미 사과를 했다고 말했지만, 그것은 사실이 아니었다. 나는 죠앤이 캠룹스 이민국에 사과 편지를 보내기 전에 그녀로부터 구두건 문서로건 사과를 받은 적이 없기 때문이었다. 나는 사과는 하지도 않고 사과를 했다고 한 죠앤의 진의眞意가 의심스러웠다. 죠앤은 내 변호사가 그녀를 심문할 때, 그리고 그녀가 제안한 법정밖 해결조건에서도 이민국에뿐만 아니라 나에게도 사과를 하겠다고 했었는데, 사과는 하지도 않고 사과했다는 말만 가지고 적당히 넘어가려는 게 아닌가 하는 의심이 고개를 들기 시작했다.

나는 변호사가 죠앤이 나와 내 가족에게 보낸 사과 편지를 받았다가 잊고 보내지 않았나 하고, 이를 알아보기 위해 그에게 즉시 전화를 걸었다. 변호사는 내 전화를 받자마자 대뜸 죠앤이 이민국으로 보낸 편지를 받았느냐며 그 편지에 만족하느냐고 물었다. 나는 변호사에게 죠앤은 이민국으로 보낸 그녀의 사과 편지에서 나와 내 가족에게 저지른 행동에 사과를 했다고 했으나 무엇을 잘못했는지 기술하지 않았고, 내게는 사과도 하지 않고 사과했다고 했으며, 그녀가 1990년 1월 24일 이민국으로 보낸 원본 편지도 꼭 보아야겠다고 말을 했다. 변호사는 내 말을 다 듣고 난 후 일반적으로 사과는 포괄적으로 하는 것이지 자기가 저지른 행동 하나하나를 구체적으로 상술해가며 하지 않는다고 설명을 했다. 또한 내가 죠앤에게 법정 밖 해결조건을 제시할 때 1990년 1월 24일 그녀가 이민국에 보낸 편지를 제공하라고 말을 하지 않았기 때문에, 죠앤에게 이를 보여 달라고 추가로 요구할 수 없으며, 죠앤이 내게 보내지 않은 사과 편지는 조금만 더 기다려보는 게 좋겠다고 조언을 했다. 그리고는 그녀가 캠룹스 이민국으로 보낸 사과 편지는 짧긴 하지만 자기 행위를 진실로 뉘우치고 충심으로 사과하는 내용이기 때문에, 이런 사과문을 접한 캠룹스의 이민관들은 나와 내 가족에 대한 인상印象을 완전히 바꾸었을 것이라고 덧붙였다. 죠앤의 사과문에 대한 변호사의 설명으로 죠앤에게 가졌던 내 의구심은 한결 누그러졌다. 무엇보다도 죠앤이 나와 내 가족을 캐나다에서 살아서는 안 되는 위험인물로 근거없이 헐뜯어가며 캐나다에서 내 쫓아 달라고 간접적으로 요구하는 편지를 보냈던 패디 해링튼 이민관에게뿐만 아니라 그의 상사인 밥 제너루 이민국 매니저에게까지 깊이 사과를 함으로서, 나와 내 가족이 캐나다에 와 잃은 명예는 물론 한국인으로서의 긍지와 자존심도 반쯤은 회복되었을 것이라고 생각하니, 나는 마음이 여간 혼쾌欣快하지 않았다.

나는 이민국으로 보낸 죠앤의 사과장을 받은 후 두 달이 지나도록 죠앤으로부터 나에 대한 사과장을 받지 못했다. 나는 마음이 초조해지며 죠앤이 이민국으로 보낸 사과 편지에서 나에게 사과를 했다는 것으로 그치는 게 아닌가 하는 생각만 들었다. 변호사로부터도 죠앤의 나에 대한 사과에 대해 아무런 연락이 없었다. 변호사에게 전화를 걸어 알아보려 했지만, 죠앤으로부터 사과장을 받지 못해 안달하는 것 같은 내 마음을 보이고 싶지 않아 하지를 않았다. 이런 이유 외에도 툭하면 눈송이처럼 불어가는 변호사 비용도 고려하지 않으면 안 되었다. 변호사는 서류 작성은 물론 상대방 변호사와 주고받은 전화통화, 나와의 면담, 나와의 전화통화 시간 등을 일일이 기록해두었다가 세금까지 가산해 나에게 청구했다. 이 같은 무거운 변호사비로 인해 변호사로부터 편지만 왔다 하면 나는 가슴이 철렁 내려앉았다.

내가 이토록 속을 태우던 7월 초순이었다. 변호사가 내게 전화를 걸어 죠앤의 변호사로부터 죠앤과 제럴드가 내게 한 사과 편지와 일금 3000불과 그들이 보낸 물건을 모두 받았다며, 법정 밖 해결 합의서에 서명도 할 겸 캠룹스로 오라고 했다. 나는 변호사로부터 전화를 받고 난 그 이튿날 아침 일찍 버스를 타고 캠룹스로 올라가 변호사 사무실로 갔다. 변호사는 나를 기쁘게 맞이하며 죠앤과 제럴드가 내게 보낸 사과 편지부터 보여주었다. 그들의 사과 편지는 죠앤이 캠룹스 이민국에 보낸 것보다 훨씬 길었으며 내용도 상세했다. 죠앤과 제럴드는 이 사과 편지를 1992년 7월 2일에 작성하였으며, 그 내용은 다음과 같다.

날짜: 1992년 7월 2일
수신: 이병규 씨
참조: 매어 젠슨 블래어 법률사무소
700-275 랜즈다운 가
캠룹스, 비씨.

우편번호: V2C 6H6

친애하는 미스터 리 및 그의 가족에게;

저희들은 1989년 귀하와 귀하 가족이 캐나다에 도착한 이후 일어났던 모든 일에 대해 저희들의 진심 어린 사과와 뉘우침을 표현하기 위해 이 편지를 씁니다. 저희들은 귀하가 저희들에게 요청한 초청장을 귀하에게 보낸 결과로 귀하는 이 나라에 와 클리어 워터 지역사회에서 상당한 금액의 자금을 한 사업에 투자하였음을 인정합니다. 저희들은 귀하가 클리어 워터에서 투자했다가 그 많은 투자액을 잃은 것은 바로 저희들의 추천을 신뢰했기 때문임을 잘 알고 있습니다. 지난 일을 통찰해보니 클리어 워터에서 구두 및 의류 사업을 운영토록 한 저희들의 추천은 불합리했던 것처럼 보입니다.

저, 죠앤 슈먼은 제가 초래한 사업의 실패와 매니저로서의 경험이 없이 제가 행한 그 외의 모든 행동들에 대해 사과를 합니다. 더 나아가 1990년 1월 24일 캐나다 이민국 앞으로 낸 저의 편지의 결과로 귀하가 직면해온 여러 가지 고난에 대해서도 저는 사과를 합니다.

귀하도 알다시피 저희들은 가난한 사람들이며, 저희들의 진정한 뉘우침의 표시로서, 또한 귀하가 입은 손실을 인정하여 귀하가 저희들이 밴(Van)을 구입하도록 주었던 3000불의 금액을 지불하는 데 동의했습니다. 추가로 저희들은 귀하가 클리어 워터에 머무는 동안, 그리고 한국에서 저희들에게 준 몇몇 선물들도 귀하에게 돌려주기로 합의를 했습니다. 저희들은 이것은 이름뿐인 작은 금액에 불과하며, 귀하의 손실에 대해 귀하에게 충분히 보상치 못한다는 것을 잘 깨닫고 있습니다.

저희들은 제럴드가 옛 전우를 찾고 있을 때, 제럴드의 한국 신문 광고에 귀하가 답변을 한 이래 귀하에게 일어난 이 모든 일에 대해 다시 한번 충심으로 사과를 합니다. 저희들은 귀하가 캐나다에 도착한 이후 일어난 모든 일에 대한 책임을 받아들일 수는 없지만, 귀하가 불운한 경험에 처하도록 저희들이 역할을 한 부분에 대해서는 저희들의 가장 진지한 사과를 전해드리고 싶습니다.

　여불비례餘不備禮

　제럴드 슈먼　　　죠앤 슈먼

　죠앤과 제럴드의 사과문은 단순한 사과문이 아니라, 그들 스스로의 죄를 고백하는 자백서自白書나 다름이 없었다. 그들의 사과문에는 내가 그들에게 요청한 초청장으로 캐나다에 왔다는 진실이 아닌 내용과 다소의 변명이 있기는 했지만, 그들의 잘못을 솔직히 인정하고 그들이 내게 저지른 행위들을 깊이 뉘우치며 충심으로 사과한 점에 대해서는 전혀 손색이 없는 사과장 같았다. 변호사는 법원에 가더라도 이와 같은 사과장은 받아내지 못했을 것이라는 말과 함께, 죠앤과 제럴드가 이같이 진실에 찬 사과를 하기까지에는 상당한 용기와 결단이 필요했을 것이라며, 캐나다에서는 잘못을 저지르고 난 후 이를 인정하지 않고 사과도 하지 않는 사람은 비겁한 사람으로 취급받지만, 자기가 행한 그릇된 행동을 솔직히 인정하고 사과하는 사람은 용기 있고 사려분별이 있는 사람으로 취급받는다고 말을 했다. 하지만 죠앤과 제럴드가 내게 사과를 한 것은 그들이 용기 있고 사려분별이 있어서가 아니라, 나와 내 가족에게 사과를 하지 않으면 안 되었기 때문에 마지못해 한 것이라고 나는 생각했다. 그들이 만일 용기 있고 사려분별이 있는 사람들이었다면 나와 내 가족을 이 같은 불행과 고난에 쳐넣지는 않았을 것이다.

　나는 죠앤과 제럴드로부터 사과장을 받아냄으로써 그들을 내 앞에 무릎 꿇게 하고야 말겠다는 내 결심을 완전히 실현시켰다. 그들은 내 앞에 와 직접 무릎을 꿇지는 않았지만, 문서로 된 그들의 사과장은 그들이 내 앞에서 두 무릎을 꿇은 것보다 훨씬 더 진지하고 의미심장意味深長한 것이었다. 나와 내 가족은 죠앤과 제럴드가 그들이 우리에게 저지른 그릇된 행위에 대해 이민국과 내게 공식적으로 사과를 함으로써 캐나다에서 실추失墜되었던 명예를 완전히 회복했다. 나는 그들이 캐나다 이민국과 내게 보낸 사과장을 이민국 난민위원회가 진행하는 내 난민 심사에도 십분 활용해야겠다고 마음 먹었다. 나는 죠앤과 제럴드로부터 이러한 사과장을 받아내느라 돈이 많이 들었지만, 내가 만일 돈이 아까워 그들에 대해 민사소송을 제기하지 않았더 라면, 이러한 소중한 사과문은 결코 얻어내지 못했을 것이다.

변호사는 죠앤과 제럴드의 사과장과 3000불짜리 수표 한 장, 그리고 죠앤과 제럴드가 내게 주는 것이라며 조그만 상자 하나를 내 앞에 내놓았다. 그들이 준 상자가 궁금하여 열어보니, 그 안에는 내가 한국에 있을 때 제럴드와 편지를 주고받으며 그에게 선물로 보냈던 가죽지갑과 캐나다에 와 제럴드의 생일 때 생일축하 겸 한국전 참전 기념으로 그에게 선물했던 일제 손목시계, 내 아내가 한국에서 가지고 와 죠앤에게 준 분홍색 스카프 하나가 들어 있었다. 그들이 내게 준 3000불은 제럴드가 중고차를 살 때 돈이 없어 하길래 내가 보태준 돈이었다. 나는 죠앤과 제럴드와는 이제는 서로 원수지간이 되었지만, 그들에게 한번 주었던 물건만은 다시 받고 싶지 않았다. 특히 한국전쟁에 참여했던 제럴드와는 좋은 뜻으로 시작했다가 이렇게 악연惡緣으로 끝나는 것이 못내 서운하고 가슴 아프기도 했다. 나는 나와 아내가 제럴드와 죠앤에게 주었던 물건이 들어 있는 상자를 변호사에게 밀어놓으며, 이 상자를 죠앤과 제럴드에게 되돌려주면 고맙겠다고 말을 한 다음 죠앤과 제럴드와의 법정 밖 해결 합의서에 서명을 한 후 변호사 사무실을 나왔다.

이것으로 3년을 끌어온 죠앤과 제럴드와의 법정소송은 모두 끝이 났다. 죠앤에 대한 경찰 수사도 내가 밴쿠버로 이사한 후 별로 신경을 쓰지 않았기 때문에 유야무야有耶無耶로 끝이 났다. 끝으로 나는 이 책에서 한 말을 뒷받침할 증거로서 죠앤이 내게 요구했던 캐나다 입국비 청구서, 죠앤이 이민국에 보낸 사과장, 제럴드와 죠앤이 나와 내 가족에게 보낸 사과장 및 나와 내 가족이 어려움에 처해 있을때 우리를 성심껏 도와준 캠룹스 지역구 출신의 넬

슨 리스 하원의원의 서신, 그리고 내 두 딸이 켈로우나에 있는 오캐나갠 성경
학교로부터 받은 입학 허가서 등도 여기에 소개한다. 뿐만 아니라 내 가게에
관련되었던 신문기사와 광고, 그리고 내 가게 장부계원이었던 카렌(Karen) 여
사가 캠룹스 이민국의 패디 해링튼 이민관에게 나와 관련하여 보냈던 서신과
클리어 워터 지역 상공회의소에서 내게 보냈던 서신도 모두 첨부한다.

ITEM # 15

April 30th, 1992.

Canada Immigration Centre
Room 130
63 West Victoria Street
Kamloops, British Columbia
V2C 6L3

Attention: Mr. Paddy Harrington
           c/o Mr. R. W. (Bob) Genereux, Manager

Dear Sirs:

Re: Byung Kyu Lee and his Family,
    Formerly of Clearwater, B.C.

On January 24, 1990, I sent a letter in great haste to your office
with respect to Mr. Lee and his family. I should not have put my
own personal feelings with respect to Mr. Lee in this letter and
sincerely regret having sent the letter to you.

At the time of writing the letter, I was under a great deal of
emotional stress and did not fully appreciate the consequences that
such a letter would have on Mr. Lee or his family. I regret having
written this letter and have apologized to Mr. Lee for doing so.

Please accept this letter as my sincere apology for any
inconvenience I may have caused in your office.

Yours very truly,

JOANNE SCHURMAN
Box 356
Clearwater, British Columbia
V0E 1N0

July 2, 1992

Mr. Byung Kyu Lee
c/o Mair Jensen Blair
Barristers and Solicitors
700 - 275 Lansdowne Street
Kamloops, B.C.
V2C 6H6

Dear Mr. Lee and Family:

We are writing this letter to express our sincere apologies
and regrets for all that has happened since you and your
family arrived in Canada in 1989.

We recognize that as a result of sending you the invitation
that you asked us for, you came to this country and invested
a considerable amount of funds in a business in the
Clearwater community. We understand that it was reliance on
our recommendations that you invested in Clearwater and lost
your considerable investment. In hindsight, it appears that
our recommendation to operate a shoe/clothing business in
Clearwater became unsound.

I, Joanne Schurman, apologize for the failing of the
business and any acts which in my inexperience as a manager
I did. I further apologize for any difficulties you have
encountered as a result of my letter directed to Canada
Immigration on January 24th, 1990.

As you are aware, we are poor people and as an expression of
our sincere regret and also in recognition of the losses you
have suffered, we have agreed to pay the sum of $3,000.00
towards the sum you gave us towards the purchase of the van.
In addition we have agreed to return to you a number of
gifts which you gave us during the course of your stay in
Clearwater and from Korea. We realize that this is only a
small token amount and does not fully compensate you for
your losses.

Again, we apologize most sincerely for all that has happened
to you since you answered Gerald's advertisement in the
Korean newspaper when Gerald was looking for ex-war buddies,
which you answered. While we cannot accept responsibility
for all that has happened since your arrival in Canada, we
wish to convey our sincerest apology for any part that we
may have played in your unfortunate experience.

Yours truly,

GERALD SCHURMAN   JOANNE SCHURMAN

NELSON A. RIIS, M.P.
Kamloops
NDP House Leader

HOUSE OF COMMONS
CHAMBRE DES COMMUNES
OTTAWA, CANADA, K1A 0A6
Phone: (613) 995-6931
Fax: (613) 996-9287

O T T A W A
SEPTEMBER 22, 1992

1-219 Victoria St.
Kamloops, B.C., V2C 2A1
Phone: (604) 374-4714
Zenith #: 2557

Mr. Byung Kyu Lee
3275 Euclid Avenue
Vancouver, BC V5R 5E9

Dear Mr. Lee:

Thank you for your recent letter and kind words to me and my staff.

I am pleased that you and your family are doing so well and that your first refugee hearing was successful.

Thank you again for your letter and please pass on my best wishes for the future to your family.

Yours sincerely,

NELSON A. RIIS, M.P.
Kamloops Riding

MISC: 1
a: wp-2

OKANAGAN BIBLE COLLEGE

Mailing Address:	Campus Location
Box 407	1555 Burtch Road
Kelowna, British Columbia	Kelowna, British Columbia
V1Y 7N8	Phone (604) 860-8080

July 22, 1991

Miss Sang Hee Lee
206 — 1585 Tranquille Rd.
Kamloops, BC
V2B 3L1

Dear Miss Lee:

I am pleased to inform you that you have been accepted
as a student of Okanagan Bible College beginning with the
Fall Semester of 1991. Welcome to the O.B.C. family!

You will notice on the insert that a room deposit fee of
$50.00 is payable upon acceptance. Please send in your
room deposit as soon as possible.

The student Handbook and information sheets are enclosed.
These will be of help to you as you prepare to come to O.B.C.

Registration is on Monday, September 9, 1991 between
9:00 a.m. and 4:00 p.m. The dormitory will be open on Sunday
September 8, after 1:00 p.m.

I look forward to meeting you.

In His Service,

as per
Fred Braun
Registrar

FB:pr
Enclosure

All one in Christ Jesus — Gal. 3:28

OKANAGAN BIBLE COLLEGE

Mailing Address:
Box 407
Kelowna, British Columbia
V1Y 7N8

Campus Location
1555 Burtch Road
Kelowna, British Columbia
Phone (604) 860-8080

July 22, 1991

Miss Ji Yeon Lee
206 - 1585 Tranquille Rd.
Kamloops, BC
V2B 3L1

Dear Miss Lee:

I am pleased to inform you that you have been accepted
as a student of Okanagan Bible College beginning with the
Fall Semester of 1991. Welcome to the O.B.C. family!

You will notice on the insert that a room deposit fee of
$50.00 is payable upon acceptance. Please send in your
room deposit as soon as possible.

The student Handbook and information sheets are enclosed.
These will be of help to you as you prepare to come to O.B.C.

Registration is on Monday, September 9, 1991 between
9:00 a.m. and 4:00 p.m. The dormitory will be open on Sunday
September 8, after 1:00 p.m.

I look forward to meeting you.

In His Service,

as per
Fred Braun
Registrar

FB:pr
Enclosure

All one in Christ Jesus — Gal. 3:28

Foster Parents meeting held

DONNA KIBBLE

CLEARWATER — On September 20, approximately ten foster parents attended a Federation of Foster Parents meeting at Human Resources in Clearwater. Kevin Grinstead, with the T.R.Y. program in Clearwater, spoke to us concerning alcohol and drug use among children and suggested methods of helping these children. He was so interesting we barely had time to deal with the rest of the general meeting.

A promotional campaign for new foster parents which began in February, 1988, will continue. Early results indicate that the majority of the public has seen the ads, thus increasing public awareness of both the need for foster homes and the role foster parents play in caring for children.

The objective of foster care is to provide good "substitute" parenting for children who cannot for whatever reason remain with their own families.

The general reponsibility of foster parents is to provide for the physical, emotional and social needs of children placed in their care.

Anyone interested in becoming a foster parent is encouraged to contact Human Resources in Clearwater.

Mother Never Warned Me

D.C. KINAHAN

On my first wedding anniversary, my husband bought me a dozen roses, an emerald ring, a beautiful card and took me out to dinner at the fanciest restaurant I had ever been in in my life.

On my second wedding anniversary, the man just looked startled when I asked him if he knew what day it was. Then he rushed to the phone to call his mother and wish her a happy birthday. We were married in October, she was born in July. As a result of that phone call, we were almost divorced in November.

This month marks 15 years of wedded bliss in our household and both of us forgot what day it was. The sad fact of the matter is that we were just too pooped to bother popping any champagne corks anyway — not that we could have afforded champagne to start with.

"Do you know what day this is?" asked our kids in unison as we stumbled to the kitchen table.

"Lord — it's garbage day," muttered the man as he searched blindly in the cupboard for a twist tie and a hefty trash bag. "Hurry up and gather the waste paper baskets or we'll miss the truck," he ordered the troops.

"Mom — do you know what day it is?" asked our amazed children.

"Um — I know it's not garbage day — every nitwit knows the truck comes tomorrow," I stalled as I tried to focus their attention back on their father.

"For Pete's sake, it's your anniversary!" stated our eldest. "Don't you guys ever think of anything but

Korean couple open family shoe store

A Korean couple are the new owners of Clearwater's soon to open family shoe store. The operation will be managed by Joanne Schurman, and opening date is scheduled for November 15. Owners are Byung Kyu Lee and his wife, Kan Nan Lee, who have been in Clearwater since August 5th this year. The couple have three teenagers: two girls and a boy.

WEEKEND SPECIAL AT THE
WELLS GRAY INN

WEDNESDAY, NOVEMBER 8, 1989

THE TIMES

┌─ GRAND OPENING DAY ────

Ready to serve the many customers on grand opening day at No. 1 Footwear are: Sang Hee, Kan Nam and Byung Kyu Lee, Eileen Clarke and Joanne Schurman

Customers checking out the merchandise.

Leanne Allen also came in to help with stall duty. The club received high aggregate for the second year.

Carla Broswick placed second in showmanship. Michelle Hole and Nissa Jensen placed third in showing and fitting. Carla Broswick received intermediate aggregate, Carla also took part in the round robin getting ninth. Michelle, Carla and Amanda also placed in the judging.

Winter Fair is four days long where the kids really get to find out what they are made of. They meet other 4-H members from a variety of project clubs (horse, beef, dog, rabbits and lamb).

Our year end banquet was held November 18 at the Vavenby hall, with the beef and lamb clubs we started with a wonderful pot luck supper. Then we went on to our awards. Nissa and Carla received Senior Unit Work, Michelle Junior Unit Work, Nissa Senior Rec-

Saturday was an extremely busy day for the staff at No. 1 Footwear.

The store is owned by Byung Kyu Lee, shown in the picture with wife Kan Nan and daughter Sanghee. Two other children, daughter Jeyon Lee and son Ho Rim were not present.

The business will be managed by Joanne Schurman assisted by Eileen Clark.

The new shoe store will carry a good selection of men's, women's and children's footwear in a wide range of sizes, styles and colors at reasonable prices.

Art's Aviary
by Art Jeffery

MIGRATION AND INSTINCT

Restlessness and the changing of the seasons is the major cause

GST: Voting Intentions

Would not vote for candidates supporting GST

Source: Canadian Federation of Independent Business, "Awareness Study." (November, 1989).

'Just for You' boutique sold

Kan Nan Lee and husband Byung Kyu Lee cut ribbon to Just for You Boutique with assistance of No. 1 Footwear manager Joanne Schurman and former owner Kathy Downey.

Home for Christmas

CSS MEMORIAL

Back row, from left: Ben Rainer and Melissa Pavlovic. Front row, from left: Vicki Pavlovic, Robin Schilling, Brian Schilling, and Elizabeth Schilling, with awards and trophies received at Barriere 4-H Dairy Club Achievement Night.

4-H Dairy Club Achievement Night

SYLVIA CHIVERS

BARRIERE — Achievement night for the Barriere 4-H Dairy Club was held Saturday, December 6th, at the home of Bob and Jane Milburn. After a delicious meal of pizzas the members were called together to be recognized.

The following awards were presented:

Ben Rainer (pre-club member) received 4-H Club Jacket. He had the best pre-clubber heifer.

Melissa Pavlovic (pre-club member) received 4-H Club Jacket. She placed first in pre-clubber showmanship.

Leader Jane Milburn remarked that she really enjoyed working with these two pre-club members.

Vicki Pavlovic (first year member) completed her record book and showed her project. She received her achievement ribbon and earned her husbandry, showmanship and judging badges. Her badges averaged well above required (60%).

Vicki also received the Bill Kershaw trophy and keeper for the best dairy calf in the club. She had the champion Holstein and was given the North Okanagan Holstein Club Trophy for her project. Vicki writes her Junior Proficiency exam before the end of the year.

Elizabeth Schilling received her achievement ribbon, senior skill certificate in husbandry, and senior management certificate for completing a senior management project on Pasture Forage. Elizabeth also received the Kennedy Cup and Keeper for the best Ayrshire calf. She was presented with the Karl Rainer Memorial Trophy for the highest achievement within the club.

Brian Schilling and **Robin Schilling** each received achievement ribbons, senior skill certificates for dairy marketing, and senior management certificates for completing their project on Pasture Forage. Brian and Robin also were given 4-H Project Pins for earning their Jr. Proficiency certificates and 4-H Sr. Skills certificates. They each received 4-H Honour Club Pins (Highest 4-H Award) for having earned one project pin and a Senior Management Certificate.

A letter was read to the boys from Ann Skinner, District 4-H Specialist, congratulating them on their high achievements.

To the surprise of the younger children, Santa arrived to hand out gifts and goodies.

Joining of two businesses

Kathy Downey and Joanne Schurman seal their new partnership with a handshake. Mrs. Downey has sold her business, Just For You Boutique, but will stay on as manager. The new owner is Mr. B.K. Lee, who also owns #1 Footwear in Clearwater, managed by Mrs. Schurman. The joining of the two businesses will be "good" for this community," both ladies agree.

"THE TIMES"

WEDNESDAY,
DECEMBER 20, 1989

Just For You Boutique
would like to congratulate
B.K. Lee & No. 1 Footwear
on the purchase of
Just For You Boutique.
I'd like to take this
opportunity to wish them
the very best of success,
and I look forward to
working with them.
Kathy Downey

I would also like to take this
opportunity to thank all of
my customers for their past
patronage. I look forward to
serving you in the future at
the expanded business
under the new owners.

**Just For You Boutique
& #1 Footwear**
Would like to extend an
invitation to our...

**TOTAL INVENTORY
25% OFF
CHRISTMAS SALE!**

Sale will take place

DEC. 23 9:30 - 5:30

#1 FOOTWEAR

★ *Footwear for all ages* ★

Located in Brookfield Block (Corner of Young & Lodge)

Opening Tuesday, November 21 • 9:30 a.m.

GRAND OPENING!

Saturday, November 25 • 9:30 a.m. to 5:30 p.m.

25% OFF ALL STOCK IN STORE ON NOV. 25 ONLY

★ *Prize Draws* ★ *Coffee and Donuts (Nov. 25)* ★

We GUARANTEE

lower than Kamloops prices!

SHOE REPAIR!

Drop off all footwear for repair by Big Boot Inn.

15% OFF ALL MERCHANDISE
Till December 24, 1989

20% OFF WINTER BOOTS!
Till December 24, 1989

SEE US AT THE FASHION SHOW NOVEMBER 22!

"Our normal everyday markup is less than Kamloops!"

MONDAY,
NOVEMBER 13
1989
NORTH THOMPSON
JOURNAL,

425 E. Yellowhead Hwy.   Box 1988, R.R. 1, Clearwater, B.C. VOE 1N0   674-2646

September 7, 1989

Byung Kyu Lee
Clearwater, B.C.

Dear Mr. & Mrs. Lee and family:

The Chamber of Commerce would like to welcome you and your
family to our midst.

As there is no shoe store, or repair shop closer than 75
miles, this type of business would be a welcome addition to
our business community.

We would welcome Mr. Lee to join the Chamber of Commerce,
and become an active member of the community.

Sincerely,

V. Mayer,
Acting Secretary

INFO

CENTRE

*Unique Gift Shop
*Business Info Centre

Clearwater and District Chamber of Commerce

425 E. Yellowhead Hwy.   Box 1988, R.R. 1, Clearwater, B.C. VOE 1N0   674-2646

JANUARY 30, 1990

BYUNG KYU LEE
Clearwater, B.C.
VOE 1N0

Dear Mr. & Mrs. Lee and Family:

On behalf of the Clearwater and District Chamber of Commerce, I would like to welcome you to Clearwater.

I feel sure you will enjoy life in this beautiful valley of ours, and will find time to enjoy the great outdoor adventures available to you.

Since you are a member of the Chamber, we would like to invite you to attend meetings. The next one will be on February 19, at 7:30pm, at the Infocentre. The Guest Speaker will be Lee Morris, Manager of High Country Tourism Association. Regular meetings are the third Mondays of each month.

If the Chamber can be of any assistance to you, now or in the future, please call our office Manager, Vi Mayer, at 674-2646. Vi and her staff will be most pleased to assist you. Or, feel free to contact me, or other Chamber Directors for help.

We would like to congratulate you on acquiring Just For You Boutique, as well as on the No. 1 Footwear store. Both these stores greatly enhance our business community.

Yours Sincerely,

Art Marcyniuk,
President

vm/AM

INFO

CENTRE

*Unique Gift Shop
*Business Info Centre

제1부 불사조 335

KOINONIA
CONSULTING

Box 3351 RR 2
Clearwater, B.C.
VOE 1NO

Phone: 587-6147

July 30, 1990

Mr. Paddy Harrington
Immigration Counsellor
Canada Immigration Centre
Room 130 - 63 W. Victoria St.
Kamloops, B.C.
V2C 6L3

Dear Mr. Harrington:

I have been associated with Byung Kyu Lee, Kan Nan Lee, and their children Sang Hee, Ji Yeon, and Ho Rim since January 24, 1990 when Mr. Lee hired the business services of my company.

He asked me to investigate all the financial matters of his business No. 1 Footwear and Just For You Boutique, specifically to go over all the books, deposits, receipts, expense claims, etc. with a view to investigating any possibility of commercial fraud by his former employee Joanne Schurman. Indeed a great number of discrepancies evident indicated a possible embezzlement so after much gathering of evidence, I turned my report over to the RCMP. I understand they have been advised by their commercial fraud investigator to hire an expert audit team to again go through all the evidence.

I was also involved in the staffing difficulties encountered by Mr. Lee as he often asked my advice as to the correct and polite way to handle his employees according to Canadian custom and meet the requirements of Canadian labor laws. His employees had a difficult time accepting the cultural differences between Korean employee/employer relationships and those of Canada. He asked only for respectful consideration and to have his wife stay at the store during the day so that she could meet the people of this community and learn the English language but all of the employees he had difficulty with, had previously owned or managed a business and were not prepared to have anyone tell them how to do things or to have a "boss" or "owner's wife" hanging around all the time. This made Mr. Lee very suspicious of the employees because they were acting to him as if they had something to hide. In all the time I was around the store I did not ever see or have knowledge of Mr. Lee doing anything wrong or treating his employees in any way that was worthy of being reported to Immigration for misconduct.

Over the past six months we have also become very good friends with the Lee family. They have treated us with much kindness and respect and have been a fine example of how more of our own people should conduct their lives. We have learned much from them about Korean customs and culture. They have eagerly welcomed the opportunity to learn from us "Canadian ways of thinking and acting". We, along with many others in this community, would be proud to have them become permanent residents. In fact, my husband who is employed as an Area Supervisor with B.C. Parks, and myself have offered to assist in sponsoring the Lees if that would help stabilize their status in this country.

I personally find it deplorable that the Lee family has met with such bad treatment by some of the residents of Clearwater when they came here with the belief that Canada was a heaven and the Canadian people would be as angels. It has been a hard and extremely hurtful lesson for them to discover that our country, like all others, has its fair share of "bad apples". To this end, I feel ashamed for them.

In any event, I would more than pleased to answer any questions that you may have about any members of the Lee family or Mr. Lee's business dealings in Clearwater. I can be reached by telephone in Clearwater at 587-6147 or contacted at the above address.

Yours truly

Karen Montgomery
Koinonia Consulting

COPY

NELSON A. RIIS, M.P.
Kamloops
NDP House Leader

HOUSE OF COMMONS
CHAMBRE DES COMMUNES
OTTAWA, CANADA, K1A 0A6
Phone: (613) 995-6931
Fax: (613) 996-9287

K A M L O O P S
August 15th, 1990

1-219 Victoria St.
Kamloops, B.C., V2C 2A1
Phone: (604) 374-4714
Zenith #: 2557

TO WHOM IT MAY CONCERN:

RE: BYUNG KYU LEE

I have had the pleasure of knowing Mr. Lee for the past few
weeks and find him to be a very honest, decent and caring
individual. I have also made a point of contacting a number
of friends from the Clearwater area who have known Mr. Lee
for many months and they have confirmed my opinion. He, and
his family, have become well liked and integral members of
the Clearwater community.

I find Mr. Lee to be someone who would make an excellent
Canadian and make a profound contribution to our country.

Sincerely,

NELSON A. RIIS, M. P.
Kamloops Riding.

NAR:dew

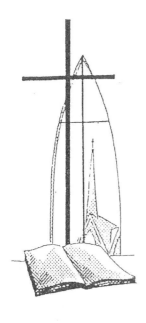

CLEARWATER CHRISTIAN

CHURCH
R. R. 2, Box 2508
Clearwater, B.C. VOE 1N0

674-3841

Serving Communities of the North Thompson Valley

Lloyd Strickland, Minister

July 24th, 1990

LETTER OF REFERENCE: Mr. B. K. Lee

To Whom It May Concern

I have known Mr. Lee since his arrival in
Clearwater. He and his family have regularly
attended our Church services, and a number of
our members have assisted the Lees.

I have known Mr. Lee to be a good member of our community, and he is
trying to establish a workable and viable business which would be an
asset to the town.

I'm sure that I speak for our entire congregation when I say that we would
like to have Mr. Lee and his family as residents of Canada and Clearwater.
They are all hard working, conscientious people. And, we will be happy
to continue to assist the Lees in whatever way we can.

Lloyd Strickland, Minister
Clearwater Christian Church

MD 49,003

Mr. McDougall

July 25, 1990

To Whom It May Concern:

RE: Byung Kyu Lee

I have been assisting Mr. Lee on a number of matters since April, 1990. Since then I have met with Mr. Lee on many occasions, both in Kamloops and Clearwater, and as such I am very familiar with his background and his present situation in Canada.

Mr. Lee has always expressed a strong interest and desire to reside in Canada and the opportunity to become a hardworking member of his community. Throughout my dealings with Mr. Lee I have found him to be courteous, punctual and well organized. He has consistently followed through in a diligent fashion with any suggestions that I have made. Mr. Lee has always impressed me as a man of principles, who naturally has a concern for the well-being of his family but also a strong sense of duty to his community. He has been forthright in his dealings with me.

While Mr. Lee would naturally have been unfamiliar with Canadian customs and practices when he first arrived in Canada in August of 1989, it is my impression that he has made every attempt to familiarize himself and adapt to the Canadian lifestyle. In short, it is my belief that given the opportunity Mr. Lee and his family would become valuable members to the community. Should you require any further comments, I would be pleased to discuss this matter further and can be reached at (604)374-3161.

Yours very truly

MAIR JENSEN BLAIR

DAVID B. McDOUGALL

DBM/25/wm/25

Canada   Postes
Post   Canada

Clearwater, B.C.

Your file   Votre référence

Our file   Notre référence

July 24.1990

To whom it may concern!

Mr. Byung Kyu Lee is a patron in our Post Office since October 1989. In all my dealings with Mr. Lee I have found him to be very polite and considerate. He is a well known member of the local Business Community and has earned the respect of my staff and myself.

Liselotte Kransmeck

Postmaster

K.L.O. SECONDARY SCHOOL

3130 Gordon Drive, Kelowna, B.C. V1W 3M4
(604) 762-2841
Fax (604) 762-4537

June 29th, 1993

Mrs J. LEUSINK
1060 WINTERGREEN COURT
Kelowna, B.C.
V1W 3V8

Dear Mrs J. LEUSINK

The teaching staff of K.L.O. Secondary School would like to congratulate your son for his excellent work habits during this term. Because he has displayed a consistent willingness to work hard, and has maintained a positive attitude towards school, your son's name has been placed on the Work Ethic Honour Roll.

The Work Ethic Honour Roll recognizes students whose attitude and effort are exemplary. To be placed on the Work Ethic Honour Roll a student needs to receive at least 6 G's.

We applaud Mike's work habits and attitude that he has shown this term and encourage him to maintain this level of excellence.

Yours sincerely,

G. W. Gilbert
Principal

R. Cacchioni
Vice-Principal

Jan 24. 1990
Box 306
Clearwater B.C.
V0E 1N0

Canadian Immigration
Kamloops.
Attn Mr. Herington
Dear Sir:

Re. Byung Kyu Lee
March 1-1942- Korea
Ho Rim Lee
Nov 7-1974
Ji yeon Lee
Ap 13-1971

On talking to Canadian Immigration in Seatle, I find that we *can* cancel our sponsorship with the above family. In plain language we wish to disentangle ourselves in any way from the present situation. We are very sorry & do not want to hamper their chances in this country, but wish it to be done without any further help from us. At this moment we do not feel mr. Lee would be a benefit to our community, but that is a personal feeling, based on a *verbal abuse* by him, to me in a public place, with witness's, & although I realize it is because he does not understand our ways & language, & his culture is different from etc. I strongly urge you to encourage anyone, especially female's to be very careful of this man, as I feel he could be quite abusive, & vindictive, & to be covered by a written binding contracts, only. This man scares me! we do not want them in our lives any more.

Sincerely
Joanne N Schurman

Vice-Chairman Clearwater Imp.
District
President Clearwater Rec Assoc.

I used these recommendations on my letters of sponsorship but this is just to let you know that I am involved in the community, not endorsed by these groups - JNS.

Spt 10/89
BOX 356
Clearwater B.C
V0E1N0

To Whom it May Concern

We would be happy to employ Song Hee
when she is able to work in our country,
and we will be responsible for her at all
times, until she is able to look after her
self in this new culture.

Sincerely
Mr & Mrs Gerald Scheurman
(Mrs) Joanne N Scheurman
Trustee - Clearwater Improvement
District
& vice-Pres.
President - Clearwater Recreation assoc.
Vice President - Raft River Riders
Manager - Clearwater Horse Show
Part time Veterinary assistant
Gerald Scheurman
bush foreman - Slocan C.T.P.
Both lived in Clearwater 31 years.

Registry No.IMM-3119-94

IN THE FEDERAL COURT OF CANADA
TRIAL DIVISION

BETWEEN:

BYUNG KYU LEE

APPLICANT

AND:

THE SECRETARY OF STATE FOR CANADA

RESPONDENT

AFFIDAVIT

I, Reverend Douglas Graves, of the City of Vancouver, in the Province of British Columbia, MAKE OATH AND SAY AND FOLLOWS:

1.   I am acquainted with the applicant in this application and I attended at every sitting of the applicant's refugee hearing, and as such have personal knowledge of the matters contained herein.

2.   I am a citizen of Canada, and a Minister with the United Church of Canada. Through my work with the United Church I have had contact with many refugees and am familiar with the refugee determination system in Canada.

3.   I have known the applicant for 4 years, and am familiar with his claim to Convention refugee status.

4.   I decided to watch the applicant's refugee hearing, out of interest in the procedure in Canada for refugees, and also in support of the applicant, who was a parishioner at my Church (Wilson Heights United Church, Vancouver, B.C.).

5.   At the very start of this hearing, I was shocked by the negative treatment the applicant received at the hands of the Presiding Member, Mr. Charles Paris. Mr. Paris was rude in his manner of speaking to both the applicant, and the applicant's counsel.

6.   I found it appalling that the decision maker of such an important government body, such as the Immigration and Refugee Board which decides the fate of refugees, would treat a claimant with such disrespect. Mr. Paris was constantly interrupting both the applicant and his counsel, and regularly made sarcastic,

negative comments about both the applicant and his counsel.

7. By the end of the first sitting, and throughout the next two sittings I began to form the strong belief that the Mr. Paris had a personal problem with the applicant's counsel, Linda Mark. It became apparent to me that Mr. Paris did not like the manner in which Ms. Mark conducted her case.

8. As the applicant's hearing progressed I formed the opinion, based on what I observed, that Mr. Paris was letting his hostility towards Ms. Mark get in the way of his judgement. His attitude and treatment of her was appalling and it was clear that Mr. Paris had forgotten his role at the hearing.

9. At one point Mr. Paris told Ms. Mark that if she was a student he would fail her. I was stunned to hear this comment and at that point it was clear to me that Mr. Paris was not concerned with the applicant's refugee claim, but was focused on Ms. Mark and his antagonism towards her.

10. My opinion that Mr. Paris was biased against Ms. Mark was confirmed by the fact that when the applicant changed counsel, Mr. Paris was no longer rude and abrasive to the new counsel. However, I firmly believe that Mr. Paris had already formed a negative opinion about the applicant.

11. When I formed this opinion, I also began to believe that the applicant was not going to receive a fair hearing or fair decision from Mr. Paris.

12. This opinion was confirmed in the tone of voice Mr. Paris used to address the applicant, in the constant interruptions from Mr. Paris, and in the fact that Mr. Paris would not even allow the applicant to testify about all of the things that happened to him. I verily believe that I probably know more about the applicant's claim than Immigration and Refugee Board, because Mr. Paris refused to let the applicant testify about events.

13. I also confirm, through my personal knowledge, that the applicant was not reticent to testify and I observed at the hearing that on many occasions the applicant attempted to testify, only to be cut off by Mr. Paris.

14. I also observed frustration on the part of the Refugee Hearing Officer, Mr. Wait at the lack of fairness in this hearing. I recall at one point the RHO attempted to introduce evidence supportive of the applicant's claim, about the current situation in South Korea, and Mr. Paris refused to accept the evidence. I also recall clearly that the RHO made statements to Mr. Paris and Mr. King about the fairness of the hearing, and those statements were ignored.

15. After watching this hearing, I was appalled that this was the treatment refugee's receive in Canada. This hearing did not appear to be fair, and in my opinion reflects very negatively on the process for determining refugee status in Canada.

SWORN before me in the City
of Vancouver, in the Province
of British Columbia, this
8th day of July, 1994.

_____   _____
A Commissioner for the Taking of   Reverend Douglas Graves
Affidavits in British Columbia

International Year
of Volunteers

The year 2001 has been proclaimed the International
Year of Volunteers by the United Nations General
Assembly to highlight the achievements of millions
of volunteers worldwide.

Canada Customs and Revenue Agency
proudly recognizes

Byung Kyu Lee

as a Canadian Volunteer • en tant que bénévole canadien-ne

Jean Chrétien

Prime Minister of Canada • Premier ministre du Canada

2 0 0 1

Année internationale
des volontaires

L'année 2001 a été proclamée l'année internationale
des volontaires par l'Assemblée générale des Nations
Unies pour souligner les accomplissements des
millions de volontaires dans le monde entier.

L'Agence des douanes et du revenu du Canada
est fière de reconnaître

Government   Gouvernement
of Canada   du Canada

Canada

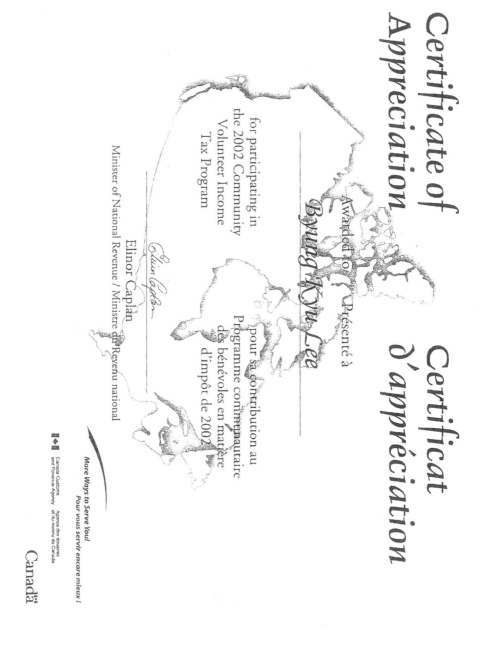

Certificate of Appreciation

Certificat d'appréciation

Awarded to / Présenté à

Byung Kyu Lee

for participating in the 2002 Community Volunteer Income Tax Program

pour sa contribution au Programme communautaire des bénévoles en matière d'impôt de 2002

Elinor Caplan
Minister of National Revenue / Ministre du Revenu national

More Ways to Serve You!
Pour vous servir encore mieux !

Canada Customs and Revenue Agency
Agence des douanes et du revenu du Canada

Canada

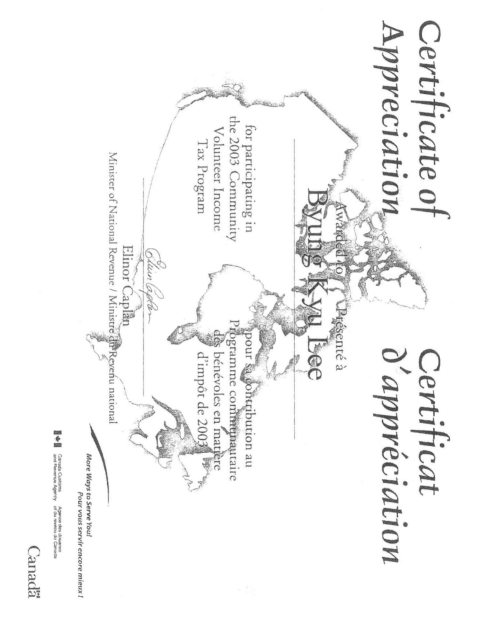

RC4003(E) Rev. 02/08

Certificate of
Appreciation

Certificat
d'appréciation

Awarded to / Présenté à

Byung Kyu Lee

for participating in
the 2003 Community
Volunteer Income
Tax Program

pour sa contribution au
Programme communautaire
des bénévoles en matière
d'impôt de 2003

Elinor Caplan
Minister of National Revenue / Ministre du Revenu national

More Ways to Serve You!
Pour vous servir encore mieux !

Canada Customs
and Revenue Agency

Agence des douanes
et du revenu du Canada

Canada

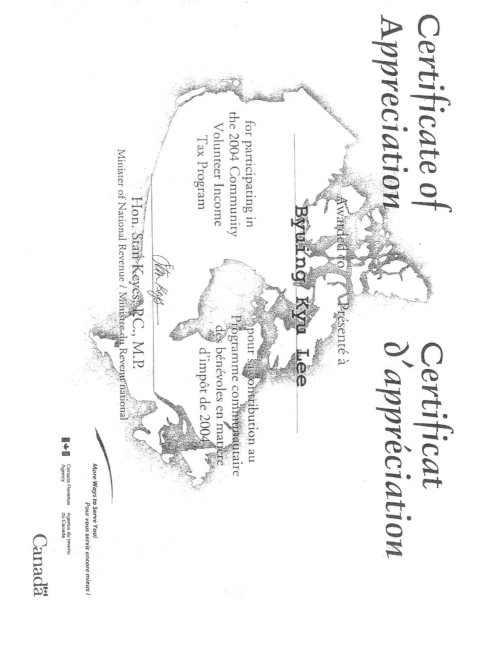

Certificate of Appreciation

Certificat d'appréciation

RC4003(E) Rev. 04

Awarded to / Présenté à

Byuing Kyu Lee

for participating in
the 2004 Community
Volunteer Income
Tax Program

pour sa contribution au
Programme communautaire
des bénévoles en matière
d'impôt de 2004

Hon. Stan Keyes, P.C., M.P.
Minister of National Revenue / Ministre du Revenu national

More Ways to Serve You!
Pour vous servir encore mieux!

Canada Revenue
Agency

Agence du revenu
du Canada

Canada

33. 캐나다 이민국과의 본격적인 싸움

　죠앤과 제럴드와의 싸움을 모두 끝낸 나는 마음이 홀가분해졌으며, 이제 부터는 캐나다 이민국과의 싸움에만 전념하면 되었다. 나는 밴쿠버로 이사한 후, 내 이민 변호사의 이민사업을 적극적으로 도와주었다. 한국 신문에 변호사 광고도 내주었고, 변호사의 신문광고 밑에는 한국인 통역사로 내 이름과 전화번호를 넣어, 영어를 못 하는 한국 사람들로부터 연락을 받으면 나는 그들을 변호사 사무실로 데리고 가 통역과 서류 번역을 해주었다. 내가 변호사를 도와주었던 1991년도부터 1993년도 사이에는 한국에서 캐나다로 이민 오려는 사람들이 가장 많은 해였다. 이러한 이민 붐(Boom) 덕택으로 내 이민 변호사는 전례 없는 큰 호황好況을 누리게 되어, 그녀의 사무실은 캐나다로 이민을 하려는 한국인들로 늘 문전성시門前成市를 이루었다. 돈벌이가 잘되자 변호사와 나이가 많은 그녀의 남자친구는 소규모의 변호사업을 규모가 큰 법률사무소(Law Firm)로 승격시켜 등록을 하였으며, 나에게도 한 달에 1000불씩 주기로 결정했다. 그러나 처음 석 달간은 그들은 내게 다달이 1000불씩 잘 주었으나, 그 다음부터는 돈을 주지 않았다. 그렇다고 내 난민 진행을 도와주고 있는 변호사에게 돈을 달라고 요구할 수는 없었다.

　그러나 나는 변호사로부터 돈을 받지 못하는 대신 나로부터 통역, 번역 서비스를 받는 한국인들로부터 돈을 받기로 했다. 나는 통역비로 한 시간에 30불씩 받았으며, 서류 번역은 한 페이지 당 25불을 받았다. 대부분의 한국인들은 내가 그들에게 부담하는 통, 번역 서비스비를 잘 주었으나, 변호사 앞에서 돈이 많다고 큰소리치는 사람들일수록 돈을 주지 않았다. 같은 한국인끼리인데 무슨 돈을 받느냐는 사람들도 있었고, 나중에 주겠다는 사람들도 있었다. 어떤 사람들은 변호사에게 돈을 주었으니 변호사에게 받으라고 하기도 했고, 변호사 사무실에서 일을 하면 거기서 돈을 받을 텐데 왜 2중으로 받느냐고 화를 내는 사람들도 있었다. 그런가 하면 심지어 내가 통역비, 번역비를 달란다고 변호사에게 불평하는 사람들도 있었다. 참으로 더럽고 추악한 한국인이 아닐 수 없었다. 한국에 있을 때는 한국인들이 이처럼 비열하고 추악한 줄 몰랐었는데, 외국으로 이민 오려는 한국인들은 다는 아니지만 왜 이처럼 인색하고 치사한지 알 수가 없었다.

　나로부터 통역, 번역비 요구를 받은 한국인들로부터 불평을 들은 변호사는 나를 불러, 나는 영주권도 없고 노동허가도 없어 돈을 벌 수가 없는데 왜 자기 고객에게 돈을 달라느냐며, 내가 캐나다 이민 규정을 어기면 내 난민 진행을 당장 포기할 수밖에 없다고 위협까지 했다. 돈을 주겠다고 해놓고 돈도 주지 않으면서 일을 하여 돈을 벌면 안 된다고 위협하는 변호사나, 얼마 되지도 않는 통, 번역비를 달란다고 변호사에게 고자질하는 비겁한 한국사람들이나 추악하기는 마찬가지였다. 내가 만일 껌이나 라면을 파는 그들의 가게로 가 한국사람끼리 무슨 돈을 받느냐며 돈을 내지 않고 껌이나 라면을 들고 나온다면, 그들은 당장 내 멱살을 잡고 가게 물건을 훔친 도둑놈으로 몰아 경찰에 신고했을 것이다. 눈에 보이는 제 돈, 제 것만 중시하고 눈에 보이지 않는 남의 지적 상품은 하찮게 여기는 나쁜 습성이 한국사람들에게는 깊이 배어 있는 것 같아, 나는 낯선 한국인들을 대할 때마다 여간 조심스럽지가 않았다. 영어를 못 하는 그들에게 입과 귀가 되어주고, 영어를 읽지 못하는 눈뜬 소경인 그들에게 영어를 읽어주고 해석해주며, 이런 그들의 손이 되어 번역을 해주는 사람의 노력이 그들의 안중眼中에는 전혀 보이지 않는 모양이었다.

　내가 한국 신문에 낸 광고를 보고 이 변호사를 통해 이민신청을 하려는 한국 사람들이 많이 몰려들어, 변호사는 그들의 이민신청 업무 처리에 분주해 내 난민신청 진행 업무에는 거의 신경을 쓰지 않고 있었다. 변호사 수입도 내 난민신청 업무 수행에서 나오는 것보다 한국인들을 상대로 벌어들이는 돈이 훨씬 더 많았다. 난민 신청자나 가난한 사람들을 도와주는 법률봉사협회(Legal Services Society) 소속의 보잘것없는 변호사인 내 이민 변호사는 한국인들의 캐나다 이민 붐으로 인해 뜻밖의 횡재橫財를 만나 한국인 이민 신청자들로부터 돈 긁어 모으기에 정신이 없었다.

이민국 난민위원회에서는 지난해 10월 16일에 결렬되었던 나에 대한 1차 난민심리를 1992년 4월 30일에 다시 재개했으나 전에 내 통역을 담당했던 렌지 여사 대신 나온 남자 통역사의 서투른 통역과 내 변호사의 사전준비 부족으로 또다시 중단되었다. 그 후 8월과 12월 그리고 1993년 2월에 연속적으로 심리가 열렸으나 난민심리 관계자들의 잦은 교체와 변호사의 무능과 준비소홀로 연기를 거듭해오다가, 1993년 8월 9일에 내 난민신청에 대한 심리가 다시 열리기로 예정되어 있었다. 변호사는 그러나 나에 대한 난민심리가 가까이 다가오는데도 전혀 준비를 하지 않고 있었다.

나는 변호사의 태만과 무능과 무관심에 마음이 몹시 불안하고 초조했다. 변호사에게 나에 대한 심리 날짜가 얼마 남지 않았다고 상기시키면 알고 있다고 짜증만 낼 뿐이었다. 어찌 이뿐인가? 무슨 무슨 서류를 해오라고 요구하여 애써 서류를 준비해 갖다주면 책상 밑이나 바닥에 아무렇게나 던져버리기가 일쑤였다. 나는 내 일생을 좌우하는 중대사를 이렇게 나태하고 성의 없는 변호사에게 더 이상 맡기고 싶지 않아 내 일을 성심껏 보살펴줄 다른 변호사에게 맡겨야겠다고 결심을 하고 또다시 새 변호사를 찾기 시작했다. 그러나 누가 누군지 알 수 없는 이 낯선 바닥에서 내 마음에 꼭 드는 변호사를 찾는다는 것은 여간 어려운 일이 아니었다. 나는 고심 끝에 캠룹스 돈 목사님께 전화를 걸어 내 어려운 사정을 털어놓았다. 그랬더니 목사님은 밴쿠버에 살지 않아 잘 모르겠다며 밴쿠버 지역에 있는 연합 교회의 목사님 한 분을 소개해주며 그분에게 가 상의해보라고 했다.

목사님의 따뜻한 온정은 예나 지금이나 하나도 변함이 없었다. 나는 목사님에게 고맙다고 인사를 하고 난 후, 돈 목사님이 소개해준 목사님에게 즉시 전화를 걸어 자초지종을 설명하고나 그분을 만나러 곧바로 교회로 갔다. 목사님 이름은 더글라스 그레이브즈(Rev. Douglas Graves)로, 다리를 심하게 저는, 몸이 부자유스런 분이었다. 그러나 목사님은 커다란 체구에 위엄이 있고 온화하며, 상냥하고 몹시 자상했다. 내 이야기를 다 듣고 난 더글러스 목사님은 어떤 여자에게 전화를 걸어 한참 동안 통화를 하고 나더니, 그가 방금 통화한 사람은 밴쿠버에서 잘 알려진 여자 이민 변호사라고 설명을 한 다음 그 변호사의 이름, 전화번호, 사무실 위치를 대주며 속히 그 변호사를 만나보라고 일러주었다. 나는 목사님에게 고맙다고 인사한 후 집으로 달려와 목사님으로부터 소개받은 변호사에게 즉시 전화를 걸었다. 내 전화를 받은 변호사는 여자 변호사로 목소리가 몹시 카랑카랑했다. 그녀는 내가 가지고 있는 서류들을 모두 가지고 오라고 말한 다음 전화를 끊었다.

이튿날 아침, 나는 내 난민신청을 취급해온 변호사 사무실로 가 내 서류들을 모두 찾아 가지고 새 변호사에게 제출하러 갔다. 새 변호사 사무실은 밴쿠버 이민국에서 얼마 떨어지지 않은 곳에 있었으며, 변호사는 젊고 영리하고 민첩하며 빈틈이 없어 보였다. 눈만 크고 늘 입을 헤 벌리고 있는 먼저 번 변호사와는 매우 대조적이었다. 사무실은 크지는 않았지만 깨끗하고 선반에 서류들도 잘 정리되어 있었다(이 변호사는 후일 유엔 난민 고등 판무관실의 아프리카 지역 담당관으로 발탁된 적이 있으며, 지금은 밴쿠버 이민국 난민위원회의 재판관(Adjudicator)으로 임명되어 재직 중이기 때문에 이 변호사의 이름은 밝히지 않겠다).

변호사는 내 서류들을 책상에 얹어놓더니 난민 신청인이 변호사를 세 번씩 바꿀 때는 이민국 난민위원회로부터 허락을 받아야 한다며, 정당한 사유 없이 변호사를 자주 바꾸면 거절당할 수도 있다고 설명을 했다. 그리고는 첫 번째, 두 번째 변호사에게 계속 난민신청 업무를 맡기지 않고 왜 또다시 변호사를 바꾸려 하는지 그 이유를 먼저 물었다. 나는 첫 번째 변호사는 약속을 하고도 약속을 지키지 않고 한 일도 없이 돈만 요구하는 데다 내 난민신청 업무 수행에 자신없어 했고, 두 번째 변호사는 내가 제출한 서류를 아무데나 팽개쳐두고 내 난민신청 업무에는 신경을 쓰지 않았을 뿐만 아니라, 내 난민심리에 준비를 소홀히 하여 몇 번에 걸쳐 심리 중단을 초래했다고 대답했다. 그리고 이러한 변호사들에게는 내 일을 맡기고 싶지 않아 또 다른 변호사를 찾게 되었다고 설명했다. 변호사는 변호사를 바꾸는 것은 이번이 마지막이라며, 자기를 선택하기 전에 잘 생각해보라고 말을 했다. 나는 그 말에는 대꾸도 하지 않고 내 난민신청 업무를 맡아 달라고 변호사에게 사정하듯 말했다. 변호사는 한국인은 난민신청에 성공하기가 쉽지 않다며, 난민으로 판정 받기까지의 절차를 자세히 설명하기 시작했다. 변호사는 난민이 되기까지의 복잡한 절차와 과정을 모두 설명하고 난 후, 이민국 난민위원회로부터 난민으로 판정을 받지 못하면 연방법원(Federal Court)에 항소抗訴할 수 있으며, 이 항소에서도 실패하면 이민 장관에게 인도 및 자비 배려(Humanitarian and Compassionate Considerations) 규정에 의거, 영주권을 신청할 수 있다고 자세히 알려 주었다. 최초의 심리에서 인도주의 배려 절차까지 가려면 보통 5년에서 10년이 걸린다고 말을 하고는, 내가 만일 인도 및 자비 배려 규정에 의해서도 영주권을 받지 못하면 결혼한 내 딸들이 나를 후원(Sponsor)하여 캐나다 영주권을 받도록 할 수 있다고 설명했다. 변호사는 그러나 이렇게 복잡하고 시간이 많이 걸리는 마지막 절차까지 가서는 안 된다고 말을 한 후 내 난민신청 내용으로 보아 첫 번째 난민심리에서는 무난히 통과될 것 같지만, 두 명의 이민 심판관들이 심리하는 두 번째 심리에서는 많은 어려움이 있을 것 같다고 덧붙였다. 나는 죠앤과 제럴드가 캠룹스 이민국과 내게 보낸 사과 편지를 변호사에게 보여주며, 이 사과문이 내 난민심사에 도움이 될 수 있느냐고 물었다. 죠앤과 제럴드의 사과장과 내가 그들을 상대로 민사법원에 제기했던 고소장을 검토한 변호사는 이것만 가지고도 인도자비 배려 절차를 받을 수 있지만, 일단 난민신청을 했으니 그 결과를 지켜보자고 말을 한 후 현재 진행 중인 난민신청을 취소하고 다른 카테고리(Category)로 영주권을 신청했다가 실패하면 다시는 난민신청을 할 수 없기 때문에, 우선은 난민 진행 준비에 최선을 다해야 한다고 강조했다.

34. 난민신청 거절

앞서도 언급했지만 내 난민신청에 대한 심리는 1991년 10월, 1992년 4월과 8월, 그리고 12월에 연속적으로 열린 후, 1993년 2월과 8월에 또다시 열렸다. 심리가 열릴 때마다 이민 재판관과 난민위원회 위원, 그리고 내 난민심리에 관련된 관리들이 바뀌었고, 그들이 바뀔 때마다 모든 절차를 처음부터 다시 시작해야 했다. 1993년 8월 9일에 열리는 심리는 내 난민 자격 유무를 판단하는 제1차 심리로, 심리는 오후 1시부터 열리기로 되어 있었다. 이날 오전, 나는 변호사로부터 이민 재판관의 질문에 답변하는 요령을 훈련받은 다음 오후에 변호사와 함께 변호사 사무실 근처에 있는 이민국 재판장으로 갔다.

이날은 통역인 없이 나 혼자 이민 재판관의 질문에 답변하기로 했다. 내 난민심리가 시작되자마자 이민 재판관은 왜 세 번씩이나 변호사를 바꾸었느냐고 내게 따져 물었다. 나는 변호사에게 설명했던 대로 변호사를 바꾼 사유를 자세하게 진술하였으며, 옆에 있던 변호사가 내 진술 중의 부족한 부분을 보충 설명했다. 나와 변호사로부터 내가 변호사를 자주 바꾼 이유를 다 듣고 난 이민 재판관은 변호사에게 다음 절차를 계속하라고 말함으로써 변호사가 내 난민신청 업무를 대행해도 좋다는 허락을 묵시적으로 해주었다. 이민 재판관으로부터 다음 절차를 계속하라는 말을 들은 변호사는 내가 캐나다에 와 난민신청을 하게 된 동기와 경위를 난민 재판관에게 낱낱이 설명한 다음 내 난민신청을 뒷받침하는 서류와 자료를 증거물로 그에게 제출했다. 변호사가 제출한 증거물을 검토한 이민 재판관은 그와 동석한 난민위원회 위원에게 이들 증거물을 보여주고 나 그와 잠시 뭐라고 의논한 다음, 별다른 이의 없이 내 난민신청에 대해 긍정적인 판결을 내렸다. 이로써 나는 두 개의 난민심리 중 첫 번째 심사에 무난히 통과하게 되었다. 이민 재판관으로부터 긍정적 판결을 이끌어낸 변호사는 이민 법정실을 나오며 다음에 열리는 심리에 통과하기는 그리 쉽지 않을 것이라며 미리 철저히 준비하라고 말을 한 후 무거운 서류가방 가트(Cart)를 끌고 그녀의 사무실로 향했다.

첫 번째 심리가 열린 지 얼마 되지 않아 이민국 난민위원회로부터 두 번째 심리를 알리는 편지가 내게 전달되었다. 심리 날짜는 1993년 11월 26일로 정해져 있었다. 나는 이 중대한 심리에 대비해 변호사가 지시한 대로 대학교 입학시험 준비를 하듯 모르거나 궁금한 사항이 있을 때는 변호사에게 물어가며 밤낮으로 철저히 준비를 했다.

심리가 열리기 일주일 전부터 변호사는 나를 불러 내가 제출한 서류를 하나하나 검토해가며 내게 질문을 하는 등 철저한 준비를 시켰다. 변호사는 어떻게 구했는지 내 난민심리 법정에 나와 나를 위해 증언해줄 증인도 이미 구해놓고 있었다. 심리 법정에 출두할 증인은 서부 밴쿠버에 있는 브리티시 콜럼비아 대학(University of British Columbia)의 미국인 교수로, 그는 1980년도에 미국의 평화 봉사단(Peace Corps) 단원으로 한국에 갔다가 그 해 5월 전라남도 광주에서 일어난 대학생들의 반정부 투쟁시위와 시위를 진압하는 경찰과 군대들이 시위에 참여한 반정부 운동가들을 마구 체포해 연행해 가는 장면들을 직접 목격한 사람이었다. 그는 한국에 2년간 머무르며 군사정부 하의 한국의 정치 현실을 몸소 체험한 산 증인이었음은 물론, 국제사면위원회(Amnesty International) 멤버이기도 했다. 이 교수는 한국의 정치 사정뿐만 아니라 한국어와 한국 역사에도 통달한 사람으로, 유비씨 대학에서 한국

학을 전공하여 박사학위까지 딴 석학이었다. 내 변호사는 한국에 대한 학문에 조예가 깊고 한국의 정치 현실에 밝은 이 교수를 일반 증인이 아닌 전문 증인(Expert Witness)으로 채택하여 지정해놓았으며, 한국의 국가보안법을 위시해 민주사회 실현을 위한 변호사들과 전국 교회협의회가 발간한 한국의 열악한 인권 실태, 미국 하원의 국제문제위원회가 작성, 발표한 한국의 인권 탄압 및 정치적 반대자들에 대한 고문, 박해, 투옥 사례, 1992년 2월 제네바에 있는 유엔인권위원회가 작성, 보고한 한국 정부의 인권탄압 사례, 1993년 6월 국제사면위원회가 결사 및 표현의 자유를 제한하는 한국 국가보안법의 독소 조항毒素條項을 지적하여 유엔인권위원회에 제출한 보고서, 캐나다 정부가 나와 비슷한 처지에 놓여 있던 외국인 난민 신청자들을 난민으로 인정한 판례 및 1990년 캐나다에 와 난민신청을 한 한국인들이 난민 판정을 받은 전례 등, 내 난민심리에 긍정적으로 영향을 미칠 많은 중요한 자료들을 철저히 준비해놓고 있었다. 변호사는 그뿐만 아니라 필요할 때 쓰려고 죠앤과 제럴드가 캠룹스 이민국과 나와 내 가족에게 보낸 사과장은 물론, 나를 동정하고 도와준 사람들이 작성해준 진술서와 추천서도 모두 챙겨놓았다. 이 당시 한국 정부는 한국의 민주화를 위해 투쟁하는 민주인사들과 정치적 반대자들에 대한 폭압暴壓 정치로 세계 인권옹호 단체들로부터 많은 비난을 받고 있었으며, 변호사는 권위 있는 이러한 인권단체들이 작성하여 발표한 여러 가지 자료들을 11월 26일에 열리는 내 난민심리 때 최대한 활용할 방침이었다.

심리가 열리는 11월 26일에는 아침부터 비가 억수같이 내렸다. 나와 변호사가 이민국 법정실에 도착한 조금 후에 나를 위해 증언해줄 증인과 통역사, 그리고 나를 변호사에게 소개해준 더글러스 목사님이 지팡이에 불편한 몸을 의지하고 법정실 안으로 들어왔다. 통역사는 한국에서 10년 동안 학교에 다니며 한국어를 배운 캐나다 여자로 한국어가 매우 유창했을 뿐만 아니라, 한국의 정치, 사회 현실에 대해서도 많은 것을 알고 있었다. 평소 나에 대해

관심이 많은 더글러스 목사님은 불편한 몸임에도 그날의 심리 진행을 참관하기 위해 일부러 나오셨다. 난민심리와 직접 연관이 없는 제3자가 이민국 법정실에서 열리는 난민심리 진행을 참관하려면 사전에 이민 및 난민 위원회에 참관 신청을 해야 했으며, 더글러스 목사님은 이러한 절차를 모두 거치고 법정실에 나오신 것이다. 이후 목사님은 나에 대한 심리가 열릴 때마다 이민국 법정실에 나와 나를 격려해주셨고, 이민 재판관들과 난민위원회 위원들이 심리 과정에서 나에 대해 야비한 언사를 퍼붓거나 온당치 못한 행동을 할 때는 이를 지적하여 변호사에게 일일이 알려주기도 했다.

시간이 되자 두 명의 이민 재판관과 한 사람의 난민위원회 위원, 법정 기록사, 그리고 내 난민 담당 관리가 법정실로 들어왔다. 그들은 자리에 앉자마자 곧바로 그날의 심리를 시작했다. 심리는 변호사의 모두진술과 내 난민신청에 관련된 증거서류 제출로 시작되었다. 변호사는 재판관에게 서류를 제출할 때마다 서류의 명칭과 내용을 간단간단히 설명했다. 변호사가 난민 심판관 앞에 제출한 서류는 그 분량이 엄청나게 많았다. 두꺼운 서류철에 정리된 서류만도 네 개나 되었고, 그 외 항목별로 정리한 서류 묶음도 열 가지나 되었다. 변호사가 모두진술과 내 난민신청에 관련된 서류 및 증거서류를 제출하는 데 거의 한 시간 반이 걸릴 정도였다. 모두진술과 서류 제출을 모두 끝내고 난 변호사는 곧바로 나와 아내와 내 막내아들에 대해 심문을 벌이기 시작했다. 내 큰딸과 작은딸은 결혼하여 이미 영주권을 취득했기 때문에 여기에 나올 필요가 없었다. 변호사는 내가 이민국에 제출한 난민신청서와 이를 뒷받침하는 증거 서류에 근거하여 나와 아내에게 차례차례로 질문을 했다. 나와 아내는 변호사가 묻는 질문에 대해 난민신청서에 기술한 대로 답변했다. 변호사의 질문은 내 난민신청서에 기재된 내용에 관한 사실 여부를 묻는 질문이었기 때문에 그리 오래가지 않았으며, 내 아들에 대해서는 성명과 생년월일, 현재 다니고 있는 학교 등을 묻는 질문으로 간단히 끝났다.

나와 아내와 내 아들에 대한 변호사의 심문이 끝나자 이민 재판관들이 나와 아내에게 심문하기 시작했다. 그들은 나와 아내와 아들을 난민 신청인이 아닌 무슨 죄를 지은 형사 피고인처럼 취급을 했다. 협박과 으름장으로 일관된 그들의 질문은 유치하고 졸렬하고 야비하기 짝이 없었다. 그들은 그들의 질문에 대한 나와 아내의 답변을 부정적으로만 받아들였으며, 그들 질문에 답변하다가 조금만 실수를 해도, 무슨 중대한 단서라도 잡은 양 히쭉이 웃어가며 나와 아내가 실수한 부분을 일일이 종이 위에 기록했다. 내 난민신청에 부정판결을 미리 마음에 두고 하는 것 같은 이민 재판관관들의 심술과 조롱과 으름장에 찬 질문은 점심때까지 계속되었다. 점심 후에는 변호사가 선정한 증인이 증인석에 나와 내 난민신청에 관련한 증언을 했으며, 그의 증언이 끝난 다음에는 두 이민 재판관과 난민위원회 위원이 차례로 증인과 일문일답을 벌임으로써 증인의 증언 절차가 모두 끝이 났다.

증인의 증언과 질문 답변에는 무려 두 시간 반 이상이 걸렸으며, 증인이 그의 역할을 다 마치자 변호사는 이민 재판관들에게 나를 위해 증언을 해준 증인을 전문증인(Expert Witness)으로 채택해 달라고 요청했다. 전문증인이란 재판에서 계쟁(係爭) 중인 사안에 대해 특수한 지식과 경험을 가지고, 이러한 지식과 경험을 바탕으로 재판 판결에 중대한 영향을 미칠 수 있는 의견을 특수한 지식과 경험을 가지고 있지 않은 배심원이나 재판관에게 제시하는 전문인을 말한다. 그래서 변호사는 한국의 언어와 역사와 정치 사정을 잘 알고 있는 증인의 증언이 내 난민심리에 중대한 영향을 미치도록 하기 위해, 그녀가 데리고 온 증인을 전문 증인으로 채택해 달라고 이민 재판관에게 요청한 것이다. 전문증인의 증언은 전문증인을 내세우는 쪽에 매우 유리한 영향을 끼치기 때문에 전문증인의 증언으로 불이익을 보는 쪽은 상대방이 전문증인을 내세우지 못하도록 결사적으로 막는다. 이미 예상한 일로서 변호사로부터 나를 위해 증언한 증인을 전문증인으로 채택하도록 요청을 받은 이민 재판관은 일언지하—言之下에 거절을 했다. 변호사는 재판관의 거절에 승복하지 않고, 왜 내 증인을 전문증인으로 채택해야 하는지를 꼼꼼히 설명해가며 재판관에게 그를 전문증인으로 해달라고 거듭 요청했다. 그러나 재판관은 아무런 이유도 없이 계속 반대를 했다. 이민 재판관이 그녀의 요청을 계속 거절하자, 변호사는 마지막 수단으로 전문증인 채택에 관한 법률 규정을 재판관에게 내놓으며 요청을 했다. 그러자 재판관은 변호사가 내놓은 규정을 대강대강 훑어 보고 할 수 없다는 듯 나를 위해 증언해준 증인을 전문증인으로 수락했다.

전문증인 채택으로 재판관과 한바탕 논쟁(Argue)을 벌인 변호사는 이제는 전문증인이 된 내 증인을 증인석에 앉혀놓고 곧바로 증인에게 심문(Examination)을 하기 시작했다. 증인에 대한 변호사의 신문은 매우 날카로웠다. 변호사가 내 측의 증인에게 그토록 신랄한 질문을 하는 것은 전문증인으로 채택된 그로부터 편견이 없고 공정하며 한 점의 의혹도 남기지 않는 완벽한 답변을 이끌어내기 위한 계략計略임은 물론, 이민 재판관이 그에게 또다시 벌일지도 모를 추가 심문을 사전에 차단하기 위한 작전인 것처럼 보였다. 증인은 변호사의 질문에 전문증인답게 거침 없고 조리 있는 답변으로 일관했고, 변호사가 전문적인 질문을 할 때는 재판관이 알아듣기 쉽도록 또렷또렷이 대답하기도 했다.

증인에 대한 변호사의 심문이 모두 끝난 후 재판관들은 증인에게 반대심문(Cross-Examination)을 하기 시작했다. 그들은 증인이 변호사에게 했던 답변을 트집 잡아 내게 불리한 답변을 이끌어내기 위해 심혈을 기울였다. 그러나 흔들림 없는 증인의 일관성 있는 답변으로 그들의 반대심문은 흐지부지 끝이 났다. 증인에 대한 재판관의 반대심문이 모두 끝나자 변호사는 재판이 끝난 후에 행하는 폐회사(Closing Address 또는 Closing Statement)를 통해 나와 내 가족에게 난민 지위를 주어야 한다는 역설力說로 그녀의 폐회사를 모두 마쳤다. 그러나 두 명의 재판관들은 내 난민신청과 그들의 심문에 대한 나와 아내의 답변에 일일이 트집만 잡았다, 심지어 전문증인의 증언과 변호사의 변론에도 부정적인 반응만 보일 뿐이었다. 변호사가 그들의 왜곡된 지적에 반론을 제기하면, 재판관들은 거칠고 무뚝뚝한 태도로 변호사의 반론을 일축했다. 그들의 태도는 거칠고 무뚝뚝했을 뿐만 아니라 오만스럽고 폭압적이기도 했다. 난민 신청인들의 운명을 좌우하는 절대권력을 가지고 있는 그들은 이러한 권력을 난민 신청인들이 낸 난민신청을 진지하고 공정하게 처리하여 그들을 구제하는 데 활용하지 않고, 오히려 난민 신청인들을 억압하고 그들이 낸 난민신청을 퇴짜 놓는 데만 활용했다. 그것은 곧 권력남용이자 무자비한 횡포였다.

하루 종일 걸린 내 난민심리에서 이민 재판관들과 심한 격론을 벌인 변호사는 이민 법정실을 나오며, 오늘 내 심리를 맡았던 재판관들은 그들이 심리를 했던 난민 신청인들에게 단 한번도 난민 지위를 준 적이 없는 재판관들로, 난민을 취급하는 모든 변호사들로부터 심한 비난과 불평을 받고 있다고 말을 했다. 이러한 재판관들로부터 나와 내 가족이 난민 지위를 받으리라고 기대하는 것은 한낱 모순당착矛盾撞着에 지나지 않았다. 내 난민심리를 맡았던 재판관들로부터 나와 변호사가 예상했던 대로의 결과를 받은 것은 내 난민심리 날로부터 5개월이 지난 1994년 4월 29일이었다. 내 난민 신청에 부정판결을 내린 재판관들은 내가 국제협약에 준하는 난민(Convention Refugee)이 아니기 때문에 부정판결을 내렸다고 그 사유를 간단히 밝혔다. 그런데 어쩐 일인지 이민국 난민위원회에서는 나에 대해서만 부정판결을 내렸지, 내 아내와 아들에게는 부정판결을 내리지 않았다. 나는 이 점이 이상해 변호사를 찾아가 물었다. 그러자 변호사는 내 난민신청 사유와 아내의 신청사유가 다소 다르다며, 아내와 아들은 최종 난민 심사에 합격했기 때문에 더 이상의 심리는 받지 않을 것이라고 했다. 그러면 난민심리에서 떨어진 나는 어떻게 되느냐고 질문하자 변호사는 나에 대해서는 연방법원에 곧 항소할 것이라며 너무 걱정하지 말라고 안심을 시켰다.

내가 난민 부정판결을 받자마자 이민국에서는 나를 불러 30일 이내로 캐나다를 떠나라고 명령했다. 우리에게 출국 명령을 한 이민관은 시커먼 터번을 머리에 쓴, 인도 계통의 거만한 시크교도(Sikh) 이민관이었다. 나는 변호사가 내 난민 부정판결에 대해 연방법원에 곧 항소(Appeal)할 것이며, 내 아내와 아들은 최종난민 심리에 합격했다고 말을 한 후 그의 사무실을 나왔다. 나는 시크교도 이민관의 오만스런 태도에 오장육부가 뒤틀렸지만, 나와 내 가족의 운명을 틀어쥐고 있는 그들 앞에서는 어쩌하는 수가 없었다. 이민국 사무실을 나와 변호사 사무실에 들러, 변호사에게 인도 계통의 이민관이 우리를 불러 30일 이내에 캐나다를 떠나라고 명령했다고 말했더니, 변호사는 캐나다 이민국에는 정신나간 얼간이들이 많다며 그의 명령에 신경 쓰지 말라고 했다. 나는 캐나다에 온 이후 이민국으로부터 캐나다를 떠나라는 요구와 명령과 협박을 수없이 받아왔기 때문에 이민관들의 그러한 요구와 명령이나 협박에 면역이 되어 이제는 무감각 상태가 되고 말았다.

내 난민심리가 끝난 후에도 이민국 난민위원회에서는 뻔질나게 나를 호출하여 줄곧 심리를 열었으며, 1994년 4월에 두 번, 11월에도 두 번을 열어, 1994년 한 해에만 네 번의 심리가 열렸다. 난민위원회로부터의 잦은 심리와 거듭되는 심문에 진력盡力이 난 나는 모든 것을 포기하고 차라리 한국으로 돌아가는 게 낫겠다고 생각한 적이 한두 번이 아니었다. 우리 식구들에 대한 난민심리가 한창 진행될 때인 1994년 5월에는 한국과 캐나다가 양국 국민들이 비자 없이 자유로 두 나라를 여행하고 왕래하도록 하기 위한 무비자 협정을 체결했다. 양국간에 번거로운 비자 제도가 철폐되자 수많은 한국인들이 웅덩이에 잠겨 있던 묵은 물이 장마가 져 갑자기 쏟아져 내리듯 캐나다로 대거 몰려오기 시작했다. 이른바 한국인들의 현대판 엑소더스(Exodus)가 시작된 것이다. 관광 여행객들과 친지 방문자들은 물론, 캐나다에 와 살 기회를 찾기 위해 캐나다로 입국하는 사람들이 연일 장사진長蛇陣을 이루었고, 캐나다의 유명한 관광명소는 한국에서 온 수많은 관광객들로 늘 붐볐다. 그러나 캐나다를 찾는 사람들 중에는 캐나다를 거쳐 미국으로 밀입국하려는 사람들과 한국에서 범죄를 저지른 후 캐나다로 도주하는 범죄자들도 적지 않았다. 이들 외에도 캐나다에 들어와 이민을 신청하는 사람들, 영어를 공부하는 학생들, 술집 등을 전전하며 몸을 파는 젊은 여인들, 그 외에 한국인 업소에서 노동허가 없이 불법으로 일을 하는 사람들도 많았으며, 이들 중에는 캐나다 이민국에 난민신청을 하는 사람들도 적지 않았다. 난민신청을 하는 사람들은 여호와증인(Jehovah's Witnesses) 같은 특수 종교인, 가정폭력 피해 여성들, 그리고 한국에서 사기나 폭력 등의 범죄를 저지른 후 캐나다로 도주한 사람들이 대부분이었다.

캐나다 정부는 국제협약이 정한 난민 규정을 따르고 있으며, 정치적 사유 외에도 인종, 종교, 국적 또는 특수한 사회단체의 멤버로 국외에 나와, 그들이 살던 나라로 돌아가면 박해 받을 우려가 있어 돌아가기를 꺼리는 사람들이 난민신청을 할 수 있도록 하고 있다. 한국에서 온 여호와증인들은 종교적인 사유로, 한국에서 가정폭력에 시달리다 캐나다로 온 여인들은 그들 남편으로부터 보복과 폭력을 받을까봐 두려워, 그리고 한국에서 범죄를 저지르고 캐나다로 도주한 범죄자들은 한국으로 돌아가 처벌받지 않으려고 캐나다 정부에 정치적 난민을 신청했다.

캐나다 정부가 한국 정부와 무비자 협정을 맺어 한국사람들에게 캐나다에 자유 입국을 허락하자마자 이러한 많은 문제가 발생하기 시작했다. 이뿐만 아니라 한국 여권을 소지한 사람들은 캐나다에 비자 없이 마음대로 들어올 수 있기 때문에, 캐나다에는 몇몇 한국여행사 관광 안내원들과 결탁한 한국 여권 특수 절도단이 등장했다. 그들은 한국 관광객들과 방문객들로부터 그들이 소지한 한국 여권만을 전문으로 절도해 중국 등 동남아시아 지역으로 유출하였으며, 이후부터 캐나다에 들어오는 한국 관광객들이나 방문객들은 한 해에 무려 450개 이상의 여권을 분실 또는 절도 당했다. 한국 여권만을 노리는 이들 절도단은 주로 중국인, 멕시코인, 히스패닉(Hispanic) 사람들로 구성되어 있었다. 이들 뿐만 아니라 비자 없이 캐나다에 와 미국으로 가기를 원하는 사람들을 미국으로 밀입국시켜주고 돈을 버는 밀입국 알선 브로커들도 많이 생겼다. 이들 중에는 불과 몇 년 사이에 수십만 불의 돈을 번 사람도 있었으나, 그는 결국 미국 국경 경찰에 체포되어 재판을 받은 후, 미국 연방감옥에서 3년간 복역을 하고 많은 벌금을 물기도 했다.

대부분의 한국인들은 밴쿠버에서 미국으로 몰래 들어갔지만, 어떤 한국인들은 캐나다 중동부와 접경한 미국의 몬타나(Montana) 주와 노스다코타(North Dakota) 주로 들어가기도 했다. 또한 캐나다 동부에 있는 오대호를 통해 동부에 있는 뉴욕 등으로 밀입국하는 한국인들도 적지 않았다. 또 어떤 한국인들은 밴쿠버 서남쪽에 있는 화이트 락(White Rock)과 미국 워싱턴 주의 포인트 로벗(Point Robert) 사이에 있는 바다에 물이 빠져나가 수심이 얕을 때, 입에 산소호흡기를 물고 헤엄을 쳐 미국으로 건너가려고 시도하다가 해양 경찰에 적발된 예도 있었다. 캐나다를 경유하여 미국으로 몰래 들어가려는 한국인들은 한국과 캐나다를 연결하는 태평양 상공을 미국으로 가는 실크 로드(Silk Road)로 이용했으며, 캐나다를 한국의 밀입국 브로커들과 접선하여 흥정하는 비밀기지로 활용했다.

그러나 미국으로 건너가는 한국인 밀입국자들이 다 성공하는 것은 아니었다. 그들은 한국 밀입국 업자들이 몰래 이용하는 루트에 비밀리에 배치된 미국과 캐나다 국경 경찰에 적발, 체포되어 한국으로 강제 송환되었다. 한국인들이 캐나다에 와 미국 국경을 몰래 넘다가 국경 경찰에 체포될 때마다, 캐나다 신문들은 한국인들의 미국 밀입국에 대한 기사를 대서 특필하여 그들의 사진과 함께 주요 면에 실었다.

　이들 외에도 한국을 망신시키는 사람들은 한둘이 아니었다. 캐나다 체류 기간을 지키지 않고 불법으로 머물며 일하다 적발되는 사람들, 한국에서 아파트먼트 분양을 미끼로 수백만 불을 사취詐取한 후 캐나다로 도주해 난민신청을 한 여자, 한국에서 범죄를 저지르고 캐나다로 도망을 와 불법으로 머물며 건축회사를 차려 장장 12년간 한국인들로부터 1000만 불이나 되는 거액의 돈을 사취한 후 이민국에 난민신청을 했다가 추방된 사람, 많은 돈을 들여 (3~5만 불) 캐나다 영주권을 따기 위해 위장결혼을 했다가 이민국에 들켜 한국으로 추방당하는 사람들, 목숨을 걸고 미국과 멕시코 국경을 흐르는 리오 그란데(Rio Grande) 강을 건너 미국으로 잠입한 후 아기를 출산하여 아기에게 미국 시민권을 얻어준 다음 본국으로 돌아가는 멕시코 여인들처럼, 새로 태어날 아기에게 캐나다 시민권을 얻어주기 위해 캐나다까지 날아와 원정 출산을 하는 젊은 한국인 임산부들과 이들의 원정 출산을 알선해주는 한국인 전문 브로커들. 이외에도 한국인의 위상을 더럽히는 추악한 사건들이 한없이 많지만, 여기에 그러한 사건들을 하나하나 모조리 망라할 수는 없다.

　1994년에 시행된 한국인들의 캐나다 무비자 입국으로 캐나다는 한국에서 각종 범죄를 저지르고 도주해 오는 범죄인들의 범죄 도피처가 되었다. 캐나다 당국이 이들 범죄인들을 검거하여 한국으로 추방시키려 할 때에는 그들은 으레 캐나다 이민국에 난민신청을 했다. 이때부터 한국인들에게는 한국에서 나쁜 짓을 하고 캐나다로 도망 오는 범죄인들과 사기꾼들 때문에 추악한 한국인(Ugly Korean)이라는 수치스러운 닉네임(Nick-name)이 붙게 되었으며 캐나다로 도주해 온 범죄인들의 난민신청 남발濫發로 난민심리를 받고 있는 나와 아내도 적지 않은 영향을 받게 되었다.

35. 항소 및 영주권 취득

　이민 재판관들이 내 난민신청에 부정판결을 내린 지 일년 후인 1995년 3월에 변호사는 연방법원 재판부(Trial Division in Federal Court)에 이민 재판관들이 내게 내린 부정판결을 심리해 달라고 정식으로 항소를 했다. 변호사는 내 난민심리 때 이민국 난민위원회와 이민 재판관들에게 제출했던 방대한 서류는 물론, 이민 재판관들의 심리를 처음부터 끝까지 지켜보며 그들의 상스런 언사와 행동을 변호사에게 일일이 지적해준 더글러스 목사님, 그리고 나를 위해 증언해준 증인은 물론, 난민심리 때 내 통역을 맡았던 통역사로부터도 선서 진술서(Affidavit)를 받아 연방법원 재판부에 증거서류로 제출했다. 선서 진술서는 일반 진술서와는 달리 증인이 작성한 진술서 내용이 모두 진실이라고 변호사 앞에서 선서하여 서명하는 법적 인증 진술서로, 재판 때 중요한 증거물로 사용할 수 있으며 재판 받는 당사자에게 커다란 영향을 끼치게 할 수 있는 법정 증거물이기도 하다.

　더글러스 목사님은 그의 선서 진술서에서 심리를 시작한 맨 처음부터 찰스 패리스(Charles B. Paris) 이민 재판관의 손아귀에서 내가 받았던 부정적인 취급에 대해 심한 충격을 받았고, 찰스 패리스는 나와 내 변호사에게 매우 거친 태도로 말을 했으며, 난민들의 운명을 결정하는 이민 및 난민 위원회 위원들이 한 난민 신청인을 이토록 경멸스런 태도로 취급한 데 대해 오싹 소름(Appalling)이 끼쳤다고 진술했다. 목사님은 이어 이민 재판관인 찰스 패리스가 끊임없이 나와 변호사의 말을 가로막으며 계속 빈정거렸고, 변호사가 말할 때마다 부정적인 비난만 늘어놓았으며, 첫 번째와 두 번째 심리를 거치는 동안 찰스 패리스 재판관은 심리적으로 문제가 있는 사람이라고 믿기 시작했다고 진술했다. 한편, 나와 변호사에 대한 그의 적대적인 태도로 보아 찰스 패리스는 심리에서 그의 역할이 무엇인지 알지 못하고 있으며, 그는 처음부터 나에 대해 부정적인 견해와 태도를 보였고, 내가 찰스 패리스로부터 공정한 심리나 결정을 받지 못할 것으로 믿고 있었다고 진술했다. 더글러스 목사님은 계속하여, 심지어 찰스 패리스가 관장(Presiding)하는 심리에 참석했던 알 웨이트(R. Wait) 난민 심리관(Refugee Hearing Officer)마저도 내 난민심리가 불공정했다고 말했다고 언급했다. 그리고는 두 난민 재판관들의 야만적 대우와 극단적인 편견 속에서 불공정한 심리를 받은 나와 내 가족이 부정판결을 받은 것은 대단히 잘못된 것이라는 말로 그의 진술을 모두 끝맺었다. 내 난민심리에 나와 나를 위해 증언해준 증인의 선서 진술서 내용은 더글러스 목사님의 진술보다 훨씬 더 통렬痛烈했다. 또 이민국 법정실에서 내게 통역을 해주었던 통역사의 선서 진술도 그 내용이 몹시 신랄했다. 변호사는 위 세 사람들의 선서 진술서와 심리 때 법원 속기사가 작성한 심리 진행기록 등본을 하나하나 검토한 후, 난민 재판관들의 불공정한 심리 진행과 부당한 판결을 반박하는 항소문을 작성하여 연방법원 재판부에 제출했다.

변호사가 제출한 항소문을 접수한 연방 항소법원 재판부에서는 곧바로 약식 공판을 열어 나와 변호사에게 몇 마디 질문을 한 다음, 변호사의 항소를 승인하고 내 난민신청을 재심사하라고 이민국 난민위원회에 즉각 명령을 내렸다. 연방 항소법원(Federal Court of Appeal)으로부터 재심사 명령을 받은 이민국 난민위원회는 나를 불러 또다시 난민심리를 하기 시작했다. 그러나 나에게 난민 불합격 판정을 내린 찰스 패리스 이민 재판관과 킹 재판관은 내 심리에 나오지 않았으며, 그들 대신 다른 재판관들이 나와 내 난민신청을 심리했다. 내가 변호사에게 왜 그들이 나오지 않았느냐고 물었더니, 변호사는 밴쿠버 지역의 이민 변호사들이 그들의 비열한 태도와 불합리한 판결에 대해 연방정부 이민부서에 보고를 했으며, 밴쿠버 지역의 변호사들로부터 찰스와 킹에 대한 보고를 접수한 이민부에서는 찰스 패리스 이민 재판관과 킹 재판관을 즉시 파면시켰다고 말을 했다. 자신들의 지위와 권력을 악용하고 남용해 남에게 불행을 안겨준 그들은 마침내 그들의 옳지 못한 행위에 대해 호된 내가를 지른 것이다.

그러나 이민 재판관이 바뀌었어도 내 난민심리는 여전히 난항을 거듭했다. 난민심리에 임하는 그들의 매너(Manner)는 이전의 재판관들보다 훨씬 부드럽고 합리적이었지만, 단 한 차례의 심리로 내 난민신청에 긍정적인 판결은 내려주지 않았다. 1995년 한 해에만도 두 번의 난민심리가 열렸으며, 난민심리와는 별도로 이민국에 출두해 신문을 받은 회수는 무려 여덟 번이나 되었다. 그러다가 1996년 2월 16일에 열린 심리에서 나는 마침내 난민신청에 긍정적인 판결을 받아 난민 지위를 얻게 되었다. 캐나다 이민국에 난민신청을 한 지 꼭 6년 만에 겨우 난민으로 판결 받은 것이다. 나에게 난민 판정을 내린 재판관은 변호사 출신으로 사려가 깊고 공정하며 합리적이기 때문에 동료 변호사들로부터도 많은 추앙推仰을 받는 변호사였다고 내 변호사가 말을 했다.

내가 난민으로 판정을 받은 것은 많은 사람들의 따뜻한 동정과 열렬한 후원과 굽힐 줄 모르는 변호사의 헌신적 노력 때문이었다. 이들의 도움과 후원과 변호사의 노력이 아니었다면 나는 난민심리에서 성공하지 못했을지도 모른다. 나는 난민신청을 한 1990년부터 1996년 난민으로 판정을 받기까지, 6년간 이민국 난민위원회로부터 열세 번의 난민심리를 받았다. 이민국에 호출되어 별도의 신문을 받은 것만 해도 열 번이나 되었으며, 이 기간 동안 이민국으로부터 받은 서신은 무려 80통이 넘었다. 이외에 캐나다를 떠나라고 요구받거나 명령을 받은 것은 30회나 되었으며, 변호사가 내 난민심리에 관련해 준비한 서류는 큰 상자로 무려 네 개나 되었다. 이뿐만이 아니었다. 지난 6년간 캐나다 이민국의 이민관들로부터 받은 수모受侮와 고통은 이루 필설筆舌로 표현할 수 없을 정도이며, 이때 입은 심리적 스트레스와 정신적 상처로 발생한 우울증으로 사경死境을 헤맨 적이 한두 번이 아니었다. 내가 얻은 것은 정신적인 병만이 아니었다. 정신적 고통과 함께 불면증과 빈혈과 극심한 어지러움이 일어나 나는 육체적으로도 많은 고통을 겪었으며, 이때 생긴 정신적, 육체적인 병으로 나는 지금까지도 고생하고 있다.

병으로 고생하기는 아내도 마찬가지였다. 내 아내는 클리어 워터에서부터 일어난 토사곽란과 심한 어지러움 및 불면증으로 줄곧 고생해왔고, 이렇게 건강치 못한 몸으로 한국 식당을 전전하며 힘들게 일하여 벌어온 돈으로 혼자 도맡아 살림을 꾸려갔다. 이렇게 어렵고 짜증나는 생활을 하다 보니 전에 없던 부부싸움이 잦아지고, 이제는 이혼이라는 말까지 예사로 오가기 시작했다. 6년간에 걸쳐 캐나다 이민국과 싸우느라 나는 가정이 어떻게 돌아가는지, 아내가 얼마나 고생하는지 신경 쓸 겨를이 없었다. 이제 겨우 안심하고 기나긴 지옥속에서 벗어나 마침내 캐나다에서 살아가게 되었구나 하고 마음을 놓는 순간, 예기치도 않은 엉뚱한 문제들이 새롭게 고개를 들었고, 잠잠했던 우리 가정은 또다시 어두운 구름에 휩싸이기 시작했다. 호사다마好事多魔요 재화부단災禍不斷이라더니, 이 말은 바로 지금의 나를 두고 한 말 같았다.

난민심리가 진행되는 동안 나는 일을 하고 공부를 하기 위해 캐나다 이민국에 노동허가와 학생비자를 여러 차례 신청했으나 이민국에서는 내 신청을 번번이 거절했다. 캐나다 정부는 내 사지四肢를 꽁꽁 묶어놓고 개인의 자유와 권리를 철두철미하게 탄압했다. 나는 감옥에 갇힌 것과 다름없었다. 다만 내가 갇혀 있는 감옥은 창살이 없는 감옥일 뿐이었다. 나는 이러한 창살 없는 감옥에서 내 인생의 귀중한 황금기黃金期를 모두 잃었으며, 이제는 아무 쓸모가 없는 허수아비로 전락轉落해 있을 뿐이었다. 오랜 기간에 걸친 혹독한 시련과 고난으로 나는 무쇠처럼 모든 감정이 굳어져, 난민으로 최종 판결을 받을 때에도 기쁘다거나 하는 마음이 전혀 일어나지를 않았다. 이런 무딘 감정속에서 나와 아내와 막내아들이 캐나다에서 영원히 살아갈 수 있는 영주권(Permanent Residence in Canada)을 받은 것은 우리가 캐나다에 온 지 7년 만인 1996년 7월 9일이었다.

나와 내 가족이 이민국으로 영주권을 받으러 가던 날은 7월인데도 시커먼 구름이 잔뜩 끼고 음산하게 바람이 불었다. 이민국에 들어서자 한 이민국 직원이 우리를 널찍한 회의실로 안내를 했다. 회의실 한가운데는 크고 둥근 장방형의 테이블이 놓여 있었으며, 나처럼 난민으로 판결 받아 영주권을 받으러 온 딴 나라 사람들이 벌써 와 테이블 주위에 자리를 잡고 앉아 있었다. 그들 중에는 동양인이 두 명이나 끼어 있었으며, 그 중 한 사람은 한국인인 것 같았으나 우리는 서로 아는 체를 하지 않았다. 영주권을 받으러 온 사람들은 이상한 언어로 큰 소리로 떠들며 기뻐들 하고 있었다. 이윽고 두 명의 남자 이민관이 영주권 서류를 들고 방안으로 들어와 축하한다고 간단히 말을 한 다음, 참석자 한 사람 한 사람에게 영주권을 나누어주며 영주권 위에 서명을 받기 시작했다. 다른 사람들은 그들이 받은 영주권에 키스를 해가며 좋아들 했지만, 나는 마음이 덤덤하고 허탈하기만 할 뿐 아무런 감흥感興이 일어나지 않았다. 이 한 장의 종이를 위해 장장 6년 동안이나 목숨을 걸다시피 하여 싸워온 것을 생각하니 오히려 억울하고 분한 마음만 들었다.

36. 학교로 돌아가다

　영주권을 받은 후 나는 심한 열과 불면증과 어지러운 증세가 재발해 며칠간 앓아 누웠다. 며칠 동안 밥을 먹지 못해 나는 몸이 바짝 야위었으며 정신도 혼미했다. 정신이 혼미한 것은 오랫동안 쌓였던 긴장이 일시에 풀려서인 것 같았다. 나는 왠지 마음이 쓸쓸하고 슬펐으며, 밤이면 고향 생각이나 잠도 오지 않았다. 나는 한국을 떠난 이후로 내 처지가 너무나 비참해 한국에 있는 형제, 자매에게도 일체 연락을 하지 않았다. 어느 날 모처럼 안양에 사는 큰누나에게 전화를 했더니, 누나는 내가 죽은 줄 알았다며 반가움에 목이 메어 말도 제대로 하지 못했다. 나도 마찬가지였다. 이제까지 쌓이고 쌓였던 슬픈 감정이 북받쳐 누나에게 울음 섞인 말만 몇 마디 하고는 전화를 끊었다.

며칠간의 병석에서 일어난 나는 앞으로 해야 할 일들을 곰곰이 생각했다. 돈을 벌어 살아가는 것도 중요했지만, 나는 우선 공부부터 더 하고 싶었다. 내가 외국에 나와 하려던 목표는 돈 벌어 잘살아보려 한 게 아니라, 공부를 하려 했던 것이다. 그러므로 나는 학교로 돌아가 공부를 하지 않으면 안 되었다. 뒤늦게나마 내가 학교로 돌아가 공부를 하면, 대학교 때 내 학비를 대주다가 죽어 천당에 간 모선이도 기뻐할 것이다. 오랜만에 몹쓸 병에 걸려 고생만 하다가 죽어간 불쌍한 모선이를 생각하니 또 한 차례의 슬픔과 괴로움이 가슴을 적시며, 모선이와 아름다운 사랑을 나눌 때의 추억이 물밀 듯 밀려왔다. 외국에 나와 공부를 한 후 한국으로 돌아가 대학에서 영어를 가르치겠다는 꿈은 이제 깨어졌지만, 학교로 돌아가 공부를 하고 싶은 향학열向學熱은 조금도 변치 않고 있었다.

나는 공자孔子님의 '조문도 석가사朝聞道 夕可死', 즉 '아침에 진리를 들어 깨치면 저녁에 죽어도 한이 없다'는 말씀을 늘 좋아했다. 그러나 도道를 닦고 진리眞理를 깨우치려면 먼저 배워야 한다. 배워 아는 게 없으면 진리와 도를 깨우칠 수가 없다. 공자님은 또한 '학이시습지 불역열호學而時習之 不亦悅乎', 즉 '배우고 익히는 것이 얼마나 즐거운 일인가'라는 말씀도 하셨다. 돈을 벌고 명예를 얻고 권력을 얻는 것은 지극히 한때지만 배워 익혀가며 즐거움을 찾는 것은 영원한 것이기 때문에, 나는 배우고 익히는 것만이 인생 최대의 낙이라고 항상 생각해왔다. 또한 배우지 못하면 남에게 멸시와 천대를 받으며 배운 사람들에게 지배되어 그들의 노예로 살게 된다. 배움이 없으면 같은 언어를 사용하는 동족들로부터도 멸시를 받는데, 하물며 언어와 풍습이 다른 낯선 나라에 살며 그 나라에서 사용하는 언어와 풍습을 모른다면, 그들로부터 얼마나 더 멸시와 차별을 받겠는가?

　나는 직접 정규대학에 들어가 공부를 하고 싶었지만, 돈도 없을 뿐만 아니라 정규대학에 입학하려면 먼저 주 정부가 인가한 학교나 대학에서 공부를 하여 정규대학에 가 공부할 만한 수준의 영어 점수를 받아오지 않으면 안 되었다. 나는 정규대학에 들어가 공부하기 위해 캐나다 영주권을 받자마자 밴쿠버 커뮤니티 대학(Vancouver Community College)에 들어가 정규대학 입학준비 과정을 공부했다. 나는 학교에서 실시하는 영어평가 테스트에서 우수한 점수를 받았다. 학교에서는 내가 받은 점수와 한국과 호주 대학에서 공부한 경력을 참작하여 나를 고급 영어반에 넣어주었다. 학교 공부는 쉽지 않았다. 숙제도 많이 내주고, 학교에서 지정한 책을 읽은 다음에는 매번 에세이(Essay)를 써야 했으며, 이렇게 쓴 에세이는 당일로 합격하지 않으면 안 되었다. 학교에서는 영어뿐만 아니라 캐나다 역사, 사회, 정치도 가르쳐주었다. 나는 이 모든 과목의 진도에 뒤지지 않기 위해 열심히 공부를 했다. 나는 매일 새벽 네 시에 일어나 공부를 했고, 아침에 학교에 갔다가 오후에 돌아오면 그때부터 또다시 밤 늦게까지 책상에 앉아 공부를 했다. 식당에 나가 힘들게 일하며 혼자 가정을 꾸려가는 아내는 책상에 앉아 공부하는 나를 볼 때마다 돈 벌어 살 생각은 않고 공부만 한다고 늘 불평을 했다. 그러나 나는 힘들게 일하여 번 얼마 안 되는 돈으로 어렵게 생활을 해가는 아내에게 미안은 했지만, 내 목표를 쉽게 포기하고 싶지는 않았다. 이렇게 열심히 공부한 노력으로 나는 남들이 2~3년 걸려 끝내는 과정을 단 8개월 만에 끝냈으며, 공부를 열심히 한 덕분으로 졸업식 때는 학교로부터 소정의 장학금까지 받았다. 또한 공부하는 도중에 번역사 시험을 쳐 합격하여, 브리티시 콜럼비아 주의 번역사 통역사 협회 및 캐나다 전국의 통, 번역협회 소속의 공인 번역사가 되기도 했다.

　정규대학 입학준비 과정을 단시일 내에 끝낸 나는 대학에 들어가는 대신 법원이나 변호사 사무실에 취직하여 돈을 벌기 위해 다른 밴쿠버 커뮤니티 대학에 들어가 법률 조수(Legal Assistant)가 되는 2년짜리 코스를 또다시 밟았다. 나는 법률조수 코스를 밟을 때에도 내가 거주하는 비씨주 주택공급 공사(BC Housing Corporation) 본부로부터 공부 잘하는 성인 학생으로 뽑혀 장학금을 두 번이나 탔다. 그리고 내 난민신청 때 나를 도와준 변호사 사무실에 시간제(Part-time)로 취직을 하여, 이 변호사를 찾아오는 한국인들에게 통역과 번역을 해주며 책값과 학비를 벌었다. 나는 이 변호사 사무실에서 어느 정도 경험을 쌓은 다음에는 딴 데 취직하여 돈을 벌어가며 4년제 정규 대학에 들어가 공부하기로 계획을 세워놓고 있었다.

그런데 그 즈음 내 건강에 이상이 생기기 시작했다. 클리어 워터와 캠룹스에서 어려움에 처해 있을 때 느꼈던 우울증이 다시 생기기 시작했고, 날이 갈수록 증세가 더욱 심해져갔다. 식욕도 없고 밤이면 잠도 잘 오지 않으며, 이유 없이 마음이 초조하고 쓸데없는 일에 걱정이 되었다. 인생이 슬프고 삶이 허무했으며, 나 자신이 이 세상에 쓸모없는 존재로 생각되기도 했다. 마음이 안정되지 않고 산만하여 집중이 안 되어 공부도 일도 손에 잡히지 않았으며, 조그만 일을 가지고도 아내에게 신경질을 부렸다. 가슴이 답답하고 맥박도 빠르게 뛰었으며, 두통과 어지러움 증세가 심해 똑바로 앉아 있을 수도 누워 있을 수도 없었다. 누우면 천정이 빙빙 돌아 미칠 것만 같았다. 나는 너무나 괴로워 자살하고 싶은 생각이 문득문득 들기도 했으며, 이 모든 고통에 견디다 못한 나는 죽을 방법까지 구체적으로 고안하여 이를 실천하기로 결심을 했다. 높은 나무 꼭대기에서 목 매달아 죽거나 가까운 바다로 가 물에 빠져 죽거나, 그 둘 중의 하나였다.

이렇게 죽음을 결심하고 나니 나는 오히려 마음이 편한 것 같았다. 내가 죽으면 식구들이 볼 유서를 마지막으로 작성해놓았고, 이제는 죽음을 실천에 옮길 일만 남아 있었다. 나는 죽으면 내 신원을 알아보게 하려고 이름과 사진이 있는 신분증을 속옷 주머니에 넣고 비바람 몰아치는 밤 거리를 무작정 걷기 시작했다. 어지러우면 비에 젖은 축축한 길가에 앉아 있다가 다시 일어나 걸었다. 죽음을 향해 가는 내 눈에서는 눈물이 펑펑 쏟아졌으며, 자신도 알 수 없는 말로 고래고래 소리 지르기도 했다. 그러다가 갑자기 땅 덩어리가 거꾸로 뒤집히는 것 같은 어지러움에 무엇을 잡으려고 하다가 그대로 땅바닥에 쓰러지고 말았다.

37. 병원 입원

내가 죽음 직전으로부터 구조되어 의식을 되찾은 것은 그 이튿날이었다. 내가 눈을 뜨자 침대 곁에 서 있던 아내와 아이들이 내 손을 잡고 눈물을 흘리며 내가 의식을 되찾은 것을 기뻐하고 있었다. 나는 아무것도 기억할 수가 없었고 내가 왜 병원에 와 있는지도 알 수가 없었다. 심한 어지러움 증세는 덜했지만 머리는 여전히 아프고 어지러웠으며 귀에서는 이상한 잡음이 들렸다. 얼마 후에 청진기를 목에 건 키가 큰 의사가 내게 와,

"이제는 괜찮습니까?"

하고 묻고는 하얀 플라스틱 백에서 내 팔에 꽂혀 있는 주사기로 흘러 들어가는 액체 속도를 조정하고 병실을 나갔다.

내가 입원해 있는 병원은 밴쿠버 종합병원(Vancouver General Hospital)이었다. 나는 이 병원의 응급실(Emergency Room)에 실려와 거기서 이틀간 치료를 받다가 정신과 병동으로 옮겨져 한달 반 동안 치료를 받은 다음 퇴원했다. 내가 이 병원에 입원한 날짜는 1998년 11월 28일이었으며, 병원에서 퇴원한 날짜는 1999년 1월 16일 이었다. 정신질환의 일종인 우울증은 그리 쉽게 낫는 병이 아니었다. 병원에서 퇴원하고 난 후에도 다시 우울증이 악화되

어 나는 3년 새에 다섯 번이나 재입원을 하여 치료를 받았고, 퇴원한 후에도 일주일에 한 번씩 정신과 의사로부터 정기적으로 치료를 받았다. 그리고 하루에 세 번씩 여섯 가지나 되는 많은 약을 복용했다. 나는 바로 일년 전인 2011년 2월에도 우울증이 악화되어 2주일간 병원에서 입원 치료를 받았으며, 맨 처음 우울증으로 입원하고 난 후에는 귀까지 먹었다. 오른쪽 귀는 완전히 들리지 않고 왼쪽 귀도 반밖에 들리지 않아, 병원이나 변호사 사무실에서 통역할 때는 보청기(Hearing aid)를 착용하지 않으면 안 되었다.

내 건강 문제와 함께 가정에도 심각한 문제가 생기기 시작했다. 가정생활 문제로 나와 아내는 전보다 더욱 자주 다투었으며, 아내는 툭하면 집을 나가겠다고 말을 했다. 아내는 계속하여 식당에서 일을 하였으며, 우울증으로 일을 할 수 없는 나는 정부로부터 신체장애 수당(Disability Benefit)을 지급받아 가정생활에 보탰지만, 이것으로 문제가 해결되지는 않았다. 아내는 내가 우울증으로 조그만 일에도 화를 잘 내는 등 정신상태가 예전 같지 않기 때문에 나와 떨어져 있으려는 것 같았다. 아내는 큰딸네 집에 가서 살겠다며 집을 나가기도 했고, 이혼해 달라는 말도 자주 꺼냈다. 나는 이런 아내를 충분히 이해할 수 있었다. 캐나다에 와 수없는 고난과 불행을 겪고, 이제 겨우 그러한 고난과 불행 속에서 벗어나 새로운 출발을 하려는데 뜻하지 않게 내가 병에 걸리고, 아이들마저 속을 썩여 집안이 싫어졌던 것이다. 불행만 거듭되는 이런 집안이 지긋지긋해 아내는 나와 헤어지기를 원했으나 나는 그러고 싶지 않았다. 내가 아파 아내의 조력助力이 필요해서가 아니라, 나와 함께 살며 고생만 해오던 아내를 빈손으로 내보내고 싶지가 않아서였다. 아내는 이제 한국으로 돌아갈 수도 없고 여기서 나를 떠나더라도 오갈 데가 없어 내가 불쌍한 이런 아내를 도와주지 않으면 안 되었다. 나는 아내에게 병이 나으면 일을 하여 돈을 벌 테니 기다려 달라며 아내를 달래려 했으나, 한 번 결심한 아내의 마음은 쉽게 돌려놓을 수가 없었다.

38. 화불단행(禍不單行)

　재앙災殃은 늘 겹쳐 오며, 한 번으로 끝나지 않고, 한 번 찾아온 재앙은 또 다른 재앙을 몰고 온다는 말은 결코 틀린 말이 아니었다. 심한 우울증으로 아직도 고통을 받고 있을 때인 2001년 11월 3일, 나는 죽음에 이를 뻔한 치명적인 교통사고를 당했다. 운전에 미숙한 사람이 운전하는 차 앞좌석에 앉았다가 운전자가 브레이크를 밟아야 할 지점에서 갑자기 가속 페달을 밟아 차가 인도로 뛰어들어 육중한 콘크리트 벽을 들이 받는 바람에 차의 앞 부분이 대파되면서, 의자와 차 앞부분에 있는 콤파트먼트(Compartment) 사이에 가슴이 짓눌려 의식을 잃었고 무릎과 어깨와 목에도 심한 부상을 입었다. 차가 콘크리트 벽에 부딪치는 순간 운전자 앞 콤파트먼트에서는 사고시 운전자를 보호하는 에어백(Air bag)이 튀어나와 운전자는 안전했지만, 내 앞쪽에 있는 콤파트먼트는 에어백 장치가 되어 있지 않아 나만 심한 부상을 입었다. 뿐만 아니라 차가 콘크리트 벽에 부딪쳐 엔진 부분이 대파되면서 엔진에서 불이 났고, 여기서 나오는 매캐한 연기로 나는 숨을 쉴 수가 없었다. 밖으로 나오려고 문을 열려 했지만, 차가 벽에 부딪치면서 문짝이 우그러져 열리지를 않았다. 내가 가슴이 짓눌려 숨을 쉬지 못하고 괴로워하고 있을 때 급히 달려온 소방차가 문을 부숴 나를 꺼내주지 않았다면, 나는 차 안에서 그대로 질식사窒息死하고 말았을 것이다. 차문이 열리는 순간 나는 땅바닥으로 굴러떨어졌고, 그 길로 병원 응급실로 실려가 응급치료를 받았다. 그러나 무릎과 가슴과 목과 어깨의 심한 부상으로 거동을 할 수가 없었다.

　교통사고로 인한 육체적 고통으로 내 우울증은 또다시 악화되었다. 악화된 우울증과 차량 사고로 인한 부상을 치료받기 위해 나는 아내의 부축을 받아가며 지팡이를 짚고 매일 병원에 다녔으며, 일주일에 한번씩 물리치료를 받기도 했다. 우울증에 교통사고까지 겹쳐 정신적, 육체적 고통이 더욱 가중된 가운

데, 2002년 3월 29일 나는 또 다른 교통사고를 당했다. 교통사고를 당한 지 불과 4개월 만에 입은 두 번째 사고는 앞의 사고보다도 훨씬 더 치명적이었다. 밤에 지팡이를 짚고 횡단보도를 건너고 있을 때, 속도제한을 지키지 않고 빠른 속력으로 달려오던 차가 나를 들이받았다. 나는 공중에 붕 떴다가 길옆에 있는 신문 자동판매기에 머리를 부딪히고 졸도하고 말았다. 병원에 실려가 정신이 깬 나는 머리, 목, 어깨, 가슴, 잔등, 허리, 엉덩이, 무릎, 정강이까지 아프지 않은 곳이 없었다. 내가 고통으로 울며 몸부림치자 의사는 내 팔에 두 번이나 몰핀(Morphine) 주사를 놓은 다음 여러 알의 진통제를 입에 넣어주었다. 엑스레이를 찍어본 결과 가슴뼈에 금이 가고 왼쪽 무릎뼈도 잘게 부서졌으며, 왼쪽 엉덩이뼈도 남아 있지 않았다. 엉덩이뼈가 부서져 앉을 수도 없었고, 무릎뼈까지 부서져 걸을 수도 없었다. 그리고 등과 허리, 어깨가 아파 누울 수도 없었다.

내가 이렇게 몸 전체가 부서져 고통에 헤매는데도 병원에서는 3일 만에 나를 퇴원시켰다. 캐나다는 의료보험이 잘돼 있고 무료로 치료를 받는다지만, 실제는 그렇지가 않았다. 의료기술이나 의료기 시설이 한국보다 낙후할 뿐만 아니라, 의료보험 혜택을 받는 사람들은 수입이 낮거나 수입이 전혀 없는 사람들뿐이다. 연봉年俸이 2만 불이 넘는 사람들은 모두 의료보험료를 내야 했다. 병원 수익이 없어 국민이 내는 보험료와 기부금에 의존해 병원을 운영하기 때문에 의료기 시설이 뒤떨어져 환자들에 대한 치료도 변변치 않았다. 이 때문에 영어를 모르거나 형편이 좋은 한국인들은 의료시설이 월등하고 환자들에 대한 대우가 좋은 한국으로 가 치료 받는 사례가 많았다. 환자 입원실도 한국에 비해 열악하고, 의료비를 절약키 위해 아무리 중환자라도 병원에 오래 입원을 시키지 않는다. 또한 의사들도 돈을 더 주는 미국이나 다른 나라로 가 의료활동을 하는 사례가 적지 않았다.

나는 휠체어(Wheelchair)를 타고 매일 병원에 다니며 치료를 받았다. 육체적 고통으로 내 우울증은 더욱 악화되었으며, 정신적으로 육체적으로 망가

질 대로 망가진 나는 숨쉬는 것 외에는 아무 데도 성한 데가 없었다. 이런데
도 목숨이 붙어 있는 것이 신기하기만 했다. 심한 우울증에 두 차례씩이나
교통사고를 당해 온몸이 부서진 나는 왜 이렇게 쓰디쓴 고난과 시련이 줄곧
나를 따라다니는지 알 수가 없었다. 나는 앞으로 또 어떤 사나운 고초苦楚가
나를 덮칠지 불안했고 하루하루 살아가는 것이 두렵기만 했다. 그저 목숨
이 붙어 있어 마지못해 살아갈 뿐이었다. 밤낮으로 지속되는 고통을 가라앉
히기 위해 약을 너무 많이 복용하여 소화마저 잘 안 되어 몸이 바짝 야위어
갔고, 악화된 우울증으로 마음이 불안하고 초초하여 조그만 일에도 짜증을
내고 벌컥벌컥 화를 내기가 일쑤였다.

　괴로워하는 건 나뿐만이 아니었다. 우울증과 교통사고로 고통에 신음하
는 나를 보살피느라 지칠 대로 지친 아내는 끊임없이 찾아드는 우환憂患과
액운厄運으로 망연자실茫然自失하여 정신이 멍해 있었다. 밤이면 아내는 침대
곁에 앉아 자주 흐느껴 울었다. 아내가 등을 돌리고 우는 모습을 보면 나는
가슴이 찢어질 듯 아팠고, 나 때문에 고생만 해온 그녀가 불쌍해 견딜 수가
없었다. 나는 우는 아내에게,

　"모든 게 내 잘못이야. 미안해."

하고 한 마디 하는 게 전부였다. 그러면 아내는,

　"조약돌을 피하면 큰 바위를 만나고, 범을 피하면 승냥이를 만난다고 했
어요. 한 가지 고난을 넘으면 또 다른 불행이 찾아들고, 그 불행을 극복하면
더 큰 액운이 닥치고. 나는 날이 밝는 게 두렵고, 날이 밝으면 당신에게 또
무슨 변고變故가 일어날지 무섭기만 해요. 당신이 불쌍하고 나도 불쌍하고.
이게 모두 당신이 나를 잘못 만나 당하는 불행 같기도 하고요."

하며 슬피 울었다. 나는 아내가 운수 사나운 내가 만나는 고난과 불행을 제
탓으로 돌리며 나와의 삶에 두려움과 환멸幻滅을 느끼는 것 같아 더욱 가슴이
아팠다.

39. 아내와의 이혼(離婚)

어느새 봄이 돌아왔다. 바깥 날씨는 아직 쌀쌀했지만 봄이 되었음을 알리는 징후가 여기저기 눈에 띄었다. 봄소식을 알리는 최초의 전령(傳令)은 벚꽃이다. 밴쿠버의 봄은 거리에 늘어서 있는 벚꽃나무에서 시작되었다. 벚꽃은 보통 3월 중순에 피기 시작하여 4월이면 꽃이 활짝 피어, 거리를 온통 아름다운 빛깔로 물들였다. 그러나 나뭇잎이 돋기도 전에 차가운 눈비 속에서 피는 벚꽃은 눈 덮인 알프스 산에서 피는 스위스의 국화(國花)인 에델바이스(Edelweiss)처럼 차디하고 을씨년스러웠다.

나는 휠체어를 타고 모처럼 쌀쌀한 봄 공기를 마셔가며 밴쿠버 시내를 둘러본 후, 여름이면 호화로운 유람선(Cruise Ship)들이 기항(寄港)하는 바닷가로 갔다. 바람이 불지 않는 바다에는 잔물결이 일고 있었으며, 하얀 갈매기들이 끽끽 소리를 내며 그 위를 낮게 떠 날아다니고 있었다. 또한 스탠리 공원 쪽 물 위에서는 프로펠러가 달린 수상 비행기들이 힘차게 물결을 가르며 끊임없이 이착륙을 하고 있었다. 넓은 바다를 바라보니 오랫동안 닫혔던 가슴이 탁 트이며 정신적 육체적 고통이 일순(一瞬)에 사라지는 듯했으며, 그 뒤를 이어 가지가지 상념(想念)들이 갑작스레 넓게 열린 가슴 속으로 물밀듯 밀려오기 시작했다. 어릴 때부터 지금까지 일어났던 수많은 일들이 잠시 가슴에 머물렀다가 금세 사라졌다. 그 중에서도 캐나다에 와 겪은 사건과 경험들은 이 세상에서가 아닌 전혀 딴 세상에서 겪은 것처럼 느껴졌으며, 나도 더 이상 이 세상 사람이 아닌 것같이 생각되었다. 특히나 불과 석 달 간격으로 일어난 연속적인 교통사고는 마음씨 곱지 못한 운명의 여신이 나를 지옥으로 데려가기 위해 저지른 고의적 살인행위 같기만 했다. 이렇게 심술궂은 신의 장난에 가혹하게 시달리며 나와 함께 사는 아내에게 미안도 했고 또한 그녀가 한없이 불쌍하기도 했다. 평생 내 곁에서 고생만 해온 아내에게 이제부터라도 잘

해주고 싶었지만 몸과 마음이 모두 불구가 된! 이런 내가 아내에게 해줄 수 있는 것은 이제 아무것도 없는 것 같았다.

살아 있어도 더이상 아무것도 할 수 없는 사람은 쓸모없는 폐인廢人에 불과하며, 그러한 인생은 더 이상 살아갈 가치가 없었다. 생각이 이에 이르자 삶에 대한 의욕과 희망이 순식간에 사라지며 내가 앉아 있는 휠체어와 함께 깊은 바다로 몸을 던지고 싶은 충동이 불현듯 솟아났다. 삶과 죽음의 기로岐路에 선 나는 가슴의 맥박이 세차게 고통치기 시작하였으며, 뿌연 안개가 눈을 가려 앞도 잘 보이지 않았다. 내가 지그시 눈을 감고 생生과 사死의 문턱에서 오락가락하고 있을 때, 갑자기 모선이가 내 귀에 대고 부드럽게 속삭이는 소리가 들렸다.

"병규 씨, 아직은 아니에요. 병규 씨는 아직도 할 일이 남아 있어요. 병규 씨가 할 일을 하지 않고 서둘러 딴 세상으로 가면 나하고도 영영 만나지 못해요."

순간 나는 눈을 번쩍 뜨고 주위를 둘러보았다. 하지만 모선이의 모습은 보이지 않고 카메라를 들고 부둣가를 거니는 낯선 사람들 외에는 아무도 눈에 띄지 않았다. 바로 그때 수상비행기 한 대가 요란한 엔진 소리와 함께 내가 서 있는 부둣가 밑의 바다 표면을 힘차게 가르며 공중으로 솟구쳤다. 나는 공중을 치솟아 높이 날아가는 비행기를 쳐다보며,

"그래 이제부터 밑은 보지 말고 위를 바라보자. 그리고 위를 바라보며 할 일을 하다 보면, 아내에게도 잘하게 될 테니까."

하고 중얼대며 휠체어를 돌려 집으로 돌아왔다.

오후 늦게 집으로 돌아오니 아내는 전에 없이 맛있는 음식을 차려놓고 나를 기다리고 있었다. 이 날이 집안 식구 생일날도 아니고 무슨 특별한 날도 아닌데, 이렇게 푸짐한 음식을 차려놓은 아내가 이상은 했지만, 모처럼만에 맛있는 음식을 대하니 나는 여간 기분이 좋지 않았다. 넓은 식탁 위에는 내가 좋아하는 게찜과 불고기, 잡채, 송이버섯구이, 그 외 여러 가지 음식이 푸

짐하게 놓여 있었다. 내가 눈을 휘둥그렇게 뜨고 아내에게 웬일이냐고 물었더니, 아내는 그동안 내게 너무 소홀했다며 내게 기운을 돋아주기 위해 내가 좋아하는 음식을 준비했다고 말했다. 그런데 웬일인지 아내는 저녁을 잘 먹지 않고 내게만 계속 권했다. 이윽고 저녁을 먹고 나자 아내는 찬장에서 포도주 두 병을 꺼내와 함께 마시자고 했다. 술도 마시지 못하는 아내가 술을 마시자고 하다니, 나는 아내의 태도가 더욱 의아스럽기만 했다. 나는 건성건성 한두 잔 마시는 체했으나 아내는 아무 말도 하지 않고 연거푸 술을 마셨으며, 술기운에 얼굴이 붉어지자 나를 향해 천천히 그리고 차분히 말을 꺼내기 시작했다.

"내가 이제부터 하는 말 오해 없이 잘 들어주세요. 내 말에 화가 나더라도 참고 내 얘기 끝까지 들어주세요."

이렇게 말문을 연 아내는 또다시 포도주를 한 모금 삼키고 나 차분하게 이야기를 계속했다.

"나는 당신이 운이 나쁜 나와 살기 때문에 당신에게 끊임없이 불행이 닥치는 것 같아요. 다음에는 당신에게 또 무슨 일이 일어날지 늘 가슴이 죄이고 두려워요. 그래서 나는 내가 없으면 당신에게 더 이상 나쁜 일이 일어날 것 같지 않아 당신 곁을 떠나려고 해요. 몸이 아픈 당신을 홀로 두고 떠나면 안 되겠지만, 내가 당신 옆에 있다가 당신이 또 다른 불행을 겪게 하는 것보다 나 스스로 당신곁을 떠나는 편이 훨씬 나을 것 같아요. 내가 떠나더라도 당신을 보살펴줄 여자가 나타날 때까지는 당신에게 계속 신경을 써드릴 거예요. 당신에게 의논도 하지 않고 이렇게 혼자 결정해 미안해요. 용서해주세요."

아내는 말을 끝낸 후 조그만 얼굴을 두 손에 묻은 채 흑흑 흐느껴 울었다.

예기치 않은 아내의 단도직입적인 이별선언으로 충격을 받은 나는 정신이 얼떨떨해 뭐라고 말을 해야 좋을지 생각이 나지 않았다. 나는 아내가 무언가 괴로워하고 있다는 것은 알았지만, 나와 헤어질 결심을 하느라고 그토록 괴로워한 것임은 전혀 눈치 채지 못했다. 나는 내게 한마디 의논도 없이 갑자기 일방적으로 내 곁을 떠나겠다고 결정을 내린 아내에게 화가 나 견딜 수가 없었다. 나는 포도주병을 거꾸로 들어 남아 있는 포도주를 꿀꺽꿀꺽 마신 다음 화가 난 마음을 가라앉히려고 애쓰며 아내에게 말했다.

"뜻밖에 당신이 이런 말을 하니 무슨 말을 해야 좋을지 모르겠소."

이렇게 서두를 꺼낸 나는 잠시 앞을 바라보다가 다음 이야기를 계속했다.

"당신이 나와 헤어질 생각을 하다니 정말 뜻밖이오. 그러나 이제까지 내게 닥친 불행은 모두 내 잘못 때문이고, 또 앞으로 그 어떤 불행이 닥치더라도 그건 당신과는 아무 상관이 없소. 이제까지 내가 맞은 불행과 앞으로 또다시 맞을지도 모를 불행은 내가 잘못했거나 운이 없어서이지, 옆에 있는 당신이 일부러 그 같은 불행을 내게 가져다준 건 아니오. 오히려 나는 운수가 사나운 나를 만나 고생을 해온 당신에게 늘 미안한 마음을 가지고 있었소. 그러니 앞으로 또다시 일어날지도 모를 불행을 막아보려고 나와 헤어지겠다는 생각은 하지 말기 바라오."

나는 갑자기 마신 술로 목이 타 물을 한 컵 마신 다음 이야기를 계속했다.

"당신은 내가 지금 겪고 있는 불행보다 더 큰 불행이 일어나지 않도록 나와 집안을 지켜주었소. 당신은 혼자 힘들여 일을 하여 돈을 벌어 나와 식구들을 먹여살려가며 배고픈 불행을 당하지 않도록 했고, 그 때문에 건강까지 나빠졌소. 내가 이제부터 이런 당신을 위해 노력할 테니, 나와 헤어지겠다는 생각은 하지 말기 바라오."

나는 잠시 생각을 가다듬은 후 계속 이야기를 이어갔다. "그러나 내가 이렇게 간곡히 만류하는데도 나와 사는 게 고통스러워 정히 헤어지겠다면 나는 더 이상 당신을 붙잡지는 않겠지만, 헤어지더라도 내가 당신이 나와 이 집안을 위해 희생한 데 대해 보답을 해줄 때까지는 고생이 되고 힘들더라도 이 집에 남아 있기 바라오. 당신에게 다시 한 번 간청 하겠소. 이제까지 참고 고생해온 보람도 없이 이대로 헤어지겠다는 결심은 다시 한 번 깊이 생각하기 바라오."

나는 아내의 손을 두 손으로 꼭 잡은 다음 그녀를 내 옆에 붙잡아두기 위해 연거푸 애원 어린 사정을 했다. 그러나 내가 말을 계속하는 동안 아내는 아무 말 없이 줄곧 술을 마시며 울다가 술에 취해 테이블 위에 머리를 비스듬히 얹고 잠이 들었다.

나는 아내를 안아 침대 위에 누인 다음 양볼 위에 남아 있는 눈물을 내 옷소매로 닦아주었다. 아내의 얼굴은 창백했고 그날따라 더욱 작아보였다. 몇 해 만에 처음 안아본 아내는 껍질이 벗겨진 수수깡처럼 바짝 말라 있었으며 얇은 종잇장보다 훨씬 더 가벼웠다. 나는 아내가 이토록 야윌 때까지 마음을 써주지 않은 것이 후회되어 나 자신이 미워 견딜 수가 없었다. 아프다는 핑계로 나는 아내가 내게만 잘해주기를 바랐으며 비위에 안 맞아 성질이 나면 아내만 달달 들볶았다. 나는 내 고통만을 생각했지, 내 고통으로 아내가 얼마나 괴로워하는지는 전혀 생각하지 않았다. 나는 나만을 생각한 철저한 이기주의자였으며, 아내에 대해서는 단 한 번도 생각해보지 않은 차디찬 냉혈한冷血漢이었다. 나는 아내를 사랑할 줄도 몰랐으며, 잠자리에서 아내를 끌어다 내 욕망을 채운 게 아내를 사랑한 전부였다.

나는 끊임없이 이어지는 후회와 양심의 가책으로 더 이상 술에 취해 잠든 아내 옆에 있을 수가 없었다. 나는 밖으로 나와 남아 있는 술을 모두 마셔가며 혼자 중얼거렸다.

"나는 아내에게 아무 쓸모없는 남자다. 내가 아내를 붙잡은들 무엇을 더 해줄 수 있단 말인가? 이런 내가 아내를 붙잡아두려는 것은 순전히 내 이기심 때문이지 않은가? 이제는 그런 이기심을 버려야지. 늦긴 했지만 이제라도 내게 매인 모든 굴레 속에서 나 스스로가 아내를 해방시켜주어야지. 그것만이 내가 아내에게 마지막으로 해주어야 할 남편의 도리가 아닌가?"

이렇게 결심하지 나는 어느 정도 무거웠던 마음이 가벼워지는 것 같았다. 하지만 마음 한 구석은 여전히 괴롭고, 소중한 무언가가 썰물처럼 빠져나간 텅 빈 가슴은 폐허廢墟처럼 쓸쓸하기만 했다.

아내는 자신의 결심을 내게 말하고 난 이튿날부터 거실 구석에 있는 조그만 소파에서 몸을 웅크리고 혼자 자기 시작했다. 벽 하나를 사이에 두고 사실상의 별거가 시작된 것이다. 아내와 나는 꼭 필요할 때 외에는 별로 말을 하지 않았다. 서로가 갈 길을 정해놓은 이 마당에 무슨 할 말이 더 있겠는가? 그러나 아내는 말은 없었지만 내게 최선을 다했다. 음식에도 각별히 신경을 썼고, 밤에 잠자리는 따로 했지만 내가 병원에 갈 때는 늘 동행을 했다. 나와 마지막으로 헤어지는 순간까지 내게 최대한으로 잘해주려는 성의가 아내의 행동 하나하나에 역력히 깃들어 있었다. 그리고 한 지붕 밑에서 별거가 시작된 지 일년 후인 2003년 4월 11일, 나와 아내는 드디어 34년간의 긴 결혼생활에 종지부를 찍었다. 서로 나누어 가질 재산도 없고 앞에 걸린 자식도 없어 이혼은 간단히 끝났다. 이혼 서류는 변호사 없이 내가 직접 작성하여 법원에 제출했다. 이혼 재판 날 고등법원 판사로부터 이혼을 선고 받을 때 아내는 머리를 숙인 채 솟아오르는 슬픔을 참지 못하고 어깨를 들먹이며 오열嗚咽하고 있었고, 나도 내 육체의 한 부분이 떨어져 나가는 듯한 아픔으로 괴로워 견딜 수가 없었다.

사랑하지 않고 아껴주지는 못했지만, 아내는 내 인생의 전부였다. 젊어서 결혼하는 순간부터 묵묵히 일만 했고, 아무리 힘들고 괴로워도 불평 한 마디 없이 내가 벌어다주는 돈으로 알뜰히 살림을 꾸려갔다. 나는 다달이 아내에게 월급봉투만 던져주었지, 집안사정이 어떻게 돌아가는지 전혀 알지 못했고 알려고도 하지 않았다. 아내는 추운 겨울에도 내복도 변변히 입지 못했으며 옷도 제대로 사입지 않았다. 이렇게 억척스럽게 모은 돈으로 아내는 집도 지었으며, 새로 지은 집에 구멍가게를 차려 아침 일찍부터 밤 늦게까지 가게를 꾸려갔다. 아내가 이토록 힘들여 모은 돈을 나는 캐나다에 가지고 와 불과 몇 달 사이에 모두 날려버렸다. 그때부터 아내는 줄곧 고생만 해오다가 내가 우울증에 걸리고 두 번의 교통사고를 당하자, 절망에 찬 나머지 마침내 는 다시 만날 수 없는 따로따로의 길을 선택했다. 아내는 나와 결혼 전에는 고생 없이 자라온 여자였다. 그러다가 어쩌다 운수 사나운 내게 와 온갖 모 진 풍파風波를 다 겪다가, 나와 끝까지 살지 못하고 인생 말년에 서로 갈라서 고 만 것이다. 나는 아내에게 소홀했던 지난 날들이 후회막심後悔莫甚이었지 만, 지금은 후회막급後悔莫及으로, 이제 와 아내에게 저지른 잘못을 아무리 뉘 우치고 원망한들 그게 무슨 소용이 있겠는가?

나는 아내와 이혼한 바로 그 달 두 번에 걸쳐 일어난 교통사고로 인한 상 해에 대해 꽤나 후한 보상금을 탔다. 나는 이 보상금을 하나도 남기지 않고 아내에게 모두 주었다. 아내는 나이도 먹고 몸이 약해 더 이상 일을 할 수 없 어 내가 그녀의 생활을 보살펴주지 않으면, 당장 나가더라도 살 길이 막연했 다. 아내가 내게 와 고생한 대가를 지불하자면 이것 가지고는 턱도 없이 부 족했지만, 이게 당장 내가 아내에게 해줄 수 있는 전부였기 때문에 어쩔 수가 없었다.

이혼하고 난 후에도 아내는 나와 함께 며칠을 더 머물다가 어느 날 홀연히 집을 떠났다. 내가 밖에 나갔다가 집에 돌아오니 아내는 보이지 않았고, 그녀 의 옷과 소지품이 있던 자리가 모두 텅 비어 있었다. 신발장도 옷장도, 아내 가 쓰던 화장대 서랍도 깨끗이 비어 있었으며, 아내가 잊고 가지고 가지 못 한 머리빗만 텅 빈 화장대 위에 덩그러니 놓여 있을 뿐이었다. 그래도 설마설 마 했었는데, 드디어 올 것이 오고 만 것이다. 나는 그순간 가슴이 뭉클해지 며 극도의 허무와 고독과 절망이 텅 빈 가슴속으로 사정없이 밀려들어 정신 을 가다듬을 수가 없었다. 잠시 마음을 진정시킨 후 집안을 돌아보니 구석 구석마다 먼지 하나 없이 깨끗이 정돈되어 있었고, 아내가 웅크리고 자던 조그만 소파도 거실 구석에 단정히 놓여 있었다. 다음으로 나는 아내의 손때가 묻어 있는 찬장을 열어보았다. 큰 그릇과 작은 그릇들이 순서대로 가지런히 정돈되어 있었고, 그 옆에는 설탕, 고춧가루, 간장, 소금 등 각종 양념들이 옹기종기 놓여 있었다. 또 한 냉장고에는 새로 사다놓은 반찬거리들로 가득 차 있었다. 마지막으로 발길을 돌리니 거실 구석에 있는 내 책상 위에 예쁜 포장지에 싸인 작은상자 한 개가 흰 편지봉투와 함께 나란히 놓여 있는 것이 눈에 들어왔다. 상자를 열어보니 그 안에는 남자들이 착용하는 고리 굵은 금 목걸이가 들어 있었으며, 편지봉투 속에는 간단한 편지와 함께 수표 한 장이 들어 있었다. 편지 내용은 간단했지만 나에 대한 염려와 애정으로 가득 차 있었다.

"당신이 안 계신데 떠나 미안합니다. 당신을 보면 발길을 떼어놓지 못할 것 같아 눈물을 머금고 떠납니다. 당신과 함께 사는 동안 당신을 행복하게 해드리지 못해 후회가 됩니다. 몸이 아픈 당신을 남겨두고 떠나는 내 마음 한 없이 아프고 괴롭기만 합니다. 박정薄情한 저를 용서해주시기 바랍니다. 저는 당신에게 더 이상 아무 소용이 없고 당신에게 불행만 가져다주는 여자로 느껴져 더이상 당신 곁에 있기가 괴로워 당신을 떠납니다. 거듭 용서를 빕니다. 그리고 당신이 내게 주신 돈은 고마우나 다 받을 수가 없습니다. 당신은 나보다 돈이 더 필요합니다. 몸이 아파 더 이상 일도 할 수 없고 수입도 없는데, 당신도 살아가야 합니다. 당장 쓸 만큼만 남기고 당신에게 돌려드리니 받아주세요. 그리고 앞으로 제 도움이 필요하시면 언제든지 연락하세요. 당신이 제 도움을 필요로 하지 않을 때까지 도와드리도록 최대한 노력할 것입니다. 그동안 부족한 저에게 자상하게 해주신 당신에게 감사드립니다. 저 없다고 속상해 하시지 말고, 부디 건강을 되찾으세요. 그리고 내가 당신에게 드리는 선물 변변치 않으나 내 생각을 하며 차고 다니시기 바랍니다. 눈물이 앞을 가려 더 이상 쓸 수가 없습니다. 부디 건강하시고 행복하세요. 아내 드림."

　나는 아내를 단 한 번도 사랑한 적이 없는데, 아내는 나를 이토록 깊이 사랑하고 염려하고 있었던 것이다. 나는 아내가 마지막으로 남기고 간 애정 어린 편지와 선물을 꼭 쥐고 한참 동안 마구 흐느껴 울었다. 아내가 떠나자 아이들도 엄마를 따라갔다. 나는 넓고 황량荒涼한 사막 한가운데에 버려진 외톨이처럼 졸지에 의지가지없는 외로운 신세가 되었다. 나는 아내에게뿐만 아니라 자식들에게도 애정을 베풀지 못했다. 공부 잘하라고 늘 야단만 치고, 때로는 매까지 들었다. 나는 아이들을 먹여주고 입혀주고 학교에 보내고 용돈을 달랄 때 돈을 준 게 전부였다. 아이들은 이처럼 사랑 없는 아버지를 좋아하지 않았고, 가정이 싫어 때로는 탈선을 했다. 미국의 유명한 아동전문 상담가 겸 문학가인 도로시 놀트(Dorothy Law Nolte)는 'A child learns(어린이의 배움)' 라는 글에서 어린이가 어떻게 배우며 성장하는가를 다음과 같이 예리하게 지적하고 있다. 즉,

　"어린아이가 비판하는 것을 보며 살아가면 그는 남을 비난하는 것을 배우며, 남을 적대하는 것을 보고 자라면 싸움을 배우고, 질투 속에서 살면 죄의식을 배우게 되고, 조소와 함께 살면 부끄러움을 배우며, 두려움 속에서 살면 근심을 배우고, 관용 속에서 살면 인내를 배우며, 격려해주는 집안에서 살면 자신감을 배우고, 칭찬 속에서 살면 감사할 줄 알게 되고, 승인과 우정 속에서 살면 세상에서 사랑을 찾는 것을 알게 되며, 찬성을 받으면 자기자신을 좋아하게 되고, 인정을 받으면 목표를 갖는 게 좋다는 것을 알게 되며, 정직과 함께 살면 진실이 무엇인지 알게 되고, 공평함과 함께 살면 정의를 배우며, 안심 속에서 살면 그 자신 속에서 그리고 그와 함께 있는 사람들 속에서 확신을 얻게 되고, 친절과 함께 살면 세상이 살아가기가 좋은 곳임을 배우게 된다."

라고 어린이 선도先導법을 가르쳤다. 도로시 놀트의 충고 한 마디 한 마디는

가정에 실패하고 아이들을 올바로 선도善導하지 못한 내 폐부肺腑를 사정없이 후벼팠다. 아내와 아이들을 모두 잃은 나는 무서우리만치 고독했으며, 슬퍼도 더 이상 흘러나올 눈물조차 남아 있지 않아 가슴마저 바짝 메말라 붙어 있었다.

40. 절망(絶望)을 딛고 서서

아내와 자식들이 나간 후 나는 며칠을 앓아 누웠다. 나는 입맛이 없어 밥도 제대로 먹지 못했으며, 정히 허기가 지면 근처 햄버거 가게로가 햄버거를 사먹는 게 고작이었다. 아내는 내가 도움이 필요하면 언제라도 연락을 하라고 했지만, 한 번 나간 사람 다시 불러 도와달라고 하고 싶지는 않았다. 사람이 없는 집안은 적막하고 괴괴하기만 했다. 아침에 잠에서 깨면 허전했고, 낮에 혼자 집에 있으면 쓸쓸했으며, 밤이면 고독이 엄습掩襲했다. 나는 아무도 없는 집안에 혼자 있고 싶지 않아 낮이면 휠체어를 타고 도서관으로 가 책을 읽다가 집으로 돌아오곤 했다. 밖에 나갔다가 어쩌다 늦게 돌아오며 밝은 불빛으로 환했던 창문이 칠흑 같은 어둠에 잠겨 있는 것을 보면 나는 집으로 들어가고 싶지 않아 길에 멈추어 한숨을 짓다가, 도살장屠殺場으로 끌려가는 소처럼 마지못해 방문을 열고 들어와 소파에 털썩 주저앉아 또다시 깊은 절망에 빠져들기 시작했다. 그리고는 히스테리컬하게 혼자 울고 웃고 중얼거리다가, 밤늦게 아내가 자던 소파 속에서 몸을 웅크리고 자다가 무언가에 놀라 소스라치게 깨곤 했다. 절망은 인생을 파멸破滅시키는 무서운 병이다. 나는 이 무서운 절망 속에서 하루 빨리 헤어나야지 하면서도 그게 잘되지 않았다. 나는 날이 갈수록 절망의 나락奈落으로 깊이깊이 떨어져가는 자신이 두려웠으며, 그 누군가에게 절망의 늪에서 허덕이는 나 자신을 구해 달라고 매달리지 않으면 안 되었다.

내 인생문제에 대해 특별히 상담할 사람이 없는 나는 매주 한 번씩 나를 만나 우울증 치료와 심리상담을 해주는 정신병 의사를 찾아가 내 괴로움을 모두 이야기했다. 미국계 의사인 그 정신병 의사 이름은 닥터 데이빗 컬패트릭(Dr. David Kirkpatric)이었으며 그는 어디서 배웠는지 나를 만나면 늘 내 두 손을 잡고,

"아리랑 아리랑 아라리요

아리랑 코개로 넘어간다."

하고 아리랑 노래를 불러줬다. 컬 패트릭 의사는 나와 아내의 이혼과 그로 인해 내가 처한 절망적 상황을 다 듣고 난 다음, 나를 동정하는 위로의 말과 함께 절망 속에서 재기再起해 미국에서 가장 위대한 대통령이 된 에이브라함 링컨(Abraham Lincoln)에 관해 이야기를 해주었다.

"자네도 알다시피 링컨 대통령은 1809년 2월에 미국 켄터키 주의 한 외딴 오두막에서 태어났고, 집이 가난해 학교에도 못 가 낮에는 농장에서 일을 해가며 혼자 공부를 하여 변호사가 되었으며 1860년 11월에는 제 16대 미국 대통령에까지 당선되었지. 그가 대통령이 되기까지는 숱하게 많은 고난이 있었어. 한때는 자네처럼 정신병을 앓기도 했으나, 링컨 대통령은 그러한 고난이 닥칠 때마다 조금도 절망하지 않고 꿋꿋이 이겨냈어. 링컨은 북부 주에 노예제도를 도입하는 것을 반대했고, 노예제도에 반대한 그가 대통령이 되자 남부 주들이 연방에서 탈퇴하여 1861년 4월, 북군에게 공격을 가해 남북전쟁을 일으켰어. 4년간 끌어온 전쟁은 북군의 승리로 끝났으며, 전쟁이 끝나자 링컨 대통령은 수백만의 흑인 노예들을 모두 해방시켰지. 그리고 노예해방으로 링컨 대통령은 미국에서뿐만 아니라 전 세계로부터 존경받는 위대한 대통령이 되었다네.

링컨이 대통령이 되기까지의 길은 걸고 순탄치가 않았어. 그가 대통령이 된 것은 끊임없는 용기와 인내와 아무리 실패해도 절망하지 않고 포기하지 않는 불굴의 투지 때문이었어. 그는 31세에 사업에 실패했고, 32세 때 주 입법부 의원에 출마했으나 패했으며, 33세에 다시 사업을 시작했으나 또다시 실패를 했지. 35세 때는 사랑하는 연인이 사망했고, 36세 때는 심한 신경쇠약에 걸렸으며, 신경쇠약으로부터 건강을 회복하는 데 무려 4년이나 걸렸지. 건강을 회복한 후 40세 때 주 선거인 유권자에 출마했지. 43세 때 의회 의원에 출마했다가 패했으며, 48세 때 재출마했다가 또다시 낙선落選했지. 55세 때 상원의원에 출마했으나 패배했고, 58세 때 다시 상원에 출마했으나 또 실패를 했지. 그러나 그는 결코 뒤로 물러나지 않았어. 그는 최후까지 끊임없이 도전하고 노력하였으며, 그러한 노력의 결과 1860년에는 마침내 미 합중국의 제 16대 대통령에 당선되었다네."

링컨이 실패를 거듭할때마다 이에 굴하지 않고 재기하여 마침내 미합중국의 대통령이 된 이야기를 다 끝낸 컬 패트릭 의사는 내 두 손을 잡고,

"어떤가? 자네도 절망 속에서 허덕이지 말고, 링컨 대통령처럼 용기를 가지고 재기해보지 않겠나? 자네는 내가 보기에 흔히 볼 수 없는 남다른 인생을 살아왔어. 자네가 어릴 때부터 지금까지 살아온 눈물겨운 이야기를 책으로 써보게나. 자네는 경험도 풍부하고 재능이 많으니 틀림없이 좋은 글을 쓸 거야."
하고 절망 속에서 헤어나 무언가를 해보라고 내게 격려를 해주었다.

정신병 의사로부터 용기를 내도록 격려 받은 나는 한결 마음이 홀가분했으며, 무언가를 해야겠다는 욕망으로 가슴이 불타기 시작했다. 나는 무언가를 하지 않으면 내가 빠져 있는 절망 속에서 쉽사리 헤어나기가 힘들 것 같았다. 몸이 아파 당장 무슨 일을 할 수 없는 나는 또다시 학교로 눈을 돌렸다. 우선 대학에 들어가 간단한 학과부터 배운 다음 4년제 정규대학 코스를 밟기로 마음 먹었다. 그리고 나 나는 2003년 9월 비씨주 대학(University of

British Columbia)에 들어가 일년 단기 코스인 인문학(Humanities)을 공부했다. 학교에서는 인류와 인류 문화의 기원뿐만 아니라 인류가 창조한 역사와 사회에 대해서도 가르쳤다. 나는 학교 공부가 끝나면 학교 도서관으로 가 세계 역사와 정치에 관한 서적과 문학과 소설책을 빌려다 읽었다. 다방면으로 책을 읽으면 지식이 많이 늘 뿐만 아니라, 영어 실력도 크게 향상된다. 이왕 말이 난 김에 나는 외국에 나와 영어를 어떻게 공부했는지, 내 나름대로의 영어 공부법을 여기에 간단히 소개하고자 한다.

사람들은 외국에 나가면 영어공부를 하지 않아도 영어가 저절로 숙달되는 줄 아는데 절대 그렇지 않다. 영어를 배우려고 노력하지 않으면 외국에 나가 몇 십 년을 살아도 영어를 구사하지 못한다. 또한 학교에서 배우는 영어는 극히 일부분에 지나지 않으며, 자기 스스로가 가외로 열심히 공부하지 않으면 영어는 늘지 않는다. 나는 영어실력을 향상시키기 위해 영어로 쓰인 책과 영자 신문을 끊임없이 읽었다. 책을 많이 읽으면 영어 독해력이 늘고, 문장 구성력이 향상되며, 영문법과 어휘 실력이 자연히 증가한다. 책을 다방면으로 많이 읽으면 영어 실력뿐만 아니라 지식도 늘어 시야視野가 넓어지며 새로운 지혜가 생긴다. 나는 집에서뿐만 아니라 밖에 나가도 늘 책을 읽었다. 가방에 책과 사전을 항상 넣고 다니며 버스에서건 전철 안에서건 때와 장소에 구분 없이 책을 읽었고, 길을 가다가도 이상한 단어가 눈에 띄면 걸음을 멈추고 사전을 꺼내 그 단어의 뜻을 찾아야 직성이 풀렸다. 영어로 쓰인 책뿐만 아니라 신문도 매일매일 읽지 않으면 안 된다. 신문을 보지 않으면 세상이 어떻게 돌아가는지 알지를 못해 시대에 뒤지게 된다. 독서를 통한 영어 실력 향상뿐만 아니라 텔레비전을 보며 영어 발음과 듣기에 익숙하도록 하고, 재미나는 영문 소설을 읽어가며 대화 기법을 익힌다. 한국에서 나오는 영어 회화 책은 딱딱한 대화체 예문만 잔뜩 나열해놓았기 때문에 보기가 지루하고 암기도 잘 안 되지만, 영문 소설을 읽으면 재미도 나고 책 속에 나오는 주인공들이 나누는 대화 패턴을 자연스럽게 익힐 수가 있다. 영어는 재미를 붙여가며 배워야지 무리하게 억지로 배우려고 하면 능률도 오르지 않고 짜증만 나며, 머리에 들어가지도 않아 영어를 배우기가 싫어지게 된다.

다음은 영어단어 실력 향상이다. 영어책을 읽으려면 무엇보다도 영어 단어를 많이 알아야 한다. 책 속에 나오는 단어를 모르면 모르는 단어 하나 때문에 때로는 문장 전체를 파악하기 힘들게 되고 독서의 진도도 잘 나가지 않는다. 독서 중 모르는 단어를 만나면 영어사전을 펴 그 뜻을 알려 하는 것은 영어를 배우는 사람들의 기본이다. 영어를 모국어로 하는 사람들은 책을 읽다가 눈에 익지 않은 단어를 접하면 추리로 그 단어의 뜻을 파악하지만, 영어를 배우는 외국인들이 그 수준에 도달하려면 상당한 수준의 영어 실력을 쌓은 후에야 가능하다. 모르는 단어를 하나하나 꼼꼼히 찾아 익혀가며 몇 권의 책을 읽다 보면, 모르는 단어 수가 현저히 감소하고 영어에 자신을 갖게 된다. 모르는 단어 숫자가 감소되었다는 것은 그만큼 영어 단어 실력이 향상됐다는 뜻이다.

영어 단어 실력을 늘리기 위해 사전에 나온 단어를 무턱대고 암기만 하려 해서는 안 된다. 같은 단어라도 뜻이 많고 문장에 따라 쓰이는 용도가 다르기 때문에, 문장의 앞뒤를 보며 그 단어가 가지고 있는 뜻을 올바로 파악하지 않으면 안 된다. 미국의 고등학교 학생들은 평균 5000개의 단어를, 그리고 대학생들은 8000개에서 1만 개의 단어를 가지고 공부한다. 영어 단어는 많이 알면 알수록 좋지만, 그렇다고 영어 단어를 많이 안다고 영어를 잘하는 것은 아니다. 아무리 영어 단어를 많이 알고 있더라도 이를 적절히 구사하지 못하면, 값진 보물이 어두운 광 속에 사장死藏되어 있는 것과 마찬가지다.

다음은 영작문 실력 향상이다. 영어를 배우는 외국인들이 가장 어려워하는 분야가 영어로 논문을 작성하는 것이다. 영어 논문 작성은 올바른 문장 구성, 적절한 어휘의 구사, 문법, 논리적 기법 등을 총망라하는 작문 기술이기 때문에, 이를 간단히 설명하기란 그리 쉽지 않다. 영어 논문을 잘 작성하려면 첫째, 책을 많이 읽어야 하며, 둘째, 스스로 영어로 작문을 지어가며 끊임없이 연습을 해야 하고, 셋째로는 유명한 사람들이 쓴 논문집을 구해 그들이 쓴 논문 기법을 잘 익혀야 한다. 나는 학교 다닐 때 매일매일 영어로 일기를 쓰고 영문 문장을 한국말로 해석한 다음, 한국말 해석을 또다시 영어로 옮겨가며 스스로 영작문 연습을 했다. 이제는 이게 습관이 되어 한국말로 된 글을 보면 머릿속으로 영어로 번역을 해가며 읽는다.

나는 영어를 배우기 위해 비싼 돈 들여 외국으로 나가는 한국 학생들을 보면 이상한 생각이 든다. 마음만 먹으면 한국에서도 얼마든지 영어를 배울 수 있는데 왜 외국까지 나가는지 이해할 수가 없다. 내가 학교 다닐 때는 영어 교과서 한 권과 어휘가 빈약한 영어사전 하나만 가지고 영어공부를 했다. 영어 참고서가 있긴 했어도 돈이 없어 감히 사볼 엄두를 내지 못했다. 내가 학교에 다니던 옛날에 비하면 지금은 영어 공부하기가 얼마나 좋은가? 내용이 풍부한 영어 교과서, 책방마다 가득가득 쌓여 있는 좋은 영어 참고서, 내용이 다양한 영어 학습용 비디오 테이프, 우수한 영어 선생, 발에 채이다시피 늘어서 있는 영어 전문 학원, 영어 전용 텔레비전 방송망, 여기에 외국에서 영어교사까지 초빙하여 공부를 하는데, 이 좋은 환경에서 공부하지 않고 왜 굳이 비싼 돈 들여 외국에 나가 영어를 공부하려 하는지 알 수가 없다. 외국에 나와 영어공부를 하면 한국에서보다 월등히 잘할 것 같지만, 스스로 영어 공부를 열심히 하지 않으면 한국에서 영어를 배우느니만 훨씬 못하다. 결론적으로 말해, 모든 학문이 다 그렇듯이 영어를 배우는 데는 특수한 비결秘訣도 없고, 지름길(Royal Road)도 따로 없다. 영어를 마스터 할 수 있는 최상의 길은 끊임없이 공부하고 익히는 것, 그것뿐이다.

비씨주 대학에서 인문학을 공부한 지 약 1년 후인 2004년 6월에 나는 그 코스를 마쳤다. 학교에서는 내가 불구인데도 열심히 학교에 다녀서인지, 수

료식을 할 때는 소정의 상학금까지 지급했다. 비씨주 대학에서 인문학 코스를 마친 나는 지팡이를 짚고 법원과 변호사 사무실과 이민국 같은 정부 기관으로 다니며 통역 제공을 하는 한편, 한국인들이 의뢰하는 서류를 영어 또는 한국어로 번역해주었다. 2005년 4월에는 캐나다 이민 컨설턴트 협회(Canadian Society of Immigration Consultant)에서 시행하는 협회 회원 자격시험에 합격하여 회원이 된 후 이민사업을 시작했으나 내 적성에 맞지 않아 그만두었다. 2006년 4월에는 밴쿠버에서 발행하는 한국 신문의 하나인 『플러스 뉴스(Plus News)』의 주필主筆로 발탁되어 2008년까지 이 신문에 여러 가지 글을 써 기고했으며, 그 해 8월에는 밴쿠버에서 가장 오래된 텔레비전 방송사인 한국 티브이 뉴스 제작회사(TV Korea Production Ltd.)와 밴쿠버 한국어학교 이사로 임명되어 이 두 단체에서 봉직하고 있다.

나는 정신적으로 육체적으로 몸은 불구가 되었지만 지금도 할 일이 많이 남아 있다. 젊었을 때 하지 못했던 공부도 계속해야 하고 필력은 둔하지만 앞으로 글도 계속 쓸 것이다. 내게 있어 고희古稀는 인생의 말년기末年期가 아니라 새로운 인생의 출발점이며, 지금부터 내 인생의 전성기에 잃었던 소중한 것들을 보충하는 데 얼마 남지 않은 인생을 모두 바칠 것이다.

캐나다가 살기 좋은 나라인지 아닌지를 설명하기 전에

우선 캐나다의 역사적, 지리적, 사회적 배경부터 살펴본 다음,

캐나다가 왜 살기 좋은 나라로 이름이 났는지 알아보기로 하겠다.

제 2부
캐나다는 과연 살기 좋은 나라인가?

1. 캐나다의 국토 및 역사와 정치

캐나다는 북 아메리카 대륙 북반부에 위치해 있으며 10개 주 3개 준주로 구성되어 있는, 세계에서 구소련 다음으로 두번째로 영토가 넓은 나라이다. 북 아메리카 대륙의 약 40%를 차지하고 있으며, 표준시간대(Time Zone)만도 캐나다 최북단인 누나브트(Nunavut)에서 브리티시 콜롬비아(British Columbia)까지 무려 6개나 된다(참고로 지구 땅덩어리의 12분의 1을 차지하고 있는 구소련의 시베리아(Siberia)는 8개의 표준시간대를 가지고 있으며, 미국은 동부 메인(Maine)에서 캘리포니아(California)까지 4개의 표준시간대를 가지고 있다).

캐나다는 국토가 9,970,610 ㎢나 되며 남북한을 합친 면적의 48배나 되는 거대한 땅덩어리(Land-mass) 나라다. 그러나 이 광활한 국토 중 실제 가용可用 면적은 611,420 ㎢에 불과하며, 이 중에서도 사람이 살기에 적합한 면적은 얼마 되지 않는다. 그리고 이 넓은 땅에서 사는 인구수는 2011년을 기준으로 하여 고작 3500만밖에 되지 않는다.

이 큰 땅덩어리에 사람이 살기 시작한 것은 약 3만 년 전이다. 캐나다는 캐나다에 최초로 살았던 민족을 더 퍼스트 네이션(The First Nations), 즉 최초의 종족이라고 부르는데, 그들이 어디서 왔는지는 정확히 밝혀지지 않고 있다. 그러나 대부분의 인류학자들은 그들이 아시아 계통의 종족으로 3만 년 또는 1만 년 전에 아메리카로 왔을 것으로 추정하고 있으며, 또 어떤 학자들은 그들이 5만 년 전에 도착했다고 주장하기도 한다. 그들은 마지막 빙하기(The Last Age)가 절정에 도달하기 2만 년 전에 시베리아와 알래스카(Siberia-Alaska)를 연결했던 랜드 브리지(Land Bridge), 즉 육지와 육지 또는 육지와 섬을 잇는 띠 모양의 육지를 건너 북미北美로 건너왔을 것으로 믿어지고 있다. 시베리아와 알래스카를 잇는 랜드 브리지를 건너 먹이를 찾아

이동하는 짐승의 떼를 아시아 태생의 종속들이 추적해 북미로 왔으며, 빙하冰河가 쇠퇴해 빠져가며 위의 두 지역을 연결했던 랜드 브리지가 바다에 침전되어, 얼음이 녹아 이동하며 많은 지세地勢가 형성되어, 오늘날의 캐나다 땅도 이때 생성되었다는 것이다. 캐나다로 들어온 최초의 종족들이 아시아 태생의 종족일 것이라고 추정하는 또 다른 이유는 그들의 생김새가 몽고족을 많이 닮았고, 푸른색의 몽고반점蒙古斑點: Mongolian Spot)이 새로 태어나는 아기들의 엉덩이에 형성되어 있기 때문이다. 18세기에 유럽인들이 들어와 살기 전에는 토끼, 사슴, 해리, 가금, 물고기, 야생 딸기 등 먹을 것이 풍부해 원주민(오늘날의 인디언) 인구가 꾸준히 늘어갔으며, 이러쾌(Iroquois) 같은 원주민은 비옥한 땅에 농작물을 심어 농사를 짓기도 했다.

유럽인들이 캐나다 땅에 발을 들여놓기 시작한 것은 15세기부터였다. 그러나 그들은 주로 물고기를 잡으러 캐나다 북부에 위치해 있는 뉴펀들랜드(New-foundland) 근해近海까지 오거나 이 섬에 잠시 상륙했을 뿐 캐나다 본토까지 오지는 않았다. 1497년 이탈리아의 탐험가인 존 캐봇(John Cabot)이 영국의 후원을 받아 캐나다 해안에 있는 한 섬에 도착하였으며, 그는 그가 상륙한 이 섬을 뉴펀들랜드(New-Foundland)로 명명하고 이 섬을 영국 왕 소유라고 주장했다.

존 캐봇은 뉴펀들랜드 섬을 탐험한 후 영국으로 돌아가 이 섬 근해에 거대한 어장이 있으며 물고기가 너무 많아 배가 물고기 떼에 부딪쳐 앞으로 나아갈 수 없었으며 선원들이 두레박으로 물고기를 배로 퍼 올렸다고 영국왕에게 보고를 했다. 뉴펀들랜드 근해에는 그랜 뱅크스(Grand Banks)라는 거대한 어장이 있으며 이 지역은 모래톱이 남북으로 566km, 동서는 675km나 뻗어 있는 국제적으로 유명한 어장으로 이 어장에서는 대구, 해덕, 로즈피쉬, 각종 넙치류, 청어, 고등어 등이 많이 서식을 한다.

1534년에는 프랑스의 탐험가 작 카티에(Jacques Cartier)가 캐나다 동부에 있는 세인 로렌스(St. Laurence) 강 유역을 탐험했으며 그는, 이 지역을 프랑스 땅이라고 주장했다. 작 카티에가 캐나다 땅을 밟을 무렵에는 유럽 나라들이 금을 찾아 남북 아메리카와 아프리카 대륙을 한창 누비고 있을 때였다. 작 카티에도 금을 찾아 캐나다에 왔지만 금은 발견하지 못했다. 금 대신 그가 발견한 것은 무진장한 물고기와 우거진 산림山林과 이상하게 생긴 원주민 뿐이었다. 프랑스 왕은 작 카티에로부터 보고를 받자 그를 두 번이나 더 캐나다로 보내 금과 보석을 찾아오도록 했지만 그는 번번이 금을 찾지 못했다. 작 카티에는 캐나다 동부에서 무시무시하게 추운 겨울을 보냈으며, 추위에 견디지 못한 그의 부하들은 괴혈병(Scurvy)에 걸려 죽어갔고, 원주민들도 그들 땅에 나타난 카티에 일행을 반겨주지 않았다. 작 카티에는 봄이 오기를 기다렸다가 얼마 남지 않은 그의 부하들과 소수의 원주민을 데리고 프랑스로 돌아갔다. 프랑스는 이후 60년 동안 이 지역에 정착하려고 노력을 하지 않았다. 그리고 60여 년이 지난 1604년에 사무엘 드 샹플레인(Samuel de Champlain)이 이끄는 새 프랑스 탐험대가 오늘의 펀디 만(Bay of Fundy)에 다시 도착하였으며, 여기에서 프트로얄(Port Royal)로 이동해 이곳에서 정착했다. 그들은 펀디 만 지역을 아카디아(Acadia)라고 불렀으며, 프랑스인들은 캐나다에서 이 지역을 중심으로 최초로 정착을 했다. 그러나 그들은 포트로얄이 위치가 좋지 않아 그들의 정착지를 퀘벡(Quebec)으로 옮겨, 마침내 거기에서 새 프랑스(New France)를 건설했다.

프랑스가 포트로얄을 건설하고 있을 무렵 영국은 재빠르게 아카디아 남쪽 대서양 해안에서 그들의 식민지를 구축했다. 1607년에 영국은 북아메리카에서 최초로 버지니아(Virginia)라는 식민지植民地를 구축했고, 그를 이어 더욱더 많은 식민지를 확립해갔다. 영국과 프랑스 사이의 식민지 구축 경쟁은 치열했다. 영국과 프랑스는 유럽에서 서로 앙숙快宿이었으며, 그들은 북아메리카에서도 서로 땅을 차지하기 위해 전투를 벌였다. 전투마다 영국이 승리하여 1760년에는 북아메리카의 동부 전체를 상악했다. 북아메리카에서 영국의 세력은 점점 강해졌다. 프랑스인들은 아카디아와 세인 로렌스에서 100년 이상을 살아왔 으며, 이 두 정착지에서 평화롭게 살기를 원했으나 영국과 프랑스 군대들이 아카디아인들(아카디아에 정착한 프랑스인들)이 사는 정착지를 지배하기 위해 100년 동안이나 전쟁을 벌여 그들은 피폐疲弊할 대로 피폐해져갔다. 영국인들은 아카디아인들에게 영국 왕에 대한 충성을 강요하였으며, 그들이 영국 왕에 대한 충성 맹세를 거절하면 영국인들은 그들의 왕에 충성 하기를 거절한 프랑스인들을 처벌하고 그들의 집을 불태웠으며 그들을 배에 실어 다른 영국 식민지로 분산시켰다.

새 프랑스의 식민지는 세인 로렌스이고, 프랑스 식민지의 중심지는 퀘벡 시였다. 누구든 퀘벡을 지배하면 세인 로렌스를 지배하게 되고, 세인 로렌스를 지배하는 사람은 새 프랑스를 지배하게 되어 있었다. 그리고 새 프랑스가 함락되면 북아메리카에서의 프랑스 식민지는 모조리 사라지고 마는 것이다. 그렇기 때문에 세인 로렌스와 퀘벡은 프랑스인들에게 있어 매우 중요한 전략 요충지였다. 그들은 그들이 세운 식민지를 잃지 않기 위해 영국인들에게 필사적으로 대항했다. 그리고 마침내 캐나다 역사상 가장 중대한 전투가 1758년 6월 8일에 벌어졌다. 영국군들은 프랑스군의 요새가 있는 퀘벡의 산언덕으로 올라가 전투를 벌여 대 승리를 거두어 단 10분 만에 새 프랑스를 정복하였으며, 전투에서 대패大敗한 프랑스인들은 캐나다에서 100년 넘게 유지해 온 그들의 식민지를 영원히 잃게 되었다.

캐나다를 단독 식민지로 만든 영국은 남쪽으로 눈을 돌렸으며, 영국의 식민지는 매사추세츠(Massachusetts)에서 플로리다(Flo-rida)까지 넓게 뻗어나갔다. 그러나 영국은 많은 식민지들이 이미 그들 자신의 정부를 수립해 운영하고 있었기 때문에 이들 지역에 정착한 이주민들을 통제하지 못했다. 그 대신 영국은 이들 식민지에 거주하는 정착민들에게 무거운 세금을 부과하며 엄격한 법률을 적용시켰다. 그러나 영국으로부터 이주한 이들 이주민들은 영국 정부에 고분고분히 응하지 않았다. 1775년에 영국은 이들 식민지에 군대를 보내 전투를 벌였으나, 영국으로부터 독립하려는 이주민들이 혁명을 일으켜 영국 본토 군대와 치열한 전투를 벌인 끝에 승리를 하여, 마침내 영국의 식민지는 오늘날의 아메리카 합중국(The United States of America)이 되었다.

캐나다에 정착한 프랑스인들은 비록 영국인에게 패해 식민지를 잃기는 했지만, 그들은 그들의 언어와 종교와 풍습을 굳게 지켰다. 그러나 영국은 프랑스인들이 그들의 언어를 사용하지 못하도록 엄격히 제한하였으며, 1848년에 법을 제정하여 겨우 그들의 언어사용을 허가했다. 그 결과 캐나다에는 영어와 프랑스가 공존해오다가, 마침내 이 두 개 언어가 캐나다 정부의 공용어公用語가 되어 지금까지 사용되고 있다. 영국은 프랑스 이주민들을 정복하여 캐나다를 단일 식민지로 만들기는 했지만 영국의 식민 지배에 반대하는 반란이 끊임없이 일어났다. 내부로부터의 반란뿐만 아니라 영국으로부터 독립한 미국인들이 전 북미를 지배하기 위해 캐나다에 전쟁을 일으켰다. 그러나 그들의 침략은 영국에 충성하는 충성파와 프랑스인들의 저항으로 실패했다.

캐나다에는 퀘벡을 중심으로 프랑스인들이 세운 하부 캐나다(Lower Canada)와 토론토(Toronto)와 그 인근 지역을 중심으로 영국인들이 세운 상부 캐나다(Upper Canada)가 있었다. 그러나 이들 둘은 영국에 대해 불만이 많았다. 1838년에 영국은 덤 경(Lord Durham)을 캐나다로 보내 이들의 불만을 해소시키도록 하였으며, 그는 캐나다가 자치정부를 세우는 데 많은 기여를 했다. 덤 경卿은 하부 캐나다와 상부 캐나다가 재결합하도록 촉구하였으며, 1846년에는 대서양 4개 주(Ontario, Quebec, Prince Edward Island, New Brunswick)에 책임정부(Responsible Government)를 구성하도록 승인했다. 그러나 이 책임정부가 동맹정부(Confederation)가 되기까지는 20년이 더 걸렸다. 덤 경은 이 네 개의 대서양 수에 책임정부를 승인하면서 이들 정부가 구성할 정부 형태를 정했다. 영국에서는 이들 책임정부를 관할할 총독(Governor General)을 임명하고, 총독 밑에는 입법위원회(상원: Senate)를 두며, 입법위원회 밑에는 내각(內閣: Cabinet)과 입법의회(하원: House of Commons)를 설치하여, 내각은 법을 시행할 법원판사를 임명하고 하원에서는 법을 제정하도록 했다. 지금의 캐나다 정부구조는 1846년에 영국의 덤 경이 대서양 4개 주에 부여했던 책임정부 형태와 조금도 다르지 않다.

어느 나라든 해외에 있는 식민지를 다스리려면 돈이 많이 든다. 영국은 캐나다를 그들의 식민지로 차지하긴 했지만 통치하는 데 비용이 많이 들어 싫증이 났고, 강대한 미국이 캐나다를 공격하면 캐나다를 방어하지 않으면 안되었기 때문에 캐나다가 자율적으로 나라를 다스리도록 일정한 권한을 주었다. 그리고 1867년 7월 1일 영국의회는 캐나다에 식민지 동맹을 승인하였으며, 캐나다는 이 날을 새 캐나다(New Canada)가 탄생한 날(Canada Day)로 정해 매년 경축을 했다. 영국은 캐나다에 자치권을 승인하기 전인 1867년 3월 29일 캐나다를 다스려갈 전문全文 147조로 된 영국북미법령(The British North America Act)을 제정하여 캐나다에 이양移讓하여 캐나다가 영국이 제정한 법령에 의해 그 나라를 다스리도록 했다. 이 법령은 1982년 3월 29일 캐나다가 자체헌법(Constitution Act)을 제정하기까지 계속 사용되었다.

영국북미법령의 헌법 전문은 캐나다가 근본적으로 영국의 헌법과 유사한 헌법을 갖게 하는 것이라고 규정했다. 영국과 같이 새 캐나다는 입헌군주정치立憲君主政治제로 캐나다 정부는 공식적으로 여왕 또는 왕에 의해 다스려지며, 군주君主는 국가의 지배자이고 모든 실권은 여왕이나 왕으로부터 나오는데, 이는 캐나다 군주의 공식 대표자인 총독이 법안이 법으로 되기 전에 모든 법안에 서명하여야 하며 이러한 절차를 국왕의 승인(Royal Assent)이라고 불렀다. 이러한 제도는 지금도 그대로 시행되고 있다. 캐나다는 영국이 정한 영국북미법령을 이양 받아 나라를 다스려왔지만, 캐나다는 사실상 영국의 식민지로 그대로 남아 있다. 대부분 영국인의 후예들인 캐나다 국민들은 영국 여왕을 군주로 가지고 있는 것을 매우 자랑스럽게 여기고 있을 뿐만 아니라, 지금도 모든 정부기관에는 캐나다 수상 사진 대신 캐나다의 군주인 엘리자벳(Elizabeth) 영국 여왕의 사진이 높이 걸려 있다. 그리고 그 이후 1982년 3월 29일, 캐나다는 영국이 제정한 영국북미법령을 일부 수정 보완하여 자체 헌법을 제정했으나 캐나다 통치체제에는 예전과 아무런 변함이 없다.

캐나다가 영국 왕에 속해 있다는 상징은 캐나다 군대와 경찰에도 여실히 나타나 있다. 영국에서는 육군을 로열 아미(Royal Army), 해군을 로열 네이비(Royal Navy), 공군을 로열 에어 포스(Royal Air Force), 그리고 해병대를 로열 머린즈(Royal Marines)라고 하는데, 캐나다 군대나 경찰도 로열 다음에 '캐내디언'을 붙여 그들이 영국 왕에 소속되어 있음을 선명히 나타내고 있다. 즉 캐나다 육군은 로열 캐내디언 아미(Royal Canadian Army), 해군은 로열 캐내디언 네이비(Royal Canadian Navy), 공군은 로열 캐내디언 애어 포스(Royal Canadian Air Force)이며, 연방경찰(캐나다 기마 경찰대)은 로열 캐내디언 마운티드 폴리스(Royal Canadian Mounted Police: RCMP)라고 부른다. 그리고 영국 왕실에 소속되어 있는 캐나다 군대들은 영국이 다른 나라와 전쟁을 벌일 때마다 영국 군인들과 함께 싸웠다.

1899년 남아프리카에 정착한 네덜란드 계의 보어(Boer) 인들이 그들의 영토인 트랜스발(Transvaal) 지역에서 거대한 금광을 발견했을 때, 1806년 남아프리카의 케이프 주(Cape Province)를 합병한 영국은 보어 인들이 발견한 금광을 차지하기 위해 보어 인들과 전쟁을 일으켰다. 캐나다는 영국 군대와 보어 인들이 싸우는 보어전쟁(The Boer War)에 약 8000명의 군대를 파견하여 영국 군인들과 함께 싸우도록 하였으며, 이후 1914년과 1939년에 유럽에서 일어난 제1, 2차대전 때도 캐나다 군대는 영국군에 배속되어 독일군과 싸웠다.

2. 세계 유수의 경제부국이 된 캐나다

1867년 영국으로부터 동맹정부를 승인받은 캐나다는 캐나다 내의 모든 주를 단계적으로 동맹에 가입시켜 10개 주 3개 준주를 가진 명실상부名實相符한 연방국가가 되었다. 영토를 확장 통일시킨 캐나다는 그 나라가 가지고 있는 광대한 자원을 이용하여 경제발전에 총 매진하기 시작했다. 캐나다 동북부에서 나는 무진장한 지하자원, 중부에서 생산되는 어마어마한 곡물, 서부에서 생산되는 막대한 목재를 바탕으로 캐나다는 급속히 경제가 발전하기 시작했으며, 20세기에는 세계에서 가장 부유한 국가의 하나로 발돋움을 했다. 캐나다는 국토도 넓지만 지하자원도 풍부하다. 목재, 오일, 가스, 석탄, 금, 은, 동, 니켈, 텅스텐, 철광석, 다이아몬드, 잿물(Potash), 천연 우라늄 등 이루 헤아릴 수 없이 많은 자원이 있고, 캐나다 동북부에는 아직도 전인미답前人未踏의 미개발 땅이 즐비하게 널려 있다. 이외에도 웅대한 자연에서 풍기는 초자연적(超自然的: Supernatural)인 아름다움을 지닌 세계 최대의 관광지로도 유명하다. 어떤 사람들은 캐나다는 지금 인구가 3000만이 조금 넘지만, 3억의 인구가 앞으로 300년을 살아도 자원에는 끄떡없을 것이라고 말들을 한다. 이뿐만 아니라 캐나다는 북쪽으로는 미국의 알래스카(Alaska)에, 남쪽으로는 미국 본토에, 동쪽은 유럽과 연결하는 대서양에, 서쪽은 거대한 태평양으로 둘러싸인 천연적인 요새要塞 속에 싸여 있어 외적의 침략을 받을 우려가 없기 때문에, 캐나다 국민들은 평화와 안정 속에서 안심하고 생업에만 열심히 종사할 수 있었다.

캐나다는 이러한 부富와 안정安定을 기초로 각종 사회복지를 향상시켜, 마침내는 세계에서 가장 살기 좋은 나라의 하나로 떠올라 세계 여러 나라들로부터 많은 부러움을 받게 되었으며, 2000년 초기에 캐나다는 연속 5년간 세계에서 가장 살기 좋은 국가로 선정이 되었다. 그러나 2000년 중반부터 세계에서 가장 살기 좋은 국가 자리를 다른 나라에 빼앗기기 시작했으며 이제는 8위로 처져 있다. 유엔은 매년 한 번씩 지구상에서 가장 살기 좋은 나라들을 선정하여 발표하며, 유엔에서 어느 나라가 가장 살기 좋은지 평가할 때는 그 나라의 경제, 정치 및 사회적 안정도, 교육, 의료혜택, 사회복지, 국민의 보건 및 기대수명, 출생 및 사망률 등 전반적인 삶의 조건을 바탕으로 하여 점수를 매겨 정하는데 캐나다는 고작 8위를 차지했다.

3. 살기 좋은 나라에서 문제 많은 나라로 전락한 캐나다

캐나다가 세계에서 가장 살기 좋은 나라로 선정되었을 때에는 유엔이 정한 평가기준에서 모두 상위점수를 받았었다. 그러나 경제발전의 둔화, 빈부의 격차, 정치가들의 부패행위, 전반적인 삶의 질의 저하, 범죄 발생 및 마약 복용 증가, 원주민에 대한 처우 불량 등으로 차츰차츰 밀려나다가 이제는 살기 좋은 나라 대열에서 8위로 뒤처지고 말았다.

캐나다는 경제부국에다 정치는 안정되어 있지만, 사회적으로는 많은 문제를 안고 있다. 마약, 알콜, 빈곤, 빈부 격차, 사회적 불균형, 높은 세금, 이민문제, 소수민족에 대한 인종차별, 실업, 경제적 침체, 집 없는 노숙자, 거리를 떠도는 부랑아 등등 헤아릴 수 없이 문제가 많다. 참고로 2011년에 세계에서 살기 좋은 나라 1위를 차지한 나라는 핀란드(Finland)였다.

세계에서 마약 소비량이 가장 많은 국가는 미국이고 그 다음이 캐나다이다. 멕시코와 콜럼비아, 기타 다른 남미국가에서 매년 수백 톤의 코케인이 미국과 캐나다로 흘러들어와, 많은 사람들을 중독시켜 폐인을 만들고 사회를 병들게 한다. 그뿐만 아니라 마약밀수 등 이에 관련된 범죄가 매년 급증하고 있으며 미국과 캐나다는 이들 마약 범죄자들과 끊임없이 마약퇴치 전쟁을 벌이지만, 마약범죄는 조금도 수그러들지 않는다.

캐나다는 마약에 관해 매우 관대한 나라다. 마약 거래자는 단속하면서도, 마약을 복용하거나 마약주사를 맞는 중독자들은 단속하지 않는다. 단속은 커녕 시 정부는 마약 복용자들이 사람들이 보는 앞에서 마약을 사용 하지 않도록 마약 복용 장소를 따로 정해주고, 에이즈(AIDS)나 간염 전염을 예방하기 위해 주사기까지 무료로 제공해가며, 그들이 안전하게 마약을 복용하고 주사를 맞도록 도와주기까지 한다. 경찰도 길거리에 앉아 마약주사를 팔에 꽂거나 흡입하는 중독자를 봐도 본체만체한다. 수요需要가 있기 때문에 공급 供給이 있는 것인데, 마약 사용자는 단속하지 않고 마약 공급자만 단속하려 하니, 마약에 관련된 범죄가 뿌리 뽑힐 리 없다. 심지어 마약을 단속해야 할 어떤 국경 경찰들은 마약 밀매자들과 짜고 돈을 벌기도 한다. 이뿐만 아니라 토론토 시장인 랍 포드(Rob Ford)는 마약상습 복용자로 그의 배후에는 거대한 마약 밀매 조직까지 있었으나 경찰에 의해 모두 일망타진 되었지만 랍 포드 시장은 체포되지 않았다. 사람들이 그들 자녀가 마약을 복용하고 있다고 경찰에 신고해도 아무 소용이 없다.

"당신 아이는 성인이니까 누구도 간섭할 수가 없다."

이게 고작 경찰이 하는 대답이다. 마약을 어디에서 구해 복용하는지 조사도 하지 않고 알려고도 하지 않는다. 마약 단속이 이렇게 느슨하기 때문에 마약 범죄자들이 서로 마약밀매 거점을 확보하기 위해 마약전쟁을 일으켜 사회를 어지럽히고, 이들로부터 암암리에 마약을 공급받아 상습적으로 복용하는 중독자들이 해마다 늘어나 캐나다 사회는 병으로 찌든 불건전한 사회가 되어가고 있다.

마약으로 인한 병폐뿐만 아니라 알콜에 젖은 알콜 중독자들도 사회적으로 큰 문제가 되고 있다. 일부 버스정거장 의자에는 멀건 대낮에도 알콜 중독자들이 떼지어 앉아 병째 술을 들이키며, 심지어 술에 취해 거리에 쓰러져 잠을 자는 중독자들도 있다. 우리가 사는 사회에는 3악三惡이라는 게 있다. 즉 술, 도박, 방탕을 3악이라고 하는데, 이 3악은 마약이 나오기 전의 얘기다. 나는 이 3악에 마약과 담배를 추가해 5악五惡이라고 부르고 싶다. 알콜은 인간의 두뇌를 수축시키고 파괴하며, 담배는 모든 질병, 특히 폐암을 유발하는 독소이고, 마약은 죽음을 불러 인간의 생명을 단축시키는 위험한 독약이다. 도박과 방탕은 가산家産을 탕진케 하여 한 인간을 파멸로 이끈다. 이들 5악은 인간 개개인을 병들게 할 뿐만 아니라, 사회는 물론 국가 전체를 멍들게 할 수도 있다. 캐나다 정부는 마약, 알콜, 담배로 인해 병든 자들을 치료해주기 위해 일년에 수천만 불 이상의 돈을 낭비한다. 특히 마약 중독자 치료비로 매년 엄청난 돈이 들어가자, 대부분의 캐나다 의사들은 마약의 일종인 마리화나(Marijuana) 흡연을 합법화시키라고 캐나다 정부에 압력을 넣고 있다. 이러다가는 머지않아 마약도 합법화시켜 달라고 할 때가 곧 돌아올지도 모른다. 캐나다에는 마리화나 당(Marijuana Party)도 있다. 마리화나 합법화를 주창하는 단체와 마리화나 흡연자들은 매년 4월 20일이 되면 집단으로 마리화나 흡연행사를 열고 시가지 행진도 벌인다. 이들이 마리화나 흡연행사를 벌일 때마다 이 행사에 참여하는 사람들이 폭발적으로 늘어났고, 2008년도 이후에는 1만 명 이상이, 2012년에는 무려 1만 5000명이 참여했다. 이러한 행사는 마리화나 판매로 이득을 챙기는 조직 범죄단이 주관한다. 이 단체는 깊은 산속에서 은밀히 마리화나를 재배하여 파는데, 그 수익이 연간 80억 불 이상이나 된다고 한다.

　캐나다는 부의 분배에도 많은 문제가 있다. 캐나다는 모든 것이 풍족하여 살기 좋은 나라로 널리 알려져 있지만, 불평등한 부의 분배로 빈부의 격차가 심하고, 가진 자(Have)보다는 갖지 못한 자(Have-not)가 훨씬 더 많다. 실업 등으로 가난한 사람들이 해마다 증가하고 있으며, 1980년도에는 식량은행(Food Bank: 각 자선단체 또는 대형 수퍼마켓들이 기증한 음식물들을 저장했다가 극빈자들에게 배급하는 곳)이라는 게 하나도 없었으나, 1994년에는 전국에 463개가 생겼으며, 현재는 900개가 넘는 식량은행이 있다. 100만 명 이상이 식량은행에서 제공하는 음식과 얼마 되지 않는 사회복지금(Social Welfare 또는 Social Assistance)으로 근근이 살아간다. 과거에는 극빈자, 불구자, 나이 먹은 노인들이 식량은행의 단골들이었으나, 최근에는 직업이 없거나 실직한 젊은 이들이 음식을 얻으러 식량은행을 찾는다. 일례로 밴쿠버 동쪽 지역(Downtown East Side) 일대에는 여러 개의 교회가 있는데, 이들 교회에서는 아침 저녁으로 가난한 사람들에게 무료로 빵도 나누어주고 음식을 제공한다. 길을 가다 보면 교회에서 주는 미미한 음식을 타먹으려는 사람들이 교회 앞에 늘 길게 줄을 지어 늘어서 있는 광경을 보게 된다. 이 일대 거리(Pender, Hastings, Cordova 및 Powell Streets)에는 2000명이 넘는 걸인乞人과 집 없는 노숙자(露宿者: The Homeless), 마약 중독자, 알콜 중독자, 부랑자들이 거리를 메우고 있고, 들치기나 도둑들이 가게에 다니며 훔쳐온 물건을 길에다 펴놓고 공공연한 암시장을 이룬다. 캐나다는 범죄, 거지, 천국이라 해도 틀린 말은 아닐 것이다.

캐나다 정부는 이들에게 지급하는 막대한 사회 복지금으로 늘 골머리를 앓고 있다. 재정이 어려워 이들에게 주는 사회 복지금도 대폭 삭감했음은 물론, 노인에게 주는 노인 연금도 현재의 65세에서 67세부터 지급하기로 결정했다. 캐나다 정부의 연금지급 연장조치로 캐나다 국민들은 67세까지 일을 하지 않으면 안되게 되었지만, 캐나다에는 일자리도 많지 않을 뿐만 아니라 정부기관과 큰 기업의 엘리트나 화이트칼라(White Color) 계층 이외에 힘든 노동에 종사하는 블루칼라들은 67세까지 일을 하기가 불가능하여 앞으로 노인들이 살아가는데 많은 어려움이 있을 것이다. 캐나다가 사회보장 제도가 잘되어 있다고 자랑하던 시대는 이미 지나갔으며 요람에서 무덤까지(From the Cradle to the Grave)라는 말은 이제 아득한 옛말이 되었다.

캐나다에는 개인뿐만 아니라 지역 간에도 경제적 불균형이 심하다. 캐나다 최서부에 있는 브리티시 콜럼비아(British Columbia) 주는 목재와 금, 동銅, 석탄, 물고기 등 자원이 풍부할 뿐만 아니라 빼어난 자연경관景觀으로 관광자원이 풍부하여, 이러한 자원으로부터 수입이 많이 들어오며 이웃에 있는 앨버타(Alberta) 주는 유사(油沙: Oil Sand)에서 채취하는 오일 생산으로, 사스캐치원(Saskatchewan)과 매니토바(Manitoba)는 풍부한 곡물 수확으로, 온타리오(Ontario)는 캐나다 산업 중심지로 부를 누리지만, 그 외의 주들은 자원이 풍부치 못해 가난하다. 뉴펀들랜드(New-Foundland) 주는 캐나다에서 가장 가난했던 주로 실업률이 평균 20퍼센트 이상을 웃돌았으나, 이제는 근해 해저유전海底油田에서 오일을 생산해 가난에서 벗어나고 있다.

가난으로 고통 받기는 자라나는 어린 아이들도 마찬가지다. 30퍼센트 이상의 어린이들이 연방정부가 정한 빈곤 수준(Poverty Line) 밑에서 살고 있으며, 흑인 같은 유색인종들은 평균 수준에 훨씬 못 미치는 돈벌이로 연명하고 있다. 이들은 경제적 배제, 무력함, 부적절한 수준의 서비스 혜택 및 그들 문화와 주체성에 대한 위협의 망령에 직면해 있다. 캐나다는 인류 평등과 관대함으로 좋은 평판을 받아 이를 자랑스럽게 여겼지만, 이러한 평판은 소수민족에 대한 인종차별과 가진자와 갖지 않은 자와의 심한 불균형 때문에 크게 손상되었다. 유엔은 한 보고서에서, 캐나다는 전례 없는 풍요를 누리고 있으나 빈곤과의 투쟁에 게을리하고 있다고 혹평했다. 캐나다 정부는 개인의 가난을 그들 탓으로 돌리고, 불균형은 자연적이고 정상적인 것이라며 이를 수정하려고 노력하지 않는다. 많은 사람들이 부자인 나라에 오면 자신도 덩달아 부자가 될 것이라는 생각을 가지고 캐나다에 오지만, 캐나다에 도착하고 나면 그러한 생각이 헛된 망상妄想이었음을 곧 깨닫게 된다.

캐나다에는 범죄사건도 많이 일어난다. 대도시에서나 지방도시에서나 매일같이 살인사건이 일어나, 신문이나 텔레비전에서는 살인사건 뉴스가 없는 날이 거의 없다. 대낮에 공원을 거니는 것도 위험하다. 여자들이 공원을 거닐다가 불량배들에게 성폭행을 당한 후 피살되기도 하고, 목걸이나 금반지 등을 빼앗긴 후 살해당하기도 한다. 10년 동안 50명 이상의 창녀를 끌어다 성폭행을 한 후 살해한 다음 시체를 토막 내어 범인이 경영하는 돼지농장 앞 늪지에 버린 세기적世紀的 살인사건도 바로 캐나다에서 일어났다. 이 엽기적獵奇的인 살인마의 이름은 로버트 픽튼(Robert Pickton)이며, 그가 재판을 받을 때는 세계에서 몰려든 많은 기자들로 재판장이 꽉 차기도 했다. 이웃나라 미국이 범죄 천국이라면, 캐나다는 범죄 부천국副天國쯤 되는 나라다.

캐나다는 눈에 보이게 또는 보이지 않게 인종차별도 심하다. 특히 동양인에 대한 차별이 더욱 심하다. 캐나다는 이민자들로 구성된 나라이고, 이민자들을 받아주지 않으면 인구가 성장하지 않을 뿐더러 국가 경제발전에도 많은 지장을 초래하는 데도 동양인들에 대한 인종차별은 여전하다. 이민자들이 막대한 자금을 투자해 사업을 차려 고용을 창출하고 노동시장에 부족한 인력人力을 보충해주기 때문에, 캐나다는 세계 각국으로부터 매년 25만이나 되는 이민자들을 받아주나, 그들에 대한 처우處遇는 그리 좋지 않다. 관공서, 특히 법원이나 경찰서, 이민국 등에 가면 동양인들에 대한 차별이 두드러지게 나타나며, 심지어 백인들이 운영하는 식당이나 가게에 가도 알게 모르게 차별 대우를 받고 있음을 느끼게 되고, 공중버스 안에서도 동양인들은 심한 차별을 받는다. 특히 인디언들의 동양인에 대한 차별은 차마 눈뜨고 보지 못할 정도다. 그들은 버스 안에서, 또는 길에서 아시아인을 보면, 이유 없이 조롱하고 비웃고 때로는 욕을 하며 싸움을 걸어오며,

"여기는 우리 영토다. 너희 나라로 돌아가라(This is our territory. Go back to your country)."

하고 예사로 큰소리를 친다. 캐나다에서는 인종차별은 증오범죄(Hate Crime)에 속하지만 이러한 법은 있으나 마나다.

학교에서도 백인 학생들은 동양인 학생들을 깔보고 차별을 한다. 이들의 인종차별 행위는 캐나다가 헌법에서 정한 권리, 자유헌장에도 어긋날 뿐만 아니라, 증오범죄(Hate Crime 또는 Crime of Hatred: 인종, 종교, 신조, 성적 지향, 출신 등의 차이에 따른 증오 감정이 동기가 되어 상대방에 해악을 가하거나 상대방의 시민권을 위협하는 행위)로 분류되어 법에 저촉되지만, 증오범죄가 성립되려면 절차가 까다롭고 복잡하기 때문에 인종차별을 받은 사람들은 억울해도 속으로 분을 삼키고 만다. 아시아인들에 대한 인종차별은 현재뿐만 아니라 과거에도 있었으며, 심지어 정치 지도자들까지 나서 인종차별을 주도한 적이 있다.

1914년 5월 23일, 고마가타 마루(Komagata Maru)라고 불리는 한 일본 중기선이 캐나다에 정착하려는 376명의 인도인 시크(Sikh) 교도들을 태우고 밴쿠버 항구에 도착했다. 당시 인도는 영국의 식민지로, 그들은 모두 영국 국민 대우를 받았으며 영국이 지배하는 나라에 가 정착할 수 있는 법적인 자격을 가지고 있었다. 그러나 캐나다 정부 관리들은 캐나다로 오는 이민자들은 그들의 본토에서 직접 도착할 것을 요구하는 법 규정을 적용시켜가며 그들의 하선下船을 허가하지 않았다. 이 법은 본래 아시아 나라 출신자들이 캐나다에 들어오지 못하도록 하기 위해 특별히 제정된 법이었으나, 캐나다의 저명한 정치가들은 이 법을 376명의 인도인 시크 교도들에게도 적용하여 배 근처 육상에서 반 아시아인(Anti-Asian) 집회를 주도했다. 그리고 경찰과 무장 보안요원들은 군대와 해군의 도움을 받아 이들 전원을 항구에서 강제로 쫓아냈다. 캐나다 정치가들은 이렇게 아시아인들을 받아주지 않는 특별법까지 만들어 아시아 출신자들을 철저히 배척하고 차별했다.

이보다 앞서 1881년에는 17,000명의 중국인들이 캐나다 철도 부설 공사장에서 일을 하기 위해 캐나다에 왔으나, 그들은 하루에 겨우 1불씩 받고 힘들고 위험한 일을 했다. 그들은 바위를 폭파해 터널을 만들었고, 이 과정에서 일어난 산사태나 다이너마이트 발파 작업으로 인한 사고로 많은 중국인들이 목숨을 잃었다. 그들은 작업하다가 부상을 입어도 치료를 받지 못해, 그들이 중국에서 가지고 온 빈약한 한약 재료로 스스로 상처를 치료하지 않으면 안 되었다. 캐나다 연방정부는 철도 부설공사에 부족한 인력을 채우기 위해 중국에서 사람을 데려다 이용은 했지만 중국인들의 캐나다 이민은 허락치 않았으며, 1885년에는 반 중국인(Anti-Chinese) 법안을 통과시켜 중국인 개개인들에게 50불이나 되는 인두세(人頭稅: Head Tax)를 부과했다. 그 후 1923년에 중국인 배척법(The Chinese Exclusion Act)이 폐지되긴 했으나, 이후 24년간 50명 미만의 중국인들이 겨우 캐나다 입국허가를 받았을 뿐이었다. 캐나다 정부는 지금은 인두세 대신 캐나다 이민자들에게 식구 수에 따라 소위 양륙비(揚陸費: Landing Fee)라는 걸 부과하는데, 이 양륙비가 바로 과거의 인두세에 해당된다.

현재의 캐나다 수상인 스테펀 하퍼(Stephen Harper)는 2008년 고마가타 마루호 사건과 중국인들에 대한 인종차별 및 그들에게 부과했던 인두세에 대해 사과하고 그들 후손들에게 소정의 보상금도 지불했다. 캐나다 정부는 인종차별 금지를 위한 법도 제정하고 인종차별 금지 캠페인도 끊임없이 벌이며, 소위 복합문화 정책(Multiculturalism Policy)이라는 것까지 도입하여 각 소수민족들의 권익을 보호하기 위해 그들의 언어, 풍습, 문화, 전통 등을 유지하도록 노력하고 있긴 하지만, 별 효과를 보지 못하고 있다. 지금도 캐나다에는 1861년 미국의 남북전쟁(Civil War) 후 지하에서 조직된 백인우월주의 단체였던 쿠 클럭스 클랜(Ku Klux Klan)과 같은 백인지상주의자들(White Supremacist)의 비밀 단체가 있다. 이 비밀단체의 이름은 '혈통과 명예(Blood and Honour)'로 유색인종들의 캐나다 이민을 반대하고 백인지상주의 국가를 건설하는 것을 그들의 목표로 삼고 지하에서 운동을 벌이고 있다.

인종차별주의자(Racist)들의 인종차별 행위에 관계 없이, 캐나다가 소극적인 이민정책에서 적극적인 이민정책으로 전환한 것은 불과 40년 전인 1970년 후반부터였다. 유럽으로부터뿐만 아니라 타 지역으로부터 더 많은 고급 인력을 끌어들이고 캐나다의 어려운 경제사정을 타개打開하기 위해 캐나다 정부는 이민법을 대폭 개정하여, 아시아인들이 돈을 가지고 와 캐나다 사회에 뿌리도록 이민 문호를 널리 개방했다. 자구책自救策을 위하여 경제발전으로 부유해져가는 아시아 국가들에 군침을 흘리기 시작한 것이다. 캐나다가 풍부한 자원국資源國임에도 발전을 못 하는 근본적인 이유는, 캐나다 정부나 국민들이 진취성進就性이 없고 나태하며 현상유지에 만족하기 때문이다.

4. 한국과 캐나다와의 관계 및 한국인들의 캐나다 생활

캐나다는 19세기 말 한국에 선교사를 파송派送하여 한국과 관련을 맺기 시작하였으며, 6·25 전쟁 때는 한국과 정식 외교관계가 없었음에도 불구하고 국제연합(UN)의 일원으로 2만 2,000명의 군대와 3척의 해군 구축함 및 1개의 항공수송 대대를 파견하여 북한군 및 중공군과 싸웠다. 그 후 1963년 1월 13일 양국은 정식으로 외교관계를 맺어 오늘에 이르고 있다. 한국사람들이 캐나다에 와 살기 시작한 것은 1964년경부터였다. 그전에도 간혹 있기는 했으나 그 숫자는 얼마 되지 않았다. 1960년대 초, 한국 정부는 서독에 간호원과 광부를 파견하기 시작했고, 현지에서 임기를 마친 일부 간호원과 광부들은 본국으로 돌아가지 않고 캐나다와 미국 등지로 흩어져 그곳에서 정착하기 시작했다. 그 당시 캐나다에 와 정착한 서독 파견 광부들은 약 60명 정도였으며 이들이 캐나다에서 정착한 후 자녀를 낳고 가족과 친지들을 초청함으로써 한국사람이 차츰 불어나기 시작했다. 이들뿐만 아니라 캐나다에 유학 오거나 사업차 왔다가 그대로 눌러앉은 사람들도 있었다. 이렇게 조금씩 조금씩 늘어가기 시작한 한국인들의 숫자는 1980년 캐나다 정부가 사업이민(Business Immigration) 제도를 신설하여 캐나다에 투자할 사람들(Investor Class)과 기업을 설립할 사람들(Entrepreneur Class) 및 자영업을 할 사람들(Self-employed)을 모집하기 시작하면서 한국사람들의 숫자가 부쩍 늘어, 지금은 캐나다 전국 각지에 약 18만 명 이상이 흩어져 살고 있고, 밴쿠버 지역에는 약 8만 명의 한국인들이 거주하고 있는 것으로 알려져 있다.

그들은 캐나다에 와 돈을 벌어 한국에서보다 더 잘살아보려고 그들이 살던 집과 재산을 팔아 가지고 오지만, 대부분의 한국인들은 캐나다에 도착하자마자 곧 실망하고 만다. 캐나다에 입국하여 그들이 직면하는 최초의 어려움은 언어장애이다. 이민은 왔지만 영어를 몰라 백인들과 의사소통을 하지 못하는 그들은 한인들이 모여 사는 집단 거주지로 들어가, 한국에 있을 때와 똑같은 생활을 다시 시작한다. 그들은 이민이라는 이름 아래 나라만 바꾸었지, 그들의 삶의 형태에는 조금도 변함이 없다. 그들은 대부분 캐나다에 오자마자 백인들과 철저히 등을 지고 살아가며, 백인 사회와 동떨어진 그들만의 소수민족 집단(Enclave) 속에서 우물 안 개구리처럼 살아간다. 이러다보니 백인사회를 제대로 알지 못할 뿐만 아니라 시야視野가 짧아 좋은 삶의 기회도 많이 놓친다.

새로 온 한국인 이민자들은 캐나다에 도착하자마자 그들이 살 집과 새 차를 사고, 그들의 자녀를 학교에 넣는 것으로 이민 생활을 시작한다. 그런 다음 느긋하게 놀러 다니고 골프를 즐기며 시간을 보내다가, 뒤늦게 생계유지를 위한 사업 거리를 찾아 나선다. 좁은 한인사회에서 그들이 할 만한 사업을 찾기란 그리 쉽지 않다. 돈을 많이 가지고 온 한국인들은 먼 외지에 나가 호텔이나 모텔을 사 운영하며 돈을 벌지만, 이런 사람들은 아주 극소수에 지나지 않는다. 그 외 대부분의 한국 이민자들은 조그만 식료품 가게(Grocery Store), 편의점(Convenience Store), 식당, 세탁소(Coin Laundry) 등에 투자하거나 이를 인수하여 운영하지만, 이들은 대부분 영세零細 업체로 수입이 시원치 않아 살아가기가 어렵다. 밴쿠버에서 가장 많은 한국인 업체는 목회 사업체인 교회와 부동산 업체, 식당, 식료품 가게, 보험업, 유학원, 여행사, 영어학원, 한의원, 건축업체, 이민업체 등이다. 한국인 사회에는 400개가 넘는 교회들이 우후죽순雨後竹筍처럼 돋아나 있고, 250개 이상의 부동산 업체와 120여 개의 보험업체가 있으며, 300개나 되는 식당과 60개의 유학원 및 여행사, 90여 개의 영어학원, 71개의 한의원과 한방원 및 침술원, 110개의 건축업체, 그리고 50개가 넘는 이민업체들이 서로 치열한 경쟁을 벌이고 있다. 그야말로 아귀다툼이다. 캐나다 한인사회에서는 의사나 약사 또는 일부 변호사 같은 전문인과 몇몇 사업가들을 빼고는 살아가기가 매우 어려우며, 수입이 괜찮은 이들 전문인의 숫자도 극소수에 불과하다.

한국인들이 캐나다로 몰려드는 또 다른 이유는 자녀들의 교육 때문이다. 한국에서는 교육비가 너무 많이 들어 자녀를 대학에 보내기가 힘든 데다 대학을 나와도 취직하기가 힘들어, 부모들은 그들에게 안전한 삶의 터전을 마련해주기 위해 캐나다에 와 교육을 시킨다. 그러나 자녀를 이곳에서 교육시키더라도 한국 사정과 크게 다르지 않다. 한국보다 자녀 교육비는 많이 들지 않으나, 웬만큼 공부를 해가지고는 대학에 가기가 어려우며, 공부를 잘해 대학을 나와도 취직은 하늘의 별따기다. 가족끼리 운영하는 대부분의 한인 사업체들은 규모가 작아 사람들을 잘 쓰지 않으며, 캐나다 사람들이 운영하는 업체에 취직하려 해도 백인을 우선적으로 고용하기 때문에, 비 백인들이 그들 업체에 발 들여놓기란 여간 어려운 게 아니다. 취직 자리를 찾다 못한 일부 대학 졸업자들은 부동산 중개인 노릇을 하기도 하고, 한국으로 가 학생들에게 영어를 가르치기도 한다. 어떤 학생들은 4년제 대학을 졸업하고 난 후 취직이 되지 않아 2년제 기술대학에 다시 들어가 기술을 배워 취직하기도 한다. 캐나다까지 자녀들을 데리고 와 교육시킨 부모들은 그들 자녀가 대학을 나와도 취직을 못 해 집에서 놀고 있거나 미미한 직장에 나가 쥐꼬리만 한 돈을 타오는 걸 보면 실망을 하고, 캐나다에 온 것을 후회하기도 한다.

자녀들 때문에 실망하고 후회하는 것은 이런 경우뿐만이 아니다. 자녀를 대학까지 보내 졸업시킨 부모들은 그들 자녀가 어엿한 직장에 취직을 못 해 속은 상하지만, 탈선한 자녀들 때문에 속을 썩이는 부모들보다는 그래도 나은 편이다. 캐나다에는 자녀가 탈선하여 공부를 하지 않아 속을 태우는 부모들이 한둘이 아니다. 한국에서는 자녀들이 아침 일찍 학교에 갔다가 저녁 늦게 돌아오기 때문에 딴 데로 눈 돌릴 사이가 별로 없다. 하지만 캐나다에서는 학교 수업이 오후 3시면 끝나며 토요일, 일요일에는 학교에 가지 않아 여가시간이 여간 많지를 않다. 여가시간을 잘 이용하여 공부를 열심히 하는 학생들이 있는가 하면, 그렇지 않은 학생들도 많이 있다. 부모 몰래 데이트를 하고, 데이트에 깊이 빠져 학교에 가지 않을 때도 있으며, 학교에서는 성적이 뒤떨어지거나 학교를 자주 빠지는 학생들을 눈여겨보고 있다가, 부모를 불러 문제의 학생에 대해 상담을 한다. 선생을 통해 자녀의 탈선 사실을 처음 알게 된 부모는 자식을 야단치고 벌을 주며 때로는 손찌검도 한다. 한국에서는 자녀가 부모 말을 듣지 않고 잘못을 할 때는 매를 들어 벌을 줄 수 있으나, 인권人權을 존중하는 캐나다에서는 자녀에게 손대는 것을 엄격히 금하며, 자녀를 때리면 폭행구타(Assault and Battery)로 경찰에 체포되어 형사재판(Criminal Trial)까지 받는다.

어느 날 나는 내가 아는 한 형사 변호사로부터 영어를 모르는 그의 한국인 고객에게 통역을 해 달라는 요청을 받고 그의 사무실에 가 한 한국 여인에게 통역을 해준 적이 있다. 이 한국 여인은 나이 열여섯 살이 된 딸 하나를 둔 젊은 여자로, 그녀의 딸이 한 백인 남학생과 사랑에 빠져 학교에 가지 않아 뺨을 때렸다가, 뺨을 맞은 딸이 자기 엄마를 경찰에 고발하는 바람에 경찰에 체포, 기소되어 형사 재판을 앞두고 있었다. 그녀는 딸에 대한 증오와 자기를 체포한 경찰에 대한 분노에 몸을 떨며, 딸자식 하나 교육시키기 위해 캐나다에 왔는데, 부모가 자기 자식을 옳바로 이끌지 못하도록 하는 나라가 나라냐며, 캐나다에 온 것을 몹시 후회하고 있었다. 부모가 자녀를 때렸다가 자녀의 고발로 경찰에 입건된 경우는 이뿐만이 아니다. 말하기조차 부끄러운 일이지만, 반대로 자식에게 매를 맞고 사는 부모들도 있다.

문화와 풍습과 정서가 다른 캐나다에서는 자녀를 학교에 보내 교육시키기가 어렵고, 가정에서 가정교육을 시키기도, 부모 노릇하기도 쉽지가 않다. 자기가 살던 나라와 법法과 규범規範, 인간의 가치관價値觀과 사고방식이 다른 나라에서 산다는 것은 참으로 어려움이 많다. 이 모든 어려움을 극복해가며 적응하려면 그가 살던 나라에서보다 몇 배의 노력을 더 하지 않으면 안 된다.

그러나 낯선 나라에 와 살다 보면, 부정적인 면도 많지만 긍정적인 면도 많이 있다. 캐나다에서 살고 있는 대부분의 한국인들은 세계에서 가장 살기 좋은 나라의 하나로 손꼽히는 나라에 와 사는 것을 큰 자랑으로 여기며, 한국인 특유의 근면정신으로 열심히 일하며 살아가고 있다. 밴쿠버 한인사회는 최근의 눈부신 발전과 신장伸張으로 캐나다 정계政界에 진출한 한국인도 있다. 그녀의 적극적인 정치활동으로 이제 한인사회는 캐나다 사회에서 무시할 수 없는 소수민족 집단으로 발돋움을 했을 뿐만 아니라, 끊임없는 한국 고유의 문화와 전통의 보급으로 한국인들과 그들이 사는 한인사회가 캐나다 사회에 더욱 널리 알려지게 되었다. 또한 한인사회에는 한국의 언어와 풍습과 문화를 자라나는 2세들에게 열심히 가르치고 전수傳授하는 애국자들도 많이 있음을 아울러 말해두고 싶다.

5. 캐나다는 과연 살기 좋은 나라인가?

유엔(UN)은 매년 지구상의 224개국 31개 지역을 하나하나 심사 평가하여, 그 중 어떤 나라가 가장 살기 좋은 나라인지 선정하여 발표한다. 그러나 유엔의 평가는 지극히 객관적이고 보편적인 토대 위에서 이루어진 것일 뿐, 유엔에서 살기 좋은 나라로 뽑힌 나라가 반드시 개인 하나하나로부터 살기 좋은 나라로 공감共感을 받는 것은 아니다. 다시 말해 유엔이 살기 좋은 나라로 뽑은 나라가 살기 좋은 나라인지 아닌지는 그 나라에 사는 각 개인의 주관적인 평가에 달려 있다는 말이다. 또한 살기 좋은 나라로 선정되었거나 살기 좋은 나라로 소문난 나라에서 사는 사람들이 모두 잘사는 것은 아니다. 그런 나라에 가 잘살아보기 위해 이주하는 사람들이 그 나라에 편승해 잘사는 것은 더욱 아니다. 살기 좋은 나라로 알려진 나라에 가서 살면, 그가 살던 나라에서 사는 것보다 훨씬 많은 어려움이 뒤따르게 된다는 것을 알아야 한다. 아무리 잘사는 나라에 가더라도 자기자신이 잘살기 위해서는 스스로 노력하지 않으면 안되며 스스로 잘살기 위한 노력을 하지 않으면, 사회 저변底邊에서 본토인들이 잘살도록 뒷바라지하는 역할만 하게 된다는 것도 잊지 말아야 한다.

지구상에는 특별히 살기 좋은 나라란 있을 수 없으며, 잘사는 나라와 못 사는 나라의 차이는 백지 한 장 차이일 뿐이다. 옛날 아프리카 흑인들이 미국으로 노예로 팔려왔을 때, 그들은 그들이 태어나 살던 나라보다 모든 것이 훨씬 풍요로운 나라에 왔지만, 그 나라에 마음을 붙이지 못하고 '내 고향으로 날 보내주'라는 노래를 처량하게 불러가며 그들이 태어나 살던 나라로 돌아가기를 갈망했다. 옥수수 가루로 끼니를 때우며 가난하게 살더라도, 그들 자신의 고향이 잘사는 미국보다 훨씬 좋았던 것이다. 이처럼 이 세상에서 가장 살기 좋은 나라는 부유하고 살기 좋다고 이름난 나라가 아니라, 가난하더라도 그가 태어나 자란 나라에서 같은 민족과 함께 같은 언어와 같은 문화와 같은 풍습을 나누어가며 정답게 살 수 있는 나라가 가장 살기 좋은 나라이다.

캐나다는 살기 좋다고 이름은 났지만 실제로는 그렇지가 않다. 모든 것이 해맑아 별로 할 것이 없어 살기가 어려운 나라다. 해외에서 캐나다로 오는 이민자들은 그들 나라에서보다 더 잘살기 위해 꿈과 희망에 부풀어 캐나다로 오지만, 그들의 이러한 꿈과 희망은 얼마 가지 않아 실망과 낙담으로 금세 바뀌고 만다. 생존의 길이 좁고 막연하기 때문이다. 캐나다는 주로 천연자원에 의존해 사는 나라로 이렇다 할 비전(Vision)이 없는 나라다. 한국이나 미국에서와 같이 큰 공장이나 기업체도 없고, 미국과 일본에서 미완성품을 들여와 조립·생산하는 몇 개의 자동차 공장과 경비행기와 소형 선박을 생산하는 자체 공장이 몇 개 있을 뿐, 그 외 생산업체는 모두 규모가 크지 않다. 캐나다는 땅이 넓고 지하자원이 풍부해 발전의 소지가 얼마든지 많은 나라인데도 그러한 발전의 소지를 활용하지 않으며, 인구는 고작 3000만이 조금 넘는데도 실업자가 많으며, 빈곤선(Poverty line) 이하에서 사는 사람들이 전 인구의 20퍼센트나 된다. 한마디로 캐나다는 땅 덩어리는 크지만 고작 인구 3000만 명이 살기에도 힘든 나라다.

6. 재미없는 천국에서 지옥 같은 천국이 된 캐나다

한때 사람들은 캐나다를 재미없는 천국으로 불렀었으나 나라가 썩고 여러 가지 문제가 많아지면서 이제는 지옥 같은 천국으로 바뀌어 버렸다.

캐나다가 지옥 같은 천국이 된 데에는 여러 가지 요인이 있다. 앞서도 언급했지만 일부 정치가들의 공금횡령 및 부패행위, 딱딱하고 관료주의적인 정부 공직자들, 특히 기만과 직무태만을 포함한 일선 경찰관들의 부정행위 그리고 이들의 범죄단체와의 연계, 경찰위원회 고위간부들의 사기, 절도 및 돈세탁 행위, 살인 등 각종 흉악범죄 급증, 나날이 더해가는 빈부격차로 인한 삶의 불균형, 일부 부유층과 특권층만 잘사는 기형적인 사회, 이들로부터 소외당한 가난한 사람들, 인종차별, 거리를 헤매는 거지, 부랑아, 집 없는 노숙자들, 알코올 및 마약중독자들 등으로 캐나다는 지옥 같다는 말을 듣게 되었다. 그러나 이러한 지옥 겉에는 이를 감싸주는 아름다운 자연환경이 펼쳐져 있기 때문에 사람들은 캐나다를 지옥 같은 천국으로 부른다.

캐나다가 지옥 같은 천국이 된 데에는 또 다른 이유가 있다. 첫째는 돈 벌기도 힘들고 돈을 벌어도 캐나다 정부가 세금으로 거의 다 빼앗아 가기 때문에 사람들은 돈을 벌려고 하지 않으며 돈을 벌어도 정부에 세금을 내지 않기 위해 수입을 속여 세금신고를 한다. 캐나다에서는 조금 벌어 겨우겨우 먹고살면 된다. 둘째는 캐나다에는 빈곤한 사람들이 너무 많다. 극히 최근에는 1만 명이 넘는 극빈자들이 거리로 나와 "배고파 못살겠다(We are hungry. We can't survive)"라는 구호를 외치며 데모를 벌였다.

사회가 무질서하고 법은 있으나 시행이 잘 안 되는 것도 큰 문제다. 형사상 피해를 입은 사람들이 경찰에 가해자를 고발해도 대부분 경찰들은 책상머리에 앉아 피상적인 조사만 할뿐 피해자의 고발을 적당히 덮어버리고 만다. 캐나다에서 범죄자들이 기승을 부리는 것은 경찰관들의 이러한 나태와 소극적 태도 때문에, 그리고 이들 범죄자들에 대해 엄하게 법을 적용하지 않기 때문이다. 살인을 저지른 후 가벼운 형을 받고 감옥에 갔다가 출소한 범인들이 같은 범죄를 되풀이 하는 것은 아주 예사다.

또한 형사법정에서뿐만 아니라 민사 법원에서도 백인들과 유색인종들이 다툴 때에는 대부분 판사들은 같은 통속인 백인들에게 승소판결을 내려준다. 이같이 공정해야할 법정에서도 유색인들에 대한 인종차별이 노골적으로 자행된다. 이런 이유 때문에 민사건, 형사건 법적 피해를 입은 사람만이 억울

할 뿐이다. 신문조차도 소수민족 사회에서 일어나는 사건들은 잘 보도해주지를 않는다. 그래서 캐나다에는 정의라든가 공정이라는 게 거의 없다.

캐나다는 각종 사회보장제도가 잘되어 있다고 소문난 나라지만 아마도 캐나다만큼 가난뱅이, 거지, 부랑아가 많은 나라도 없을 것이다. 또한 거지와 더럽고 불결한 사람들이 하도 많아 버스를 타도 이들이 풍기는 술 냄새, 마약 냄새, 고약한 마리화나 냄새와 몸에서 나는 악취로 일반인들은 이들이 타고 다니는 버스에 타려고 하지 않아 이들을 싣고 다니는 특정 노선버스는 마치 거지 전용 버스처럼 보일 정도다.

이들 거지뿐만 아니라 대부분의 캐나다인들도 더럽기는 마찬가지다. 밖에서 돌아와 집안으로 들어갈 때에는 신발도 벗지 않고 들어가며 옷도 자주 빨지 않아서인지 그들로부터도 불쾌한 냄새가 난다. 캐나다는 세계에서 깨끗한 물이 가장 많은 나라다. 그런데도 몸을 씻지 않고 더러운 옷을 입고 다니는 백인들을 보면 동양인, 특히 한국인만큼 청결한 민족은 이 세상에 없다는 생각이 든다.

거리도 더럽기는 마찬가지다. 대부분의 거리에는 더러운 쓰레기들이 난잡하게 널려있으며 거리에나 주거용 아파트 앞에 놓여있는 커다란 쓰레기통 주위에는 쓰레기를 찾아 헤매는 거지들이 내던진 쓰레기로부터 더러운 냄새가 코를 찌른다. 그러면 때로는 곰과 스컹크와 쥐와 까마귀 떼들이 또다시 쓰레기 수색 작업을 벌인다. 캐나다에는 까마귀가 유난히도 많다. 지옥에서만 산다는 이들 까마귀가 유별나게 캐나다에 많이 끼는 이유가 무엇인가?

이 모든 점으로 보아 사람들이 캐나다를 지옥 같은 천국이라고 부르는 것은 현 캐나다 실정에 비추어 매우 알맞은 말인 것 같다.

발문
跋文

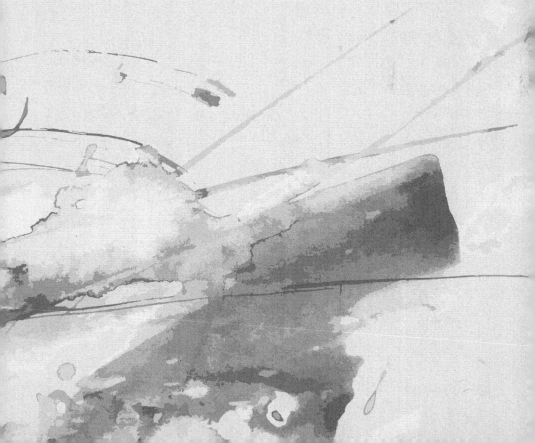

발 문
Epilogue

　나는 이 글을 쓰는 데 꼬박 1년이 걸렸다. 나는 벌써부터 이 글을 쓰려고 마음먹었었으나 건강이 좋지 않아 차일피일 미루어오다가, 2011년 8월1일에 착수하여 내가 고희古稀가 된 해인 2012년 8월 30일에 완성했다. 그러나 뜻대로 쓰고 싶은 글은 완성했지만 부족한 점이 너무 많고, 또 글을 쓸 때 미처 생각지 못했던 귀중한 부분들도 많이 누락漏落되어 몹시 아쉬웠다. 하지만 부족한 글이나마 내가 어릴 때부터 지금까지 살아오며 어려운 역경에 처할 때마다 이를 극복克服하며 생존해온 이야기들을 마침내 기록으로 남기게 되어 감개感慨가 무량無量하다.

　나는 나에 관한 글을 써놓고도 이게 과연 나 자신의 이야기인지 실감이 나지 않았으며, 또한 한국의 농촌에서 태어난 한 시골내기가 어떻게 이 먼 낯선 나라에까지 와 그 모진 풍파風波를 겪으며 살아왔는지도 잘 이해할 수가 없었다. 나는 내가 살아온 인생이 한낱 꿈만 같았고, 내 글을 읽을 때마다 마치 다른 사람이 쓴 소설을 읽는 느낌이었다.

　나는 이 한 권의 책을 낸 것으로 자랑스러워하거나 만족해 하지 않는다. 나는 앞으로도 계속 공부를 해가며 더욱 좋은 책을 쓰도록 끊임없이 정진精進할 것이다. 사람은 아무리 늙었더라도 마음만 먹으면 못 할 일이 없다는게 내 지론持論이다.

끝으로 나와 내 가족이 캐나다에 와 닥친 수많은 난관을 이겨내며 살아가도록 용기를 주고 도움을 준 여러분들과 이 책이 나오도록 나를 격려해주신 TV Korea의 최병윤 사장님, 밴쿠버 한국어학교 명정수 교장선생님, 그리고 TV Korea의 심방민 씨와 특히 내 원고를 처음부터 끝까지 타이핑해주고 내 책에 관해 여러 가지 좋은 조언을 해준 이동현 씨에게 깊은 감사를 드린다. 마지막으로 내가 특별히 감사드려야 할 사람은 내 아내다. 내 아내는 내가 글을 쓰는 동안 내 건강에도 각별히 신경을 써주었으며, 내 글에 대한 좋은 조언은 물론 내 원고도 꼼꼼히 교정해주는 등 여러 면에서 희생적으로 나를 도와주었다. 그리고 내가 글을 쓸 때 내가 생각해내지 못하는 부분들을 새롭게 회상시켜주며 물심양면으로 따뜻한 원조를 해준 내 큰딸에게도 심심한 고마움을 표한다. 내가 어려울 때 나를 도와준 모든 분들에게 다시 한 번 커다란 감사를 드린다.

캐나다 밴쿠버에서

이 병 규

저자에 관해
About the Author

이 책의 저자는 1941년 한국의 경기도 용인군에서 출생했다. 1963년 중앙대학교 2년 수료 후 군복무를 마치고 국내와 해외에서 직장생활을 하다가 1988년에서 1989년까지 호주 북부 준주(Northern Territory)의 수도 다윈(Darwin)에 있는 북부준주 대학교(NTU: Northern Territory University)에서 영문학을 공부하였으며, 1989년 8월에 가족과 함께 캐나다로 왔다. 캐나다에서 소규모 사업을 운영하다가 1996년에서 1997년 2년간 밴쿠버 지역 초급대학(Vancouver Community College)에서 영어와 캐나다 역사 및 정치를 공부하였으며, 1996년에 공인번역사 자격을 취득한 후 캐나다 브리티시 콜럼비아(British Columbia) 주 통역 및 번역 협회(The Society of Translators and Interpreters of British Columbia) 회원 및 캐나다 번역사, 술어사 및 통역사 협회(Canadian Translators, Terminologists and Interpreters Council) 회원이 되었다. 1997년에서 1999년까지 2년간 Vancouver Community College에서 또다시 법률보조원 과정(Legal Assistant Course)을 이수한 다음 2003년과 2004년에 UBC 대학(University of British Columbia)에서 인문학(Humanities)을 공부했다. 그 후 번역 및 통역 사업에 종사하다가, 2006년에서 2008년까지 밴쿠버에서 발행하는 한국 신문인 『플러스 뉴스(The Plus)』 신문사 주필로 근무한 후, 현재 밴쿠버 한국어 텔레비전 방송사인 TV Korea Ltd.와 밴쿠버 한국어 학교에서 이사로 봉직하고 있다.